唐宋词鉴赏

主编 ◇ 王锺陵

四川辞书出版社

图书在版编目（CIP）数据

唐宋词鉴赏/王钟陵编著. —2版. —成都：
四川辞书出版社，2017.4
ISBN 978－7－5579－0164－6

Ⅰ.①唐… Ⅱ.①王… Ⅲ.①唐宋词－鉴赏
Ⅳ.①I207.23

中国版本图书馆CIP数据核字（2017）第061937号

唐 宋 词 鉴 赏
TANG SONG CI JIANSHANG

主　编　王钟陵

特约编辑	龚明德
责任编辑	张　林
封面设计	武　韵
版式设计	王　跃
责任印制	肖　鹏
出版发行	四川辞书出版社
地　　址	成都市槐树街2号
邮政编码	610031
印　　刷	成都翔川印务有限责任公司
开　　本	700 mm×1000 mm　1/16
版　　次	2017年4月第2版
印　　次	2017年4月第3次印刷
印　　张	27.75
书　　号	ISBN 978－7－5579－0164－6
定　　价	65.00元

・本书如有印装质量问题，请寄回出版社调换。
・发行部电话：(028)87734281　87734332

序

王锺陵

　　长城,在历史的丛山中,迎着漠北干渴的风,坚毅、凝重、沉滞、巍然地蜿蜒着。

　　而大地上的野草,在烽火和鲜血中,一片片,绿了又枯,枯了又绿。

　　于是,有了诗、有了词,有了这几千年交织着一个民族种种心态的深情吟唱:从屈原崇高悲苦的殉志沉江,到秋瑾悲秋风秋雨之愁杀于人,汪洋万汇、浑浩无涯的历史长河中,充满了多少骇浪惊涛、急湍回流!

　　像横亘时空的长城一样,一种独特的文化—审美心理建构,层积为我们独特的民族性:玄意、禅味、理趣,儒家的入世与独善,道家的乘物与游心,审美情趣之丽、秀、雅、逸的逐步推移……

　　以此,我们面对着新时代的八方来风。中国在走向世界,世界也在接近中国。天地之炉冶,铸锻群品,煦春化育,玄冬素杀,一个伟大的构建新文化的进程已在艰难地开始。

　　"在一个科技愈益高度发展的物化的世界环境中,文化—心理的因素,特别是审美的因素,将愈益突出。在东西方文化交流的背景下,对于民族性的探索,更是一个牵涉到世界文化发展的意义重大的课题。"[①]对作为中国文学史主要部分的诗词之研究,在探讨这一课题上无疑有其特殊的优越条件。"我们处在又一个文化转型期。问题十分清楚:任何对民族历程的认真反思,都将有益于民族的前进;而对于中华民族文化—心理的深入研究,又必将具有跨民族的世界性意义。"[②]

　　长城辉映过灿烂的晨曦,呈现过一种具有博大深沉气韵的雄姿;长城也在万山苍茫中面对过一轮似血的落照。

　　诗词是民族历史的感性显现,是赖以构成民族特性的文化—审美

心理之细腻而丰富的律动。世界将由此而窥见中国文化超以象外的环中道心及其杳霭流玉、冷然希音的美,而中国文化则由此而向世界展示其雄奇的山体、翱翔的鹏风、流水之采采、远春之蓬蓬。

李商隐《谒山》诗云:"欲就麻姑买沧海,一杯春露冷如冰。"③渺无涯涘的中国古代文学之沧海,浓缩、凝聚而为这本小小的书,犹如春露之在于一杯。

当我们的视线从这本书中升起、远望、腾空、飞越、扬云气而出天外时,在无际太空的映衬下,地球缩小了;于是,如同李贺所曰:"一泓海水杯中泻"④,这本书中一排排小小的铅行,复又从书中泻出,化而为大风卷水的江海波流。永远流逝着过去、现在和未来的地球,浸在这片文化—意义的波流中,像红湿的日轮似地浮动着。

更变千年如走马。海尘,又在蕞尔三山之下悄然生起。

---

① 王锺陵《中国中古诗歌史·前言》,江苏教育出版社1988年版,第30页;人民出版社2005年版,第18页。
② 王锺陵《中国前期文化—心理研究》,重庆出版社1991年版,第777页;上海古籍出版社2006年版,第506页。
③《全唐诗》卷五百四十,第16册,中华书局1960年版,第6208页。
④《梦天》,[清]王琦等《李贺诗歌集注》,上海古籍出版社1978年4月新1版,第57页。

凡 例

一、本书采录唐代中期至南宋末期117位作家的词301首,另有敦煌曲子词8首、无名氏作品1首,所收作品共计310首。

二、作家的排列,先以其主要活动年代划归某一历史朝代。如李白属盛唐、李清照属南宋。在同一朝代中,依生年先后为序。生年无考者,则以其主要活动年代酌情插入。同一作家的作品收录两篇以上者,则其作品的排序尽可能按有关总集或个人别集的顺序排列。无名氏的作品则依其在有关总集中的位置加以处理。

三、本书所收作品的上限为中唐,即文人词产生的时期。李白的词作,虽有真伪之争,因其流传较广,也一并收入。下限截至南宋末。

四、本书每一篇均在时代及作者前列出两个字的概括语,用以概括所写内容,另有内容、特色、注释、赏析等栏目。对典故和难懂的字句,一部分在注释栏目中加以解释,另一部分随文串解;以赏析为重点,一作品一赏析。选出的佳句以突出形式摆放,一目了然。还列有部分作者的逸闻。

五、本书附有佳句索引和事类索引,以适应多方面的需要。事类索引即内容分类索引,便于比较本书中同样内容的作品在艺术上的异同和得失。佳句索引有助于把握本书词中的佳句。

六、本书所收录的词在标出作者时,一般只用本名,不称字、号、官名、郡望、谥号。敦煌曲子词不标作者。作者本名不传,而以"某女"、"某夫人"行于世者,从其旧,如魏夫人。如作者为帝

王,则在本名前加庙号或谥号,如后蜀·庄宗李存勖。

七、作者所处(或主要活动)的朝代、国别细分之,如五代十国各分国别,宋分为北宋、南宋。

八、历史纪年,一般用旧纪年,其后用括号夹注公元纪年的阿拉伯数字,不出现"公元"、"年"字样,如北宋庆历四年(1044)。

九、古地名一般用括号夹注今名,但略去"省"、"市"、"县"字样,如京口(今江苏镇江)。

目 录

唐　词

李　白
　　菩萨蛮（平林漠漠烟如织）………… 2
　　忆秦娥（箫声咽）………………… 3
李康成
　　采莲曲（采莲去）………………… 4
张志和
　　渔父（西塞山前白鹭飞）………… 5
戴叔伦
　　调笑令（边草）…………………… 6
韦应物
　　调笑令（胡马）…………………… 7
刘禹锡
　　忆江南（春去也）………………… 8
白居易
　　忆江南（江南好）………………… 9
　　忆江南（江南忆）………………… 11
　　长相思（汴水流）………………… 12
皇甫松
　　梦江南（兰烬落）………………… 13
　　梦江南（楼上寝）………………… 14
温庭筠
　　菩萨蛮（小山重叠金明灭）……… 15
　　更漏子（玉炉香）………………… 17

酒泉子（楚女不归） …… 18
梦江南（梳洗罢） …… 19
荷叶杯（楚女欲归南浦） …… 20

五代词

后唐·庄宗李存勖
忆仙姿（曾宴桃源深洞） …… 22

后晋·和凝
天仙子（洞口春红飞簌簌） …… 23

南唐·冯延巳
鹊踏枝（谁道闲情抛掷久） …… 24
鹊踏枝（萧索清秋珠泪坠） …… 25
鹊踏枝（庭院深深深几许） …… 26
谒金门（风乍起） …… 28
归自谣（春艳艳） …… 29
南乡子（细雨湿流光） …… 30

南唐·中主李璟
浣溪沙（手卷真珠上玉钩） …… 31
浣溪沙（菡萏香销翠叶残） …… 33

南唐·后主李煜
虞美人（春花秋月何时了） …… 35
乌夜啼（无言独上西楼） …… 37
一斛珠（晓妆初过） …… 38
长相思（一重山） …… 39
捣练子令（深院静） …… 40
浪淘沙（往事只堪哀） …… 41
浪淘沙（帘外雨潺潺） …… 42
破阵子（四十年来家国） …… 43

闽·韩偓
　浣溪沙（宿醉离愁慢髻鬟） …………………… 44
前蜀·韦庄
　浣溪沙（惆怅梦余山月斜） …………………… 45
　菩萨蛮（红楼别夜堪惆怅） …………………… 47
　菩萨蛮（人人尽说江南好） …………………… 48
　荷叶杯（记得那年花下） ……………………… 50
　河传（何处） …………………………………… 51
　思帝乡（春日游） ……………………………… 52
　女冠子（四月十七） …………………………… 53
前蜀·牛峤
　望江怨（东风急） ……………………………… 54
　西溪子（捍拨双盘金凤） ……………………… 55
　江城子（鵁鶄飞起郡城东） …………………… 56
前蜀·张泌
　浣溪沙（独立寒阶望玉华） …………………… 57
　临江仙（烟收湘渚秋江静） …………………… 58
前蜀·牛希济
　生查子（新月曲如眉） ………………………… 59
　生查子（春山烟欲收） ………………………… 60
前蜀·尹鹗
　菩萨蛮（陇云暗合秋天白） …………………… 61
前蜀·李珣
　渔歌子（柳垂丝） ……………………………… 62
　巫山一段云（古庙依青嶂） …………………… 63
　南乡子（乘彩舫） ……………………………… 64
前蜀·魏承班
　生查子（烟雨晚晴天） ………………………… 65

后蜀·顾敻
  诉衷情（永夜抛人何处去） ……………………………… 66
后蜀·鹿虔扆
  临江仙（金锁重门荒苑静） ……………………………… 67
后蜀·毛熙震
  后庭花（莺啼燕语芳菲节） ……………………………… 68
后蜀·欧阳炯
  江城子（晚日金陵岸草平） ……………………………… 69
  西江月（月映长江秋水） ………………………………… 70
荆南·孙光宪
  浣溪沙（蓼岸风多橘柚香） ……………………………… 71
  浣溪沙（揽镜无言泪欲流） ……………………………… 72
敦煌曲子词
  天仙子（燕语莺啼三月半） ……………………………… 73
  菩萨蛮（枕前发尽千般愿） ……………………………… 74
  浣溪沙（五两竿头风欲平） ……………………………… 75
  望江南（莫攀我） ………………………………………… 76
  望江南（天上月） ………………………………………… 76
  鹊踏枝（叵耐灵鹊多谩语） ……………………………… 77
  何满子（城傍猎骑各翩翩） ……………………………… 78
  醉公子（门外猧儿吠） …………………………………… 79

宋　词

王禹偁
  点绛唇（雨恨云愁） ……………………………………… 82
圆禅师
  渔家傲（本是潇湘一钓客） ……………………………… 83
林　逋
  相思令（吴山青） ………………………………………… 84

钱惟演
    木兰花（城上风光莺语乱） ……………………… 85
范仲淹
    渔家傲·秋思 ……………………………………… 86
    苏幕遮·怀旧 ……………………………………… 88
    御街行·秋日怀旧 ………………………………… 89
柳 永
    雨霖铃（寒蝉凄切） ……………………………… 91
    归朝欢（别岸扁舟三两只） ……………………… 92
    凤栖梧（伫倚危楼风细细） ……………………… 93
    双声子（晚天萧索） ……………………………… 94
    安公子（长川波潋滟） …………………………… 96
    望海潮（东南形胜） ……………………………… 97
    望汉月（明月明月明月） ………………………… 98
    八声甘州（对潇潇暮雨洒江天） ………………… 99
张 先
    一丛花令（伤高怀远几时穷） …………………… 100
    庆佳节（莫风流） ………………………………… 101
    天仙子（水调数声持酒听） ……………………… 102
    菩萨蛮（玉人又是匆匆去） ……………………… 104
    木兰花（人意共怜花月满） ……………………… 105
    青门引（乍暖还轻冷） …………………………… 106
晏 殊
    破阵子（燕子来时新社） ………………………… 107
    浣溪沙（一曲新词酒一杯） ……………………… 108
    清平乐（春花秋草） ……………………………… 110
    木兰花（东风昨夜回梁苑） ……………………… 111
    蝶恋花（槛菊愁烟兰泣露） ……………………… 112
    玉楼春（绿杨芳草长亭路） ……………………… 113

张 升
　离亭宴（一带江山如画） ················· 114

宋 祁
　玉楼春（东城渐觉风光好） ··············· 115

欧阳修
　踏莎行（候馆梅残） ····················· 117
　生查子·元夕 ····························· 118
　蝶恋花（面旋落花风荡漾） ··············· 119
　蝶恋花（几日行云何处去） ··············· 120
　渔家傲（红粉墙头花几树） ··············· 121
　玉楼春（洛阳正值芳菲节） ··············· 122
　玉楼春（东风本是开花信） ··············· 123

王安石
　桂枝香·金陵怀古 ························· 124
　浣溪沙（百亩中庭半是苔） ··············· 126

王安国
　清平乐（留春不住） ····················· 127

晏几道
　临江仙（梦后楼台高锁） ················· 128
　蝶恋花（笑艳秋莲生绿浦） ··············· 130
　鹧鸪天（彩袖殷勤捧玉钟） ··············· 131
　南乡子（花落未须悲） ··················· 132
　清平乐（留人不住） ····················· 132
　木兰花（秋千院落重帘暮） ··············· 133
　玉楼春（东风又作无情计） ··············· 134
　归田乐（试把花期数） ··················· 135
　更漏子（出墙花） ······················· 136

王 观
　卜算子·送鲍浩然之浙东 ··················· 137

张舜民
　　卖花声·题岳阳楼 …………………………… 138
魏夫人
　　定风波（不是无心惜落花）………………… 139
苏　轼
　　水调歌头（明月几时有）…………………… 140
　　归朝欢·和苏伯固 …………………………… 143
　　念奴娇·赤壁怀古 …………………………… 144
　　南歌子（山与歌眉敛）……………………… 147
　　卜算子·黄州定慧院寓居作 ………………… 148
　　贺新郎（乳燕飞华屋）……………………… 149
　　洞仙歌（冰肌玉骨）………………………… 150
　　江城子·密州出猎 …………………………… 152
　　江城子·乙卯正月二十日记梦 ……………… 153
　　蝶恋花（花褪残红青杏小）………………… 155
　　点绛唇（醉漾轻舟）………………………… 156
　　浣溪沙（菊暗荷枯一夜霜）………………… 157
　　青玉案·和贺方回韵，送伯固归吴中 ……… 158
李之仪
　　卜算子（我住长江头）……………………… 159
黄庭坚
　　水调歌头（瑶草一何碧）…………………… 160
　　定风波（把酒花前欲问溪）………………… 162
　　沁园春（把我身心）………………………… 163
李元膺
　　茶瓶儿（去年相逢深院宇）………………… 164
时　彦
　　青门饮·寄宠人 ……………………………… 165

秦 观
　　望海潮（梅英疏淡） …………………………… 166
　　八六子（倚危亭） ……………………………… 169
　　满庭芳（山抹微云） …………………………… 170
　　鹊桥仙（纤云弄巧） …………………………… 173
　　减字木兰花（天涯旧恨） ……………………… 175
　　踏莎行·郴州旅舍 ……………………………… 176
　　鹧鸪天（枝上流莺和泪闻） …………………… 178

米 芾
　　浣溪沙·野眺 …………………………………… 179

贺 铸
　　鹧鸪天（重过阊门万事非） …………………… 181
　　将进酒（城下路） ……………………………… 182
　　青玉案（凌波不过横塘路） …………………… 184
　　忆秦娥（晓朦胧） ……………………………… 186
　　六州歌头（少年侠气） ………………………… 187
　　浪淘沙（雨过碧云秋） ………………………… 189
　　石州引（薄雨初寒） …………………………… 190

陈师道
　　蝶恋花·送彭舍人罢徐 ………………………… 192

晁补之
　　望海潮（人间花老） …………………………… 193
　　暮山溪（自来相识） …………………………… 195

周邦彦
　　瑞龙吟（章台路） ……………………………… 196
　　浣溪沙（楼上晴天碧四垂） …………………… 198
　　满庭芳·夏日溧水无想山作 …………………… 199
　　氐州第一（波落寒汀） ………………………… 200
　　兰陵王·柳 ……………………………………… 202

  西河·金陵 …………………………………… 203
  拜星月慢（夜色催更）………………………… 205
  玉楼春（桃溪不作从容住）…………………… 207
  虞美人（疏篱曲径田家小）…………………… 208
  双头莲（一抹残霞）…………………………… 209
谢　逸
  江神子（一江秋水碧湾湾）…………………… 210
祖　可
  菩萨蛮（谁能画取沙边雨）…………………… 212
毛　滂
  玉楼春·至盱眙作 ……………………………… 213
刘　焘
  转调满庭芳（风急霜浓）……………………… 214
司马槱
  黄金缕（家在钱塘江上住）…………………… 215
惠　洪
  西江月（十指嫩抽春笋）……………………… 216
葛胜仲
  点绛唇·县斋愁坐作 …………………………… 217
徐　俯
  卜算子（天生百种愁）………………………… 218
刘一止
  望明河·赠路侍郎使高丽 ……………………… 219
朱敦儒
  鹧鸪天·西都作 ………………………………… 221
  卜算子（山晓鹧鸪啼）………………………… 223
  相见欢（金陵城上西楼）……………………… 224
李　纲
  喜迁莺·真宗幸澶渊 …………………………… 225

李清照
  渔家傲（天接云涛连晓雾）………………………… 226
  如梦令（昨夜雨疏风骤）…………………………… 228
  凤凰台上忆吹箫（香冷金猊）……………………… 230
  一剪梅（红藕香残玉簟秋）………………………… 231
  怨王孙（湖上风来波浩渺）………………………… 233
  醉花阴（薄雾浓云愁永昼）………………………… 234
  忆秦娥（临高阁）…………………………………… 235
  永遇乐（落日熔金）………………………………… 236
  武陵春（风住尘香花已尽）………………………… 237
  声声慢（寻寻觅觅）………………………………… 239
  庆清朝慢（禁幄低张）……………………………… 241

吕本中
  采桑子（恨君不似江楼月）………………………… 242

赵 鼎
  鹧鸪天·建康上元作………………………………… 243

向子𬤇
  一落索（春风吹断前山雨）………………………… 244

张元幹
  贺新郎·寄李伯纪丞相……………………………… 246
  贺新郎·送胡邦衡待制……………………………… 247
  浣溪沙（山绕平湖波撼城）………………………… 249
  菩萨蛮（春来春去催人老）………………………… 250

吕渭老
  渔家傲·作浮图语送深上人游庐山………………… 251

曹 勋
  饮马歌（边头春未到）……………………………… 252

岳 飞
  满江红（怒发冲冠）………………………………… 253

邵 缉
  满庭芳（落日旌旗） ·················· 254
韩元吉
  霜天晓角·题采石蛾眉亭 ············· 256
朱淑真
  蝶恋花·送春 ···························· 257
林 仰
  少年游·早行 ···························· 258
陆 游
  钗头凤（红酥手） ······················· 259
  卜算子·咏梅 ···························· 260
  汉宫春·初自南郑来成都作 ·········· 261
范成大
  念奴娇（吴波浮动） ···················· 262
王 质
  笛家弄·水际闲行 ······················ 263
杨万里
  昭君怨·咏荷上雨 ······················ 265
张孝祥
  六州歌头（长淮望断） ·················· 266
  念奴娇·过洞庭 ························ 267
  西江月（十里轻红自笑） ··············· 269
  眼儿媚（晚来江上荻花秋） ··········· 270
  念奴娇（风帆更起） ···················· 271
  木兰花慢（送归云去雁） ··············· 273
  木兰花慢（紫箫吹散后） ··············· 274
  虞美人·无为作 ························ 276
  雨中花慢（一叶凌波） ·················· 277
  转调二郎神（闷来无那） ··············· 278

丘 崈
　垂丝钓（夕烽戍鼓）…………………… 280
赵长卿
　谒金门·暮春 ……………………………… 281
辛弃疾
　摸鱼儿（更能消）………………………… 282
　祝英台近·晚春 …………………………… 284
　青玉案·元夕 ……………………………… 285
　南歌子（万万千千恨）…………………… 287
　清平乐·独宿博山王氏庵 ………………… 288
　西江月·夜行黄沙道中 …………………… 290
　贺新郎·别茂嘉十二弟 …………………… 291
　粉蝶儿·和晋臣赋落花 …………………… 293
　太常引·建康中秋夜为吕叔潜赋 ………… 294
　破阵子·为陈同甫赋壮词以寄之 ………… 295
　千年调（左手把青霓）…………………… 297
　鹧鸪天（壮岁旌旗拥万夫）……………… 298
　玉楼春·戏赋云山 ………………………… 300
陈 亮
　贺新郎（离乱从头说）…………………… 301
刘 过
　沁园春·张路分秋阅 ……………………… 303
　贺新郎（弹铗西来路）…………………… 304
姜 夔
　江梅引（人间离别易多时）……………… 305
　点绛唇·丁未冬，过吴松作 ……………… 307
　踏莎行（燕燕轻盈）……………………… 308
　淡黄柳（空城晓角）……………………… 309
　扬州慢（淮左名都）……………………… 311

  暗香（旧时月色） …………………………………… 313
  疏影（苔枝缀玉） …………………………………… 314
汪　莘
  沁园春（家在柳塘） …………………………………… 316
崔与之
  水调歌头·题剑阁 …………………………………… 317
俞国宝
  风入松（一春长费买花钱） ………………………… 318
戴复古
  满庭芳（赤壁矶头） …………………………………… 320
史达祖
  玉楼春·赋梨花 …………………………………… 321
  绮罗香·咏春雨 …………………………………… 322
  双双燕·咏燕 …………………………………… 324
  满江红·九月二十一日出京怀古 ………………… 325
黄　机
  乳燕飞·次岳总干韵 ………………………………… 326
  六州歌头·次岳总干韵 ……………………………… 328
葛长庚
  酹江月·武昌怀古 …………………………………… 329
刘克庄
  沁园春·梦孚若 …………………………………… 330
  贺新郎·送陈真州子华 ……………………………… 332
  贺新郎·杜子昕凯歌 ………………………………… 334
  最高楼·题周登乐府 ………………………………… 335
张　榘
  摸鱼儿·九日登平山和赵子固帅机 ……………… 337
  贺新凉·送刘澄斋制干归京口 …………………… 338

吴 潜
　满江红·送李御带珙 ………………………… 339
　满江红·送陈方伯上襄州幕府 ……………… 340
淮上女
　减字木兰花（淮山隐隐）…………………… 342
李曾伯
　沁园春·丙午登多景楼和吴履斋韵 ………… 343
方 岳
　水调歌头·平山堂用东坡韵 ………………… 344
吴文英
　三部乐·赋姜石帚渔隐 ……………………… 345
　齐天乐·与冯深居登禹陵 …………………… 347
　风入松（听风听雨过清明）………………… 349
　高阳台·过种山 ……………………………… 350
　八声甘州·陪庾幕诸公游灵岩 ……………… 352
　西江月（江上桃花流水）…………………… 354
　唐多令（何处合成愁）……………………… 355
翁元龙
　西江月（山色低衔小苑）…………………… 356
孙吴会
　摸鱼儿·题甘露寺多景楼 …………………… 357
李 演
　贺新凉·多景楼落成 ………………………… 359
陈 著
　如梦令·西湖道中 …………………………… 360
胡翼龙
　长相思·题甘楼 ……………………………… 361
文及翁
　贺新郎·游西湖有感 ………………………… 362

李好古
　　谒金门（花过雨） …………………………………… 363
刘辰翁
　　一剪梅·和人催雪 …………………………………… 364
　　青玉案·暮春旅怀 …………………………………… 365
周　密
　　瑶花慢（朱钿宝玦） ………………………………… 366
　　四字令·访友不遇 …………………………………… 367
　　献仙音·吊雪香亭梅 ………………………………… 368
　　庆宫春·送赵元父过吴 ……………………………… 369
文天祥
　　满江红·代王夫人作 ………………………………… 370
邓　剡
　　酹江月·驿中言别 …………………………………… 371
汪元量
　　传言玉女·钱塘元夕 ………………………………… 373
王沂孙
　　花犯·苔梅 …………………………………………… 374
　　眉妩·新月 …………………………………………… 376
　　齐天乐·蝉 …………………………………………… 377
　　高阳台·和周草窗寄越中诸友韵 …………………… 378
　　更漏子（日衔山） …………………………………… 379
蒋　捷
　　贺新郎（梦冷黄金屋） ……………………………… 380
　　贺新郎·兵后寓吴 …………………………………… 381
　　女冠子·元夕 ………………………………………… 382
　　梅花引·荆溪阻雪 …………………………………… 384
　　虞美人·听雨 ………………………………………… 385

张　炎
　　壶中天（扬舲万里）……………………………… 386
　　甘州（记玉关）…………………………………… 387
　　渡江云（山空天入海）…………………………… 389
　　解连环·孤雁……………………………………… 390
　　月下笛（万里孤云）……………………………… 392
　　清平乐·赠处梅…………………………………… 393
　　清平乐（采芳人杳）……………………………… 394
闾丘次杲
　　朝中措·浮远堂…………………………………… 396
　　佳句索引…………………………………………… 397
　　事类索引…………………………………………… 407

跋 …………………………………………………………… 422

Tang Song Ci Jian Shang

唐词

李白　李康成　张志和　戴叔伦
……

菩萨蛮

原文 离思 唐·李白

　　平林漠漠烟如织，寒山一带伤心碧。暝色入高楼，有人楼上愁。　玉阶空伫立，宿鸟归飞急。何处是归程？长亭更短亭。

内　容 此词写思妇于秋林暝色之中凭楼遥望盼所思念之人归来的情景。
特　色 双向往复，两地互摄。
注　释 暝（míng）色：暮色。暝，暗。伫（zhù）立：久立。宿鸟：文中指将宿之鸟。长亭、短亭：古代设在交通大道上让行人休息的处所。

赏析　这首词虽非词之发端，但因它艺术精湛，堪为圭臬，故宋人黄升说《菩萨蛮》《忆秦娥》"二词为百代词曲之祖"（《唐宋诸贤绝妙词选》卷一），清人陈廷焯说二词"为词中鼻祖"（《白雨斋词话》卷五）。

　　本篇所写是离思，然而是游子思妻还是思妇念夫？换言之，词之境界是夫为本位还是妇为本位？时下两说并存。笔者更倾向于后者。思妇是主体，她于秋林暝色中凭楼遥望盼归。游子归来经何处？视野内的大路小道林莽均不放过。然而林木广延不辨路径，暮霭如织焉见踪影？平林尽处是寒山，游子远在寒山外；烟林遮眼，山屏绝望；烟虽白，山虽绿，因"我"伤心、忧愁、落寞、孤寂，故山亦着"我"之"寒"温、染"我"之"伤心"色调，主体在客体上得到了肯定的实现。

　　本篇的景色构图：景焦在高楼，烟林、寒山、暝色、飞鸟是楼外景，楼上人是景之观感者。景色和感情通过动态的、双向往复的方式展示出来。观景人先是由中心到扇面摄取景色，并以"伤心"感染景色；三句、四句是由扇面到中心显现景色，并以暝色起愁情，于是落到本位，归结到"愁"情。

　　"玉阶"二句，是愁字在思妇举止和感物上的展开。暝色之中，禽畜知归，而人不归，因起愁怨。这与"鸡栖于埘，日之夕矣，羊牛下来。君子于役，如之何勿思"（《诗经·王风·君子于役》）出自同一机杼。许瑶光《雪门诗钞》卷一《再读〈诗经〉四十二首》第十四首云："鸡栖于桀下牛羊，饥渴萦怀对夕阳。已启唐人闺怨句，最难消遣是昏黄。"（参见钱锺书《管锥编》第一

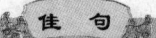

佳　句

- 平林漠漠烟如织，寒山一带伤心碧。
- 暝色入高楼，有人楼上愁。

不妨说,"宿鸟归飞急"这个唐人闺怨句,是受《君子于役》的启发。

末二句是思妇想象其夫步上归程的情景,为虚景。这与《诗经·周南·卷耳》相仿,都是一边表现思妇的实境,一边表现她想象中的虚境;而虚境又像实境。因为以思妇为本位观之,则己方为实夫方为虚;以游子为本位观之,则夫方为实妇方为虚。作者超脱于两地之上,故两地情景如镜之互摄。

(林方直)

逸闻

李白初至京师,贺知章早闻其名,第一个来拜访他。贺知章一见李白,就为他的容姿所惊,继而要看他的诗文。李白拿出《蜀道难》给他看,还未读完,贺知章便已称叹数次,称赞诗的瑰丽奇特,为李白的诗折服,不由叹道:"先生真乃天上谪仙人也!"并解下随身带的金龟,与店家换得美酒,跟李白倾杯尽醉。不久之后,李白声名显赫,"谪仙"的称号也就流传开来了。

(徐玲)

忆秦娥

原文　　　　　　　　　　　　　　　　伤别　唐·李白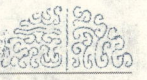

箫声咽,秦娥梦断秦楼月。秦楼月,年年柳色,灞陵伤别。　　乐游原上清秋节,咸阳古道音尘绝。音尘绝,西风残照,汉家陵阙。

内　容　此词写伤别、望远的情景,抒吊古伤今之意。
特　色　两层意境,双重题旨。
注　释　秦娥:古代秦国的女子弄玉,传说她是秦穆公嬴任好的女儿,喜爱吹箫作凤鸣,嫁给萧史,后来夫妇随凤凰飞升上天。事见《列仙传》。灞(bà)陵:地名。因汉文帝刘恒的陵墓而得名,附近有霸桥(今作灞桥),古人常在这里折柳送别。乐游原:地名,亦称乐游苑,因汉宣帝建乐游庙而得名,地势高敞,是登高游览的地方。咸阳:地名,在今天的陕西,曾经是秦朝的京城。音尘:声音和踪迹,这里指音信。残照:夕阳。汉家陵阙:汉朝皇帝的坟墓和宫殿。

赏析　顾起纶《花庵词选·跋》云:"李太白首倡《忆秦娥》……为千古词家之祖。"吴梅《词学通论》云:"太白此词,实冠今古。"前人推此词而崇之,实非过誉。本篇言秦娥的伤别心绪,并通过触物起情、索物托情以言之。上阕言别后春愁,现实中不能相会,相逢除非在梦中,于是寻好梦;然而好梦难成,时断时续,更哪堪闻箫声呜咽、月照秦楼。于是那秦娥

3

离愁或托箫咽以飞声，或凭明月以着色。此情此景始自灞陵伤别处，嗣后柳色年复一年，良人犹未归，离愁有增无休。下阕写盼归之秋思。都人士女重九清秋登乐游原，秦娥此来别有心思。居高西望，极目咸阳古道，直至黄昏，依旧音尘绝。并非绝无车马人流，然"过尽千帆皆不是"，独无良人也。不见亲人已经不胜怅惘，且兼"西风残照，汉家陵阙"的衰景，更助黯伤。

全词通过景物烘托、感情流动表现秦娥的伤别之情，但又绝不仅限于此（若词旨仅限于此，试想是否有"假〈借〉象过大"之嫌），此词另有作者吊

· 西风残照，汉家陵阙。

古伤今之意。这层旨意一般认为以末句八字出之，如王国维《人间词话》说"寥寥八字，遂关千古登临之口"。其实非唯末句，全篇皆然。这便是在表层意象以下有着深层意境。从吊古伤今角度来观照，则当日弄玉与萧史的美丽动人故事已变作悲叹之调。往昔汉唐盛世已成云烟，只有汉家陵墓群落在秋风中瑟缩、在落晖中消磨；汉唐"古道"绝其嗣响。此正诗人每常咏叹之"伤心秦汉"、"忆昔开元"。作者组构这个整体意境以抒发盛世古道之不再、而今不承权舆之慨。这层词旨依然是伤别，但不是表层儿女之伤别，是词人对盛世古道的伤别，浓重而深长地表现了对社会、对历史的忧患意识。

（林方直）

采莲曲

 言情 唐·李康成

采莲去，月没春江曙。翠钿红袖水中央，青荷莲子杂衣香，云起风生归路长。归路长，那得久。各回船，两摇手。

内　容 | 明写采莲，隐写恋情。
特　色 | 感觉调动，风格柔美。
注　释 | 翠钿（diàn）：绿玉制的妇女头饰。钿，以金、银、玉、贝等镶嵌器物。

赏析 本篇表现的是：在采莲劳动中一个小伙子对一位姑娘的爱恋情感活动。晓月刚落，"春江"笼罩着粉红色曙光，如此美景良辰，男女意动曰："采莲去！"何等情愿、踊跃、迅捷！"翠钿红袖水中央，青荷莲子杂衣香"，与李白《采莲曲》之"日照新妆水底明，风飘香袂空中举"堪比伯仲。水中央，"溯游从之，宛在水中央"（《诗经·秦风·蒹葭》）乎？"水底明"乎？或可兼之。不过不是《蒹葭》那样可望而不可即，是相去无几许。日下翠红真耀眼，

水中漾影亦分明；莲荷本自清香远，渗过罗衣气更浓。莲子早有怜子的双关意，毋庸今日动辄"我爱你"也。人处恋情时，感觉极灵敏。前句是最佳视觉调动之所得，后句是最佳嗅觉调动之所得，以此对恋爱对象加以充分感受焉。

正值此际，天不作美，云起风生矣，无奈只得回返。"归路长，那得久"，长表空间，久表时间；归路虽长，但行不久；非不久也，怕分手也；近村时各自东西，犹自恋恋不舍地摇手。《全唐五代词》作"急回船"，不合情理，《全唐诗》卷二〇三作"各回船"，允当，兹从之。

李康成曾赴江东，此词描绘江南风情，颇具柔美的风致格调。

· 翠钿红袖水中央，青荷莲子杂衣香。

（林方直）

渔　父

原文 　　渔隐　唐·张志和

西塞山前白鹭飞，桃花流水鳜鱼肥。青箬笠，绿蓑衣，斜风细雨不须归。

内　容｜写江南水乡清新、质朴的风物，寄寓闲适冲淡之意趣。
特　色｜词中有画，水墨山水。
注　释｜西塞山：在浙江吴兴县西南；一说在湖北。鳜（guì）鱼：又名桂花鱼，是一种大口细鳞绿黄带褐色斑点的鱼。箬笠（ruòlì）：竹叶制成的斗笠。蓑（suō）衣：草或棕编制的雨衣。

赏析　张志和"善画山水"，"自撰《渔歌》，便复画之"（《唐才子传》）。因他兼擅词画，或依词作画，或据画填词，故其画中有词，词中有画。《渔父》词的突出特点就在于此。本篇很考究山水画的布景构图。西塞山是高耸的，其剥蚀纹理是纵向的，而白鹭飞则是横向的。山黛鸟白，山静鸟动。当白鹭在西塞山的背景前飞来飞去，那是纵与横、黛与白、静与动的对立统一，何等简洁明快！首句之景居画幅后上方，次句之景居画幅前下方。岸上桃红，水中鱼肥；春水值桃花而泛汛，渔钓逢鳜肥而顾勤。"斜风细雨"给该画涂上春雨融融色调。风无从看，于其所吹物上看之，故王维《山水论》有"水看风脚"之说。江上风应是平移横吹，何来斜风？风之平行力与雨之垂直力相作用而使雨斜，误为风

· 西塞山前白鹭飞，桃花流水鳜鱼肥。

斜也。然却误得好,唯有雨之细、风之微方得如是景象。"青箬笠,绿蓑衣",以两件雨具点出画中人。画笔省净到非唯"远人无目",亦且面庞都无。因它不是人物画而是山水画,体现着王维一派水墨山水的风格。其比例为"丈山尺树寸马分(荆浩作'豆')人",人如豆小,岂有面目。宋李澄叟《画山水诀》云:"山水上人物,不拘巨细……只是点淬而成,仿佛便休。"

张志和曾待诏翰林,后绝意仕途,隐于太湖一带,自号"烟波钓徒"。所作《渔父》词正是他陶乐于江湖隐逸的绝好写照。作者与山水自然亲和无间。作者将孤高、洁白、自由的白鹭品格引为同调,"好是沧波侣,垂丝意亦同"(张祜《白鹭》诗)。"青箬笠,绿蓑衣",其人乃作者化身。所著蓑笠是人与自然隔与不隔的中介,如是则"斜风细雨不须归"也,"一蓑烟雨任平生"(苏轼《定风波》)也。词中未曾交代渔父乘舟坐矶持竿垂钓,这无妨,因他即或持竿,"每不投饵,志不在鱼"(《唐才子传》),其意往往不在乎功利之鱼,而在乎山水之间,做个"侣鱼虾而友麋鹿"的自然人。否则他不过是位渔父而已。

(林方直)

调笑令

原文 边愁 唐·戴叔伦

边草,边草,边草尽来兵老。山南山北雪晴,千里万里月明。明月,明月,胡笳一声愁绝。

内　容 写空旷、寂寥的边塞环境,寄寓久戍的孤独、痛苦心境。
特　色 复叠写境,以有写无。
注　释 胡笳(jiā):我国北方民族的管乐器,传说由张骞从西域传入,其音悲凉。

赏析 这首小词反映的是戍边老兵的精神愁苦。如何反映?通过老兵所处环境反映。什么样的环境?是边远、空旷、单调、寂寥的环境。在这里,今年对边草、明年对边草,长年无不对边草,有时边草亦无可对,年复一年人已老!白日里,山南尽是雪、山北尽是雪,白茫茫大地只见雪。长夜里,千里罩明月、举头望明月、环顾是明月,与我相伴厮守者独明月而已。偶尔听到一声呜呜咽咽的胡笳,令他愁苦到极点。人多年处在这样一种沙漠一样的单调寂寞环境里,必然感到极度的空虚、孤独、无聊和痛苦。这对于人是残忍的,不堪忍受的。这便是老兵"愁绝"的内容。这首小词的复叠形式,对于表现单调寂寥环境和老兵愁怨心理具有鲜明而强烈的效果,形式与内容达到了最佳选配。

本篇最大的特点是以有写无。表面写有,实际写无。这里有的,除了边草还是边草,除了明月还是明月,除了山雪还是山雪,如斯而已;而故乡、庄田、市井、家园、父母妻子、亲朋故友等等等等却在何处?这就是以有写无。《老子》提出有无相生之哲理,这在中国文艺中颇有体现。如

佳 句

· 山南山北雪晴,千里万里月明。
· 明月,明月,胡笳一声愁绝。

王绩《入若耶溪》"蝉噪林逾静,鸟鸣山更幽",以有声反衬无声。钱锺书《管锥编》云:"虚空之辽广者,每以有事物点缀而愈见其广。"杜诗"国破山河在,城春草木深",依司马光的见解也是以有写无:"'山河在',明无余物矣,'草木深',明无人矣。"(《苕溪渔隐丛话》前集卷六)这首小词全篇均在以有写无,并为以有写无的方法提供了成功的艺术经验。

(林方直)

调笑令

原文 边塞 唐·韦应物

胡马,胡马,远放燕支山下。跑沙跑雪独嘶,东望西望路迷。迷路,迷路,边草无穷日暮。

内 容 本词以迷途的胡马写北部边地黄昏的空旷感。
特 色 体势跌宕,若有托想。
注 释 燕支山:"燕支"同"焉支"或"胭脂",本植物名,花汁可制成颜料。该山在甘肃山丹县东,《史记·匈奴传·索隐》:"匈奴失焉支山歌曰:失我焉支山,使我妇女无颜色。"

赏析 本篇言一匹胡马迷惘在燕支山下。从形式到内容就是这么简单,堪称微型词矣。体

虽微小，构造却玲珑精巧。三易其韵，仄平仄相衔。第二接头处"路迷"、"迷路"，顺断接逆连，故曰"转应曲"。全词气势曲折跌宕，如造小园，使逼仄空间得到最充分利用。

胡马，产于西域或西北地区的良马。燕支山在甘肃山丹县南，山下"水草茂美"。这匹胡马远道而来，被投放在燕支山下。马虽神骏精良，一旦处生疏之地，陷孤独之苦，迷路在所难免。以现今之经验推之，空旷大草原四顾茫茫，苍莽大地无路可循，难以找出明显的物貌作为辨向的觇标。若逢阴雨风雪，人都要迷失方向，行一两日不出原地者有之，死难者有之，迷失牲畜亦司空见惯。词中这匹胡马在边草无穷之地，复值日暮，或者又遇上风沙雨雪，尽管"老马识途"，也莫辨东西，难投归处。"跑沙跑雪独嘶"，一解为焦躁地用蹄子"刨沙刨雪独嘶"，一解为荒乱地在沙雪地上奔跑独嘶。二说笔者难分轩轾。

胡马迷路，词中言之凿凿，然其题旨是仅此而已，还是另有所托呢？俞陛云《唐五代两宋词选释》云："言胡马东西驰突，终至边草路迷，犹世人营扰一生，其归宿究在何处？……二词见韦苏州托想之高。"对俞陛云此说不能绝对肯定，也不能绝对否定。艺术作品是有模糊性的，艺术分析也因分析主体不同而有差异。能掌握在若有若无、在有在无之间斯可矣。

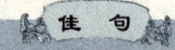

· 迷路，迷路，边草无穷日暮。

（林方直）

　　韦应物诗风古淡朴质，皎然慕名去拜访他。他先将自己仿照韦应物的诗风所做的几首新作奉上，以为这些诗一定很趁他的心意，谁知，韦应物接过看了两眼，就丢在一旁，不屑一顾。皎然又将自己以前的旧作律诗献上，韦应物才细细吟读。他对皎然说："人因天分各异而各有所长。你一味地仿效我，失之故步，不会有什么成就。只有那些你自己独立创作，有自己风格的诗作，才可让你成名。"

（徐玲）

忆江南

原文 　　伤春　唐·刘禹锡

　　春去也！多谢洛阳人。弱柳从风疑举袂，丛兰裛露似沾巾。独坐亦含颦。

内　容｜写春去时的伤春之情。
特　色｜人情物态，水乳交融。
注　释｜袂（mèi）：衣袖。裛（yì）：湿润。颦（pín）：古同颦，眉蹙。

赏析 刘禹锡是中唐以《竹枝》等作"独步于元和间"的词人。此调原词两首,此为第一首,作者自注云:"和乐天春词,依《忆江南》曲拍为句。"可见本词作于开成三年(838)。这首一时传唱的词作,虽寥寥数语,然情深意长,词人以其对春逝的独特审美感知,写伤春主题,哀婉,但不凄艳,字里行间充满着淡淡的春愁、浓浓的人情。

"春去也!多谢洛阳人。"在词人轻声的叹息中,姹紫嫣红的春景,就这般随日流逝。欲留春住,春逝如梭。好景难长的叹惋,皆在"去也"中表现得淋漓尽致。"多谢洛阳人"句赋予"春"以极浓的人情味。春也不忍遽去,情思缱绻,边走边殷勤地向留她长驻的洛阳人频频致意。此句化直为曲,化平为奇。春天辞别人世,挥手道别,"举手长劳劳","萋萋满别情",人的动作,人的情思,写尽了春的人情美。而沐浴过明媚春光的洛阳人不放春去,同样经受过春光滋润的"弱柳""丛兰"也跟洛阳人一样,柳因春逝而"弱",兰因伤春而泪。风吹弱柳,柳随风扬,仿佛窈窕淑女举袖告别。丛兰缀露,珠光晶莹,恰似少女惜别时洒落在罗巾上的泪珠……词人丰富奇特的审美想象力,选择了具有典型性的春天意象,并赋予了意象人情之美。"独坐亦含颦",是从春的人情过渡到人的伤春。至此,叠映在弱柳、丛兰上的少女形象独立出来。"独"表明其孤寂冷落的处境,愁绪无限地包围过来,人别无他计,只能用"含颦"的动作来抵挡愁绪。感时伤世,触景生情,春来即逝,好景难再,人生韶华也将随之而逝,美好终究不能永久,这怎能不令人怅触百端呢?此句境生象外,含蕴丰富,体现了词人对人生的整体审美观。

总之,此词人情物志,水乳交融,物情人情,双重迸发。全阕一往情深,情调哀婉,语言工丽,哀而无怨,丽而不艳。美在于心和物、意向和环境的完美统一。而刘禹锡对一代宋词的贡献也正在于此:"流丽之笔,下开北宋子野、少游一派,唯其出自唐音,故能流而不靡,所谓'风流高格调',其在斯乎?"(况周颐《蕙风词话》卷二) (曹济平 狄志红)

佳句
- 弱柳从风疑举袂,丛兰裛露似沾巾。

忆江南

原文 忆春 唐·白居易

江南好,风景旧曾谙。日出江花红胜火,春来江水绿如蓝。能不忆江南?

内容 追忆江南风物之美。
特色 旁处取影,两极摩荡。
注释 谙(ān):熟悉。蓝:是一种蓼科植物,其叶可制青绿染料。

赏析 白居易出生在北方,为官亦多在北方,青年时曾漫游苏、杭,五十五岁前五年先后在杭、苏做刺史。对比南北,因而更能感受江南风景之佳丽秀美、旖旎明媚。他六十七岁时写下《忆江南》。

"江南好,风景旧曾谙",江南好景旧曾谙,无形中流露了先睹为快、谙熟为荣的心理。自己虽是北方人,却不愧为江南风景通、山川迷,颇有不到江南非雅士、曾谙风景资历高之潜意识。

"日出江花红胜火,春来江水绿如蓝。"这是对江南风景的具体描写。虽然仅只两句,可它的审美内容却很丰富。若借用数学概念表述,作品容量应是乘积,则作品字面仅是除商;创作是由积到商,分析是由商到积。前句言太阳作用于物产生的效应,诸如日在人而舒泰、日在云而多彩、日在岩而竞秀、日在宇而明媚等,日在花而为红仅其一端而已。后句写春天作用于物产生的效应,诸如春在地而温馨、春在树而花发、春在莺而鸣飞、春在壑而争流等,春在江而成绿仅其一端而已。多端集约为一端是诗句,由一端还原为多端是分析。江南风景万紫千红五光十色,作者从中提炼出两种原色:红与绿,亦即火与水、阳与阴、刚与柔、暖与凉的相得益彰。两者之间有广阔的中间地带。这是对江南景色从宏观上、要领上的把握。以往分析这两句,容易忽略日与春,以致江花自江花、江水自江水,成为扁平而贫乏的景色。如能看到花红与日出辉映、水绿与春来融会,则两两相乘,其积必大;上下相交、自成立体,此乃充满宇宙天地间之大景。这里,江水是春之令爱,江花乃日之娇娃。日之精神写不出,以江花写其火红;春之精神写不出,以江水写其蓝绿;日借花以泛彩,花因日以崇光;春借江以具体,江因春以传神。如是两极相摩相荡,境界全出,词意尽矣。此亦可谓善作旁处取景。

江南风景如此好,阔别多年,"能不忆江南"?江南景与自己一段身世密切结合,景中有自己的印记。追忆它,即寻找自己。而今年事已高,人生旅途中堪忆堪夸堪慰的华彩段落,已盛世不再、美景难重了。失而难再得的事物,更增其可贵价值,因而江南风景之美,自己的江南历程之光辉,也就更值得追忆!

佳句

· 日出江花红胜火,春来江水绿如蓝。

(林方直)

逸闻

白居易十五六岁时就进京赶考,他依照当时的惯例,拿着自己诗歌的抄本去拜谒当时的著名诗人顾况。顾况自恃才高年长,为人很孤傲,看不起后辈的诗文。顾况见到白居易,就拿他的名字嘲弄他:"居易?长安什么东西都贵得很,要想在此居住下来可是大不易啊!"待到他浏览白居易的诗卷,读到"野火烧不尽,春风吹又生"(《赋得古原草送别》)时,不禁感叹:"你有这样的佳句,居住下来有何难?老夫之前都是戏言啊!"

(徐玲)

忆江南

原 文　　　　　　　　　　　　　　　　　忆旧　唐·白居易

　　江南忆，最忆是杭州。山寺月中寻桂子，郡亭枕上看潮头。何日更重游？

内　容｜追忆昔日杭州之游。
特　色｜境界升华，别有寄寓。
注　释｜郡亭枕上看潮头：浙江流到杭州城东南，称钱塘江，又东北流，至海门入海。自海门涌入的潮水，十分壮观。钱塘江畔也就成了观潮胜地。据《方舆胜览》载："钱塘每昼夜潮再上，至八月十八日尤大。"

赏析　第一首泛忆江南，第二首专忆杭州；忆之最者亦必景之最者。逻辑如此，事实亦然。"山寺月中寻桂子"，《南部新书》记神话传说云："杭州灵隐寺多桂。寺僧曰：'此月中种也。'至今中秋望夜，往往子堕，寺僧亦尝拾得。"唐初宋之问据此写出名句"桂子月中落，天香云外飘"(《灵隐寺》)。做地方长官的白居易更为神话化了的山寺月中桂子所吸引，多次往"寻"："在郡六百日，入山十二回。宿因月桂落，醉为海榴开。"(《留题天竺、灵隐两寺》)作者自

· 山寺月中寻桂子，郡亭枕上看潮头。

注云："天竺尝有月中桂子落。"因为有这样的神话，山寺与天月、月中桂与寺中桂、寺僧、作者与月仙，均已消除界限，浑化为一，以此艺术境界得以升华，审美感受得以超拔。"郡亭枕上看潮头"，钱塘江潮是宇宙力在杭州显现的自然奇观，观潮盛况又堪称人文奇观。日月引来江潮，江潮引来人潮，人潮引来诗潮。作者观潮非同人潮往就江潮，而是郡阁近江先得潮，以静对动，以逸待劳。郡阁安闲依枕上，钱塘主动送潮来。颇得临事以暇、拄笏看山之趣。在此表层境象下可能别有寄托。他曾表露云："山林太寂寞，朝阙空喧烦。唯兹郡阁内，嚣静得中间。"(《郡亭》)

　　结句"何日更重游"。白氏在杭三年郡守，筑堤开渠，与风光和人物结下特殊深厚的情缘，留下了自己的鸿爪印记。回归返本意识浓，便是珠黄人老时。末句既表现杭州景观的莫大诱惑力，也反映出了年过花甲老人的一种心态。

　　　　　　　　　　　　　　　　　　　　　　　　　　　　　　　　(林方直)

长相思

原文　　　　　　　　　　　　　闺怨　唐·白居易

汴水流，泗水流，流到瓜洲古渡头，吴山点点愁。　思悠悠，恨悠悠，恨到归时方始休，月明人倚楼。

内　容　写思妇怨离盼归之情。
特　色　舆地入词，山水象愁。
注　释　汴（biàn）水：在河南荥阳县北，受黄河之水东南流入淮河，至江苏与运河相通。泗水：源于山东，注入运河。瓜洲：在江苏扬州南，是运河通往长江口的市镇。吴山：吴地的山，在今江浙一带。

赏析　上阕四句，每句一个地理名称。古汴水源于河南，其一支自开封东南向流至徐州，汇入泗水。泗水源于山东，通运河，于扬州南面的瓜洲渡口入长江。吴山泛指江南群山。从河南至江南古吴地，几条水流与点点吴山顺接，这是游子远行的轨迹，也是思妇对游子追思的轨迹。思妇将自己的无尽愁思都对象化在点点吴山和段段流水之中。愁思如水之流淌，如山之凝重。这条线的跨度有两三千里，思妇一想便通过全程，"悄焉动容，视通万里"（《文心雕龙·神思》）。如说这是思妇倚楼极目所见，则让人难信有如是之千里眼也。王夫之《姜斋诗话》云："身之所历，目之所见，是铁门限。即极写大景……亦必不逾此限。非按舆地图便可云'平野入青徐'也，抑登楼所得见者耳。"笔者则认为，写大景是需要舆地图的，不者，"楚塞三湘接，荆门九派通"（王维《汉江临泛》）凭什么？这首《长相思》凭什么？古代妇女囿于闺阃，焉得"身之所历，目之所见"？作者尽可据舆地知识为之代言。

·吴山点点愁。

下阕，悠悠者长也，兼空间与时间之长。思之深必导致恨之切。为何思深恨切？只因不归；一旦归来，怨恨立消。结句"月明人倚楼"，曲终点出《长相思》之抒情女主人公的相思状态，倚楼可以遥想伫望。月明则圆，月圆人不圆，更助怨思。

（林方直）

梦江南

原文　　　　　　　　　　　　　　　　怀旧　唐·皇甫松

兰烬落，屏上暗红蕉。闲梦江南梅熟日，夜船吹笛雨潇潇，人语驿边桥。

内　容　写夜梦怀人，重温分手之景。
特　色　主客融会，烟水气韵。
注　释　兰烬（jìn）：是说灯烛心于油将尽时结成的花，有如兰花心。梅熟日：即初夏的黄梅季节，多雨。江淮流域每年这个时节都有持续较长的阴雨天气，因时值梅子黄熟，故亦称黄梅天。驿边桥：靠近驿站的桥；驿站是古代传送公文者休息的地方。

赏析　《梦江南》即《忆江南》《望江南》。本篇前两句写醒境、实境、现境，后三句写梦境、虚境、往境。前为引子，后为正题。这是一首怀旧词、抒情词。抒情主人公为谁？是词人自己。

词人无以遣良宵，独对孤烛，沉浸于冥思与遐想之中，一任兰心般烛花坠落，屏上红蕉幽暗。时间在悄然流逝，词人渐入梦境，重温他当年在江南的人生中最难忘的一幕：那是黄梅时节，夜雨潇潇，河面船上传出曲笛吹奏之声，驿边桥上一对情人在诉说衷肠。词中之意象构件尽于此矣。但仅仅摊开意象构件不行，正如七宝楼台拆卸下来仅是片断，必须按其部位结构成有机整体，方能成为有审美价值的艺术生命个体。这就需要考虑抒情主体在何处，在画船驿桥之外？在画船里？在驿桥上？读者可以三择其一，见仁见智。笔者以为以在驿桥上于义较长。作者怀旧意在怀人，次在怀地。白居易的《忆江南》是白昼怀地，皇甫松的《梦江南》是夜梦怀人，恋人之撄心远甚于迷景。

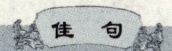

· 闲梦江南梅熟日，夜船吹笛雨潇潇，人语驿边桥。

人的恋情是本篇的主位，景物是客位，主客有机统一。桥者沟通两地者也，以象征沟通两情：尾生期女梁下、裴航遇仙蓝桥、许仙结缘断桥、牛郎织女七夕会鹊桥，均其例也。桥上人一边情话，一边品笛，况那笛之妙音又是透过雨帘从水面上传来，"借着水音更好听"（《红楼梦》里老太太贾母都懂这个）。俞陛云颇有会心："江头暮雨，画船闻桃叶清歌……语语带六朝烟水气也。"（《唐五代两宋词选释》）梦中境界全在朦胧烟水笼罩中，此其于约会所需之幽隐、温馨、绸缪，的确是极适宜之佳境。

（林方直）

梦江南

恋情 唐·皇甫松

原文

楼上寝，残月下帘旌。梦见秣陵惆怅事，桃花柳絮满江城，双髻坐吹笙。

内　容｜写梦见旧日恋事。
特　色｜撷取片断，情怀惆怅。
注　释｜帘旌：帘上的饰品，这里指帘额。秣（mò）陵：今南京。双髻（jì）：髻，在头顶或脑后盘成各种形状的发髻，这里代指女子。笙（shēng）：管乐器名。由簧片、笙管、斗子三部分组成。演奏时手按指孔，吹吸振动簧片而发音。

赏析　本篇与上篇系姊妹篇，并为怀恋旧情之作。"楼上寝，残月下帘旌"，就寝楼上，见残月从帘额上落下，残月为后半月下弦月。"梦见"二字领起后三句。"秣陵"、"江城"，即今南京。髻，挽束在头顶的头发。双髻，便是他当年热恋过的、别后又饮恨终身的女子。玄学家乐广云，梦者因也。《大智度论》云："多思维念故，则梦见。"恋人之一颦一笑，或花前或月下，无往而不美，无处不可爱；然而经过时间过滤，感受和记忆最深最牢最佳的审美焦点定格何处？无他，"双髻坐吹笙"也。个中丰富美妙而特有的审美信息之开采破译者，其唯作者乎！这是对一个片断的撷取。

梦见想要梦见的，本应是惬意的满足的，为何说成"惆怅事"？有论者曰，旧日欢情只能见之于梦，醒后不能重温，故迷惘惆怅。此说不为无由。梦见快乐事，醒来觉其虚妄而哭泣；梦见悲痛事，醒来觉其虚妄而快乐。此是一解。另一解

佳句

· 桃花柳絮满江城，双髻坐吹笙。

是作者在叙说：梦见当年发生在秣陵的那件令人惆怅的事，即有情人未成眷属的终身遗憾，或因女方处境悲苦而深感内疚。这种惆怅情怀也往往会出现在梦中。

(林方直)

菩萨蛮

原文　　　　　　　　　　　　　　　　晨妆　唐·温庭筠

　　小山重叠金明灭，鬓云欲度香腮雪。懒起画蛾眉，弄妆梳洗迟。　　照花前后镜，花面交相映。新帖绣罗襦，双双金鹧鸪。

内　容　本词撷取晨妆的一个片断，用艳丽的色彩衬托美人内心的落寞和相思之情。
特　色　形象秾丽，哀怨沉深。
注　释　小山：指屏山，即屏风。又一说：是古代妇女的眉形之一。明代杨慎《丹铅续录·十眉图》："唐明皇令画工画十眉图。一曰鸳鸯眉，又名八字眉；二曰小山眉，又名远山眉；三曰五岳眉；四曰三峰眉；五曰垂珠眉；六曰月棱眉，又名却月眉；七曰分梢眉；八曰逐烟眉；九曰拂云眉，又名横烟眉；十曰倒晕眉。"鬓（bìn）云：指鬓发。香腮雪：两腮粉香而且皮肤如白雪一般。蛾眉：蚕蛾触须细长而弯曲，用来比喻美女的眉毛，《诗经》有"螓首蛾眉"之句。罗襦：丝绸的短袄。

　　"小山"句，描写室内屏风在晨光照射下的景象。选此景是因为床上人醒时目之所见。"小山重叠"，实写屏风上画面，暗喻所思之人在重重叠叠之山外。"金明灭"，日光闪烁不定貌，亦实写晨景，然着一"金"字而华屋出，着"明灭"二字而朦胧之意态出。"鬓云"带出闺中思妇。其时她虽醒而未起。作者写思妇的环境，仅取小山重叠的屏风。写思妇本人，则取鬓云与香腮，这是未起床时的写生画。青丝掠过鬓边，度香腮而拖于枕畔，此乃春睡之动人姿态，奈何独宿乎！最妙的是"欲"字。"欲度"，即似度。青丝之黑与香腮之白相映，黑不掩白，而香腮愈白。此为"欲度"之态。首句以金色屏风写华屋，次句以鬓云香腮写美人，皆撷取最富特征之一点表现全体。而写来又极自然。一句写思妇醒时所见，以迷蒙的色彩暗寓恍惚的情怀。二句写思妇未起时之态，任鬓云度香腮，则意绪之萧索可想。"懒起"、"弄妆"二句，写思妇梳妆打扮。这本是女子乐为之事。之所以既懒画眉，又迟梳洗，是因为悦己者不在身边。至此，一位华屋中思妇的娇慵形象，活现在纸上了。

　　下阕"照花"二句，承上阕而有转折。虽然懒于梳妆，却仍然精心梳妆。"迟"字既写慵态，又含认真意。梳洗既毕，仍要簪花，又以前后镜观照。照见了什么呢？"花面交相映"。不说人面如花，却说花与人面交相辉映。既然人面因簪花而愈丽，则伊人可谓巧梳妆了。既

然花因人面而更美,则人面之为花容可知了。

照镜之后,是穿上一件华丽的新衣。这是思妇晨起一系列动作的高潮。作者从画眉梳洗写到簪花照镜、写到穿上新衣,从懒梳洗写到精心打扮,表现了女主人公爱美的心理。佳丽如此,悦己者能不思归吗?故爱美之深层底蕴,乃是为了所思之良人。

然而,就在打扮到了高潮之时,情绪却从峰巅跌落下来。"新帖绣罗襦,双双金鹧鸪"。这穿上身的华服,竟绣着一双双金色的鹧鸪。"金"色已经十分耀眼,双双鹧鸪尤其刺眼。曹植《美女篇》:"盛年处房室,中夜起长叹。"谓独处之可伤。此则以青春之妙丽,睹新妆之双飞,情当如何?词写完了,女主人公也穿戴完了,可思心却绵绵没完。一日之始如此,这一天如何过呢?这继日之夜又如何过呢?这日复一日、夜复一夜又如何过呢?闺怨至此深矣。

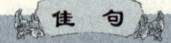

- 小山重叠金明灭,鬓云欲度香腮雪。
- 照花前后镜,花面交相映。

作者笔下,画出了一幅美丽的晨妆图:美的房室,美的装饰,美的姿容,美的行为。在极艳丽中,含蕴着极难堪的寂寞和空虚。在热烈的色彩中,却显现出极冷清的处境。画中景如春花之秾丽,画中情却如秋叶之萧索。不言怨而怨已出,不言怨而怨极深。

词人在写华屋丽人的姿态动作时,用笔细致而有变化,女主人公感情的起伏变化亦因之得到自然而细腻的表现。当其初醒时,第一眼即见山屏,重叠之山暗喻的离别已经触动闺愁。然而仍起床、仍梳妆,仍精心打扮并仔细观赏,青春女子之爱美及自负自喜之情态如画。然而在一番热热闹闹之后,却因绣衣上成双成对的鸟儿而自伤。如果说,山屏的意象为暗喻,引起的是怅惘,则双双鹧鸪的意象就直截分明,直刺寂寞的芳心,引起的是沉痛。开始是抑,继而是扬,扬到极致,同时抑到极致。最热闹处,即是最黯然销魂处。词至此而终,情却至此而浓。画外之音,恰如"此时无声胜有声",一任读者根据自己的人生经验去补充,从而留下了意象上再创造的余地。

(古 潭)

温庭筠与李商隐齐名,当时人称"温李"。温庭筠才思敏捷,每入试,押官韵,八叉手而成八韵,时号"温八叉"。他还时常帮应试时的邻铺代写文章,号称"救数人"。温庭筠性格狂放,视富贵如草芥。唐宣宗爱唱《菩萨蛮》,相国令狐绹想借机迎合,但苦于自己做不出像样的曲子,便假温庭筠的新作《菩萨蛮》密进宣宗,并要温庭筠保守秘密。本来温庭筠只要守住这个秘密,就抓住了一个飞黄腾达的好机会,谁知他却逢人便说这首词的作者就是自己,丝毫不给相国颜面,断送了自己仕途前程。

(徐玲)

更漏子

原文 秋思 唐·温庭筠

玉炉香，红蜡泪，偏照画堂秋思。眉翠薄，鬓云残，夜长衾枕寒。　梧桐树，三更雨，不道离情正苦。一叶叶，一声声，空阶滴到明。

内　容｜写女子彻夜的秋思。
特　色｜浓淡相间，凄婉动人。
注　释｜眉翠薄：形容眉色消褪。眉翠，即翠眉。用翠黛画眉，故睡后褪色。空阶滴到明：何逊有"夜雨滴空阶，晓灯暗离室"之句，此词袭其意境。

赏析　陈廷焯《白雨斋词话》卷一谓温庭筠"《更漏子》三章，自是绝唱，而后人独赏其末章'梧桐树'数语"。从这首词所写的长夜秋思来看，本来是寻常的情事，但由于作者巧妙的艺术构思，写得浓淡相间，凄婉动人，故有"绝唱"之誉。

这首词的上阕写室内物象，笔墨浓丽。头三句勾勒出一幅色彩鲜明的画境。在画堂室内，不仅"玉炉"精美，而且"红蜡"的色泽艳丽。烛影摇红，更撩人情思。这里着一"泪"字，富有人的感情色彩。"眉翠薄"以下三句写人的情态。翠黛画眉，鬓丝如云，呈现出人物的外在美，但是她的内心愁苦。一个"薄"字和一个"残"字，表现了她眉黛褪色、鬓发零乱的状况，反映出她辗转反侧、长夜不寐的难熬情态。词人融情入景，在客观景物的描写中透现出人物心中秋思的情愫。

下阕从室内转向室外，而运笔疏淡。这里梧桐秋雨、自夜至晓的境界是承上阕的"夜长"而来的，前后呼应。而场地的转换则是从人物的听觉和感觉中显示出来。室外淅沥的秋雨，不停地飘落在梧桐树叶上，发出特别响亮的声音。这是人的听觉所能感受到的，而秋雨并不理会闺中人的离情之苦，只管滴落在树叶上和石阶上，一直滴到天明。这里对雨声的埋怨是一种心理的感受。"一叶叶，一声声，空阶滴到明。"连绵不断的秋雨，仿佛不是滴落在残叶上，而是敲打在心坎上。李清照的名篇《声声慢》："梧桐更兼细雨，到黄昏点点滴滴，这次第、怎一个愁字了得。"而这首词从"三更雨"至"滴到明"，闺中人彻夜不眠，其离情苦恨，"怎一个愁字了得"？从表层来看是直接描写雨声，但深入一层则是写思妇，由实到虚，而笔调疏朗，语浅情深，正是"后半阕无一字不妙"（《词则·大雅集》）。宋人聂胜琼《鹧鸪天》结句"枕前泪共阶前雨，隔个窗儿滴到明"，就是从这里脱胎而出，但没有此首词之浓淡相配的凄丽情致。

（曹济平）

酒泉子

离情 唐·温庭筠

原文

楚女不归,楼枕小河春水。月孤明,风又起,杏花稀。　　玉钗斜篸云鬟重,裙上金缕凤。八行书,千里梦,雁南飞。

内　容　写一位身世飘零的楚女在春风、明月中的离别之情。
特　色　多层转折,情思凄怨。
注　释　枕:这里指坐落于。云鬟(huán):古代妇女的环形发髻。八行书:汉代马融《与窦伯向(章)书》曰:"孟陵奴来,赐书,见手迹,欢喜何量,见于面也。书虽两纸,纸八行,行七字。"谓信纸一页八行。后世信笺亦多每页八行,因以称书信。

赏析

　　在唐代词中,抒写离情别绪是比较普遍的,但表现手法不尽相同,如李煜《相见欢》中"剪不断、理还乱,是离愁,别是一般滋味在心头",即以直抒胸臆的手法倾吐心中离愁的特殊感觉。而韦庄的《应天长》中"别来半岁音书绝,一寸离肠千万结",又是从"别来半岁"的写实角度抒发别后难再见面的愁肠百结。而温庭筠此首所写离别相思则有多层转折,情思凄怨动人。

　　这首词的审美对象是一位身世飘零而孤寂凄苦的楚女。她独自暂寓在临河所筑的楼房里,离人欲归而未归,心中蕴藏着无穷的离愁别绪,难以入眠。这种心态通过外界三种自然景象显示出感情的起伏不平。暮春的溶溶月色本来是诱人的,然而在孤独的心境下,反觉得明月的孤寒清冷,再加上春风又起,杏花飘落满地的景象更增添心中惆怅自伤的意绪。如果说唐张泌《寄人》诗句"多情只有春庭月,犹为离人照落花",婉转曲折地表达了依恋的心情,那么这里的"月孤明"三句中则有着多层转折,更写得"情词凄怨"(陈廷焯《词则·别调集》卷一)。

　　下阕承上写楚女的服饰及其心态。"玉钗"两句描述她的首饰、秀发和金缕绣凤的舞裙。美好的形象衬托着寂寞的心情,自然地转向对离人的思念。"八行书",指古代的书信。结末三句是化用李商隐《春雨》"玉珰缄札何由达,万里云罗一雁飞"的诗意,欲以鸿雁传书来倾诉千里遥隔而魂牵梦萦的相思之情,然而鸿雁南飞,所蕴含的乃是锦书难寄、心曲难诉之意。全词"纤词丽语,转折自如"(汤显祖评《花间集》卷一),情深而婉,耐人咀味。　　**(曹济平)**

梦江南

原文 闺怨 唐·温庭筠

梳洗罢,独倚望江楼。过尽千帆皆不是,斜晖脉脉水悠悠。肠断白蘋洲。

内　容　此词写思妇终日倚楼望归舟的情景。
特　色　运笔疏淡,含蓄婉曲。
注　释　斜晖:夕阳。脉脉:无穷无尽的意思。肠断:形容愁苦到极点的样子。江淹《别赋》:"行子肠断,百感凄恻。"白蘋洲:蘋(pín),植物名,生浅水边,又名田字草,夏秋间开小白花。洲,水中小块陆地。

赏析　这是一首脍炙人口的闺怨词。它犹如一首唐人绝句,而所写思妇终日倚楼望归舟的心态,别有神韵。首两句写思妇的形象和情态,既概括了睡起精心梳洗修饰的过程,又表现出她独自登楼凝望的心态。"过尽"两句是从"望"中展现的客观景象,而又赋予了浓厚的感情色彩。在长久的凝望中,江面驶过上千的船只,但都不是自己所盼望的归舟。她的心中激起过多少次急盼重逢的希望,可是结果却是不见归人的惆怅失望。眼前只见夕阳的余晖,似乎脉脉含情;悠悠的流水,犹如无穷离恨。这时思妇眼中的江面已呈现出一片清寂的景象,也暗示出今日倚楼所盼望的归客已成泡影,怎能不令人愁肠百结呢?

末句揭示出"断肠"的情思,余味不尽。这里使用的"白蘋洲",并非单纯描写视觉中长满白蘋的水中小岛,而是化用唐赵征明《思归》"惟见分手处,白蘋满芳洲"的诗意。思妇纵目看见昔日分手之处,联想到今日盼归的无望,心中不禁激起无限的惆怅。

佳句
- 过尽千帆皆不是,斜晖脉脉水悠悠。
- 肠断白蘋洲。

这首以淡笔写柔情的词作,虽只寥寥二十七字,但表现思妇形象的动态和心理,语言精练,手法白描,既融情于景,又含蓄婉曲,余音绕梁。温庭筠的词作大都写得绮丽浓艳,但此首则运笔疏淡,不用辞藻雕饰,而又神态毕现,确是温词中不多见的佳作。

(曹济平)

荷叶杯

原 文　　　　　　　　　　　　　　　　　　　思归　唐·温庭筠

楚女欲归南浦，朝雨，湿愁红。小船摇漾入花里，波起，隔西风。

内　容　此词写楚女欲归而未归的惆怅。
特　色　节短韵长，婉转可爱。
注　释　南浦：泛指面南的水边，古诗词中多用来指分别之处。

赏析　自屈原《九歌·河伯》的"子交手兮东行，送佳人兮南浦"诗句流传以来，不少诗人笔下的南浦已不单纯是作为面南水边的客体物象，而是泛指与佳人分别之处的意象。如谢朓《隋王鼓吹曲》中《送远曲》的"北梁辞欢宴，南浦送佳人"，并不是实指的地名，而是泛指送别之处。在温庭筠词中亦是采用这种手法，如他的《清平乐》："上马争劝离觞，南浦莺声断肠。"此首起句"楚女欲归南浦"，虽与《酒泉子》"楚女不归"的情意不同，但这里"欲归南浦"的意绪是与昔日在南浦的断肠离绪密切相关的。仿佛使人感到这位楚女漂泊在外，思念着恋人，回味着南浦分手的难舍情景。如今欲归而未归，心中不免愁绪满怀，尤其是清晨洒落的一阵急雨，沾湿了地面的红花，更是增添了她内心的无限愁苦。"小船"以下三句，承上"欲归南浦"而来，融景入情，笔力空灵，富有含蓄美的意趣。如果说姜夔《念奴娇》中"日暮，青盖亭亭，情人不见，争忍凌波去。只恐舞衣寒易落，愁入西风南浦"是留恋江南荷花的美妙景色，那么这里摇荡着小船，漾起了微波，缓缓地驶入花丛里，隔开了无情吹刮的西风，所写的是一种情人未见的依恋忧愁的心态。也许是"西风愁起绿波间"（李璟《浣溪沙》）吧，词人在写景中融进了自己的情思，读来婉转可爱。陈廷焯《词则·别调集》卷一谓此首"节短韵长"，确实点出了本词的特色。

（曹济平）

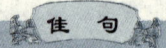

· 楚女欲归南浦，朝雨，湿愁红。

五代词

后唐·庄宗李存勖
后晋·和凝
南唐·冯延巳
南唐·中主李璟
……

忆仙姿

原文 忆别 五代·后唐·庄宗李存勖

　　曾宴桃源深洞，一曲清歌舞凤。长记欲别时，和泪出门相送。如梦，如梦，残月落花烟重。

内　容　此词追忆如梦幻般的昔日之别。
特　色　闲淡之景，寓情浓丽。
注　释　桃源深洞：《清一统志》云"刘阮洞在天台县西北二十里，又名桃源洞。相传汉永平中，有刘晨、阮肇入山采药，遇仙女于此"。

赏析　此词词牌《忆仙姿》即《如梦令》，宋人胡仔云"东坡言：'《如梦令》曲名，本唐庄宗制，一名《忆仙姿》，嫌其不雅，改云《如梦》。庄宗作此词，卒章云：如梦，如梦，和泪出门相送，取以为名'。"（《苕溪渔隐丛话·后集》卷三十九）

　　此词写送别，不从送别时写起，偏从别后追忆落笔，这是一个特点。第二个特点是将平常的送别仙意化。词的开头"曾宴桃源深洞"，"曾宴"二字表明是追忆，"桃源深洞"四字是将当时送别的地点仙化。"一曲清歌舞凤"，便是承"桃源深洞"四字而来对送别场面的仙意式的描写。这样，全词发端便写得很空灵。这种空灵，一方面表现为"曾宴"的追忆式抒写所拓开的一个时间的距离，另一方面又表现为世俗平实的送别场面在仙意化的表现中染上了一种清空的色泽。

　　小词没有多少篇幅，不容铺叙，要求写得很精粹，所以"长记"以下几句对整个宴别的过程便撷取了送别这一高潮时的场面来写。"长记"二字，上接"曾宴"二字，"和泪出门相送"写送别之悲痛，这是实写，

下面旋又转入虚写:"如梦,如梦,残月落花烟重。"回首往事是如梦,当时送别之中神醉心迷之态亦是如梦,而其时残月落花之景亦可谓如在梦中。"如梦"二字,是景和情、今和昔的多重丝缕所织出的一个虚境,在这个虚境中化入了送别时的多少眼泪,又化入了送别后的多少追忆!"如梦"二字的复沓,在唱叹之中更加浓了感情色调。"残月落花烟重"的景物描写,正是这虚境中所蕴聚的那凄迷情愫的具象化表现。俞陛云曰:"此词'残月落花'句,以闲淡之景,寓浓丽之情,遂启后代词家之秘钥。"(《五代词选释》)

词之写情其法往往有两端:一是实写,一是虚写。此两端又常常互相补充,形成"以闲淡之景,寓浓丽之情"的特色。虚写的地方一般都是写景,这种景物描写成为感情之流回旋奔涌而下的一个渟潴之处,因而显得特别含蕴丰富。诗中自然也有虚写实写的结合,但不及词运用这种手法之普遍,因而可以看成是词在艺术表现上的一个特色。

褚人获评此词云:"李存勖搽画粉墨与敬新磨等日闹优场,粗犷之极,岂有清思者?乃其作《如梦令》词,'曾宴桃源深洞'云云,抑何婉丽如此?"

· 如梦,如梦,残月落花烟重。

(《五代词选释》)所谓"清思"者,正是上述所谓仙意化也;所谓"婉丽"者,正是俞陛云所说"以闲淡之景,寓浓丽之情"是也。这两点都使得全词呈现一种空灵的风格。

(王锺陵)

天仙子

原文　闺思　五代·后晋·和凝

洞口春红飞簌簌,仙子含愁眉黛绿。阮郎何事不归来?懒烧金,慵篆玉,流水桃花空断续。

内　容　此词假托仙子以写闺思。
特　色　依托仙子,情思优雅。
注　释　洞口:即传说中的刘阮洞,刘晨、阮肇入山采药,遇仙女于此。阮郎,即阮肇。慵(yōng):懒。

赏析　和凝此首,借神话传说写艳情,因此有情思优雅、艳而不俗之美。

"洞口春红飞簌簌",是一组动态镜头的组合。"洞口"是洞天仙境之桃花洞口,写得高远恍惚。"春红"点明时节,"飞簌簌"三字则含有春风无力百花凋落的意境。"飞"给人以视觉之零乱芜杂感。"簌簌",花落貌。这样便形成了一种凄清仙境的气氛。凄清是空寒仙境里的凄清，故有疏淡之神韵。在这样的背景上，推出了"仙子含愁眉黛绿"。"绿"字，给人以难忘的视觉印象：清空淡雅。"阮郎何事不归来?"仙子有说不尽的幽怨。"何事"二字，耐人寻味。"懒烧金，慵篆玉"，"烧金"即道家炼金、炼丹；"篆玉"为道家书符，此为对仙子炼丹修行的具体描画。"懒"、"慵"，写仙子思人不得，心灰意乱，无心修炼之事。从人物外部动态中表现内心的思致。结句"流水桃花空断续"以景作结，整个词境笼罩在一幅残春图景之中。"空"字透露出对所思之人、所忆之情的失望! 桃花落红随流水，"空"字，使人完全失去了浓艳的直接感知，代之以空寂悲凉，但存淡雅之感。

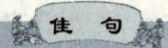

· 洞口春红飞簌簌，仙子含愁眉黛绿。

和凝写艳词，写神境之艳事、天上人间之艳情，绝无凝滞浓艳，所以清淡优雅，俞陛云《五代词选释》云："写闺思而托之仙子，不作喁喁尔汝语，乃词格之高。"（**曹济平 狄志红**）

鹊踏枝

原文   春思 五代·南唐·冯延巳

谁道闲情抛掷久，每到春来，惆怅还依旧。旧日花前常病酒，敢辞镜里朱颜瘦。　　河畔青芜堤上柳，为问新愁，何事年年有？独立小楼风满袖，平林新月人归后。

内容　此词写看似被"抛掷"的"闲情"，每年春天都会化为缠绵的"新愁"。
特色　文前有文，曲折婉约。
注释　抛掷：这里指有意识地摆脱。病酒：饮酒沉醉。《晏子春秋·谏上三》："景公饮酒，酲，三日而后发。晏子见曰：'君病酒乎？'公曰：'然。'"

这首词的开头很值得注意："谁道闲情抛掷久?"以设问领头，便有一种深遥的意味。"闲情"，在词中常用以指男女之间的思念之情。上阕几句说这种闲情蕴聚在心头很久了，似乎是被"抛掷"了，然而当春天来到时，当一切风物都在引发一种怅触时，那旧日的"闲情"便又升腾了起来。于是回忆起这一年年来，亦即所谓"旧日"之花前病酒、朱颜消瘦。"敢辞"二字写出了感情之缱绻。

换头三句："河畔青芜堤上柳，为问新愁，何事年年有？"在野草蔓生中萌动着的春意，在堤柳飘动中展示着的风情，化入思念者的心中，都汇为一腔"新愁"。也许词人与情人是在这凄迷的青芜色中，各自天涯一方的；也许词人与情人曾是在这撩人的春色中，感受到那永

铭心头的一种心灵的感应的,也许仅仅是春天中那蓬勃生机的一股冲涌,同词人昔日那新鲜生动的情爱之间有着某种契合;所以在其他季节中心情还能略觉平静的词人,在春天中特别翻腾起了感情的波澜。似乎连词人自己也不大明白为什么会这样,故而发出了"何事年年有"的疑问。正是这种疑问,表现了词人因眷情之甚而形成的凄迷心理。词的末二句顺此感情线索,塑造了一个寂然思念的境界:"独立小楼风满袖,平林新月人归后。"小楼独立,意在远眺。风之满拂衣袖,正好像心潮之涌动,而一个"独"字则表明无人可与理会之孤寂。新月上林梢,行人已归去,一种孤寂之情更其浓郁地弥漫了开来,真是一腔闲情难诉说,唯付与新月一弯、寒星数点。

全词写得风神蕴藉,曲折婉约。梁启超特赏其开头云:"稼轩《摸鱼儿》起处,从此脱胎,文前有文,如黄河伏流,莫穷其源。"(《阳春集笺》引)这一评论,可谓切中肯綮。 (王锺陵)

- 谁道闲情抛掷久,每到春来,惆怅还依旧。

冯延巳的《谒金门》在当时极负盛誉。南唐中主李璟见到此词赞叹不已,一次宫廷赐宴,席间他同冯延巳开玩笑说:"卿总管朝中大事,这'吹皱一池春水',又干卿何事?"冯延巳知是圣上夸奖自己,心中十分开心,但为讨李璟欢心,他随机应变道:"拙词平常无奇,怎能比得上陛下'小楼吹彻玉笙寒'的清雅隽永。"李璟听毕,很是满意。 (徐玲)

鹊踏枝

原文 怀旧 五代·南唐·冯延巳

萧索清秋珠泪坠。枕簟微凉,展转浑无寐。残酒欲醒中夜起,月明如练天如水。　阶下寒声啼络纬。庭树金风,悄悄重门闭。可惜旧欢携手地,思量一夕成憔悴。

内　容 此词写秋风明月中,因对昔日欢爱的怀恋而产生的惆怅之情。
特　色 情因物显,多而能一。
注　释 枕簟(diàn):枕席。寒声:秋日寒虫的鸣叫声。络纬:虫名,又称莎鸡,即蟋蟀,俗称纺织娘。李贺《秋来》有"桐风惊心壮士苦,衰灯络纬啼寒素"诗句。金风:秋风。

赏析 这是一首在秋夜里因怀恋旧欢而经受痛苦折磨的词。结句"可惜旧欢携手地,思量一夕成憔悴",可谓尽"显其志",将全篇题旨概括无遗。现住所曾是恋情的摇篮和见证,而今人去室存,触境思人,斯人一夕憔悴,足见思量之深重。全篇无非表现"思量"二字,然而思量这种无形的心理活动如何表现?艺术需要情因物显,思与境谐,所以本篇中的清秋物候、月夜景象、思者举动都是"思量"的形象体现。

词中显情之物不止一二,但多而能一,即统一于清秋月夜的悲凉色调,从而物与心符,心与物契。"萧索清秋"之悲凉,早自宋玉已成定式:"悲哉秋之为气也,萧瑟兮草木摇落而变衰!"枕簟是凉的,中秋领略那如练明月,光照水天空明,感觉何如?秋风吹庭树,虫鸣啼寒声。"秋月秋蝉"之物象"感荡"离愁别恨之"心灵"(钟嵘《诗品序》)矣!

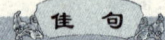

- 可惜旧欢携手地,思量一夕成憔悴。

(林方直)

鹊踏枝

原文 述怨 五代·南唐·冯延巳

庭院深深深几许,杨柳堆烟,帘幕无重数。玉勒雕鞍游冶处,楼高不见章台路。 雨横风狂三月暮,门掩黄昏,无计留春住。泪眼问花花不语,乱红飞过秋千去。

内 容 本词写深闺女子春日被禁锢的哀怨。
特 色 沉郁怒怨,作痴顽语。
注 释 玉勒雕鞍:高贵的马具,这里指骑马的贵族男子。游冶(yě):尽情游玩。章台:宫名,战国时建,这里指男子游玩的青楼。

赏析 这一首《鹊踏枝》不同于"谁道闲情抛掷久"那一首之曲折婉约,写得沉郁怒怨。首句"庭院深深深几许"也是以设问开头,三个"深"字相叠,写出大官僚宅第之气派。"杨柳堆烟,帘幕无重数",以对两个具体事物的描写来进一步渲染此种气派。"玉勒雕鞍",见贵公子之豪奢。"章台",指妓院冶游之处。"楼高不见"者,谓站在高楼望不到浪荡公子也。大官僚的深宅大院,对于妇女来说又正是一个囚笼。无重数的玉帘丝幕,便是无数重与外界隔绝的帷障。这是一个重重封闭的处所,虽有高楼聊可向外望去,然而同负心男子的纵意冶游相比，这种可供长望的高楼，不过如同囚牢上一个聊供透气的眼孔。高楼远望，愈益触发了一种被囚禁的郁闷。

只有把握了这样一种郁闷的存在，才能明白为什么过片"雨横风狂三月暮"句一下子会陡起波澜。"门掩黄昏，无计留春住"两句中又一次写到封闭的意象，黄昏之际的掩门，却留不住春色的归去。在这种将时序物态化的表现中，所透露的乃是一种自我被囚禁的怨怒。由于这种怨怒，女主人公乃至向花发问。泪眼相问，可见其情感之郁怨，然而"花不语"，封闭环境中无可与言的苦闷，正是在这种以物拟人的造语中，十分深入地获得了表现。结末"乱红飞过秋千去"有多重含义："乱红"指落花，纷然萎谢的落花，象征着女主人公的年华逝去、青春凋落。落花因风之飘荡而"乱"，不又正象征着女主人公身世的凄苦？"乱红"犹能"飞过"，女主人公至多只能高楼远望，这就更反衬了一种囚牢般的生活。

丁寿田等人曾云："冯公词忠爱缠绵，最喜作痴顽语，如'河畔青芜堤上柳，为问新愁，何事年年有'、'开眼新愁无问处，珠帘锦帐相思否'、'懊恨年年秋不管'及本词之'泪眼问花花不语，乱红飞过秋千去'，均此之类。"

佳　句

· 庭院深深深几许，杨柳堆烟，帘幕无重数。
· 泪眼问花花不语，乱红飞过秋千去。

（《唐五代四大名家词》丙篇）所谓"痴顽语"，是说因为感情过于沉厚缠绻而造成一种似乎不在常理之中的表达。如这首词中所谓"泪眼问花花不语"，即为面对不该问和不可问的对象而发问。有痴情才有痴顽语，因痴情而有变形的心态，变形的心态必然引发不循理理的思维，从而有不循常理的言行。顽者，不循常理之谓也。这种痴顽语在汉乐府民歌和南朝民歌中，便已有了成功的运用。前者如《上邪》中的誓言，后者如《华山畿》（相送劳劳渚）中长江泪流成的夸张，都是可称为痴顽语的。在唐五代词中，冯延巳较多此种造语，因而形成一种特色。

（王锺陵）

谒金门

原文 怀人 五代·南唐·冯延巳

风乍起，吹皱一池春水。闲引鸳鸯芳径里，手挼红杏蕊。斗鸭阑干独倚，碧玉搔头斜坠。终日望君君不至，举头闻鹊喜。

内　容 这首词写春天少妇盼夫归来的孤独慵懒。
特　色 水纹像心，举止状情。
注　释 乍：忽然。挼（ruó）：揉搓。斗鸭阑干：古人常在养鸭池旁设有栏杆，以观鸭斗。《三国志·陆逊传》："时建昌侯虑于堂前作斗鸭栏，颇施小巧，逊正色曰：君侯宜勤览经典以自新益，用此何为？"碧玉搔头：就是碧玉簪。《西京杂记》："武帝过李夫人，就取玉簪搔头，自此后宫人搔头皆用玉，玉价倍贵焉。"闻鹊喜：《墨客挥犀》："南中多有信鹊者，类鹊而小能为百禽声，春时其声极可爱，忽飞鸣而过庭檐间者，则其占为有喜。"

赏析 这是一首刻画上流社会少妇孤寂空虚精神世界的绝妙好词。

"风乍起，吹皱一池春水"。此等景致，乃司春青帝之精致小品。《易·涣卦·象辞》曰："风行水上涣。"此哲人语，冯氏之句乃词人语。概而言之，皆曰风行水上，即风力作用于水面引起反应；分而言之，则品级各异，即风力与水域量级不同引起不同反应。冯句所摄取的是最适宜的品级。其风为始发乍作，其水为园林之池，于是那作用力和被作用面若有预谋，配合默契，成就那皱褶均匀细密曲折的满池波纹。何谓"最适宜的品级"？谓最适宜于少妇心境之品级。夫君在外，久盼不归，春之信息缭乱了平静心境而生思春之微澜（既非死水一潭，亦非汹涌澎湃）。春风吹春水与春讯撩春思，虽有天人之分，然而"天机近人事"，其作用机制及其量级则一，此谓同构。作者之景语，字字为情语，令人深信不疑者，即同构运用之神妙。冯句一问世便博得激赏,马令《南唐书》载："元宗（中主李璟）尝戏延巳曰：'吹皱一池春水，干卿何事？'延巳曰：'未如陛下《小楼吹彻玉笙寒》。'元宗悦。"

中间四句写少妇的举止动态。"闲引鸳鸯芳径里"，在花园里闲散地逗着鸳鸯打发时间，"手挼红杏蕊"，下意识地揉搓着杏花。"斗鸭阑干独倚"，交代她孤独一人倚阑出神走思。"碧玉搔头斜坠"，玉簪斜坠，可见其疏慵懒散。情态不宜直言，

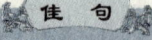

· 风乍起，吹皱一池春水。

以其举止出之；无所事事难以具象，以其有所事事反证之；表面充实，实则空虚；表面平静，内里烦扰。四句无一句道着心绪，却字字反映心绪。可谓"不著一字，尽得风流"。

结句道出女主人公之所以如此空虚无聊、慵懒寂寞的秘密，原来是望君君不至。此际忽闻鹊噪，预兆行人将至，转愁为喜。然而这喜是虚幻的，全词在空喜中结束。　　　　（林方直）

归自谣

原文　　春思　五代·南唐·冯延巳

　　春艳艳，江上晚山三四点，柳丝如翦花如染。　　香闺寂寂门半掩。愁眉敛，泪珠滴破燕脂脸。

内　容　此词以春天景色的明媚反衬女子相思的寂寞。
特　色　映衬鲜明，风格波俏。
注　释　艳艳：指春天艳丽的色彩。敛：皱。

赏析　本词写得十分轻盈隽丽。上阕刻画春景。"艳艳"二字的重叠，一开头就传达出一种轻盈的韵味，表现了春天中那愉悦的心情。"江上晚山三四点"，辽阔的江面上，时当傍晚，夕照变幻着微妙的光色，三四座山峦映着蓝天。这是一个如水墨渲染那样的背景。本来，山峦应用量词"座"来形容，现在用了一个"点"字，则将傍晚色调模糊的山之轮廓几化入暮霭之中的情态入微地勾画了出来。这比起辛弃疾《西江月》"七八个星天外，两三点雨山前"那种数字的运用更具画意。"柳丝如翦花如染"，"翦"和"染"都是人工的行为，大自然是无意识的，春来柳垂绿、雨润花绽红，全非有心之为，而以"如翦"、"如染"修饰，则有一种细致工巧的意味，这便显得隽丽。而一"翦"一"染"便出得如此迷人春色，笔触之中又自有欢快轻盈的情调在。

下阕转写人。"香闺寂寂门半掩"。一种寂寞之感顿同上阕的轻盈隽丽形成反差。环境写过之后继之出人："愁眉敛，泪珠滴破燕脂脸。"只写了一个细节，即泪流眉敛。"泪珠滴破燕脂脸"一句，不仅上承"香闺"二字写出此为女性，而且可以唤起读者很多的想象：女主人公是如同王昌龄的《春怨》中所写的不知愁的闺中少妇，仅仅因为春日之来临而梳妆，还是为了等待亲人或情人而有意装扮？而"泪珠滴破"其原因是触景生情而致伤悲，还是因久等不来而

佳　句

· 春艳艳，江上晚山三四点，柳丝如翦花如染。

负气下泪？总之，是哭了不是？但不说"哭"，而说"泪珠滴破"，在这种工巧的用词中抒写着愿望的破灭。这既是春色恼人，又是人负春色。从燕脂脸的妆成到滴破，一个心愿暗淡了，一点遗恨留下了。

全词映衬鲜明，用字工巧，有一种波俏的风韵。　　　　　　　　　　（王锺陵）

南乡子

原文　　　春怨　五代·南唐·冯延巳

　　细雨湿流光，芳草年年与恨长。烟锁凤楼无限事，茫茫，鸾镜鸳衾两断肠。
　　魂梦任悠扬，睡起杨花满绣床。薄幸不来门半掩，斜阳，负你残春泪几行。

内　容　此词写春日里女子对心上人魂牵梦绕的怨情。
特　色　印象叠合，造语工巧。
注　释　鸾镜：有鸾鸟饰物的镜子。鸳衾：绣着鸳鸯的衾被。薄幸：即薄情。杜牧诗："赢得青楼薄幸名。"

赏析　这首词也写春闺愁思，在用字造语之工致微妙上，比《归自谣》（春艳艳）一首更臻高境。

　　"细雨湿流光，芳草年年与恨长。"首二句写时间流驰之中怨恨之情的增长。"细雨湿流光"句曾为王安石等人所激赏。春日多雨，而春雨又复空濛，时而春光明媚，时而细雨迷迷，交相往复的印象叠合在一道，使词人吟出了"细雨湿流光"的绝唱。流光者，光阴之流逝。场场春雨催春去，流光正是在濛濛春雨中日日前驰的，岂有不湿之可能？这是把抽象的时间给具象化、物态化了。

　　温庭筠《荷叶杯》词"朝雨，湿愁红"，皇甫松《怨回纥》词"江路湿红蕉"，雨所湿的乃是具体事物："愁红"（红，指花）、"红蕉"。冯延巳的"细雨湿流光"所湿乃抽象的时间，这在"湿"字的运用上是一个重要发展。五代荆南词人孙光宪《浣溪沙》词云："一帘疏雨湿春愁。"这是沿承了冯延巳的用法，春愁是一种情绪，也是抽象的东西，人因春来而愁，愁在春色之中，而春色包括春雨，故云"一帘疏雨湿春愁"了。后人赵彦端《谒金门》词云："波底夕阳红湿。"造语更为可喜。夕阳下山，影入江中，似夕阳沉入波底，既入波底，水浸夕阳，故云"红湿"。利用印象的叠合，铸造出不在寻常道理之中，但细想之下又有思路可寻的警句来，这正是诗词语言艺术上的一个重要特征。所谓情思空灵、构思巧妙等，往往是得力于此。从上面所举各例可以看出冯词此句在"湿"字的运用上有承上启下的作用。

"芳草年年与恨长",即年年恨与芳草长也,这仍然是将抽象具象化。"恨"乃一种感情,只有浓淡之分,此句拟之如草,写其逐年增长之态。"烟锁凤楼无限事,茫茫,鸾镜鸳衾两断肠。""凤楼"为女主人公所居楼之美称。也许这凤楼乃过去所居,故上曰"烟锁"下云"茫茫",鸾飞鸳分,断肠神伤!这三句是追溯。

过片"魂梦任悠扬,睡起杨花满绣床",折入现在。俞陛云曰:"下阕梦与杨花,迷离一片。"(《五代词选释》)春日杨花飞舞,见出春光之骀荡也。春景生思,思入梦魂,故亦悠扬而飞。外在

佳 句

·细雨湿流光,芳草年年与恨长。
·魂梦任悠扬,睡起杨花满绣床。

的杨花飞舞与内在的魂梦悠扬,交织出一幅美人春睡图。梦不可捕捉,飞舞之杨花可谓悠扬之梦的外在表征。虽然梦魂可以瞬时行遍江南路,然而梦者一醒却又回到了原地,正好像杨花漫天飞舞,终不免仍落地上。"睡起杨花满绣床"一句中,有着多少懊丧的情思?又活现了澹荡春光中多少懒情惰意!后来苏东坡那著名的咏杨花词《水龙吟》中"梦随风万里,寻郎去处,又还被莺呼起",应该说和冯词这两句有十分密切的渊源关系。"薄幸不来门半掩,斜阳,负你残春泪几行?""薄幸",指称负心人。"门半掩"者,望人来。人终未来,在斜阳残照之中,女主人公流下了几行珠泪。这既是感到辜负了春色的心酸,又更是浪掷了青春年华的悲痛!

此词抒情真切直率,特别是造语工巧,为其显著的艺术特色。

(王锺陵)

浣溪沙

原文 春恨 五代·南唐·中主李璟

手卷真珠上玉钩,依前春恨锁重楼。风里落花谁是主?思悠悠。 青鸟不传云外信,丁香空结雨中愁。回首绿波三楚暮,接天流。

内 容 此词写深闺女子丁香结愁般的春恨。
特 色 清和婉转,境阔意深。
注 释 真珠:珠帘。玉钩:玉质的帘钩。青鸟:西王母的信使,这里指传信的人,事见《艺文类聚》卷十一引《汉武故事》。丁香:于下面的"结"字合用,指丁香的花蕾。用以喻愁绪之郁结难解。唐尹鹗《拨棹子》:"寸心恰似丁香结,看看瘦尽胸前雪。"三楚:指南楚、东楚、西楚,这里指长江。

赏析 李璟此词,意境虚涵、典雅精约。

词的上阕,写思妇因卷帘而触景生情,春恨绵绵。词人没有直言其春恨愁苦,而是用动作和景物本身来作说明。每一个意象代表一个境界,每一境界里都充塞着春恨愁苦。"手卷真珠上玉钩",不直说帘、钩,而用代字:"真珠"、"玉钩"。着一"卷"字,写出了思妇为遣愁排恨、寄望远情而卷帘眺望的情态。接着"依前春恨锁重楼"一句,又将词境在时间上加以扩展,虚写昔日年年春愁之相煎。"锁"本有一种内向封闭的沉重感,而"春恨锁重楼",写高楼上孤寂之人所感到的一种抑郁感。词境从春愁紧锁的重楼远眺移到万花飘零的楼前,从而感发出"谁是主"的兴叹,其中含有多少悲绪怨恨。落花飘零,无人主宰,寄寓着身世的感叹,这大概便是"思悠悠"之具体内涵吧。上阕以含蕴无穷的情思作结,境阔意深。

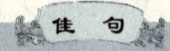

· 青鸟不传云外信,丁香空结雨中愁。

下阕,"青鸟不传云外信"用《山海经·大荒西经》的典故,青鸟为西王母信使。思妇怨恨青鸟不能给人带来欣慰的消息,一切渴望想念之事皆杳然无讯。"云外信",词面给人的感受是由上阕的重楼伸展到云外高空。"丁香空结雨中愁",雨打丁香,是从天空到大地整个立体空间的纵向描绘,而这个立体空间,充塞的全是愁绪。此句化用唐李商隐"芭蕉不展丁香结,同向春风各自愁"的诗句。李中主借用神话典故,隐括唐人诗句,故使词呈现出典雅精约之美质。"回首绿波三楚暮,接天流",用思妇之眼,远眺长江,江波连天,暮色苍茫。将春恨推向一个更阔远的境界,眼中所能看到的天地江河,皆成了万端春恨的载体。全词选择了含蕴丰富的审美意象,境界阔大,重旨远意。《蓼园词选》谓此首"清和婉转,词旨秀颖",确实代表了南唐的词风。

(曹济平 狄志红)

逸 闻

李璟为南唐皇帝。在位十九年，庙号元宗，又称中主。中主即位之初，整日沉迷后宫。在一次宫廷宴会上，中主命乐工杨飞花演奏《水调》曲以助酒兴。杨飞花连唱数声"南朝天子好风流"，后主悔悟了，于宴会后赐给杨飞花很多财物，以表彰其敢于直言，还说道："如果孙、陈二主能听到这一句唱词，也不会有覆国的屈辱。" （赵雷）

浣溪沙

原 文 　秋思　五代·南唐·中主李璟

　　菡萏香销翠叶残，西风愁起绿波间。还与韶光共憔悴，不堪看。　　细雨梦回鸡塞远，小楼吹彻玉笙寒。多少泪珠无限恨，倚阑干。

内 容　这首词表层写秋日思妇的哀愁，深层寄寓国事之虞。
特 色　浑成含蕴，清幽工细。
注 释　菡萏（hàndàn）：荷花。韶光：春光。

赏析　艺术趣味的争论是饶有兴味的。在中国艺术史上有一种摘句的风尚，即摘出自己最欣赏的句子来加以评赞。面对同一首作品，不同的摘句往往表现了会心之不同。李璟这首《浣溪沙》词，便是因为不同的摘句所表现的两种艺术趣味之间的斗争，而更加引起了人们的注目。这首词上阕前两句与下阕前两句，到底哪个艺术价值更高，似乎成了词史上一桩重要而难解的公案。《雪浪斋日记》载曰："荆公问山谷云：'作小词曾看李后主词否？'云：'曾看。'荆公云：'何处最好？'山谷以'一江春水向东流'为对。荆公曰：'未若"细雨梦回鸡塞远，小楼吹彻玉笙寒"最好。'"（《苕溪渔隐丛话·前集》卷五十九引）王安石以后，论者大都持此论。然而王国维在《人间词话》中则云："南唐中主'菡萏香销翠叶残，西风愁起绿波间'，大有众芳芜秽，美人迟暮之感。乃古今独赏其'细雨梦回鸡塞远，小楼吹彻玉笙寒'，故知解人正不易得。"时至今日，我们应如何分析这首词？如何解决这一公案呢？

　　无疑，这是一首思妇词。宋泽元校订本《草堂诗余》《啸馀谱》《词的》调下有题曰"秋思"。"秋思"二字，正可以概括全词。上阕，由秋天景物的凋残引起憔悴之感，下阕写思妇的举止以透示其内心。在写思妇的里层，则又寄寓了一种秋意肃杀的家国之慨，此亦谓"秋思"。

荷花凋谢，荷叶衰残，西风一阵阵起于冷波绿水之上，着一"愁"字，自然界的景物皆染上了迷离的凄情。一个"还"字绾合上下文。"韶光"，美好的时光。而"共"字，则将时光与荷花并举。"不堪看"一句结住，"看"字正承上文"憔悴"一词。上阕行文，可谓针脚细密。陈廷焯称赞"还与"二句曰："沉之至，郁之至，凄然欲绝。后主虽善言情，卒不能出其右也。"（《白雨斋词话》卷一）

上阕明写景暗写人，景物的更替，时光的寥落，正见心怀之凄凉也。花凋、叶残、波愁，织就一幅哀怨的美人迟暮图，而"香"、"翠"、"绿"这一类字眼又在昭示一种与"韶光"相连的美好而珍贵的回忆。北宋马令《南唐书》卷二十五云："王感化善讴歌，声韵悠扬，清振林木，系乐部，为歌板色。元宗即位，宴乐击鞠不辍，尝乘醉命感化奏《水调》词。感化惟歌'南朝天子爱风流'一句，如是者数四。元宗辄悟，覆杯叹曰：使孙、陈二主得此，不当有衔璧之辱也。'感化由是有宠。元宗尝作《浣溪沙》二阕，手写赐感化。后主即位，感化以其词札上之。后主感动，赏赉感化甚优。"李璟的这二首词，《全唐诗·附词》作《摊破浣溪沙》，《尊前集》《花庵词选》作《山花子》。由马令的这一段记载可见这二首词作于"衔璧之辱"的阴影依然笼罩在这位小国之君的心头时。自显德二年（955）周师南征至显德五年（958）李璟尽献江北诸州，"划江以为界"，"去帝号，称国主，奉周正朔"（《新五代史》卷六十二）。吴、陈二朝的前车之覆已然在即了，"憔悴"二字，其南唐小王朝日渐没落之谓乎？美好的事物正在消逝，那一片渺渺绿水在西风吹动下，会不会涌起更加凄冷的波涛？

下阕正面写人，摄取了一个场景：梦醒吹笙而后倚阑远望。这仍然是扣住思妇来写的。沈际飞云："'塞远'、'笙寒'二句，字字秋矣。"（《草堂诗余正集》卷一）李廷机亦云："字字佳，含秋思极妙。"（《草堂诗余评林》）这两句不写秋景而秋意甚浓者，在一"寒"字上。这是一个寒远而凄迷惆怅色调的意境。鸡塞即鸡鹿塞，《汉书·匈奴传下》云："又发边郡士马以千数，送单于出朔方鸡鹿塞。"颜师古注曰"在朔方窳浑县西北"，《后汉书·和帝纪》云"窦宪出鸡鹿塞"，地在今内蒙古自治区杭锦后旗西北部，本词用以泛指远方边塞。"细雨梦回鸡塞远"一句，不写梦而写梦回。梦自远方归来，楼外濛濛细雨，寒寂冷落，于是玉笙吹彻，小楼中充满了一种悠远惆怅的声调。许昂霄云："细雨二句，合看乃愈见其妙。"（《南唐二主词汇笺》引）是的，细雨之中有"寒"而玉笙之声思远。上句之远与下句之寒是互文。"细雨"句拓开了一个中含凄情的悠远空间，"小楼"句中满贮寒思而又寓有远意，二句所写合而为一完整的有人物情思、有空间布景的意境。"多少泪珠无限恨"一句点醒境界，"倚阑干"三字又复含而不露，寄思于望中，而在脉络上则绾住上文一个"远"字。寒寂不忍其音，故倚阑而望，望而见关山无限，则其恨亦无限，此望中之地域乃有山河不久之虞乎？总之，全词表层写思妇念远，深层则寄寓了一种失落憔悴之虞。然而不管是表层还是深层都没有说破，而是以二组意象来表达的。上阕为下阕作了季候、情调的铺垫，于是下阕乃着力写人的情思。王安石欣赏"细雨"二句，应该说是很有见地的。从"细雨"二句本身说，不仅意兴清幽，而且落笔工细，半山自己的绝句正多此种风格。从全词看，下阕确又是全词中心所在。

王国维转而称赞"菡萏"二句也有理由。正因为这两句明写景而暗写人，所以不像"细

雨"二句那样明显地扣合到思妇之念远上去,"香"、"翠"、"绿"这一类字眼的寓意具有较大的容纳性,也就是说"菡萏"二句具有相当的象征意义,由美人香草的楚骚传统出发,读者可以给予"菡萏"二句以一种崇高悲壮的意蕴。王国维所谓"大有众芳芜秽,美人迟暮之感",正是着眼于此的。王国维大约是把自己的身世感慨寄寓于其中了,于是乃慨叹千古伤心难索解人了。从艺术上说,较之"细雨"二句的工细,"菡萏"二句则显得浑成。我们只要看王国维在《人间词话》中极力称赞李白的《忆秦娥》,云"太白纯以气象胜,'西风残照,汉家陵阙',寥寥八字,遂关千古登临之口",就可以知道静安所好乃更在浑成一路。似乎,艺术的高境也更在于浑成。

李璟此词,二细兼备,党然天成。当然,象外之象、无色之色的境界,为中国艺术所追求;然而过求浑成与寓意,虽远意有余而细味则不足;仅有工细,则又易溺于尖巧;唯有二者兼备乃

> **佳 句**
>
> ・菡萏香销翠叶残,西风愁起绿波间。
> ・细雨梦回鸡塞远,小楼吹彻玉笙寒。

能达到"味飘飘而轻举,情晔晔而更新"(《文心雕龙·物色》)的高境,工细见味,寓意生情。李璟此词,正是因为融合了二者而成为千古名篇的。王安石、王国维二人的不同爱好,为我们展开了这首词艺术上的两个侧面。

正确的态度不在于对两种意见加以判案式的评断,而在于从综合中使我们的认识上升到一个更高的艺术层次。

(王锺陵)

虞美人

原文　愁思　五代·南唐·后主李煜

春花秋月何时了?往事知多少。小楼昨夜又东风,故国不堪回首月明中。雕栏玉砌应犹在,只是朱颜改。问君能有几多愁,恰似一江春水向东流。

内　容　此词表达作者对逝去的生活与往事的刻骨留恋及其愁怨。
特　色　感慨凄怆,倒叙巧喻。
注　释　雕栏玉砌:栏即栏杆,砌指台阶。雕刻着花纹的栏杆,玉石台阶。这里指昔日的皇家宫殿。朱颜:红颜,一说喻山河。

赏析　据蔡絛《西清诗话》、陆游《避暑漫钞》等旧籍记载,此与《浪淘沙》(帘外雨潺潺)当同作于宋太宗太平兴国三年(978)。时李煜降宋已近三年,囚徒生活,辛苦备尝,时

间愈长，郁积愈深。发之于词，感慨凄怆，有逾往昔。太宗闻之，益增忌恨，遂有命秦王赵廷美赐牵机药之事。以词招死，恐非李煜始料之所及，亦可伤矣！

词之上阕明写往事之不堪回首，暗喻现实生活之难以忍受。起句突兀。"春花秋月"，原为怡人美景，常人咸冀其长驻而不可得，而作者反怨其年年如此，问其何时能了，虽未言发此奇问之由，而其心境有异于常人，灼然可见。次句初逗发此奇问之由，谓其撩拨诸多

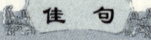

·小楼昨夜又东风，故国不堪回首月明中。
·问君能有几多愁，恰似一江春水向东流。

往事故也。"小楼"两句始作进一步交代，言东风又起，春花将放，原望其从速了却者仍无法了却，事与愿违，平添几许愁苦。而产生此愁苦之根源，端在"故国不堪回首"六字。昔为南唐国主，对此"春花秋月"，有多少赏心乐事，如今身为囚徒，重对此景，唯感触目伤心。"何时了"之奇问，"往事"之内涵，至此方知原委，故末句有画龙点睛之妙。且与起首两句相照应，悲愈切而情愈真，极为感人。

下阕写物是人非之痛苦。首两句谓旧时居处想犹依旧，而人事沧桑，朱颜不驻。"在""改"二字，相应成文，于变与不变对比中益见人生之无常，忧愁之所自。末两句具体写愁之深广，以滔滔江水东流不绝为喻，化无形之愁为可感之物，形象鲜明，意境开阔，遂成千古绝唱。

此词概括性极强。凡丧失旧时美好生活而不可复得者，皆能引起共鸣。其原因在于李煜用以实指其国主生活环境之"故国"、"雕栏玉砌"诸辞，辞义较泛，读者完全可以将"故国"理解为"故土"、"故乡"，将"雕栏玉砌"理解为优裕生活环境之代替词，读时全可忘却其为旧时国主李煜之自抒心境也。另阕《浪淘沙》（帘外雨潺潺），亦类乎此。抗日战争时，二词流传极广，岂偶然哉！

（周祖譔）

宋兵包围金陵之后，李煜曾派徐铉去宋朝"口舌解围"。徐铉盛称后主博学多艺，而私下以为宋太祖无文。赵匡胤即令他朗诵李煜的诗，徐铉就背诵了李的《秋月》诗，自以为是天下所少有。不料太祖闻后只笑曰："寒士语尔，我不道也。"徐铉不服，请聆其作。太祖曰："吾微时自秦中归，道华山下，醉卧田间，觉而月出，有句曰：'未离海底千山墨，才到天中万国明。'"话毕，徐铉不由大为惊服。

（徐玲）

乌夜啼

原文　　离愁　五代·南唐·后主李煜

　　无言独上西楼，月如钩。寂寞梧桐深院锁清秋。　剪不断，理还乱，是离愁，别是一般滋味在心头。

内　容｜本词描写孤寂的秋景，表现了离别故国的愁绪。
特　色｜环境渲染，抽象具化。
注　释｜月如钩：鲍照《玩月》："始见西南楼，纤纤如玉钩。"

赏析　王国维云："词至李后主而眼界始大，感慨遂深。"（《人间词话》）正是亡国君主寄人篱下的屈辱和痛苦，造就了作为词人的李煜。

　　这首《乌夜啼》在对愁情怨绪的描写上，达到了很高的艺术境界。

　　上阕写景，"无言独上西楼"，劈首即标示"无言"，且又接以"独上"二字，一种无所聊赖、无可与言的孤寂情绪，已深深地弥漫着。如果说"月如钩"三字是对于夜空的大笔勾勒，则"寂寞梧桐深院"便是对居处小院的具体描写，仍然是以情出之，故以"寂寞"二字标出"梧桐深院"之情调，随又补上"锁清秋"三字。梧桐深院在深秋的飒飒寒风中闭锁着，荒寂、凄凉、孤独；于是开头的"无言独上"四字，其内涵便获得了展示。

　　荒寂境界中的人，其精神并不荒寂，被锁禁的肉体，反更滋生出复杂的种种情愫，于是下阕转入写情。

　　情绪是一种综合的内部体验，它不受逻辑思维的制约，难以用层次井然的语言来加以表达。人们所谓可意会而不可言传者，往往误以为是"意"，亦即是思维着的内部语言，其实常常正是这种情绪是难以言传，而可以感受的——亦即所谓"意会"也。

　　文学，尤其是诗词，正是要对人的种种复杂的感情、情绪加以表现，文学之不同于理论的职能，这是一个重要的方面。文学担负起此种职能的方法，很重要的有二种：一是用环境景色来渲染，二是把抽象具象化。

　　本词上阕可以说用的前者，下阕则用的后者："剪不断，理还乱，是离愁。"可剪可理者是丝缕也，这是将离愁具象为丝缕，"剪不断"，表其难以舍弃牢记于心中；"理还乱"者，明其难以整理清楚。这两点正是情绪作为一种非语言的内部体验的特征。

　　情绪除了这两个特征外，还具有弥漫性，它能浸染人整个的感情领域，影响人全部的精神活动，从而形成一种深厚性，这种深厚性往往使人感到其中有着种种莫可名状的丰富内涵。

"别是一般滋味在心头",正是说到了离愁之绪蕴聚于心而具有的一种深厚性,"别是一般"者,正是莫可名状也。徐士俊朦胧地看到了这一点,他说:"七情所至,浅尝者说破,深尝者说不破。'别是'句甚深。"(《古今词统》卷三)

全词上阕写景如画,透出情思,下阕正面写内心情愫,从两个途径完成了对一种孤寂的离别故国之愁绪的艺术表现。 (王锺陵)

佳 句

- 剪不断,理还乱,是离愁,别是一般滋味在心头。

一斛珠

原文  闺情 五代·南唐·后主李煜

晚妆初过,沈檀轻注些儿个。向人微露丁香颗。一曲清歌,暂引樱桃破。罗袖裛残殷色可,杯深旋被香醪涴。绣床斜凭娇无那。烂嚼红茸,笑向檀郎唾。

内 容 本词写美人情态及其戏谑之情状。
特 色 寓神于形,描摹入画。
注 释 沈檀:指深红的颜色。些儿个:当时的方言,意谓一点点。丁香颗:颗,花蕾,白居易有"樱桃落砌颗,夜合隔帘花"(《春尽劝客酒》)的诗句。丁香颗,是一种别号"鸡舌花"的花蕾,因以作为美人舌尖的代称。樱桃:喻美人口,白居易有"樱桃樊素口,杨柳小蛮腰"的诗句(见孟棨《本事诗·事感》)。殷色:深红色。可:让人爱怜、喜欢。香醪(láo):美酒。无那:无奈。檀郎:晋代的美男子潘安小名檀奴,所以旧时的女子称自己的心上人为檀郎。

 本词作于李煜为国主时,写美人情态以及闺中戏谑情状。全词集中描摹美人之口,而神态自出。

上阕写美人梳妆完毕,复以深绛色口脂轻点双唇,倍显娇媚。咀嚼丁香,以求香口,向人微露,纯属故意为之。于细小动作中,更见娇痴情状。清歌一曲,小口微开,使听歌者不仅于听觉上获得美之享受,且在视觉上于吐此清歌红润如樱桃之小口上获得美之享受。笔触不离口之色泽与动作之描绘,极为集中;且用以比喻的为沉香、檀木、丁香、樱桃等,全为植物,更见和谐统一之美。

下阕写男女戏谑情状,仍紧扣口之形态与动作。一曲歌罢,听歌者强行劝饮,杯深口小,酒溢朱唇,罗衣袖口沾上了殷红色的残滴。罗衣玷污,原无所谓,而被灌过量,使本来带有丁香香味之小口也被此醇酒所污,殊为可惜。酒酣娇困,斜倚绣床,更见妩媚。面对情郎,随手拈来刺绣用的红色绒线,将其嚼烂,吐向对方。撒娇情状,跃然纸上,不仅立意新颖,而且可称描摹入画。

此词实为李煜宫中享乐生活之写照。就思想性而言,殊属平庸。然身为国主,不作封建说教语,于美人之口,观察入微,描摹入画,于形态中见神态,亦自有其欣赏价值。　　(周祖譔)

- 一曲清歌,暂引樱桃破。

长相思

原文

秋思　五代·南唐·后主李煜

一重山,两重山,山远天高烟水寒,相思枫叶丹。　菊花开,菊花残,塞雁高飞人未还,一帘风月闲。

内　容　此词以淡笔写相思之情。
特　色　写情隐约,节短格高。
注　释　枫叶丹:枫叶变红。塞雁:南飞的大雁。

赏析　此词写怨思而几泯痕迹于景物描写之中。

上阕从空间上落笔。开头二句"一重山,两重山",似显得呆板,然而同第三句"山远天高烟水寒"一结合,则首二句便有一个向远的动势。"山远天高"四字拓开了一个阔大的空间,而"一重山,两重山"二句则使这一阔大的空间显得充实,"烟水寒"三字进一步将前面十字都染上了一种轻寒的色调。这是一个阔大而又有层次和色调的画面。"相思枫叶丹"一句,将这个画面的内涵点醒,一重山、两重山的动势所导向的那个"山远天高"的所在,乃是"雕栏玉砌应犹在,只是朱颜改"的故国。"枫叶丹"三字,一以明季候,二以表自己思念故国的拳拳赤心如枫叶之红也。

下阕从时间上落笔。"菊花开,菊花残"二句写季候之运转。"塞雁高飞人未还",又是在第三句上拓出了一个阔大的背景,然而这是扣住时间季候的标志——"塞雁高飞"来写的,同上阕第三句的落笔角度不同。"人未还"三字,透出词人不得返回故国的悲思,由此回视

"菊花开，菊花残"二句，便觉其中充溢着一种徒叹光阴流转的意味。全词结句"一帘风月闲"，勾画了词人亦即思念者之所在，具见其对风月而生故国之思的情态。一个"闲"字，写出词人无所聊赖的景况。

全词对情思的表现比较隐约。李廷机云："句句有怨字意，但不露圭角，可谓善形容者。"（《新刻注释草堂诗馀评林》）李于鳞说得更好"因隔山水而起各天之思，为对枫菊而想后人之归"，"怨从思中生而怨不露，是长于诗者"（《南唐二主词汇笺》）。

笔调轻淡，在深秋风物之写中寓怀远之思，以此，这首词表现了一种"节短而格高"（俞陛云《南唐二主词辑述评》）的艺术风貌。

（王錘陵）

捣练子令

原文　　离情　五代·南唐·后主李煜

深院静，小庭空，断续寒砧断续风。无奈夜长人不寐，数声和月到帘栊。

内　容　本词通过对一个失眠者夜听砧声的描绘，写离别之思。
特　色　避实就虚，情于景见。
注　释　寒砧（zhēn）：秋夜中的砧声。砧，捣衣石。

赏析　　这是一阕写思妇怀人、夜深不寐之词。它主要以砧声为描写对象（在短短二十七字中，两次写到砧声），辅之以风声、月色。"砧"是捣衣石。古代妇女，每至深秋季节，捣练缝衣，以寄远人。所以砧声成为触发妇女离愁的传统意象。在李煜以前，不少诗人写过砧声牵引离愁别恨的诗篇。其中在内容或题材上与此词最为近似的，一为梁简文帝萧纲的《秋闺夜思》，其结句云："欲知妾不寐，城外捣砧声。"（《艺文类聚》卷三十二）一为李白《子夜吴歌》四首之三，其前四句云："长安一片月，万户捣衣声。秋风吹不尽，总是玉关情。"李诗已冶月色、砧声、秋风于一炉，可说是开此词的先河。而李煜此词却能别开生面，蕴藉含蓄，韵味悠长。究其奥秘，主要在于避实就虚，侧重环境描写与气氛点染，不言情而情自现。

起首三句，写院静庭空，"静"指夜深人语已绝，"空"，指空寂，阒然无人，秋风萧瑟，砧声断续，令独处者有强烈的凄清之感。虽属客观环境描写，

佳　句

· 深院静，小庭空，断续寒砧断续风。

而意境全出。"静"、"寒"、"空"三个形容词，渲染凄清气氛，和谐而又形象。第四句始点出此环境中者为一不寐之人。其不寐原因，上文"寒砧"中已作暗示，不予点明，更见含蓄。

因其不寐,倍感夜长;思绪万千,难以自制,故曰"无奈"。独处空闺者之心境,可以想见。末句作进一步渲染:砧声数点,月华如水,皆到帘栊("帘栊",此处代指闺房),此情此景,人何以堪!《诗·小雅·小弁》云:"我心忧伤,惄焉如捣。"《疏》云:"我心为之忧伤,惄焉悲闷,如有物之捣。"这和着月色而来发自捣衣石上的声音,又何尝不是声声捣人心坎呢!

此词极为精练,而语言又极朴素自然。言境象之阔大,虽不及李白《子夜吴歌》四首之三,而婉转含蓄,实有过之。沈去矜云:"后主疏于治国,在词中犹不失南面主。"(沈雄《古今词话》卷上)洵非溢美之词。

(周祖譔)

浪淘沙

原文 哀情 五代·南唐·后主李煜

往事只堪哀,对景难排。秋风庭院藓侵阶,一任珠帘闲不卷,终日谁来?金锁已沉埋,壮气蒿莱。晚凉天净月华开,想得玉楼瑶殿影,空照秦淮。

内 容 此词写自己被锢闭的生活及对往事的悲哀回忆。
特 色 紧扣主题,层层递进。
注 释 金锁:金质的锁钥,这里疑指金锁甲,车频《秦书》:"苻坚使熊邈造金银细铠,金为线以缧之。今谓甲之精细者为锁子甲,言相衔之密也。"壮气蒿莱:壮气已经消沉之意。蒿莱,野草。秦淮:即南京秦淮河。

赏析 李煜国亡入宋以后,虽有官职、封号,而实际上是一个被软禁的囚徒,老卒守门,"言有旨不得与人接"(王铚《默记》下),其孤独凄凉境况,可以想见。故其词多抚今追昔、感慨悲怆之作,本词即为其中的一首。

起句极为深沉:言追忆往事,唯有悲哀而已。"只堪",唯有,突出哀愁占据了整个身心,用词颇为精到。次句言"哀"之深:面对自然景色,均无法排

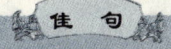

· 金锁已沉埋,壮气蒿莱。

遣。二语高度概括了其悲哀之广度与深度。末三句与"对景"相照应,集中写门庭冷落之状。秋风萧瑟,苔藓侵阶,珠帘不卷,久无人踪。于写景中有力渲染了凄寂的环境,衬托了悲苦的心情。且人之处于悲苦之中,倘得一二故人诉其衷肠,或可稍抒郁积,而今又无一人可与告语,其悲苦之情,势必愈积愈深,更难排遣。层层递进,使无形之"哀"成为读者切实可感之物,颇具力度。

下阕起首两句点出"哀"之所自。当年身为国主,于宋军南下之时,也曾痛下决心,发兵抵抗,而结果竟如历史上吴国之用铁索横江,无法阻止晋军沿江直下,卒至国亡家破,沦为"臣虏",所谓"壮心",终没蒿莱。追念及此,安得不悲自中来?"晚凉"三句,又转而写景。秋凉季节,天高气爽,月华如练,实为赏心乐事之良辰美景。而今身为囚徒,当年登赏之"玉楼瑶殿",想亦人去楼空,徒见倒影摇漾于秦淮寒水中耳!写楼殿之今昔,寓人事之沧桑。其间用一"空"字,辛酸之情,溢于言表。

全词环绕着"哀"字展开,从日间之哀写到夜间之哀,由情入景;由景生情,曲折变化,使愈转而愈深。结尾两句宕开,不言情而情自见,韵味悠长,洵为词中上品。　　　　(周祖譔)

浪淘沙

原文　　愁思　五代·南唐·后主李煜

帘外雨潺潺,春意阑珊。罗衾不耐五更寒。梦里不知身是客,一晌贪欢。独自莫凭栏,无限江山,别时容易见时难。流水落花春去也,天上人间。

内　容　本词痛往日生活的不再。
特　色　虚实相生,含蓄蕴藉。
注　释　潺潺:雨水声。阑珊:衰落的意思。白居易诗云:"诗情酒兴渐阑珊。"一晌:片刻。别时容易见时难:曹丕《燕歌行》有"别日何易会日难"句。

赏析　此为李煜自伤身世之作,痛畴昔之欢娱不再;哀今时之幽禁难堪,词意极为凄苦。

上阕写梦里欢娱、觉后凄怆、致醒之由,以及醒后所闻所感,纯用倒叙手法。其主旨则在"梦里"二句。身为囚徒,"日夕只以眼泪洗面"(王铚《默记》下引李煜《与金陵旧宫人书》),哪有欢乐可言。且往事如烟,更不堪回首。而十年国主生活,竟于梦境中得以重温,浑忘作客他乡、寄人篱下,总算获得短暂的欢乐。但梦境毕竟是虚,现实生活终究是实,从虚幻的梦里天堂,随梦觉而一下跌入现实的苦

佳　句

· 帘外雨潺潺,春意阑珊。
· 梦里不知身是客,一晌贪欢。
· 流水落花春去也,天上人间。

海,辛酸滋味,诚不如无此好梦。"不知"二字,言误梦幻为现实,自怨自艾,更见凄苦之情。究其致醒之由,则在破晓时分,春寒料峭,罗衾不暖。言外已露生活窘迫之状,与梦境中之欢乐环境,隐含虚实对照。而醒后所闻,唯帘外之雨声潺潺。春之将尽,更平添愁人之

几多痛苦。且阴雨绵绵，有类愁思之不绝；春光不驻，亦似乐事之无常。于写景中深寓凄婉之情，读之催人泪下。

下阕起首三句，词人告诫自己，切莫再凭栏远眺。凭栏远眺，旧时统治的"三千里地山河"，必然依稀入望。而此旧日江山，失而不可复得，远眺不过徒增伤感耳！梦中经历，觉后已深感不堪忍受，况清醒时之再次触景伤神乎？"莫"字表示痛下决心，语既决绝，情尤激越，极有力度。末两句与"帘外"两句遥相呼应，且总括全词。花落春归，好景不长，旧欢难再，尽付东流。景耶？情耶？往日欢娱，今朝困厄，两种生活，天上耶？人间耶？读者可自己领会。言有尽而意无穷，此词得之。

（周祖譔）

破阵子

原文 亡国 五代·南唐·后主李煜

　　四十年来家国，三千里地山河。凤阁龙楼连霄汉，玉树琼枝作烟萝。几曾识干戈。　　一旦归为臣虏，沈腰潘鬓消磨。最是仓皇辞庙日，教坊犹奏别离歌，垂泪对宫娥。

内　容 本词写对亡国之时的回忆及其沉痛的心情。
特　色 丽笔铺叙，今昔对比。
注　释 四十年来：指南唐建立至此时已近四十年（公元937—975）。三千里：马令《南唐书·建国谱》，南唐"共三十五州之地，号为大国"。凤阁龙楼：指帝王所住的楼阁。烟萝：烟聚萝缠，形容茂密的草木。沈腰：形容腰肢瘦减。《南史·沈约传》："沈约与徐勉素善，遂以书陈情于勉，言已老病，百日数旬，革带常应移孔。以手握臂，率计月小半分，欲谢事求归老之秩。"潘鬓：形容鬓发斑白。潘岳《秋兴赋》："斑鬓发以承弁兮。"辞庙：辞别了祖庙。教坊：唐初就设置教坊在宫中，掌管伎乐。宫娥：宫女。

赏析　此为李煜国破家亡以后，在赵宋王朝过着囚徒式生活时所作。词之重点在追述金陵陷落后，拜辞祖庙北上时的情景。上阕一开始，就用了两个相当工整的对偶句丽笔铺叙：上联总括南唐统治的时间与疆域，下联极言宫殿御苑之豪华，气象博大。对此生活环境，言下犹多眷念之情。末句言自己乐此和平富贵生活，何尝懂得什么是战争。语极平淡，而感慨殊深。向往和平安乐生活、厌恶战事，原系常人之情。身为南唐国主，竟不知战争为何物，卒至被掳。事后追思，虽仅云"几曾识干戈"，却涵蕴着极度的痛悔之情。以此常人感受与语气出之，更易引起读者共鸣。

下阕首两句写自己成为阶下囚后之心境。"一旦"两字，陡然一转，极为有力，不仅表现了生活变化之速，且表现了变化之突然。从国主突然成为囚徒，痛苦可知。如沈约之腰围日减、潘岳之双鬓早斑，神苦而形瘁，也就必然的了。追忆生活变化之关键时刻，端在辞庙北上之时，故于当时情景，印象最为深刻，末三句予以细加描写。国亡而拜辞祖庙，原是极为严肃之事，而在宋军胁迫之下，只能慌张了事，其心境可以想见。然李煜对此犹未深感悲痛，于追忆中不能释然于怀者仍为被胁北上时教坊所奏之离别歌，及送行时之诸多宫女，对他们之不以其沦为臣虏而犹流露依依不舍之情，安得不为之柔肠寸断而流泪呢？其感情极为深挚真率，无异于常人，故有强烈的感染力。苏轼《东坡志林》谓："后主既为樊若水所卖，举国与人，故当恸哭于九庙之外，谢其民而后行。顾乃挥泪宫娥，听教坊离曲哉！"此种谴责，纯属封建说教。若按苏轼所言言入词，则此词势必味同嚼蜡矣。

此词上下阕将两种截然不同的生活环境作鲜明对照，乐极悲来，痛何可言？然上阕于国主生活描写过于具体，使读者无法结合自己生活经历进行联想；故其感染力、传播面终不如其《浪淘沙》(往事只堪哀)、《虞美人》(春花秋月何时了)。

佳 句

· 最是仓皇辞庙日，教坊犹奏别离歌，垂泪对宫娥。

（周祖譔）

浣溪沙

原文　　　闺思　五代·闽·韩偓

宿醉离愁慢髻鬟，六铢衣薄惹轻寒，慵红闷翠掩青鸾。　　罗袜况兼金菡萏，雪肌仍是玉琅玕，骨香腰细更沈檀。

内　容　写闺中女子因无法排遣离愁别恨的慵懒及其憔悴。
特　色　丽词巧喻,旖旎含蓄。
注　释　宿醉:隔夜的醉酒。鬟鬓:女子的发式。六铢(zhū)衣:佛经中称忉利天衣重六铢,极言衣服的轻薄。慵:懒散。青鸾:代指镜子。菡萏:荷花。琅玕(lánggān):似珠玉的美石。沈檀:指沈约、潘安;潘安小名檀奴。《南史·沈约传》:"沈约与徐勉素善,遂以书陈情于勉,言已老病,百日数旬,革带常应移孔。以手握臂,率计月小半分,欲谢事求归老之秩。"

赏析　闺怨闺思,是曲子词中最常见的题材之一。在旧时代,多数女子深闭闺中,无法排遣离愁别恨;身不由己,更无法主宰自己的命运;身单力薄,也容易引起人的爱惜怜悯;而女子缠绵悱恻的感情,似乎也最适宜用委婉含蓄的语言来表达,最适合于曲子词这种含蓄委婉、缓吟低唱的诗歌形式。韩偓这首词就是早期此类题材和此类艺术表现的佳作之一。

　　从构思上看,上阕写离愁,下阕状形色。离愁是由懒梳妆怕照镜的动作来表现的,形色是由对装束体态肤色的描绘来表现的。乍看起来,下阕并未再点主题,两阕间似乎缺乏必然的联系,但细细体味,下阕对姿容的描状,是一种"此时无声胜有声"的写法,是由于百思无益,离恨难消,只得暂时压抑,转而顾影自怜,隐含雪肤花容为谁梳妆之意。虽然不再提离愁,而那一种难言之苦、委屈之意却尽在不言之中。这样的描写,在更深层次上揭示了人物的心理活动,加深了离愁主题,避免了浅露,更能引起人们无穷的回味。"金菡萏"者,袜子上用金线绣的荷花。"玉琅玕",美石。这两句言花容雪肌依然,末句则云沈腰消瘦。"沈檀",沈郎,檀郎,为夫婿或所爱男子的美称。

　　作者精于修辞,娴于技巧。不但在动词上下工夫,像懒梳头用"慢"修饰,微感寒意用"惹"表现(铢衣,很轻的衣服,多指舞衫),无心对镜用"掩"描绘;动作意向鲜明;与人物心境相契合,十分传神形象。并且精心选用"慵"、"闷"等本身带有浓厚感情色彩的形容词,而将"红"、"翠"等词用如名词,妥当搭配,既指人又指物,描画出一片慵倦愁闷的景况。下阕则连用比喻,含蓄委婉,耐人咀嚼。这样的修辞手法到李清照那里得到了继承和发展。

（姚奠中　力　芸）

浣溪沙

原文　离情　五代·前蜀·韦庄

　　惆怅梦余山月斜,孤灯照壁背红纱。小楼高阁谢娘家。　　暗想玉容何所似?一枝春雪冻梅花,满身香雾簇朝霞。

内　容 | 本词写分手后悬想心上人的玉容之美。
特　色 | 回忆想象，朦胧之美。
注　释 | 谢娘家：唐朱崖太尉李德裕有妾谢秋娘，太尉以华屋贮之，眷之甚隆。后来词人多用其事而称谢家或谢娘家，泛指金闺之意。

赏析 韦庄存词中，写儿女间离情别绪的占着很大比重。以女方为主的，多和闺情闺怨相结合；以男方为主的，多和作者自己的生活经历相联系。这首词属于后者。前半是回忆，后半是想象。回忆的是离别时的点滴印象，想象的是从旧印象中显现于当前的影子。作者所想的他和情人之间的生活情景，应该有不少可写，然而经过思维中的过滤，只剩下使他最最不能忘怀的，即临别时的一刻。你看：梦醒后，"山月"斜照着，而屋内照着四壁的只有一盏"孤灯"。即将分手的情人，正背向着窗纱，无言相对！静寂、沉闷，空气要凝结了！他们内心深处，纵有千言万语，已无可说，无须说。"惆怅"，笼罩了一切！这便是"谢娘"家"小楼高阁"上临别的一幕。下阕写的是别后与情人不复相见，由相思转为冥想。"暗想"二字，含有一种不能告人的意味。奇怪的是：他们别后，她到哪里去了？远行了？不像。为什么不能见面？她去的地方，似乎很好。所以在提出"玉容"何似的疑问后，便冥想：她该像春雪冻着的一枝梅花，披着"满身香雾"簇拥着明亮的朝霞。前半几乎找不到人，而人只在一个"背"字上透露出来，后半一开始就有了人，然而却只写人的气质，气韵既是如此之雅丽，人又当如何呢？读者尽可以展开想象的翅膀，在吟咏音词之外，去索隐，去辨析，去体味。

（姚奠中）

菩萨蛮

原文 离情　五代·前蜀·韦庄

　　红楼别夜堪惆怅，香灯半卷流苏帐。残月出门时，美人和泪辞。　　琵琶金翠羽，弦上黄莺语。劝我早归家，绿窗人似花。

内　容　本词写夜半分别的情景及前后的怀念。
特　色　似直而纡，似明而隐。
注　释　红楼：华美的楼房，指女子所居处。李白《侍从宜春苑奉诏赋》："东风已绿瀛洲草，紫殿红楼觉春好。"流苏帐：古代以五彩羽为垂饰的帐幕。金翠羽：琵琶挥拨上镶嵌的金翠饰物。黄莺语：形容琵琶音调之美。白居易《琵琶行》有"间关莺语花底滑"的诗句。

赏析　韦庄词以"清艳"著名，不靠华词，不务刻画，语意自然而意在言外。似乎应该很好懂，然而却不尽然。他的词中，有不少首语言平易而内涵难知。这首词就是其中之一。后来评论者多从政治方面附会，有的说"此章盖留蜀寄意之作"，"言奉使之志，本欲速归"（张惠言《词选》注），有的说这首词"惓惓故国之思，而意婉词达"（陈廷焯《白雨斋词话》），或"惓惓故国之思，尤耐寻味"（顾宪融《词论》）。这种猜测之词，可能着眼于"归家"二字。然则"归家"并不一定就是"故国之思"，也不一定和"奉使"相联系。就词的整体来看，显然只是写离情，其不同于一般写离情的地方，就是写得特别曲折深隐而已。

　　上阕正面写，展现在我们面前的是：一对恋人即将分别，时间是深夜，地点是一座楼上，香灯照着，床帐半掩——可能彻夜未眠；到了"残月"将

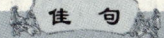

佳　句

·琵琶金翠羽，弦上黄莺语。

落，他要出门的时刻，而"美人"的诀别之"辞"，仍和泪珠混合在一起，不能自已。回忆起来，真是个最令人惆怅的夜晚！这里值得注意的是这个"辞"字。"辞"，通常都是告辞、辞别的意思。他出门，而她却告辞，讲不通。所以这一"辞"字意味着她也要离开。似乎这是迫不得已的，生离可能成了死别！下阕从侧面写，不写别的，而写美丽的琵琶，写琵琶发出的黄莺似的声响。她弹奏的曲子，可能是他往日最欣赏的曲调。在最痛苦的时刻奏起最快乐的曲子，过去的美好生活，随着乐曲突然重现，自然会激起更深层的悲哀，在无可奈何的情况下，她唯一安慰他的话，就是：算了吧，早点回家吧！这里没有什么可以留恋的了。"家"，

该指韦庄留在婺州的家。"绿窗人"应指他的眷属。但如果前边的"辞",不是告"辞",她没有离开,那末两句就可以是劝他早点回来,"绿窗人"是自指。不管怎样,这首词的美,却正在于若隐若现,耐人玩味。

(姚莫中)

选 闻

韦庄在长安应举时,正值黄巢起义军攻入长安,韦庄身陷战火之中,目睹了长安城的惨况,写下了著名长篇叙事诗《秦妇吟》。其中有一联:"内库烧为锦绣灰,天街踏进公卿骨。"这首诗当时极负盛名,时人甚至以"秦妇吟秀才"来称呼韦庄。战乱平息后,那些劫后余生的公卿们看到这两句诗,感到十分惊讶,责怪韦庄不该写出这样的诗来,有辱公卿们的颜面,韦庄因而避讳这首诗。为了止谤,他甚至立下家戒,不许在屋内垂挂《秦妇吟》诗幛。等他入蜀作了宰相,就更不愿意提起此诗了。《秦妇吟》长久不传,当以此故。

(徐玲)

菩萨蛮

原 文 风土 五代·前蜀·韦庄

人人尽说江南好,游人只合江南老。春水碧于天,画船听雨眠。　　垆边人似月,皓腕凝霜雪。未老莫还乡,还乡须断肠。

内　容　此词写江南风景、人物之美。
特　色　自然秀艳,玄意深潜。
注　释　只合:只应。垆边人似月:暗用文君当垆卖酒事;人似月,指人的风度像月亮似的明丽。皓腕凝霜雪:形容美人双手洁白如雪。

 中国诗词中,游子思乡之作是一大宗。这类篇什往往写得悲苦凄切。在《古诗十九首》中,就有"凉风率已厉,游子寒无衣"、"思归故里闾,欲归道无因"这类叹怅之词。每逢战乱之时,则游子、思妇之作更多见。然而,十分奇怪的是,身处唐末五代的韦庄却写了这首劝游人滞留他乡的篇什,竟然还脍炙人口地流传开来了。《栩庄漫记》评韦庄此词与另一首《菩萨蛮》(如今却忆江南乐)云:"按韦曾二度至江南,此或在中和时作,与入蜀后无关。"此词中明标"游人"二字,而结穴乃断论曰:"未老莫还乡,还乡须断肠。"由一个农业民族对于土地的眷恋所孳生的深沉的乡思,可以说乃是我们民族深层文化心理之一种。这首有悖于平常人情和民族文化心理的词作竟获得成功,对于中国诗歌传统来说,无异是一次对

于常规的背离。这不能不令人认真思索其成功的缘由。

中国经济的中心原在黄河流域，六朝期间江南经济得到了明显的发展，到唐代江南愈益富庶，江南乃成为士大夫游乐忘返之处。韦庄对于江南的歌颂，正是在这一点上有着实在的历史内容。

从内容上说，此词在脉理深处带着玄味。这是历来词论家们所忽视了的。韦庄对于江南好的回忆，本有明显的冶游内容，他的另一首同一词牌的词对此就说得十分明白："如今却忆江南乐，当时年少春衫薄。骑马倚斜桥，满楼红袖招。翠屏金屈曲，醉入花丛宿。此度见花枝，白头誓不归。"这种明写"满楼红袖招"的"忆江南乐"之作，大约因其轻薄不大被人所重。而本词所写酒店女的美丽"垆边人似月，皓腕凝霜雪"，大有杜甫诗"越女天下白"（《壮游》）的意韵，亦令人想起李白所写"吴姬压酒唤客尝"（《金陵酒肆留别》）的情景。玄学家阮籍曾有如此洒脱的行径："阮公邻家妇有美色，当垆酤酒，阮与王安丰常从妇饮酒，阮醉便眠其妇侧，夫始殊疑之，伺察终无他意。"（《世说新语·任诞》）阮籍这种醉辄眠于美妇之侧而终无他意的举止，是一种对于美色的喜爱，并无涉邪的心理。韦庄对于酒家女美色的描绘，可视为正是暗用了李杜的诗句和阮籍的典故，因而在明净的语言中有着丰厚的意蕴。人似月，肤若雪，月、雪均高洁之物。在这种比喻中，体现出一种赞颂美色而不涉轻薄的态度。因而这两句词给人以雅丽的美感。这种带有玄学意味的诗句，既给人视觉的满足，而又未在行动上有悖于儒家纲常，所以能够获得封建文人普遍的喜爱。

美丽的酒家女所处的江南水乡风光，又十分富于诗情画意。"春水碧于天"这一句中无疑化用了杜甫诗"春水船如天上坐"（《小寒食舟中作》）和白居易《忆江南》词"春来江水绿如蓝"，而造语更见明秀简洁。在可人的翡翠般的江水中，乘一条画船荡去，上下一碧，如乘空游之于琉璃中矣！夜里听雨打船篷，感受到春意的萌动和周围的宁谧，引发一种远思而渐渐眠去，这又是多么的恬静惬意！

这里不仅有着画意和诗情的陶冶，还有着一种脱略行迹的行事。《世说新语·任诞》篇云："王子猷居山阴，夜大雪，眠觉开室，命酌酒，四望皎然，因起彷徨，咏左思《招隐诗》，忽忆戴

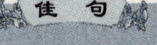

- 春水碧于天，画船听雨眠。
- 垆边人似月，皓腕凝霜雪。

安道。时戴在剡即便夜乘小船就之，经宿方至，造门不前而返。人问其问，王曰：本乘兴而行，兴尽而返，何必见戴？"王子猷的此种行事，在历代都被文人们所乐于征引，它无疑表达了人们的一种向往。韦庄词中"画船"二字，表明此非行船，乃是游船，春水之游以至于夜不归，听春雨而眠去，此岂非乘兴之行？人世多蹇碍，又多绳检，故少有尽兴洒脱之乐。韦庄这两句词所写，乃在如画般的境地中而有一种充溢着诗意感受的尽兴洒脱之乐，故代代流传而成名句矣！

这是一个宁静的世界，没有纷扰，有的是画意、诗情、美色，自然是令人乐不思蜀了。真要是还了乡，确会有断肠之恨呢！

此词以自然秀艳的语言,表达了一种洒脱尽兴、高洁雅丽的情趣,在给人以声与色的感受中,又深潜着一股耐人寻思的玄味,表达了对一种适性愉情生活的向往,这便是此词赢得读者长久喜爱的精髓所在。

(王鍾陵)

荷叶杯

原文　　　　　　　　　　恩爱　五代·前蜀·韦庄

记得那年花下,深夜,初识谢娘时。水堂西面画帘垂,携手暗相期。
惆怅晓莺残月,相别,从此隔音尘。如今俱是异乡人,相见更无因。

内　容｜本词回忆与恋人幽会、相别的情景,表达如今的思念。
特　色｜时空变换,悲喜对比。
注　释｜水堂:临水的堂屋,如水榭。晓莺残月:晓莺啼叫,残月西坠,分手时的情景。

　韦庄生逢唐末乱世,颠沛流离的日子占一生四分之三强。寂寞孤独时,自然会回想亲人。这首词写他对爱姬的思念。

起首用"记得"一词将情境追溯至从前。作者忆及在那年那个至今仍铭心刻骨的幽静夜晚,花前月下,他和心爱的女子第一次偷偷地幽会。水堂西面,画帘低垂,两人携手,窃窃私语,暗约幽期。可惜好景不长,晓莺鸣叫,月亮即将西坠,他们惆怅满怀地分别,从此,音信两隔。这样,作者的思绪便由过去回到现实。现在两人天各一方,同为异乡沦落人,相见的机会更加渺茫。

在短小的篇幅中,作者描绘了三个不同阶段:"相期"、"相别"与"如今"的情景,通过时间的更换带动空间的转移,造成悲喜气氛的对比。从令人神往

佳　句

・惆怅晓莺残月,相别,从此隔音尘。

的花前月下、画帘水堂,到如今凄苦悲怆的异地他乡,时间在变,空间在变,心情也在变。现在的黯然神伤使他神往于往昔的热情洋溢;回忆往昔之成双成对更见出如今的形单影只。忆往之喜是思念爱姬,伤今之悲也是思念爱姬。

韦庄所处的时代,文人艳丽的情词层出不穷,但韦庄的情词却有他自己的特色:情感真挚,缠绵婉转;因情生文,无浓艳而少轻薄。他"把当时文人词带回到民间抒情的道路上来,又对民间抒情词给以艺术的加工和提高"(夏承焘《论韦庄词》)。这些特点在这首小词中得到了体现。

(姚奠中　落馥香)

河　传

原文　　怀古　五代·前蜀·韦庄

何处？烟雨，隋堤春暮。柳色葱茏，画桡金缕。翠旗高飐香风，水光融。青娥殿脚春妆媚，轻云里，绰约司花妓。江都宫阙，清淮月映迷楼，古今愁。

内　容　本词写扬州的繁华冶艳，谴责隋炀帝的奢靡生活。
特　色　以景寓情，含蓄蕴藉。
注　释　隋堤：隋代的大运河修成后，曾于堤上广植柳树。画桡：桡（ráo），船桨，这里指代船。金缕：曲调《金缕曲》《金缕衣》的省称。飐（zhǎn）：风吹物使颤动摇曳。青娥殿脚：唐颜师古《大业拾遗记》："帝御龙舟……每舟择妙丽长白女子千人，执雕版镂金楫，号为殿脚女。"后因以指挽舟美女。司花妓：即司花女，隋炀帝时洛阳进合蒂迎辇花，帝命御车女袁宝儿持之，号曰司花女。江都宫阙：隋炀帝曾在扬州大建宫殿，以为行都，唐朝废。

赏析　韦庄从唐僖宗中和三年（883）至光启三年（887）间，曾南游江南为镇海军节度使周宝客。一度由淮汴北上，欲西入关，以道阻未果，返回江南。其来去路途，一般都经过扬州。这首词当即他过扬州时所写。在写法上，以景寓情，含蓄蕴藉，虽没有什么切肤之痛，但含蕴着人生之叹。扬州地处江北，而水道纵横。自隋以来就商贾云集，歌吹鼎沸，是十分繁华富庶的所在。隋炀帝开运河，游幸于此；建迷楼，流连忘返，终于身死国亡。此词所写扬州较之鲍照所反映的"芜城"，更增加了历史的内涵。

词的上阕写景。暮春"烟雨"，是江南常见的景色。故"何处"发问之后，便接以"隋堤春暮"四字。好像烟雨是这里所独有。然而这不能说画出了扬州。即使加上"柳色葱茏"，也还不行。必须拈出"金缕"、"画桡"，紧接"高飐"着的"翠旗"和随风飘来的香气，这些又和水光融合在一起，而扬州之为扬州，才可以想象得出，感触得到。下阕写人，写扬州的女子。用殿脚女"春妆媚"、司花妓"绰约"多姿，概括了扬州女子之美。而这里的美女，曾经在昏君杨广的淫威下聚集起来，在轻云似的香烟中，被奴役、被驱使。而高耸的宫阙，下临清淮中的月亮，又映照着迷楼。如此美妙的境界，却正是昏君罪恶的见证！当然那些豪华的建筑和"殿脚女"、"司花妓"，都早不存在了，但是美女代代有，建筑时时新，究竟有几个人能鉴古知今，作一番历史人生的思考呢！全词除写了景美、人美之外，似乎没有写别的。只在末尾点出一个"愁"

字于"古今"二字之下,而作者的思想感情,便都在不言之中了。

(姚莫中)

思帝乡

原文 闺情 五代·前蜀·韦庄

　　春日游,杏花吹满头。陌上谁家年少、足风流?妾拟将身嫁与、一生休。纵被无情弃,不能羞。

内　容｜此词写女子对风流少年的大胆爱情。
特　色｜俊爽明快,作决绝语。
注　释｜一生休:一辈子就算罢了。休,罢了。

赏析 此词好像一首民间情歌,含有丰美的意蕴。词中女子走出闺房,在春游的大自然里,选择自己的配偶,大胆要求婚姻自主,强烈追求爱情自由,冲决封建礼教的樊篱,放出异彩。前人评此词之妙,在于"作决绝语"(贺裳《皱水轩词荃》),指的是女子追求爱情的执著和表白爱情的决绝态度。词的开头两句渲染着春游者的情兴,出游士女们的风流姿态,为抒情女子选偶蓄势。"陌上谁家年少、足风流"一问,将抒情女子和风流少年同时从游春士女中点明,好像人物特写般地出现在画面里。风流少年出于抒情女子之眼中,"足风流"则是惊慕之存于她的心中,情澜由此而生,这就是后三句要写的内容。

　　"妾拟将身嫁与、一生休",深挚之爱好像江河奔泻而出,态度犹如咬铁般坚决。这还不够,词人又以逆转回旋之笔,写她感情的申发:"纵被无情弃,不能羞。"由感情的深挚和态度的坚决,升华为殉情而不悔的誓词。"不能羞"既是对爱情自由的强烈追求,又表现了对封建礼教不屈服的坚强意志,敢于承担一切不幸遭遇而不后悔。结尾的转笔,达到了感情品格丰美的意境,具有感人的艺术力量。

　　此词"决绝语"之妙,在于着意抒情,升华的感情境界扣动人的心扉,引发美感和联想,使人为之动情。试想此词写到愿嫁与风流少年"一生休"为

佳　句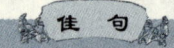
· 春日游,杏花吹满头。

止,去掉那升华感情的结语,恐怕就很难动人了。词人着意用情之深绝,竟达到纵被无情弃而不羞悔的境界,正像《红楼梦》中的尤三姐痴爱风流少年柳湘莲遭回绝而自刎一样,有震撼人心的力量。这艺术力量就来自以身殉情、死而不悔的用情态度所达到的感情境界。这种境界,比起温庭筠所写"不知从嫁与、作鸳鸯"(《南歌子》)、白居易所写"今日悲羞归不得"

（《井底引银瓶》），实在是高而且美。

此词写得情境丰美，人物光彩，风流潇洒，透出一种俊爽之气质。俊者有清秀之美，爽者有明快开朗之情调。这是与韦庄吸取民间词的滋养分不开的。如《敦煌曲子词·菩萨蛮》中的女子直接表白："要休且待青山烂，水面秤锤浮，直待黄河彻底枯"、"白日参辰现，北斗回南面。休即未能休，且待三更见日头"。写的是爱情坚贞如一，内容与韦庄此词有不同，但那种对爱情的执著追求、坦率倾吐和用情的决绝态度，以及达到的感情境界，却是如出一辙。民间词表达爱情的爽直明快，进入韦庄此词，增加俊秀之美，形成独自的格调，写得人物风流、词也风流。

（彭黎明）

女冠子

原文 　闺情　五代·前蜀·韦庄

四月十七，正是去年今日。别君时，忍泪佯低面，含羞半敛眉。　　不知魂已断，空有梦相随。除却天边月，没人知。

内　容｜此词写一少女与心上人分手时的情景和别后的相思。
特　色｜似直而纡，似达而郁。
注　释｜佯（yáng）：假装。敛眉：蹙眉。

赏析　韦庄《女冠子》两首联章，此为前首。写一少女回忆与情人分别和别后相思的情景。先说分别，后说相思，写得情真意切。

词中少女将情人分别的日子铭刻于心，以致分别周年到来时，会冲口呼出时日。如此揣写少女心理既深而又真切，尤其"正是"二字真像出自少女之口。别后周年纪念日，自然回忆分别时

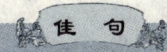佳　句

· 忍泪佯低面，含羞半敛眉。

的情景，"别君时"一句写得合情入理。那日分别时，"忍泪佯低面，含羞半敛眉"，刻画少女别情，格外传神。"忍泪"是克制，"佯低面"是掩饰，内心的感伤怕被情人察觉，这是"内秀"少女的情态，写得细腻深切。"含羞"是知心话难以启齿，"半敛眉"是欲说还颦，这是纯真少女的情态，写得惟妙惟肖。写少女心理活动和真挚感情，妙难言尽，含有丰美的意蕴。下阕写别后相思之情，魂断梦随，唯有月知，少女无以排遣的相思之苦，凄楚低回，情真意切。

陈廷焯评韦庄词"似直而纡,似达而郁"(《白雨斋词评》),是说其用语直白劲切,而用情深挚曲委。如此词以记载日期的语句开端,直达而深含纡郁。纡者,往日今日,曲转而凝聚;郁者,积一年之情思,而梦牵魂萦于一日也。上阕结联写少女别时情态,白描外部表情姿态,而内心活动细微幽隐,真挚的感恋之情,尽在不言之中。下阕写别后相思,魂断梦随,唯有月知,看似直白,却深含梦魂系月之相思,低回孤凄之悲苦。经年相思,唯有月知,虚中寓实,发人潜想。"月"前加"天边"二字,又暗喻远方情人;"魂断""梦随"之前,冠以"不知""空有"之词,那痴情孤苦,更加曲回而沉郁。

评者谓花间温韦齐名,就笔致而论,温词绵密似锦簇,韦词疏淡如串珠,各有千秋。如此词"去年今日",昔别今忆,魂断梦随,月知远近,其时序词境,疏阔淡远,但疏密而有情致,平淡而见真挚,可谓看似寻常最奇崛了。同写男女之情,温词浓丽,多为客观描写,带有应歌遣兴性质,而韦词则平朴俊爽,如此词洗却粉泽,不饰雕琢,注入了个人的身世之感,带有浓厚的主观抒情成分,写得情真意切,这一点对抒情词的开拓和发展有积极的影响。

(彭黎明)

望江怨

原文　　闺思　五代·前蜀·牛峤

　　东风急,惜别花时手频执,罗帷愁独入。马嘶残雨春芜湿,倚门立,寄语薄情郎,粉香和泪泣。

内　容｜此词写分手时的悲情。
特　色｜文情往复,劲气暗转。
注　释｜嘶(sī):牲畜鸣叫。亦特指马鸣。春芜:春草。

赏析 此词抒写离别之相思、相怨,真挚动人。词一起首,便抒写了离别在即的无奈与愁怨。作者运用了一系列饱含感情、生动有力的字眼,东风"急",寓含挽留之无力;手"频"执,显示惜别之难分;愁"独"入,足彰别后之孤独;马"嘶"雨"残",又添一份凄凉冷清的愁苦。作者从主人公独特的主体感受落笔,女主人公的神情、心态便显得十分真切感人。

　　本词写女子的相思,采取了倒叙手法,从离别的情景与心态写起:"手频执"、"愁独人"。"马嘶"、"残雨"、"春芜湿",仍然是写别时的凄清情景。末三句转写目前:既然孤枕难眠,只得起来"倚门立",然而望眼欲穿,情郎却归期渺茫,心中的愁苦委屈化为言语,嗔骂恋人"薄情郎",空寄去满腔的思念与柔情,末句"粉香和泪泣",写思妇的外在形貌。短短几句小词,便连接了过去、眼前和将来,又穿插、交织着送别之地、屋里、屋外、情人离去之远方等空间转换,层层深入,步步渲染,把女子离愁别恨的情感律动、心路历程描写得如此回环往复,正所谓况周颐评价的"繁弦促柱间,有劲气暗转,愈转愈深"(《餐樱庑词话》)。全词将女子的离愁别恨写得细腻绵密,流畅自然,令人回味。

　　陆放翁评此词"为闺中曲,是盛唐遗音"(《历代诗馀》卷一百一十三词话引),郑文焯也称其"文情往复,杂写景中,致足讽味"(《郑评花间集》)。本

· 马嘶残雨春芜湿。

词也的确写得情深意切,生动感人,姜方锬推牛峤为"花间之健手"(《蜀词人评传》),此词可见一斑。

(郭 晋)

西溪子

原文　　弦乐　五代·前蜀·牛峤

　　捍拨双盘金凤,蝉鬓玉钗摇动。画堂前,人不语,弦解语。弹到昭君怨处,翠蛾愁,不抬头。

内容　此词写一琵琶女在画堂前演奏时的动作、神态和场景。
特色　描摹细刻,生动传神。
注释　捍(hàn)拨:弹奏琵琶用的拨子。因其质地坚实,故称。翠蛾:女子的眉毛。

赏析　牛峤这首小词塑造了一个琵琶女的形象。陆放翁对此词的评价是"细刻似晚唐"。唐诗中描写音乐的佳作不少,大多直接描摹乐曲声以及由听曲引起的感受和效果。其中有用

各种事物发出的声音来比方琵琶声,如白居易的《琵琶行》。也有利用通感的修辞手法,听声类形,写从听觉引起的人的视觉、触觉,见出音乐的动人力量,如韩愈的《听颖师弹琴》。牛峤这首小词虽写弹琵琶,却丝毫未涉琴声。首句写琵琶:"捍拨双盘金凤","捍拨"是弹琵琶时拨动弦索的用具,宋人叶廷珪《海录碎事》云:"金捍拨在琵琶面上当弦,或以金涂为饰,所以捍护其拨也。""双盘金凤",即捍拨上涂饰的纹样。次句描写女子弹琵琶的动态:"蝉鬓玉钗摇动",不是那么无所谓的轻挑慢捻,而是全副身心的投入,非常专注和用力。接下来正面写其弹奏:"画堂前,人不语,弦解语。"人虽不语,但弦却懂得人心中想要说的话,千言万语,满腹心事全由琵琶道出。最后以昭君出塞的典故道出了琵琶女心头的满腹愁怨:"弹到昭君怨处,翠蛾愁,不抬头。"琵琶女借琵琶声传达了自己幽幽的心曲,忍不住蹙眉低首,愁态毕现。

词虽短小,却极善于描摹刻画,一句一转,形象生动地刻画出一个满腹愁怨又身不由己的琵琶女形象。虽然词中无一句直接描绘琵琶声,但我们从琵琶女的表情动作姿态,从她全身心的投入,从周围环境的静寂沉默,似乎不难领会那琵琶声的美妙传神。　　　　(姚奠中　力　芸)

江城子

原文　　　　秋景　五代·前蜀·牛峤

　　鵁鶄飞起郡城东,碧江空,半滩风。越王宫殿,萍叶藕花中。　　帘卷水楼鱼浪起,千片雪,雨濛濛。

内　容　本词是一幅秋日江南水乡图,略寓沧桑之慨。
特　色　无我之境,画意生情。
注　释　鵁鶄(jiāojīng):一种水鸟。

 牛峤这首《江城子》是以单调出现的。词之初起,字少篇短,多为单调。而后之双调,分为上下阕,其两阕字数押韵、平仄相同者,原本是单调,重叠而为双调。与牛峤同为五代词人的欧阳炯、张泌诸人作《江城子》亦有单调者,不同于宋人作《江城子》双调。这首词写江南秋景,开头即以飞起鵁鶄的动势为导引展开视野,在作者的笔下出现了一幅寥廓的画面:郡城之东,秋水连天,碧江接空,江岸滩头习习秋风。在这如画秋景中飞动的鵁鶄,是江南水域的鸟,属鹭鸶一类,《文选·上林赋》有"交精旋目",即谓此鸟。此时此地,自然想起昔日雄踞一方的越王功业,但宫殿无觅,只见萍叶藕花。水楼中,卷帘极目望去,唯见鱼波粼粼,白如千片雪,在濛濛雨中。"千片雪"的比喻,有色、有光、有形,使人想起后

来苏东坡形容江浪所用的"千堆雪"句。

这首词所写的江南水域秋景具有典型性,是一种如画的"无我之境",并没有直接抒情,但词中所写这寥廓苍茫的秋水濛雨,自然蕴含着惆怅迷惘的情调。这样,景物中就透露出了作者的情思。这是一首化景物为情思的佳作,碧江秋水中融入了作者对史事的淡淡的伤感。

- 越王宫殿,萍叶藕花中。

(李福星)

浣溪沙

原文 相思 五代·前蜀·张泌

独立寒阶望玉华,露浓香泛小庭花。绣屏愁背一灯斜。　云雨自从分散后,人间无路到仙家。但凭魂梦访天涯。

内　容 此词写与恋人情有阻隔的无奈。
特　色 含蓄婉转,虚实相映。
注　释 玉华:月亮。

赏析 本词写相思。上下两阕一实一虚,相映相衬,含蓄委婉地表现了深深的相思之情。上阕实写,独立、望、愁背等实在具体的动作,与寒阶、玉华、露浓、庭花、斜灯等实在具体的景物结合在一起,交织出一片凄清孤寂的氛围,点明了相思的主题。"露浓香泛小庭花",被古人称为"幽艳语"(见《古今词话》卷上),其实是用庭花暗喻所思情人,由花香联想起情人的风采,露浓又是一双关语,既说明主人公久久伫立,夜深不寐的痴情,又以花为重露所湿,暗示今非昔比,情有阻隔。下阕虚写,没有直接写失去的欢乐和追寻,而是将相思之情整个寄寓在楚王与巫山神女欢会的典故上,以"云雨"比喻自己曾经有过的欢会,以"人间无路到仙家"比喻旧欢已逝,极度无可奈何之下,只得自我排遣、自我安慰曰:"但凭魂梦访天涯。"醒着得不到的,只有到梦中去追寻了!

全词由实到虚,比喻层出,含蓄委婉,给人一种深邃绵渺的审美享受。(姚奠中　力　芸)

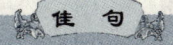

- 露浓香泛小庭花。

> **逸闻**
>
> 张泌早年与邻家一个叫浣衣的女子相恋。后来他离开了家乡，多年不曾见到这位姑娘，但他的心中一直无法将她忘却，这位姑娘的倩影夜夜进入他的梦乡，张泌曾写过一首诗赠与浣衣，其诗云："别梦依依到谢家，小廊回合曲栏斜。多情只有春庭月，犹为离人照落花。"浣衣收到张泌的诗笺，读罢此诗泪流满面，却又无计可出。（徐玲）

临江仙

原文　　怀古　五代·前蜀·张泌

　　烟收湘渚秋江静，蕉花露泣愁红。五云双鹤去无踪。几回梦断，凝望向长空。　　翠竹暗留珠泪怨，闲调宝瑟波中。花鬟月鬓绿云重。古祠深殿，香冷雨和风。

内　容　本词吟咏娥皇、女英对舜的爱情。
特　色　曲喻通感，凄清委婉。
注　释　湘渚：湘江的水边陆地。蕉花：美人蕉的花。五云双鹤：五云，青、白、赤、黑、黄五种云色，古人视云色占吉凶丰歉，多作吉祥的征兆。传说舜帝化仙而去时乘五云双鹤，在本词中代指舜帝。去无踪：指舜的死去。翠竹暗留珠泪怨：传说娥皇、女英的泪滴在竹子上，化为斑点，是为斑竹的来历。闲调宝瑟波中：用湘灵鼓瑟的典故，"湘灵"见屈原《远游》"使湘灵鼓瑟兮，令海若舞冯夷"，这里把"湘灵"与娥皇、女英等同起来了。古祠：二女的祠堂。

赏析　　舜之二妃娥皇、女英的故事以其哀婉动人，千百年来广为流传，成为文人墨客歌吟讽咏的常见题材。张泌此词即咏此事。

"烟收湘渚秋江静，蕉花露泣愁红。""秋"、"露"点明时间是秋季的早晨，"渚"、"江"点明空间是湘江及江中小渚。清晨，暮霭退尽，秋江静谧，芭蕉鲜花滴露含愁。"愁"、"泣"两字确定了全词凄清委婉的基调。"五云双鹤去无踪。几回梦断，凝望向长空。""五云双鹤"为仙人所御，在此处代指舜帝。仙人已逝，杳无踪迹，湘妃只能"几回梦断"，遥望长空。此极言湘妃的不幸，寄寓着作者深切的同情。下阕前两句紧承上阕后三句，进一步写湘妃，分别用了两个典故。"翠竹暗留珠泪怨"，本于张华《博物志》卷八："尧之二女，舜之二妃，曰湘夫人。舜崩，二妃啼，以涕挥竹，竹尽斑。""闲调宝瑟波中"，本于《楚辞》："使湘灵鼓瑟兮。"这两句典故的化用，使湘君形象更为鲜明生动。最后三句"花鬟月鬓绿云重，古祠深殿，香冷雨和风"，作者的思绪返回现实，面对湘君古祠，遥想湘君的如云美发、雪肤花容，感叹古祠深殿目下的悲凉和冷清。最后两句与全词的前两句相互呼应，以景托情，"香冷"句并用了曲喻和通感的修辞手法。"香"是曲喻，用花比美人转为用花的香味喻美人；"香冷"是通感，将香这种嗅觉变成皮肤对气温的感觉，以此表现湘妃已经香销玉殒，她们的故事也只能徒然引起人的怅惘之情，只有雨和风永远伴随着深殿古祠，吟唱着这动人而又古老的故事。

> **佳 句**
> ·烟收湘渚秋江静，蕉花露泣愁红。

（姚奠中　力　芸）

生查子

原文

相思　五代·前蜀·牛希济

新月曲如眉，未有团圞意。红豆不堪看，满眼相思泪。　终日劈桃穰，人在心儿里。两朵隔墙花，早晚成连理。

内　容
特　色　此词以新月、红豆、桃、隔墙花为喻体，反复渲染女子的相思之深。
妍词妙喻，纤巧蕴藉。

注　释　团圞（luán）：圆貌。圞，圆满、团聚。这里有团圆的意思。桃穰（ráng）：穰，果实的肉。这里是指桃仁。连理：原意是异根草木，枝干连生。旧以为吉祥之兆。汉班固《白虎通·封禅》："德至草木，朱草生，木连理。"这里喻结为夫妇或男女欢爱。

赏析　此词写一个女子的相思之情，通篇用比喻象征的手法抒发感情，质朴而又深挚，有浓郁的民歌风味。

词人选用了富有象征意义的新月、红豆、桃、墙花四种景物，通过词中女子的观察和联想，有层次地抒发相思之情。四种景物引起女子的联想，形成了人物的心理意象，如见到月弯如眉，就想起情人的面容，感到月未成圆之意，隐含难以与情人相见的愁苦；看到多情的红豆，就勾起相思之痛，眼泪满含，难以忍受；劈桃取仁，就想到如同桃中有仁一样，将情人暗暗珍藏在自己的心里；看见隔墙开的两朵鲜花，想到物之有情尚能成连理，自己何时才能与情人结成伴侣呢？通过词中女子所见所想，以物寓情，以情寄意，塑造了一个怀有相思之苦的女子形象。

相思之人眼之所见，往往会触发起心中之所想；心之所想，往往又会幻为眼之所见。词人把握了这一心理特征，写出相思之女的一片痴情。她夜晚望弯月想起情人，白天看见红豆想起情人，低头劈桃想起情人，抬头见隔墙花想起情人，从晚上到白天，进而"终日"，形成了日日夜夜、低头抬头、一举一动都生出思念情人的活动意象，使相思女子的痴情得到生动而又充分的抒发。

此词"全是子夜体"（《词的》卷一），借物寓意，四句景物，四句情思，以下句释上句，古称"风人体"，又名"吴歌格"。"妍词妙喻，深得六朝短歌遗意"（俞陛云《五代词选释》），充分吸取了古乐府民歌的情调和表现手法，如反复咏叹，用四种景物并列抒写；以物寓情，借两朵墙花以喻相思之意；谐音寓意，以仁之在桃喻情人在心，通俗而有雅趣，细密而又纤巧，蕴藉而有情致。就其体格手法而论，不仅在花间词中可称绿丛之点红，而且也是"五代词中希见之品"（俞陛云《五代词选释》）。

（彭笑雪）

生查子

原文　　　　　　　　　别离　五代·前蜀·牛希济

春山烟欲收，天澹稀星小。残月脸边明，别泪临清晓。　语已多，情未了，回首犹重道：记得绿罗裙，处处怜芳草。

内　容｜本词写分手的环境和临行的誓言，抒离别之情。
特　色｜委婉曲折，结语精策。
注　释｜清晓：清晨。怜：爱怜。

赏析　牛希济为牛峤侄子，两人同是花间派词人。这首词写别离，词的上阕描写时空环境，点出别离主题："春山烟欲收，天澹稀星小。残月脸边明，别泪临清晓。"一对情人殷勤话别，直至清晨尚难成眠。举首向窗外望去，沉沉暮色渐渐隐去，春山烟霭欲散，轮廓逐次分明。静谧的天空上点缀着些许小星,一抹残月之光射进房中,照着一对含情脉脉、相对垂泪的情人。情调悲凉,形象鲜明。

下阕继续描写这一对即将别离的情人的情态:"语已多,情未了,回首犹重道:记得绿罗裙,处处怜芳草。"语虽简,情却深,一语道出了对情人的了解、怜爱、不舍之情。最后两句尤为人所称道。周振甫《诗词例话》举此两句为曲喻引起联想的范例,他说:"草是绿的,从草的绿联想到罗裙的绿,从绿罗裙联想到穿绿罗裙的人,于是看到绿草也就想起那人,因为爱那人也爱绿草。"可谓体会甚深。

佳 句

· 记得绿罗裙,处处怜芳草。

(姚莫中)

菩萨蛮

原文　　　　　　　　　痴情　五代·前蜀·尹鹗

陇云暗合秋天白,俯窗独坐窥烟陌。楼际角重吹,黄昏方醉归。　荒唐难共语,明日还应去。上马出门时,金鞭莫与伊。

内　容　本词写女子盼归的深情,及对男子醉归的失望,表达阻其外出的心意。
特　色　简净含曲,明浅写深。
注　释　窥:看。烟陌:烟尘蒙蒙的道路。与:给。伊:他。

赏析　花间词多为错彩镂金之作,尹鹗词人其间,而情辞则"以明浅动人,以简净成句"(《词林纪事》卷二),却能自成格调,此词即为一例。

词写女子痴情。一个陇云暗合的秋日,那女子孤独一人坐在窗前,怀着深情俯身窥望窗外,凝视那暮烟笼罩的陌路,盼望外出的爱人归来。城楼上的角声一次又一次吹过,直到黄昏时分爱人才回到家里。但他醉态"荒唐",难以共语恩爱之情,想到明天他必定还要离去,只好暗下决心设法明天阻止他出门。短短八句的小词,写得曲转而有情致,其"慧心密意,令人叫绝"(陈廷焯《白雨斋词评》)。

词的语言简净晓畅,词句浅显直白,但意蕴曲微而丰美,"由未归说到醉归,由荒唐难共语,想到'明日出门时',层层转折……'金鞭莫与伊'尤有不尽之情,痴绝昵绝"(《餐樱庑词话》)。其间女子盼归的深情、对所盼之人醉归的失望,怨恨爱怜的感情交织,终至形成阻其行的决断,委曲尽情,生动地表现了女子的心理变化,而又以"情"字贯融始终。可见此词语句简净而深含曲转之意,词境明浅而富于深婉之情,反映了尹鹗词的艺术特色。

仔细吟诵品味，此词语言格调，似有六朝乐府之遗响。语言质朴，格调爽朗，好像随口而出，但又经过认真推敲，匠心独运，不落俗套。如"荒唐难共语"之"荒唐"、"金鞭莫与伊"之"金鞭"，看似平常词语，其实含有丰富的意蕴，乃至只能意会难以言传，达到评家所赞"经意不经意"（况周颐《蕙风词话》）的境界。

（彭黎明）

渔歌子

原文　　　　　　　　　　　　　　　　　渔隐　五代・前蜀・李珣

柳垂丝，花满树，莺啼楚岸春山暮。棹轻舟，出深浦，缓唱渔歌归去。
罢垂纶，还酾醑，孤村遥指云遮处。下长汀，临浅渡，惊起一行沙鹭。

内　容　本词写楚地暮春迷人的景色及归隐其间的淡泊、惬意的心境。
特　色　负面表现，移步换形。
注　释　棹（zhào）：船桨，这里用为动词。垂纶：钓鱼。醑（xǔ）：美酒。汀：水边的平地。

李珣属花间派词人，但他的词题材较广，远不限于艳情之作。《全唐诗》卷八九六收其词54首，专写渔隐的词至少有《渔父》三首、《渔歌子》四首、《定风波》二首。可见其渔隐词在其词作中占有重要地位，并非偶一为之。这是因为他曾事五代蜀主王衍，其妹舜弦为王衍昭仪，蜀亡后，不复仕。在他身上发生了由魏阙向江湖的转变。既隐逸，就自然以道家避世思想作为自己的精神支柱，所以他表示"志在烟霞慕隐沦"（《定风波》）、"轻爵禄，慕玄虚"（《渔父》）、"名利不将心挂"（《渔歌子》）、"不见人间荣辱"（《渔歌子》）。

这首词是写渔隐生活的。写渔夫呢？自己呢？写谁也无妨，反正言志言情者都是作者。前三句展示宜游宜隐之境，写楚地暮春迷人景色，令人陶醉。身处其境，渔隐其间，真南面王不易也。接下三句，好一幅渔歌唱晚图。下阕描绘一路渔归情景。其水路不是一条直线，其景不是一览无遗，而是顺着婉转水路，移步换形，其景是愈转愈多，愈出愈佳的，而其情趣亦犹"酾醑"，愈斟愈浓，愈酌愈美。一切是如此悠然自得、无牵无挂、从容不迫、舒缓轻松。如此亲和大自然，其负面就是对社会的疏远；如此迷恋恬淡，其负面就是对官场秽浊的厌弃。这不是渔人之词而是渔隐之词，何则？渔人之词其志在鱼，追求经济实利，否则何以糊口？

佳　句

・孤村遥指云遮处。
・惊起一行沙鹭。

渔隐之词其志不全在鱼,不以渔业为生计,如李珣所说"莫道渔人只为鱼"(《渔父》),"谁知求道不求鱼"(《定风波》),他的志趣在乎精神上的隐逸。

(林方直)

巫山一段云

原文　　　　　　　　　　　　　咏史　五代·前蜀·李珣

古庙依青嶂,行宫枕碧流。水声山色锁妆楼,往事思悠悠。　　云雨朝还暮,烟花春复秋。啼猿何必近孤舟?行客自多愁。

内　容　本词借古庙、行宫抒追昔抚今之感。
特　色　拟人谐趣,四维时空。
注　释　依:背靠。嶂:山峰。枕:坐落于。

赏析　"有客经巫峡,停桡向水湄"(本题其一),言作者顺江而下经巫山神女峰一带靠岸观览。本篇面对历史遗迹,追昔抚今。

"古庙依青嶂,行宫枕碧流。"二句写景,互文见义。神女庙与细腰宫无不依山傍水,均依青嶂,皆枕碧流;只是古庙近山,行宫临水。"依"、"枕"本是人的动作,用于建筑物,就有些拟人化的谐趣感。此种景便成为具有人的物化、物的人化的有生命活力的艺术境界。古庙、行宫者,载体也,它盛载着宋玉《高唐赋》所叙楚襄王梦遇巫山神女之事,和《韩非子·二柄》所记"楚灵王好细腰,而宫中多饿人"之事。青嶂、碧流者宫庙背景也,"庙后……十二峰,宛如屏障","惟神女峰最为纤丽奇峭,宜为仙真所托"。"游楚故离宫,俗谓之细腰宫……南望江山奇丽"(陆游《入蜀记》)。这是自然景观与人文景观的结合,是永恒景观与衰变景观的对照;一经结合、对照,其容量就远不是一加一等于二,而是平方立方的得数,它已构成四维的自然景观空间与人文历史时间的时空连续区(闵可夫斯基空间)。

"水声山色锁妆楼,往事思悠悠",作者因遗迹之触而追想当时细腰宫内之歌舞游宴,固一时之盛也,而今安在哉?独留妆楼残迹,幽闭在水声山色中耳!"云雨"二句,当日神女仙游乎巫山,"旦为朝云,暮为行雨",而今巫山依旧云行雨施,神女存耶?花开花谢,春去秋来,岁月流逝,往事如烟。结句言,行客抚今追昔不胜愁,无须啼猿多情来引诱。无须引发,不等于无须借啼传扬也,佯拒实受也。此中转折思致,合当细斟焉。

(林方直)

> **逸闻**
> 李珣的祖先是波斯商人，出生在四川梓州。他自幼读书刻苦，后来考取了宾贡（即外籍进士）。他与成都才士尹鹗是很好的朋友。尹鹗曾戏谑李珣，使其文章扫地而尽。其诗曰："异域从来不乱常，李波斯强学文章。假饶折得东堂桂，胡臭熏来也不香。" （徐玲）

南乡子

原文 风情 五代·前蜀·李珣

乘彩舫，过莲塘，棹歌惊起睡鸳鸯。游女带香偎伴笑，争窈窕，竞折团荷遮晚照。

内　容　本词写水上游玩的欢娱景象。
特　色　晶美水灵，俊雅不俗。
注　释　彩舫（fǎng）：画船。偎：依靠。窈窕：美好的样子。团荷：圆荷叶。

 李珣擅令词。《瞿禅论词绝句》中，一赞李珣的《渔父曲》，二赞李珣的《南乡子》，称为李珣令词的两枝花。此首为《南乡子》中的佳篇，写得词中有画，画中有情，清新明丽，逗人赏爱。

词一开头就展现了明丽的画面：五彩缤纷的画船，在荷塘中穿行，粉荷绿叶衬托，夏日阳光映照。接着，"棹歌惊起睡鸳鸯"一句，使有动有静的画面带上了音响。这画里，不仅有清幽雅静的环境，富于水乡特色的风物，歌惊鸳鸯的生活情趣，而且歌声还透露了出游者的欢快情绪。这是一幅极富南国水乡情味的风情画。

这风情画中，开始还是隐藏着出游者。已闻其声，未见其人。"游女带香偎伴笑"，优美的画境中忽然出现了少女们。她们一露面就是那么活泼可爱，身带香气，是脂粉香囊，还是染满荷香？由你想去。"偎伴笑"，是笑棹歌惊醒贪睡的一对对鸳鸯，还是她们借鸳鸯相互戏谑而笑？也由你想去。总之，是少女们的一种发自内心的欢愉自然的笑。相偎之笑态是那么娇憨顽皮，情态又是那么亲热友爱。少女们不只是开心地笑，还要像亭亭玉立的荷花一样，争相表露窈窕娟美的风姿，折取荷叶戴在头上遮住夕阳的余晖，这是显美还是遮羞？此句升华了少女们的情态意趣。在这幅风姿婀娜、清新俊雅的荷塘少女晚照图中，散发着少女青春的活力和天真烂漫的生活情趣。

词人以速写的笔法，有层次地先展示画面，后装点人物，充满了清新的气息，明丽的色调。清新而有生趣，明丽而不浮艳，"生动入画"（《栩庄漫记》），画中有情，恰如清水荷花晶美水灵，俊雅不俗。这是李珣的风格，在花间词中独树一帜，并对后世婉约清疏的一脉词产生了影响。

> **佳 句**
>
> · 游女带香偎伴笑，争窈窕，竞折团荷遮晚照。

（彭笑雪）

生查子

原文　　　　　　　　　　　　　　　闺情　五代·前蜀·魏承班

烟雨晚晴天，零落花无语。难话此时心，梁燕双来去。　　琴韵对薰风，有恨和情抚。肠断断弦频，泪滴黄金缕。

内　容｜以明净的物象写闺中女子的情与怨。
特　色｜远近含吐，风格明净。
注　释｜琴韵：弹琴的韵调。薰风：香风。抚：弹。黄金缕：衣上的饰物。

赏析　《草堂诗余别集》调下有题"闺情"。但统观全词，绝去绮靡俗艳，语言明净，蕴藉可诵。

首句"烟雨晚晴天"。词人用"烟雨""晴天"两相对峙的意象来烘托其时其地其景中其人之心绪。烟雨无情，使"晴天"过早地降下了夜幕。此时撩人愁绪也正如烟雨之纷乱。"零落花无语"是人用愁眼观物：雨雾之中，花败叶残，零落无声。而"难话此时心"，正说明主人公心中有着无可奈何的怨怼，而这份悲感全来自于词人善感之心。"梁燕双来去"，梁上燕子，穿过雨帘，风雨共济，双双相携，恰是旧时曾相识，这不由使人触景伤情，悲哀于自己的孤寂了。

下阕，"琴韵对薰风"，临薰风而抚琴，欲解其愁，以驱其闷。此句字面高雅，浸透琴声的无疑仍是离愁别恨。弹不尽人生几多情、几多愁、几多恨。"有恨和情抚"，"肠断断弦频"。愁人愁肠易断，奈何琴弦又频断？这是加倍写法，只因情恨太沉重了。结果，"泪滴黄金缕"，只有泪湿襟衫了。

整阕词，选择的烟雨、落花、双燕、琴韵、薰风等意象都是明净之物象，由此合成的词境，又颇蕴藉，有"远近含吐"（《草堂诗余别集》卷一）之妙。这在镂玉雕琼、裁花剪叶的

《花间》词里，确有难得的明净之美。

（曹济平　狄志红）

诉衷情

原文　　　　　　　　　　　艳情　五代·后蜀·顾夐

永夜抛人何处去？绝来音。香阁掩，眉敛，月将沉。争忍不相寻？怨孤衾。换我心，为你心，始知相忆深。

内　容｜此词写女子于月夜独处的怨情。
特　色｜透骨情语，分际恰合。
注　释｜永夜：长夜。争：怎。衾：被子。

赏析 《花间集》曾因其秾艳绮靡为人讥诮，可顾夐此词恰是秾艳花间词中一朵清疏质朴的小花，词写一善良女子对朝秦暮楚之无义情人的痴情思念。

"永夜抛人何处去？"开篇直抒情怀：抛人之人何处去？漫漫长夜、寂寂空闺里，这位女子情不自禁地对着空房长夜发问。极常见的一"抛"字，写薄情人的轻易遗弃前情，同时，女子对薄情人无情的怨恨也在一抛字中显露。"绝来音"，音讯杳然。女子于深闺孤房中，极为孤寂焦虑，聆听户外万籁，抑或有一丝音响，她也会充满希望地期待。然而，"绝来音"，万籁俱静，这使她从希望的期盼跌入了绝望的低谷。"香阁掩"，掩门轻易，但是心中的万般忧思怎能轻易解结？故而她百般无奈，只有将心中所有愁虑凝聚到双眉之间："眉敛"。心绪纷然，夜不能寐。"月将沉"，时间就这样一分一秒地煎熬人，一夜又逝，过去、今日、将来，日日夜夜，大概也会如此。"争忍不相寻？"过去怎能忘怀，多少温馨恩爱，而今呢？"怨孤衾"，孤寂空房，凄凉悲苦。"换我心，为你心，始知相忆深。"一腔怨怼和盘托出：如将我刻骨相思之心换与你，你也许便知此情之深挚

了。婉曲沉痛,"自是透骨情语"(王士禛《花草蒙拾》),质朴自然,一往情深。

总之,此词无一生僻之典,无一粉饰之字,虽写艳情,绝不凄丽秾艳,而是情真意切,平淡如家常语中出。故而确有清疏质朴之美。"顾夐艳词,多质朴语,妙在分际恰合"(况周颐《餐樱庑词话》)。

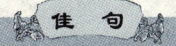

· 换我心,为你心,始知相忆深。

(曹济平 狄志红)

临江仙

原文  五代·后蜀·鹿虔扆

金锁重门荒苑静,绮窗愁对秋空。翠华一去寂无踪。玉楼歌吹,声断已随风。　烟月不知人事改,夜阑还照深宫。藕花相向野塘中。暗伤亡国,清露泣香红。

内　容　此词写宫苑荒凉之景,抒王室覆灭之慨。
特　色　沉郁凄婉,赋陈拟人。
注　释　绮窗:华美的窗户。翠华:用翠羽为饰的宫旗。司马相如《上林赋》:"建翠华之旗。"后来多用以代表皇帝鸾驾。阑:深。藕花:荷花。

赏析　鹿虔扆作为五代词人,他先入仕前蜀,继又事后蜀,曾做到后蜀主孟昶的检校太尉加太保。《乐府纪闻》说他"国亡,不仕,词多感慨之音",这首《临江仙》可谓鹿氏这种感慨之音的代表作。此词当作于925年前蜀亡时。

这首词上阕写宫苑荒凉,王室覆亡,往昔繁华之逝;下阕写宫苑月光依旧,但人事已非,月照荷花,清露滴泣。词的起头一句,即以"荒"、"静"两字描绘出昔日宫苑重门的凄清,为全词奠定了基调。接着,写在这秋日的荒苑中,绮窗愁对秋空,往昔的繁华寂然无存,那玉楼的轻歌吹笙,早已随秋风骤起而断了声息。下阕开头两句以主人公的感触,写烟月的不谙人事,江山已经易主,而烟月却依旧在夜阑照着深宫。接下,写被遗弃的藕花在野塘中暗自相向,以清露为泪,红花如血,啜泣着亡国的伤痛。

在这首词里,上阕敷陈,下阕拟人,旨在"伤蜀亡"(《诗史》),写出了真切的亡国之痛,

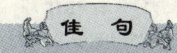

· 藕花相向野塘中。
· 暗伤亡国,清露泣香红。

风格是沉郁的。

（李福星）

> **逸闻**
>
> 鹿虔扆事后蜀主孟昶，为永泰军节度使，进检校太尉。与欧阳炯、韩琮、阎选、毛文锡等均工于作词，因此见用。后主时，嫉恨他们的人称他们为"五鬼"。鹿虔扆曾作《思越人》词，有"双带绣窠盘锦荐，泪侵花暗香消"之句，被文人们推为绝唱。（赵雷）

后庭花

原文 怀古 五代·后蜀·毛熙震

　　莺啼燕语芳菲节，瑞庭花发。昔时欢宴歌声揭，管弦清越。　　自从陵谷追游歇，画梁尘黦。伤心一片如珪月，闲锁宫阙。

内　容　本词对照昔日的繁华与今日的荒凉，伤陵谷之变。
特　色　对比拟人，隽上清越。
注　释　揭：形容歌声高亢。陵谷：山陵变为溪谷，意与沧桑同。黦（yuè）：黄黑色。珪：美玉。镂：同"锁"字。

赏析　《后庭花》即《玉树后庭花》，相传为陈后主所制乐曲，被人目为兆示陈亡的靡靡之音。唐代杜牧就有"商女不知亡国恨，隔江犹唱后庭花"的名句。毛熙震此词即咏陈后主之事。王国维对此词颇为赞赏："余尤爱其《后庭花》，不独意胜，即以调论，亦有隽上清越之致。"（《毛秘书词》跋语）

　　上阕开头二句云："莺啼燕语芳菲节，瑞庭花发。"总领全词，描绘出陈宫一片莺歌燕舞、花发草茂的盛春景象。《词律》指出"瑞庭"当作"后庭"，直接呼应词名和内容，很有见地。"昔时欢宴歌声揭，管弦清越"两句怀古，用"揭"形容歌声，言其高昂、嘹亮，用"清越"形容管弦，言其清利激越，短短七字，概括了往

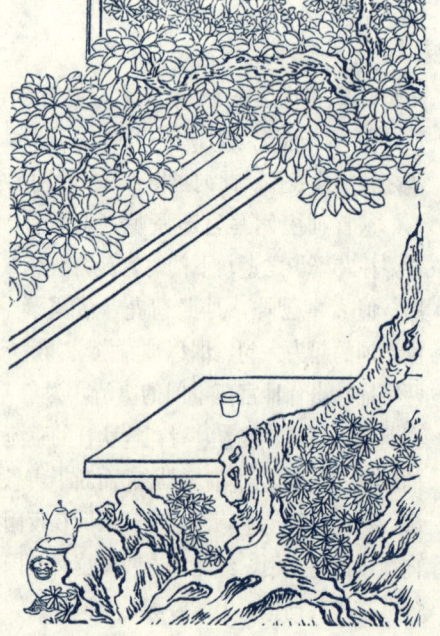

昔陈后主日日欢宴、醉生梦死、极其奢靡的宫廷生活。下阕笔锋突转,写陈朝宫廷今天的凋敝和衰败。"自从陵谷追游歇,画梁尘黦。"自从隋朝灭陈,这里发生了翻天覆地的变化,追欢游乐,无处寻觅,雕梁画栋,尘积土染。这两句与上阕后两句一昔一今、一盛一败,形成鲜明强烈的对比。最后两句总收全词,用了一个非常生动的隐喻:"伤心一片如珪月,闲锁宫阙。"不直接写由陈宫今昔对比所引起的强烈感慨,却用月比人,说"伤心"的是月。月照今日已无人问津的陈宫,是那么凄凉冷清,月也曾照昔日花团锦簇的陈宫,是那么繁华热闹。而今,连月都为这沧桑巨变而感到伤心,更何况人呢!月的拟人化运用,将人对历史的永恒思考、对陈朝史实的感慨表现得非常形象生动而又巧妙,隽永委婉,具有很强的感染力。难怪萨都剌《念奴娇》词化用此两句,也用月收束全词:"伤心千古,秦淮一片明月。"亦取得了十分成功的艺术效果。

(姚莫中　力　芸)

江城子

原文　　怀古　五代·后蜀·欧阳炯

晚日金陵岸草平,落霞明,水无情。六代繁华,暗逐逝波声。空有姑苏台上月,如西子镜照江城。

内　容｜本词抒发对六代繁华逝去的感慨。
特　色｜纵横开阖,意蕴空灵。
注　释｜金陵:今南京。楚威王时曾以其地有王气埋金镇之,故名金陵。六代:吴、东晋、宋、齐、梁、陈皆建都金陵,史称六朝。姑苏台:在姑苏山上,相传为吴王所建。西子:西施。

词之小令,犹如诗之绝句,抒写怀古之幽情,不易尽致。而此首怀古小令,唱叹兴衰,俯仰古今,却有纵横开阖之境,空灵含蕴之致,堪称佳作。

诗词怀古,一般是以眼前景物感发古今兴衰之慨叹。此词亦由此入境,然而开篇写景,凌空放眼,横览天地,壮阔物色,声情顿挫,大有荡胸激魄之致,不失大家词笔。请看日暮时分,词人临城远望,那岸草平伸、浩荡东流的大江,在明丽的落霞映衬下,分外空阔而苍茫,兴衰之感油然而生。紧接"水无情"一句,不仅暗喻兴亡,而且从横览景物转向了纵观古今。一江东流无情之水,在词人的眼里变成了滚滚流逝的历史长河,感发对故都六代兴衰的联想。建都金陵的六个王朝的繁华,已随着历史长河而不复还了。如今空有那目睹姑苏台上淫乐歌舞的明月,作为历史的见证,照临这经历了多次兴衰的江城。这结拍暗将思绪拉回现实。通篇词境纵横交织,明暗互衬,开阖有致,浑然圆美。

此词意境空灵,意蕴悠长。全词由江岸空阔、落霞明丽、流水无情、暗逐波声、姑苏明月、镜照江城等一系列的物色意象,组合融通,形成一种境界。

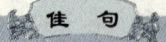

· 六代繁华,暗逐逝波声。

但是细心品味即可发现,词人有暗置机杼之心,尽含底蕴之意。"水无情"作为一种意象,它不仅写明上句"岸草平""落霞明"的感发,而且下启"六代繁华""暗逐逝波"的隐意,点明"姑苏台上月"、"镜照江城"的暗喻。"水无情"而"暗逐逝波",将眼前暮色中江水之东去同六朝繁华消逝的历史融为一体,通过一个"暗"字,反衬出帝王将相对于逝波也无能为力。"水无情"的意念,好像词人沉思逝波,抬头见一轮明月当空,不由地联想到此月曾照临姑苏台上的吴宫歌舞,又目睹过六代君臣重蹈亡吴之覆辙,如今她又像当年西子的妆镜一样,照临这座经历沧桑之变的古城,似乎还要演出相似的历史悲剧,可惜今人难有如此意识。古月照临,冠以"空有"二字,寄寓感慨深沉而又悠远。由此可见,此词空灵而意蕴丰美,明点暗喻,感慨尤深。

早期令词怀古本来少见,而花间词人怀古之作又屈指可数,所以欧阳炯此词在拓展词的题材领域上有一定的意义。

(彭黎明)

逸 闻

欧阳炯与诗僧可朋是好朋友。一年夏天,酷暑难当,欧阳炯命诸同僚于净众寺纳凉,他们在凉亭下摆设酒宴,尽情享乐,逍遥自得。寺内如此惬意,而寺外数名耕者正在烈日下挥汗如雨地辛苦耕种,只是在休息的空当击腰鼓娱乐,缓解疲劳。可朋见此情景,写下《耘田鼓》诗给欧阳炯,诗云:"农舍田头鼓,王孙筵上鼓。击鼓兮皆为鼓,一何乐兮一何苦。上有烈日,下有焦土。愿我天翁,降之以雨,令桑麻熟,仓箱富,不饥不寒,上下一般。"诗义浅近,但道理深刻。欧阳炯阅罢此诗,立即下令撤除了宴席。诸君子皆谓可朋善谏而欧阳炯善听也。

(徐玲)

西江月

原文

秋景 五代·后蜀·欧阳炯

月映长江秋水,分明冷浸星河。浅沙汀上白云多,雪散几丛芦苇。 扁舟倒影寒潭里,烟光远罩轻波。笛声何处响渔歌,两岸蘋香暗起。

内　容	本词写秋江月色，发秋江夜思。
特　色	清空一气，融情于景。
注　释	沙汀：沙洲。蘋：水生植物，开白花。

赏析　这首词描写秋江月夜之景，并融入缕缕秋思。

上阕写秋江月色。起句展现一幅月照长江、秋水浩渺的全景镜头，极清旷。次句将镜头移近江面：月色分明，江水澄澈，星河倒影，历历可见。"冷浸"二字警拔，"冷"者既是秋水之冷，亦是月色之冷，由视觉而通于触觉；"浸"字化虚幻的倒影为实景，天上水中，晶莹一片，竟无法辨认。第三句、第四句又将镜头移向江畔：月光皎洁，笼罩沙汀苹丛，仿佛白云弥漫，又仿佛白雪飘散，极空灵。上阕表面上看纯为景语，但由于月光历来是触发离思的传统意象，故写景中已暗逗情思。

下阕写秋江夜思。"扁舟"暗示游子，"寒潭"紧扣"秋水"，轻远的烟波隐含游子的淡远乡思，悠扬的渔歌，浓郁的苹香萦绕游子的心头。色、光、

佳　句

・月映长江秋水，分明冷浸星河。

影、声、味俱全，秋江月夜给予词人丰满的审美感受，也撩动了他的满怀思绪，只是这秋思并不直接说出，而是融化于清空一气的景象之中，如羚羊挂角，自然无迹。

欧阳炯在为《花间集》所撰的序文中，反复强调词的艳情性。不过他这首优美的小词，倒与艳情了无关涉，而成为早期山水词的佳篇，其清空风格与花间词的繁丽纤艳形成鲜明对照。

（周祖譔　贾晋华）

浣溪沙

原文　　　怀远　五代・荆南・孙光宪

蓼岸风多橘柚香，江边一望楚天长，片帆烟际闪孤光。　　目送征鸿飞杳杳，思随流水去茫茫。兰红波碧忆潇湘。

内　容	本词写旅人在楚江畔之忆潇湘也。
特　色	层递描状，化实为虚
注　释	蓼：一种草本植物，开白花或浅红色花。征鸿：远飞的大雁。杳杳：深远。兰红：兰草秋后其色变红。潇湘：指楚地。

赏析 这是一首对景抒写思远情怀的词。上阕三句由近及远写了江边的景象：生长着蓼草的江岸，秋风吹掠，橘黄点点，橘柚飘香。在江边极目远望，楚天寥廓。烟波渺渺的江面上，闪动着孤帆的帆影。这里描状的是荆楚一带的景象，但作者的笔触并不限于此。接着，在下阕写旅人目送征鸿飞向高杳的天际，思绪随流水去向远方，遥想那潇水湘水一带，该正是兰红波碧的时节景象吧。江淹《别赋》有"见红兰之受露"，此词中"兰红"当本于此。

词的上阕用三个写景的句子，层递写出由近及远的江上秋景，这种赋陈也就为下阕旅人的远思作了铺衬和导引。下阕的写法是托景寄情。景物接上阕仍

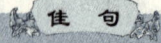

- 片帆烟际闪孤光。

是秋景：鸿雁、楚天、江流茫茫、兰红波碧。然而作者通过选用的谓语："目送"、"思随"、"忆"，就把这些景物同词中的旅人联系起来了。写出了旅人寂寥的情思。范晞文《对床夜语》论诗词云："化景物为情思。"也就是化实为虚的写法。本词在秋景的写实中注之以情，则实景空灵，此所谓化实为虚也。

（李福星）

浣溪沙

原文 **春愁** 五代·荆南·孙光宪

揽镜无言泪欲流，凝情半日懒梳头，一庭疏雨湿春愁。　杨柳只知伤怨别，杏花应信损娇羞，泪沾魂断轸离忧。

内　容 此词写女子愁春。
特　色 抒情深婉，造语新警。
注　释 揽：拿起。疏雨：小雨。轸（zhěn）：悲痛。

赏析 这首词抒写女子的春愁。

上阕揽镜自怜。起句直写忧愁，揽镜自照，"无言"之中，恰包含了不尽的难言苦衷：离别日久，相思日苦，红颜日损，故一照即泪水欲涌。次句摹写女子痴生悲怨，神态逼真。上阕歇拍为传诵佳句。春愁本是抽象的，不可见的，这里用一个"湿"字将其具体化、形象化，仿佛春雨在湿润庭院的同时，也湿润了、浓重了女主人公心中的春愁，春愁的深厚浓重也就不言自见。尖巧语，却又自然浑妙，非雕琢而得。无怪历代词评家均致赞词。

下阕借景寓情。折柳赠别是古来的传统，所以说杨柳知道为别离而伤怨。杏花开时，正

值清明多雨时节,易伤花朵,所以说杏花相信女主人公为相思而愁损娇颜。花柳本是春天即目之景,词人随手拈来作喻,说明无情之物,尚如此多情,有情之人,更何以堪。由此逗出结句的长叹:"泪沾魂断轸离忧。""轸"是悲痛,"离忧"是遭忧,起句泪"欲流"而未流,尾句终于泪下如注,沾湿衣襟,可见女主人公的春愁,经过春雨春景的层层感染,有增无减,愈益浓重。

> **佳 句**
>
> • 一庭疏雨湿春愁。

全词抒情深婉,造语新警。上阕化抽象为具体,下阕化无情为有情,是词境的佳处所在。

(周祖譔　贾晋华)

天仙子

原文　　**歌女**　敦煌曲子词

燕语莺啼三月半,烟醮柳条金线乱。五陵原上有仙娥,携歌扇,香烂漫,留住九华云一片。　　犀玉满头花满面,负妾一双偷泪眼。泪珠若得似珍珠,拈不散,知何限,串向红丝应百万。

内　容	本词写一个歌女的技艺及远貌,并抒发了其内心的悲哀。
特　色	人景互藏,借象喻泪。
注　释	醮(zhàn):本指浸染,这里是弥漫的意思。五陵:汉时长安豪门贵族聚居地,景色优美,惯常是青年男女冶游的地方,这里是借指。仙娥:仙女,这里指美丽的歌女。犀玉:指女子的各种珍贵的头饰。

赏析　敦煌曲子词中有一本《云谣集》,以善于描写女性形象体态为其特色。此词即其一,描绘一个歌女献艺走红及其内心的痛苦悲哀。首二句写景。何景?燕莺歌三月、烟柳舞春风之景也,轻歌曼舞之景也。景耶?人耶?人景互藏也。莫作游离纯景看,柳腰莺嘴像人身。第三句、第四句、第五句、第六句直接写歌女表演盛况,她貌美如仙,歌舞起来能够"留住九华云一片",亦即有"遏云响谷之妙"(《列子·汤问》:"薛谭学讴于秦青……抚节悲歌,声振林木,响遏行云"),因而被"五陵年少"捧得红极一时(白居易《琵琶行》:"五陵年少争缠头,一曲红绡不知数")。下阕一转,别看我"犀玉满头花满面",不知者以为我多么华贵、欢乐,殊不知背地里珠泪偷弹。末四句以珠喻泪。泪不可拈,不可串,不可数,设为珠,则可拈、可串、可数矣。"串向红丝应百万",此为借象表现泪之多、苦之重。

这首词反映了敦煌曲子词由民间向文人的转移，故王国维说："当是文人之笔。"(《评〈云谣集〉》)

（林方直）

菩萨蛮

原文 言情 敦煌曲子词

枕前发尽千般愿，要休且待青山烂。水面上秤锤浮，直待黄河彻底枯。白日参辰现，北斗回南面。休即未能休，且待三更见日头。

内 容 此词以博喻手法写男女爱情的坚贞。
特 色 比天附地，内在逻辑。
注 释 发尽千般愿：发愿即发誓。千般，千遍。休：罢休，即恩爱断绝。秤锤：即秤砣。直待：一直等到。参（shēn）辰：两星名，参宿在西方，辰即心宿，在东方，两星不可并见，何况在白天。

 本篇写的是，一对夫妻一起盟誓，赌咒夫妻永不变心，白头偕老。其盟誓赌咒的方式不是通常的所谓如若不然天诛地灭之类，而是采用"反经失常诸喻"。她把夫妻关系之贞固与天文、地理、宇宙、自然的大道恒规相比附，只要天地宇宙中的六种现象不会出现，那么夫妻关系就决不会罢休。诗词虽然采用形象思维，但本篇却有内在的假言推理的形式逻辑：如果出现青山烂、水上浮秤锤、黄河枯、白天见参星、北斗回南面、三更见日头，即能休；但，这些情况根本是不可能出现的，所以，"未能休"。

这种表态方法在诗文中亦常见，如秦王不许燕太子丹归回，曰："马头白，马生角，乃可！"汉乐府《上邪》："山无陵，江水为竭，冬雷震震夏雨雪，天地合，乃敢与君绝！"元曲《渔樵记》玉天仙嗤朱买臣曰："投到你做官，直等的日头不红，月明带黑……"一连串开列十五喻，创下最高纪录。钱锺书谓此法为"修辞之反词质诘"、"反经失常诸喻"（见《管锥编》74页，603页）。

本篇从女主人公的野气、侃快、有征服力的性格看，从词的形式的质朴清新、刚健、率直看，反映了十分鲜明的民间词的特色。

（林方直）

浣溪沙

原文  船行 敦煌曲子词

五两竿头风欲平，张帆举棹觉船轻。柔橹不施停却棹，是船行。　　满眼风波多闪烁，看山恰似走来迎。子细看山山不动，是船行。

内　容　此词写行船畅快之所感、所见。
特　色　运动错觉，象下之义。
注　释　五两竿头：古人用鸡毛五两系于竿顶，以测风力风向，叫"五两"。凡开船，必先看五两。李白有"扁舟敬亭下，五两先飘扬"（《送崔氏昆季之金陵》）。举棹：划桨。柔橹：橹声柔和。施：用。

赏析　这是一首表现运动快感的词。

这首词表层是写船行中的运动快感，读者自可透进一层理解为是写人生道路之顺畅：开船前目测五两竿头，见风力平和，宜行船。象下义：人所处之环境不险恶，适于展才，有志能骋。"张帆举棹觉船轻"，天公作美，赐以顺风全力推挽，船行轻快，人极畅快。象下义：人生旅程遇顺境，好风凭借力，轻快登前程，享受到春风得意的精神满足。"柔橹不施停却棹，是船行"，客观上风顺境顺，主观上则心顺气顺；风力足则船自在推移，客观条件优越，则活得省力、干得省力，事半功倍，顺应潮流，无往不利。"满眼风波多闪烁"，风波出于自然，未碍船行，反而波光耀金，满眼闪烁。此为主体外射，移情物化，乐情之下必逢乐景也。"看山恰似走来迎，子细看山山不动，是船行。"这与梁元帝《早发龙巢》"不疑行舫动，唯看远树来"是同一种视觉感受，乃"视运动"的错觉，它会给游赏带来妙趣，一种人与自然的奇幻效应，更促使人与大自然的谐趣亲和。

（林方直）

望江南

原文　自伤　敦煌曲子词

莫攀我，攀我太心偏。我是曲江临池柳，这人折过那人攀。恩爱一时间。

内　容　本词以柳喻人，写青楼女子内心的痛苦。
特　色　亦柳亦人，妙合无间。
注　释　攀：抓住，引申为迷恋。心偏：即偏心。

赏析　这首小令的作者应是长安的一位妓女。词中以曲江池畔之柳自比，伤悼妓女的不幸遭遇。

起句突兀，"莫攀我"三字，字字沉重，饱含血泪。次句续以顶针格，反复强调"莫攀"之意。第三句、第四句转出正意，柳枝被人任意攀折丢弃，就像妓女被人任意玩弄遗弃。所以文学作品中常以柳枝比妓女，如唐传奇《柳氏传》记妓女柳氏答文士韩翃诗云："杨柳枝，芳菲节，可恨年年赠离别，一叶随风忽报秋，纵使君来岂堪折。"但这里特意拈出"曲江"二字，境界便觉不同。曲江是唐代都城长安的游览胜地，极为繁华热闹。女主人公以曲江池畔之柳自比，不但格外新巧贴切，而且为整首词添上了都市生活的背景，给读者以驰骋想象的余地。收句简洁有力而又含蕴丰富：谴责了贵游公子的薄情，抒发了对永久恩爱的渴望。

全词贯串了"曲江柳"的巧喻，亦柳亦人，妙合无间。

（周祖譔　贾晋华）

望江南

原文　弃妇　敦煌曲子词

天上月，遥望似一团银。夜久更阑风渐紧，为奴吹散月边云。照见负心人。

内　容　此词写一个被遗弃女子的怨恨和痴情。
特　色　质而不俚，直而有味。
注　释　更：打更的声音。阑：将尽。

赏析 这首小令的作者应是一位被遗弃的女子。通首词即景生情,写月夜的所见所感,抒发对负心郎的怨恨之情。

起二句写望月,以白银作比,既通俗又生动地描绘出了月亮的皎洁璀璨。对月怀人是传统的写法,这里同样不是为写景而写景,而是以团圆的明月反衬出自己的孤独,以明亮的月光引发出对往事——逝去的爱情生活的忆念。第三句、第四句先以"夜久"、"更阑"表明了时间的推移,暗示女主人公伫望之久。再以"风紧"、"云散"写出了景象的变更,从皓月当空到乌云蔽月,再到寒风阵阵,吹散乌云,暗示女主人公心情的忧伤黯淡、心潮的起伏不平。又以"为奴"二字将寒风拟人化,以寒风的有情,衬出负心郎的无情;并引出结句的"照见负心人",将一腔怨恨尽情泄出,斩绝有力,收束全词。

短短二十八字,描绘出了月夜由皎洁到晦暗再到明朗的景象变化,以及女主人公由思念到忧伤再到决绝的心理变化,情真景真,自然成文,质而不俚,直而有味。 (周祖譔 贾晋华)

鹊踏枝

原文 闺怨 敦煌曲子词

叵耐灵鹊多谩语,送喜何曾有凭据。几度飞来活捉取,锁上金笼休共语。

比拟好心来送喜,谁知锁我在金笼里。欲他征夫早归来,腾身却放我向青云里。

内 容 本词虚拟灵鹊和女子的对白,表现女子盼征夫归来的急切心情。
特 色 问答体式,拟事写情。
注 释 叵耐:不可耐,可恶。叵,是"可"字的反写,"不可"的切音。谩(mán):欺骗。比拟:与"本拟"音义相近,有"准备"的意思,以下的话是灵鹊的独白。

赏析 中国民俗早有灵鹊报喜之说。《西京杂记》卷三有"乾鹊噪而行人至"。《开元天宝遗事》载:"时人之家,闻鹊声皆以为喜兆,故谓灵鹊报喜。"文人作品亦时有反映,李绅诗"潜听喜鹊望归来"(《江南暮春寄家》),冯延巳词"举头闻鹊喜"(《鹊踏枝》)。灵鹊报喜之说投合人们安慰精神、宽解烦恼的愿望。除了在他面前不得说梦的"痴人",谁也不会那么信实地立等兑现。然而毕竟有人焉,她就是词中女主角。灵鹊几度送喜,她几度心里乐开了花,也几度透心儿凉,于是迁怒于鹊,斥其谩语无据,进而惩治之:捉取关笼不准语。夫君不归,

干鹊何事？她所兴岂非冤狱乎？且其行事又是何等专断、使气、近蛮。然而读者非但不责之反而怜之者何也？因为这全是纯情真爱、苦思切盼的心理力量的旁逸斜出、变相发挥。于是乎一位民间妇女痴情、直率、爽利、泼辣、莽撞的鲜明性格便被活生生地刻画出来。少妇捉鹊、锁笼、誓不与语，世间有否其事？读者不必深究。但如此描摹却极符合情感真实、艺术真实，此之谓事之所无，情之必有。下阕用拟人化手法让灵鹊做出反应。灵鹊心肠好，同情哀怜思妇，欲为之排难解忧，便给她送喜。起初效果尚可，后不见灵验，则形同瞒骗，好心动机反成歹意效果。这误会便是两厢戏剧性矛盾冲突的成因。灵鹊虽受屈，仍不改初衷，它祝祷征夫早归，那时它发的喜讯兑现了，自己就会获释重返青云了，只有解救思妇才能解放自己。名为灵鹊，实为人的化身，是那种满腔热忱救助他人但又愣头愣脑、毛手毛脚反而带来麻烦的文学形象。

本篇的拟人化手法和问答体，有戏剧性情节因素，以及风格之清新活泼，夹衬字（在、却、向）之采用等，都是民间词的特点。

（林方直）

何满子

原文 胡骑 敦煌曲子词

城傍猎骑各翩翩，侧坐金鞍调马鞭。胡言汉语真难会，听取胡歌甚可怜。

内　容｜此词从汉人眼中刻画了一个少数民族骑手的形象。
特　色｜侧面摄取，整体画面。
注　释｜傍：靠近。猎骑：打猎的骑手。调：耍弄。难会：难以理解。可怜：可爱。

 这首词是对少数民族骑手的赞美歌。作者应是位汉人，他以汉人的眼光看待少数民族骑手；惟其如此，他才有一种新奇感、特异感，当然也有陌生感；惟其如此，才更真实生动，显得独具只眼。全词四句，每句摄取一个侧面，共同构成一个整体。

"城傍猎骑各翩翩"。在城外见到一小队打猎的骑手。翩翩是指马轻快跑动行进的样子，当然更主要是表现骑手随马上下左右前后摆动的幅度和节律而做出相应的肢体协调动作，这便是骑手的翩翩之姿。马从安步徐行到奔驰有各种各样的步法和跑法，因而马与人的翩翩之姿也是异彩纷呈的。

"侧坐金鞍调马鞭"。也许骑手们出门回来，近城时人马都乏了，舒缓下来，为减轻尻部疼痛，便侧坐金鞍，这是一种交替休息的放松姿势，是一种悠然自得的优美姿势。"调马鞭"者，耍弄马鞭也。李白《幽州胡马客歌》："幽州胡马客，绿眼虎皮冠。双双掉鞭行，游猎向楼兰。"《说文》:"掉,摇也。"掉与调近之,但"调"比"掉"内涵更丰富。骑手的马鞭,木把不足尺,皮鞭(皮条编成)尺余,往往镶饰精美,有皮套连手,鞍上鞍下不离手,故极珍爱。调马鞭已成为骑手之第二语言,其喜怒七情之外在延长,其表情达意之一种有效方式。他此刻调马鞭,正是他优游自得心态的外延。

"胡言汉语真难会"。因处边地胡汉杂居区,他说的是胡语夹杂汉语之混合语。而那部分汉语,又往往不分四声,南腔北调,还用胡语的语法说汉语,所以真难懂。虽难懂,但少数民族同胞却爱说,勇于说,不羞口,也是一种可爱处。

"听取胡歌甚可怜"。少数民族多半能歌善舞,他唱得悠扬动听,令人受听。"可怜"此处作"可爱"讲。

以上四句写了骑、坐、言、歌四个侧面,但全首则完整地勾勒了一个少数民族骑手的形象。

(林方直)

醉公子

原 文　　闺怨　　敦煌曲子词

门外猧儿吠,知是萧郎至。刬袜下香阶,冤家今夜醉。扶得入罗帏,不肯脱罗衣。醉则从他醉,还胜独睡时。

内 容 此词写女子对醉酒而归的心上人的嗔怨,字外暗含沉痛。
特 色 一气呵成,词意多转。
注 释 猧(wō):一种供人玩弄的小狗。王涯《宫词》有云:"白雪猧儿拂地行,惯眠红毯不曾惊。"冤家:对情人的昵称。刬(chǎn)袜:即未着鞋而光穿袜。刬,光着。李煜《菩萨蛮》词中有句云:"刬袜步香阶,手提金缕鞋。"

 要理解这首词的艺术手法,我们需要从整个唐五代词的风格、特色上说起。

唐五代词往往运笔浓丽,且多悲情之写,所谓哀感顽艳者也。艳词之中又分二科:一为抒情,或直抒心曲之微,款款述来;或将凄情融入迷景,以含蓄空灵取胜。二为写态,特爱摹写女子憨娇之状,以为意绪情态之玩。这第二种类型正是诗为正调以缘情立旨所不为者,亦词为艳科之所独擅也。从词采上说,设色浓丽为普遍特色。

小词亦有二科:一是浑成一片者,一是于短句跌宕之中见曲折层深者。浑成一片者,此前诗中亦夥矣,而后一科则为词所特擅,这首《醉公子》词于叙事中见转折,层次清楚。清人毛先舒云:"《醉公子》,唐人词'门外猧儿吠云云',缘此词咏醉公子,即用此名。又名

《四换头》,以其词意四换也。"(《填词名解》卷一)《四换头》这一"又名",突出地表明了此词词意多转换的特点。宋人韩子苍曾具体地对这一特点做过分析。《怀古录》云:"此唐人词也。前辈谓读此可悟诗法。或以问韩子苍,子苍曰'只是转折多,且如喜其至,划袜下阶',是一转也;而苦其'今夜醉',又是一转;喜其'入罗帏'是一转矣;而'不肯脱罗衣',又是一转;后两句自家开释,又是一转。"(《古今词统》卷三)

此词虽咏醉公子,而实写女子心曲。开头二句"门外猧儿吠,知是萧郎至。""猧儿"一词,不仅已写出女子所处环境之优裕,而且也暗示出其境况之孤单。"萧郎",本为对姓萧男子的称谓。《梁书·武帝纪上》云:"(王)俭一见,深相器异,谓庐江何宪曰:'此萧郎三十内当作侍中,出此则贵不可言。'"以后泛指为女子所爱恋的男子。崔郊《赠去婢》云:"侯门一入深如海,从此萧郎是路人。"即用此意。门外猧儿一叫,便知是萧郎回来,可见女子所居之岑寂。因其岑寂,故情急出迎,以至划袜而下台阶。划袜而手提鞋,即未穿鞋也。小周后提鞋划袜是为了"今宵好向郎边去"。而本词中女子之划袜则为急出也。出而遇醉人,故称为"冤家",一种嗔怪的心理,油然流出。此为一嗔。

下阕"扶得入罗帏,不肯脱罗衣"二句写出一种矛盾:入罗帏本应脱衣而睡,女子依常理为之解衣,而醉汉无知不听摆弄,罗衣无法脱下,于是女子乃嗔为"不肯",此为第二嗔。二嗔以后,忽又自我宽解曰:"醉则从他醉,还胜独睡时。"文气一下子似是缓松下来了,然而细一思之,醉汉伴睡,亦胜独睡。从女子这一点可怜的心理安慰上,更反衬出其岑寂之难耐也。音乐上往往有此时无声胜有声的妙奏,诗词中亦常常有写宽慰解脱反更觉沉痛的佳句。此词末二句,正当作如此解。

不过,有一点还得特为指出,此词虽曲折层深,但又浑成一片。陆泉评此词云:"如嗔如喜,如说如诉,八句一气转折亦妙。"(《历朝名媛诗词》卷十一)"转折"而又"一气",正是说它兼有了两者。这是叙事中的转折,事的勾勒使全词具有高度的整体性,加之情深意真,故笔触流走。周珽称此词:"一气呵成,深情曲意毕至,咀嚼不尽。"(《删补唐诗选脉笺释会通评林》卷六十)一气呵成之中又多所换意,嗔喜诉说之中颇富深情曲意,其原因在于这"是真境,非文人寸管所能造"(《古今词统》卷三)也。

(王鍾陵)

Tang Song Ci Jian Shang

宋词

王禹偁
圆禅师
林逋
钱惟演
……

点绛唇

原文　　　　　　　　　　　　　　　　感怀　北宋·王禹偁

　　雨恨云愁，江南依旧称佳丽。水村渔市，一缕孤烟细。　　天际征鸿，遥认行如缀。平生事，此时凝睇，谁会凭栏意？

内　容　此词描摹清丽的江南美景，寄寓用世的抱负和不为人解的孤独。
特　色　托物寄慨，笔淡意浓。
注　释　雨恨云愁：因江南多云雨天，望之易引起离人愁恨。江南依旧称佳丽：谢朓有"江南佳丽地，金陵帝王州"之句。缀：点缀。凝睇（dì）：注目看。睇，小视貌。

赏析　王禹偁是宋太宗太平兴国八年进士，早年出知长洲县（今属江苏苏州），与他的知吴县（今江苏苏州）的同年罗处约吟咏唱和。这首词就是这时作的，以后他没有到过江南。

　　这首词以景出情，上阕写江南水乡之美。王禹偁是山东巨野人，出身农家，性格又平易自然，所以收入笔底的是江南的水村渔市，但目的不是思隐。故后片则写目送行列相连、青云直上的飞鸿，不禁产生了鸿鹄之志，想建立平生功业，但对人难以明讲，又没有人理会自己的壮心，只有慨叹。

　　上阕首二句："雨恨云愁，江南依旧称佳丽。"是从宏观写起，尽管是黄梅雨天气，雨恨云愁，但是江南景致还照旧是最美的，然后就眼前景物描写，苏州水乡多，有港汊的水村就有渔市，那里静静地升起一缕细细的炊烟。王维《辋川闲居赠裴秀才迪》诗有云："渡头余落日，墟里上孤烟。"此诗下句就和"一缕孤烟细"意思相同。王禹偁很喜爱这静谧的江南水村，他只以寥寥几笔，勾出了一幅水乡淡墨画，尤为传神。他还有《移任长洲诗》五首，第三首中说："竹密藏渔市，云疏漏雁行。"所写景物和这首词完全一致。但是这幅江南水乡图却罩上了一层淡淡的愁思，究竟愁恨什么呢？

　　下阕作了回答。"天际征鸿，遥认行如缀。"实隐含深意。天上飞行的雁，始终结成行一起高飞，而进士中第，也是雁行朝见，朝中官吏也是雁行列班，

佳　句

· 水村渔市，一缕孤烟细。

两句中就寄寓他想入为朝官、治国安民的志愿。当然这种意思是不能明说的，所以后三句写："平生事，此时凝睇，谁会凭栏意？"平生的志愿，就在这眺望中上心头了，但有谁能了解到我凭楼上栏杆眺望时的怀抱呢？到此，便可以了解开头一句"雨恨云愁"的含义了：云、雨

之愁恨其实是词人自己愁恨的移情，词人功名不遂，抱负难展，一腔愁恨，所以在他眼里的江南水乡也蒙上了愁恨的色彩，徒有佳丽之美了。

王禹偁《移任长洲诗》第一首有："此行纡（绾）墨绶（知县印绶黑色，地位低），不是为鲈鱼。"也是讲他不是来江南隐居的。第二首有"身世漂沦甚，功名早晚成"句，也反映了他不甘心做知县，想到朝中立功业的意思。又有一首《长洲遣兴》诗说："年来更待贤良诏，咫尺松江未濯缨。"更是明确表示他渴盼朝廷以贤良名义征召他入朝，松江虽近，他也不肯去那里洗冠缨而隐居！王禹偁就是这样执著于人生、抱入世积极愿望的有志之士。（王达津）

逸 闻

毕文简任太守时，闻知王禹偁的才名，遂想亲自一试究竟。太守得知他家以磨面为生，就请他以此为题作副对联。王禹偁不假思索，沉着吟出："胆区心中正，无愁眼下迟。"太守称奇，留他给官家子弟讲学。那些官宦子弟瞧不起他的贫寒出身，对他很怠慢。一次，毕文简在宴席上出上联令众人对："鹦鹉能言难似凤。"席上众人一筹莫展，只王禹偁稍加思索，对出下联："蜘蛛虽巧不如蚕。"众人皆惊，对他也另眼相看了。（徐玲）

渔家傲

原文　　　　　　　　　逸怀　北宋·圆禅师

　　本是潇湘一钓客，自东自西自南北。只把孤舟为屋宅，无宽窄，幕天席地人难测。　　顷闻四海停戈革，金门懒去投书册。时向滩头歌月白，真高格，浮名浮利谁拘得！

内　容　此词抒发避世隐逸的情怀。
特　色　俗语议论，真率直露。
注　释　戈革：指战争。金门：金马门，汉武帝得大宛马，乃命东门京以铜铸像，立马于鲁班门外，因称金马门。东方朔、主父偃、严安、徐乐皆待诏金马门，东方朔曾曰："陆沉于俗，避世金马门。"（《史记·东方朔传》）李白有诗曰："但识金马门，谁知蓬莱山。"（《古风·三十》）

赏析　以议论入词，正同以诗为词一样，具有开拓词境与发掘词的审美意蕴的意义。人们一般都把它归功于苏东坡，其实早在宋初佛徒禅师那里，以议论入词就已风靡了。据这首词中"顷闻四海停戈革"句，可知圆禅师是宋初人。赵匡胤登位建宋后，合并荆湘，西讨后蜀，攻取南汉，讨伐南唐，收归闽越。到太平兴国四年（979），消灭北汉，统一全国，"四海停戈革"。这首《渔家傲》大约作在此时，应该是最早的以议论入词的代表作品。据《罗湖野录》卷二载："湖州甘露寺圆禅师，有《渔父词》二十余首，世所盛传者一而已：'本是潇湘一钓客……'遂以是得名于丛林。盖放旷自如者借以畅情乐道，而讴于水云影里，真解脱游戏耳。"这二十多首《渔父词》的广泛传播，昭示着宋词中一种新的审美趣味的崛起。禅家以议论入词的独特审美意义，就在于它把"俗"引入了雅词，从一个方面冲击着"词为艳科"的传统。好佛禅的苏轼以议论入词，倒在很大程度上是受禅师的影响。

  这首词的特点便是以俗语发为议论，真率直露。圆禅师作此词时，显然尚为山林隐逸之士，大概后来才遁入空门，故开头自称"潇湘一钓客"。潇湘二水在湖南，这里泛指江湖隐逸之地。词人自称是天南地北四海扁舟垂钓的隐士，以孤舟为住宅，以天为帐幕，以地为床席，悠然山林独处，远离尘嚣，世人莫知其心，莫测其所为。虽是以简淡之笔自叙自议，而一个脱俗的隐逸高士的形象已呼之欲出。下阕更以直易浅露的议论自吐其高逸情怀：近来四海兵革停息，天下太平，世人无不竞利逐名，独有我却懒得向金门投书求官，依旧只爱在钓滩吟诵着月亮的圆白，啸傲自得，清高芳洁的品格，又有谁能用名缰利锁拘缚得了呢！高逸的情怀以俗语的议论倾泻而出，更具一种清逸浑朴的韵趣。

  大概词人写此词时因尚未为禅师，故以议论入词犹不致堕入玩弄玄言理语的理障之中，议论平易情真，代表了当时一种俗而不俚的词风；后来禅师的以理语入词便成为以俗语入词的反动，议论流于艰涩矫情了。

（景　南）

相思令

原文　　　　　　　　　　　　　　　　　　恋情　北宋·林逋

  吴山青，越山青，两岸青山相送迎，谁知离别情？　　君泪盈，妾泪盈，罗带同心结未成，江头潮已平。

内　容　本词以对映的吴越山水的清丽，抒发男女恋情的纯真和同心未结的遗憾。
特　色　吴歌情趣，清丽工整。
注　释　吴山青，越山青：钱塘江北岸为吴山，南岸为越山，两山隔岸相对。盈：满。罗带同心结：古人常把罗带打成同心结，表示永远相爱，梁武帝有"腰间双绮带，梦为同心结"的诗句。

　林逋是北宋真宗时著名隐士，他隐居杭州西湖小孤山二十年，素以禀性高洁，酷爱梅花著称。这首《相思令》(一名《长相思》)词却用《子夜吴歌》情趣写恋情,结合大自然的优美,突出爱情的纯真,说明林逋虽梅妻鹤子却不是笃守虚伪礼教的假名士。

  词以清丽工整之笔写钱塘江东西两岸居住的一对情侣长期相爱,大概由于封建势力阻挠,未结同心。古乐府《苏小小歌》:"妾乘油壁车,郎骑青骢马。何处结同心,西陵松柏下。"可见民间男女因相爱而来西湖畔定情结同心,是相传的习俗。康与之《长相思》词中的"郎意浓,妾意浓,油壁车轻郎马骢,相逢九里松",也是咏男女在西湖边相会的。

  这首词上阕用吴山越山的相送迎,比喻两小无猜,相爱相聚,而一江相隔,欢会难久,无人知两人的离愁别恨。"吴山青,越山青",这不仅只是以青山起兴,而且隐含深意。钱塘江东北是吴山,西南是越山,分居两岸。孟浩然《济江问舟子》诗"时时引领望天末,何处青山是越中",就是区别吴、越的山。词实际暗示男女恋人分居南北岸、江水上下游,当两人相聚欢会时,两岸青山都来送迎,但恋人有情,青山无知,哪里懂得他们心中无限的离愁别恨啊!词以拟人手法融情于景,巧妙自然。

  下阕写的是和人与大自然的融洽情趣相反,人间的爱情却受到干扰。男子由江下游乘潮而来到西湖,和在西湖的女子相见,但两人失望了,不能缔结同心,男子又要趁潮平回去。江潮虽美,爱情却难如人意。君泪盈眶,妾泪盈眶,恰恰同吴山和越山相送相迎,不知道什么是离别。相反,罗带上同心结尚未成,君趁潮来,潮退又回去,这样两情不能长相依的离别,又怎能忍受呢!"江头潮已平"指舟向下游启行的时刻,短短一语,正说明前途是难堪的长相思久离别了。元稹《重赠》诗:"明朝又向江头别,月落潮平是去时。"正是林词"江头潮已平"所本。潮平是船下行的好时刻。刘克庄《长相思》"准拟江边驻画桡,舟人频报潮"则是潮水正上涨时,不宜向下水行船,而潮平才是启行时了。孟浩然《渡浙江问舟中人》"潮落江平未有风,扁舟共济与君同"也是讲潮平是渡江时。大自然的江潮来去,曾给他们情侣以相会的机会,但又给予了他们失望。

  这首词情真意真景真,以自然的美衬出两情依依之美。生长在那山水钟灵环境里的人,一言一语,都和自然的美景、自然的变化(如江潮来去)相依存,这是多美的恋情而又是多悲的处境啊!

(王达津)

木兰花

原文   **恋春** 北宋·钱惟演

  城上风光莺语乱,城下烟波春拍岸。绿杨芳草几时休?泪眼愁肠先已断。
  情怀渐变成衰晚,鸾镜朱颜惊暗换。昔年多病厌芳樽,今日芳樽惟恐浅。

内　容　本词写春色、春愁、春恋。
特　色　感慨寄托，缠绵悱恻。
注　释　衰晚：晚年。鸾镜：有鸾鸟文饰的镜子。樽（zūn）：酒具。

赏析　这首词据说是钱惟演死前的作品（见《历代词话》）。钱惟演是吴越王钱俶的儿子，他因富于文才，所以受到北宋王朝宠待，官做到兵部尚书、枢密使。晚年被调出做崇信军节度使守汉水东的随州（今湖北随州），在那里他写了这首词。全词借景寓情，从春光的流转写到人生的飞驰，借春恋寄托人生忧患意识，所以这是一首眷恋人生、重视生活的作品。

词是他做崇信军节度使时暮春登随州城楼的感怀之作。上阕首二句写春光，用笔不多，抓着了最动人的暮春美感。"城上风光莺语乱"是写眼前风和日暖，莺声急碎，是暮春三月，草长莺飞的突出表现。"城下烟波春拍岸"，是说西望汉水，春潮茫茫，烟浪拍打堤岸。烟笼春水，又是一幅让人流连的图画。后二句写情。先用痴语问："绿杨芳草几时休？"这些是不会马上就凋枯的。但春光还未去，词人"泪眼愁肠先已断"，即泪已先流，肠已先断了，这是词人的深情和敏感。这两句写得十分真挚。

下阕主要写主体所处的情境和晚年心理上的变化。"情怀渐变成衰晚"，意即感情心理也走向晚年。令人吃惊的是"鸾镜朱颜惊暗换"。面对眼前春光的流

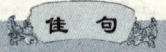

· 城上风光莺语乱，城下烟波春拍岸。

逝，这种人生忧患意识更加强烈起来，所以结二句写出了自己在城楼上对春光饮酒的心理感受："昔年多病厌芳樽，今日芳樽惟恐浅。"过去的年月曾因多病，也不肯在芳辰把酒，而今天呢？人到暮年，尤其眷恋人生，见已经没有更多春光，所以芳辰饮用的酒杯，反而怕它太浅，不足为良辰美景尽欢了！

钱惟演的这首词十分缠绵悱恻，从他对春光的珍惜中体现他对生活的热爱，这样执著地爱恋春光之美，珍惜人生，还是有积极意义的。

（王达津）

渔家傲·秋思

原文　秋塞　北宋·范仲淹

塞下秋来风景异，衡阳雁去无留意。四面边声连角起。千嶂里，长烟落日孤城闭。　　浊酒一杯家万里，燕然未勒归无计。羌管悠悠霜满地。人不寐，将军白发征夫泪。

内　容　本词写边塞的风光和戍边将士的情怀。
特　色　情感律动，悲壮苍凉。
注　释　塞下：边塞，唐人有《塞下曲》，多写边塞景物。衡阳雁去无留意：衡阳，今在湖南，其城南有回雁峰，峰势如雁之回。或传说雁飞到衡阳则不过，遇春而回（见《一统志》），这句话是说雁飞到衡阳没有留住的意思。四面边声连角起：边声，边塞悲凉之声。角，军中号角。《李陵答苏武书》"侧耳远听，胡笳互动，吟啸成群，边声四起"即用其意。嶂：山峦。燕然未勒：燕然，杭爱山，今在蒙古国境内。勒，刻。《后汉书·窦宪传》载：永元元年，窦宪破北单于，登燕然山，刻石勒功而返。羌管：即羌笛。相传汉武帝时丘仲所作，长一尺四寸，因为出在羌中，所以叫羌管。寐：入眠。

赏析　这是北宋名臣范仲淹镇守西北边疆时的作品。宋仁宗宝元元年（1038），西夏主元昊称帝，进攻宋边；宋军屡败，丧师失地。在这形势危急关头，范仲淹于康定元年（1040）毅然受命为陕西经略宣抚副使，兼知延州（今陕西延安），后又徙知庆州（今甘肃庆阳），筑城要害，训练士卒，号令严明，屡挫敌兵。范公守边防三年，《宋史》本传云："贼亦不敢辄犯其境。"当时边民有谣曰："军中有一韩（琦），西贼闻之心骨寒，军中有一范，西贼闻之惊破胆。"（孔平仲《谈苑》）《渔家傲》便是此时的作品。作者没有像政治家军事家那样分析敌我形势，陈述安边良策，而是以一个艺术家所见所闻所感，细腻敏锐地倾诉他守边以来起伏难平的心绪。与其机械地说它上阕写景、下阕抒情，倒毋宁说全词以作者主观感受的律动贯串，这才符合作品的实际和题目"秋思"之义。

范仲淹系苏州人，远戍西北，"塞下秋来风景异"，一个"异"字，带有强烈的感情色彩。就"风景异"而言，既有塞下与内地相"异"、塞下秋季和他季相"异"的两层意思在，又更有作者主观情感勃郁、难以自抑、"异"于常时常地那种常以政治家理性精神控制自己的深层含义。所以他没有直接高吟"不以物喜，不以己悲"（《岳阳楼记》），却精心选择了能传书、解人意、代表乡思的大雁来倾吐"衡阳雁去无留意"的秋怀。衡阳，今属湖南，城南有回雁峰，相传雁至此不再南飞。雁去而人不得去，语已凄然；雁无留意，难道人就有留意？行文至此，作者"秋思"之核心——思归，几欲随文带出。然而，集政治家、军事家、文学家于一身的范仲淹的内心世界又是复杂的、矛盾的。在感情中有理性的沉积物，在理性中也有感性的沉积物。词人的思绪正欲随群雁南归，"四面边声连角起"，草木纷披的凄厉之声随着连营的号角声四面响起，把他乡思的意识拽回到严峻的戍边使命和现实环境中："千嶂里，长烟落日孤城闭。"重叠的山峦、直上的长烟、浑圆的落日，寥廓苍茫，令人想起王维的名句"大漠孤烟直，长河落日圆"（《使至塞上》），但范公并无心绪去欣赏这长烟落日的塞外风光，而是将重心放到"孤城闭"上，在寥廓苍茫的背景中突出一座紧闭的孤城。顿时，雄奇空旷的塞外自然景观染上了一层孤寂冷酷的主观感情色彩，令人寒悚！形势之严峻、任务之艰巨，不言而喻。作为边庭主帅的范仲淹，重任在肩，自然不敢有丝毫懈怠。匈奴未灭，何以家为！

他愿效东汉窦宪追逐匈奴至燕然山勒石记功,一举平定西夏凯旋。但是,北宋王朝守内虚外、抑武崇文的既定政策,使他不能也无力逆转乾坤,一举克敌,只能旷日持久地筑城固池,以待时机。"浊酒一杯家万里"与"燕然未勒归无计"对举,把作者征战无功、有家难归的矛盾痛苦推向极致。这种国难家愁不能两却的矛盾痛苦推不开、解不脱,缠绕终日。时已入夜,霜华满地,严寒透骨,加之凄情苦调的羌管声悠悠不息,怎不令人长夜难寐、涕泪纵横!"将军白发征夫泪"描绘出白发苍苍的主帅和三军将士忧乐与共的群体形象,生动地体现了范仲淹"先天下之忧而忧,后天下之乐而乐"的宽广胸怀。

全词以作者主观所感所见所闻所思统摄全篇,写景阔大,风格悲壮苍凉,感情细腻而深沉。清人贺裳《皱水轩词筌》"欧词不如范词"一条说得好:"庐陵欧阳修讥范希文《渔家傲》为'穷塞主词',自称'战胜归来飞捷奏,倾贺酒,玉阶遥献甫山寿'为'真元帅'之事(按:见魏泰《东轩笔录》)……(范词)令'绿树碧帘相掩,无人知道外逃寒'有听之,知边庭之苦如是,庶有所警触。此深得《采薇》《出车》、'杨柳'、'雨雪'之意,若欧词止于谀耳,何所感耶!"一切艺术作品,倘若脱离了时代和社会实际,一味追求"高大全",没有真情实感,就会落到"谀词"的地步,这是值得艺术家们深思的。

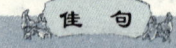

- 千嶂里,长烟落日孤城闭。
- 浊酒一杯家万里,燕然未勒归无计。
- 人不寐,将军白发征夫泪。

(黄益元)

苏幕遮·怀旧

原文

思乡　北宋·范仲淹

碧云天,黄叶地,秋色连波,波上寒烟翠。山映斜阳天接水。芳草无情,更在斜阳外。　黯乡魂,追旅思。夜夜除非,好梦留人睡。明月楼高休独倚。酒入愁肠,化作相思泪。

内　容　此词写邈远的秋景,抒发对故乡的思念。
特　色　意境邈远,千回百折。
注　释　黯乡魂:因怀念故乡而心神沮丧。江淹《别赋》有"黯然销魂者,惟别而已矣"。
　　　　追旅思:追念羁旅中的情怀。

 这是范仲淹在外地思家乡、怀亲人的作品。上阕写景。时届深秋,湛蓝的天穹,映

得云彩也呈现碧色；辽阔的大地，缀满枯败的黄叶。这黄绿相间的秋之原色无限伸展，直绵延到远处潋滟的水面。水面上笼罩着空翠的寒烟，夕阳映照着远处的山峰，天幕仿佛与水波相连。这都是作者登临所见，自上而下，由近及远，把秋之寥廓与衰飒之景描绘得色彩浓丽，酣畅淋漓。若以政治家而言，当可抒发"处江湖之远，则忧其君"的襟怀；但此刻范仲淹却是以多愁善感的普通人身份登临，于是就秋之衰飒想到了美好的芳草："芳草无情，更在斜阳外。"芳草本是游子家乡的象征，典出淮南小山《招隐士》："王孙游兮不归，春草生兮萋萋。"如今连芳草也"无情"，远在斜阳外，羁旅漂泊之久远，自不待言。

下阕顺势转入抒情。乡思浓烈，黯然销魂；羁愁难释，追缠不休。那么，何时方能摆脱萦绕心头拨不开、撇不脱的乡思羁愁呢？作者用宕开一层的写法："夜夜除非，好梦留人睡。"排忧解愁之法，唯有好梦（团圆之梦）相伴，方能睡得酣畅；但愁思萦绕，又何能入睡？这样写，比直言辗转反侧、通宵不寐更曲折动人。"明月楼高休独倚"，又来一层转折。词人似乎警觉到乡思太浓，于明月之夜更不宜登楼，反复告诫自己，但实际上感情早已冲决理性的束缚，作者已经登楼独倚眺望终日，由黄昏而至入夜了。于是，范仲淹试图最后用借酒浇愁的方法抑制感情激越。不料，"酒入愁肠，化作相思泪"。消愁解闷的烈酒灌入乡思浓郁的愁肠，非但不能减愁半分，反倒和相思的酸泪混为一体，浓得再也化不开了。

本词自始至终竭力表现的主人公，是北宋政坛无法窥见的至诚至真的多情文人范仲淹，但又和政治家的身份是统一的、和谐的。因为全词写景阔大邈远，涵盖万有，仍有政治家风度在；抒柔情千回百转，又时时有理性精神相伴同在。只是理性为感情之衬，政治家为词人之影而已。这样，我们才能理解"铁石心肠人，亦作此销魂词"（清许昂霄《词综偶评》）。

"范希文《苏幕遮》一调，前段都入丽语，后段纯写柔情，遂成绝唱。"（清彭孙遹《金粟词话》）元人王实甫《西厢记·长亭送别》"碧云天，黄花地，西风紧，北雁南飞。晓来谁染霜林醉？总是离人泪"，就是化用了范词的语句和意境。

佳　句

- 芳草无情，更在斜阳外。
- 酒入愁肠，化作相思泪。

（黄益元）

御街行·秋日怀旧

原文　怀人　北宋·范仲淹

纷纷坠叶飘香砌。夜寂静，寒声碎。真珠帘卷玉楼空，天淡银河垂地。年年今夜，月华如练，长是人千里。　　愁肠已断无由醉。酒未到，先成泪。残灯明灭枕头欹，谙尽孤眠滋味。都来此事，眉间心上，无计相回避。

内　容　此词写秋日夜景，抒孤愁之情。
特　色　层进曲入，情致缠绵。
注　释　砌：台阶。攲（qī）：倾斜。谙：熟知。

赏析　这是一首秋夜怀人之作。清王弈清等撰《历代词话》卷四引明杨慎语曰："范文正公、韩魏公，一时勋德重望，而范有《御街行》词，韩有《点绛唇》词，皆极情致。予友朱良规尝云：'天之风月，地之花柳，与人之歌舞，无此不成三才。'虽戏语，亦有理也。"可见他们都是将本词当作艳语丽词看待，只是把它与勋德重望的词人政绩英名对立起来，未免偏颇。虽然范仲淹"正气塞天地"（《词苑》），首先也是一个有着七情六欲的普通人，可以也应该表现其真挚深沉的爱情生活和缠绵悱恻的情感，更何况在本身是"艳科"的词中。

全词由景入情，层进曲入，步步深逼，直写出了愁心。"纷纷坠叶飘香砌。夜寂静，寒声碎。"宦游在外，公务已毕，夜深人静，独居馆所，只听得落叶纷纷坠落在残花飘香的台阶上。由于夜深寂静，它那淅沥的声响更显得那么细碎，那么分明，令人心寒。这三句从听觉入手描摹，又兼有主观情感的"寒"和"碎"。接着又从视觉着眼来写："真珠帘卷玉楼空，天淡银河垂地。"主人卷起寓所的真珠帘幕，顿时，月光泻进玉楼，更觉室内孤寂空旷；仰看帘外，天宇澄澈，星光灿烂。银河仿佛直垂于地，缩小了与人间的距离，与己亲近。然而，"年年今夜，月华如练，长是人千里"。此时此刻，银河明月越是殷勤，越是将它们白练般的光华洒向人间，便越使千里相隔的离人们痛苦难堪。苏轼《水调歌

头·中秋》的名句"不应有恨，何事长向别时圆"，当是范公此处词意的延伸和拓展。何况此愁此苦，不仅"今夜"如此，而且"年年"如此，"长是"如此。词人与家室长期分离的凄情苦楚，尽在这年复一年的夜深煎熬之中矣。"愁肠已断无由醉"，乡思羁愁一旦迸发，再也无法消融释解，愁肠已寸断，纵欲醉酒消愁，也是无由入口了。因为"酒未到，先成泪"，这要比前一首"酒入愁肠，化作相思泪"更进了一层，情感也更为凄切。"残灯明灭枕头攲，谙尽孤眠滋味。"一盏残灯点了又灭，灭了又点，一只孤枕反复倾斜。主人的寤寐难寝，独眠滋味可谓"谙尽"、尝够！最后，词人不得不无可奈何地总结哀叹道："都来此事，眉间心上，无

计相回避。"都来,即"算来";此事,即相思之事。意谓家室分离、两地相思之苦日日夜夜缠绕身心,无论是形体(眉间),还是精神(心上),都无法排遣它、回避它。这三句,纯用白描手法,朴素无华,真切生动。李清照《一剪梅》词"此情无计可消除,才下眉头,又上心头",就是从这里脱化而来的。

这首词,毫无掩饰地表现和袒露了公务之余的范仲淹真挚深沉、忠于爱情的一面,写得柔婉缠绵,感人至深。唯有对亲人对家乡真挚深沉的爱,才使人们更深刻地理解范仲淹对民族对国家博大精深的爱。从风格上看,缪钺先生有诗论范仲淹词曰:"平生忧乐关天下,经略边疆赋壮词。别有深情流露处,眉间心上耐寻思。"(《灵谿说》)宋词的豪放与婉约,都可以在范仲淹词中找到端倪。

> **佳 句**
>
> · 年年今夜,月华如练,长是人千里。

(黄益元)

雨霖铃

原文　　　　　　　　　　　　　别情　北宋·柳永

寒蝉凄切,对长亭晚,骤雨初歇。都门帐饮无绪,方留恋处、兰舟催发。执手相看泪眼,竟无语凝咽。念去去、千里烟波,暮霭沉沉楚天阔。　　多情自古伤离别,更那堪、冷落清秋节。今宵酒醒何处?杨柳岸、晓风残月。此去经年,应是良辰好景虚设,便纵有千种风情,更与何人说。

内　容　此词铺写秋日离别的悲痛,并悬想前后的孤独。
特　色　袒露尽情,浑厚绵密。
注　释　寒蝉:蝉的一种,也名寒蜩。《礼记》:"孟秋之月,寒蝉鸣。"骤雨:急雨。歇:停歇。帐饮:古时送客饯别,常设帐幕在郊野。《海录碎事》卷六载:"野次无宫室,故曰帐饮。"兰舟:木兰做的船,对客船的美称。凝咽:由于悲伤,喉咙像堵塞着一样说不出话。去去:往前走了又走。孟浩然诗:"去去日千里,茫茫天一隅。"楚天阔:刘长卿诗"相思楚天阔"。经年:年复一年。

赏析　五代及宋初晏、欧皆为令词,以含蓄蕴藉见长。浪子型文人柳永则力创慢词,并以尽情发露、浑厚绵密胜场。

"多情自古伤离别",为全词主旨所在。上阕劈首三句不只点明时地和节令,更以清秋景物渲染离别气氛。"寒蝉凄切",似泣如诉;长亭在目,薄暮昏暝;"骤雨初歇",寂静清冷。

一切无不令人黯然销魂。"都门"三句写离别现场,在京城郊外设帐幕宴饮送行,"帐饮"而曰"无绪",心境凄恻可见。离人留恋再三,船夫却频频"催发",此情此境,真可谓欲饮不能,欲留无计,写尽离人们依依惜别的心态。"执手相看泪眼,竟无语凝噎",此为离人画像。上句形态鲜明,情感强烈外露,下句无语胜有声,内涵丰富深沉。情至高峰,难乎为继。结韵倏地荡开,以景结情,此即冯煦所称柳词"曲处能直,密处能疏"(《六十一家词选例言》)之处。不写眼前离别情事,而以一"念"字领起,想象人去舟行之景,但见楚天空阔,浩渺烟波,沉沉暮霭,一叶小舟漂流其间。景乎?情乎?亦景亦情。

换头"多情自古伤离别",片言居要,揭出题旨。人伤离别,自古而然,更那堪时值清秋。这是以悲秋强化离别。"冷落清秋",与篇首"寒蝉凄切"遥相呼应。以下承上阕"念去去"所拓思路,设想别后思念之苦。意分两层。一层推想"今宵酒醒"后处境,"酒醒"回应上阕"帐饮","杨柳岸、晓风残月",纯系想象,虚景实写,实情虚写,凄婉之至。二层推想更远,由"今宵"而念及"此去经年"后情状。"今宵"两句借景抒情,此处则是放笔直书,袒露陈情。年复一年,"良辰好景"虽时时有,处处在,无奈就离人眼中看来,无不如同"虚设"。结韵以退为进,面对良辰美景,纵有千种风情,又向何人说。别后相逢之难,孤身独处之悲,尽在不言之中。既坦率发问,又回味悠悠。

佳 句

· 今宵酒醒何处?杨柳岸、晓风残月。

(杨 燕 朱德才)

逸 闻

柳永及第后去拜见当朝宰相晏殊。晏殊问柳永:"贤俊平日是否也写词呢?"柳永答道:"正如相公一样,我也写曲子。"晏殊缓缓说道:"殊虽写曲子,但不曾写过'粉线慵拈伴伊坐'这样的句子。"柳永何等聪明,明白晏殊的弦外之音,旋即告退离开了晏府。晏殊虽然也写词,但他极力通过文辞的典雅来与大量写作通俗作品的词人柳永划清界限。 (徐玲)

归朝欢

原文　　秋旅　北宋·柳永

别岸扁舟三两只,葭苇萧萧风淅淅。沙汀宿雁破烟飞,溪桥残月和霜白,渐渐分曙色。路遥山远多行役,往来人,只轮双桨,尽是名利客。　一望乡关烟水隔,转觉归心生羽翼。愁云恨雨两牵萦,新春残腊相催逼,岁华都瞬息。浪萍风梗诚何益,归去来,玉楼深处,有个人相忆。

内　容	本词写萧瑟秋景，抒乡思与情恋。
特　色	深婉曲进，凄凉哀感。
注　释	蒹苇：蒹葭、芦苇之类。只轮：轮代指车。只，单个的。牵萦：牵连萦绕。新春残腊相催逼：时序代谢，日月相催，新春甫过，残腊又至。岁华：岁月年华。浪萍风梗：比喻羁旅像是浮萍和断梗一样飘荡不定。萍，浮萍；梗，草的茎干部分。来：虚词，无意。

赏析　这首词从秋夜将晓写起。此时出离家门，徘徊水滨，暗示着心情并不平静。对岸横列几只小船，野雁破烟飞起，溪桥残月欲隐。词人用秋苇、秋风、秋雁、秋月、秋霜，皴染了一幅清冷的深秋拂晓图。而在这样冷清的霜晨，人们行役匆匆，不顾路遥山远，陆走水行，其实都不过是纷纷在为名利奔走，此可谓一语中的。过片写此情此景引起乡思。眼前"只轮双桨"的往来人触发了词人痛苦的反思，自己不也是一个奔竞天涯的"名利客"吗？词人自己要超越这名利场，所以归心顿时如生双翼。"愁云恨雨两牵萦"句，用楚襄王和巫山神女的故事，暗示自己的乡思中更有一段恋情在其中，而"新春残腊"，时光荏苒，自己至深秋仍如风梗浪萍不得已滞留异地，让佳人空房独守，两地情牵。于是最后点明如此切望归去，是因为"玉楼深处，有个人相忆"，乡思中更融入了一缕情恋和惆怅。

　　全词深婉曲进，从秋愁写到名利之厌，再写到乡思，最后落在情恋上。情从景出，词中的残月秋霜是一幅风景画，车船往来则是一幅风情画，作者触景生情，唤起了复杂矛盾的离愁和乡思。这眼前景和心中情和谐交融，构成了无限凄凉哀感的意境。　　　　　　　　　　（唐　骥）

凤栖梧

原文　　离愁　北宋·柳永

　　伫倚危楼风细细，望极春愁，黯黯生天际。草色烟光残照里，无言谁会凭阑意。　　拟把疏狂图一醉，对酒当歌，强乐还无味。衣带渐宽终不悔，为伊消得人憔悴。

内　容	此词写远望天际的春愁和无法排遣的眷恋。
特　色	欲收故纵，开合自如。
注　释	伫：长时间站立。危楼：高楼。黯黯：伤别的样子，语出江淹《别赋》"黯然销魂者，惟别而已矣"。疏狂：狂放散漫。对酒当歌：语出曹操《短歌行》"对酒当歌，人生几何"。衣带渐宽：说明人逐渐消瘦。语出《古诗》"相去日已远，衣带日已缓"。消得：消瘦得。

赏析 这是一首写离愁的词，表现了爱情的执著。不少柳词重铺叙不讲含蓄，这首却不同。词的上阕写登楼怀远。起首三句，先写有人于微风吹拂中楼头长久伫立，这已透露出内心的不平静，然后再说此时内心激荡着一派春愁，而这春愁乃是因远望天际而来。暗示春愁生于天际，以天际为伊人所在之方向也。这三句只写远望、春愁，不言为何而愁，已是含蓄。"草色烟光"二句，乐景写哀，面对融融春色直立到夕阳西下，写离愁之深；默默无言，无人解得，写内心孤苦，亦是含蓄。下阕表现爱情的执著。"拟把疏狂图一醉"三句情绪一变，不写愁，反而写想要借酒消愁。但醉酒也无法宽释，最后只好任

佳 句

· 衣带渐宽终不悔，为伊消得人憔悴。

其自然，既使为伊日渐消瘦也毫无悔意。《古今词话》云"小词以含蓄为佳，亦有作决绝语而妙者"，并谓这首即是。这末两句即是决绝而妙者。除末二句外，全篇处处写愁，却处处不言为何而愁，再在篇末挑明，把积蓄的感情作直白的宣泄，这既比全篇含蓄痛快明白，又比全篇直白更富魅力。词中感情时起时伏。由对景生愁，到借酒排遣，到无法排遣而一任纵情宣泄，有收有纵，卷舒自如，极跌宕之至。

（唐 骥）

双声子

原文　　　　　　　　　　　　　怀古　北宋·柳永

晚天萧索，断蓬踪迹，乘兴兰棹东游。三吴风景，姑苏台榭，牢落暮霭初收。夫差旧国，香径没，徒有荒丘。繁华处，悄无睹，惟闻麋鹿呦呦。　想当年，空运筹决战，图王取霸无休。江山如画，云涛风浪，翻输范蠡扁舟。验前经旧史，嗟漫载、当日风流。斜阳暮草茫茫，尽成万古遗愁。

内　容 本词追溯往昔吴越纷争，感发悲凉的兴亡意绪。
特　色 铺叙展衍，大开大阖。
注　释 棹：桨，这里指船。台榭：亭台楼榭。牢落：稀疏。韩愈诗云"天星牢落鸡喔咿，仆夫起餐车载脂"（《韩昌黎集》卷三）。霭（ǎi）：云气。夫差：春秋时吴国的国君，阖闾的儿子。范蠡（lǐ）：春秋时期楚国人，仕越为大夫，辅佐勾践灭吴，以勾践为人可同患难，不可共安乐，去越入齐，经商致富。

赏析 柳永这首不为人注意的姑苏怀古词，其实在词史上占有一个特别重要的地位，那就

是它作为最早的一首怀古慢词,开了以慢词铺叙怀古题材的先河,直接成为王安石《桂枝香·金陵怀古》、苏轼《念奴娇·赤壁怀古》的先声,显示出婉约派大师柳永对后来豪放审美词风影响巨大的另一面,后来写怀古一类题材的词所常用的铺叙格局如上阕写景、下阕出情,上阕吊古、下阕慨今,以及纵横铺叙的表现手法,大致在柳永这首词中已具雏形。全词展开了长调大开大阖的赋陈展衍之笔:断蓬飘零的词人,在一个萧瑟的傍晚,乘兴驾舟东游来到姑苏。当寥落荒寂的暮霭初降之际,登高远眺三吴(三吴:吴兴、吴郡、会稽。这里泛指吴地)风景、姑苏台榭。词人按照自己通常的构思手法把凭高怀古也安排在西风残照的暮色气氛中,正是要触发起一种历史兴亡的悲凉意绪。于是他看到当年争霸天下的吴王夫差的故都,香径

早已埋没,空留下累累荒丘。那繁华热闹去处,竟寂然不见一人,只听到麋鹿在呦呦哀鸣。词人每三句一组写景,都把吊古之情推进一层,尤见铺叙有度。言近意远,一二语的勾勒,有千钧之力。

下阕以"想当年"领起思古怀今之情,依旧循序渐进地铺衍,从古到今直推向无限的"万古"。当年在这块土地上,从阖闾到夫差,运筹帷幄,决胜千里,为争王称霸发动无休止的战争。如画的大好江山被他们玷污,王霸谋臣们风云不可一世,然而就连那范蠡,转眼也落得个避祸驾舟隐居于五湖云涛风浪的下场。征验于前人的皇皇经史记载,使人嗟叹那不过是空载当年风流而已。如今一切都风吹云散,只留下茫茫斜阳暮草,千年万代引动人们的恨愁。词人的古今兴衰之悲跨越几千年的历史时空,却写得大而有当,往而能返,铺叙有曲处能直、密处能疏、大起大收之妙。

郑文焯评柳词"长调尤能以沈雄之魄,清劲之气,写奇丽之情,作挥绰之声"(《大鹤山人词论》)。其实这用作评其怀古及咏形胜一类的词尤当。柳永也

> **佳 句**
>
> • 夫差旧国,香径没,徒有荒丘。

正是沿着这一条线对后来豪放词风的形成产生直接影响。王安石的《桂枝香·金陵怀古》,完全采用了这首词的怀古格局与表现手法。至于苏轼的《念奴娇·赤壁怀古》,人们向来好把它用作为与柳永词风相立的典型豪放作品,《吹剑录》中更有一则为人津津乐道的故事:"东

坡在玉堂，有幕士善讴，因问：'我词何如柳七？'对曰：'柳郎中词，只合十七八女郎，执红牙板，唱"杨柳岸，晓风残月"；学士词，须关西大汉，铜琵琶铁绰板，唱"大江东去"。公为之绝倒。"殊不知东坡的《念奴娇·赤壁怀古》明显留有学用柳永这首《双声子》的痕迹，而"江山如画"一句，更是直接取自这首柳词。可以说，打破词为艳科传统藩篱的怀古词是从柳永兴起，在词国中蔚为大宗，为豪放词人提供了新的纵横驰骋的天地。 （景 南）

安公子

原文 行旅 北宋·柳永

长川波潋滟。楚乡淮岸迢递，一霎烟汀雨过，芳草青如染。驱驱携书剑。当此好天好景，自觉多愁多病，行役心情厌。　　望处旷野沉沉，暮云黯黯。行侵夜色，又是急桨投村店。认去程将近，舟子相呼，遥指渔灯一点。

内　容 此词写行旅之景，叹行旅之怨。
特　色 景移情生，反衬烘托。
注　释 潋滟（liànyàn）：水波相连的样子。迢递（tiáodì）：形容远。行役：行旅之事。陶渊明有诗"自古叹行役，我今始知之"（《庚子岁五月中从都还阻风于规林》）。

赏析 柳永自少年时代起常外出奔波，行旅之作颇多，这首《安公子》即是其中的一篇。从"驱驱携书剑"看，或是作于入仕之前。上阕写白昼在淮上乘舟行。"长川波潋滟"，总言淮水之景。"楚乡淮岸迢递"，言前路之遥。刹那间，烟云蒙蒙的水洲上扫过一阵轻雨，芳草碧绿如染。如此"好天好景"，词人却要抱病含愁外出奔波，携带书剑赶路，心情当然是烦厌而悲哀的。下阕写夜晚投宿，乐景转为哀景，愁情更生一重。"旷野沉沉，暮云黯黯"，写出傍晚时节阴云弥漫。"行侵夜色，又是急桨投村店"，入夜茫茫，还在急寻宿处，写出了一路的艰辛。宿处所在，"遥指渔灯一点"，又是荒僻简陋的去处。结句含蓄深沉，行旅哀苦之情缭绕不断。

这首词采用对比手法，上阕以乐景写哀，下阕以哀景写愁。上阕写"一霎烟汀雨过，芳草青如染"的江淮春色的"乐景"，撩起行旅的悲哀，这是反衬。下阕写"旷野沉沉，暮云黯黯"的荒冷暮色的"哀景"，增添投宿的愁苦，这是烘托。景移情生，用笔多变，构成了柳永婉约深曲的词风。

（唐　骥）

望海潮

都会　北宋·柳永

原　文

　　东南形胜，三吴都会，钱塘自古繁华。烟柳画桥，风帘翠幕，参差十万人家。云树绕堤沙，怒涛卷霜雪，天堑无涯。市列珠玑，户盈罗绮，竞豪奢。

　　重湖叠巘清嘉，有三秋桂子，十里荷花。羌管弄晴，菱歌泛夜。嬉嬉钓叟莲娃。千骑拥高牙，乘醉听箫鼓，吟赏烟霞。异日图将好景，归去凤池夸。

内　容　本词摹写钱塘的美景和富庶繁华。
特　色　总起分承，错落有致。
注　释　形胜：形势重要之地。三吴：吴兴、吴郡、会稽合成三吴。参差：形容房屋的高低错落的样子。云树：高树。天堑：天然的壕沟，古时称长江为天堑，这里指钱塘江。珠玑：珍珠。玑，不圆的珠子。重湖：西湖有外湖里湖，故称重湖。叠巘：重叠的山峰。清嘉：清秀、美丽。羌管：羌笛。菱歌：采菱角时唱的歌，泛指水上人家的民歌。莲娃：采莲女。高牙：即牙旗，为大将出行时所建军前大旗。烟霞：指山水风景。图：画，动词。凤池：即凤凰池，唐以前指中书省，唐以后指宰相之职，这里代指朝廷。

赏　析　中唐以来，题咏杭州西湖之诗日多，但大体以模山范水为限。柳永此词熔湖光山色和都市繁华于一炉，从而将北宋初年的"承平气象，形容曲尽"（陈振孙《直斋书录题解》），堪称开拓创新。无怪辞章一出，立即誉满朝野，四方争唱。

　　慢词重铺叙，但铺叙之法各异。此词首句为总起之笔，从大处远处着眼，概写钱塘风貌，一曰山水优美，二曰都城繁华，写得简洁概括而富气魄，能总摄题旨，包举全篇。以下词人分承"形胜"与"都会"展开层层铺叙。铺叙切忌平直。词人并不依次描绘（如上阕写"形胜"，下阕写"都会"；或相反），而是交叉运笔，使两者错落有致，交相辉映。先看词人笔下的都会风貌和社会生活情态。"烟柳"三句写人烟生聚，物阜民康。"市列"三句，写都市富庶豪华之极。"羌管"三句，笛声悠扬，菱歌清媚，白发垂钓，莲娃泛舟，一派诗情画意，令人如入桃源，顿生超凡绝尘之思。富丽豪华而不失

佳　句

- 市列珠玑，户盈罗绮。
- 有三秋桂子，十里荷花。
- 羌管弄晴，菱歌泛夜。

清雅古朴之风,这便是词人笔底"三吴都会"的特异之处。再看钱塘的自然形胜。"云树"三句,写钱塘江壮观。怒涛拍岸,浪卷霜雪,衬以绿树绕堤,天堑无涯,于雄伟壮阔之中,展现出一种层次分明的主体美。"重湖"三句,由城外钱塘转向城内西湖。"重湖叠巘"咏山水。里外西湖,隔堤相望,层嶂叠岩,环湖而立。以下"三秋桂子"承"叠巘"而来,"十里荷花"承"重湖"而发,极见章法。于是,人们徜徉于碧波翠峰之间,夏则喜见十里荷花胭红,秋则欣闻山寺桂子飘香。总之,赋钱塘,气势磅礴,开人胸襟;咏西湖,则清新嘉丽,沁人心脾;一壮一秀,相映生辉。

交叉铺叙,至此乃终,以下双线合一。"千骑"三句写钱塘太守出巡,其鲜丽显赫之大队仪仗,其诗酒烟霞之儒雅风采,正为这座富丽豪华而又风光旖旎的三吴都城,平添上一道绚烂夺目的光彩。结韵承"千骑"三句而来,却又宕开一步,不再就眼前风光写实,而纯从虚处着笔,想象这位钱塘太守有朝一日,荣归凤池,以此间之美妙夸耀于同僚,岂非人生一大乐事。这两句咏钱塘、颂太守,而结穴于夸"承平气象",一石数鸟,颇见匠心。

(杨 燕 朱德才)

望汉月

原文

离恨　北宋·柳永

明月明月明月,争奈乍圆乍缺。恰如年少洞房人,暂欢会、依前离别。
小楼凭槛处,正是去年时节。千里清光又依旧,奈夜永、厌厌人绝。

内　容｜词上阕由月的圆缺写到人的聚散;下阕写清光依旧,离恨无穷。
特　色｜情景浑成,明快浅畅。
注　释｜争奈:怎奈。清光:清亮的光辉,这里指月光。

赏析 这首词一反柳词婉曲绮丽的风格,而以明快浅畅的笔调写离情。一开头就复沓连用三个"明月",表现了强烈的哀感,予人深刻的印象。然后渐次深入地披露哀感的心态。"争奈"句,点明如此哀感呼月是因为无奈明月时圆时缺。第三句由月到人,正是这明月的圆缺不定使自己想到了少年男女短暂的相会、长久的离别。下阕转入吐诉离愁别恨。自少年入洞房欢会别后又一年,佳人又小楼凭槛对月。然而同样对月,一欢聚,一分离,苦情难堪。所以末二句更写如今虽依旧是当年的"千里清光",却不见了去年的玉人,不再是缱绻的良夜,这万籁俱静的漫漫长夜更使人病怏欲绝,倍觉凄伤。

词由月而人,由昔日而今宵,逐层深入地揭示离愁别苦的内心,处处不离咏月,处处借月写情,浑然一体。语言浅易是柳词特色,至有"凡有井水处,即能歌柳词"的说法,这首词更是突出代表,表现了在词的语言上一种化雅为俗的美学趣味,对后来有一定影响。 (唐 骥)

八声甘州

原文 羁旅 北宋·柳永

对潇潇暮雨洒江天,一番洗清秋。渐霜风凄紧,关河冷落,残照当楼。是处红衰翠减,苒苒物华休。惟有长江水,无语东流。　　不忍登高临远,望故乡渺邈,归思难收。叹年来踪迹,何事苦淹留。想佳人、妆楼颙望,误几回、天际识归舟。争知我、倚栏杆处,正恁凝愁。

内 容 本词描写凄清的秋景,抒发归思之情。
特 色 勾勒提掇,精警有力。
注 释 凄紧:凄清而紧劲。关河:关塞和河山。是处红衰翠减:是处,到处。红,指花,翠指叶,衰、减指凋零。苒苒物华休:苒苒,渐渐貌;物华指景物风光。杜甫有"且尽芳尊恋物华"之句。渺邈:遥远。淹留:久留。颙(yóng)望:抬头凝望。颙,本有仰慕的意思。天际识归舟:谢朓有"天际识归舟,云中辨江树"之句(见《之宣城郡出新林浦向板桥》)。争:怎么。恁(rèn):如此、这样。凝愁:愁结不解。

赏析 清人周济评柳词曰:"柳词总以平叙见长,或发端,或结尾,或换头,以一二语勾勒提掇,有千钧之力。"(《宋四家词选》)这首《八声甘州》堪称代表。此词词脉的层进和融贯,全凭"一二语勾勒提掇"。

"对潇潇暮雨洒江天,一番洗清秋",写出雨后江天的洁净明澈,"洒"字绘声绘形,"洗"字传神尤力。发端下一"对"字,不独领起"潇潇"两句,且带动上阕全部景语,自然融入词人独眺清秋的孤凄身影,正如周氏所云,一字"有千钧之力"。以下便承"清秋"二字着笔绘景。次韵以"渐"字贯领三句,它不仅化"霜风"、"关河"、"残照"于一炉,展现出一种高远阔大、悲壮苍凉的境界,而且暗示出时间的推移和景物的变化:暮色渐浓,秋风渐紧,关河渐冷,人也就渐为黯然神伤。继之,复以"是处"、"惟有"作开合承转。"是处"两句,由眼前的"红衰翠减",联想到人间一切美好事物的徐徐终结,用"是处"一词强调出秋意萧索之无所不在。"惟有"两句以转为收,人间物华俱休,唯有浩浩江水依旧。于是,词人把一般的悲秋之情引向了宇宙无限、人生有穷的哲理性感慨。

上阕以绘景为主,下阕以抒情为主。过片起句既总承上文,点明"登高临远",又妙笔生花,以"不忍"二字反面提笔作势,翻出全篇主旨。分明登高,却言"不忍",盖"故乡渺邈"难见难及;既言"不忍",却又临远,宁使"归思"如浩浩江水一发难收,足见词人思乡之切。既然"归思难收",何不及早抽身?词人心中自有难言之隐,遂用感情色彩极浓的"叹"字,唤起"何事苦淹留"之深深一问。问而不答,含蓄地表

- 关河冷落,残照当楼。

露出浪迹天涯、欲归不得的苦衷。随即用一"想"字又将思绪推远,不写我思伊人,却写伊人思我,想象出一幅丽人"妆楼颙望"天际归舟的情景。颙望,是抬头呆望,写出其痴态。"天际识归舟"一句源出谢朓《之宣城郡出新林浦向板桥》诗,言"误几回",则分明得力于温庭筠《梦江南》的"过尽千帆皆不是",生动写出楼头思妇迫切盼望行人归来的情态。结韵拍归自身,佳人颙望之时,正是行人凝愁之际。"倚栏"、"凝愁"与"妆楼颙望"两相对照,词意再次深进一层。"倚栏杆处"一句近承"登高临远",远应"残照当楼"。全词词脉清晰,针线严密。

(杨 燕 朱德才)

一丛花令

原文

离恨　北宋·张先

伤高怀远几时穷?无物似情浓。离愁正引千丝乱,更东陌、飞絮蒙蒙。嘶骑渐遥,征尘不断,何处认郎踪!　　双鸳池沼水溶溶,南北小桡通。梯横画阁黄昏后,又还是、斜月帘栊。沉恨细思,不如桃杏,犹解嫁东风。

内　容	本词写一女子登高怀远,追怀昔日的欢会,抒发今日的离愁。
特　色	情韵兼胜,含蓄凝练。
注　释	陌:路。征尘:远行而去的人马扬起的尘土。溶溶:水流动的样子,杜牧《阿房宫赋》有"二川溶溶流入宫墙"。桡(ráo):划船的桨。

赏析 这是代言体的作品，抒写闺中女子的离恨。词的开头"伤高怀远"是理解全词意脉的关键：像这样登楼怀远而引起感伤的情绪已不止一次了，也许还得继续下去，没有穷尽。在这女子的心中情感浓结，故云"无物似情浓"。由于她过分重视情感，所以有许多的离愁。作者非常形象地表述了其离愁：千丝，指柳丝，在眺望中柳条随风轻轻摇曳，似乎仍在为离愁所牵动；飞絮蒙蒙更象征了心绪的烦乱，而无处寻觅远人的踪迹，则又意味着前景的渺茫。

词的下阕沉醉于对过去幸福的回忆。他们的幽会富于浪漫情趣且有几分冒险的精神。他们为溶溶的池沼相隔，但他驾着小船划绕而来。于黄昏后乘梯

佳 句
- 不如桃杏，犹解嫁东风。

直上画阁，大胆地偷香窃玉。这段细节的描写非常含蓄而具有浓郁的诗情画意"斜月帘栊"是他们难忘的幸福时刻。从"黄昏"到"斜月"，表示时间过得很久，却又觉得很快。宋人杨湜的《古今词话》里有关于此词本事的记述，以为张先与一女尼私约幽会，临别而作此词。杨湜所记多属附会，不可确信，但就词而言确是写一段偷情之事，表现了对封建礼法的蔑视和对情爱的大胆追求。女主人公是多情的，她思前想后，意绪烦乱。春日的桃李逢春开花，似乎都享有嫁给东风的幸福。唯有她的命运反不如桃杏。这种痴绝的想象很天真，表现了一种潜意识，达到了"无理而妙"的艺术化境。全词情感深厚，词意含蓄，情韵兼胜。　　（谢桃坊）

逸 闻

有客对张先说："人们皆称先生你为'张三中'，即'心中事，眼中泪，意中人'。"子野说："为什么不称我为'张三影'呢？"此人不知作何解，向张公请教。张先笑了笑说："'云破月来花弄影'、'娇柔懒起，帘压卷花影'、'柳径无人，堕风絮无影'，此三句正是我平生最得意的三句啊。"　　　　　　　　　　　　　　　　　　　　　（徐玲）

庆佳节

原文　　　　　　　　　　　　　　　　　　　　　　　忆旧　北宋·张先

莫风流，莫风流。风流后，有闲愁。花满南园月满楼，偏使我，忆欢游。我忆欢游无计奈，除却且醉金瓯。醉了醒来春复秋，我心事，几时休。

内容　此词追忆昔日欢游，抒写欢游过后的闲愁。
特色　繁音促节，错综流美。
注释　金瓯：金质酒杯。

赏析 张先一生风流自赏，颇事冶游。这首追忆昔游之作，吐语平实，赋情尚为不浅，大致反映了他的为人。《庆佳节》为张先自度之曲，凡十二句，而八押其韵。全词五十一字，其中"风流"三见；"我"字三见；"忆欢游"两见；"莫"字、"满"字、"醉"字皆两见。繁音促节，重出迭见，颇具错综流美之韵致。

"南园"为张先故乡乌程（吴兴）之著名园林，屡见于其吟咏中。如《木兰花》小序云："去春自湖归杭，忆南园花已开，有'当时犹有蕊如梅'之句。今岁还乡，南园花正盛，复为此词以寄意。"该词下阕云"归来故苑重寻觅，花满旧枝心更惜。鸳鸯从小自相双，若不多情头不白"，与此对参，意更明晰。

玩味文意，词当作于晚年。风情万种的张子野，回首前尘的时候，不禁有一种旧欢难缀的怅惘。发端一叹而起："莫风流，莫风流。风流后，有闲愁。"这是自忏吗？恐怕更多的还是对于有情人难成眷属的痛惜。词人倾心过的女子大概不少，然而随着岁月的流逝，大都彩云散尽了。可是往日的欢情却深印心底，使他无法平静。张先与薄幸的文人有所不同，他是热烈、忠诚地爱着那些地位卑微的歌鬟舞女的。这样一来就给自己惹下了一身"闲愁"。特别是在这南园花满、皓月当楼的时分，越发撩得人坐卧难安了。

如何排遣这无可奈何的恨绪愁心呢？除非是金瓯沽酒，一醉方休。然而酒醒以后，愁怀如故。春去秋来，这一腔幽恨，宁有已时？于是多情的词人就像春蚕一样被自己吐出的缠绵丝絮紧紧裹束住了。他一生也没有走出这个精致的小天地。他把自己的才华和热情都献给了爱情和友谊，且不考虑是否值得。这是张先的为人，这也是此词所昭示给我们的意蕴。 （周笃文）

天仙子

原文 伤春 北宋·张先

时为嘉禾小倅，以病眠，不赴府会。

水调数声持酒听，午醉醒来愁未醒。送春春去几时回？临晚镜，伤流景，往事后期空记省。　　沙上并禽池上暝，云破月来花弄影。重重帘幕密遮灯，风不定，人初静，明日落红应满径。

内容 本词写迟暮之感，并表惜春之意。
特色 一意一机，铺垫有力。
注释 嘉禾：宋时郡名，今浙江嘉兴。小倅（cuì）：辅助州郡长官的小官。张先在宋仁宗庆历四年（1041）春做嘉禾判官。水调：词曲调名。《海录碎事》："隋炀帝开汴河，自造水调。"流景：时光的流逝。省：明了、清楚。暝：眠。

赏析 这是张先的代表作,写于嘉禾(今浙江嘉兴)通判任上。时已五十二岁。据小序知时方卧病,没能参加太守举行的"府会"。五十多岁,对古人来说,已是骎骎向老的晚景了。况复沉沦下僚,又值春残,更兼卧病,心绪之黯然可知了。然而作者在刻画这段愁怀苦情时,却腾挪有致,婉转生姿,表现了很高的技巧。

词的上阕写午醉醒余的心态,纯乎述情,无一语涉景着色,而饶有浑朴之致。"水调",指隋炀帝凿运河时流行的乐曲,其声以哀苦称。词人病拥一榻,

· 云破月来花弄影。

独听凄音,不觉沉醉。及至扶头酒醒,已经是向晚时光了。然而离人的愁绪却依然如故。"愁未醒",以"醒"字状愁,正如用"闹"字状盛开之杏蕊一样,属于通感之技法,颇为生新,能在人心头唤起弥漫无端、沉迷不已的感觉。史达祖的"草脚愁苏,花心梦醒"之句,似亦脱胎于此,不过益形工丽罢了。"送春春去几时回",这是来日无多的老怀的披露。它与其旧作"韶华长在,明年依旧,相与笑春风"(《少年游》),是大异其趣的。"临晚镜"以下三句进一步表明,使作者抑郁伤怀的,不是泛泛地悲惜春光之将逝,而主要是有感于年华消逝与往事之牵情。"往事后期",即过去了的事情。其具体内容虽未指明,但大体不外乎青春恋情之类。它是李商隐的"此情可待成追忆,只是当时已惘然"的另一种说法。《能改斋漫录》卷十七《吊二姬温卿宜哥诗》:"宿州营妓张玉姐字温卿,技冠一时……明道中张子野先、黄子恩孝先相继为掾,尤赏之。年十九,病故。葬于宿州柳岸之东。子野嘉祐中过而题诗云:'好物难留古亦嗟,人生无物不尘沙。何时宰树连双冢,结作人间并蒂花'。"以上记载,似可视为此词的一种背景性注脚。此等地方虽着笔不多,却浑成而有深致,非小慧为词者能比。

词的下阕,思笔一换,别是一番景象。"沙上"两句,何等华美温馨,与前之低回情境迥然不同。沙岸上有双栖的文禽,花枝在月光下抚弄着清影。这是一般的春之礼赞吗?不。他所以着重渲染这个美好的瞬间,其实是铺垫之笔,旨在说明好景不长,春光难留。所以接下去就发出了落红满径的叹惋之声。"云破月来花弄影",这是传颂千古的名句,张先也因此而博得了

"云破月来花弄影"郎中的雅号。王国维《人间词话》称"着一'弄'字而境界全出矣",富有多层次的动态的美感,可说是它的独擅之胜。云被风吹开,露出月亮的清光,照见在风中摇曳的花影,七字中包含了这么多意象,真可说一字一层,一字一机了。三个动词(破、来、弄)推动着四种物象(云、月、花、影),使之一一鲜活飞动,无论就意象的密度和流动的美感来说,都是不同凡响的。杨慎赞其"景物如画,画亦不能至此,绝倒绝倒"(《词品》)。结拍三句,仍从风上生发,却境界陡变,造成了情绪上的大落差。仍是那股夜风,却在吹动重帘,摇晃灯焰,只怕庭院的春花明天要落红满径了。结尾三句,与前之美景适相反对,铺垫有力,将词人替月忧云、替花忧风雨的一段护惜之心表现得格外婉曲而有深致。周济所谓"子野清出处,生脆处,味极隽永"(《宋四家词选序》),可谓的评。

(周笃文)

菩萨蛮

闺怨　北宋·张先

原文

玉人又是匆匆去,马蹄何处垂杨路。残日倚楼时,断魂郎未知。　　阑干移倚遍,薄幸教人怨。明月却多情,随人处处行。

内　容 本词写分手后的思念与怨恨。
特　色 浅近婉约,结尾翻进。
注　释 玉人:比喻人的容貌如玉之美。《世说新语》:"(裴楷)粗头乱服皆好,时人以为玉人"。断魂:销魂神往,形容一往情深或哀伤。唐宋之问《江亭晚望》:"望水知柔性,看山欲断魂。"薄幸:薄情。

 此词抒写女子的闺怨,浅近真切,颇有古乐府之意。词的开头便表明了产生闺怨的原因。"玉人"喻人容貌如玉之美,此处是指抒情主体所怀念的美男子,即是其"郎"。他又是像以往一样轻易抛撇她而去。"马蹄"借指其行迹,如今不知其行迹何处,自然无法通音问;于是怀念之情全被压抑了。"断魂"是销魂神往的状态,形容深情的哀伤。这是她倚楼的情状,然而那人却不知道,显然他太不体贴人了,或许他本来就是粗心大意的。因此,必然由思念、猜想,而渐渐产生怨恨的心理。

词的下阕便着重抒写一种怨恨的情绪。换头的"阑干移倚遍",表示她已倚楼凭栏多时,移换了各种视角都绝无一点消息。在无尽的期待中,由他不知有人为其"断肠"而料定他是薄情的。如果男子被所恋女子认为是薄情的,必然招致她的怨恨。词的结尾处,进一步埋怨其薄幸,将他与明月作了一个比较,翻进了一层。明月依人,处处相随,善解人意,可谓多

情。相比之下,她所思念的男子却不如明月了。这真是一种恨极怨绝之语。此词有明显的花间词风的影响,语言浅近明快,词意婉约,能体现北宋初期词的某种基本特点。 （谢桃坊）

木兰花

原文 怀人 北宋·张先

人意共怜花月满,花好月圆人又散。欢情去逐远云空,往事过如幽梦断。
草树争春红影乱,一唱鸡声千万怨。任教迟日更添长,能得几时抬眼看。

内　容｜本词写欢情远去后的春怨。
特　色｜古拙凝重,具乐府遗风。
注　释｜怜:爱。逐:随。红:指花。

赏析　这首怀人之作,是从梦醒后的惝恍心绪写起的。首先就拈出了"好事难全"的感喟作为发端,为全篇定下了基调。花好月圆的良辰美景,是人们共同喜欢的。可是正当其时,爱人却远去。独对芳菲,只成郁悒。"欢情"二句,承上而来,稍作铺叙,点明昔日相怜相爱的情事,已如彩云散尽、幽梦无踪了。"云想衣裳花想容",由眼前的春花皎月联想到窈窕的意中人之远去,联想到昔日的密誓心期,怎能不令人满怀凄苦呢?这种以圆满形孤独,以美景衬离情的写法,体现了艺术上相反相成的辩证法,它深化了题旨,使孤者愈孤、苦情更苦。晏几道"去年春恨却来时,落花人独立,微雨燕双飞"(《临江仙》),也是用如屏的芳景与双飞的紫燕来衬托孤独之苦怀的。虽文质有别,而思致却大体相同。

过片以后,放笔作直干,益为古拙浑朴。"草树争春红影乱",如画家之大写意,一笔画出了蓬勃的生机。红影者,花影也。缭乱花飞,正是春光烂漫

佳句
・草树争春红影乱。

之时,"春"上冠一"争"字,越发显得生气勃勃,不可阻遏。"一唱鸡声千万怨",这句很重要,关系到对全篇的理解。鸡声何以致怨?就在于它惊破了主人公的春梦。罗隐《早行诗》"酷怜一觉平明睡,长被鸡声恶破除",可谓大致无殊。它与前片所述之"幽梦"相掺和,将主人公结想成梦的深情,以及五更惊梦的懊恼之心表现得非常真挚动人。"任教"两句,语极俚质,情却深厚。"迟日",从《诗经》"春日迟迟"(《豳风·七月》)脱化。不管春日如何之长,春光如何之美,也懒得破费工夫去瞧它一眼。因为伊人不在,花月再好,也无心游赏了。语浅意深,古拙凝重,大有乐府意味。陈廷焯云"(子野词)规模虽隘,气格却近古"(《白雨

斋词话》），可谓知言。　　　　　　　　　　　　　　　（周笃文）

青门引

原 文　　春思　北宋·张先

乍暖还轻冷，风雨晚来方定。庭轩寂寞近清明。残花中酒，又是去年病。楼头画角风吹醒，入夜重门静。那堪更被明月，隔墙送过秋千影。

内　容｜本词写伤春寂寞，抒怀旧之情。
特　色｜触景生情，层层深化。
注　释｜轻冷：微寒。中酒：饮酒过量。画角：角，古军乐。或说创自黄帝，或说制出羌胡，形如竹筒，本细末大，外加彩绘，故名画角。

赏析　本词抒写作者由春日的寂寞而引起的怀旧情绪。词的上阕以变化无常的气候来衬托出寂寞苦闷的心情。天气的乍暖又冷，绵绵无休的风雨下到黄昏方止。时节将近清明，黄昏以后，独自在宽敞的庭轩，特别感到寂寞。"寂寞"是全词的基调，作者极力通过对环境氛围的描写来加强它。清明时面对残花，饮酒自醉。去年也是这样对花病酒的。上阕的结尾处终于极含蓄地流露出一点怀旧的线索，下阕便加深对环境的寂寞与怀旧情绪的抒写。

古代军中用竹木、皮革或铜制成椎形的乐器，名角，外饰以彩绘者为画角；其音哀厉高亢，军营中用以警昏晓。入夜时鸣咽悲凉的画角声使病酒的

> **佳句**
> ·隔墙送过秋千影。

主人公惊醒，显然他是醉了。当其惊醒后发现庭轩异样幽静，重重院门深闭，阒无人声。词的结尾对寂寞之情再次作了加深的表现。这有两层：第一，明月照进庭轩，愈显得环境的幽静，容易引起种种的思念；第二，初升的月光斜射地将隔墙秋千架的影子送了过来，能清楚地见到，更触动怀旧之情。秋千是古代妇女游戏的器具，置于庭园之内，少女少妇尤其爱这种活动。由隔墙的秋千，联想到荡秋千的女子，很可能再也无法见到她轻盈的姿影了，这又与去年的清明时节有关。为了摆脱烦乱苦闷的情绪和寂寞的环境而整日以酒忘忧，本欲忘却，偏偏又被画角声惊醒，尤其是无知的明月，竟又将秋千影送了过来，这使主体终于陷入不堪忍受的痛苦之中。全词触景生情，层层深化，艺术表现圆熟高超。张先作词喜用"影"字，他的几个名句的末尾都是"影"，因而时人称之为"张三影"。此词结尾句便是其名句之一。　（谢桃坊）

破阵子

原文　　　　　　　　　　　　　　　游春　北宋·晏殊

　　燕子来时新社，梨花落后清明。池上碧苔三四点，叶底黄鹂一两声，日长飞絮轻。　　巧笑东邻女伴，采桑径里逢迎。疑怪昨宵春梦好，原是今朝斗草赢，笑从双脸生。

内　容　本词写春天明丽的景色和少女游春之乐。
特　色　纯用白描，清新明快。
注　释　燕子来时新社：新社，指春社日，为古代祭祀土地神的日子，在立春后第五个戊日，约在春分前后，古人观察到燕子是候鸟，以为它是春社时来，秋社时去（见《格物总论》）。巧笑：《诗经·卫风·硕人》"巧笑倩兮，美目盼兮"。斗草：古代妇女常用草来做比赛的游戏。梁宗懔《荆楚岁时记》："五月五日四民并踏百草，又有斗百草之戏。"

赏析　本词《花庵词选》题作《春景》，它在季春三月绮丽之景的衬托下，生动展示了少女游春的情景，如此笔调清新而充满青春欢乐气息的作品，在大晏词中洵属难得。

　　上阕写景物之美，一起二句于姹紫嫣红中独取燕子、梨花这两个富于季节特征的景物，着笔自上而下，组成一紫一白、动静相间的画面，既渲染出燕子飞来、梨花飘落的融和春意，又兼点"新社"、"清明"这两个节候。"新社"指的是春社，古代有祭土地神以祈年丰的习俗，"社"就是祭土地神的日子，分春社与秋社。古俗以立春后第五个戊日为春社日，春社过后是清明，此时正值春和景明，天朗气清，野外百花盛开，绿草如茵。民间女子每逢社日、清明，照例放下手中活计，邀伴呼侣，以踏青、赏花、斗百草、荡秋千等为乐事，所谓"芳洲拾翠暮忘归，秀野踏青来不定"（张先《木兰花》）。开篇两句为全词规定了特定情境，也为下阕人物出场做好铺垫。第三句、第四句承此具体表现春色的秀美悦心：小小池塘，池边青苔数点；枝叶深处，时而传出几声黄鹂的啼鸣，将野外的宁静稍稍打破。两句中数量词的运用颇有意趣，"三四点"状色，"一两声"摹声，声色相通，而且以声衬静，声与静谐，勾勒出一幅既恬静又富于生机的春光图。歇拍"日长飞絮轻"是画龙点睛之笔。立春后白昼渐长，野外静悄悄的，唯有柳絮漫天飞舞，纷纷扬扬，无声无息。"飞"、"轻"二字，不仅传神地摹写出柳絮悠悠飘扬的情态，而且以此显示春天的日照充足，风和日丽，这就将上阕所写的春光之美一起烘托了出来。

下阕写少女游春之乐。"巧笑"是简洁的肖像描写，语出《诗经·卫风·硕人》："巧笑倩兮，美目盼兮。"这里既用以形容少女美好的笑容，更反映其青春活力，读来有音容毕现之妙。人未出场，笑声先闻，这笑声划破了春天原野的恬静，使上阕所勾画的背景顿时活跃起来。两位少女相逢在幽静的桑园小路，迎着明媚的春光，携手走进野花烂漫、芳草遍地的原野。"疑怪"二句承上写少女游春时关于斗草游戏的对话。"斗草"即斗百草，白居易《观儿戏》诗云"弄尘或斗草，尽日乐嬉嬉"，可见这种游戏是颇为有趣的。"疑怪"、"原是"以寻常语入词，却把少女斗草得胜后兴奋、欢喜的心态熨帖入微地表现出来：怪不得昨晚做了个好梦，原来是今天斗草获胜的好兆头。于是她们笑了，笑得那么天真，那么纯洁。结末三句笔致轻灵，词意跌宕，少女的音容笑貌，栩栩欲活，呼之欲出。

这首词纯用白描手法，生动准确地描写了社日、清明时节的景物特征，勾画出一幅少女游春、嬉戏的风俗画面，在盎然的春意中，又融和着词人清新明快、欢悦亲切的感受。全词景物美、人情美、风俗美，充满健康活泼的生活气息。

（顾伟列）

佳 句

- 燕子来时新社，梨花落后清明。
- 池上碧苔三四点，叶底黄鹂一两声，日长飞絮轻。

逸 闻

晏殊七岁能文，才学过人，被誉为神童。十四岁那年，他进京应试，恰好碰上御试进士。晏殊与千人并试，虽然年少，但神气不慑，挥笔疾书，立即成章，得到皇帝的赞赏，赐同进士出身。后二日，复试诗、赋、论，晏殊见了试题后说："我十日前已作过此赋，还是另命别题吧！"晏殊小小年纪，不隐实情的磊落胸襟使得举座皆惊，遂被委以官职。　　（徐玲）

浣溪沙

原文　　　　　　　　　　　　　　　　　　　伤怀　北宋·晏殊

一曲新词酒一杯，去年天气旧亭台，夕阳西下几时回？　无可奈何花落去，似曾相识燕归来。小园香径独徘徊。

内　容　本词写对美好的人、事不复回的感伤。
特　色　意象绵邈，回环悱恻。
注　释　去年天气旧亭台：此句本郑谷《和知己秋日伤怀》"去年天气旧池台"而来，仅改动一字。无可奈何花落去，似曾相识燕归来：据《四库全书·珠玉词提要》："集中《浣溪沙》春恨词'无可奈何花落去，似曾相识燕归来'二句，乃殊示张寺丞王校勘七言律中腹联，《复斋漫录》书述之，今复填入词内，盖自看其词语之工，故不嫌复用耶！"又传此句下联为王琪所对，其故事载在《苕溪渔隐丛话》。

赏析　"一曲新词酒一杯"，叙写清歌侑酒之事。因次句"去年"二字，显系忆念昔时情景。这是难忘的情景，时时在于心目之间，故脱口而出。词人怀思之情，一开始就已涌溢于笔端。一曲，清歌也。"一曲"出而去年歌者之音与容并出矣。清歌美酒，本为宋代士大夫之寻常乐事。词人所念念不忘之一曲新词酒一杯，无疑是他人生经历中一段特别动情的往事。歌者的音容之美在歌唱此"一曲"时令他陶醉，并且铭心刻骨。故今日对着与去年相似的景观（天气亭台如旧），那动人的情景便蓦地来到心头。这样，开篇二句，就把忆昔和伤今写了出来，并以"去年"二字绾合今昔。首句是忆去年之事以抒情，次句是写今昔相同之景以进一步抒情。夕阳西下，是今日眼前之景，亦是去年今日之景。良辰美景依旧，而赏心乐事杳不可追。"几时回"者，痛心于不复回而出之以问语也。往日之乐事不复回，心上之佳人不复见，彼此之年华亦悄然流逝不可逆转。看来，此事已矣！此生已矣！到这里，不过三句二十一字，已将今与昔之景、之事、之情全写了出来，并以"几时回"过到下阕。

"无可奈何花落去，似曾相识燕归来。"花落燕归，均实写今日眼前之景。"花落去"是年年皆有之事，而独于今日发出"无可奈何"之叹息者，盖以花

佳　句

· 无可奈何花落去，似曾相识燕归来。

喻伊人，亦以花喻往事也。"花落去"中，喻有美好的人和美好的事不复回的感伤。"无可奈何"中，喻有词人曾为追求幸福做过许多努力，然而终究没有用。"燕归来"也是年年皆有之事，而独于今日特别留心并且觉得"似曾相识"者，盖呢喃之燕语，仿佛婉转之娇音，而飞燕之轻倩形象，亦暗喻伊人之轻盈姿态。故燕的形象中有她的形象。似曾相识者，今年之燕似即去年之燕，其中含蕴着词人盼望伊人的迫切情愫。然而"似"而非真，则去年之燕不复归来，亦如花之落去，同为无可奈何之事。自然，"似"而竟真也有可能。但是，燕归人不归，更增伤感。故"似曾相识"中，含有希冀旧燕复归之意，亦含有旧燕竟不复归之叹，而最终归于无可奈何的深深感喟。

"小园香径独徘徊"，全词结束之时，出现了词人的形象。"小园香径"之景，即"去年天气旧亭台"之景。然而，去年是双双徘徊于小园香径，今则独自徘徊，情与事完全两样。词人对此情景，宁不伤痛！在夕阳的余晖里，在点缀着亭台、落花和飞燕的小园中，他要徘徊到何时呢？结拍七字，将上阕与下阕、今日与昔日、景与情与事，融成一片，在无限怅惘中

结束，而哀婉之情韵，在夕阳西下以后，在小园香径之间，荡漾摇曳，绵绵不尽矣。

此词的好处，一是以淡笔写深情，以疏笔写丽景，在清新自然中，尽曲折含蕴之能事，得意象丰融之妙。二是怀思之情及人不出，而仅叙写自然之景及实有之事。然而景与事中有情亦有人。而且人是丽人，情是丽情。惜乎丽人和丽情皆如花之落去，而不能如燕之归来，于是词人沉沦于不复回的永久惋伤之中，徘徊复徘徊矣。三是今与昔打成一片，句句有今亦有昔。以今昔相同之景，写今昔相反之情与事，则眼前之美景（亭台、夕阳、落花、归燕、小园、香径），处处可伤；而昔日之乐事（清歌侑酒、双双徘徊），翻成永远之憾恨矣。

（古　潭）

清平乐

原文　　寄寓　北宋·晏殊

春花秋草，只是催人老。总把千山眉黛扫，未抵别愁多少。　劝君绿酒金杯，莫嫌丝管声催。兔走乌飞不住，人生几度三台。

内　容　本词写作者欲以及时行乐的方式排遣人生痛苦。
特　色　明白如话，寄慨深远。
注　释　绿酒：酿酒时表面浮起的一层绿色泡沫，称为绿蚁，酒因此也可称绿酒。催：急促。兔走乌飞：兔指月亮，乌指太阳，日月更替，时光流逝。三台：本指星宿，古代以星象征人事，称三公为三台。《晋书·天文志·上》："在人曰三公，在天曰三台。"

赏析　北宋仁宗时代，虽然朝野升平，繁盛富庶，而最高统治集团却因循保守，反复无常。一度激起社会希望的庆历改革很快便烟消云散，秩序依旧。那些具有远见的政治家都感到无所作为，而贵族士大夫们则优游卒岁、歌舞宴饮，努力追求现实的享乐。晏殊这首小词所表现的及时行乐思想，正是这个时代士大夫消极心理的反映。词人晏殊同许多宋人一样在感性与理性之间经常发生矛盾。他一方面执著地追求情感，同时又企图在歌舞宴饮的物质享乐中努力把握现实以解脱思想上的苦闷。这是《珠玉词》中一个很重要的主题。

全词明白如话，而却寄慨深远。作者所表达的苦闷情绪是非常深重的。从春花到秋草，以自然景物的迅速变化暗示时光易逝。一年一度的春花秋草，好似在催促人很快地衰老。这是古往今来人世中有限与无限的矛盾，也是生命个体不可克服的悲剧命运。在短暂的人生中偏偏又是离多欢少，难与相知相爱者长相厮守。宴席总是要散的。所以即使将似愁眉的重重远山扫尽，也不能抵消别愁些许，正是重重叠叠山，遮不断愁来路。以上两层意思都是作者在现实中深切感到的人生痛苦。

下阕宣扬以及时行乐来排遣这种痛苦。华灯盛宴，绿酒金杯，在管弦乐音的催送之下，尽情品尝着美酒而进入醉乡，可以暂时消除在人世感到的一切愁苦。于是结尾作者表述了其及时行乐的哲理：兔走乌飞，日月更换（兔，借指月，传说月中有兔；乌，借指日，传说日中有三足乌），人生的富贵荣华不会有几度的，因此在有条件享乐时不应放过。三公为古代最高官品，借以表示富贵荣华之极致。晏殊虽然试图抓住现实的机会享乐，但在另外的小词里又感到"酒醒人散得愁多"（《浣溪沙》）。其人生感慨是深刻的，表述得非常诚挚。我们不感到这是作者在说理，而是发自内心的一种独白。

（谢桃坊）

木兰花

节序 北宋·晏殊

原文

东风昨夜回梁苑，日脚依稀添一线。旋开杨柳绿蛾眉，暗拆海棠红粉面。无情一去云中雁，有意归来梁上燕。有情无意且休论，莫向酒杯容易散。

内容 此词写春天来临时的景物变化。
特色 工稳精美，写出气象。
注释 依稀：模模糊糊，隐约可见。添一线：增加了一线，指白昼变长了一些。旋：不久。休：不、莫。

赏析

北宋仁宗庆历四年（1044）元日，晏殊时为丞相，约请了翰林院和中书省等同僚宴饮于私第，作了这首《木兰花》词。当时在座的客人均有和词，起句皆用"东风昨夜"，为一时士大夫雅集的盛事。晏殊与范仲淹、韩琦、欧阳修等人所发动的庆历改革正在进行之中，这首小词以元日迎春为题，展示了一个美好的憧憬。

年前的除夕为立春，故元日言东风于昨夜回到梁苑。梁苑即梁园，汉梁孝王所建，在河南开封之东，此借指晏殊之府第。因昨夜立春，春来甚早，自此白昼时间会渐渐增长，故云"日脚依稀添一线"。一切景物随着春回大地而苏醒，于是词人展开了对未来的想象：嫩绿的杨柳与粉红的海棠，将把大地装点得异样美丽。"旋开杨柳绿蛾眉，暗拆海棠红粉面"是对偶句，对得工

佳句

- 旋开杨柳绿蛾眉，暗拆海棠红粉面。
- 无情一去云中雁，有意归来梁上燕。

稳妥帖，辞藻华美，采用拟人化的手法，更显得气韵生动，充满着热烈的赞美之情。

词的下阕继续突出开春以后物候的变化。北宋东京开封在黄河边上，开春以后，北雁南飞，南燕北来。北方人这时会感到去雁的无情、归燕的有意。词的结尾很自然地表达了作者执著现实的及时享乐思想：不需计较候鸟的无情或有意，且尽尊前美酒，希望盛筵不散。全词紧扣节序，中间两联属于虚写，是由开春而引起的丰富联想，充满了对春天的希望和浓厚的欢悦气氛，表现了抒情主体愉快的精神状态和对未来乐观的信心。可是晏殊太乐观了，几个月后庆历改革的新政便在守旧势力的反击下彻底失败了。

晏殊主张在诗歌里不要有"富贵语"，而又要表现出"富贵气象"。这首词正体现了其审美趣味，词中没有金银、珠玉、锦绣等等富贵语，却间接地暗示了苑囿之盛、宾主之欢乐、景物之鲜妍。这就是不炫富贵而有富贵气象。词语华美而不庸俗，含蓄地抒写了在富贵尊荣环境中的真实感受，很能代表晏殊词的艺术风格。

（谢桃坊）

蝶恋花

原文

离情　北宋·晏殊

　　槛菊愁烟兰泣露，罗幕轻寒，燕子双飞去。明月不谙离恨苦，斜光到晓穿朱户。　　昨夜西风凋碧树，独上高楼，望尽天涯路。欲寄彩笺兼尺素，山长水阔知何处！

内　容 ｜ 本词抒写一种苦涩而无法解脱的别恨。
特　色 ｜ 时空交错，抒写细腻。
注　释 ｜ 槛菊愁烟兰泣露：是说菊花笼烟有似凝愁，兰花带露也似含泪。轻寒：微寒。谙：熟知。彩笺：指题写诗词所用的精美笺纸。尺素：古人书写所用长尺许的白色生绢，后来作书信代称，《古乐府》有"客从远方来，遗我双鲤鱼。呼童烹鲤鱼，中有尺素书"。

 在这首表述离情的小词里，作者没有按照时间和行动的自然顺序来抒写，而是在时间与空间上有意加以错乱和混淆。栏槛里的菊和兰是室外景物，朱户罗幕是室内之物，西风落叶是昨夜感知的，明月的斜光和燕子的飞去是清晓时所见的，望尽天涯路是在高楼凭眺时的感受。作者在表述时并未按照由室内到室外、由昨夜到清晨的顺序来写，这种时间与空间错乱的结果，很恰当地表达了缠绵的思绪和优柔矛盾的情感。词写清晓的离情，因为离别之后思绪烦扰，一夜睡眠未稳。明月本是无知之物，它不懂得人间离别的痛苦；但人见到月光

引起许多思念，难以入眠，以致有"斜光到晓"之感。清晓时，罗幕间的燕子双双飞去，反衬着人的孤独。室外的菊和兰笼罩着晨烟，带着清露，它们好似能理解人的心情而在悄悄愁泣。为了排遣离恨，独上高楼，始发现夜来的西风已使碧树凋零，愈增加凄凉之意。楼高可以望远，可是极目望尽天涯，离人已杳不可见了。全词至此，将离情表达到很强烈的程度。结尾两句表示了一种愿望：欲寄书信，但不知寄往何处。无处寄书，这离恨只有绵绵无尽了。

作者所表达的离恨是非常苦涩的，而时间的错乱更使词意扑朔迷离。显然这是写的一场暧昧之恋，抒情对象是模糊的，尤其是离别后，似乎相见无期，难通音问，或者没有必要再通音问了。

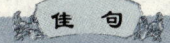

· 昨夜西风凋碧树，独上高楼，望尽天涯路。

作者所表达的情感优雅含蓄，十分婉约，这反映了富于高度文化教养的士人的心理特点。近世学者王国维在《人间词话》里以为"昨夜西风凋碧树，独上高楼，望尽天涯路"是古今成大事业、大学问者所经历的第一种境界。当然可以这样比喻，但晏殊作此词时并无此意。我们不应孤立地对摘句作哲理意义的探讨。

（谢桃坊）

玉楼春

原文　　　　　　　　　　　　　　　春恨　北宋·晏殊

绿杨芳草长亭路，年少抛人容易去。楼头残梦五更钟，花底离情三月雨。无情不似多情苦，一寸还成千万缕。天涯地角有穷时，只有相思无尽处。

内　容　本词写女子离别后的痛苦思念之情。
特　色　拟托代诉，婉约缠绵。
注　释　年少：指女子的恋人。容易：轻易。

 这是拟托女子语气的代言体词，关于它的含义在宋代就曾有过一番争议。"晏殊的小儿子晏几道见蒲传正曰：'先君平日小词虽多，未尝作妇人语也。'传正曰：'绿杨芳草长亭路，年少抛人容易去，岂非妇人语乎！'晏曰：'公谓年少为何语？'传正曰：'岂不谓其所欢乎？'晏曰：'因公之言，遂解得乐天诗两句，欲留年少待富贵，富贵不来年少去。'传正笑而悟"（《苕溪渔隐丛话》前集卷二十六）。就词意而言，蒲传正最初的理解是确切的，小晏欲为其父讳，引白居易诗句而偷换了"年少"的概念，含混地将"年少"解释为青春不驻之意。南宋赵与时说："盖真谓'所欢'者，与乐天'欲留年少待富贵，富贵不来年少去'之句不

同。"(《宾退录》卷一）显然就全词而言，是不能认为其所寓乃青春不驻之意。

词写贵家少妇的春恨。词首先交代了产生春恨的原因：年轻人抛家远离，长亭离别的情景，记忆犹新。全词着重抒写少妇在离别后痛苦的思念情绪。夜

佳 句

- 楼头残梦五更钟，花底离情三月雨。

里独锁高楼，邻近的钟声惊醒残梦；三月的风雨摧损繁花，春天匆匆归去。这些都侧面写出她的寂寞和苦闷的情绪。她认为自己的烦恼都是因为"多情"，如果"无情"就不会这样痛苦了。在有情人的心里，若是一寸的愁绪即会夸张和增长为千万缕的愁绪，这真是无法排解。但她不会是无情的，因而宁愿自食苦果。词的结尾两句将这层意义作了进一步的发挥：天地再广阔都是有穷尽的，强烈执著的相思则是无穷无尽的。这无限的相思自然会更增加离别的痛苦，多情的人永远摆脱不了如此深刻的矛盾。全词至此已由少妇缠绵的相思进而表现了其热情执著的追求了。词中的诚挚之情是非常感人的，无怪乎自北宋以来便有不少人都在努力寻找它真正的含义。

（谢桃坊）

离亭宴

原文　　　　　　　　　　　　　　　　　　　登临　北宋·张升

　　一带江山如画，风物向秋潇洒。水浸碧天何处断？翠色冷光相射。蓼岸荻花中，隐映竹篱茅舍。　　天际客帆高挂，门外酒旗低迓。多少六朝兴废事，尽入渔樵闲话。怅望倚危栏，红日无言西下。

内　容　本词写登高临远所看到的景色，抒发六朝兴亡之感。
特　色　苍凉萧远，词中别调。
注　释　风物向秋潇洒：是说秋天的景物爽朗萧疏。杜甫诗："秋色正潇洒。"冷光：秋天的日光。蓼（liǎo）、荻（dí）：两种水生植物。迓（yà）：迎。渔樵：渔夫和樵夫。危栏：高楼的栏杆。

赏析　作者是在六朝建都之地金陵（今江苏南京）登临楼台时抒写此词的。词的上阕所写是登临所见的远景，似乎与金陵怀古没有关系，而实际上作者是在制造一种苍凉萧远的景象，间接地表达其怀古的幽情。作者所描绘的是一幅通常所见的江南秋色平远图。因为是秋高气爽之际，风物尤为萧疏淡远，有似六朝文人潇洒的风度一般。词的首二句点明时节是秋天，以下便具体描写秋色。金陵倚长江为天险，江上"水浸碧天"，江天一色，幻出奇观，"翠色

冷光相射"。金陵本是繁华富庶的，但作者所见到的是近郊蓼岸荻花掩映着的竹篱茅舍，而不是乌衣巷的王谢故家。蓼花与荻花都是江南水边丛生的常见植物，最能点缀深秋景色。在这些描绘中以萧疏淡远的景物，暗示六朝豪华的消失，有一种浓重的悲秋之意，但作者并不言明。词的下阕，"天际客帆"是壮阔景象，而近景则是门外低低迎人的横斜酒旗。全词至此转入抒情。作者所抒发的兴亡感慨非常深沉：历史变成了平民的闲话。"怅望倚危楼"是理解全词意脉的

· 多少六朝兴废事，尽入渔樵闲话。

关键，作者是在登临怅望时抒发感慨的。"红日无言西下"是六朝没落的象征。作者所处的北宋仁宗时代，虽然表面升平，实已隐伏着内忧外患的深刻危机，因此作者借登临怀古表达了对社会的忧患意识。此词作于苏轼改革词体之前二三十年，它的艺术风格与传统颇为相异，应是宋词中较早的别调。

（谢桃坊）

玉楼春

原文 春景 北宋·宋祁

东城渐觉风光好，縠皱波纹迎客棹。绿杨烟外晓寒轻，红杏枝头春意闹。浮生长恨欢娱少，肯爱千金轻一笑？为君持酒劝斜阳，且向花间留晚照。

内 容 此词描绘春意盎然的景色，并表达惜春之意。
特 色 炼字造境，情真意切。
注 释 縠（hú）皱：有皱纹的纱，这里指水面的波纹。客棹：游客所坐的船。棹，船桨。浮生：人生，人世。《史记》有"其生若浮，其死若休"。肯爱千金轻一笑：李白诗曰"一笑双白璧，再歌千万金"。

 宋祁的词今存六首，内容多写个人生活琐事，但语言工丽，描写生动，属于"宋初体"（刘熙载《艺概》卷四）。这首词在当时十分有名，作者因此获得"红杏枝头春意闹尚书"的美称。词的上阕描绘绚丽多彩的春色，下阙直接流露人生如梦、及时行乐的思想，暗含惜春之情。

起首二句，写在东城春风荡漾的湖面上划船游玩的闲适之乐。以"渐觉风光好"五字提起上阕，着一"渐"字，动态地写出了春色越来越浓、越发逗人喜爱的过程。次句化用冯延巳《谒金门》词"风乍起，吹皱一池春水"。"縠皱"，即绉纱，用来比喻水面春风轻轻吹起的

波纹，观察细致。但冯词是客观描写，"波纹迎客棹"却是拟人手法。着一"迎"字，更显得春波亲切可爱。"绿杨"二句则实写春天景色之明丽绚烂，宛如一幅浓彩油画。缕缕轻烟笼罩翠绿飘逸的杨柳，枝枝红杏繁花竞开，显出一派春天的生机。前后两句，绿杨红杏，相映成趣。前人对"红杏枝头春意闹"中着一"闹"字十分赞赏，用"闹"来形容盛开的杏花，不仅含有花朵繁茂、花色浓艳之意；同时也将杏花拟人化了，更把寂静无声的杏花世界变成了有声世界。《人间词话》中说："境非独谓景物也。喜怒哀乐，亦人心中之一境界。故能写真景物、真感情者，谓之有境界，否则谓之无境界。'红杏枝头春意闹'，着一'闹'字，而境界全出。"王国维强调的境界，是将写真景物与写真感情结合。用一"闹"字，融进了作者对春天的喜悦之情，不再是单纯的写景。"闹"的不仅是"红杏枝头"，更是作者的心境。

如果说上阕是刻画春天之景，下阕则是抒写惜春之情，融入了浮生若梦、为欢几何的人生感喟。宋祁兄弟出身贫寒，幼依外家为生。天圣二年同科进士及第，礼部奏名宋祁第一。章献太后不欲以弟居先，乃擢宋庠第一，置祁第十。宋庠谨重老成，宋祁才华毕露。有人荐他们兄弟可大用，仁宗却说："大者可。小者每上殿来，则廷臣更无一人是者。"（《曲洧旧闻》）因此，宋庠后来位至宰相，宋祁仅至翰林学士。宋庠虽位至宰相，生活仍很节俭；宋祁因仕途不尽如人意，故追求歌舞生活。陆游《老学庵笔记》说，宋祁好客，会饮于广厦中，歌舞相继，通宵达旦，谓之不晓天。"浮生长恨欢娱少"，正是他真实的生活感受；"肯爱千金轻一笑"，正是他的处世哲学；"为君持酒劝斜阳，且向花间留晚照"，又正是他的真实生活记录。

此词上阕写春景，色泽绚丽；下阕写心境，色调灰暗。上阕充满生气，下阕则较为颓废。正是这两种情绪的强烈反差，更加渲染出作者的惜春之情。

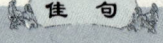

佳　句

· 绿杨烟外晓寒轻，红杏枝头春意闹。

五代词以浓艳为特征。北宋前期词风渐变，一趋豪放不羁，一趋清新工丽。这首词足以代表宋初后一种词风。

（曾枣庄）

踏莎行

原文　　　　　　　　　　　　　　　　　　　行旅　北宋·欧阳修

　　候馆梅残，溪桥柳细，草薰风暖摇征辔。离愁渐远渐无穷，迢迢不断如春水。　　寸寸柔肠，盈盈粉泪，楼高莫近危阑倚。平芜尽处是春山，行人更在春山外。

内　容　本词上阕写旅人所见及其离愁，下阕设想闺中人的思念。
特　色　即景设喻，委婉层递。
注　释　候馆：能远望的楼。《周礼》"市有候馆"注云："楼可观望者也。"又说："远郊之内有候馆，可以休止、沐浴也。"溪桥：小溪上的桥梁。草薰：草香。江淹《别赋》："闺中日暖，塞上草薰。"辔（pèi）：马缰绳，这里指代征马。迢迢：远貌。平芜：平坦的草地。

赏析　此词题材虽是传统的行旅离情，但技法巧妙，意境新颖，深得清丽深婉意趣。

　　上阕从行人角度着笔。从"候馆"到"溪桥"，地点的转换，暗示人在行旅中。"梅"、"柳"、"草"点明节令，又实景虚用以抒离怀。词人暗用故实，驿寄梅花，折柳惜别，芳草离情，浑化无迹，韵余言外，耐人寻味。"征辔"呼应"候馆"，再证行人身份。起首三句写春景如画，旅人策马摇缰，顾盼徐行。含情不露，寓情于景。第四句、第五句放笔直言"离愁"。以水喻愁并非罕见，李煜的"问君能有几多愁，恰似一江春水向东流"（《虞美人》）尤脍炙人口。但此处欧阳修循古而不落陈套。即景设喻，随手拈来，自然天成。上文"溪桥"，已为此处"春水"伏笔。征人越走，离家越远，离愁亦越续越长越多。春水伴着征人的足迹遥遥不断，离愁像眼前的春水悠悠无尽。"迢迢不断如春水"一句，客观景物与主观感受完全吻合，写景言情自然浑成。李煜《虞美人》以喻取胜，欧词则以意境取胜。

　　上阕实景实写，下阕则远景虚写，且转换角度，设想闺中少妇思念远方征人的情景。此种艺术构思一如杜甫《月夜》诗"今夜鄜州月，闺中只独看"、"香雾云鬟湿，清辉玉臂寒"，词人不说自己望月思家，却想象妻子望月思夫。设身处地，从对面着笔，委曲尽情，透进一层。"寸寸柔肠，盈盈粉泪"两句写思妇神态，前虚后实，形神兼具。"楼高莫近危阑倚"句，意同范仲淹"明月楼高休独倚"（《苏幕遮》），劝慰之辞。盖高楼凭栏无非更添离愁，劝慰中透出行人对伊人的关怀、体贴。末两句想象思妇望中所见情景，用层递法。春山已在草原尽头，也是人的视线终极所在，而她思念的行人则更在遥遥春山之外。一层更递一层，把人的想象和思念之情带向无限深远。其命笔用意与范仲淹的"山映斜阳天接水，芳草无情，更在斜阳外"（《苏幕遮》）极为相似。思妇固然望而不见，失望惆怅；行人更是浪迹天涯，凄孤哀伤。

统观全词，上阕即景设喻，精警动人；下阕层层递进，委婉情深，将行旅离愁抒写得淋漓尽致、韵味无穷。（杨 燕 朱德才）

佳 句

- 离愁渐远渐无穷，迢迢不断如春水。
- 平芜尽处是春山，行人更在春山外。

逸 闻

欧阳修进士及第后，做了西京留守钱惟演的幕僚，与一位名妓交往甚密。钱惟演是当时有名的文人，他的幕僚中也集合了梅尧臣、谢绛、尹洙等著名文人。一日，钱惟演在后花园设宴，客人都到齐了，只有欧阳修和那位名妓没有到。客人们等了很久，两人才姗姗来迟。名妓说："今日午睡醒来发现头上金钗不见了，为了找金钗，所以来晚了。"钱惟演不便责怪欧阳修，但为了给久候的客人一个交代，他想到一个好办法，对名妓说："如果现在能当场得到欧阳修的一首新词，我就赔你一支钗。"欧阳修沉思片刻，即席吟出一首《临江仙》，博得满堂喝彩，钱留守也兑现他的诺言，偿以一金钗。（徐玲）

生查子·元夕

 原 文　　　　　　　　　　　　　　　　　　　　 怀人 北宋·欧阳修

　　去年元夜时，花市灯如昼。月上柳梢头，人约黄昏后。　今年元夜时，月与灯依旧。不见去年人，泪湿春衫袖。

内　容　本词回忆昔年情事，表达物是人非的感伤。
特　色　回环对照，逆挽取势。
注　释　元夜：旧称农历正月十五日为上元节，是夜称元夜，与"元夕"、"元宵"同。花市：在《南宋市肆传》里有记载，花市即卖花之市。

赏析　这首小令的作者，或作朱淑贞、或作秦观。但南宋初年曾慥编《乐府雅词》时即把它列为欧词，当是可信的。作品在结构上两阕重叠，造成回环往复的声情；在语言上明快浅近，到口即消，颇富于民歌风调。可见欧公不仅较多地承袭了南唐文人词的传统，而且也善于从民间歌词中汲取营养。

词中抒发了主人公在元宵佳节对昔年情事的忆念和伤感。上阕写去年今夕，是喜、是乐、是虚；下阕写今年今日，是悲、是苦、是实，形成强烈的场面对比与感情反差。上阕中，"去年"二句点出元宵之夜市街火树银花、明如白昼的热闹景象；"月上"二句叙写月下树间，彼此心许的幽会。若依时间顺序，本该是由相约而观灯。现在词中采取逆挽笔势，则是为了把那铭心刻骨的情事放在歌拍的突出位置上。这里，热闹的大背景衬照清幽的小情节，不言情而情自寓焉。"月上柳梢头，人约黄昏后"两句，明白如话，而又历历如绘，如在眼前，可以见出欧阳修词汲取民歌语言及其表现手法的深厚功力。

此调上下阕字句格式完全相同，为采用重叠的结构方式提供了便利。重章叠句，是民歌的重要特色，往上可溯源于《诗经》中的《国风》诸篇。这种方

- 月上柳梢头，人约黄昏后。

式于回旋往复的咏叹中大大增强了作品的表情效果，但词人在这里却主要用来加强对比，突出了物是人非的无限伤感与凄苦意绪。同样是热闹的元宵佳节，可如今月在、灯在，独不见去年人，相思人禁不住"泪湿春衫袖"，此时此情，何等怅然，又何等哀伤。在这里对比的手法和重叠的结构也使这种感受表达得更加充分。加之语言的明快浅近，真情直吐，一无矫饰，使这首小词赢得了广泛而持久的赞誉。

（王玉麟）

蝶恋花

原文　　　　　　　　　　　　　　　　闺愁　北宋·欧阳修

面旋落花风荡漾。柳重烟深，雪絮飞来往。雨后轻寒犹未放，春愁酒病成惆怅。　　枕畔屏山围碧浪。翠被华灯，夜夜空相向。寂寞起来褰绣幌，月明正在梨花上。

内　容｜本词写闺中人的寂寞及春愁病酒的惆怅。
特　色｜层层渲染，字字沉响。
注　释｜褰（qiān）：拉开。幌：帘帷。

　欧阳永叔之词大抵因袭《花间》、南唐数家而自成面目。题材虽亦多为儿女之情，但绝少作浓艳绮靡语，前人已有定评。从这首闺怨词可以看到欧公词笔是以沉着为主而间用丽语。王国维说："欧公《蝶恋花》'面旋落花'云云，字字沉响，殊不可及。"（《六一词》眉间批语）并非过誉。

上阕重笔写景，层层渲染令人惆怅的环境气氛。风儿荡漾，落花飞旋，已触人愁怀；柳重烟深，白絮飞扬，更牵动愁肠；雨歇未晴，阵阵轻寒，复于暮春感伤之外增其清冷。至此，气氛渲染得已经十分浓厚。末句"春愁"而"酒病"又是加倍的写法。以上数句从平和中见沉着，行笔又似无意，正是周济指出过的永叔词的特质（《介存斋论词杂著》）。风吹花落，柳絮来往，于动态中笼罩着迷濛，与人的愁思怅惘相合。

下阕由远及近，由室外而室内。"屏山"、"碧浪"、"翠被华灯"，措辞丽则丽矣，却与浓艳无涉，故以"清"字志之。况且，紧接而来的"夜夜空相向"的一声惋叹，使上文益增凄伤的色调，表达的是自惜自怜、愁极怨极之心，笔致是深沉的。歇拍"寂寞起来褰绣幌，月明正在梨花上"，上句写人于无聊赖中拉开绣帐，似欲排遣缠绵无尽的愁怀；下句由情入景，一片清冷幽独的境界。从风吹柳絮，到月沐梨花，伤情之景不绝，闺愁亦无尽矣。末句以含蓄之笔收束全词，余味绵长。

（王玉麟）

蝶恋花

原文

怀远　北宋·欧阳修

几日行云何处去？忘了归来，不道春将暮。百草千花寒食路，香车系在谁家树？　　泪眼倚楼频独语。双燕来时，陌上相逢否？撩乱春愁如柳絮，依依梦里无寻处。

内　容	此词写女子对冶游在外的心上人的思念。
特　色	空灵入化，哀婉秀逸。
注　释	寒食：即寒食节，节令名，在清明节前一或二日，相传源于纪念晋国大臣介之推。香车：装饰华美的车。陌上：路上。撩（liáo）乱：纷乱；杂乱。

这是一首代言体词,抒写一位多情女子对自己的一个冶游在外的荡子心上人深切思念。笔墨空灵入化,哀婉动人。前人称欧词秀逸,是看到了这一特点的。所谓空灵,盖指运笔超脱飘逸,不着迹象。这词的首句"几日行云何处去"从虚处落笔,问伊人踪迹何在,又比作天边飘浮无定的行云,就颇具空灵之美。接下来四句亦是设想之辞。"忘了归来,不道春将暮",嗔怨之间,极见声口。"百草"二句于花团锦簇的寒食时节,复问香车所驻。一问再问,思念之切,伤感之深,亦可见矣。然而于"百草千花"之中,追寻彼所牵系,也实在是渺茫得很,留下的只能是一片怅惘与加倍的感伤。从埋怨离人忘归,到问讯香车所驻,把抒情主人公的思极成怨、爱极生妒的心理刻画得深而婉,但始终是虚设之笔。

过片,以实承虚,写自己的形象动作,与上文虚想中的荡子行踪相映衬。仍是思念,仍是嗔怨,笔调是灵活多变的。接下来由倚栏独语而和泪问燕:"陌上相逢否?"则不仅无由相见,甚而无由通讯了,所以才寄问双燕。这两句与词人《洛阳春》词"看花拭泪向归鸿,问来处逢郎否"皆为无聊之托思,而轻灵婉转则似过之。末二句揭出愁思,复以空灵之笔歇拍。近人俞陛云谓此词"结句言赢得愁绪满怀,乱如柳絮,而入梦依依,茫无寻处,是絮是身,是愁是梦,一片迷离,词家妙境"(《唐五代两宋词选释》)。即以此语概括全词,也是确当之论。

佳 句

· 撩乱春愁如柳絮,依依梦里无寻处。

(王玉麟)

渔家傲

原文 相思 北宋·欧阳修

红粉墙头花几树,落花片片和惊絮。墙外有楼花有主,寻花去,隔墙遥见秋千侣。 绿索红旗双彩柱,行人只得偷回顾。肠断楼南金锁户,天欲暮,流莺飞到秋千处。

内 容 男子对隔着"红粉墙头"的女子的思慕和企盼。
特 色 意象思深,白描辞秀。
注 释 和:伴。惊絮:飞絮。

欧阳修所处的宋初时代,文人词沿袭花间余风,尚未脱词为艳科的传统,但欧阳修学习民歌鼓词给词注入了新的美的生命,即便是写相思恋情,也写得清丽天然,情韵兼胜,

一洗绮罗香泽之态。这首相思词,就巧妙地把文人意象象征的传统表现手法与民歌白描叙事的刻画手法结合到了一起,整个词的意境是象征的,然而又是活生生的生活实境:一堵红粉高墙隔开了两人,墙外高楼中的痴情郎与墙内园中的花主女。墙内片片落花与濛濛飞絮吹坠墙外,惊动了楼上痴情郎寻花而来。可是无情大墙阻隔,他只能遥望那园中秋千女子的倩影。秋千的绿索、红旗、彩色双柱紧紧吸引住他,他久久痴迷望着佳人,无奈起身离去,也一路忍不住频频回顾。回到高楼,他又闭门苦苦相思,直到黄昏,肝肠欲断,禁不住羡慕那黄莺还能飞到荡秋千的佳人身边,自己却高墙难越,虽有灵犀一点通,却无彩凤双飞翼了。词人摄取的只是一个普通的两家邻里生活场景,却深刻写出了封建时代在种种重压下的少男少女们的内心恋爱苦闷。这堵"红粉墙"便成了一个具有丰富历史意蕴的象征意象,隐隐使人感到那可怕的封建势力与纲常名教对爱情的压抑阻挠。因此全词写墙隔人心、两情难通的情景,就象征隐喻式地包含了那个时代男女恋爱两情难通的普遍悲剧命运。而最后写暮色中流莺越墙飞往秋千,也是作为一个凄黯的浪漫意象,象征着他们对美好爱情的无可奈何的向往与追求了。

欧阳修的词上承冯延巳,下启苏东坡,具有思深辞秀、疏隽委婉的审美风貌,故冯煦称欧词"疏隽开子瞻,深婉开少游"(《宋六十家词选·例言》)。如把这首词同苏东坡的《蝶恋花》(花褪残红青杏小)比较,就会惊人发现,苏词"墙里秋千墙外道,墙外行人,墙里佳人笑"的意境构思,原来是从欧词化用而出,辞秀虽不减欧词,而思深却不及之。 (景　南)

玉楼春

原文　　　　　　　　　　　　　　　　伤别　北宋·欧阳修

洛阳正值芳菲节,秾艳清香相间发。游丝有意苦相萦,垂柳无端争赠别。杏花红处青山缺,山畔行人山下歇。今宵谁肯远相随,唯有寂寥孤馆月。

内　容　此词写芳菲秾艳的季节时的离别,抒发了一种寂寥的心情。
特　色　深致绵丽,婉曲蕴藉。
注　释　芳菲:指花草,或花草的芳香。相间:相混合。萦:绕。无端:无故。

　欧阳修为词取径南唐,尤得冯延巳词之一脉深致:一是情感的深切缠绵,一是写法的婉曲蕴藉。情感关乎作者为人用情的态度与个性。单就写法而言,欧词常用的手段之一是借景物烘托情感,不直接言情而情无处不在,形成婉曲蕴藉的风调。这首《玉楼春》可称范例。

起拍交代离别的时间地点,着力表现了繁华的洛阳城姹紫嫣红、清香四溢的春光。离别,在平日已足以令人销魂,何况正值花草芳菲时节呢?接下来,词人没有直接去写行人眷恋之情,却以拟人法描绘了游丝苦苦挽留和垂柳殷殷赠别,反笔衬托抒情主人公的感受。前两句侧重揭示背景环境,后二句则侧重表现惜别情意,同为景语而又自相映衬,传情之笔曲折而绵丽。

过拍写行途所见。时空转移,而风景依然是迷人的。且上阕之"秾艳清香"与此处之"杏花"、"青山",近观远望,构成鲜明的空间层次。"山畔行

· 洛阳正值芳菲节,秾艳清香相间发。

人山下歇"是动态,随着空间的转换,词笔由景及人,由实转虚,引出下文的轻声叹息:"今宵谁肯远相随,唯有寂寥孤馆月。"语气低回,与柳永"今宵酒醒何处,杨柳岸,晓风残月"(《雨霖铃》)之句同一机杼。以景作结,含蓄隽永。欧词这种深婉蕴藉的风致,对后人影响很大。冯煦谓其"深婉开少游"(《宋六十一家词选·例言》),即是一例。

(王玉麟)

玉楼春

原文   春愁   北宋·欧阳修

东风本是开花信,及至花时风更紧。吹开吹谢苦匆匆,春意到头无处问。
把酒临风千万恨,欲扫残红犹未忍。夜来风雨转离披,满眼凄凉愁不尽。

内 容 | 本词写春意匆匆引发的凄凉感。
特 色 | 沉挚深切,不假藻饰。
注 释 | 信:信使。离披:这里指花的飘零残乱。

赏析 夜来一阵紧似一阵的东风,吹落了花瓣,花开花谢何匆匆,敏感的词人看到了春的消逝,产生了无尽的凄凉哀愁之情。词中把这种情感写得十分真挚深切,笔墨饱满,不假藻饰,可称佳构。上阕从"风"字立意。"东风本是开花信,及至花时风更紧",写花因风落,却追回一笔先写花因风开。这样的写法,起码有两个好处:一是让人联想到曾经有过的惠风和畅、花发草长的景象,与此时的春意阑珊形成对照;二来进而在两种景况的对照并列中,透出春来春去变化之速以及词人的困惑不解和无可奈何。接下来,"吹开"句慨叹东风匆促,慨叹春光易老。一个"苦"字带出词人心中的哀伤。"春意到头"而"无处问",引发读者的进一步追寻与思索,在推宕中深化了作品的意境。

下阕,"把酒临风千万恨,欲扫残红犹未忍"两句,有主人公形象,更有主人公情感。欲扫未扫,在沉重中有缠绵,表现了词人的惋惜伤悼之思。歇拍写一夜风雨中,花草益转披离残乱,惨不忍睹,是加深一层的写法,更见沉着。"满眼"句融景于情,凄凉不堪,情亦愁绝矣。欧词的沉挚风格在这首词里得到了出色的表现。

(王玉麟)

桂枝香·金陵怀古

原文

怀古 北宋·王安石

登临送目,正故国晚秋,天气初肃。千里澄江似练,翠峰如簇。归帆去棹残阳里,背西风、酒旗斜矗。彩舟云淡,星河鹭起,画图难足。　念往昔,繁华竞逐。叹门外楼头,悲恨相续。千古凭高,对此漫嗟荣辱。六朝旧事随流水,但寒烟、衰草凝绿。至今商女,时时犹唱,后庭遗曲。

内　容　本词描绘了金陵城奇丽的山水,抒发了怀古伤今的情怀。
特　色　熔古铸今,清空苍劲。
注　释　送目:远眺。肃:高爽寒冷。澄江似练:练,白绢。谢朓《晚登三山还望京邑》:"余霞散成绮,澄江静如练。"此处化用该句意境。翠峰如簇:簇,攒聚,青山攒聚在一起,韦庄《登汉高庙闲眺》诗:"天外晚峰青簇簇。"归帆去棹:棹,船桨。指来往的船。矗:竖起。星河鹭起:星河,银河。南朝齐张融《海赋》:"涡转则日月似惊,浪动而星河如覆。"此句是说远望江上的白鹭飞起来,像是在银河里。金陵西南有白鹭洲,多白鹭。难足:难以充分展示。叹门外楼头,悲恨相续:杜牧《台城曲》:"门外韩擒虎,楼头张丽华。"意思是说陈后主沉溺声色,不问国事,宠幸贵妃张丽华,隋将韩擒虎率兵攻破金陵,斩张丽华,俘后主。门外指韩擒虎攻克的朱雀门,楼头指张丽华所住的结绮阁。这两句是感叹历史兴亡,使得六朝的悲恨相续不断。嗟:叹。至今商女,时时犹唱,后庭遗曲:商女,歌女。唐杜牧《夜泊秦淮》:"商女不知亡国恨,隔江犹唱后庭花。"后庭,指陈后主所作《玉树后庭花》等艳诗。《南史》载:陈后主以宫人袁大舍等为文学士,因狎客共赋新诗,采其尤艳者,有《玉树后庭花》《临春乐》等曲。

这首词是王安石的代表作。它借登高眺远,怀古伤今,抒发了作者忧时济世的怀抱,在登临词中堪称绝唱。

词的上、下阕,正好分写词题"金陵怀古"四字。上阕写金陵,不仅描绘了金陵山水的奇丽,更渲染出一种"夕阳无限好,只是近黄昏"的情调。"登临"三句,粗犷苍劲,点明作者是在充满肃杀之气的"晚秋"季节，在故国金陵登高眺远。词一开头，就烘托出一种苍凉的气氛。"千里"句以下，全是作者登临眺远所见之景，但写来极有层次，有全景、近景、远景。"千里"二句，是登高俯瞰所见的全景。前一句语出谢朓《晚登三山还望京邑》诗："澄江静如练。""练"是素绢，用以形容江水明净柔和。"簇"是箭头，后一句用它来形容绿色山峰的峭拔。这两个比喻，充分展示了金陵山水的奇峭俊丽。接下来"归帆"三句是近景，作者视线转向江面上各种穿梭往来的船只，以及两岸林立的酒旗。作者选择这样一个近景来写，是为下阕感叹金陵往昔的"豪华竞逐"作铺垫，因而就容易理解为什么作者把"归帆去棹"放在"残阳"的背景中来写，为什么写西风吹得"酒旗斜矗"。在作者眼中，这表面的繁华，暗伏着种种危机。"彩舟"二句则是远景：长江仿佛天河，远在天际的彩船罩上一层薄雾，水洲上的白鹭纷纷起舞，景色十分迷人。南京西南长江中有白鹭洲，"星河鹭起"一语双关，既是写地名，也是写实景，非常巧妙。在几个特写镜头之后，以"画图难足"收束，为读者留下了丰富的想象余地。纵观上阕，不仅写景极有层次，而且烘托出一种故国悲凉的气氛。这种气氛，既与"晚秋"的时令一致，又与作者的心情一致。因而词的下阕就很自然地转向直接抒发怀古伤今之情。

下阕怀古。前六句是对金陵历史的回顾，议论中穿以典型事例，非常精警。"豪华竞逐"一句点出了金陵"往昔"的总貌，六朝很多荒淫无耻的君王和醉生梦死的官僚，作者只选用了"门外楼头"一例，语出杜牧《台城曲》

> **佳　句**
>
> ·千里澄江似练，翠峰如簇。
> ·彩舟云淡，星河鹭起，画图难足。
> ·六朝旧事随流水，但寒烟、衰草凝绿。

"门外韩擒虎，楼头张丽华"。谓韩擒虎已统率隋军兵临城下，陈后主还在和宠妃张丽华寻欢作乐。使人痛心的是"悲恨相续"，类似的历史悲剧并没有停演。我们可以想象，当作者登高远望，面对金陵那番壮丽繁华的景象时，他不正是也在为宋王朝担忧吗？宋王朝经过宋初几十年的休养生息之后，表面升平，普遍耽于享乐，其实内忧外患，危机四伏。作者的感慨，并非凭空而发。"千古漫嗟荣辱"，"荣"锁"繁华竞逐"，"辱"锁"悲恨相续"，结上而启下。最后五句主要是伤今，六朝旧事早已随流水逝去，只有"寒烟衰草"依旧，只有歌女的靡靡之音、亡国之音依旧。"至今商女"三句语出杜牧《泊秦淮》诗："商女不知亡国恨，隔江犹唱后庭花。"作者化用杜牧诗句，巧妙地省去了"不知亡国恨"数字。而这正是作者的感慨所在。下阕怀古，多化用前人诗句入词，既凝练，又含蓄，抒发了作者俯今视古，感慨万千的忧国之情。

在北宋词坛上，王安石并不以词名家。他作词不多，今存仅二十余首。但他的词在题材上突破了唐末五代以及北宋初期词坛那种"词为艳科"的藩篱，一洗五代词绮罗香泽的旧习，用词来抒情言志，清空苍劲，这对苏辛豪放词风的形成，是有开创之功的。

（曾枣庄）

浣溪沙

闲居 北宋·王安石

原文

百亩中庭半是苔，门前白道水萦回。爱闲能有几人来？小院回廊春寂寂，山桃溪杏两三栽。为谁零落为谁开？

内　容｜此词写闲居生活的孤寂和落寞情怀。
特　色｜连用反诘，意在言外。
注　释｜苔：苔藓、地衣等蕨类植物。萦回：曲折回环。

赏析

上阕首句是刘禹锡《再游玄都观》成句，百亩庭园，半是苔藓，说明无人行走。《水经注》谓"背山面泽，谓之白道"。"门前白道水萦回"，表明这儿无人来访，并非因为交通不便。这首词上阕写路无人行，下阕写花无人赏，通过春居生活的闲寂，透露出落寞惆怅和不得志的情绪。全词语言明白如话，极富感染力。

首先，词的上、下阕都把静止的景物和不平静的内心对照起来写，以春居环境的寂静衬托内心的不平静，以写不平静的内心来赋予静止的环境相应的感情色彩。"爱闲能有几人来"、"为谁零落为谁开"，在上、下阕各有画龙点睛的妙用。有了这两句，全词就活了，就有了情景交融的艺术效果。其次，全词都用白描手法写景，宛如一幅素描，随意勾勒几笔，不加雕饰，不加渲染。最后，作者在描写自己的心情上，十分委婉含蓄，有耐人寻味的效果。"爱闲能有几人来？"这恰恰是无人来的一种表示。字里行间，对这种"闲"有怨气。但怨什么呢？又没有说。"为谁零落为谁开？"表面是为山桃溪杏不平，实则醉翁之意不在酒，乃是替自己叹息。但是叹什么呢？也没有说。而读者却能从中深切地体会到一种凄怨的情绪，这正是这首词的魅力所在。

从词的基调看，这首词当作于王安石晚年闲居金陵时。王安石自熙宁九年（1076）第二次罢相后，闲居金陵十年，过着闲适寂寞而内心又不能平静的生活。《砚北杂志》说他"每日在书院读书，时时以手抚床而叹，人莫喻其意"。《观林诗话》说他晚年爱读唐代薛能的诗："当时诸葛成何事，只合终身作卧龙。"他两度为相，又成何事？他进行了轰轰烈烈的熙宁变法，换得的却是十年寂寞，他正像山桃溪杏一样，"为谁零落为谁开"。

（曾枣庄）

清平乐

原文 晚春 北宋·王安国

留春不住,费尽莺儿语。满地残红宫锦污,昨夜南园风雨。小怜初上琵琶,晓来思绕天涯。不肯画堂朱户,春风自在杨花。

内　容　本词写留春不住的感伤。
特　色　连用倒装,曲折尽情。
注　释　宫锦:宫中特制的锦缎。画堂朱户:彩饰的厅堂与门户。

赏析　这首词通过写晚春景象,抒发伤春、惜春之情。"留春不住",起笔陡峭。莺语留春,不仅极饶韵味,而且倍显凄凉。"费尽"二字,更觉留春之殷勤、恋春之心切。以上二句总写、虚写春残将逝,虽还未实写残春景象,但已渲染出一种悲凉的气氛。这是一个倒装句,本应是:"费尽莺儿语,留春不住。"作者把"留春不住"置前,这就突出了惜春之情。"满地"二句实写残春景象:风雨过后,落花狼藉。这也是倒装,本应是:"昨夜南园风雨,满地残红宫锦污。"风雨是因,花落是果,作者先说果,后说因,也是为了突出惜春惜花的深情。上阕前后两句的关系也是倒装,直叙本应是昨夜风雨,满地残红,莺语留春,留春不住。作者倒过来叙述,以情出景,比直叙有力得多。

下阕写歌女惜春。小怜是北朝冯淑妃之名,善弹琵琶,这里泛指歌女。因春残足悲,歌女将自己的忧思寄托在琵琶声里。琵琶声悠扬婉转,歌女思春的情绪缠绵不断,琴声和思绪交织在一起。为什么"思绕天涯"?无非想寻找春光。春在何处?南园已经残红满地,"画堂朱户"已经没有春光。"春风自在杨花",只有户外飘逸的杨花,还留下一点春的气息。结句看似轻松,实际仍充满了"留春不住"之情。

(曾枣庄)

临江仙

原文 怀人  北宋·晏几道

　　梦后楼台高锁，酒醒帘幕低垂。去年春恨却来时，落花人独立，微雨燕双飞。　记得小苹初见，两重心字罗衣。琵琶弦上说相思。当时明月在，曾照彩云归。

内　容　此词追忆一段恋情。
特　色　悬念设置，烘云托月。
注　释　小苹：即歌女苹云。据张宗橚《词林纪事》引《小山词》跋云："此词当是追忆苹云而作。"又按："小山词尚有《玉楼春》两阙，一云'小平若解愁春暮'、一云'小莲未解论心素'，其人之娟姿艳态，一座皆倾，可想见矣。"两重心字罗衣：杨慎《词品》："范石湖《骖鸾录》云：'番禺人作心字香，用素馨、茉莉半开者著净器中，以沉香薄劈层层相间，密封之，日一易，不待花蔫，花过香成。'所谓心字香者，以香末萦篆成心字也。心字罗衣，则谓心字香熏之罗衣。或谓女人衣领如心字，又与之别。"琵琶弦上说相思：李贺《冯小怜》中有"湾头见小怜，请上琵琶弦"之句。冯小怜即冯淑妃，善琵琶。彩云：比喻美女，这里指小苹。江淹《丽色赋》"其少进也，如彩云出崖"，又李白诗"只愁歌舞散，化作彩云飞"。

　　华屋山丘，人事代谢，红颜飘零，一个簪缨大家的歌女小苹，随着家族的衰败而沦落人间，生死不明，可是她的丽影却永远留在了热恋过她的词人心田。当初华灯绮宴之上，佳人轻颦浅笑，清讴婉转，琵琶弹拨；才子持酒痛饮，醉作狂篇，几多情意，几多缠绵，一幕幕都化作梦幻泡影。本词选择从"梦醒"的凄迷意象切入相思怀念，有深沉的象征意蕴。"梦后"对"酒醒"不仅是语言层面的互文，层递地强调眼前的孤独、寂寞，而且更是从自我心理感受的深层上暗示自己从当初一场热恋悲剧中如梦之方醒。在《小山词》的自跋中，词人正是把自己同小苹的悲欢离合看成是一场春梦："始时，沈十二廉叔、陈十君宠家，有莲、鸿、苹、云，品清讴娱客。每得一解，即以草授诸儿，吾三人持酒听之，为一笑乐……"所以起首兀兀二句凄黯意象的渲染，表层实写自己因孤寂难遣而借酒浇愁，梦醒而更生凄哀，深层却虚写自己同小苹一段相思旧梦的破灭。"楼台高锁"、"帘幕低垂"，都是就梦后眼前之景上写开去，已然悲在其中。楼台之上，帘幕之内，正是当年两情缱绻之地，可是如今已人去楼空，一片沉寂，满目凄凉。一"锁"一"垂"，正写出了当年歌舞欢娱之地的阴冷。二句

写景引出无限愁恨之情,"去年春恨却来时",是春愁意象在相思苦恋的心理时空中绾合今昔的流驰。去年的春恨绵绵不尽,一直延续到现在,奇语痴说,理之所无,却是情之所有。这个"去年"不能单从字面上理解为只是去年,而是说自从同心上恋人分离后,年年春恨生生不已,永无尽期。词人运笔空灵蕴藉,开合纵收,无限恨情刚从开首二句工整巧对的景语中流泻而出,却又凝入后二句更工整巧对的景语:"落花人独立,微雨燕双飞。"以燕之双飞反衬人之独立,燕尚有情,比翼双飞;人何无情,孑然独处。"落花"喻欢娱之消逝不再,"微雨"喻愁恨之绵绵无尽。春归之恨的表层意象与离人之愁的深层意蕴水乳交融,表层的景语与深层的情语浑凝一体,淡语有味,浅语有致。这一千古名对,秀气胜韵,是以精工的唐诗句法入词,正如黄庭坚所说:"叔原乐府,寓以诗人句法,清壮顿挫,能动摇人心。"(《小山词序》)

上阕用笔含茹不吐,若即若离,故作朦胧迷离之笔,只写"我"不写"她",只写"景"不写"事",有意设置下"悬念",实际还都只是烘云托月。到下阕才让小苹在追忆初见中袅袅出场:"记得小苹初见,两重心字罗衣。琵琶弦上说相思。"两重心字是指歌妓衣衫上画的用两个篆体心字相对成圆形的连环图饰,这一句表层是写小苹容妆的淡雅素净,而深层却是暗喻两人的一见钟情、心心相印。多情的小苹在初见时便以琴心相许,她手抱琵琶,轻拢慢捻,琴弦上流泻出一腔炽热的相思恋情。这初见的一幕铭心刻骨地永远留在了词人的记忆中。简练三句,描绘出一个光彩照人的痴情女子形象,上阕朦胧惝恍的画面到这里顿然明亮起来。词人以追忆之笔顿宕而起,却又稍纵即收,兔起鹘落,让东升的月亮把他从回忆拉回到现实中:"当时明月在,曾照彩云归。"在这一似为景语的春夜意象中,又蕴含了多少无声的相思之苦。"彩云归"是化用巫山云归的故事,天上的明月与彩云本来常在一起,月照彩云,彩云追月,两不分离。当初他同小苹恋恋不舍地分手时,就是这月亮照着她的倩影幽幽归去的,如今月亮又高照天空,怎不使人睹月思人!然而在这一重表层意象背后,却更有一重深层的意蕴寄寓其中:词人其实是将明月比喻自己,将彩云比喻小苹,月照彩云、彩云追月,象征着他们两人你恩我爱、偎伴欢处的美好生活,可是如今彩云一去无踪,只有明月空照到今,恋人又在何方?一片空惆怅恨意绪油然生起,苦恋之情曲终回荡不散,撼人心扉。"当时"二字中,恨

> **佳 句**
>
> ・梦后楼台高锁,酒醒帘幕低垂。
> ・落花人独立,微雨燕双飞。

情无限,其实当初映照小苹归去的那轮明月早已经消逝了,这是词人相思痴情超越物理时空的移情与外射,在词人心理时空的痴情想象中,当时那轮明月年年月月照着,一如既往地照到现在,这一意象正写出了词人痴情的等待、无望的相思。上下两阕由今思昔,又由昔归今,从写白日醉酒梦醒,到写深夜对月思人,时空的转移不露痕迹,又写出了词人痴情相思之久之深,直有潜气内转之妙,用笔含蓄空灵,此正毛晋所谓"小山词字字娉娉袅袅,如揽嫱、施之袂"(《小山词・跋》)。

(潘鸣凤)

> **逸 闻**
>
> 　　晏几道的父亲晏殊死后，家道逐渐衰败，生活也日渐清苦、潦倒。元祐年间，苏轼在文坛上声名显赫，政治上也颇受重用，通过黄庭坚的引见，想要见见在当时词坛也名声赫赫的晏几道。谁知，这位生活上日暮穷途的贵公子，此刻仍改不了一身傲气，他干脆地回绝了苏轼："现在朝廷上的政客，一半都是我家的旧客，我哪里有空见你苏东坡呢?!"
>
> 　　　　　　　　　　　　　　　　　　　　　　　　　　　　　　　（徐玲）

蝶恋花

原 文　　　　　　　　　　　　　　　　　　　咏莲　北宋·晏几道

　　笑艳秋莲生绿浦，红脸青腰，旧识凌波女。照影弄妆娇欲语，西风岂是繁华主？　　可恨良辰天不与，才过斜阳，又是黄昏雨。朝落暮开空自许，竟无人解知心苦。

内　容　本词以莲喻写身世遭际。
特　色　不脱不黏，形神兼备。
注　释　浦：水塘。凌波女：曹植《洛神赋》有"凌波微步，罗袜生尘"之句，这里指荷花。知心苦：莲心是苦的，故云。

赏析　咏物上乘，贵在既不滞于物，又不外于物，不脱不黏，形神兼备。小山此词，深得其中三昧。

　　该词咏莲，形神兼备，要在"旧识凌波女"一句。"凌波"一词，典出曹植《洛神赋》。词人将水上莲花拟人化，喻作凌波仙子，人莲合一，物情交融，而形神俱出。上阕重绘红莲形态之美：绿波荡漾，秋莲出水，"红脸青腰"，临风含笑，光艳绝伦，恰似神女凌波，照影弄妆，娇羞欲语。好一幅碧水红莲图，好一幅神女临水弄妆图。"西风岂是繁华主？"结拍笔锋陡转，点出"红莲"心中隐忧：唯恐西风骤起，好景不长。此正李璟《摊破浣溪沙》词意："菡萏香销翠叶残，西风愁起绿波间，还与韶光共憔悴，不堪看。"

　　下阕承上阕结拍句意，重在抒发心曲，写红莲之神韵。前三句怨天无情。夕阳残照，已是不堪，更何况凄苦黄昏雨，大有美人迟暮之慨。后二句自怨怨人。莲花暮开朝落，出污泥而不染，自许高洁。无奈庸人仅赏其娇艳，不识其高洁；仅爱其笑靥，不解其心苦。莲心苦，人心亦苦,结句妙语双关,寄情遥深。

（杨　燕　朱德才）

鹧鸪天

重逢　北宋·晏几道

原 文

彩袖殷勤捧玉钟,当年拚却醉颜红。舞低杨柳楼心月,歌尽桃花扇底风。从别后,忆相逢,几回魂梦与君同。今宵剩把银釭照,犹恐相逢是梦中。

内　容　此词写昔日的欢娱、别后的相思和重逢后的惊异。
特　色　层层烘托,步步蓄势。
注　释　彩袖:指歌女。拚却:不惜,甘愿。舞低杨柳楼心月:舞蹈的时间很长,直到杨柳楼心月已低沉。歌尽桃花扇底风:歌者手持桃花扇,挥扇生风。极言唱的时间长。今宵剩把银釭（gāng）照,犹恐相逢是梦中:该句暗用杜甫诗《羌村》的意境,原诗为:"夜阑更秉烛,相对如梦寐。"釭,灯。

赏析

词写旧侣重逢,但并不以重逢开笔,而是层层烘托,步步蓄势,直至篇末,始全力一搏,翻出主旨,从而倍增旧侣重逢的惊喜之情。

上阕先写别前的相逢。"当年"二字点出回忆思绪。其时词人翩翩少年,只为"彩袖"多情,频频劝饮,乃拚却一醉而豪饮千钟。第三句、第四句生动描绘当年曼歌艳舞、彻夜欢乐的情景。舞楼,有绿色杨柳环绕；歌扇,有红色桃花点缀。纵情地舞,直到明月斜照楼心,不知东方之将白；尽兴地歌,直到扇底风尽。然则,畅忆别前之乐,正为别后之苦张本。此一层烘托,一步蓄势。下阕一起,写别后之苦,仍是题前盘旋之笔。自宴前歌舞别后,每每追念无已。相忆既深,又相逢无期,遂形诸梦境。"几回魂梦与君同",以梦为真,不过聊补相思之苦。此又一层烘托,又一步蓄势。结拍三句方由回忆、魂梦而转笔"今宵"现实。往昔以梦为真,今宵不期而遇,反倒令人疑真为梦,以致一再举灯照人。两层烘托与蓄势,至此全力喷出而作点睛之笔,堪谓穷尽意外重逢时那种恍惚、颤悸、疑惧、惊喜之曲折微妙心理。

· 舞低杨柳楼心月,歌尽桃花扇底风。

此词上阕描绘昔日歌舞盛宴,浓艳瑰丽,真是"花间"本色。下阕抒写久别乍逢,相见如梦,则语淡情真,灵动清柔,又颇具有南唐神韵。

（杨　燕　朱德才）

南乡子

原　文　　　　　　　　　　　　　　　　　　　**相思**　北宋·晏几道

花落未须悲，红蕊明年又满枝。唯有花间人别后，无期。水阔山长雁字迟。今日最相思，记得攀条话别离。共说春来春去事，多时。一点愁心入翠眉。

内　容　此词因花起兴，抒发离别相思的愁怀。
特　色　花人交映，烘托陪衬。
注　释　雁字：大雁迁徙时常常排成整齐的队列，称雁字。攀条话别离：古人有折柳送别的习俗。翠眉：用黛螺画的眉。

赏析　花落堪悲，人情之常。此词一起便作旷达语："花落未须悲，红蕊明年又满枝。"花落花再开，春去春又来，时序之常，何悲之有！然则，人生所悲者何？"唯有"三句转折，由花期之可再，衬托相见之"无期"，由"未须悲"转向直接悲，使别离之悲、相思之苦更透进一层。结句"水阔山长雁字迟"补足"无期"二字。大雁飞时成"人"字，并有雁足传书之说。此言一别千里，水阔山长，音信渺茫，人归无期。

过片"今日最相思"者，盖去年今日，正是两人别离之时。以下以"记得"领起，回忆去年今日别离情景。"攀条"，谓折柳送别。"春来春去"，指花开花落，与篇首两句呼应，当言以花期为约期。两人情切切、意绵绵，话别"多时"，但见伊人"一点愁心入翠眉"。愁心眉结者，正是预感到花间一别，相见"无期"，"水阔山长雁字迟"也。　　　　（杨　燕　朱德才）

清平乐

原　文　　　　　　　　　　　　　　　　　　　**送别**　北宋·晏几道

留人不住，醉解兰舟去。一棹碧涛春水路，过尽晓莺啼处。　渡头杨柳青青，枝枝叶叶离情。此后锦书休寄，画楼云雨无凭。

内　容　本词以对薄情者的决绝写痴情。
特　色　怨语决绝，痴情弥深。
注　释　兰舟：即木兰之舟。锦书：书信的美称。李白《久别离》诗："别来几春未回家，玉窗五见樱桃花。况有锦书字，开缄使人嗟。"云雨：用楚襄王梦巫山神女之事。宋玉《高唐赋》："且为朝云，暮为行雨，朝朝暮暮，阳台之下。"

赏析　人生一世，不如意事常八九。多情种偏遇薄情人，实为一大恨事。情侣相别，大抵"执手相看泪眼"，两情缠绵，难舍难分。此词一起"留人不住"，便流露出缕缕哀怨。一方千留万留，情深意浓；一方情浅意薄，带醉解缆，泛舟而去。且一路春水绿波，莺歌燕舞，景媚心悦，大有乐不思归之兆。

行者薄情去矣，偏送者多情，犹自目送兰舟远去，一片痴情不能自持，但觉渡头杨柳青青，一枝一叶，无不生发离别意绪。"此后锦书休寄，画楼云雨无凭。"往昔种种温馨欢娱，既不足为凭，则不如藕断丝亦绝，又何必恋恋不舍，频频书信。此语貌似决绝，实则怨恨无限：怨"留人不住"，恨"兰舟"情浅；怨碧波晓莺不解别意，恨柳枝柳叶浑是离情。说"画楼云雨无凭"，正是盼望珍惜昔日情意，云"此后锦书休寄"，正是希冀书信频传，以慰别后相思之苦，此所谓怨语决绝而痴情弥深，亦周济《宋四家词选》所评："结语殊怨，然不忍割弃。"

（杨　燕　朱德才）

木兰花

原文　　　　　　　　　　　　　恋情　北宋·晏几道

秋千院落重帘暮，彩笔闲来题绣户。墙头丹杏雨余花，门外绿杨风后絮。朝云信断知何处？应作襄王春梦去。紫骝认得旧游踪，嘶过画桥东畔路。

内　容　本词写重游旧地，访艳不遇。
特　色　虚实相间，灵动惝恍。
注　释　彩笔：又称五彩笔，相传江淹才思横溢，名章隽语，层出不穷。后梦中为郭璞索还彩笔，从此所作无佳者，是所谓"江郎才尽"。朝云：晏几道家中歌女的名字。襄王春梦：事见宋玉《高唐赋》"且为朝云，暮为行雨，朝朝暮暮，阳台之下"。紫骝（liú）：红身黑鬃尾的马，泛指骏马。

　词主精微幽深，宜虚实相间，以求灵动惝恍之美。小山之词，深得此法。词写旧地

重游、访艳不遇之慨。上阕抒写旧地重游所见所感。起首两句即用虚实相间法。首句实写伊人昔日住处,暮色苍茫之中,但见秋千空垂,帘幕重掩,分明一片人去空寂景象。二句忽地闪出伊人临窗题诗倩影,虚幻之象,实由词人见物思人所致,纯系主观想象。进而情之所钟,随物比兴,种种物象实中有虚,化为意象:墙头红杏,宛若伊人昔日娇艳容颜,而今却成雨余之花,谁知飘零何方?门外绿杨,随风飘絮,分明自身浪迹天涯真实写照。此联精工流动,情景交融,虚实相间,足与周邦彦之"人如风后入江云,情似雨余沾地絮"(《玉楼春》)相映比美。明人沈际飞称两者"如出一手"(《草堂诗余正集》)。

过片两句正面点出别后。由音信断绝而想及伊人身世飘零、身不由己的青楼生涯,言辞间一无怨恨之意,唯见关切之情。结拍"紫骝认得旧游踪,嘶过画桥东畔路",自叙访艳行踪及眷恋心态。不说人恋"秋千院落",却言马识旧踪,又过画桥路东。马犹多情,人何以堪?明写马,暗写人,依然虚实相间。而绿柳紫骝,画桥流水,马蹄轻疾,频频骄嘶,亦景亦情,深得灵动惝恍之美。清人沈谦《填词杂说》谓"填词结句,或以动荡见奇,或以迷离称胜",迷离者,即以小山此词为范例。小山词中与此异曲同工者,尚有《鹧鸪天》结拍:"梦魂惯得无拘检,又踏杨花过谢桥。"托诸梦魂,尤觉空灵惝恍,连一代道学家伊川先生也为之心赏,而笑称"鬼语"。

(杨　燕　朱德才)

玉楼春

原　文　　　　　　　　　　　　　　　　　　伤春　北宋·晏几道

东风又作无情计,艳粉娇红吹满地。碧楼帘影不遮愁,还似去年今日意。谁知错管春残事,到处登临曾费泪。此时金盏直须深,看尽落花能几醉?

内　容　此词写因花落春残而产生的感伤情绪。
特　色　相反相成,似旷实郁。
注　释　艳粉娇红:指飘落的花瓣。金盏:酒杯。

词写传统伤春意绪。上阕从正面落笔,下阕从反面立意,相反相成,浑然一体。起笔落题:"东风又作无情计,艳粉娇红吹满地。"谓东风吹残百花,满地红粉凋零。曰"东风无情",是移情于物,怨东风不恤人意,带将春去。着一"又"字,强调年年如此,非自今年始,并由此透露词人心曲:伤春年年,年年伤春。"碧楼帘影不遮愁,还似去年今日意"两句,乃绝妙好词。人居碧楼,翠帘隔影,盖怕见片片飞红。无奈花影可隔,愁思难遮,去年今日之伤春意绪又悄然掠上心头。上句词意婉曲层深,下句"还似"与篇首"又"字呼应,语浅情浓。

下阕从反面立意。"谁知错管春残事,到处登临曾费泪。"不说多情惜花,洒泪伤春,却说多事"错管",徒自"费泪",盖落红难缀,无力回天也。貌似自责自悔,实将惜花伤春之情透进一层。"此时金盏直须深,看尽落花能几醉?"结拍由花时难挽,联想到时光流逝,人生几何。与其自悔自叹,不如恣情欣赏落花残春,开怀畅饮,以求眼前一乐一醉。须知人生能看几度花,人生能有几回醉!这两句似旷实郁,由于融入人生感慨,遂使伤春意绪又自深化一层。

(杨 燕 朱德才)

归田乐

原文　　怀人　北宋·晏几道

　　试把花期数,便早有、感春情绪。看即梅花吐。愿花更不谢,春且长住,只恐花飞又春去。　　花开更不语,问此意、年年春还会否?绛唇青鬓,渐少花前侣。对花又记得,旧曾游处,门外垂杨未飘絮。

内　容　本词写惜春之意,抒怀人之情。
特　色　痴人痴语,语浅情深。
注　释　花开更不语:本欧阳修"泪眼问花花不语,乱红飞过秋千去"。绛唇青鬓:指代昔日同游的朋友。

赏析　黄庭坚《小山词·序》称晏几道生性有"四痴"。读小山词,当悟更有一痴,曰"情痴"。此词语不华美,意不婉曲,只是有感于早春,任一段怀人之情从心底款款流出。恍若自言自语,一如痴人痴语,语虽浅近,情却至深。

　　"试把花期数",词以盼春开笔。春将至,花期指日可待,原当欣喜,但词人却"便早有、感春情绪",预感到花残春归的忧伤之情。此不亦痴情之至?梅占春先,想必已是含苞吐芳,报春人间。然则,何能天从人愿,得使百花不残,春色常驻?堪谓痴人痴想。明明定当"花飞又春去",却又冠以"只恐",表现其眷恋无限。总之,上阕从花之未开、早开,引出词人盼春、惜春、留春的痴情。最后,结以"花飞又春去",一片忧伤。

　　继盼春、惜春、留春、伤春之后,词人痴情未了,过片用欧阳修"泪眼问花花不语"(《蝶恋花》)诗意,又作怨春痴语。怨春不解人意,年年催花归去。"绛唇"以下,转入怀人题旨,但仍扣"花"字着笔。惜花伤春者,盖花前伴侣年趋稀落,而面对默然无语之花,犹忆得当年和伊游赏之地。其时,门外绿杨尚未飘花扬絮,而今又值早春,试问伊人又在何处?

行文至此,伤春意绪与怀人主旨合而为一。一片痴情,令人哀感不已。　　(杨　燕　朱德才)

更漏子

原文　　伤妓　北宋·晏几道

　　出墙花,当路柳,借问芳心谁有?红解笑,绿能颦,千般恼乱春。　北来人,南去客,朝暮等闲攀折。怜晚秀,惜残阳,情知枉断肠。

内　容　此词写对烟花女子的同情。
特　色　层层比兴,平易工秀。
注　释　出墙花,当路柳:指沦落烟花的女子。红、绿:指上文中的"出墙花,当路柳"。颦:皱眉。

赏析　　大晏尝有《山亭柳》一曲"赠歌者",为歌者立言,描叙其年老色衰、流离四方之悲惨命运。小晏此词亦为妓者立言,但用比兴体,并模拟民歌风情。故平易流畅,与乃父之激越悲凉迥然有异。

　　起笔"出墙花,当路柳",谓青楼佳人犹如出墙之花、当路之柳,身不由己,任人攀折。"借问芳心谁有?"乃词眼所在,提挈全篇:攀折者虽众,但真诚爱花惜柳者稀。问得尖锐深刻,有切肤之痛。"红解笑,绿能颦,千般恼乱春。""红"承上文之花,"绿"承上文之柳,花如人面柳如眉,一颦一笑可人意,此极言春色之美。然大好春色能有几时?一旦花谢柳老,又待何如?思此,唯令人心烦意乱而已。

　　下阕承"借问芳心谁有"句作答。"北来人,南去客,朝暮等闲攀折。"此化用敦煌曲子词《望江南》:"我是曲江临池柳,这人折过那人攀,恩爱一时间。"谓众多狎客攀花折柳,无非寻一时之欢,岂有真情实意可言。结拍"晚秀"、"残阳",喻人老珠黄,姿色衰减。为妓

者一旦年老色衰，更有何人怜惜，故"情知枉断肠"，自悲身世，感伤不已。

（杨 燕 朱德才）

卜算子·送鲍浩然之浙东

原文　　　　　　　　　　　　　　　送友　北宋·王观

水是眼波横，山是眉峰聚。欲问行人去那边？眉眼盈盈处。　　才始送春归，又送君归去。若到江东赶上春，千万和春住。

内　容　此词以惜春之意作送别之词。
特　色　运思新巧，意象新奇。
注　释　浙东：今浙江东南部，宋属浙江东路。水是眼波横，山是眉峰聚：水像眼波横流，山像愁眉攒聚。韩偓诗："媚霞横接眼波来。"《西京杂记》："卓文君眉色姣好，如望远山。"本词用形容美女的词汇来形容山水的清丽。

赏析　这是一首送别词。上阕以生动逼真的意象抒写惜别情怀。首二句，词人把握送别路上山山水水的物象特征，以"眼波横"喻水，水像饱含热泪的眼睛；以"眉峰聚"喻山，山像紧锁的眉峰。虽是写景，而别愁离恨已在其中，比喻双关，鲜明生动。动态的描写使意象跃现，愁山恨水的象征意象渗透着送别友人时的无限深情。紧接着"欲问行人去那边，眉眼盈盈处"一语，把送别感情深化，"眉眼盈盈处"代指江南的秀丽山水，把"眉""眼"合成一物，以"盈盈"的意象形容之，让山山水水充满人情味，送别时的情思一并托出，勾勒出新奇的意象。下阕情景交融，从写送春中写送人，含蓄蕴藉。"才始送春归，又送君归去"，句式回环重叠，"送春归"与"送君归"，把自然意象与生活实象绾合叠映在一起，"春归"与"君归"巧妙相连，"才送"与"又送"感情递进，惜春与别友交融为一，使惜别的情意表现得更加深沉强烈。最后结语尤奇，是对行人的祝愿，也是送行时友情的升华："若到江南赶上春，千万和春住。"他嘱咐朋友说：或许浙东春色更长些，如果赶上浙东还是春天，千万和春光同住。这种惜春心意，更深一层表现出词人对友人诚挚的真情。

这首词富有民歌格调，情真意切，比喻双关，语意回环重叠，独具特色。

（唐玲玲）

· 水是眼波横，山是眉峰聚。

卖花声·题岳阳楼

原文　　　　　　　　　　　　　　　　迁谪　北宋·张舜民

木叶下君山，空水漫漫。十分斟酒敛芳颜。不是渭城西去客，休唱阳关。醉袖抚危栏，天淡云闲。何人此路得生还？回首夕阳红尽处，应是长安。

内　容　此词借秋日登岳阳楼远眺，抒发迁谪之慨。
特　色　沉郁婉峭，纡徐顿挫。
注　释　君山：即湘山，亦名洞庭山，正对岳阳楼。《水经注》："是山湘君之所游处，故曰君山。"湘君，舜二妃也。漫漫：水远无边的样子。渭城：故址在今西安。阳关：曲名，王维《阳关曲》："渭城朝雨浥轻尘，客舍青青柳色新。劝君更尽一杯酒，西出阳关无故人。"后歌入乐府，以为送别之曲。反复唱之谓之阳关三叠，亦谓《渭城曲》。回首夕阳红尽处，应是长安：本于白居易《题岳阳楼》："夕波红处近长安。"长安为汉代京城，这里指代宋朝汴京。

赏析　元丰五年（1082）冬十月，张舜民因写诗讥议边事，谪监郴州酒税。途经岳阳楼，登临作此词。岳阳楼"北通巫峡，南极潇湘"，自是南行官员必经之地。古来题咏众多，此词以其沉郁风格、婉峭笔调为人称道。

词人南贬，满腔去国怀乡、忧谗畏讥之愁不便明言，而借眼前一派空茫秋景暗暗衬映。"木叶下君山，空水漫漫"，化用屈原《九歌·湘夫人》"袅袅兮秋风，洞庭波兮木叶下"诗句，写景、用典贴切，婉中见峭。歌女殷勤，惜别欲唱《阳关曲》，词人却道："不是渭城西去客，休唱阳关。"辞意曲深，耐人寻味。词人乃陕人，《阳关》意涉乡关，闻之必动乡愁，故不愿听，此一层。词人由西夏边境谪贬郴州，不能"西"去故乡，反要南下投荒，故不能听，此二层。《阳关曲》云"劝君更尽一杯酒，西出阳关无故人"，辞意悲凉，触动迁客凄凉情怀，故不忍听，此三层。文情勃郁，用笔跌宕。自嘲与愤郁交织，文似直而情实曲。

"醉袖抚危栏，天淡云闲"，由近及远。不写激情而写闲景，以静衬动又照应起、结之景，深得纡徐顿挫之妙。以"袖"代人，别致醒目。闷酒醉人，心绪翻腾，历代迁客逐臣、骚人墨客纷来心间。屈、贾、李、杜之流落江湖，柳宗元、王禹偁之客死异乡……"何人此路得生还？"笔锋陡转，以问作叹，将回顾之哀怨，现实之忧虑，前

· 不是渭城西去客，休唱阳关。

途之疑惧,尽付一问,精警峭拔。结尾"回首夕阳红尽处,应是长安"宕开一笔,运密为疏,化白居易《题岳阳楼》诗"春岸绿时连梦泽,夕波红处近长安"之意境作结。然白诗有升迁之喜,而张词多迁谪之怨、故乡之恋、君臣之念,万千情感,悉收景中。

词以洞庭秋景一线贯穿,景起景结。其间抒情,或借曲生发,或问古托意,委婉顿挫,情景交融,迁谪之郁愤充盈于洞庭天水之间。沉郁风格与婉峭笔调相得益彰。(杨 燕 朱德才)

定风波

原文   伤春   北宋·魏夫人

不是无心惜落花,落花无意恋春华。昨日盈盈枝上笑,谁道,今朝吹去落谁家。　把酒临风千种恨,难问。梦回云散见天涯。妙舞清歌谁是主,回顾,高城不见夕阳斜。

内　容　本词以落花写青春易逝,并寓身世之慨。
特　色　写物隐秀,正语反说。
注　释　魏夫人:襄阳人,道辅之姊,曾子宣(布)丞相之妻,封鲁国夫人。朱晦庵(熹)云:"本朝妇人能文者,唯魏夫人及李易安二人而已。"(《词林纪事》卷十九)盈盈:形容笑脸,这里指花开得盛。千种恨:极言哀怨之多。语见唐杜甫《忆弟》二首其一:"即今千种恨,惟共水东流。"梦回:梦醒。

赏析

这首词独运灵思,以物拟人,感叹韶华易逝,浮生若梦,创造一个心物交汇的词的意境。《文心雕龙·隐秀》篇说:"情在词外曰隐,状溢目前曰秀。"指的是诗词的含蓄美。此词正具温婉深曲的情思和含蓄蕴藉的笔调。

上阕感怀,以花落花开比拟青春年华之易逝。首二句,以花咏人,"春华"指春光,又是时间的象征,"恋"字则将无知的"落花"赋予灵性。词人采用正语反说的手法,渲染出一种面对花落春去时的反常心态:花落并不是因为人们无心爱惜花,不过是落花本身无意恋春天。这一奇妙的反话,更显出了词人对花落春去的痛惜。接着三句,写花落春去之速,花刚刚还"盈盈枝上笑",转眼已"今朝吹去落谁家",词人的言外之意,是说人的青春、人生又何尝不是如此!"昨日"与"今朝"对比,把抽象的人生感喟的哲理,寄寓于花开花落的具体描写之中。"盈盈枝头笑"及"吹去落谁家"的动态描写,也把伤春感时的意绪表现得曲折多姿。下阕进一层抒写春逝之苦。"把酒临风"是要借酒浇愁,而"千种恨"不去,反衬哀怨的浓烈。在"难问"的反诘之后对酒醒"梦回"的一刹那感触的描写,将无穷的思念引向一个无边无涯的时空之中。花落春去，空空无物，"云散见天涯"一语，与"千种恨"似接不接，让怨恨陷入悠悠不尽之中。紧接着以"妙舞清歌谁是主"的浩叹，反折出心灵深处的孤独。再以"回顾"的短句领出"高城不见夕阳斜"的结语，伤春人梦中醒来，一派暮色苍茫，高城不见，只有夕阳斜照，进一层衬托出春光难再、浮生如寄的惨淡气氛，交织着一种怅然若失的人生感受，构成了深曲凄清的意境，余韵荡漾，体现了疏秀含蓄的优雅格调。　　（唐玲玲）

水调歌头

原文　　　　　　　　　　　　　　　　抒怀　北宋·苏轼

　　　　　　丙辰中秋，欢饮达旦。大醉，作此篇。兼怀子由。

　　明月几时有？把酒问青天。不知天上宫阙，今夕是何年？我欲乘风归去，又恐琼楼玉宇，高处不胜寒。起舞弄清影，何似在人间！　　转朱阁，低绮户，照无眠。不应有恨，何事长向别时圆？人有悲欢离合，月有阴晴圆缺，此事古难全。但愿人长久，千里共婵娟。

内　容　本词以月为中心意象，寄寓着思念亲人、思考人生哲理等多重意义。
特　色　融理于情，奇瑰高远。
注　释　丙辰：宋神宗熙宁九年，苏轼时年四十一岁。子由：苏轼弟苏辙的字。琼楼玉宇：指月中的宫殿。《大业拾遗记》载："瞿乾佑于江岸玩月，或谓此中何有，瞿笑曰：'可随我观之。'俄见月规半天，琼楼玉宇灿然。"起舞弄清影：用李白《月下独酌》"我舞影零乱"诗意。不应有恨，何事长向别时圆：石曼卿有"月如无恨月常圆"对李贺诗"天若有情天亦老"的趣话。作者此句与石句意同。婵娟：指月亮，或说美好貌。许浑《怀江南同志》诗："唯应洞庭月，万里共婵娟。"

赏析　宋代的士大夫们，是以以儒治国、以佛修心、以道养身作为自己的人生理想与处世大法的，他们的灵魂并不是处在儒释道的痛苦的缠绕矛盾中，而恰是在儒释道的互补中取得心理的平衡，能够随时在人世的穷通进退中不断进行出世与入世、独善其身与兼济天下的自我调节。在这首词中，我们看到的正是一个把儒家的用世精神同道家的达观情怀交融合一的乐天犷放的词人形象。词作于熙宁九年（1076）的中秋节，东坡这时正知密州（今山东诸城），如果我们把这首词同他后来在知黄州作的同样一首咏中秋的词《念奴娇·中秋》相比较，可以明显看出二词的不同：在这首词中依然高昂着执著现世的儒家精神，犹未震响后来黄州中秋词那种遗世独立、超尘解脱的道家仙音。

全词写中秋对月抒怀，兼思念已六七年不见面的兄弟苏辙（字子由），但是词人已经超越了一般游子离人面对中秋圆月咀嚼个人悲欢离合的咏叹，而升华为一种对浩浩宇宙和渺渺人生的胸怀博大的哲理思索。上阕写对现世的执著，下阕写对人生的达观，二者又交相渗透，相互辉映。词人融哲理于情思，用气势磅礴而又情致深婉的议论笔法展开内心的倾诉。一个经历宦海险涛被从朝中抛掷到地方的词人，却有一个李白式的桀骜不驯、狂放超脱的灵魂，他中秋之夜醉对长空皓月，发出了"明月几时有"的呵问。开首两句是从李白《把酒问月》"青天有月来几时？我今停杯一问之"化出，凌空一问，不答而答在其中，词人领悟到的是一种天行有常、万古不变的哲理：茫茫宇宙，大钧播物，无始无终，月亮升落，阴晴圆缺，自古如斯。词人隐然感到了有限人生与无限宇宙的对立"寄蜉蝣于天地，渺沧海之一粟"（《前赤壁赋》），所以接着进而又呵天再发一问："不知天上宫阙，今夕是何年？"向来人们以为此句是从《诗经·唐风·绸缪》"今夕何夕，见此良人"化出，认为这并非发问句，而只是赞美句，是"今天是多么好的日子啊"的意思，可以说是完全解说错了。苏东坡在这里分明用了"不知"二字，是明白无疑的发问句，是承前对天呵问而来的递进一层的呵问。词人对"天上"并不甚了然，也无意美化，故才用"不知"的发问口气，同下面"又恐"的猜测口气一致，这是在对天发问："不知天上今夕会是怎样的一个良夜啊？"正是在这种发问中已深深流露出了他对超尘出世的犹疑彷徨和对人间的执著不舍，所以词人曲笔急转，更清楚地展现他内心波澜的陡起陡落："我欲乘风归去，又恐琼楼玉宇，高处不胜寒。"天上虽美，毕竟清冷，还是人间温暖美好："起舞弄清影，何似在人间！"儒家执著今生的用世灵魂，终于还是抹去了道家上天仙游的一瞬超世虚无之念。词人特意采用了逆挽笔法，欲擒故纵，欲正先反，欲顺先逆，以"天上"反衬"人间"。在这一曲折之笔中，展现的是词人自己心灵上的曲折之光，完成了一次由"天上"返"人间"、由"道"返"儒"的生命抉择。在后来黄州的中秋词中，词人赞美天上"玉宇琼楼，乘鸾来去，人在清凉国"，所以他不想留在人间，而要"便欲乘风，翻然归去，何用骑鹏翼"。而在这里，词人却不愿归去，而要留在人间。这是儒道互补的灵魂的两面折射，展现了词人不同时期的不同精神追求与归宿。

但是道家出世的追求被否定了，道家达观的精神却融化在了他的儒家灵魂中。下阕进一层抒怀，化理为情，把中秋对月涌起的儒家对人生的忧患意识直接转为了

道家的达观处世情怀。"转朱阁，低绮户"，是写月光的流转，夜已向深，难以入眠，词人面对月轮常转、时间流驰，在思考中又获得了更深一重对人生"不应有恨"的哲理感悟：人生在世，不应有恨于月亮老是在人们离别时满圆起来，因为人之有悲欢离合，正如月之有阴晴圆缺，自古如此，于人之常情固难全，于宇宙之常理却必然。宇宙流驰，生命代谢，也正如月之圆缺，是动中有静，变中有不变，认识到"不变"的一面，可以使人通达乐观；认识到"变"的一面，可以使人奋发向上，又有何恨呢？在这"不应有恨"的情思中，其实正震响着词人后来在《前赤壁赋》中更深刻体悟到的一种人生哲理："逝者如斯，而未尝往也；盈虚者如彼，而卒莫消长也。盖将自其变者而观之，则天地曾不能以一瞬；自其不变者而观之，则物与我皆无尽也。而又何羡乎？"无羡也就无恨。宇宙天地之间，万物生生不已，有限之"我"可以同无限之"天"合一，天道常在，无有生灭久暂，自"变"一面看天地生命短暂如一瞬，自"不变"一面看物我无尽永恒长存，又何必戚戚计较于一己区区悲欢离合呢？这种睿智的哲理体悟不是引向虚无、消极、悲观，而是通向达观、乐天、有为，于是词之终又一片乐观开朗、警厉奋发的情思中振起："但愿人长久，千里共婵娟。"这是一片美好的人生祝愿，是对骨肉兄弟和普天下人不能团聚欢处的安慰，人虽两地相隔不见，但只要能长久地千里共对一轮明月，也就如两人团聚一起了，又有何恨何哀？对月如对人。对人生离多欢少的千古缺憾和哀伤，完全消融在一种更旷达欣慰的精神追求、感情融通和哲理启悟中了。

这首中秋词以问月开始，以共月结束，"月"作为一种象征意象，映射着词人儒道互补、用世与达观交融的灵魂，也寄寓着一种深刻的人生哲理，它是宇宙的象征，也是自我的化身。词人以"月"衬"人"，以"天上"映"人

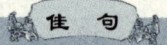

· 人有悲欢离合，月有阴晴圆缺，此事古难全。
· 但愿人长久，千里共婵娟。

间"，所以用游仙之笔却不作游仙之举，有道家达观之心却无道家出世之念。意象奇瑰，意境高远，几乎是以散文的说理之笔入词，而翕张伸缩，吞吐自如。上阕豪放中有委婉，下阕委婉中有豪放，雄浑阔大，为咏中秋词所无。前人咏中秋，"月"不过是一"伤心人"之象征而已，不脱写游子恋人离愁别恨的窠臼。苏东坡此词无论在意境还是表现手法上都有前无古人的开拓创新。

（潘鸣凤）

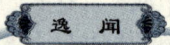

乌台诗案期间，苏轼不幸身陷囹圄。他的儿子苏迈与他一起来到京城。他和儿子约好，如一切正常，只送蔬菜肉食；若有不测，只送鱼。谁知有一天，食粮用尽，苏迈外出筹备钱粮，乃把此事托付给一个亲戚，却忘记告诉他约定。这位不知情的亲戚这一次就误送了熏鱼，骇得苏轼以为末日已到，于是写了两首诗给弟弟苏辙，是苏诗中少有的凄凉之作，悲凉凄切，使人读之落泪。

（徐玲）

归朝欢 · 和苏伯固

原 文　　　　　　　　　　　　　　　　　北宋·苏轼

　　我梦扁舟浮震泽,雪浪摇空千顷白。觉来满眼是庐山,倚天无数开青壁。此生长接淅,与君同是江南客。梦中游,觉来清赏,同作飞梭掷。　　明日西风还挂席。唱我新词泪沾臆。灵均去后楚山空,澧阳兰芷无颜色。君才如梦得,武陵更在西南极。竹枝词,莫徭新唱,谁谓古今隔。

内　容　此词写与苏伯固相同的身世之感和离别之情,并作劝勉和宽慰。
特　色　虚实映衬,托古喻今。
注　释　震泽:太湖的古称。飞梭掷:形容时间的飞逝。挂席:挂帆。泪沾臆:泪流胸臆,形容极度悲伤。灵均:屈原字,楚国大夫,曾两度被流放。澧阳:地名,在湖南(今湖南澧县),苏伯固的迁放之地。兰芷:香草名。梦得:刘禹锡的字,刘曾被迁至朗州(今武陵)。武陵:地名,今在湖南。西南极:西南极偏远之地。竹枝词:曲名,来自西南的民间,刘禹锡曾仿作若干。莫徭:部分瑶族的古称。隋时分布在今湖南大部、广东北部、广西东北部。

赏析　绍圣元年(1094),苏轼被贬惠州,七月路经九江,与苏坚(伯固)泣别,写下此词。

　　开篇二句,借梦境表达怀旧情思。"震泽"是江苏太湖古称,梦中一叶扁舟浮于太湖之中,词人心境动荡,梦境中的太湖"雪浪摇空千顷白",汹涌澎湃。这是写梦中虚景。"觉来"二句,叙梦醒实景。庐山的峭岩绝壁,挺拔而起,似有倚天之势,与前面太湖的雪浪摇空、白水千顷相对,以虚、实之景暗示自己人生道路的艰辛,故接"此生长接淅,与君同是江南客"二句。"接淅"出自《孟子·万章下(下)》:"孔子去齐,接淅而行。"淅是渍米,孔子离开齐国,米还来不及淘好又立刻出发,借用此典形容自己一生奔波,行色匆匆。苏轼与苏坚两人命运多舛,这时苏轼贬往惠州,苏坚去澧阳,客中相别,故有"与君同是江南客"之悲。当年曾一起在苏杭一带任职游赏,"梦中游"三句,忆念往日的清赏生活,然而日月如梭,时光一瞬即逝,如今临歧又别。所以下阕转写惜别。"挂席"言扬帆别去,唱着词人的新词不禁泪下。"灵均"二句借屈原的去国沉江,楚国山河空有,连澧阳的兰芷也失去了颜色芬芳,为苏坚的远赴澧阳鸣不平。"君才"二句,又把苏坚比为刘禹锡,借刘禹锡(梦得)被贬朗州(湖南武陵)、谪居西南边陲,感叹苏坚的命途多舛。结语,以刘梦得在莫徭的少数民族地区

学习民歌所作的竹枝词,同今日他们临别所写的新唱,为古今同调,暗喻怀才不遇的境遇相同,心境相似,以古喻今,充分表达苏轼与苏坚在被贬途中相逢而别的悲愤情怀。

全词写离情别绪,委婉曲折,借物达意,以古代慷慨悲歌之士倾吐蕴藏心灵深处难以直言的心绪,抒写人生仕途的风波,自然真切。全篇融人事于景色之中,以景抒情,创造了寄慨深沉的意境。

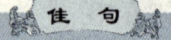

· 灵均去后楚山空,澧阳兰芷无颜色。

(唐玲玲)

念奴娇·赤壁怀古

原文  北宋·苏轼

大江东去,浪淘尽,千古风流人物。故垒西边,人道是、三国周郎赤壁。乱石穿空,惊涛拍岸,卷起千堆雪。江山如画,一时多少豪杰! 遥想公瑾当年,小乔初嫁了,雄姿英发。羽扇纶巾,谈笑间、樯橹灰飞烟灭。故国神游,多情应笑我,早生华发。人生如梦,一尊还酹江月。

内 容
特 色 本词描绘赤壁江景,回眸三国风云,追悼千古英雄,抒发雄奇、激越的豪迈情感。意象飞动,雄浑豪放。

注 释 淘:冲洗。故垒:旧时的营垒。周郎:周瑜,字公瑾。在二十四岁时任吴国将军,曾于赤壁大破曹军。卷起千堆雪:浪花卷起如雪色。李后主《渔父》词"浪花有意千重雪"。小乔:《三国志·周瑜传》"时得桥公两女,皆国色也。策自纳大桥,瑜纳小桥。""乔"史作"桥"。英发:姿态雄俊,意气风发。羽扇纶巾:羽毛做的扇子,丝帛做的头巾。樯橹:樯,桅杆,这里指代船。多情应笑我:应笑我多情。酹(lèi):古代以酒洒地祭奠。

赏析 苏东坡在被政敌加以作诗文讥讽新法的罪名,经历了"乌台诗案"的文字狱折磨后,被贬谪到黄州,他是怀着一腔英雄失落之悲离开汴京的。他一向具有的道家的乐天达观的人生态度已经向虚无消极方向倾斜,兴起了浓重的遗世独立、超尘脱俗的出世之念,这种思想感情构成了他在黄冈赤壁凭吊怀古而作的《赤壁赋》和《念奴娇》词的基调。但是他的忧世爱国之心并未泯灭,雄豪放达之气犹在。

词作于元丰五年(1082)七月间。词人凭吊怀古的地方本只是当年三国鏖战的赤壁之地(实际不是黄冈赤壁,而是在湖北嘉鱼县东北,一说在蒲圻县西北),但是在词人纵览古今风云变幻的历史观照下，赤壁已经超越了一般的军事古战场的意义，仿佛是千年英雄豪杰角逐驰骋的历史大舞台，词人以此流观宇宙、历史、人生的真谛。词中的赤壁，是祖国大好河山的化身，又是英雄之历史舞台的象征，由此词人把对壮丽山河的描绘同英堆人物形象的刻画、把对历史的审视同对人生的思考、把怀古与慨今融为一体，所以突破了一般怀古词用灰暗低沉的调子悲叹古今兴亡、王朝盛衰的局限，而具有了更深沉宏大的历史内蕴。词起头便破空呼啸而来，立足于整个历史的高度，用象征的手法先写横空出世的长江：大江滔滔东去，奔腾不息，滚滚巨浪淘洗尽了千百年来一个又一个的英雄豪杰。这"大江"其实正是历史的象征，首三句已概括了整整一部风云诡谲的千年英雄史。历史永恒，英雄何在？词人用一种悲剧性的历史眼光审视古今英雄，怅惘中渗透着旷达之气。那喧嚣一时的赤壁大战与大战中的英雄们，不过是这奔腾不息的历史长河中卷起的一抹浪花，于是词笔由纵入收，转到赤壁大战上来。词人从今人的眼底写出古战场的遗迹：在萧瑟残破的旧时营垒的西边，人们都指点说，那就是当年周瑜指挥大战的赤壁。陈迹空在，英雄俱往，威武雄壮的一幕已逝，只入渔樵闲话，一片苍茫悲凉的意绪隐然弥漫。"乱石穿空，惊涛拍岸，卷起千堆雪。"由悲入壮，词人怀古的目光依旧投落在那象征历史长河的"大江"上：嵯峨的乱石高插云天，惊天巨涛汹涌拍打江岸，卷腾起千堆雪浪。这种对祖国壮丽山河的描绘，是用以衬托英雄豪杰的英姿的。江山代有才人出，壮丽的河山孕育出了壮伟的英雄人物，而壮伟的英雄人物又更增添了山河的壮丽。词人虽落笔在赤壁上，却又不只是写赤壁大战与赤壁英雄，"乱石穿空，惊涛拍岸，卷起千堆雪"，这不就是那奔腾不息的历史长河巨浪的写照吗？这是对"大江东去，浪淘尽，千古风流人物"的更深一层象征意象的具体描绘，词人审视的仍旧是整整一部千年英雄史，而把赤壁英雄人物作为一个"大浪"又放回到这整个历史发展的长河中反观，所以歇拍再纵开一笔作结：江山壮丽如画，多少豪杰并时而起，争驰竞驱！"一时多少豪杰"同起首"千古风流人物"遥相呼应，一悲一壮，构成了一部千年英雄史的两个最强音。词人以对赤壁的怀古幽思为中心，上下俯视一部千年英雄史，先纵后收再纵，展开历史时空大跨度的审美驰骋，巨笔横扫而过，直如这长江大浪，豪气贯注，势不可挡。

如果说上阕是对历史全景的纵观，

那么下阕便是对赤壁大战历史焦点的收束,并由历史转向人生,由怀古转向慨今。词人怀想注目的理想英雄人物是周瑜,在一泻千里的浓墨扫抹中,词人忽然以精雕细刻之笔塑造"周郎"这个建立盖世功勋的儒雅将帅的形象:从他获得皖城战役大捷,娶了美人小乔,雄姿英发,到十年后指挥赤壁大战,手执羽扇,头戴青丝带的头巾,从容谈笑之间,使曹军如云的战船化为灰烬。一个忠勇报国、足智多谋、文武兼备的军事统帅栩栩如生地凸现在读者眼前。词人塑造周瑜的历史形象,是把他当作"千古风流人物"的代表和化身来刻画的。词人在他身上寄托了自己的理想,呼唤着这样的英雄出世。然而历史长河的大浪终究卷走了风流人物。世无其人,词人陡然从历史怀古的顶峰跌落到现实人生中来:"故国神游,多情应笑我,早生华发。"词人有英雄豪杰的抱负,却不能像少年得志的周瑜那样大展雄图,建功立业。岁月蹉跎,两鬓已经过早地长出白发了。词人不仅悲悼历史上风流人物的俱逝,而且更悲叹当今内忧外患,没有砥柱中流的英雄豪杰,自己徒怀雄心,壮志难酬,坎坷多磨,未老先衰。所以他神游于三国的故地,空发思古之幽情,就不免笑自己太多情善感,故而华发早生了。这是一种含泪的苦笑。英雄报国无路、荷戟彷徨、歌哭无端的悲愤,正在其中。这是词人从对古今英雄的风流云散、现实国家的贫弱腐败和个人崎岖坎坷的不幸遭遇中生发出来的感喟,它是对人生的忧患,而不是对人生的弃绝,所以词最终还是从一片怅恨中振起,把目光依旧投向了那象征历史长河的"大江":"一尊还酹江月。"这并非如有人所说的是东坡借酒浇愁,而是他把酒倒在地上祭奠英雄们的英魂。"大江"淘尽了千古风流人物,词人在江边祭奠他们,目睹历史长河的大浪不尽、英雄世出,词人怀念英雄、盼望英雄之心未泯,结尾正是以"把酒酹滔滔,心潮逐浪高"的豪气,表明了自己对人生仍有所期待、有所追求,没有完全沦于幻灭。

这首词以滚滚东流的长江作为历史长河的象征意象,展开纵横古今的怀古幽思,气象雄浑博大,神思飞越,豪放而不流于粗豪,深沉而不流于浮华。可以说,到苏东坡这首词出,怀古词才摆脱狭小的意境,蔚为词国中的大宗,放出异彩。前人谓柳永词软媚,只合十八女郎执红牙板轻歌曼唱;而苏东坡词雄豪,须关西大汉执铜琵琶、铁绰板唱"大江东去"。不知苏东坡这首词正上承柳永的怀古词,其中"江山如画"句(在他的《念奴娇·中秋》中也再一次引用到),正是来自柳永的一首怀古词《双声子》:"江山如画,云涛烟浪,翻输范蠡扁舟。"这里可明显看出苏东坡在怀古词上继承柳永词风而向豪放一路发展的痕迹。

> **佳 句**
>
> ·乱石穿空,惊涛拍岸,卷起千堆雪。
> ·江山如画,一时多少豪杰!
> ·羽扇纶巾,谈笑间、樯橹灰飞烟灭。

(潘鸣凤)

南歌子

原文 　游赏　北宋·苏轼

山与歌眉敛，波同醉眼流。游人都上十三楼，不羡竹西歌吹、古扬州。菰黍连昌歜，琼彝倒玉舟。谁家水调唱歌头，声绕碧山飞去、晚云留。

内　容　此词写杭州十三楼游赏之乐。
特　色　比喻复合，写意移情。
注　释　山与歌眉敛：歌女眉头黛色浓聚，就像远处苍翠的山峦。波同醉眼流：醉后眼波流动，就像湖中的滟滟水波。菰（gū）：多年生草本植物，生长在池沼里，地下茎白色，地上茎直立，开紫红色小花。嫩茎的基部经某种菌寄生后，膨大，即平时食用的茭白。果实狭圆柱形，名"菰米"，一称"雕胡米"，可以做饭。昌歜（zàn）：即菖蒲菹。

赏析　这是苏轼陶醉于杭州山水之乐时的欢歌。苏轼于元祐四年（1089）七月三日第二次赴杭州任，次年端午节游赏十三楼作此词。《西湖志》载："十三楼在右佛院，东坡守杭日，每治事于此。"词的上阕，极写十三楼景色之美，开头两句，用出色的比喻描写十三楼，以虚喻实："歌眉敛"比喻山色，"醉眼流"形容波光。歌女黛色的长眉像西湖远处的苍翠峰峦，醉后流动的眼波有如西湖潋滟的水色。表面看来，写的仅仅是两种景象，但实际上比喻中又用意双关。一层是以眉黛喻山，以眼波喻水，一层是以远山喻眉的黛色美，以水波喻眼神的水灵美，比喻复合运用，构思巧妙，别有意味。这两句是从梁谢堰《听歌赋》"低翠蛾而敛色，睇横波而流光"句化出的。紧接着"游人都上十三楼"二句，又从另一角度叙写十三楼风光之美：来西湖游览的人，都要上十三楼，这一日常情事，即已说明十三楼风光之美；再进一层，运用对比烘托，"不羡竹西歌吹、古扬州"，古扬州有竹西亭，是游人觅胜之地。杜牧《题扬州禅智寺》诗云："谁知竹西路，歌吹是扬州。"而这里以竹西胜景与十三楼对比，说游人登上十三楼之后，再不会羡慕古扬州的竹西亭了！以竹西亭比十三楼，互相衬托，巧妙地指出十三楼的自然美，非竹西亭可比拟。

下阕写端午节这一特殊节日中的游赏之乐，过片二句抒写节日的饮宴特色。菰，茭白。黍，糯米。昌歜，用蒲根切制成的盐菜。"菰黍连昌歜"是指端午席中所用食物。"琼彝倒玉舟"是美酒琼浆，"彝""舟"均为盛酒器皿、酒杯。"琼彝"即用美玉做的贮酒器，"玉舟"为酒杯；在端午的十三楼盛宴中，更使人心醉的，是幽雅湖山飘来阵阵迷人的歌声。结句更以写意移情的笔法，映衬出词人沉醉于十三楼的佳境。"水调"系曲调名，"谁家唱水调"二句，又化杜牧诗意抒写杭州西湖，不知谁家唱起水调一曲，悠扬歌声环绕碧山，与开篇的"山与歌眉敛"隐隐相应，而"飞去晚云留"一笔添上，更反衬出声调响遏晚云的幽渺奇景。词人情感的外射，使晚云变成有情志的生命体，被歌声吸引而停留，以声律的美诉诸听觉，以云彩之妙诉之视觉，两者又错综交糅在一起，产生了一种写意移情的美感效应，表现了无以言喻的神韵。

（唐玲玲）

卜算子·黄州定慧院寓居作

原文  北宋·苏轼

缺月挂疏桐，漏断人初静。谁见幽人独往来？缥缈孤鸿影。　　惊起却回头，有恨无人省。拣尽寒枝不肯栖，寂寞沙洲冷。

内　容　词以鸿鸟的孤寂、高洁自喻。
特　色　托物自拟，意境高妙。
注　释　疏桐：稀疏的梧桐树。漏断：漏壶的水已滴完。漏壶，古代计时器。幽人：幽雅的人，《周易》："幽人贞吉。"孤鸿：鸿雁，作者自比。

赏析　这首词作于元丰三年（1080）苏轼贬官黄州后不久。定惠院在黄州东南，是作者初到黄州时的住处。作者以作诗诽谤新法的罪名被捕入狱，这时刚出狱不久，惊魂未定，心境孤寂，词中反映的正是这种情绪。

缺月、疏桐、漏断、人静，缥缈的孤鸿独往独来，词的上阕烘托出凄清、寂寞、孤独、高洁的气氛。下阕集中描写孤鸿形象：因惊起飞而又频频回顾，满含幽恨而又无人理解，寒枝拣尽而不屑栖身，倍觉寂寞凄冷。清人张惠言《词选》卷一说："缺月，刺明微也。漏断，暗时也。幽人，不得志也。独往来，无助也。惊鸿，贤人不安也。回头，爱君不忘也。无人省，君不察也。拣尽寒枝不肯栖，不偷安于高位也。寂寞沙洲冷，非所安也。"我们虽大可不必像张惠言那样去寻求字字句句的寄托，但总观全词，作者无疑是有寄托的。那"惊起却回头，有恨无人省。拣尽寒枝不肯栖，寂寞沙洲冷"的孤鸿，正是贬官黄州，无人理解，但仍孤高自赏，坚持不随波逐流的苏轼的自我写照。

黄庭坚对这首词极其赞赏，认为："语意高妙，似非吃烟火食人语。非胸中有数万卷书，笔下无一点尘俗气，孰能至此！"（胡仔《苕溪渔隐丛话·前集》卷三十九引）这是一首咏物词，作者借鸿自喻，句句双关，托物拟人，写得若即若离，含蓄蕴藉，意在言外。作者既能

紧紧把握住孤鸿的特点,运用正面描写、侧面烘托和他物反衬等技巧,进行细致、贴切、传神的描绘;又能进一步展开丰富的联想,采用传统的双关手法,借咏孤鸿以咏自己,抒发自己的感情。纵观全词,作者咏物同时写人。而以言情为主,所以情洋溢于全篇,情支配着咏物写人。具体点说,这首词中的"情",就是作者通过对景物的渲染,对孤鸿的拟人化描写所传达出的作者自己那种惊魂未定的心境和孤寂的情绪。

在苏轼以前,咏物词还不多。苏轼成功地创作了一些咏物词,不仅扩大了婉约词的题材,而且为后来姜夔等人大量创作咏物词奠定了基础。

（曾枣庄）

贺新郎

原文　　　　　　　　　　　　　感怀　北宋·苏轼

乳燕飞华屋。悄无人、桐阴转午,晚凉新浴。手弄生绡白团扇,扇手一时似玉。渐困倚、孤眠清熟。帘外谁来推绣户?枉教人梦断瑶台曲。又却是,风敲竹。　　石榴半吐红巾蹙。待浮花、浪蕊都尽,伴君幽独。秾艳一枝细看取,芳心千重似束。又恐被、西风惊绿。若待得君来向此,花前对酒不忍触。共粉泪,两簌簌。

内　容　此词借美人和石榴花形象,以表达作者的失路之悲。
特　色　托物比兴,婉曲缠绵。
注　释　乳燕:小燕子。杜甫有"鸣鸠乳燕青春深"。华屋:华丽的房屋。生绡白团扇:白色生丝制的团扇。《晋书·乐志》:"团扇歌者,中书令王珉与嫂婢有情,爱好甚笃,嫂捶挞婢过苦,婢素善歌,而珉好捉白团扇,故制此歌。"瑶台:仙境。《离骚》:"望瑶台之偃蹇兮。"蹙:折皱。待浮花、浪蕊都尽:等待轻浮的花都谢了。西风惊绿:西风,秋风。石榴被秋风吹落后,只剩下一片绿叶。后来姜夔有《八妇》"疏桐吹绿"或即源此。若待得君来向此,花前对酒不忍触:此句化用南朝谢朓《王孙游》"无论君不归,君归芳已歇"句意。意思是若待得心上人归来,自己已如这残败的石榴花,即使对酒于花下,也难以再触动芳心。簌簌:落下的样子。元稹《连昌宫词》:"风动落花红簌簌。"

赏析　借象寓意,是词美的特色之一。这首词即是托物抒怀,借美人和石榴花形象,以表达作者怀才不遇的抑郁情结。

上阕以美人高洁寂寞的情愫,折射词人的心理状态。首四句写美人"晚凉新浴"的宁静

环境,小燕子在华美的屋里轻飞,桐树影子渐渐移动,转向了正午时分。"悄"、"凉"烘托周遭的幽情。"手弄生绡白团扇"二句,着笔于佳人的雅洁外貌,"团扇"二字,隐然透出秋扇冷落之叹。"新浴"及"扇手"皆喻其身份的洁白无瑕。"渐困倚"以下,写佳人孤眠入梦后的蒙眬意境,瑶台是玉石砌成的楼台,借指梦中仙境。美人一曲好梦难成,仿佛有人轻推绣户,梦醒的一瞬间,听到风敲翠竹的声响。这灵动地表现了她的落寞情怀。下阕是以石榴花取喻,写的是佳人对石榴花的感触。石榴花半开时,美如折皱的红巾,那时轻佻竞艳的花草都已凋谢。石榴花不与浮花浪蕊为伍的幽独,感发人意,从而赋予石榴花以灵性,托为有情,造成一个心物交会的境界。而"西风惊绿"的"惊"字,不仅表现了寂静的空间,也表现了受客观现象触发的时间,绾合了石榴花独艳的孤高及美人的感触,人已深闭退藏,但还无法超脱。因此,最后四句,写美人花前对酒伤情,泪滴与花瓣同下,极言其忧谗畏讥的感受。《蓼园词评》曰:"末四句,是花是人,婉曲缠绵,耐人寻味不尽。"

全篇采用托物比兴的手法,寄寓苏轼政治上的失落感;他以佳人的孤高、幽独来寄托自己的身世之悲,以赞美石榴花的独艳及悲秋的感触来映衬自己怀才不遇的情怀。苏轼运用超越时空的象征手法,以美人、石榴花的形象象征内心世界,借景立言,寄托心灵深处的失时之悲、迟暮之感。情思蕴藉,清丽感人。

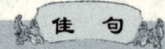

· 待浮花、浪蕊都尽,伴君幽独。

(唐玲玲)

洞仙歌

原文　　　　　　　　　　　　　　纳凉　北宋·苏轼

余七岁时,见眉州老尼,姓朱,忘其名,年九十余。自言尝随其师入蜀主孟昶宫中。一日，大热，蜀主与花蕊夫人夜纳凉摩诃池上，作一词，朱具能记之。今四十年，朱已死久矣，人无知此词者，但记其首两句。暇日寻味，岂洞仙歌令乎！乃为足之云。

冰肌玉骨，自清凉无汗。水殿风来暗香满。绣帘开，一点明月窥人；人未寝，欹枕钗横鬓乱。　　起来携素手，庭户无声，时见疏星渡河汉。试问夜如何？夜已三更，金波淡、玉绳低转。但屈指、西风几时来，又不道流年，暗中偷换。

内　容　本词写孟昶与花蕊夫人携手纳凉的情景，寄寓对"流年偷换"的感慨。
特　色　豪华婉逸，唯说气象。
注　释　孟昶：五代时后蜀主。花蕊夫人：徐匡璋女，孟昶纳为贵妃。摩诃池：旧址在今成都郊外昭觉寺。水殿：建在摩诃池上的宫殿。欹：靠。河汉：银河。夜如何：杜甫诗"明朝有封事，数问夜如何"。金波淡：月光淡。《汉书·礼乐志》："月穆穆以金波。"玉绳低转：玉绳，星名。张衡《西京赋》："正睹瑶光与玉绳。"李善注引《春秋元命苞》："玉横北两星为玉绳。"谢朓诗："玉绳低建章。"这里是说星已低落。

赏析　这首词写后蜀主孟昶同花蕊夫人夏夜纳凉的情事。

上阕写花蕊夫人帘内倚枕，不能入眠。起二句写花蕊夫人不从其外貌、身姿落笔，而写其如冰似玉的肌骨，给人以仙姿绰约之感。一个"自"字，更让人感到原本是天生丽质。"水殿"，指摩诃池旁的宫殿。宫殿临池，因而多风，也成了清凉世界，加之"冰肌玉骨"的美人，这就更显得清凉了，有人境双绝之妙。"绣帘开"，承上句中"风"而言，风掀帘开。帘既开，月光自然就洒进来了，可作者却说"一点明月窥人"。这个"窥"字，与欧阳修"燕子飞来窥画栋"中的"窥"字用得同样灵动传神。月光银白，仍给人清凉的感觉。其色调和气氛，与前面完全一致。而且月光把环境诗意化、仙境化了。"人未寝"二句远承"冰肌玉骨"，近承"明月窥人"，写花蕊夫人钗横鬓乱，辗转反侧不能入睡，说明她有所思。她想什么呢？

下阕写孟昶和花蕊夫人携手漫步户外。上阕"人未寝"，是该睡还没睡的意思，暗示时间已晚。此时"庭户无声"，四处静悄悄的，表明时间已更晚，只能不时看见稀疏的星星在天空中闪烁。这两句，突出环境的静。"试问"二句，写两人窃窃私语。虽是极平常的话，但在这静谧的夏夜中，只有他们两人，就显得十分亲密，富有情调。金波，形容月光。玉绳，北斗七星中的两个星名。月淡星明，言夜已深，接近天明。最后三句，因"疏星渡河汉"、"玉绳低转"，光阴在不知不觉中逝去，进而想到夏将去而秋将来，产生一种时光易逝的淡淡哀愁。也许，这正是花蕊夫人难以入眠的原因。

言情是婉约派词人的传统题材。苏轼的言情词往往用白描手法，而不用某些婉约派词人爱用的香艳词语来抒写真挚淳朴的爱情。这首词是苏轼言情词的代表作之一。正如清人沈祥龙所说："词韶丽处不在涂脂抹粉也。诵东坡'冰肌玉骨，自清凉无汗。水殿风来暗香满'

151

句，自觉口吻俱香。"(《论词随笔》)全词刻画花蕊夫人的形象，不外"冰肌玉骨"、"钗横鬓乱"、"素手"十字，毫无脂粉气，毫无雕琢，朴实但绝不失其高贵。另一方面，按花蕊夫人的身份，她所居的环境相当豪华，但作者不用铺金缀玉来渲染，而是写水殿风来，池上香来，帘开月来，这又是何等华丽！晏殊讥李庆孙《富贵曲》为"乞儿相"，自称"言富贵不言金玉锦绣，惟说气象"，并举自己的"梨花院落溶溶月，柳絮池塘淡淡风"为例。苏轼这首词也具同样特点。明人李日华评此词"豪华婉逸"(《味水轩日记》卷四)，豪华而又不失清空婉逸，婉逸而又不觉瘦弱单薄，正是这首词的成功之处，也是苏轼言情词的独到之处。　　(曾枣庄)

江城子·密州出猎

原文　　　　　　　　　　　　　　　　　　　　射猎　北宋·苏轼

　　老夫聊发少年狂。左牵黄，右擎苍。锦帽貂裘，千骑卷平冈。为报倾城随太守，亲射虎，看孙郎。　酒酣胸胆尚开张。鬓微霜，又何妨！持节云中、何日遣冯唐？会挽雕弓如满月，西北望，射天狼。

内　容　本词写豪壮的射猎场面，表达作者报国的激情。
特　色　叙事抒怀，气势豪壮。
注　释　牵黄：牵着黄狗。擎苍：举着苍鹰。锦帽貂裘：华美的锦做的帽子，貂皮袍子，指一同打猎的人的装束。千骑卷平冈：打猎的马队冲过平坦的山冈。孙郎：孙权。《三国志》载孙权曾"亲乘马射虎于凌亭"。酒酣：饮酒尽兴。胸胆尚开张：胆气豪壮的样子。持节云中、何日遣冯唐：据《汉书·冯唐传》载：汉文帝时，匈奴人侵，文帝接受冯唐建议，令冯唐持节到云中郡，赦免因犯罪而被拘押的名将魏尚。云中，汉郡名。天狼：相传为天上的恶星。《九歌·东君》："举长矢兮射天狼。"王逸注："天狼，星名，比喻贪残。"这里比作西夏。

赏析　　苏轼是豪放词派的创始人。这首词无论就题材内容或艺术风格来看，在词的发展史上都具有开创的意义。

　　宋神宗熙宁八年(1075)十月，作者知密州，在祭常山回归途中，与同官习射会猎，作此词。同期作者还有一首《祭常山回小猎》诗，所写内容和思想感情都与此词相同，可见作者是有意在题材内容上打破诗词的界限，将一些过去人们习惯于只写到诗里的内容也用词的形式来表现。词人在给他的朋友鲜于子骏的信中说："近颇作小词，虽无柳七郎风味，亦自是一家。数日前猎于郊外，所获颇多，作得一阕，令东州壮士抵掌顿足而歌之，吹笛击鼓以为节,颇壮观也。"证明作者确是自觉地追求在传统的写离愁别绪、男欢女爱的婉约词风之外而别创一格。这显然对南宋时辛弃疾等爱国词家产生了积极的影响。

这首词借叙事以抒怀,记的是常山会猎,却抒发了报效祖国的爱国主义理想。上阕写打猎场面,下阕表现爱国激情,全词一气呵成,豪壮的气势贯注首尾。首句"少年狂"三字,突出了词人青春焕发、意气豪壮的精神面貌,笼罩全篇。接下去,牵犬擎鹰、千骑飞驰、倾城围观,在渲染会猎盛大场面的同时,进一步表现了词人奔放豪迈的思想感情。然后以历史上年少气盛、乘马射虎的孙权自比,与首句呼应,收束上阕。

下阕首句以酒兴渲染词人开阔的胸怀和昂奋的胆气。接着便从抒豪情转入写壮志,借汉代云中太守魏尚的典故,表达自己渴求得到朝廷重用,以报效祖

· 老夫聊发少年狂。

国,为抵御西北面的异族入侵而贡献自己力量的强烈愿望。这与《祭常山回小猎》诗中"圣朝若用西凉簿,白羽犹能效一挥",以晋时西凉主簿谢艾自比所表达的理想是完全一致的。

全词场面壮观,意境恢宏,气势雄迈,风格豪放,是一首富于鼓舞力量的"壮词"。宋卜胡寅《酒边词序》评苏轼词说:"一洗绮罗香泽之态,摆脱绸缪婉转之度,使人登高望远,举首高歌,而逸怀浩气,超然乎尘埃之外。于是《花间》为皂隶,而耆卿为舆台矣。"这些话便是指苏词中如这首《江城子》一类作品说的。

(周先慎)

江城子·乙卯正月二十日记梦

原文　　　　　　　　　　　　　　　　　　　**悼亡**　北宋·苏轼

　　十年生死两茫茫,不思量,自难忘。千里孤坟,无处话凄凉。纵使相逢应不识,尘满面,鬓如霜。　　夜来幽梦忽还乡,小轩窗,正梳妆。相顾无言,唯有泪千行。料得年年肠断处,明月夜,短松冈。

内　容　本词追悼亡妻,痛述多年思念之苦。
特　色　虚实相映,缠绵深婉。
注　释　十年生死两茫茫:作者之妻王氏死于英宗治平二年,距该词的写作时间正好十年。千里孤坟:王氏后归葬于四川眉山,距密州远隔数千里。纵使相逢应不识:由于人的憔悴,死后相见恐也难以相认。短松冈:坟地。孟棨《本事诗》中载有开元中幽州牙将姓张,妻不幸去世,后忽于家中出,题诗赠张曰:"欲知断肠处,明月照松冈。"苏轼即用此诗意。

赏析 这是一首感情真挚深沉的悼亡词。以词的形式写悼亡的内容,苏轼是第一人。词作于神宗熙宁八年(1075),距其妻王氏去世已整整十年。苏轼当时任密州(今山东诸城)知州,王氏葬于四川故里,两处相距数千里。

全词充满一种凄婉哀伤的情调。上阕写死别之痛和相思之苦。首句就将词人长期郁结于心的深长的悲叹,从心底迸发而出。生死相隔,不得一见,内心十分悲苦。"茫茫"二字传达出一种莫可名状的空寂凄清的思绪;前面加一"两"字,概括了生者和死者两个方面:更显出了感情的沉重与悲伤。"千里孤坟"的"孤"字,传达出词人对独卧千里之外的亡妻的深情体贴。"无处话凄凉"也是概括生者和死者两个方面。一方面,亡妻冷寂凄清,内心的悲苦无人可以诉说;另一方面,词人十年来仕途坎坷,潦倒失意,满怀悲情愁绪,亦无法向千里之外长眠于地下的亡妻诉说。这才有"纵使"以下几句,词人向亡妻诉说心中的凄凉。死生异路是不可能重逢的,不可能而设想其可能,故用了"纵使"二字,其间已隐含着深沉的痛苦;设想中的相逢而不相识,就比不能相逢更深一层痛苦。词中刻画出词人风尘满面、两鬓如霜的憔悴形象,由此不难想见他在妻子离去后遭际的不幸。

上阕写尽了相思之苦,下阕转入写梦。因"思"成梦,自然成章。写思是为写梦,写梦则是进一步写思。梦是"幽梦",可见其缥缈朦胧。一"忽"字显示出进入梦境的轻快、迅疾,一下子两人相聚,超越了时间、空间,打破了生死幽隔;但"忽"字显示出迅疾,依稀透露出这不过是一种虚幻不实的梦境。这梦中的相见真叫人亦喜亦悲。"小轩窗"两句看起来是记梦境,实际上是恩爱夫妻平时生活的生动写照。写从前的甜美幸福,正是写今日的痛苦悲伤。十年死别一旦相见,该有千种哀愁、万种凄凉要相互诉说,然而"相顾无言,唯有泪千行",无言胜过有言,万千思绪尽在四目相视之中了。

"料得"三句总束全词,是感情发展的高潮。"短松冈"承上阕"千里孤坟",指亡妻的坟墓。"料得"是推测之词,但语气却十分肯定。"年年"既指

佳 句

· 十年生死两茫茫,不思量,自难忘。

已经过去的漫长的十年,也指未来的无尽岁月。从朦胧而又真切的梦境中醒来,又重新陷入了生死相隔、渺茫不见的深沉悲哀之中。遥承开头"十年生死两茫茫"之意,亡妻长眠于地下,冷月清光洒满大地,真使人悲痛难言,肝肠寸断。首尾相应,浑然一体,使全词的感情得到了充分的表现和强化。

梦是虚幻的、缥缈的,然而梦中人的感情却是十分真挚、深沉、实实在在的。以虚映实,虚中见实,正因为借助于梦境的虚幻与缥缈,才格外显得情真意切,深婉缠绵。整首词的感情如春蚕吐丝,又像幽山流泉,从词人胸臆中间泻出,无矫饰之情,无故作之态,非常质朴自然。全词凄婉哀伤,出语悲苦,真可说是一字一泪。

(周先慎)

蝶恋花

原文　　伤春　北宋·苏轼

花褪残红青杏小，燕子飞时，绿水人家绕。枝上柳绵吹又少，天涯何处无芳草！　墙里秋千墙外道，墙外行人，墙里佳人笑。笑渐不闻声渐悄，多情却被无情恼。

内　容｜本词表伤春，叹情事无缘。
特　色｜优柔婉曲，绵密回环。
注　释｜花褪残红青杏小：花谢了，残红满地，杏树已长出青色的果实。柳绵：柳花如绵。

赏析　　这首词明人毛晋《宋六十名家词·东坡词》题作"春景"，把它作为一般写景之作看，实在是皮相之谈。《林下词谈》记载了这样一则故事："子瞻在惠州，与朝云闲坐。时青女（霜雪之神）初至，落木萧萧，凄然有悲秋之意，命朝云把大白，唱'花褪残红'。朝云歌喉将啭，泪满衣襟。子瞻诘其故，答曰：奴所不能歌，是'枝上柳绵吹又少，天涯何处无芳草'也。子瞻大笑曰：是吾正悲秋，而汝又伤春矣。遂罢。"（《词林记事》引）不管这"伤春"一语果真是东坡自道，还是出自小说家之手，却无疑揭示出了这首词的内在意蕴。

上阕伤春光易逝。作者抓住最能表现时令变化的两组景象加以描写。杏花追悔，堪报韶华。如今红衰翠减，花事已了，唯青杏结子，挂满枝头。"花褪残红"已见春光阑珊，复言"青杏小"，更显出春去夏至，那凋零残红也在风吹摇落之中。开篇一句，伤春之情已跃然纸上。接着作者描写"燕子飞时"的情景。《古乐府·艳歌行》有"翩翩堂前燕，冬藏夏复见"句，见得古人亦以"燕飞"喻"春来"。这里，碧空轻燕翻飞，人家绿水回环，仿佛在不同层次画出同一种弧圈。一个"时"字将高天平地紧紧连缀，组成了一幅生动和谐的画面。"花褪残红"句是静态描写，"燕飞"句则显出动态描写，而燕子飞翔是仰视所见，绿水绕舍是俯视所见，相互错落，亦见作者写景寓情，心腕交应，变化有致。经过这番渲染，至歇拍"枝上柳绵吹又少，天涯何处无芳草"便自然将感情推向高潮。这两句，一写柳絮纷飞，风吹渐少；一写原野萋萋，处处生草。作者逸笔勾勒，便呈现出更广阔的晚春图景。瑷瑷春云今何在，花残草盛春去也！苏东坡本是多情善感之人，此时触目伤春，情怎能已？心中狂澜，涌入笔端，奔迸淋漓，感人至深。

下阕转而惜青春佳人。这是一个富有戏剧性的场面。一堵院墙隔成了两个空间。三两少女天真烂漫，正无忧无虑地荡着秋千，像轻燕展翅一般，充满了青春活力，阵阵笑语，飞出秋千架,飞过大院墙。而这时墙外大道,有人正行色匆匆,蓦然间,他被少女的欢声笑语所吸引。此处,"墙外行人"四字不露声色,最是平稳,而紧接"墙里佳人笑"一句,便清晰荡出石落心湖漾起的温润涟漪。然而,这只是生活中一个纯属偶然的插曲,墙外大道的延伸终究要将行人送向远方。"笑渐不闻声渐悄",两个"渐"字,表明"墙里佳人"与"墙外行人"的距离越来越远。按说这偶然的生活瞬间的感情纠葛该丢在"墙外"了,殊不知末句奇峰突起:"多情却被无情恼。"原来"行人"心中还一直珍藏着那阵"佳人"柔媚的笑语呢!结穴一个"恼"字,或训为恼恨,断误;或训为烦恼,近是。张相《诗词曲语词汇释》卷五释曰:"恼,犹撩也。言墙里佳人之笑,本出于无心,而墙外行人闻之,枉自多情,却如被其撩拨矣。"此说最切中肯綮。黄蓼园盛赞这首词次阕"奇情四溢"(《蓼园词选》),最称奇者,便是这笑者无意,听者多情的"单相思"了。故此着一"恼"字,情思最浓,不当等闲读过。

这首词显然属于婉约一格,其美感迥异于"大江东去"之豪荡激楚,而纯以缠绵悱恻动人情怀。与之相应,作者运思优柔细腻,章法绵密回环。从全词看,上阕伤春光,为下阕惜佳人铺垫渲

佳 句

- 天涯何处无芳草!
- 多情却被无情恼。

染,种种自然景象作为缭乱心绪的辐射物化,可谓丝丝入扣。从单片看,上阕以残花盛卉、燕飞水回的景致错落,形成意象重叠交应,下阕以"墙里"、"墙外"、"有情"、"无情"的语词顶针,形成往复回环,都使得词义连绵,曲尽其妙。王士禛吟味此作,以为其佳处胜过柳永之缘情绮靡,乃至激赏为"轶伦绝群"(《花草蒙拾》),看来并非过誉。

(罗时进)

点绛唇

原 文　　游仙　北宋·苏轼

醉漾轻舟,信流引到花深处。尘缘相误,无计花间住。　　烟水茫茫,千里斜阳暮。山无数,乱红如雨,不记来时路。

内 容　词记刘、阮入天台山遇仙的故事,语杂仙幻,意颇怅惘。
特 色　驰骋想象,炼铁成金。
注 释　漾:飘荡。信:任凭,随着。尘缘:尘世的情缘。无计花间住:不能在仙境里久住。

　如果不知典故,会把苏轼这首词误认为是一首记游词。实际上全词所写,都是《续

齐谐记》所述汉明帝时剡溪刘晨、阮肇入天台山采药遇仙的故事。

上阕前两句写他们采药遇仙。刘、阮入山采药，迷失道路。山头有一桃树，溪边有二女子容颜绝妙，唤刘、阮姓名如旧相识。二人至女家止宿，行夫妇之礼。"醉漾轻舟"的"醉"，"信流引到花深处"的"信"（任凭），正是写他们迷失道路。"花深处"指女仙家。后二句写刘、阮住了半年，思乡求归，仙女说他们"罪根未灭"，于是送刘、阮从山洞口出去。苏轼所说的"尘缘"，即仙女所说的"罪根"。"无计花间住"即不能长留仙境，又回到了人世。

刘、阮回到家乡，原有亲朋已无一人在世，已经到了第七代孙了。二人欲还女家，但再也找不到仙女住处。下阕即写此。"天台山周回八百里，有八重，四面如一。"（《真诰》）因此，刘、阮从早找到晚（千里斜阳暮），只见烟水茫茫，乱山无数，桃花满山，却再也找不到仙女了。"乱红如雨"照应"花深处"，"不记来时路"反扣"无计花间住"，上下阕锁得很紧。

把《续齐谐记》的记载拿来同这首词对读，就可发现二者叙事虽一致，行文却大异。《记》只说到刘、阮"入天台山采药，迷失道路"，"醉漾"、"信流"都是苏轼的创作。下阕所写，《记》仅有"寻山路不获"五字，"烟火"、"斜阳"、"山无数"、"乱红如雨"等等，也是苏轼的想象。但想象得合情合理，起了炼铁成金的作用。这就叫文学，这就叫美文。

（曾枣庄）

浣溪沙

原文　　　　　　　　　　　　　　　　　　咏橘　北宋·苏轼

菊暗荷枯一夜霜，新苞绿叶照林光。竹篱茅舍出青黄。　　香雾噀人惊半破，清泉流齿怯初尝。吴姬三日手犹香。

内　容　此词咏叹橘的品格，夸炫橘的味道。
特　色　对比强烈，夸张有味。
注　释　菊暗荷枯：苏轼另有《赠刘景文》"荷尽已无擎雨盖，菊残犹有傲霜枝"。一夜霜：经霜之后，橘始变黄而味愈美。白居易《拣贡橘书情》"琼浆气味得霜成"可为证。新苞：新橘。香雾：橘皮剖开时的香雾。噀（xùn）：喷，溅。清泉：指橘子的汁液。吴姬：吴地的女子。吴地产橘，尤以太湖东西两洞庭山所产者为最，洞庭橘在唐宋时为贡品。

 苏轼《楚颂帖》云："吾性好种植，能手自接果木，尤好栽橘。阳羡（今江苏宜兴南）在洞庭上，柑橘栽至易得。当买一小园，种柑橘三百本。屈原作《橘颂》，吾园若成，当作一亭，名之曰楚颂。"这首《浣溪沙》，集中表现了苏轼的好橘。

上阕咏橘。橘的最突出的特点就是耐寒，在万物凋零的秋冬，它却绿叶葱葱，红果累累。曹植"背江洲之暖气，处元朔之肃清"（《植橘赋》）；范云"芳条结寒翠，园实变霜朱"（《咏园橘》）；张九龄"江南有丹橘，经冬犹绿林。岂伊地气暖，自有岁寒心"（《感遇》），都是歌颂橘"能守岁寒心"（李孝贞《园中杂吟·橘树》）。苏轼也不例外，首先歌颂橘的"凌冬质"。"一夜霜"就使得"菊暗荷枯"，而橘树却绿苞（指橘实）新，使竹篱茅舍生辉。这种比较的方法和反面烘托的手法，更加突出了橘的"凌冬质"。

下阕写食橘过程。首句写剖橘，橘实刚刚"半破"，已经"香雾噀人"。噀者，喷也。噀得令人吃"惊"，着一"惊"字，可谓香气袭人。次句为食橘，"清泉"指橘汁，"流齿"谓汁水丰富，"初尝"而"怯"，可见为新橘，甜中带酸。末句写食后，用夸张手法，说食后"三日手犹香"。如果说上阕是在突出橘的"凌冬质"，那么下阕就在突出它的"淑气芬芳"（谢惠连《橘赋》）。顾微《广州记》谓橘"香闻数里"，孟浩然《洞庭橘》谓"香粘翠羽簪"，钱起《江行》谓"微风过水香"。可见耐寒和香气，都是古人咏橘共同的主旨，人们借以歌颂贫贱不移、高洁坚贞的品格。这样的题材和主旨，要写得能传世，是很不容易的。苏轼的成功，就在于他用对比、夸张手法，使其咏橘词给我们留下了比前人同类作品更深的印象。特别是下阕，尤其是结句，真可谓诵吟千古口犹香。

（曾枣庄）

青玉案·和贺方回韵，送伯固归吴中

原文　　别友　北宋·苏轼

三年枕上吴中路。遣黄犬，随君去。若到松江呼小渡，莫惊鸥鹭，四桥尽是，老子经行处。　辋川图上看春暮，常记高人右丞句。作个归期天定许。春衫犹是，小蛮针线，曾湿西湖雨。

内　容　写送别好友，词中充满对昔日吴中之游的怀念。
特　色　婉约蕴藉，清语奇艳。
注　释　枕上：梦中。黄犬：《晋书·陆机传》有陆机思家时派黄犬传书的典故。辋川图：唐代诗人王维的名画。右丞：王维曾官至右丞。小蛮：唐代白居易的侍女，唐孟棨《本事诗·事感》："白尚书姬人樊素善歌，妓人小蛮善舞，尝为诗曰'樱桃樊素口，杨柳小蛮腰'。"湿：被淋湿。

 这是一首送别忆旧词，是和贺方回（铸）《青玉案》（凌波不过横塘路）词韵的。

上阕写临别语，情真意切。因苏伯固在杭州追随苏轼三年，故有"三年枕上吴中路"一

语,"枕上"犹言梦中,梦中也不忘吴中路,说明苏伯固对吴地的眷恋。今天他梦想已成现实,苏轼送挚友归吴,以黄犬典故来写自己对他的怀念。《晋书·陆机传》有陆机思家时派黄犬传书的佳话,这里运用此典故,希望友人别后不忘通信息。接着词人因别生痴,以一种忘情的轻声细语,对友人回吴后所应注意的地方做出提醒。"若到松江呼小渡"四句,他嘱朋友松江过渡时不要惊动鸥鹭,那里四桥的美丽风光,都曾经留下他经过的足印。"莫惊"二字,说出词人对周遭景物的热爱,"老子"是苏轼自称。在这富有人情味的放达语中,渗透了词人细腻的深情厚谊。下阕回忆三年杭州的生活,一派诗情画意。"辋川图上看春暮"二句,是忆念他们过去生活的艺术氛围。《辋川图》是唐代著名诗人兼画家王维的名画,王维曾在蓝田清凉寺绘《辋川图》壁画,笔力雄健,为传世之作。他们在杭州的日子里,一起欣赏王维画迹,在画中领悟暮春时节的图景。在词人的近乎痴迷的想象中,画也是有立体空间的,勾引起对他们观画吟诗的幽雅生活的忆念。"常忆高人右丞句",化用杜甫

佳 句

- 春衫犹是,小蛮针线,曾湿西湖雨。

《解闷》十二首之八"不见高人王右丞,蓝田丘壑蔓寒藤"句。最后四句,更写得蕴藉多情,细腻动人,情思婉转浓郁。词人别友,已盼其归,写杭州之可恋,自然转笔忆西湖往日欢乐的生活,重抚春衫,顿然想到这是所恋歌妓小蛮的针线,曾在西湖游览时被雨淋湿过。杭州还有他心爱的人,相信他归吴后一定会再回来。这是补充说明"天定许"的缘由,笔调委曲,情意藏而不露,借"曾湿西湖雨"一语托出,给读者以无穷的想象空间。况周颐评曰:"上三句,未为甚艳,'曾湿西湖雨'是清语,非艳语。与上三句相连属,遂成奇艳、绝艳,令人爱不忍释。坡公天仙化人,此等词犹为非其至者,后学已未易模仿其万一。"(《蕙风词话》卷二第25页)

(唐玲玲)

卜算子

原 文 恋情 北宋·李之仪

我住长江头,君住长江尾。日日思君不见君,共饮长江水。　此水几时休,此恨何时已。只愿君心似我心,定不负相思意。

内 容 此词以江水为兴、为比,写相思之深。
特 色 淡语轻俊,构思新颖。
注 释 休:结束。已:完结。负:辜负。

赏析 这首词纯以口语吐真情,着笔轻巧,构思新颖,翻叠成趣。全篇以长江水比兴,开头二句两相对比,"我"与"君"各处两地相思,绾结了长江的一"头"一"尾",显现出巧妙的空间设计,使人感到思念的浓度在不断加强,从而引出"日日思君不见君"的无穷相思的抒写;虽不能相见,但彼此之间又"共饮长江水",似可稍得一点心灵的安慰,实际上更透露出思念的凄苦与长久。下阕仍以长江水作比拟,"此水几时休"二句,以江水的绵远衬托情思的悠长,"水"如"恨","恨"如"水",两者翻叠,极富意趣。最后以坚定的誓言作结:"只愿君心似我心,定不负相思意。"作者又巧妙地用比拟作衬托,婉转地希望"君心"似"我心"一样坚定,一定不会辜负我的相思之情。这时候,江头江尾的无限相思,已化为忠贞不渝的纯洁忆念,淡淡几笔,却传达了浓郁的情思,将日常通俗的语言和比喻,化为幽婉的痴情语调,使全篇转俗为雅,独具特色。

佳 句

・日日思君不见君,共饮长江水。

毛晋《姑溪词跋》赞美李之仪词"小令更长于淡语、景语、情语",评这首词为"真是古乐府俊语",肯定了词中语言继承了古乐府民歌的艺术传统。词中新巧的构思、回环往复的笔法、清淡明彻的语言,独具韵趣。

(唐玲玲)

水调歌头

原 文　　　　　　　　　　　神游　北宋・黄庭坚

　　瑶草一何碧,春入武陵溪。溪上桃花无数,花上有黄鹂。我欲穿花寻路,直入白云深处,浩气展虹霓。只恐花深里,红露湿人衣。　　坐玉石,倚玉枕,拂金徽。谪仙何处?无人伴我白螺杯。我为灵芝仙草,不为朱唇丹脸,长啸亦何为?醉舞下山去,明月逐人归。

| 内 容 | 词写神游桃源胜境，聊以寄傲，并表寂寞之情。
| 特 色 | 跌宕回环，夺胎换骨。
| 注 释 | 瑶草：仙草。杜甫诗《赠李白》"方期拾瑶草"。武陵溪：见于陶渊明《桃花源记》，今在湖南常德境内。虹霓：长虹，皮日休诗"文如日月气如虹"。金徽：琴徽，用来定琴声高低音节的。梁元帝诗"金徽调玉轸，兹夜抚离鸿"。谪仙：唐人贺知章称李白为谪仙人。白螺杯：陶谷《清异录》："以螺为杯，岩穴极弯曲，则可以藏酒，有一螺能贮三盏许者，号为九曲螺杯。"张籍《流杯渠》诗："渌酒白螺杯，随流去复回。"朱唇丹脸：本形容美女，这里指媚世的小人。长啸：嘬口作声为啸。晋代阮籍尝于苏门山遇孙登，与商略终古及栖神导气之术，登皆不应，籍因长啸而退。明月逐人归：苏味道诗有"明月逐人来"之句。

赏析 黄庭坚生当新旧党争激烈的北宋，以高才傲骨而两遭斥逐。在坎坷的人生旅程中，世外桃源必然成为他向往的理想境界。

全词展开了一个无比美好的世界，与污浊的现实形成鲜明对照，所以词人用一系列美的意象来构筑这一迷人的胜境，披露了词人曲折变化的内心世界，因而具有一种跌宕回环之致。开头两句用逆挽句法，先赞叹瑶草之碧，是为果；后揭示其因，原来是春天带来了这一切。开头的顿宕之后，词的气势直贯而下。第二、第三两句用"顶针"句法，以"溪"字相勾连，进一步描写桃花盛开、黄鹂鸣啭的景象。第三、第四两句以"溪上"、"花上"的相同句式继续造成一气贯注的势头。至此词人自然就倾吐出他的愿望：不仅要寻胜探幽，而且要登高望远，一吐胸中的浩然之气，这种直泻而下的气势，生动地表现出他对理想境界的向往之情。接下来又是一顿，透露出向往与疑虑、超脱与留恋的人生矛盾。过片顺此意而来。既然花深露湿，那就徒倚弹琴，随遇而安吧。但此心毕竟难安，于是又一转折，感叹世无知己，寂寞难耐。"谪仙"谓李白。此言上友古人俱不可得，遑论今人了，其孤独之感可以想见。"我为"三句表现了他的傲气硬骨，既如此，又何必长啸呢？此处呼应上阕的"浩气"，表明孤芳自赏之志。理想不遂，只能以回到现实人世作结。"明月逐人归"正是李白"举杯邀明月，对影成三人"的孤寂况味。词人的心曲正有赖这些跌宕转折层层剥现。

黄庭坚作诗有夺胎换骨之法，用之于词，也有点化之妙。隐括诗文是宋词的一个重要手法，山谷于此更是得心应手。此词虽由陶渊明《桃花源记》生发开来，但在展现理想与现实的矛盾上显

佳 句

· 我欲穿花寻路，直入白云深处，浩气展虹霓。

然更多地取法于苏轼的《水调歌头》（明月几时有），尤其"我欲"以下数句，点化之迹更为明显。此外，"红露"句用王维《山中》"山路元无雨，空翠湿人衣"；而将"空翠"改为"红露"，可能是桃花色红之故吧，更何况李贺有"桃花乱落如红雨"之句，则其露之红也就不言

而喻了。"醉舞"二句写飘逸潇洒之态，则化用李白《下终南山过斛斯山宿置酒》"暮从碧山下，山月随人归"，又苏味道《正月十五夜》"暗尘随马去，明月逐人来"，也为山谷所本。这些都见出他的熔铸点化之功。

（黄宝华）

逸 闻

黄庭坚七岁即能赋诗，被称为神童，诗、文、书法俱佳，深得苏轼赏识，是"苏门四学士"之一，人们将两人并称"苏黄"。两人时常谈诗论文，妙语频出，流传着两人之间许多有趣的故事。一日，苏东坡与黄庭坚讨论书法，东坡说："你的字虽然清劲，但笔势有时候太瘦了，犹如树梢挂蛇。"黄庭坚灵机应对："先生您的字晚辈不敢轻易评论，只是觉得有些扁浅，像是石头压蛤蟆。"说完，两人相对大笑。

（徐玲）

定风波

原文　　　　　　　　　　　　　　　述怀　北宋·黄庭坚

把酒花前欲问溪，问溪何事晚声悲？名利往来人尽老。谁道，溪声今古有休时。且共玉人斟玉醑。　　休诉，笙歌一曲黛眉低。情似长溪长不断。君看，水声东去月轮西。

内　容　本词以溪声今古反衬名利短暂，表示不如以声色自娱。
特　色　以诗为词，峭健旷逸。
注　释　玉人：美人。醑（xǔ）：美酒。笙：管乐器名，由簧片、笙管、斗子三部分组成。演奏时手按指孔，吹吸振动簧片而发音。黛眉：黛，青黑色的颜料，古时女子用以画眉，此处指女子之眉。晋左思《娇女诗》："明朝弄梳台，黛眉类扫迹。"月轮：月亮。

赏析　苏轼对词的解放主要在于"以诗为词"，即突破词的艳科藩篱，扩大为一种抒情述怀的词体，因而苏词中有不少感怀人生的篇什，风格技巧也日渐"诗化"。山谷是步苏东坡之后的词人，故晁补之称："鲁直小词，固高妙，然不是当行家，乃着腔子唱好诗也。"（赵令畤《侯鲭录》）

词的上阕是对人世的感怀，而词人倾吐心曲的对象却是溪水。世人纷扰，尘寰恶浊，大自然就成了知己，从陶渊明到李白、苏轼，莫不如是，或举杯邀月，或把酒问天，都是要从大自然中求得精神慰藉或人生答案。加上禅家多从山水中悟道，故而宋人常喜从观物中触发理趣。禅家讲"无处青山不道场"（《五灯会元》卷四《赵州从谂禅师》）、"山青水绿明玄旨"

(《苕溪渔隐丛话·后集》卷三十七),黄庭坚也说"观山观水皆得妙"(《题胡逸老致虚庵》),皆同一归趣。以溪而言,苏轼有禅偈云:"溪声便是广长舌,山色岂非清净身。"(《五灯会元》卷十七)又《浣溪沙》咏"门有流水尚能西,休将白发唱黄鸡",都蕴含理趣。山谷此处正以终古如斯的溪流比喻奔波于名利的人生之途,那溪声似在倾吐出无尽的感慨。山谷早岁有《牧童》一诗:"骑牛远远过前村,吹笛风斜隔坡闻。多少长安名利客,机关用尽不如君。"经历了人生坎坷之后,对此感慨尤深。如果说上阕侧重表现超迈流俗的胸襟,那么下阕则转向抒发旷逸放达的情怀。名利既成虚物,那就浅斟低唱,放逸于醇酒妇人之间。这时,长流不断的溪水又成了绵邈深情的载体,水声东去,月轮西斜,留给人的是悠长的情思。此词从对人生的思考写到对情感的追求。上阕在警世之论中有悯世之情,下阕在放逸之情中有达道之理。情理相生而有一种峭健旷逸之致,这正是山谷词区别于温婉妍丽的传统词风的地方,它和清新雅健的山谷诗一脉相通。

　　从句律修辞上看,此词也绝类其诗。若去掉几个二字句,则完全是一首七言诗。又山谷爱在诗中运用当句对,造成曲折回环的语势,此词"名利"、"且共"、"笙歌"、"水声"数句即用此句律。"水声"一句化用许浑《登洛阳故城》"水声东去市朝变"。要之,诗词畛域在山谷那里几乎已不复存在。

(黄宝华)

沁园春

原文 　艳情　北宋·黄庭坚

　　把我身心,为伊烦恼,算天便知。恨一回相见,百方做计,未能偎倚,早觅东西。镜里拈花,水中捉月,觑着无由得近伊。添憔悴,镇花销翠减,玉瘦香肌。　　奴儿,又有行期。你去即无妨我共谁?向眼前常见,心犹未足,怎生禁得,真个分离!地角天涯,我随君去。掘井为盟无改移。君须是,做些儿相度,莫待临时。

内　容 　此词写女子爱情不遂的遗憾,并表达"随君去"的愿望。
特　色 　真率直露,质朴俚俗。
注　释 　做计:筹划,打算。东西:这里指分手。偎倚:亲近。觑(qù):看。花销翠减:容颜消瘦。

　山谷词中有一类用俚词俗语写冶游艳情,在北宋词人中独标一格。这种作风远溯晚

唐五代的民间曲子词，近承柳永的长调慢词，而在真率与俚俗两方面均远过于耆卿。

柳词摆落"花间"以来的比兴寄托、蕴藉婉曲的陈规，放言直写，铺叙殿衍，以求尽情倾吐。这一点正为山谷所继承。此词模拟一个女子诉衷情的口吻。上阕叙写相思之情。先指天为鉴，诉说身心烦恼，然后交代烦恼之因：咫尺天涯，无由亲近。最后以香消玉瘦呼应开头的烦恼，层次井然。下阕表达委身之愿，亦有三层。先写离别在即，难舍难分之情；继表地角天涯，常随君侧之愿；最后叮咛嘱咐，望早早未雨绸缪。一泻无余的诉说表现出抒情的真率，几到了毫无拘检的地步。这和那种欲说还休的蕴藉温柔确实大异其趣。

与此情相应的，是其语言的质朴俚俗。因为是"我手写我口"，故一切的象征比兴、丽辞藻绘均可捐去，直接以口语出之。其声口之毕肖正得力于这些俚词俗语，从字里行间不难揣想出这位女主人公爱恼交加的感情与热烈大胆的追求。但此词在山谷词中并非最俚俗者，其中有些词语典丽雅驯，见出锻炼之功。如"镜里拈花，水中捉月"，显然化自佛典；"花销翠减，玉瘦香肌"，颇具"花间"神采；"一日相见，百方做计"，则以寻常语构成工切的对偶。这就使本词的语言风格在质朴中显出典雅，不同于山谷某些率尔成章的游戏之作。

词作为一种来自民间的诗歌样式，和俚俗的风格有着天然联系。所以一些雅词作者也都染指这类俗词，即使秦观、苏轼也不能免俗，而柳永、黄庭坚则是先后写作俗词的两位大家。

（黄宝华）

茶瓶儿

原文　　　　　　　　　　　　　　　怀旧　北宋·李元膺

去年相逢深院宇，海棠下，曾歌金缕。歌罢花如雨，翠罗衫上，点点红无数。今岁重寻携手处，空物是人非春暮。回首青门路，乱红飞絮，相逐东风去。

内　容｜此词写物是人非的感慨。
特　色｜意象对比，含蓄浓郁。
注　释｜金缕：即《金缕曲》，女子所唱的柔媚曲调。青门：古长安城门名。《三辅黄图》："长安城东出南头第一曰霸城门，民见门色青，名曰青城门，或曰青门。"

这首词是为怀念情人而作。词人借花说情，以海棠花作象征对比，写出了今昔两情的不同。词的上阕写去年在京城与情人相逢热恋的情景。首句点明时间、地点，院宇深深，海棠花开，两人在这里相逢，依偎难分。她就在海棠树下，唱起动人的《金缕曲》。一曲终了，连海棠花也似感动，纷纷如雨般飘下。恋人的翠罗衫上也洒满了点点海棠花瓣，本来婀娜娇美的身影,越发楚楚动人。"花如雨",既写出恋人歌喉之婉转动听,又写出海棠花之多情,"点点红无数",既写出恋人身姿之美艳,又写出恋人恋情之炽热。这时的海棠花是鲜红的、多情的,一如他们的热恋。

下阕写今岁重游旧地的情景。又是暮春时节,词人到京城重游相逢之地,已是景在人去,物是人非。"青门"本指汉长安城东南门,门涂青色,后泛指京城城门。词人伫立海棠花下,昔日恋人何在?只见乱红无数,和着飞絮随东风飘零而去。同样是海棠花,词人却用"乱红"称之,暗示着往日恋情的消逝。虽然红花也在纷飞,但却是因为"暮春"的谢落,同样是这红花,却被东风无情吹去,不再洒落在恋人身上。这时的海棠花是零乱的,冷漠的。

唐代崔护有《题都城南庄》诗,用桃花与美人相映衬,叹"人面不知何处去",诗中的桃花主要用来表现美人面目的姣好。而这首词则用海棠花来渲染、烘托、对比,从而使海棠花具有一种象征的意义:它象征着二人的恋情,海棠花的今昔不同象征暗喻了二人情恋的今昔不同,情在"花"中,意在象外。所以这首词在感情的表达上含蓄而浓郁,上阕与下阕形成了强烈的对比,惆怅、失落、凄苦之情于对比中淋漓尽致地被表现了出来。

(陈正荣　汪志虹)

逸　闻

徽宗时,李元膺曾任南京教官,因讥讽蔡京,终生不得召用。梁代沈约作有《六忆诗》,因过于华艳而为人所讥,后世少有仿效者。王金玉仿作过《十忆》,李元膺很看重,喜爱其婉转的词意、动人的感情,并仿效作了十首,名曰《忆旧》《忆坐》《忆饮》《忆歌》《忆书》《忆博》《忆颦》《忆笑》《忆眠》《忆妆》。其《忆歌》曰:"一串红牙碎玉敲,碧云无力驻晴霄。也知唱到关情处,缓按余声眼色招。"

(徐玲)

青门饮·寄宠人

怀人　北宋·时彦

原文

胡马嘶风,汉旗翻雪,彤云又吐、一竿残照。古木连空,乱山无数,行尽暮沙衰草。星斗横幽馆,夜无眠、灯花空老。雾浓香鸭,冰凝泪烛,霜天难晓。

长记小妆才了,一杯未尽,离怀多少。醉里秋波,梦中朝雨,都是醒时烦恼。料有牵情处,忍思量、耳边曾道:甚时跃马归来,认得迎门轻笑?

内　容	此词由羁旅边地之愁引发对昔日情爱的思念。
特　色	苍莽幽寂,深挚浓烈。
注　释	嘶风:在寒风中鸣叫。汉旗翻雪:军旗在风雪中翻飞。彤云:浓云。吐:吐露,指残阳从密云中显现。甚时:何时。

赏析 这是一首寄赠之作,词写羁旅边地之愁。据《宋史》本传,称时彦"使辽失职,坐废……塞序辰使辽还,又坐前受赐增拜,隐不言,复停官"。可知这首词就是使辽赴边途中所作。至于所寄之"宠人",虽不确然,但词中所表达的对她的怀恋之情则是明了的,而且这份情意借着那苍莽寒寂的边地行旅生活作背景,又显得那样深挚浓烈,难以排遣。

上阕着力铺排边地行旅之况。前七句写旅程途中,是白天景象。词人以使辽出塞行程为线索,将"马"、"风"、"旗"、"雪"、"彤云"、"残照"、"古木"、"乱山"、"暮沙"、"衰草"这些途中所见景物意象密集地铺排在一起,并用少量有力感的动词和带情感的形容词来串联穿插,这样就以粗线浓墨勾勒出一幅苍莽寥廓的寒冬出塞图。下六句则写旅馆之中,是夜晚景象。星斗横空,孤馆幽寂,词人辗转无寐,直看尽灯芯结花,香鸭(鸭形熏炉)吐雾,玉烛凝泪,却依然是霜天难晓。在这里,词人又以主观的心理时空,将时间作"慢速"处理,从而潜写出一首幽寂无眠的边地小夜曲。

下阕则刻意抒写怀人之情。既不堪羁旅漂泊之苦,则自生思乡怀人之情。换头以"长记"领起,在"脑屏"上重映那临别之际难以忘怀的依依不舍的一幕。接下则抒写他此后"醉里"、"梦中"的执著和"醒时"的加倍痛苦。结末写因情牵切切,往事不忍思量,可耳畔又响起了"宠人"临别之际烙刻在心之磁带上的那永不磨灭的心声:你什么时候能跃马归来哟,那时你还会认得我这个倚门迎笑的情人吗?以追思容妆起,以追想声貌结,把一份怀人之情写得既深挚又浓烈。

全词上阕写景,下阕抒情。写景层次分明,境界阔大,抒情则回环往复,细腻缠绵。而阔大与细腻又有机地统一在悲苦浓烈的感情基调上,所以从总体上既给人以和谐之感,又深挚动人。这大概正是时彦独以此词传世的原因所在。

(刘尊明)

望海潮

原文　　　　　　　　　　　　　　　感旧　北宋·秦观

　　梅英疏淡,冰澌溶泄,东风暗换年华。金谷俊游,铜驼巷陌,新晴细履平沙。长记误随车,正絮翻蝶舞,芳思交加。柳下桃蹊,乱分春色到人家。西园夜饮鸣笳,有华灯碍月,飞盖妨花。兰苑未空,行人渐老,重来是事堪嗟。烟暝酒旗斜,但倚楼极目,时见栖鸦。无奈归心,暗随流水到天涯。

内　容	此词写重游洛阳旧地，抒发感旧伤今的情怀。
特　色	两两相形，清丽绵密。
注　释	梅英疏淡：梅花渐渐稀少、褪色。冰澌溶泄：澌，同"凘"，解冻时流动的冰。《楚辞·九歌·河伯》："与女游兮河之渚，流凘纷兮将来下。"王逸注："流凘，解冰也。"此处指冰块已融化。金谷、铜驼：前为洛阳园名，后为街道名，古人常把二者并举。如骆宾王诗："金谷园中花几色，铜驼路上柳千条。"刘禹锡《杨柳枝》："金谷园中莺乱飞，铜驼陌上好风吹。"桃蹊：桃树下的小路，语出"桃李不言，下自成蹊"。西园：曹植《公宴》："清夜游西园，飞盖相追随。"华灯碍月：华灯通明使得月色暗淡下来。飞盖：飞车。兰苑：美丽的花园。

赏析　这是一首怀旧词。词中通过重游旧地，抒发了感旧伤今的复杂情感。

这首词作于绍圣元年（1094）春。当时哲宗亲政，朝局大变，旧党下台，新党再起，苏轼再度被贬，秦观也因此受到牵连，并以"增损《实录》"等罪名，一贬再贬。此词即作于被贬之后不久。但词作于何地，有两种不同之说。一说被贬后途经洛阳所作。汲古阁本《淮海词》题作《洛阳怀古》，词中还有"金谷园"、"铜驼街"等洛阳之具体地名。又一说认为，上述地名并非实指，而是借指汴京的金明池和琼林苑，词中的"西园"乃是驸马都尉王诜的花园。因此本篇乃被贬离京前重游旧地所作。

这首词艺术上有两大特点：一是结构比较特殊；二是全篇运用对比。所谓结构特殊，主要体现在层次与段落安排上。一般词作，由于艺术表现的需要，往往上阕写景，下阕言情，或者上阕感今，下阕忆昔。但这首《望海潮》却有所不同，它打乱了上下阕之间的界限，也不顾及"换头"的作用，而是根据情感发展线索，把上下阕糅成一体，按内容需要，重新区分层次段落。

从开篇至"细履平沙"为第一层。前三句写时令景物，突出了早春风光：稀疏的梅花业已零落凋残，残存的花瓣早已枯萎暗淡，河里的冰凌已经溶解，化作流水潺湲，东风在人们不知不觉之中吹送来新的一年。次三句点出具体景物与春天般的情感。这是畅游金谷园的最佳时节，铜铸的骆驼列队候在路边，春雨过后，天气刚刚放晴，脚下的细沙

显得更加柔软。这一段里有两处值得注意：一是开篇"冰澌溶泄"与结尾"暗随流水到天涯"上下衔接，首尾呼应，意脉与结构有一气贯注之势；二是"东风暗换年华"是全词主题。正因"暗换年华"，所以才有下面"行人渐老，重来是事堪嗟"的慨叹。这不仅是时间季节的变换，也是人世与政治风云的变换。

从"长记误随车"至"飞盖妨花"是第二层，共有八句，是全词的重点。作者触景生情，自然免了要回忆当年，想起年轻时在洛阳令人神往的浪漫生活。其中有两个侧面：一是赏游洛阳的名胜古迹，一是彻夜的豪华饮宴。在赏游过程中，最使作者难以忘怀的一个插曲是："长记误随车，正絮翻蝶舞，芳思交加。"韩愈《嘲朝少年》："只知闲信马，不觉误随车。"作者也毫不隐讳地抒写年轻时因自控能力很差而犯下的小小过失，有自嘲，也有叹赏之意。在豪华宴饮过程中，给人难以磨灭的印象是："西园夜饮鸣笳，有华灯碍月，飞盖妨花。"曹植《公宴》诗："清夜游西园，飞盖相追随。""盖"，车顶盖，这是借指车子。在这一段里，词人把昔日洛阳的生活写得形象逼真，气氛浓烈，极富诗情画意。即使经过时间的冲洗，仍保留记忆的新鲜度。足见这一段生活给人印象之深。正因为如此，也就更加衬托出"重来是事堪嗟"的凄凉落寞。

从"兰苑未空"到篇末是第三层。这八句，笔锋陡转，极写当今之悲慨。这是全词主旨之所在。这一段由"渐老"、"堪嗟"与"归心"三种不同心理活动组成，并由此构成怀旧伤今的凄凉音调。

这首词的第二个特点是全篇用对比手法。因为这首词的主题是感旧伤今，题材由今昔两部分组成，所以，词中有关今昔两部分的描写，自然形成强烈反差。作者用大量篇幅描写旧时的游赏和宴饮，词笔明朗，节奏欢快，早年那春天般的情感，充溢于字里行间。这一切，却是为了和当今重游时的伤感形成鲜明对照。在叙写伤今这一部分时，作者化密为疏，节奏舒缓，色彩暗淡，调子低沉，孤寂落寞的气氛笼罩读者心头。昔盛今衰，昭然可见。周济在《宋四家词选》中评这首词说："两两相形，以整见劲。以两'到'字作眼，点出'换'字精神。"所谓"两两相形"，也就是指用今昔这两种不同意象来构成鲜明对比。如今日"倚楼极目"与昔时"金谷俊游"、"西园夜饮"两相对照，今日的"烟暝酒旗"与当年"华灯碍月，飞盖妨花"相对比，今日"时见栖鸦"与昔时"絮翻蝶舞"、"柳下桃蹊"对比。在意脉贯通与前后照应方面，作者用两个"到"字、（即"乱分春色到人家"与"暗随流水到天涯"中的两个"到"字）充实和说明了"东风暗换年华"中的"换"字。

佳 句

· 梅英疏淡，冰澌溶泄，东风暗换年华。

第一个"到"字可以说是春天的到来，理想与希望的到来；而第二个"到"字却是贬谪的到来，希望破灭的到来。所以"暗换"二字是有极其丰富与深刻的内涵的。由于"东风"一句是贯穿全篇的主线，作者巧妙地通过上阕与下阕的结句用相同的"到"字加以呼唤照应，主题由此得以突出，线索也由此更加显得紧凑。作者的艺术匠心，也于此可见。

秦观是婉约词的代表人物。他的词浑融和雅，婉转含蓄，虽精工细刻，却不露着力痕迹，谭献说他的词如"陈隋小赋",虽有铺陈,但颇凝整,情韵兼胜。本篇当是《淮海词》代表作品之一。
(陶尔夫)

逸 闻

秦观由会稽入京师,拜访苏轼,苏轼说:"久别以后,这里都在传唱'山抹微云'。"秦观心中不免几分欣喜,忽然听到苏轼声色俱厉:"不想你学那柳永,作此等下流酸曲。"秦观梗着脖子争辩道:"我虽然没有见识,但也不至于堕落到那个地步。老师说话过分了吧。"苏轼说:"'销魂当此际',这不是柳永式的句子吗?"秦观就红了脸无话可说了。苏东坡又问他有何其他的作品,秦观举出"小楼连苑横空,下窥绣毂雕鞍骤",苏轼讥笑道:"十三个字只说了个人骑马从楼前过。"
(徐玲)

八六子

原文

离恨　北宋·秦观

倚危亭,恨如芳草,萋萋划尽还生。念柳外青骢别后,水边红袂分时,怆然暗惊。　　无端天与娉婷。夜月一帘幽梦,春风十里柔情。怎奈向,欢娱渐随流水,素弦声断,翠绡香减,那堪片片飞花弄晚,蒙蒙残雨笼晴。正销凝,黄鹂又啼数声。

内　容　此词写分别前后的怀念及悲伤。
特　色　层层渲染,步步推进。
注　释　划:铲除。骢(cōng):青白色相杂的马。袂:衣袖。怆然:悲痛貌。天与:上天赐予。娉婷:女子姿态美好的样子。素弦:素琴。销凝:销魂凝神。宋柳永《夜半乐》词:"对此佳景,顿觉销凝,惹成愁绪。"

赏析

这是一首抒写离愁别恨的佳作。作者运用层层渲染、步步推进的手法,表达了相思怀念的不尽之情。

一般词多以景语起笔,由景入情。而本篇发端三句写独倚高亭,忽睹芳草,触绪牵怀,却是直笔抒情,由情入景,仿佛破空而起,突然而发。周济誉之为"神来之笔"(《宋四家词选》)。曹植《释愁文》云:"愁之为物,惟惚惟恍。"把抽象的离愁别恨表现得不惚不恍,具象可感,在我国古典诗词中时有所见,以春草作此便是常例。如《楚辞·招隐士》:"王孙游兮不归,春草生兮萋萋。"李煜《清平乐》:"离恨恰如春草,更行更远还生。"秦观"恨如芳草,萋萋刬尽还生"两句,虽是熔铸前人诗句而出,但又有变化,且多生一层曲折。不仅突出了离恨芊绵郁结,无从排遣,还生动地引起下文对别时情景的回忆:柳外水边,垂杨袅袅,骏马啸啸,依依惜别,念念不忘。每一念及那绿树、碧水、青骢、红袂的分别情景,不觉怆然伤嗟,猛然心惊。惊叹离人无法重聚,往事难以挽回。惊叹离愁别恨不因岁月流逝而冲淡,却如满目"刬尽还生"的芳草,蔓延不绝,顽强不灭。

过片三句进一层追忆别前的欢洽之乐。先以痴语埋怨老天何以赋予所别之人非凡的风姿丽质,使自己的相思格外绵绵不已。这看似无理的诘问,却真切地表达了如海深情。继之,"夜月"一对联语,正面怀念情事。在秦观之前,杜牧《赠别》诗有云:"春风十里扬州路,卷上珠帘总不如。"秦观以后,辛弃疾《念奴娇》(野赏花落)有云:"闻道绮陌东头,行人曾见,帘底纤纤月。"而本篇"夜月一帘幽梦,春风十里柔情",却比杜诗辛词更凝练含蓄,更有容量。两句两层意境,概括了往昔两相爱悦、欢愉不尽的日日夜夜。"怎奈向"以下陡然急转,以美好的往事跌入惨痛的现实,从甜蜜的回忆转为悲伤的描述:欢愉易逝,如水东流,乐曲悦耳,不可复闻,翠巾飘香,消失殆尽,目前残雨落花,耳旁黄鹂凄切。陈匪石《宋词举》评曰:"'那堪'二字绝妙,进一层语,全是'无端'之感,'暗惊'之态。'恨'之'刬尽还生',端为此也。'正销凝',一顿。'黄鹂又啼数声',再进一层作收,饶有余味。此词起处突兀,中间委婉曲折,道出心中郁结,而确是别后追念之情。'那堪'以下不再说情,专就景描写,而一往情深,令人读之魂销意尽。"

张炎对这首《八六子》评价甚高,认为"离情当如此作,全在情景交炼,得言外意"(《词源》)。亦即以情见长而又余味不尽,情韵兼胜而又委婉含蓄。词中或写别时之苦,或写相聚之欢,或写现实之悲,或直抒情怀,或寓情于景,或以景衬情,层层渲染,步步推进,交插错综,愈转愈深,可说达到"语尽而意不尽,意尽而情不尽"(周辉《清波杂志》)的境界。 (陆 坚)

- 恨如芳草,萋萋刬尽还生。
- 夜月一帘幽梦,春风十里柔情。

满庭芳

原文　　　　　　　　　　　　　　　　　　　　别情　北宋·秦观

山抹微云,天粘衰草,画角声断谯门。暂停征棹,聊共引离尊。多少蓬莱旧事,空回首、烟霭纷纷。斜阳外,寒鸦数点,流水绕孤村。　　销魂。当此际,香囊暗解,罗带轻分。漫赢得青楼,薄幸名存。此去何时见也?襟袖上、空惹啼痕。伤情处,高城望断,灯火已黄昏。

内　容　此词铺写离别的场景和离人的情怀。
特　色　凄婉缠绵，针线绵密。
注　释　山抹微云，天粘衰草：抹、粘二字虽工，但亦有所本，杜牧诗"红霞一抹广陵春"、张祜诗"草色粘天鹕鸪恨"便是。谯（qiáo）门：城上望远的楼。《汉书》颜师古注："门上为高楼以登曰谯。"征桡：远行的船。离尊：离别之际喝酒用的酒具。霭：云气。寒鸦数点，流水绕孤村：用隋炀帝诗"寒鸦千万点，流水绕孤村"之意。香囊：古代有佩戴香囊的习俗。漫赢得青楼，薄幸名存：本杜牧《遣怀》诗："十年一觉扬州梦，赢得青楼薄幸名。"薄幸，薄情。

赏析　词写离别场景，对人物内心活动也有细致刻画。开篇两句，字炼句烹，工丽自然，极为后人所称道。"抹"字新颖而别致，远远看去，那片片白云，仿佛被什么人涂到山坡上一样，看来恬静，其实却含有动态。因为"抹"字是要有施动者的，一般又多用于绘画，诗情画景，便油然而生。"粘"字也依然如此。看上去，那天的尽头似乎跟衰草胶着在一起，是静止的，但造成这一后果，仍需某种动作才成，"粘"也是富有动作性的。起笔二句，不仅写出季节和黄昏前的特点，而且还烘托出作者放眼远方并流溢出难舍难分的情感。沈祥龙在《读词随笔》中说："诗重发端，惟词亦然。"并认为"山抹"二句是"对起之调"成功的典型，因为它"从容整炼"。东坡取其首句，呼之为"山抹微云君"（《词林纪事》卷六）。朱彝尊在《词综发凡》中说："'山抹微云'秦学士"，"一句之工，形诸口号"。可见这两句在词的艺术上以及它对当时和后世的影响之大了。

下面"画角声断谯门"一句，继目之所见转写耳之所闻，并以凄厉的音响叩击读者的心灵。角声在古诗词中多用以烘托苍凉悲壮与凄清伤感之情。在作者听来，这画角无疑是在吹奏惜别的哀音，令人肠断。

"暂停"二句，略作顿挫，回写饯别场景，与柳永《雨霖铃》"都门帐饮无绪"句近似。不同的是，柳词明点"无绪"，而秦词则写得更为含蓄，只是"聊共引离尊"而已。"多少蓬莱旧事"三句点别情。"蓬莱"本指海中仙岛，但在此句中则以为绍兴龙山下之蓬莱阁较为合理。《苕溪渔隐丛话·后集》卷三十三引《艺苑雌黄》云："程公辟守会稽，少游客焉，馆之蓬莱阁。

一日，席上有所悦，自尔眷眷不能忘情，因赋长短句，所谓'多少蓬莱旧事，空回首，烟霭纷纷'是也。"由此可见，词中的别情与恋情密切相关。但，"空回首"又不仅止此而已，其中还含有失意的牢骚与飘零的感慨。正如周济在《宋四家词选》中所说："将身世之感打并入艳情，又是一法。"但贯穿全词的基调却仍是伤别，"身世之感"并不十分突出。

"斜阳外"三句即景生情，缘情入景，联想断肠人在天涯之苦况。"寒鸦数点，流水绕孤村"，本出自隋炀帝"寒鸦千万点，流水绕孤村"之句，但正如王世贞所说："语虽蹈袭，然入词尤是当家。"（《艺苑卮言》）就好像五代翁宏《春残》诗中的"落花人独立，微雨燕双飞"两句一样，被引进晏几道《临江仙》（梦后楼台高锁）之中，比之在原来的诗里，更富有词的韵味和特殊的美感。这几句，使离情画景融洽无间；凄婉之情，益增悱恻。词人那绵绵无尽的怀思感旧之情，一股脑儿化入烟霭、斜阳、流水、孤村之中去了。

下阕极写难解难分的情怀。"销魂"二字，以直接唱叹，再作顿挫，暗点别情。正如江淹《别赋》所说："黯然销魂者，唯别而已矣。""当此际，香囊暗解，罗带轻分。"这几句状儿女依依之情，极为深细。一个"暗"字，恰当不过地透露出情人之间的小动作与秘不示人的排他性。缱绻缠绵，跃然纸上。"轻"字，又暗示出离别之速，离别之易。一"暗"一"轻"，前后映照，有多少矛盾，多少伤痛。"漫赢得青楼，薄幸名存。"此二句用杜牧《遣怀》"十年一觉扬州梦，赢得青楼薄幸名"句意。表面上对这一段冶游生活表示惭悟，其实恰恰反映了周济所说的词人的"身世之感"。

"此去何时见也？襟袖上、空惹啼痕。"与前三句相比，此是明写。绘惜别掩泣之状，层深而曲折。不知何时再见，是第一层；襟袖上满是泪痕，又是一层；空惹，更多一层。缠绵凄婉，悲痛难抑，溢于言表。

末尾，"伤情处"三字重作顿挫，总束上文，唤起结末二句："高城望断，灯火已黄昏。"此九字以景结情，是船行江中之所见，又暗示时间的推移。黄昏降临，人影消失，映入眼帘的只是万家灯火了。此二句与开篇两句上呼下

佳 句

- 山抹微云，天粘衰草。
- 斜阳外，寒鸦数点，流水绕孤村。
- 伤情处，高城望断，灯火已黄昏。

应，照应紧密，暗示离别之速。惜别怅惘之情，尽在不言之中了。此用欧阳詹《初发太原途中寄太原所思》"高城望不见，况复城中人"句意，但比原诗更为深挚。这里要特别注意词人把"不见"二字改易为"断"字。"断"者，尽也，"望断"犹云"望尽"、"望煞"。但如果回过头来与开篇第三句"声断"上下联系起来看，这两个"断"字，一写耳之所闻，一写目之所见。耳之所闻，令人断肠；目之所见，令人断魂。两个"断"字已把全词写尽。

本词描写细腻，针线绵密，用笔周到。诗情画景，凄婉缠绵，集中体现出作者含蓄婉转的风格。词写离别之全过程，顺序写来，一丝不苟，但又极尽曲折变化之能事。目之所见与耳之所闻交互映衬；人之所为与心之所感前后烘托。离情别恨与身世之感俱皆打并入客观景物的描绘与转换之中，"不假雕琢，水到渠成"（谭献《词辨》）。"山抹微云"、"斜阳"、"寒

鸦"诸句,状深秋晚景,如在目前,实为马致远"枯藤老树昏鸦"(《天净沙》)之滥觞。晁补之评曰:"虽不识字人,亦知是天生好言语。"(见《诗人玉屑》卷二十一)

(陶尔夫)

鹊 桥 仙

原 文　　　　　　　　　　　七夕　北宋·秦观

　　纤云弄巧,飞星传恨,银汉迢迢暗度。金风玉露一相逢,便胜却、人间无数。　　柔情似水,佳期如梦,忍顾鹊桥归路。两情若是久长时,又岂在、朝朝暮暮。

内　容　此词写天上牛郎、织女七夕相会的神话,表现一种虽短暂却美丽的爱情。
特　色　词意飘逸,丽外秀中。
注　释　鹊桥仙:该词牌原是咏七夕牛郎织女相会事。《荆楚岁时记》载:"天河之东,有织女,天帝之子也,年年织杼劳役,织成云锦天衣,天帝怜其独处,许嫁河西牵牛郎,嫁后遂废织纴,天帝怒,责令归河东,唯每年七月七日夜,渡河一会。"纤云弄巧:天上纤细的云彩做出各种巧妙的花样。飞星传恨:飞星,指牵牛、织女二星。传恨,流露出终年不得相见的离恨。金风玉露一相逢,便胜却、人间无数:用欧阳修《七夕》:"暮云天上休相见,犹胜人间去不同。"金风玉露,是秋天的气候。李商隐《辛未七夕》:"由来碧落银河畔,可要金风玉露时。"鹊桥:《风俗通》载:"织女七夕当渡河,使鹊为桥。"

　在古代众多歌咏七夕牛郎织女的诗词当中,本篇以命意超绝、独出心裁、婉转缠绵而流传千古。它紧紧围绕有关牛郎、织女的神话传说,创造出一个美好动人的艺术境界,反映出被迫分居两地的牛郎、织女之间的纯真爱情,寄寓了作者进步的恋爱观。自魏晋以来,以七夕为题材的诗歌日益增多,但一般旧作均对牛郎、织女一年相会一次而深表惋惜。秦观这首词却截然不同。它不落常套,另具一格,既歌颂了牛郎、织女爱情的坚贞,同时还曲折地抨击了顽固势力的丑恶,思想境界高人一筹。

　　上阕写"七夕"相会的盛况,开篇"纤云弄巧"一句,把读者引到一个奇妙而又虚幻的艺术境界,那散布天际的彩云,映着落日的余晖,用灵巧的双手编织着种种优美的图案。这不仅与"乞巧"这一传统民间习俗密切相关,同时还通过绚丽的色彩与变幻多姿的图案为牛郎、织女相会制造气氛。"飞星传恨"一句同样也是很奇妙的。试想,"星"这一天体,怎能有"恨"?如果有"恨",又是怎样传达的呢?但是,在词人眼中,不仅"纤云"能卖弄人的

技巧,"飞星"也同样具有人的情感。细加品味,原来"纤云"一句写的是织女,"飞星"一句写的是双方。"巧",是织女所独具;而"恨",却是牛郎织女所共有的。这一"恨"字不仅包括牛郎织女终年不得相见的离愁别恨,同时还包含有对破坏美满爱情的顽固势力的仇恨。有此基础,下面"银汉迢迢暗度"一句,就显得可喜而又可贵了。这一年一度的"七夕",的确来之不易。牛郎、织女不仅要忍受漫长时间的煎熬,而且还要克服"银汉"(即"银河")这一广阔空间所造成的困难。"迢迢"二字把二人相距之遥远逼真地形容出来了。

再看下两句:"金风玉露一相逢,便胜却、人间无数。"就表面意义讲,"金风玉露"是用美丽的字面来形容美好的秋季,形容迷人的"七夕"。李密《淮阳感秋》:"金风扬初节,玉露凋晚林。"这是指季节而言的。但是,在这首词里,我们不光要看它所具有的季节的呈示性作用,同时,联系"飞星"的性质,似乎还可以把"金风"理解为一种超光速的动力。没有这种动力,要想一夜之间渡河相会,是不可能的;要满足长期分别而企盼于一刹那快速"相逢",也是不可能的。如果译过来,这两句的意思大体是:金秋之风,珠玉之露,一旦闪电似的撞击便情意绵绵;哪怕只有这短暂的一次相会,也抵得上人间的千遍万遍重逢啊。

下阕承此,就相会时的蜜意柔情展开描写。过片两句写相会时的爱恋疑真似假,如梦如幻,唯恐一年一度的短暂相逢转瞬即逝的复杂情感。"忍顾鹊桥归路"一句,与上阕"纤云"、"飞星"、"银汉"、"金风"、"玉露"所创造出的境界是何等不同。那时,织女恨不得转眼之间便飞渡天河与牛郎相会;此刻,却难舍难分,生怕回头看一眼那喜鹊搭就的长桥。那长桥,就是织女归去的道路!韩鄂《岁华纪丽》卷之引《风俗通》:"织女七夕当渡河,使鹊为桥。相传七日鹊首无故皆髡,因为梁以渡织女故也。"

恋恋不舍之情,到此已形成高潮,假如沿此情绪写下去,低抑的音调难免有控制全篇之势。可贵的是,作者于此,竟然空际转身,爆发出高亢的音响:"两情若是久长时,又岂在、朝朝

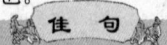

· 金风玉露一相逢,便胜却、人间无数。
· 两情若是久长时,又岂在、朝朝暮暮。

暮暮。"使全篇为之一振,并且与上阕绚丽的环境氛围,与下阕柔情似水的爱恋,结合得如此完美和谐。有了这两句,作者超凡脱俗的思想格调就异常鲜明地突现出来。如果与他以前和他同时的其他人的诗词相比较,这一点就更加清楚了。张先有"牛星织女年年别,分明不及人间物"(《菩萨蛮》);苏轼有"相逢虽草草,长共天难老。终不羡人间,人间日似年"(《渔家傲》),均不及秦观这首词深得人心而广为流传。《草堂诗余》和《蓼园词选》都评说这首词"化臭腐为神奇"。这是很有见地的。

词虽简短,但意境却十分完整。作者在短短五十六字之中,几乎把有关牛郎、织女的传说全都组织起来,并根据主题的需要,加以精心选择和提炼,构成和谐的画面与优美的意境。"七夕相会",本属虚无缥缈之事,但其中却寄寓着古代人民美好的理想与愿望。作者通过自己的彩笔,把这一传说写得栩栩如生,充分显示出作者的艺术创造才能。

这是一首虚实兼到、情景交融的小令。作者不仅善于绘制绚丽的画面与独特的场景,而

且更善于抒情。"金风玉露一相逢"和"两情若是久长时"两联,实是词中警句,立意超拔,又婉转情深,词意飘逸,丽外秀中,具永久性艺术魅力。

(陶尔夫)

减字木兰花

原文　　　　　　　　　　　　　　　　　　　　　　离恨　北宋·秦观

　　天涯旧恨,独自凄凉人不问。欲见回肠,断尽金炉小篆香。　　黛蛾长敛,任是春风吹不展。困倚危楼,过尽飞鸿字字愁。

内　容 此词写一位独处高楼的女子深长的离愁。
特　色 清丽淡雅,设譬惊警。
注　释 天涯:指所思之人远在天涯。旧恨:指离别之久而生发出的情感。篆香:盘香,因其形状回环如篆,故名。黛蛾:黛眉。敛:皱。危楼:高楼。字:飞鸿往往列队迁徙,称雁字。

赏析　词写离愁别恨,深情婉转,凄楚动人,设譬奇警,波澜起伏,在淮海词中不愧为脍炙人口的佳篇。

　　起笔便排闼而入,直接展示女主人公的内心世界,明点感情纽结之所在:"天涯旧恨"。"天涯",极远之地,恋人远游之所在,即"断肠人在天涯"也。此二字将女主人与其所思远远拉开,留下一个填不满、缩不短的情感空间,为全词张本。"旧恨","旧"言别离时间之长,日复一日忍受相思离恨的煎熬。当然,为此"旧恨"能得某种慰安、某种理解,尚可缓解内心的负担。然而,事实恰恰相反,她再也压抑不住地呼吐出"独自凄凉人不问"这样的心声。此句关键在一"独"字。"独",承"旧恨"而言:孤独一人,此是一层;长时间断绝音问,为第二层;此情此感又无人问,是为第三层。"凄凉"之情境已和盘托出。

　　然而词之妙处并非止此而已。第三句、第四句又将感情境界提高到一个新的层次:"欲见回肠,断尽金炉小篆香。"此二句状"旧恨"、"凄凉"之后果。"回肠",形容思虑极度愁苦之状。司马迁《报任安书》:"肠一日而九回。"柳宗元《登柳州城楼寄漳汀封连四州刺史》:"岭树重遮千里目,江流曲似九回肠。""回肠九曲",外人是无法看到的。作者的高明之处,在于能就近取譬,使复杂的内情外显:"断尽金炉小篆香。""篆香",即盘香。形似篆文,故名。洪刍《香谱》卷下说:"近世尚奇者作香篆,其文准十二辰,分一百刻,凡燃一昼夜而已。"以"篆香"喻"回肠",一是所见相思之情夜以继日,盘旋曲折;二是感情的煎熬使肝肠寸断成灰,正如李商隐所说"一寸相思一寸灰"(《无题四首·其二》)。用譬奇警贴切,有过前人。

175

愤悱之情，溢于言表。

张炎在《词源》中说："最是过片，不要断了曲意。"这话虽指慢词而言，但秦观在小词中对此也一丝不苟。"黛蛾长敛，任是春风吹不展。"此二句承开篇，是"旧恨"的情态化。"黛蛾"，黛色的蛾眉，也作黛眉。"黛"，青黑色颜料，用以画眉。温庭筠《咸阳陈情五十韵献淮南李仆射》："黛蛾陈二八，珠履列三千。""敛"，聚拢。此指因怨极愁极而眉峰紧皱。"任是"，不管如何，含强调之意。东风送暖，大地回春，百花争艳。但是这春风对于紧皱的"黛蛾"却无能为力。比喻之中，暗含夸张。

最后两句承前"凄凉"二字，作形象刻画："困倚危楼，过尽飞鸿字字愁。""困"字总束上文，把"旧恨"、"凄凉"、"回肠"、"断尽"、"黛蛾长敛"打总儿收拾在一起，堆积成无法解脱的大困惑。在此万般无奈之际，只能登攀高楼，凭栏远望，企盼能获得某种解脱和安慰。然而，她看到的却是更加失望的情景："过尽飞鸿字字愁。""飞鸿"，代指传书的鸿雁。然而，不管排成"一"字的雁群也好，排成"人"字的雁阵也好，它们对凭高远眺的女主人公毫不理睬而直向远方飞去，留给她的是更多的相思离愁。

前人评秦观词说："少游正以平易近人，故用力者终不到。"（周济《介存斋论词杂著》引董晋卿语）这首词也正以它的"平易近人"而使读者深受感染。但它却并非不"用力"，虽"用力"而不露痕迹，是以为高。与秦观《浣溪沙》（漠漠轻寒上小楼）之类作品相比较，即可看出端倪，反映了秦观词的另一种风格。

 佳 句

· 黛蛾长敛，任是春风吹不展。

张炎说："秦少游词，体制淡雅，气骨不衰，清丽中不断意脉。"本篇从内心写起，由内而外，由隐而显，由近及远，逐次展开，环环扣紧，意脉不断。人物心理与黛蛾的敛颦相交织，婉转深情，刻画细腻。其设譬之奇警，有过前人。句式与平仄的转换，也恰当地反映出情感的波澜起伏。

（陶尔夫）

踏莎行 · 郴州旅舍

原文 羁愁 北宋·秦观

　　雾失楼台，月迷津渡，桃源望断无寻处。可堪孤馆闭春寒，杜鹃声里斜阳暮。　　驿寄梅花，鱼传尺素，砌成此恨无重数。郴江幸自绕郴山，为谁流下潇湘去？

内　容　此词写迷蒙凄凉的环境，表达失意凄迷的心境。
特　色　无理有情，寓情于景。
注　释　郴（chēn）州：地名，在湖南。失、迷：使动用法。桃源：地名，在湖南。事见陶渊明《桃花源记》。驿寄梅花：《荆州记》载："吴陆凯与范晔善，自江南寄梅花与晔，并赠诗曰：'折梅逢驿使，寄与陇头人。江南无所有，聊赠一枝春。'"鱼传尺素：古诗《饮马长城窟行》："客从远方来，遗我双鲤鱼，呼儿烹鲤鱼，中有尺素书。"砌：堆积。幸自：本自，本来是。

赏析　绍圣初年，哲宗亲政，章惇为相，大兴党籍。秦观因"元祐党人"的牵连，迭遭厄运。先贬为杭州通判，旋因"影附苏轼，增损《实录》"，改贬"监处州酒税"，继因作诗又被政敌罗织罪名，再降级远放郴州。这首《踏莎行》是他在郴州写下的著名词篇。政治上的连连打击，生活上的频频颠簸，精神上的累累创伤，思想上的重重愁绪，使秦观不得不感到理想的破灭和前途的渺茫。这首词通过即景抒情、寓情于景的描写，形象地表现了他一再遭贬而产生的坎坷之感、身世之悲、忧苦之痛和不满之情。

词一开头，即将外在之景与内在之情巧妙地结合起来抒写，以景托情，情景相生。表面看是写雾气弥漫、月色朦胧之景，实际上是在表达作者失意凄迷之情和对黑暗现实的影射之意。作者所瞩目的，并非是眼前的"楼台"和"津渡"，而是那可避乱世外的"桃源"。可是"桃源""望断"而"无寻处"，渴望远离尘世而不可能，追寻那理想的社会又不可得，只能怀着失望的心情，寄身旅舍，忍受着客舍似家家似寄的羁愁的煎熬。"可堪"两句，承上启下而又进一步选择有特征性的景物重叠渲染冷寂的处境。"孤馆"，已见其孤独，又加"春寒"，更见其凄凉寂寞之甚。耳闻"不如归去"的杜鹃之声，已勾起思乡之情，又是"斜阳"日暮之时，更给人以黯然无望、不堪忍受之感。王国维在《人间词话》说的"少游词境，最为凄婉。至'可堪孤馆闭春寒，杜鹃声里斜阳暮'，则变而凄厉矣"，可能主要指这两句在景物描写上充分体现了词人自我的感情色彩。

过片三句，宕开一笔。不继续描写环境气氛，而连用两则友人投寄书信的典故，表现特殊环境中的思乡怀旧之情。自己一贬再贬，越贬越远，北归无望，深恨无穷。亲友的书信和馈赠，不仅不能带来丝毫的慰藉，反而使自己更增加离愁别恨。对方的劝慰越多，自己的愁苦更甚。着一"砌"字，尤耐寻味。把连续得到亲友的劝慰而不断增添其愁恨这一抽象感受写得具体形象，层层叠叠，厚重难量，不可排除。也只有在深重的"此恨"之中，才写出了情景兼胜、"无理而妙"的警句："郴江幸自绕郴山，为谁流下潇湘去？"这两句或许是从戴叔伦《湘南即事》诗"沅湘日夜东流去，不为愁人住少时"点化而出，也可能是由白居易《白云泉》诗"太平山上白云泉，云自无心水自闲。何必奔冲山下去，更添波浪在人间"演变而来。都是埋

佳句

・可堪孤馆闭春寒，杜鹃声里斜阳暮。
・郴江幸自绕郴山，为谁流下潇湘去？

怨流水无情，不解人意，滔滔而去，平添烦恼。这种如痴如呆的怨语，隐曲地表达了不便言传的逐臣之恨，表达了逐臣游子离乡远谪的愁苦、极悲极怨的究诘以及对自己不幸遭遇的反躬自问。据《苕溪渔隐丛话·前集》引惠洪《冷斋夜话》载：东坡绝爱此词尾两句，"自书于扇曰：'少游已矣！虽万人何赎？'"可见"为谁流下潇湘去"的喟叹，不仅发自秦观的内心，也说出了包括苏轼在内的命运坎坷的知识分子的深切感受，引起他们直觉的感动和强烈的共鸣。也许由于这两句借眼前之景，写不尽之情，使全篇含蕴深厚，意绪宏丰，回味无穷。所以有专家认为秦观此词可与苏轼《念奴娇·赤壁怀古》并传："秦郎淮海领宗风，小阕苏门亦代雄。等是百身难赎语，郴江北去大江东。"（夏承焘《瞿髯论词绝句·秦观》） （陆　坚）

鹧鸪天

原　文　　闺怨　北宋·秦观

　　枝上流莺和泪闻，新啼痕间旧啼痕。一春鱼鸟无消息，千里关山劳梦魂。
　　无一语，对芳尊，安排肠断到黄昏。甫能炙得灯儿了，雨打梨花深闭门。

内　容　写女子久别的相思。
特　色　情景双绘，余韵无穷。
注　释　间：叠加。鱼鸟：代指书信，古人有鱼雁传书之说。尊：酒杯。甫：才。炙：原意为烤，这里有燃的意思。

赏析　　本篇起句与金昌绪《春怨》（打起黄莺儿）近似，但比全诗凄婉，写法又自不同。金诗为保持"辽西"好梦，欲将黄莺打起。本篇之女主人公却伴着莺啼潸然泪落。而此景此情，已非一日，故说："新啼痕间旧啼痕。""新"、"旧"相续，绵连不绝，怨情之悲，恋情之深，不言而喻。《草堂诗余隽》（卷一）眉批说："新痕间旧痕，一字一血。"说的就是这个意思。"一春"二句承此，转笔从更为宏阔的境界对此加以生发点染。"一春"，言时间之长；"千里"，状空间之远；"鱼鸟"，犹言鱼雁，代指信的传递；"关山"，言关界山岭，极远之地。晏几道《生查子》："关山魂梦长，鱼雁音书少。"

　　下阕，换头二句承上启下。"无语"二字是词中关捩。"和泪闻"、"旧啼痕"、"劳梦魂"、"深闭门"均为此二字的发挥。深闺的孤独寂寞，已跃然纸上。"安排肠断到黄昏"，语极尖新。"安排"，似有计划，有准备，心态平静而又理智。但仔细想来，这二字实为反语，乃无可奈何，任凭摆布之谓也。"肠断"岂是可以随意安排得了的么？"黄昏"是无法逃避的时间流程，不想"安排"，又哪里有其他选择？故此句尖新而又俏皮，俏皮中透出无限酸辛。

"甫能"二句是词中点睛之笔。"甫能",犹云方才也。李商隐《夜雨寄北》:"君问归期未有期,巴山夜雨涨秋池。何当共剪西窗烛,却话巴山夜雨时。"季节不同,但情感相类。不过词

> **佳 句**
>
> · 一春鱼鸟无消息,千里关山劳梦魂。
> · 雨打梨花深闭门。

人所写,已非剪烛共语,而是一任灯焰儿自燃自灭。美好的期待,也随着灯焰的熄灭而化成一片漆黑。最后的结果是:"雨打梨花深闭门。"白居易《上阳人》中有:"耿耿残灯背壁影,萧萧暮雨打窗声。"而这首词里的女主人公却在黑暗之中,听着那萧萧暮雨击打着盛开的梨花,深深地被关锁在院门之中,泪水与雨滴在交替滴落。作为封建社会中的男性,他们在孤寂的时刻,可以走马章台,寻花问柳,而作为受封建礼教重重束缚的女子,却只能被幽囚于深闺之中,咀嚼着离别相思带来的苦果。

对这首词的最后两句,前人评论甚多,但却较少搔到痒处。如张埏《草堂诗余别录》说:"结句尤曲折婉约有味。"沈祥龙《论词随笔》说:"情景双绘","趣味无穷"。这些话确实讲出了词中含蓄蕴藉之美,但却没有讲出其深含的余韵。这首词表面虽写闺怨,但如联系秦观坎坷一生,似也寄托了他政治失意之感慨。《蓼园词选》引《古今词话》说:"此词形容愁怨之意最工,如后叠'甫能炙得灯儿了,雨打梨花深闭门',颇有言外之意,孤臣思妇,同难为情。"这一段话,似较为允当。

(陶尔夫)

浣溪沙 · 野眺

原 文　　　　　　　　　　　　　　　野望　北宋·米芾

日射平溪玉宇中,云横远渚岫重重。野花犹向涧边红。　静看沙头鱼入网,闲支藜杖醉吟风。小春天气恼人浓。

内　容　此词写野外春景。
特　色　点染勾勒,轻逗淡描。
注　释　射:照射。岫(xiù):山谷。红:动词,开。藜杖:用藜的老茎做的手杖,质轻而坚实。

　米芾是北宋著名书画家。其行书、草书得力于王献之,时有"沉着痛快"之评;其山水画多用水墨点染,自言以"信笔"、"意似"为旨趣。其诗词文亦有不同凡响者,此词正

是其佳作之一。

上阕以客观冷静的态度观照景物，而不露任何主观感情色彩。日光透过空明的玉宇洒在平静的溪面上，白云在渺远的沙洲和重叠的山峦之间缭绕，在溪涧两边还有丛丛野花闪着幽香的红焰。这景物是如此的清丽疏淡。这里不见人，然而一切又皆从人之眼中眺出，他的双眼变成一架"相机"，从"玉宇"到"平溪"，从"日"到"云"，由"渚"到"岫"，由"野花"到"涧边"，进行多角度的扫描，而他本人却不在镜头之中；又如作山水写生，蘸着淡淡水墨点染水色山光，而他本人却在画面之外。

下阕继续从"野眺"写来，然而词人自己也进入了镜头和画面，仿佛另有一架摄像机录下了这正在"拍照"之人；又好似另有一支画笔绘出了这正在"写生"之人，因此他的神情姿态便都显现出来：他站在沙头"静看"着鱼儿入网，他"闲支"着藜杖迎风醉吟，这情致又显得是那样的恬静闲适。然而他终于难以掩饰那一丝淡淡的"春愁"，胸中涌出了"小春天气恼人浓"的怅惘，客观之景着上了自我色彩。

全词紧扣"野眺"二字着笔，上阕侧重写景致，下阕侧重写情致。作词如作画，写景用水墨点染，以白描勾勒，显得清丽疏淡；抒怀则寓情于景，轻逗淡描，给人恬静闲适之感。米芾以性格"癫狂"而得"米颠"之称，但此首写景抒怀之词却显得清丽可喜，襟怀恬淡，颇像一幅信笔点染的水墨山水画。

佳 句

· 小春天气恼人浓。

（刘尊明）

逸 闻

贺铸《青玉案》词有"梅子黄时雨"一句，天下闻名，士大夫称之为"贺梅子"。贺铸晚年在苏州，与好朋友郭功父过往甚密。一次，两人互相开对方的玩笑，当时，贺铸的头发已经稀疏，郭功父指着他的发髻说："你现在可真是'贺梅子'了，哈哈！"贺铸立即捋着郭雪白的胡子说："你也是名副其实的'郭训狐'呀！"原来郭功父曾写过《示耿天陟》诗，王安石为此作提过一首诗，诗的最后两句就是"庙前古木藏训狐，豪气英风亦何有"。

（徐玲）

鹧鸪天

原文 悼亡 北宋·贺铸

重过阊门万事非,同来何事不同归?梧桐半死清霜后,头白鸳鸯失伴飞。原上草,露初晞,旧栖新垅两依依。空床卧听南窗雨,谁复挑灯夜补衣?

内　容 此词写追悼亡妻之痛。
特　色 情文相生,哀婉凄怆。
注　释 阊门:这里指苏州。晞(xī):干。旧栖:旧日同居之所。新垅:亡妻的坟墓。

赏析　这是一首悼亡词,大约写于大观三年(1109)作者以承议郎致仕卜居苏州的前后。贺铸乃宋太祖孝惠皇后族孙,妻子是宗室济良恪公赵克彰的女儿,婚后的家庭生活和睦美满。元丰四年(1081)贺铸罢官滏阳时,家境已十分困窘:"日俸才百钱,盐齑犹不供"、"出门欲乞贷,羞汗难为容",但是,妻儿却能与他同甘共苦:"稚子供樵汲,壮妻兼织春。"(《除夜叹》)长期的沉沦下僚和携家奔波的生活,使夫妻之间在拮据境遇中建立了深厚的情谊。然而,后来爱妻却早早离开他去了,这使得词人在孤寂境况下时感丧偶失伴的痛苦,随时迸发出思妻的悲痛之情。

贺词工于抒情,往往融景入情、情文相生。这首悼亡词一开头即以生离死别的痛楚感受,向苍天发出了悲怆的设问:"我再次来到苏州(阊门,苏州著名城门名),一切都面目全非了,曾经和我一起来过苏州的人儿,她这次为什么没有和我一同归来呢?"这一设问表达了词人重游故地时物是人非、百感交集的悲凉心境。由此他心中长期郁结的伤感和思念之情一涌而出:"我好像那半死的梧桐,惨遭着冰霜的摧残,已经行将枯萎了;我又像那失去了伴侣的鸳鸯,满头白发,孤独倦飞。"

人老、失伴、仕途沉沦、生活磨难,重重打击集于一身,使得词人不禁顿萌人生短暂之感。"原上草,露初晞(干)",语出古乐府《薤露歌》:"薤上露,何易晞!露晞明朝更复落,人死一去何时归?"生命短暂有如草上露水,太阳一出便干掉了!但是,等到明晨它还会再次滴落,而人的生命呢? 却是一死永不复见了。面对这无法抗拒的自然规律,词人只好对冷酷的现实发出凄怆的浩叹:那"旧栖"、"新垅"、"两依依"的哀景,那空床寒衾、南窗阴雨、彻夜难眠的痛楚,使他突然意识到:再也不会有人为自己挑灯补衣了……这样的结尾,语极怆痛,情极自然,怀念思绪也达到高峰。诚如俞陛云所说:"此在悼亡词中,情文相生,等于孙楚(晋人孙楚之文以情景交融著称于世)。"(《唐五代两宋词选释》)周济《介存斋论词杂著》也认为,此词"融景入情,故秾丽"。

贺铸词不仅工于抒情,也工于"练字",极富艺术表现力。他善于把抽象的事物具体化,使人可触可摸、可睹可见,从而诱发人们的激情和联想。如梧桐半死、鸳鸯失伴,表现丧偶之情既贴切又蕴藉。梧桐乃栖凤凰之树,它既已被霜冻摧残得半死,凤凰也就永远不会再来栖树了;鸳鸯是象征夫妇偶居不离的"匹鸟",传说一只死去,另一只便孤独哀鸣终生。这样的比喻,不仅生动表现了词人失伴的孤独心境,也使人具体感受到了丧偶者的失魂落魄和痛苦万状。再如"旧栖"、"新垅",对仗甚工,也极醒目,寓意也颇丰富深远。"旧栖",曾是夫妻恩爱的居所,现在已是人去楼空了;而"新垅",则是旧栖中心上人的归宿。"旧"字意味着往日欢乐的消逝,"新"字象征着今后愁绪的开端,这不仅加重了词情的缠绵哀怨,也倍增了词境的寂寥孤伤。这一"旧"一"新"的咫尺之遥,却成为夫妻生死永隔的标志,读之令人心酸。诚如王灼所云:"贺方回语意精深,用心甚苦……大抵卓然自立,不肯浪下笔。"(《碧鸡漫志》)

(朱靖华)

将进酒

原文

 北宋·贺铸

城下路,凄风露,今人犁田古人墓。岸头沙,带蒹葭,漫漫昔时、流水今人家。黄埃赤日长安道,倦客无浆马无草。开函关,掩函关,千古如何,不见一人闲? 六国扰,三秦扫,初谓商山遗四老。驰单车,致缄书,裂荷焚芰、接武曳长裾。高流端得酒中趣,深入醉乡安稳处。生忘形,死忘名,谁论二豪、初不数刘伶。

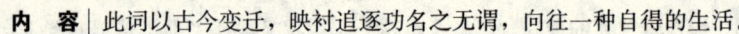

内　容	此词以古今变迁,映衬追逐功名之无谓,向往一种自得的生活。
特　色	化用典实,移步换形。
注　释	浆:酒食。函关:函谷关。扰:纷乱。商山遗四老:即汉初的"商山四皓"。缄(jiān)书:缄,封;密封的诏书。裂荷焚芰:屈原《离骚》"制芰荷以为衣兮"。南齐周彦伦隐居钟山,后应诏出来做官。孔稚珪作《北山移文》加以讽刺,中有"焚芰制而裂荷衣,抗尘容而走俗状"之语;荷、芰(jì),代指隐士穿的粗衣。接武:武,脚,脚印。接武指跟着别人的脚印。曳(yè)长裾:曳,拖;长裾,长长的下摆,指官服。二豪:刘伶《酒德颂》中的人物。数:称道。《荀子·王霸》:"不足数于大君子之前。"刘伶:竹林七贤之一,性好酒。

赏析 词的上阕一开始即从自然界的沧海桑田、人事无常下笔，从而领起词人对追逐权势、蝇营狗苟者的嘲讽和讥刺。作者高瞻远瞩，以愤世嫉俗的笔触，把名利之徒的愚蠢可笑、懵懂不悟的丑恶行径，置于无可争辩的可耻下场之中。其写法颇似东坡的"以诗为词"，文字高古警策，醒人耳目。

前六句基本上化用了顾况的《悲歌》诗意："边城路，今人犁田昔人墓；岸上沙，昔时流水今人家。"首先形象地揭示陆地的巨大变迁：在凄风冰露的城下路旁，古人的墓地已化作人们耕作的田畴。再写流水的变化：那昔时的流水，今已淤为陆地，变成了人们住家的场所。"黄埃"二句，继续化用顾况《长安道》"长安道，人无衣，马无草"的诗意，在读者面前呈现出一片贫困艰苦、奔波不息的颓败景象，又预示着大自然将再度发生巨变了。如果说前六句是在向人们提出历史变迁的前鉴，而"黄埃"这两句则是在预言现实的即将后覆。意在警告那些争名夺利、追逐权势之徒：你们已经迈向了悬崖边沿，难道还不知道猛醒吗？然而，可悲的是，这些名利之徒不仅毫无警觉，反而变本加厉，仍然在黄沙弥漫赤日炎炎的长安道上，不顾人饥马渴地日夜奔向进入长安古道的必经关口函谷关。而且不管城的关口是开着还是闲着，死命地去拥塞钻营。

下阕接着以史为鉴，进一步揭示出热衷功名利禄者的虚伪嘴脸和欺世盗名。据说经过秦帝统一到秦末暴乱、汉帝建国的大动荡年代，在商山之下还留下了四位秦国的遗老：东园公、角里先生、绮里季和夏黄公。他们表面口唱隐士歌，似乎对世事淡然无求，然而内心却燃烧着炽热的赢利扬名之火。果然，当汉高祖用张良计，驰车持书进山敦请之后，他们便毅然脱下了隐士的粗装，一个个换上了华贵的官服，成为保卫太子的可悲走卒了。原来，隐逸，对他们来说只是一条"终南捷径"，一种抬高身价的手段。

在屈原《离骚》中有"制芰荷以为衣兮，集芙蓉以为裳"的句子。芰荷：出水的荷花；芰：菱，用以制作衣裳，比喻修身。词中的"裂荷焚芰、接武曳长裾"（武，步），是借此化用了两个典故。其一，孔稚珪《北山移文》嘲讽了南齐周彦伦隐居钟山，后应诏出山做了大官，其中有说"焚芰制而裂荷衣，抗尘容而走俗状"的话。其二，汉邹阳《上吴王书》有"何王之门不可曳长裾乎"的句子。这里作者化用典实，自然天成，显得移步换形、摇曳多姿，既含蓄又犀利，既沉郁又怆痛。

张炎《词源》说贺方回是个"善于炼字面者"。在上述六句中，"扰"、"扫"极写了秦汉之际的动乱情况；而"初"、"遗"与"裂"、"焚"则又在极简洁的对比中，写出了"商山四皓"的变化多端，加上"接"、"曳"的行状，活灵活现地刻画出"隐士"们的见利忘义、卑躬屈膝的媚态丑行。同时也显示出作者对之嘲弄的激情。

"高流"以下五句，集中写出作者的正面理想和旨趣。他认为真正的志行高洁之辈，应是忘怀尘世、深居"醉乡"的隐者。"醉乡"典出唐代王绩的《醉乡记》："阮嗣宗、陶渊明等十数人并游于醉乡，没身不反，死葬其壤，中国以为酒仙。"刘伶，即刘伯伦，是两晋嗜酒名士，他曾作《酒德颂》，记述贵介公子和缙绅处士"二豪"之反对大人先生饮酒。词末三句谓：酒士们既然把生死置之度外，抛弃了名利忘掉了生死，谁也不去管公子、处士二豪之不能理解刘伶。在这里，作者赞美阮籍、陶渊明、刘伶、王绩等纵酒高士，就在于批判"长安道"上那些人饥马乏的"倦客"以及"裂荷焚芰"的假隐士。"生忘形"、"死忘名"乃化用杜甫《醉时歌》"忘形到尔汝，痛饮真吾师"，及刘义庆《世说新语·任诞》中张翰语："使我有身后名，不如即时一杯酒。"这表明了作者自己的志向：追随这些前辈"高流"，充当"酒仙"。这在当时是对封建黑暗统治的无声抗议。

陈廷焯《白雨斋词话》认为："方回词胸中眼中，另有一种伤心说不出处，全得力于楚骚，而运以变化，允推神品。"又云："方回词极沉郁，而笔势却又飞舞，变化无端，不可方物，吾乌乎测其所至。"此之移评此词，可当之无愧。　　　　　　　　　（朱靖华）

青玉案

原文　　　　　　　　　　　　　　　　　　　春愁　北宋·贺铸

凌波不过横塘路，但目送、芳尘去。锦瑟华年谁与度？月桥花院，琐窗朱户，只有春知处。　　碧云冉冉蘅皋暮，彩笔新题断肠句。试问闲愁都几许？一川烟草，满城风絮。梅子黄时雨。

内　容　本词写"芳尘"去后，作者心中涌起无法排遣的惆怅。
特　色　兴中有比，意味更长。
注　释　凌波：曹植《洛神赋》："凌波微步，罗袜生尘。"后来文人多用来形容美女轻盈的步履。横塘：《中吴纪闻》："铸有小筑在姑苏盘门外十余里，地名横塘，方回往来于其间，作此词。"芳尘：晋王嘉《拾遗记》："石虎起楼四十丈，杂宝异香为屑，风作则扬之，名曰芳尘。"词中指思慕者的行迹。锦瑟华年：青春年华。李商隐《锦瑟》："锦瑟无端五十弦，一弦一柱思华年。"琐窗：有连环花纹的窗子。朱户：红门，指富贵人家。冉冉：流动貌。蘅皋：长满香草的原野。彩笔：五色笔。《南史》："江淹少时梦人授五色笔，由是文藻日新。后宿于冶亭，梦一丈夫自称郭璞，访淹曰：吾笔在卿处多年，可以见还，乃探怀中得五色笔以授之，自后为诗绝无美句，时人谓之才尽。"梅子黄时雨：南方四五月份时梅黄欲落，水润土溽，蒸郁成雨，谓之黄梅雨。此句本寇莱公"梅子黄时雨如雾"句而来。

　这首词是贺铸传诵不衰的名作，是他晚年退休居住苏州时的作品。

北宋著名文学家黄庭坚特别称赞此词的写"愁"，说它可与秦观词并列："少游醉卧古藤下，谁与愁眉唱一杯？解作江南断肠句，只今唯有贺方回。"（《寄贺方回》）贺铸，字方回。

词的上阕，作者写一妙龄美女离他而去，慨叹她的足迹再也不会走过这横塘旧地了，词人只有带着沉重的感伤和惆怅情怀，目送着她的芳影悄悄消逝在路的尽头，内心不禁涌起浓烈的眷恋和失落的狂涛："谁将和她一起度过这美好的豆蔻年华呢？"作者交织着爱慕和失望的复杂心境，想象着伊人可能会嫁到一个华贵人家去，在那里，她将漫步在架着小拱桥的幽美花园里，居住在雕花窗户和红漆大门的豪华房间中；但是，她从此也就独居幽处，与世隔绝了，也许只有那一年一度逝去的春光，方能探知她的行踪了……

惜时伤春常常是促发愁绪的诱因。在下阕里，当芳尘远去，倩影消失，词人正徘徊在青云流连、长满香草的溪水岸边，他吟着随口而出的抒发内心悲愁的断肠诗句，可是那满腔愁绪啊，却仍然无法排遣。于是，词人只好在翘首引盼和痛苦绝望中向自己频频发出了凄苦的低问："试问闲愁都几许？"接着他却自答道："一川烟草，满城风絮。梅子黄时雨。"这既展现了一派恼人心绪的暮春景象，又巧妙地利用周围暮春景象，推出了三个容量极大的比喻，形象具体地表达了作者愁绪的广阔无垠、无边无际。他的愁，犹如遍布旷野的雾气和绵绵延伸的春草铺天盖地、无穷无尽；又如满城飞舞的柳絮正在随风飘零，纷纷扬扬、上下失序；还如粘连霖霪的"梅子黄时雨"，它迷迷蒙蒙、充塞空间，打湿了人们的头发和衣裳，也渗透进人们的毛孔和肌肤……作者运用的这三个连珠式的比喻，特别富有创造性，它不仅把抽象的愁绪具体化，令人可触可摸，而且还极度地渲染了暮春时光的愁苦环境，更令人愁情缭绕，痛苦难耐。作者所比喻的愁，已远远超过了李清照局限在"舴艋舟"中"载不动许多愁"（《武陵春》）的有限愁绪；也远远超过了李煜"问君能有几多愁，恰似一江春水向东流"（《虞美人》）的限制在东流江水中的愁情。贺铸喻愁之多，已超越了数量和时空的限制，给人以无处不在、难以穷尽的艺术感受。由于此词比喻的新巧贴切、感同身受而又意味深长，赢得了广大读者的喜爱，周紫芝《竹坡诗话》记载："贺方回尝作《青玉案》词，有'梅子黄时雨'之句，人皆服其工，士大夫谓之'贺梅子'。"

贺铸此词的美学价值还有其更深层的意蕴结构，即它是"兴中有比"的。有人说，贺铸以美人离去所感到的"闲

佳　句

- 一川烟草，满城风絮。
- 梅子黄时雨。

愁"为"兴",实有更深远的寄托,其意在表达他政治上的失意和悒悒不得志的苦闷牢愁,这与屈原《离骚》中的"哀美人之迟暮"和苏轼《赤壁赋》中"渺渺兮予怀,望美人兮天一方"的旨趣有相同或类似之处。因为通篇是"兴中有比",所以此词也就"意味更长"(罗大经《鹤林玉露》卷七)了。夏承焘先生论词绝句认为,贺铸"铁面铜棱古侠俦,肯拈梅子说春愁",即是称赞的这首词。

(朱靖华)

忆秦娥

原 文

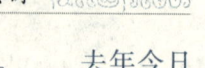
怀思　北宋·贺铸

晓朦胧,前溪百鸟啼匆匆。啼匆匆,凌波人去,拜月楼空。　去年今日东门东,鲜妆辉映桃花红。桃花红,吹开吹落,一任东风。

内　容　此词写别后对所恋的思念。
特　色　对比映衬,戛然而止。
注　释　晓朦胧:天色微明。凌波:语出曹植《洛神赋》"凌波微步,罗袜生尘"。这里指心仪的女子。拜月楼:楼名,在米脂境内,相传汉末貂蝉曾居于此。鲜妆:衣饰靓丽的女子。

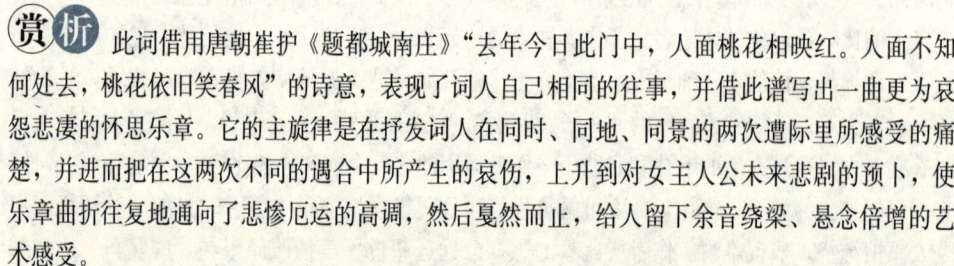　此词借用唐朝崔护《题都城南庄》"去年今日此门中,人面桃花相映红。人面不知何处去,桃花依旧笑春风"的诗意,表现了词人自己相同的往事,并借此谱写出一曲更为哀怨悲凄的怀思乐章。它的主旋律是在抒发词人在同时、同地、同景的两次遭际里所感受的痛楚,并进而把在这两次不同的遇合中所产生的哀伤,上升到对女主人公未来悲剧的预卜,使乐章曲折往复地通向了悲惨厄运的高调,然后戛然而止,给人留下余音绕梁、悬念倍增的艺术感受。

全词熔情、景、事于一炉,在回忆与现实的交织中,展现了两幅相互映衬的动人画面。它以回忆的形式展开,却从眼前"晓朦胧,前溪百鸟啼匆匆"的盛春景象写起。词中的"去年今日"点明事情发生在同一桃花盛开的春日里。去年今日,词人曾在这里与"东门东"的"鲜妆辉映桃花红"的美丽姑娘相遇。所谓"一见钟情",最初那一瞬,就成为词人永久珍贵的回忆:正是这场动人魂魄的邂逅相遇,才使词人又像崔护次年探寻"人面桃花"那样,也"情不可抑,径往寻之"(见唐·孟棨《本事诗·情感》)。但是,呈现在他眼帘中的,竟是"凌波人去,拜月楼空"! 桃花虽仍在春风中凝情含笑,光彩照人,但那鲜妆姑娘却是一去不复返了。

那"鲜妆"姑娘原本是一个伶人,她的地位卑下,无依无靠,红颜薄命,任人摆布:"桃花红,吹开吹落,一任东风。"

(朱靖华)

六州歌头

原文 咏怀 北宋·贺铸

少年侠气，交结五都雄。肝胆洞，毛发耸。立谈中，死生同，一诺千金重。推翘勇，矜豪纵。轻盖拥，联飞鞚，斗城东。轰饮酒垆，春色浮寒瓮，吸海垂虹。闲呼鹰嗾犬，白羽摘雕弓，狡穴俄空。乐匆匆。　似黄粱梦。辞丹凤，明月共，漾孤篷。官冗从，怀倥偬，落尘笼，簿书丛。鹖弁如云众，供粗用，忽奇功。笳鼓动，渔阳弄，思悲翁。不请长缨，系取天骄种，剑吼西风。恨登山临水，手寄七弦桐，目送归鸿。

内　容　此词述少年侠气，叹沉沦下僚。
特　色　用典锻字，雄姿壮采。
注　释　五都：汉唐均有五都，而地点不同。这里指宋朝的大都市。肝胆洞：肝胆照人，洞，透彻。耸：立起来。一诺千金重：比喻说话有信用，语本《史记·季布栾布列传》："得黄金百斤，不如得季布一诺。"翘（qiào）勇：特别勇敢，翘，特出。矜豪纵：豪华放纵，夸耀于人。轻盖拥：盖，车；车很多。联飞鞚（kòng）：鞚，马勒；马很多。斗城：长安城的别名，这里指汴京。轰饮酒垆：狂饮在酒肆。春色浮寒瓮：春，用来指代酒；这里是说酒装满坛子。吸海垂虹：狂饮的形态，杜甫《饮中八仙歌》："饮如长鲸吸百川。"又刘敬叔《异苑》："晋义熙初，晋陵薛愿，有虹吸其釜澳，须臾嗡响便竭，愿辇酒灌之，随投随涸。"是为"垂虹"的典故。嗾（sǒu）：指使犬的声音。狡穴：语出"狡兔三窟"。丹凤：京城。沈佺期诗："丹凤城南欲断肠。"冗从：散职侍从官。《汉书·枚皋传》："三年，为王使，与冗从争。"颜师古注："冗从，散职之从王者也。后汉有中黄门冗从仆射，以宦者任之，秩六百石。居则宿卫，直守门户；出则骑从，夹乘舆车。"（见《后汉书·百官志三》）后亦泛指随从。倥偬（kǒngzǒng）：事务繁忙。落尘笼：指受了世俗事务的束缚，语见陶渊明《归园田居》："久在樊笼里，复得返自然。"簿书丛：簿，官府公文；丛，丛聚。鹖（hé）弁：指武官，鹖，鸟名，勇健好斗，汉代虎贲中朗将等官都戴鹖冠（以鹖尾为饰）；弁，古时帽子的一种。笳鼓动，渔阳弄：借唐代安禄山据渔阳兵变事，指当时外族入侵事件。白居易《长恨歌》："渔阳鼙鼓动地来。"弄，一种乐曲名。思悲翁：汉代铙歌有《思悲翁》，这里有自伤衰老的意思；时年作者已过七十。请长缨：《汉书·终军传》："自请愿受长缨，必羁南越王而致之阙下。"天骄：《汉书·匈奴传》："胡者，天之骄子也。"七弦桐：琴是用梧桐木做成的，故曰。目送归鸿：嵇康《赠秀才入军》："目送征鸿，手挥五弦。"

赏析 贺铸词具有多样性艺术风格,张来曾在《东山词序》中指出道:"方回乐府,妙绝一世,盛丽如游金、张之堂,妖冶如揽嫱、施之袂,幽索如屈、宋,悲壮如苏、李。"此词即属于"幽索"、"悲壮"类的作品。

贺铸为人豪侠尚气,颇为自负,喜谈论当世事,而渴望建功立业。但他身处北宋颠覆前夕,一生沉沦下僚,郁悒不得志。

上阕开头"少年侠气,交结五都雄"二句,总揽全词,点出词人的凌云壮志和盖世英气。五都,历来说法颇多,实际泛指宋时的各大城市。以下"肝胆照"五句,承首二句饱含激情地描述了词人与诸雄豪的亲密关系和崇高品格,他们之间肝胆相照,立谈之间,生死与共,恪守信义。"一诺千金重"语出《史记·季布栾布列传》"得黄金万斤,不如得季布一诺"。下面"推翘勇"五句,则进一步绘声绘色地描述了他们少年英雄的豪侠生活:他们自恃雄豪,时常意气飞扬地在京城里轻车相从、并马飞驰。"斗城",原指汉长安故城,据《三辅黄图》:"城南为南斗形,北为北斗形,至今人呼汉京都为斗城。"这里是指汴京东部的闹市区。"轰饮酒垆"三句,则满怀豪情地描绘这些少年英豪在酒店里开怀畅饮的不羁性格,他们闻着酒坛里透出的扑鼻芳香,立即像长鲸般吸尽了百川之水,像虹霓般饮竭了汪洋大海,"吸海垂虹"是概括、提炼了前贤的诗文而成的奇句,前者化用杜甫《饮中八仙歌》的"饮如长鲸吸百川"句,后者化用南朝刘敬叔《异苑》"晋陵薛愿,有虹吸其釜澳,须臾噏响便竭,愿輂酒灌之,随投随涸"的记文,作者把两段诗文浓缩概括为"吸海垂虹"一词,不仅形象鲜明而又极具气魄,可以看出贺铸确实是个善于"炼字面"的高手。作者意犹未尽,又进一步选取少年英豪郊外射猎的壮观场面,进行了更为生动的渲染:但见他们时而呼鹰纵犬,时而搭箭弯弓,纵使狡兔三窟也被捕捉一空。一个"闲"字、一个"俄"字,把少年豪侠猎技娴熟、迅猛潇洒的英姿和盘托出。最后,"乐匆匆"一句结住,立即把词情推向高潮:它既显示着群雄的欢快已达顶点,同时也暗示着这一切豪纵欢乐生活已经成为过去。

于是,下阕由忆昔转为抒情,词调由欢快转入悲愤。作者首用唐传奇《枕中记》"黄粱梦"的典实,把少年时代的欢快化作空幻的梦境。"辞丹凤",是以汉代长安城丹凤门的故事,实借指自己离开京都汴京,"明月共,漾孤篷",是说明月共照而友朋离分,只有一叶扁舟飘送我流浪。如今仕途极其坎坷,只能混个"冗从"之官(当时作者任监军器库门等无专职而备临时使令的侍从之官)。整天被羁身在"倥偬"(繁杂事多)的尘俗事务和堆积如山的"簿书"文牍丛中。他虽然戴着"鹖弁"(插有鹖毛的帽冠。鹖性好斗,至死不却,武士冠插以鹖毛表示奋勇),但这种武士多如鳞云,只配充当杂役供人使唤,哪里还有机会去边庭杀敌建立奇功呢?边关上的军鼓正隆隆敲响,外族正屡屡陈兵进犯,可是自己却空怀报国忧民之心闲坐抚琴。《思悲翁》,用汉乐府《思悲翁》的调名,悲怜自己不能像汉朝武将终军那样请缨出征("请长缨",化用《汉书·军传》"军自请:'愿受长缨,必羁南越王而致之阙下。'""天骄种",借用汉时匈奴自称"天之骄子",以指侵扰的外族),连身佩的宝剑都在萧飒的西风中吼叫悲鸣起来。

最后"恨登山临水"三句,化用嵇康《赠兄秀才入军》的诗句"目送征鸿,手挥五弦",巧妙地让读者在无言的"目送征鸿"中品味着作者无法遏制的愤慨和壮怀激烈的情感。

贺铸善于用典使事以反映时事和个人的心思,给人以浑然天成、丰腴蕴藉的艺术感受。王灼认为贺铸"语意精新,用心甚苦"(《碧鸡漫志》),是很精当而中肯的评语。

贺铸运用《六州歌头》的曲调填写本词,亦显出作者善于使内容与形式高度融合的技巧。《六州歌头》原属汉唐鼓吹曲,系边地军乐,其音调急促简短、高亢悲壮,最能充分表达作者的沉郁悲愤的勇武精神。在全词的三十九句中,有三分之二是三言句,其他也是四言、五言的短句;再加以全词的韵位极密,有三十四句押韵,读来铿锵有力,激昂奔放,动人心魄。诚如夏敬观所评:此词"雄姿壮采,不可一世"(《手批东山词》)。 (朱靖华)

浪淘沙

原文 怀思 北宋·贺铸

雨过碧云秋,烟草汀洲,远山相对一眉愁。可惜芳年桥畔柳,不系兰舟。
为问木兰舟,何处淹留?相思今夜忍登楼。楼下谁家歌水调?明月扬州。

内 容 此词写女子思念情人而不得见的惆怅心绪。
特 色 盘曲迂回,疏密有致。
注 释 汀:水边的陆地。洲:水中的小岛。兰舟:即下文中的木兰舟。木兰舟:用木兰树造的船。南朝梁任昉《述异记》卷下:"木兰洲在旬阳江中,多木兰树。昔吴阖闾植木兰于此,用构宫殿也。七里洲中,有鲁班刻木兰为舟,舟至今在洲中。诗家云木兰舟,出于此。"后常用为船的美称,并非实指木兰木所制。淹留:久留。水调:即《水调》曲。

赏析 此词当是贺铸晚年重游扬州时的作品。他虽曾于元祐六年（1091）春二月途经扬州，但旋即离去。这里所记是"秋"景，与"春"时不符。

这首词是抒写一青楼女子被遗弃后思念情人而不得见的种种惆怅心绪。全篇情景交融，委婉含蓄，缠绵悱恻。

上阕首句写天空，次句写平地，三句写远山，都是从大处着墨，层层加浓地给读者展现出一片秋高气爽的广阔背景。但是，词人却巧妙地在"远山相对一眉愁"的描述中唤起了人们的联想，顿使整个画面染上了"愁"的色彩。"远山相对一眉愁"已经联系到"人"事，作者便顺势转向对"人"的描写，意象由大化小，并集中在"愁"这个焦点上，刻画出一个"愁女"的形象："可惜芳年桥畔柳，不系兰舟。"原来是这正当芳年的愁女正在埋怨弃她而去的男子。这就把广阔无边的愁情与女主人公愁肠百结的心绪紧密地联系起来了。

换头"为问"句承前启后，词意不断，这是女主人公内心愁情的独白："为问木兰舟，何处淹留？"这两句充满了"怨"情；下面"相思今夜忍登楼"，又充满了"恨"情。

正当女主人公不忍登楼、愁怀难排、怨恨难解的时刻，她忽然听到楼下有人唱起了苏东坡《水调歌头》"明月几时有"的词曲，这又激发出更为复杂

- 远山相对一眉愁。

的心绪。她似乎领悟到人生的离合，正像月亮的时圆时缺一样，原是自然界的规律，还是"但愿人长久，千里共婵娟"吧！这就把这位被遗弃女子缠绵悱恻的矛盾情感，描绘得淋漓尽致。全词可谓"意不浅露、语不穷尽"（沈祥龙《论词随笔》）。

词在铺叙上也颇具特色，从眼中景到心中愁，从心中愁到怀人相思，从怀人相思到自慰"明月扬州"，盘曲迂回，词意不断，层层深入，丝丝相扣。全词宏细相间、疏密有致。　　　　　　　　　　　　　　　　　　（朱靖华）

石州引

原文　　　　　　　　　　　　　　　　　　　　　　　　　　离愁　北宋·贺铸

薄雨初寒，斜照弄晴，春意空阔。长亭柳色才黄，远客一枝先折。烟横水际，映带几点归鸦，东风销尽龙沙雪。还记出关来，恰而今时节。　　将发，画楼芳酒，红泪清歌，顿成轻别。已是经年，杳杳音尘都绝。欲知方寸，共有几许轻愁，芭蕉不展丁香结。枉望断天涯，两厌厌风月。

内　容　此词铺写往日分手的场景,表达多年未见的遗恨。
特　色　折中有折,浓丽哀婉。
注　释　水际:远水迷漫。龙:指匈奴祭天处龙城。红泪:女子的眼泪,因沾染了胭脂而变成红色。经年:多年。方寸:寸心。芭蕉不展丁香结:不展、结,都是用来指女子的眉。这里是说女子愁眉不展。此句用李商隐《代赠》诗意。丁香结,丁香的花蕾,用以喻愁绪之郁结难解。唐尹鹗《拨棹子》词:"寸心恰似丁香结,看看瘦尽胸前雪。"

赏析　据吴曾《能改斋漫录》记载:"方回眷一姝。姝寄诗云:'独倚危阑泪满襟,小园春色懒追寻。深思纵似丁香结,难展芭蕉一寸心。'贺因赋此词,先叙分别时景色,后用所寄诗语,有'芭蕉不展丁香结'之句。"可见,这首词是贺铸推演了他所眷恋的美女的诗句而成。

全词融景入情,浓丽凄婉,组织工丽,语调缠绵。

上阕写离别,由景中见情。首先描写出一片"春意空阔"的景色:"薄雨收寒,斜照弄晴。"眼前之景仿佛是旧景重现,词人立即萌发了刻骨铭心的别痛:"长亭柳色才黄,远客一枝先折。"长亭折柳,意味着"分手"。就在这极其痛楚的惜别时刻,那周围竟是另一番相反的"留人"和"人归"的图景:"烟横水际,映带几点归鸿,东风销尽龙沙雪。"春暖了,积雪融化,烟水融为一体,鸿雁回归了。龙沙,沙漠。未走先盼归,依依难舍之情跃然纸上,最后"还记出关来,恰而今时节",由回忆突然转向现实,目前已是景是人非,触绪纷来。一声"出关",更渗透着词人的羁旅之苦和身世之悲。贺铸由于仕路坎坷,不得不到处奔波,这是使他与故人相隔天涯的原因。从词中的"出关"看,此词可能作于贺铸"初仕监太原工作"(叶梦得《贺铸传》)之时,"监",即监工小官。

下阕转入心理动态的描写。画楼饯别的伤心泪和送别歌虽然历历在目,而令词人至感痛心的是,画楼一别即经年未见、音讯杳无。为此他在极力探寻和想象着对方的痛苦心境"欲知方寸,共有几许新愁"从而推出了情意缠绵的"芭蕉不展丁香结"的词句。芭蕉不展,比喻愁眉难展;丁香花蕾丛生,比喻愁结不解。其实这句诗是借用李商隐《代赠》"芭蕉不展丁香结,同向春风各自愁"的诗句,贺铸自然地融会了李商隐与远隔异地故人的诗意。于是词人便顺势倾泻了他发自肺腑的感伤词句:"枉望断天涯,两厌厌风月。"全词曲意不断,折中有折。李攀龙《草堂诗余隽》评贺词《望湘人》时说:"词虽婉丽,意实展转不尽。诵之隐隐如奏清庙朱弦,一唱三叹。"可移作此词的评语。

此词的写作,作者曾呕心沥血,频加修饰,成为词坛佳话。王灼《碧鸡漫志》记云:"贺方回《石州慢》,予见其稿。'风色收寒,云影弄晴',改作'薄雨初寒,斜照弄晴'。又'冰垂玉筯,向午滴沥檐楹,泥融消尽墙阴雪',改作'烟横水际,

佳　句

· 芭蕉不展丁香结。

映带几点归鸦，东风销尽龙沙雪'。"可见，贺铸又确实是个"善于炼字面者"。（张炎《词源》）。

（朱靖华）

蝶恋花·送彭舍人罢徐

原文 送别 北宋·陈师道

九里山前千里路。流水无情，只送行人去。路转河回寒日暮，连峰不许重回顾。　水解随人花却住，衾冷香销，但有残妆污。泪入长江空几许？双洪一抹无寻处。

内　容 此词写送别的悲情。
特　色 清腴艳发，浑厚绵长。
注　释 路转：道路曲折。河回：河道回环。连峰不许重回顾：连山挡住了回顾的目光。水解随人花却住：江水仿佛理解人的心情，随人而去，岸上的花却不解此道，仍停留在岸边。衾：被。

赏析 这是一篇送别友人的词作，但却是通过一位恋情女子在岸上的哀痛送别来寄托自己的离愁别绪和深厚情谊。

上阕首句"九里山前千里路"，起笔醒目，先声夺人，它以"九"与"千"的对比，显示出行人离去之远和送别者的无比沉痛。"九里山"，又名九嶷山，矗立在徐州城北，峰峦东西连亘，长约九里。词中主人公送别的彭舍人就在这里启程，然后再走向千里之遥地。接着，词人展开了惜别的景物描写：九里山的峰峦连亘，"路转河回"，像是要挡住行人的去路，寒日傍晚，冷风拂拂，似乎也在挽留行人；但是"流水无情，只送行人去"。水急船速，使那重重山峦，倏忽而过，好像不许行人再重新回顾一般，这就刻画出行人的去意匆匆和送别人的难舍难分，可谓景为情而添色，情因景而伤神。这种移情入景、因景抒情的笔法，给人以情牵意惹、藕断丝连的审美感受。

下阕即顺势着重抒发送别情人的缠绵哀痛"水解随人花却住"。水是随人意的，它只管推着船儿向前流去，但岸上的花儿却只能伫立在原处，与行人愈隔愈远。这两个生活意象的选取，形象鲜明，对比强烈，显示了作者的匠心。

"衾冷香销"以下五句，则细腻、绮丽地渲染了女主人公的离情愁怀和不能自已：人走了，衾也冷了，香也销了，只剩下污损了的残妆——因为眼泪如泉涌，已把脸上的脂粉冲得污乱不堪。泪水阵阵洒在汹涌的长江波涛里，顷刻便被"双洪"一抹而去，想再找出哪是泪水也枉然了。这实际上就是形容情人眼泪之多，与滔滔江水一般奔流不息的。这样的描绘，显得词情丰腴浓重、浑厚绵长。《复斋漫录》评其词为"清腴艳发"（见胡仔《苕溪渔隐丛话·后集》卷三十三引），是切中肯綮的。

陈师道曾自矜其词"不减秦七黄九"（见《苕溪渔隐丛话》），可能与他"闭门觅句"的苦吟有关。朱文公《语类》云："陈无己平时出行，觉有诗思，便急归拥被而思之，呻吟如病者，或累日而后起，真是闭门觅句者也。"陈师道此词今见有两种版本，一本云："戏马台前京洛路。车马喧喧，蹙踏尘如雾。借问使君天不语，朝云旋作留人雨。尘断山青人已去，老幼扶携，泪眼仍回顾，泪入长江空几许？双洪一抹无寻处。"两者除末两句相同而外，其余均意同字异。但两相比较，无论在构思谋篇、遣词造句等方面，后者似远不及前者，我们可视作陈师道对其词不断苦吟觅句、提炼修改的一个佐证吧。

（朱靖华）

逸 闻

陈师道做诗每到关键时刻，就立即睡在床榻上，用被子蒙住头，不能听到一点声响，谓之"吟榻"。家人知道他这个习惯，在他"吟榻"之时，就连忙将家中的猫狗驱逐出去，家中的婴孩统统抱到邻居家中，以免生出丁点声响。等到他的诗做完，才敢恢复正常。

（徐玲）

望海潮

原文

芍药　北宋·晁补之

人间花老，天涯春去，扬州别是风光。红药万株，佳名千种，天然浩态狂香。尊贵御衣黄。未便教西洛，独占天王。困倚东风，汉宫谁敢斗新妆。
年年高会维扬。看家夸绝艳，人诧奇芳。结蕊当屏，联葩就幄，红遮绿绕华堂。花面映交相。更秉萱观洧，幽意难忘。罢酒风亭，梦魂惊恐在仙乡。

内　容　此词写扬州芍药之盛，并以观赏者的感受作衬托。
特　色　描摹传神，花人映衬。
注　释　红药：红色的芍药花。佳名：名贵的品种。浩态狂香：浩洁的姿态，浓郁的香气。御衣黄：一种名贵的芍药花色。西洛：洛阳的牡丹，洛阳以牡丹盛名。维扬：扬州的别称。《书·禹贡》："淮海惟扬州。"惟，通"维"，后因截取二字以为名。北周庾信《哀江南赋》："淮海维扬，三千余里。"诧：惊异。葩：花。萱：草，这里指芍药。洧（wěi）：指《诗经·郑风·溱洧》中有关芍药的描述。风亭：亭子。唐朱庆馀《秋宵宴别卢侍御》诗："风亭弦管绝，玉漏一声新。"

赏析 扬州芍药之盛，自古称赏。《析津日记》云："芍药之盛，旧数扬州。"王观《芍药谱后论》亦云"扬之芍药甲天下"。此词即咏扬州芍药。作者以轻灵传神的笔触，描摹出芍药色、香、态的"绝艳"，抒写了自己观赏扬州芍药的怡悦之情。

"芍药花开端午时"（马祖常《五月芍药》），起笔交代芍药花开的时令后，即以"扬州别是风光"七字，在"花老"、"春去"的一片衰残中，陡转出一个新的境界，以下皆从"别是风光"四字生发。芍药得天时、地气之宜，独盛于扬州。"万株"、"千种"，极言扬州芍药之多、品类之众。"天然浩态狂香"，描画出芍药繁盛，妖娆多姿、花香四溢、姹紫嫣红开遍的景象。接着独标出芍药花中上品——"御衣黄"。"御衣黄"以其花色浅黄而有此称，而芍药"以黄为最贵"（孔武仲《芍药谱序》），故云"尊贵"。"未便教"以下笔墨宕开，由扬州芍药连接洛阳牡丹，牡丹芍药，为相侔埒，天生国色，俱为天下名花。这里以牡丹进一步反衬出芍药的名贵。歇拍以花拟人，写芍药在东风吹拂下的娇美之态，连体轻如燕、妆成汉宫第一的赵飞燕都比不上。

下阕换头转写到扬州看花。芍药花开时节，扬州人马喧腾，看花人川流不息，人们竞夸芍药色之"绝艳"，惊诧芍药香之"奇芳"。"夸"、"诧"二字，写看花人为花所动的神情与心理，有传神之妙。"结蕊当屏"以下，由户外而至室内，写与情人赏花于华堂之上，室内遍置芍药，芳蕊与画屏相对，丛花与床帏相连；绿叶映衬红花，向人倚侧；花儿与人面，两相辉映。这里，"花面映交相"化用温庭筠《菩萨蛮》"花面交相映"成句，由花及人，使花人绾合。浓艳妖冶的户内花景，隐含着作者与情人的稠情密意。《诗经·郑风·溱洧》写道："溱与洧，方涣涣兮。士与女，方秉蘭兮……维士与女，伊其相谑，赠之以芍药。""秉营观洧"即借古代男女赠送芍药以结爱情的习俗，表达与情人堂上赏花，互赠芍药以传情的难忘"幽意"。结拍承"难忘"而写酒后入梦。赏花传情的韵事，化入梦境，令人"惊恐在仙乡"。以梦中犹入仙境作结，温馨缠绵，加倍突出了入梦前所历情事的缱绻难忘。

这首词上阕专咏芍药，描摹传神，情景鲜明；下阕因景入情，由花及人。通篇美的花、美的人、美的恋情，交相辉映。芍药经恋情丝缕的交织，更显艳丽多彩；感情经芍药的映衬，尤觉温馨缠绵。

（顾伟列）

选闻

晁补之被贬到玉山，经过徐州，来到陈师道家中。二人把酒言欢，小姬娉娉舞梁州。陈师道作《减字木兰花》词云："娉娉袅袅，芍药梢头红样小。舞袖低回，心到郎边客已知。金尊玉酒，劝我花间千万寿。莫莫休休，白发簪花我自羞。"晁补之赞叹道："人们怀疑宋开府的《梅花赋》，认为文辞清丽不像他的为人。我看无几此词，过于梅花赋矣。"

（徐玲）

暮山溪

原文　　妇怨　北宋·晁补之

　　自来相识，比你情都可。咫尺千里算，惟孤枕、单衾知我。终朝尽日，无绪亦无言，我心里，忡忡也，一点全无那。　　香笺小字，写了千千个。我恨无羽翼，空寂寞，青苔院锁。昨朝冤我，却道不如休，天天天，不曾么，因甚须冤我？

内　容　此词写女子因别居与即将被休而诉其愚与怨。
特　色　冲口直吐，语朴情真。
注　释　自来：自从。无绪：没有心情。忡忡：忧愁貌。无那：无奈。休：即休妻，古代男子可以辞掉妻子称为"休"。不曾么：难道你没有那样做吗？

赏析　此词主人公是位寂寞独处的女子，其丈夫或是另有所欢，或许因妻子年老色衰，于是对她无端生怨，百般冷落，甚至提出休妻。词中，主人公尽情倾诉郁结于心的怨恨，对薄情丈夫提出了大胆责问。这首词具有浓郁的曲味，直可当曲来读，在宋元词到曲的发展历史中值得注意。

　　"自来相识，比你情都可。"开篇陡起，语极执拗、直白地表明自与丈夫相识，感情专注，始终如一，较之其夫，并无不可之处。这种交织着爱与恨的感情，出之肺腑，流入笔端，为全词定下了哀感顽艳的情调。以下由旧情跌出新恨：自被丈夫冷落，名为夫妻，却幽居别室，彼此相距咫尺，却如千里之遥。漫漫长夜，唯有"孤枕"、"单衾"相伴，那种寂寞得近乎窒息的生活，令主人公终日忧心忡忡，哀苦无告，无可奈何，内心充满了焦虑不安。

　　丈夫薄幸，但主人公对他仍然抱有幻想，怀有痴情。"香笺小字，写了千千个"，它包含着多少深情，多少温存，多少憧憬。她希望丈夫能念及旧情，转意回心。然而，旧情难续，

希望成空。"我恨无羽翼"三句,怨恨的感情发展到新的高潮。她恨自己被锁禁在小楼深院,徒有寂寞,而无保全自己幸福的办法。从中,我们看到了封建伦理的枷锁对妇女的束缚,由于这是一个具有普遍意义的妇女问题,因而主人公的绵绵长恨,有着广泛而深厚的社会包容力。

丈夫无端冤妻,竟说不如休妻,如此负心绝情,令主人公既怨且愤。词末几句,望断念绝的女主人公一变如泣如诉的哀怨,感情趋于愤慨激昂。她连声呼告:"天天天,不曾么,因甚须冤我?"五句连下三个"天"字,两个"冤"字,既是对薄情丈夫的谴责,也是对剥夺妇女权益的封建势力的控诉。

这首词写情急之下的呼天抢地,激昂起伏的情感一经涌出,便不可遏止。通篇用语,不事雕琢,脱口而出,全用口语,饶有民歌风调。然而语虽劲直,却非浅率,真情至性,如实写来,自成绝唱。

(顾伟列)

瑞龙吟

原 文　　旧游　北宋·周邦彦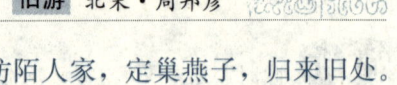

章台路,还见褪粉梅梢,试花桃树。愔愔坊陌人家,定巢燕子,归来旧处。黯凝伫。因念个人痴小,乍窥门户。侵晨浅约宫黄,障风映袖,盈盈笑语。前度刘郎重到,访邻寻里,同时歌舞。唯有旧家秋娘,声价如故。吟笺赋笔,犹记燕台句。知谁伴、名园露饮,东城闲步。事与孤鸿去。探春尽是,伤离意绪。宫柳低金缕。归骑晚,纤纤池塘飞雨。断肠院落,一帘风絮。

内　容　此词写重游故地但已看不到旧日情人的怅惋之情。
特　色　层层脱换,笔笔往复。
注　释　**褪粉梅梢**:枝头梅花褪去花粉,已将凋谢。**试花**:花始开曰试花。张司业《新桃行》:"植之三年余,今夏初试花。"**愔愔**(yīn):静悄悄。柳浑诗有"玉户夜愔愔"之句。**定巢燕子**:杜甫诗有"频来语燕定新巢"之句;定巢,安巢。**浅约宫黄**:古代女子面颊常涂一点黄粉。梁简文帝诗:"约黄能效月。"李贺诗:"宫人正靥黄。"**前度刘郎重到**:事见刘禹锡《再游玄都观》:"种桃道士归何处,前度刘郎今又来。"**秋娘**:杜秋娘,李锜妾,锜败,入宫有宠,后赐归故乡,见杜牧《杜秋娘诗序》。**燕台句**:李商隐有《为妓柳枝赋燕台》。**露饮**:露顶而饮。**东城闲步**:据陈元龙注:"杜牧佐沈传师幕在江西时,张好好以善歌入籍。一年镇宣城,复置好好宣籍。又二年沈著作以双鬟纳之,又二年往东城纵步复见之。"**事与孤鸿去**:杜牧诗:"恨如春草多,事逐孤鸿去。"

赏析 周邦彦滞留京师期间，曾流连坊曲，和几位风尘女子建立了很深的情谊。在以后的宦游生活中，其相思之情始终萦绕于怀，沉积在心灵深处的是失落的伤感和不堪回首的惆怅。爱情上的遭遇与伤感型的创作个性，使这位深情的词人对往事保持着高度的复现性，其情绪记忆一经特定情境的刺激，便很容易地被重新唤起。本词的中心意旨，就是抒写作者重游旧地时所触发的对某位歌妓的怀念。周济评此词说："不过桃花人面，旧曲翻新耳！"（《宋四家词选》）究竟新在哪里？且让我们分析。

一是今昔交错，极开合变化之致。此词的结构形态，不是由昔到今的依次铺叙，而是突破自然时间的序列，跨越往昔，把眼前的现实情景作为激发和再现情绪记忆的契机，由今日的现实体验引出对往昔生活片断的追忆。

首叠以景为主，写重访旧地，来至门外的情景。"章台"、"坊陌"，点明所忆之人的歌妓身份（汉朝长安章台街为妓女居住之地）。旧燕归来则暗喻自己的漂流不定和故地重游。"还见"二字，下得沉重，满蕴着由聚而别、物是人非的今昔之感。次叠词境陡转，作者的思绪跃向往昔。"因念"五句，再现两人当年亲昵爱恋的情事。所忆之人淡着蛾眉（宫黄，宫女涂额的黄粉）、娇小绰约的风姿，掩袖遮羞、天真含笑的神情，历历如在目前。第三叠词境再转，由追忆往昔回到现实处境。前五句用刘禹锡重过玄都观的故事，写自己旧地重游，物是人非，所寻之人已如仙女逝去，踪迹渺然。唯见旧日歌妓（秋娘，唐金陵歌妓）身价不减当年，还记着当年吟诵的《燕台》诗句。"知谁伴"四句，揣度情人自别后，可能幸遇知音，已伴他人离去，如今或许正饮宴于名园，或许正散步于东城吧。"事与孤鸿去"以下，词情步入最凄苦处，回首昔日，如孤鸿杳然，往事成烟；思想眼前，但见池塘飞雨，院落风絮，令人愁肠欲断。

统观全词，作者依从由今到昔又由昔到今的线索，组合成情思绵邈的整体篇章。在时间、空间的跳跃转换中，再现了词中之我重游旧地时情感心绪的发展层次。全词"层层脱换，笔笔往复"（周济《宋四家词选》），构思绵密，且又跌宕多姿。

二是以景写情，得情景交融之妙。作者重游故地，寻觅旧日之情人，以寻之不得的愁人情怀，感受周围的自然环境，把一片纯真深挚的感情融入景物描写之中。词的首叠以景生发，景物与事交融有机。第三叠以景结情，暮色苍茫中，作者骑马独自离去，路旁宫柳低垂，仿佛为人叹息；丝丝细雨从池塘上飘来，使人更觉戚愁欲绝；那凝聚着旧日恋情的院落，只有帘子冷清清地晃荡着，柳絮纷飞，衰飒凄冷……柳枝、飞雨、院落、帘拢、风絮，这一系列物象和情景，无不关合着愁思，纷至沓来，把作者感旧和怀人的心绪衬托得倍加深沉。

（顾伟列）

佳 句

· 事与孤鸿去。
· 断肠院落，一帘风絮。

逸 闻

周邦彦与京都名妓李师师交往甚密。一日,周邦彦正在李师师那儿,宋徽宗却突然驾到,周邦彦只得躲到李师师的床下,并把这件事情写进了一首《少年游》中:"并刀如水,吴盐胜雪,纤指破新橙。锦幄初温,兽香不断,相对坐调笙。 低声问:向谁行宿?城上已三更。马滑霜浓,不如休去,直是少人行!"徽宗后来看到了这首词,龙颜大怒,罢了周邦彦的官职,将他逐出京城。后来徽宗在寿筵上听到李师师演唱的周邦彦的一首词,很是欣赏,又将他召回了京城。

(徐玲)

浣溪沙

原文 乡思 北宋·周邦彦

楼上晴天碧四垂,楼前芳草接天涯。劝君莫上最高梯。 新笋已成堂下竹,落花都上燕巢泥。忍听林表杜鹃啼。

内 容 | 本词写春景及其迁移,寓乡思。
特 色 | 情景契合,风致深婉。
注 释 | 落花都上燕巢泥:落花都已化为筑燕巢泥。林表:树林间。

赏析 此词是周邦彦客中思乡之作。古人赋咏离别乡思,往往用草来喻离情,所谓"离恨恰如春草,更行更远还生"(李煜《清平乐》),天涯芳草融入了作者的乡愁旅思。此词发端二句,写登高临眺之景,亦用芳草加碧天两个物象,以"垂"、"接"二字加以形容,清远高旷。前人论词,有"词于清丽圆转中,间以壮阔之句,力量始大"(沈祥龙《论词随笔》)之说,这是由于词中所展拓的境界愈阔大,所引发的情思往往愈绵邈深长。这里,长天无际,芳草无涯,正是归路迢迢、归期渺茫的触媒。但歇拍处却不将思乡怀归之情点破,而以"劝君莫上最高梯"作收。不忍登最高一阶临远,是实处着笔;望乡而不得归乡,是虚处命意;命意与着笔,颇有深婉含蓄之妙。

下阕换头转写近景。堂下新笋长成绿竹,春花零落成泥,为燕子筑巢所用,物换景移中,见出时序的更替。思乡又一年,即便不登高临远,但流目瞩望,触处生愁。结末"忍听林表杜鹃啼",总括一篇词意。杜鹃啼声如怨如诉,如悲如泣,似唤"不如归去",在古人心理上,便沉积为触起哀伤、凄恻等特定情感的物象。所以杜鹃又有"思归"、"催归"一类的别名。古代出门在外的游子,闻杜鹃声啼而归思难禁,杜牧诗云:"一叫一回肠一断,三春三月忆三巴。"(《子规》)但杜诗旨意显豁,周词着意微婉,俞平伯先生曾有精辟的分析:"结句轻轻即收,不堕入议论恶道,与上阕之结并其微婉。"(《清真词释》)

这首词的艺术技巧,在于对句工稳,空灵自然;传情状物,风致深婉。上下两阕皆以景生发,写景则天上地下,往复交错,对思乡之苦作了反复渲染;言情则深挚微婉,绵绵乡思寓于客体环境,心灵与自然契合无间,这正如一位西方哲人所指出的那样:"自然界事物不只是看做一种外在的散文式的东西,例如山、泉、树木之类,而是另外还给它一种出自精神的行为或与事迹相联系的内容。岩石并不只是一块岩石,而是尼奥本人在为她的女儿哀泣。"(黑格尔《美学》第二卷)

(顾伟列)

满庭芳·夏日溧水无想山作

原文　　抒怀　北宋·周邦彦

　　风老莺雏,雨肥梅子,午阴嘉树清圆。地卑山近,衣润费炉烟。人静乌鸢自乐,小桥外,新绿溅溅。凭栏久,黄芦苦竹,拟泛九江船。　　年年,如社燕,飘流瀚海,来寄修椽。且莫思身外,长近尊前。憔悴江南倦客,不堪听、急管繁弦。歌筵畔,先安簟枕,容我醉时眠。

内　容　本词写初夏风日,抒倦于宦游之情。
特　色　含蓄蕴藉,开合有致。
注　释　风老莺雏:在春风中,雏莺长大了。雨肥梅子:肥,使动用法,语见杜甫诗:"绿垂风折笋,红绽雨肥梅。"午阴嘉树清圆:正午时光,树荫清晰圆正。地卑:地势低洼。润:潮湿。人静乌鸢自乐:语见杜甫诗:"人静乌鸢乐。"黄芦苦竹:见白居易诗《琵琶行》:"住近湓江地低湿,黄芦苦竹绕宅生。"作者这里以白居易当年的心情自比。社燕:古人观察到燕子是候鸟,以为它是春社时来,秋社时去(见《格物总论》)。寄:寄居。且莫思身外,长近尊前:语见杜甫诗《漫兴》:"莫思身外无穷事,且进尊前有限杯。"簟(diàn):竹席。

赏析　此词作于周邦彦任溧水(今属江苏)令时。词中抒发了作者步入中年后的失意沦落之感。清人陈廷焯称此词"沉郁顿挫中别饶蕴藉"(《白雨斋词话》),可谓独具只眼。

关于词之"沉郁",陈廷焯说:"沉郁者,意在笔先,神余言外。写怨夫思妇之怀,寓孽子孤臣之感。凡交情之冷淡,身世之飘零,皆可于一草一木发之。而发之必若隐若现,欲露不露,反复缠绵,终不许一语道破。匪独体格之高,亦见性情之厚。"此说对于我们理解本词之沉郁,颇有启发。这首词的沉郁,大体表现在下述两方面:一是抒写情志,不求宣泄无余,而尚含蓄蕴藉,意在言外。词中写景,妙在景中含情。如上阕写溧水初夏景物和地卑久雨的环境:小莺在暖风里成长,雨水滋润梅子逐渐肥大,正午阳光下的树影又清晰又圆正。因地低靠山,潮气重,衣服的湿气要生炉火来熏干,宅边长满黄芦苦竹,使词人想起自己同当年谪贬九江的白居易一样的命运。这都隐然含有自己的迟暮之感、沦谪之恨。下阕写社燕的年去年来,筑巢于长椽之上(修椽,承屋瓦的长椽子),又暗拟自己漂流宦海、萍踪不定的遭际。飘零不偶的身世感慨,借景物曲曲传出,读来倍感意味悠长。二是复杂的情感如海底潜流,回旋倒折,"欲露不露,反复缠绵",造成意境的沉郁。词中,方喜夏景可人,旋又苦于地卑;正羡乌鸢自乐(乌鸢即乌鸦),转而感慨眼前仕途坎坷的处境;既拟歌筵痛饮,忘却功名利禄等身外之事,却又忧虑酒宴欢乐,也难承受席上的"急管繁弦";词人最后唯有从酒后枕席醉眠中获得暂时的闲适与解脱。这样,就把难以诉诸言表的"依人之苦"、"患失之心",表达得隐约含蓄、细腻深挚。

本词特色,与沉郁相辅的是顿挫。词中顿挫,一般指通体词意的层层转折、结构的起承转合、音调的低昂抑扬等。就章法结构言,本词由开到合,由

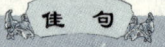

· 风老莺雏,雨肥梅子,午阴嘉树清圆。

合到开,多重反复,曲折多变。上阕起头三句与中间"人静"二句写夏日江南,景色悦人,是开。"地卑"二句与"凭栏久"三句写地势低洼,潮气逼人,环境处境几与白居易谪居之处江州相近,于是油然生出去留不定的感慨,是合。整个上阕,两开两合,表现出喜——忧——喜——忧的情绪波动轨迹。下阕换头仍写漂泊之苦。"且莫"二句宕开,表示"尊前"可忘怀一切,不觉一喜。结末"憔悴"几句,又归到一片难排难遣的凄苦之情。统观全词,用笔稍纵即收,尽开合动荡之致,从而使作品形成有如峰陡转、潮汐涨落的格局。刘熙载《艺概》说:"词要放得开,最忌步步相连;又要收得回,最忌行行愈远。"周邦彦是深悟个中三昧的。

(顾伟列)

氐州第一

原文　　　　　　　　　　　怀人　北宋·周邦彦

波落寒汀,村渡向晚,遥看数点帆小。乱叶翻鸦,惊风破雁,天角孤云缥缈。官柳萧疏,甚尚挂、微微残照。景物关情,川途换目,顿来催老。　　渐解狂朋欢意少。奈犹被、思牵情绕。座上琴心,机中锦字,觉最萦怀抱。也知人、悬望久,蔷薇谢、归来一笑。欲梦高唐,未成眠、霜空已晓。

内　容　本词写秋日羁旅迟暮之感，引发对情人的思念。
特　色　依情揣想，转折层深。
注　释　汀：引申为水边平地，小洲。渡：渡口。乱叶翻鸦：秋风中的落叶惊起树上的寒鸦。惊风：指猛烈、强劲的风。破雁：吹散雁阵。缥缈：高远隐约貌。狂朋：行为狂放不循常轨的朋友。高唐：战国时楚国台观名。在云梦泽中。传说楚襄王游高唐，梦见巫山神女，幸之而去。战国楚宋玉《高唐赋》序："昔者楚襄王与宋玉游于云梦之台，望高唐之观。"

赏析　这是一首旅途怀人之作。上阕写川途景物之萧索，下阕写旅途相思之苦况，全词意象飞动，转折层深。

一起三句，写旅途日暮，暂泊村渡，伫立江岸，只见近处汀渚潮落，远处江帆数点。三句将时令、地点、人事一并写出。"乱叶"三句，由近观写到远眺，词境也愈加凄迷而无限延伸。秋风乍起，落叶纷纷，惊起暮鸦翻飞；排成字儿的征雁，也被疾风吹散了队形；而天之尽头，更有孤云缥缈，飘浮无依。三句中，"翻"、"破"二字锤炼极工，既写出动态，也传出秋声一片。"官柳"二句转写中景，杨柳经秋枯悴，情形已令人难堪，更有残阳余晖映照其上，这就使人又平添几分羁旅迟暮之感。至此，投宿之昏鸦、惊飞之征雁、天角之孤云，以及疏柳、斜晖，目遇耳闻，无不关合着旅思羁愁，纷至沓来。歇拍三句小结上阕。"景物关情，川途换目"，接住上文，"顿来催老"由物及心。周济说此句"竭力追逼得换头一句出，钩转思牵情绕，力挽千钧"（《宋四家词选》）。就抒情言，此句直白地点出旅思之愁苦、相思之难尽，以至身心憔悴，顿感老迈；就结构言，此句结上生下，由上阕写景，过渡到下阕的抒情。

清人沈祥龙《论词随笔》云："词换头处谓之过变，须辞意断而仍续，合而仍分；前虚则后实，前实则后虚，过变乃虚实转捩处。"本词换头七字即由过拍的"催老"引出，"催老"是实写，从正面着笔，"狂朋"则从侧面衬出自己老来"欢意少"，上下意脉不断，运意颇具匠心。作者"欢意"虽少，思情却终日萦绕。接着的"座上琴心"，用司马相如琴挑卓文君的故事；"机中锦字"，用《晋书》窦滔妻苏蕙织锦为回文诗寄窦滔的故事，二句借用典故，一表昔日欢聚的稠情密意，一表今日分离的刻骨相思。"也知人"二句，是思极而生的想象虚拟之词,即遥想远方情人的久久"悬望",如此两地着笔,构成游子伫立江畔,相思难已,情人长倚闺楼、望眼欲穿的动人画面。"蔷薇"句化用杜牧《留赠》诗"不用镜前空有泪,蔷薇花谢即归来"句意,企盼明年春暮,两人能一笑相见。然而归期遥遥,盼也徒然,于是希望有"高唐"之梦,得以欢会梦中,岂知夜不成眠,天已破晓。全词至此,戛然而止,孤寂凄苦的词人带着难以弥合的心灵创伤,结束了深情苦吟。

此词层层转进地抒写了作者复杂而深细的怀人之情。词中既有哀婉迷茫的相思,又有漂泊寒江的羁愁;既有热诚执著的企盼,又有祈愿成空的苦痛。恋情与旅思、希望与失望交织,一片真情出自肺腑,集于毫端。全词多角度、多层次地再现了词中之我的绵邈深情,或触物伤情,或移情入景,或依情揣想对方,或直接描画自己的相思情态,写来回环反复,细腻感人。

(顾伟列)

兰陵王·柳

原文 客别 北宋·周邦彦

柳阴直,烟里丝丝弄碧。隋堤上、曾见几番,拂水飘绵送行色。登临望故国,谁识、京华倦客。长亭路,年去岁来,应折柔条过千尺。　　闲寻旧踪迹,又酒趁哀弦,灯照离席。梨花榆火催寒食。愁一箭风快,半篙波暖,回头迢递便数驿。望人在天北。　　凄恻,恨堆积。渐别浦萦回,津堠岑寂,斜阳冉冉春无极。念月榭携手,露桥闻笛,沉思前事,似梦里,泪暗滴。

内容 本词借柳写行者与送者双方的离别之情。
特色 时空交叉,纵横开合。
注释 柳阴直:岸边柳行在正午的日光下,树影直伸向远方。弄碧:舞弄着绿色的叶子。隋堤:隋炀帝疏浚为河,直到江都,沿河堤广植柳树,后人呼为隋堤。飘绵:飘荡的柳绵。行色:行役匆匆的人。《庄子》:"不见车马有行色。"京华倦客:作者自指,言久客京城,感到厌倦。酒趁哀弦:伴着哀伤的乐曲饮酒。离席:饯别的宴席。梨花榆火催寒食:梨花开时正是寒食节候。榆火,指榆柳火。《周礼》:"四时变国火,以救时疾。"郑注:"春取榆柳之火。"一箭风快:船顺风急行。欧阳修诗:"急风吹缓箭。"迢递:遥远貌。凄恻:悲惨。江淹《别赋》:"行子肠断,百感凄恻。"别浦:分手的水边。堠(hòu):岸边候望船只的土堡。岑寂:寂静。春无极:春色无边。月榭:月下的亭榭中。

这是一首脍炙人口的名作。词题为"柳",实际并非咏物之作。我国自汉代起,就有折柳送别的习俗,见柳伤别,便成为传统的心理习尚。词借柳起兴而写别情,周济说是"客中送客"(《宋四家词选》),是合乎本词旨意的。作者久客京师,渐生倦意,作客他乡再尝送客之苦,而此次与行者分袂,偏偏是在梨花盛开的寒食节前(唐宋时朝廷于清明日取榆柳之火以赐百官,故称榆火催寒食),更又在旧游的离别之地,旧恨加上新愁,未免从他人之行关合到自己,故生出了"客中送客"的"代行者设想"之词,以此抒写离恨。

词分三叠,首叠咏柳起兴,因柳写到别情。隋堤(汴京附近汴河一带的堤,隋时开建)上笔直伸向天涯的垂柳,人间"年去岁来,应折柔条过千尺"的频繁别离,既在横向的空间上给人以无限深远的旷漠感,又在纵向的时间上给人以无限悠远的历史感。如此纵横呼应,为写"客中送客"布设了特定背景。二、三两叠,作者意念往复跳跃,时而流向遥远的过去,时而回到眼前,时而跃向未来。在结构上进一步突破时空限制,构成多重的时空交叉。二叠中,"闲寻旧踪迹"是追想之幻;离筵上华灯照席,哀弦劝酒是眼前之真。"愁一箭风快"以下均为设想中的别后情景,但或从行者角度着笔,或从送者角度落墨,或行者、送者并述,用笔变化莫测。如船行飞快,望人天北是代行者设想;水波回旋,渡口沉寂(津堠,码头上供守望、住宿用的土堡,借指码头),斜阳冉冉是代送者设想;回首在京华月榭露桥,携手听笛的日子,眼泪暗滴,则合写行者、送者的别后情思。

统观全词,作者没有因袭传统送别之作对客观场景与送别过程的直接描写,而是借助意识活动的独特视角,潜入到人物的内心世界中,从更深层次展示词中之我因"客中送客"而引起的种种回忆、联想与幻觉。由于人的心灵意识本有无限宽广的自由活动的领域,因此,依从意识活动的线索安排不同时地的情景,便造成此词时间、空间的多层次、大跨度的跳跃转换。词中,由昔日送别引出今日送别,并由别前联想到别后,形成一个显示着人物情感发展的纵剖面;眼前离筵上的情景以及设想中宴罢分袂后的情景,则是从"年去岁来"的离别史中截取的一个横断面。这种纵横对应、时空交叉的结构处理,大大开拓了情景交融的意境。

> **佳 句**
>
> ·酒趁哀弦,灯照离席。
> ·渐别浦萦回,津堠岑寂,斜阳冉冉春无极。

(顾伟列)

西河·金陵

原文　　　　　　　　　　　　　吊古　宋·周邦彦

佳丽地,南朝盛事谁记?山围故国绕清江,髻鬟对起。怒涛寂寞打孤城,风樯遥度天际。　　断崖树,犹倒倚,莫愁艇子曾系。空余旧迹郁苍苍,雾沉半垒。夜深月过女墙来,伤心东望淮水。　　酒旗戏鼓甚处市?想依稀、王谢邻里。燕子不知何世,向寻常巷陌人家,相对如说兴亡,斜阳里。

内　容　本词凭吊金陵古城,抚今追昔,寄托深沉的沧桑之感。
特　色　融化古句,疏密相间。
注　释　佳丽地:指金陵。山围故国:刘禹锡《金陵五题·石头城》诗:"山围故国周遭在,潮打空城寂寞回。淮水东边旧时月,夜深还过女墙来。"髻鬟对起:隔江山峦对峙,像女子的髻鬟。风樯:风帆,樯,桅杆。莫愁艇子:古乐府《莫愁乐》:"莫愁在何处?莫愁石城西。艇子打两桨,催送莫愁来。"女墙:城上的矮墙。酒旗戏鼓:酒楼戏馆的繁华市区。燕子不知何世,向寻常巷陌人家:语见刘禹锡《金陵五题·乌衣巷》:"旧时王谢堂前燕,飞入寻常百姓家。"

赏析　金陵是座帝王名都,然而岁月流逝,历史无情,六朝繁华犹如过眼烟云,金陵城中也只留下些许历史陈迹,供后人凭吊而已。这首咏怀金陵的词作,隐括刘禹锡的两首诗而成。通篇于抚今追昔中,寄托了作者人事沧桑的深沉感慨。

首叠开篇突兀而起,破空而来。"佳丽地"三字,语出谢朓《入朝曲》:"江南佳丽地,金陵帝王州。"次句"南朝盛事谁记"提顿一笔,微露凭吊之感。接着宕开笔墨,化用刘禹锡《石头城》上半首"山围故国周遭在,潮打空城寂寞回"的意境,对"故国"金陵的山川形胜作了总体勾勒,长江两岸青山对峙,状如女子髻鬟,浪拍孤城,风帆遥度,苍莽索寞的氛围中,见出金陵的衰落荒凉。次叠上承故国之群山大江,转写中景与近景。作者摄取陡峭石崖下的老树、半截城垒上的明月入词,不仅融化《石头城》后半首"淮水东边旧时月,夜深还过女墙来"的诗境,而且又把缘古乐府"莫愁在何处?莫愁石城西。艇子打两桨,催送莫愁来"而生的联想汇入词中。陈迹宛然在目,然而山河依旧,人事全非,六代豪华,烟消云散,"空余"二字,正透露了人事沧桑的感慨。第三叠,作者的思绪跃向盛极一时的六朝。酒旗迎风招展,乐鼓此起彼伏,当年街市的一片喧阗景象,究竟何处寻找呢?透过"酒旗戏鼓甚处市"的惊问,我们不难感受到作者俯仰古今、四顾茫然的怅惘。词末于深沉的历史回顾中,细笔描摹了历史长卷中的一个精彩细部:不知何世的燕子,如今正栖息于寻常巷陌人家,在惨淡的斜阳里,或许正诉说着这座古城的盛衰兴亡吧!这几句化用刘禹锡《乌衣巷》"旧时王谢堂前燕,飞入寻常百姓家"的诗境,结得深沉警拔,留下不尽的历史沧桑之感,让人深思。

此词艺术上的优长主要有二。一是"隐括唐句,浑然天成"(许昂霄《词综偶评》)。通篇融汇刘禹锡的两首怀古诗入词,切情切境,不仅保留了原诗的意境,而且运用入化,毫不着迹,诚如梁启超所言:"张玉田谓清真最长处,在善融化古人诗句,如自己出。读此词,可见词中三昧。"(《艺蘅馆词选》)二是情景组合有疏宕与细密相间之妙。词的首叠以疏为主,用疏朗的、横向展开的笔法,对金陵总貌作了鸟瞰式的勾勒,至于一角一隅的细枝末节则一概舍去。二、三两叠以密为主,对崖下古树、月下城墙、檐下之燕等细部作细笔描摹,整体结构呈疏密相间之状。疏朗处，为历史画卷设置广阔而萧索的背景，渲染出苍凉、悲壮的氛围；细密处、则收到小中见大、以微知著之效。

（顾伟列）

拜星月慢

原文　　　　　　　　　　　　　　恋情　北宋·周邦彦

　　夜色催更，清尘收露，小曲幽坊月暗。竹槛灯窗，识秋娘庭院。笑相遇，似觉琼枝玉树相倚，暖日明霞光烂。水盼兰情，总平生稀见。　　画图中、旧识春风面。谁知道、自到瑶台畔。眷恋雨润云温，苦惊风吹散。念荒寒、寄宿无人馆。重门闭、败壁秋虫叹。怎奈向、一缕相思，隔溪山不断。

内　容｜此词铺写昔日幽会，追思逝去的美好。
特　色｜层层递进，加倍跌宕。
注　释｜秋娘：唐代歌妓女伶的通称。唐白居易《琵琶行》："曲罢曾教善才伏，妆成每被秋娘妒。"琼枝、玉树、暖日、明霞：都是比喻美人的词汇。水盼：水汪汪的眼睛。兰情：幽兰般的芳情。瑶台：仙境。

赏析　这首词，写词人怀念和一位名妓的初次艳遇。有人说是"神游旧地"，不切。此词上阕不是写现在，而是写过去，但开头不用"记"、"犹忆"、"追念"等字眼，而是故作狡狯，用"赋"的手法来写，使人读下去，好像是在写现在。所以这样写，是为了突出这次初遇印象的深刻，永不能忘，即所谓"追念曩昔，犹如昨日"。周济评此词曰："全是追思，却纯用实写，但读前阕，几疑是赋也。"（《宋四家词选》评）这是确实的。

　　"夜色催更，清尘收露，小曲幽坊月暗。"先写那一次艳遇的时间和地点。四围的夜色催动了更鼓，路上的轻尘吸收了露水，已不会飞扬起来。天上是缺月，微光淡采，使得小曲幽坊笼罩着一层幽暗的颜色。"竹槛灯窗，识秋娘庭院"，就是在这样一个静悄悄的晚上、静悄悄的地方，他望见了平日所爱慕的秋娘的庭院：以竹为槛，灯隐窗内，十分幽美。一路迤逦行来，月光、夜色、更声陪伴着词人到达了目的地，五句话非常简洁，而其中人物已呼之欲出。接着就写一见倾心、两情欢洽："笑相遇，似觉琼枝玉树相倚，暖日明霞光烂。"这是极为出色的警句。这次来访，仿佛遇仙，从环境到人，都不同寻常。我是多么幸运，能遇到这样美丽的仙子，刹那间，真觉眼前一亮。"琼枝玉树"是形容她的高贵和洁白，"暖日明霞"是形容她的光彩夺目。"琼枝玉树"，语本沈约《古别离》"愿一见颜色，不异琼树枝"和《世说新语·言语》称佳子弟为"芝兰玉树"。"暖日明霞"，见宋玉《神女赋》"其始来也，耀乎若白日初出照屋梁"和曹植《洛神赋》"皎若太阳升朝霞"。一般写丽人，常是写她的外貌，如花容月貌等，而这里则是写她的光彩照人。光彩是内在的精神美通过外貌美而反映出来的，故觉得不同于寻常。此其一。还有"琼枝玉树"的"相倚"，"暖日明霞"的"光烂"，此已写到了一见倾心、互相偎傍亲昵的状况；而且枝之于树、霞之于日，有依存关系，寓意两情融洽，如一体之不可分。此其二。更有进者，这两句用"似觉"二字领起，亦有深意。对她，虽然平时倾慕，但这次受到她如此的爱宠，却有些感到突然。"今夕何夕，见此粲者！"我何幸而遇仙，不是在做梦吧？着"似觉"两字，疑梦疑真的惊喜之情，便跃然字里行间。此其三。寥寥十四字，包含了多么丰富的内容！"水盼兰情，总平生稀见。"她水汪汪的眼睛能说话，像幽兰般的芳情熏人欲醉，两句写足了两情的欢洽，写足了"目成"（目交心许）幸遇之情。上阕的实写手法，使过去的事，恍如眼前，加强了真实感。

下阕"画图中、旧识春风面。谁知道、自到瑶台畔。眷恋雨润云温，苦惊风吹散"。"画图"句化用杜甫《咏怀古迹》咏王昭君的"画图省识春风面"。"旧识"点明上阕是回忆。过去已看到过她的画像，倾慕她的美丽，但意料不到的是，她竟会爱上我这个不为流俗所喜的人；更料不到两情如此融洽，意味着从此可以长久欢聚，不会为外力所拆散；然而今天和她得到了意想不到的欢遇，却又一转瞬间，被意想不到的惊风吹散了。"叹"字奇警：但闻四壁虫声唧唧，如助我之叹息。接下一个"谁知道"，一个"苦"字，道出了聚也突然，散也突然，词人脆弱的心灵怎禁得如此突然的感情变化，现在却被外力拆散了。换头四句，层层递进，几经转折，这就是周济所说的"加倍跌宕"。"谁知道"和"苦"就是用来加强表达这种感情上的突起突落，从惊喜幸遇到担心被拆散，再到竟然被拆散，反映了词人心理的变化过程。无此跌宕，词人感情上的剧烈变化就很难表达得这么充分、有力。

"念荒寒、寄宿无人馆。重门闭、败壁秋虫叹。"一对鸳侣突然被拆散，现在自己置身在荒寒寂寞阒无他人的客馆中，重门闭着，只听到败壁秋虫的悲鸣，似在助人叹息。此情此境，其何以堪！这种情况真如白居易所云是"以胶漆之心，置诸胡越之身，进不能相聚，退不能相忘"（白居易《与元稹书》）。"怎奈向、一缕相思，隔溪山不断"。是说在此人不能堪的凄凉境况之下，怎能摆脱两地相思之苦！歇拍两句，表现了词人对爱情的执著，也表现了相思的痛苦。写离情至此，可说是"毫发无遗憾"了。

张炎《词源》认为周词"软媚"，其实不然。这首词，抒情述事，细腻生动，表现力强，别人能写到十分的，他却能写到十二分，表现出一种深厚质重的风格。之所以能有如此表现力，一是周济所说的"加倍跌宕"的手法，二是依靠虚字的力量，如上阕的"似觉"、"总"，下阕的"谁知道"、"怎奈向"等，起到了曲折顿挫，更深刻地表达思想感情的作用。

周济说："美成思力独绝千古。"（周济《介存斋论词杂著》）如此等词只看到它玉润珠鲜的一面，而看不到它风骨强劲的一面，则失之偏颇矣。

（万云骏）

玉楼春

怀旧　北宋·周邦彦

原文

桃溪不作从容住，秋藕绝来无续处。当时相候赤栏桥，今日独寻黄叶路。烟中列岫青无数，雁背夕阳红欲暮。人如风后入江云，情似雨余粘地絮。

内　容　此词借刘阮传说，写与所爱的女子隔绝后，重寻旧地的寂寞惆怅。

特　色　词采浓艳，空灵结实。

注　释　桃溪：事见刘、阮入天台山采药，于桃溪边遇仙的故事。秋藕绝来无续处：此处指刘、阮与仙人的情如藕断而丝又不连。赤栏桥、黄叶路：据俞平伯《唐宋词选释》引顾况、温庭筠、韩偓等人的诗词，说明赤栏桥常与杨柳、春水相连，指出此词"黄叶路点明秋景，赤栏桥未言杨柳，是春景却不说破"。岫（xiù）：山谷。

赏析　皇甫松子曾作过一首《天仙子》："晴野鹭鹚飞一只，水荭花发秋江碧。刘郎此日别天仙，登绮席，泪珠滴，十二晚峰青历历。"这首《天仙子》咏刘晨、阮肇离天台别二仙子事，是写初别。一句、二句写鸟飞花发的秋江自然景物。三句、四句、五句点明离别，泪洒别筵。末句融情入景，碧峰无数、离愁万种，追念欢会，还思别后，无限留恋，无限低回，尽在言外。此词有上句即有下句，历历清疏，词采不浓。周邦彦的《玉楼春》同赋一事，但不是写初别，而是写重寻。此词繁采缤纷，组织缜密，通首主要写重寻不见的惆怅悔恨心情。但实多虚少，读后一时不易掌握其内在联系及词人内心深处的活动。一句、二句表面看来是叙事，当时不肯留下，而今断缘难续，其实这是写重寻不见的悔恨心情，早知今日，悔不当初。三句、四句"当时相候赤栏桥，今日独寻黄叶路"，不但将当时的幸会与今日的凄清形成对照，而且也把独寻时悔恨、失望的心情，曲曲传出，丽词艳采和深情绮怨相统一，可说是既结实而又空灵。下阕五句、六句写景，景中寓情，七句、八句写情，情中带景，也是虚实结合，结实而又空灵。此词八句皆对，对仗工整，可谓密矣；而桃溪（红）、秋藕（白）、赤栏桥、黄叶路、青的列岫、红的夕阳、风后之云（可能是灰色的）、雨余之絮（白），青黄赤白黑五色具备，可谓浓矣。但词采飞扬，情思流动，绝无堆垛晦涩之弊。将此首和《天仙子》比较，虽然一淡一浓，但形象的丰满、思想的深至，周作胜于皇甫之作，词之不能以浓淡分优

佳 句

- 烟中列岫青无数，雁背夕阳红欲暮。
- 人如风后入江云，情似雨余粘地絮。

劣，于此也可得到一个具体的说明。

王国维说："温飞卿之词，句秀也；韦端己之词，骨秀也；李重光之词，神秀也。"以浓淡说，温浓而韦淡；李煜疏放，纯用赋体，又当别论。有人将王氏之论，奉为圭臬。亦步亦趋，遂扬韦而抑温，实即贵淡而贱浓；将李煜之词，更抬高到至尊的地位。苏轼《饮湖上初晴后雨》有："欲把西湖比西子，淡妆浓抹总相宜。"用于词可也，浓淡都是美，不应强分轩轾。王氏之论，不免偏颇。读周邦彦《玉楼春》词，可以体会得之。

（万云骏）

虞美人

原文 旅怀　北宋·周邦彦

疏篱曲径田家小，云树开清晓。天寒山色有无中，野外一声钟起、送孤篷。添衣策马寻亭堠，愁抱惟宜酒。菰蒲睡鸭占陂塘，纵被行人惊散、又成双。

内　容 | 此词写山居晨起的景色和孤独的情怀。
特　色 | 化实为虚，融情入景。
注　释 | 疏篱：稀疏的篱笆。曲径：弯曲的小路。云树：远处的树。开：拨开。孤篷：孤舟。亭堠（hòu）：古代用于瞭望的土堡。愁抱：愁怀。陂塘：池塘。

赏析 此词写山居晨起的景色和心情。词中，野外晨景络绎奔会，依次展现，优美清新，作者的旅思羁愁缘景而生，又自然融入景中。

一起三句，写晨起所见之景。疏篱环护，曲径幽深，点点农舍隐现其间；随着日出雾散，晨光熹微中的树林渐渐清晰，而寒气充塞中的远山剪影，则时隐时现，若有若无。三句中"清晓"与"天寒"并见，点出时令是在深秋清晨。"山色有无中"用王维《汉江临泛》"江流天地外，山色有无中"成句，渲染缥缈朦胧的气氛，准确把握了山村深秋晓行的景物特点。上阕煞拍二句转写所闻。报晓的钟声从野外山寺传来，想必一只航船正驶离河岸，孤独地向远方行去。这里，野外钟声是耳中之音，"送孤篷"则是听觉联想，作者以漂泊天涯的游子感受此外部环境，钟声也唤起了他的旅思羁愁，心情自然是凄楚而又怅惘的。

下阕换头由景及情。作者晨起漫步野外，清寥迷蒙的景色令人触处生愁，于是他添加衣服，驱马疾行，去寻找附近的古亭堠。"亭堠"是古代用以侦察、瞭望以防敌盗来侵的亭子，此指废置的古亭堠。"愁抱惟宜酒"，表明他于古亭堠置酒，正为

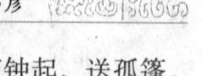

佳　句

· 天寒山色有无中。

了排遣满怀的愁闷。词末二句是传神之笔。天色初晓,那长满菰蒲的池塘里,野鸭还睡得正香,作者策马经过池塘,它们都惊飞四散,可是一会儿,又双双聚拢在一起了。野鸭惊散后又成双,暗伏人散后却不复成双之感慨。作者以景结情,妙在以实为虚,借物喻己,曲曲传达自己落拓江湖,孤独无侣,与昔日情人重逢无望的悲慨,结得凄婉缠绻,蕴意极为深厚。范晞文《对床夜语》卷三引《四虚序》云:"不以虚为虚,而以实为虚,化景物为情思。"此词收尾二句,融情入景,以景物来象征情思,使景物成为情思的寄托,正是一种"以实为虚"、曲终情在的妙结。

这首词以客子之心感受身外之景,以云树、远山、晨钟、孤篷、睡鸭等典型物象,组成一幅萧疏、清寥、迷蒙的山村晓图,且多取景目前,写来似不经意,但含情无限。语言则清新隽永,化用前人诗句,巧于熔铸,不露痕迹,如同己出。

(顾伟列)

双头莲

原文

相思　北宋·周邦彦

一抹残霞,几行新雁,天染云断,红迷阵影,隐约望中,点破晚空澄碧。助秋色。门掩西风,桥横斜照,青翼未来,浓尘自起,咫尺凤帏,合有人相识。

叹乖隔。知甚时恣与,同携欢适?度曲传觞,并辔飞辔,绮陌画堂连夕。楼头千里,帐底三更,尽堪泪滴。怎生向,无聊但只听消息。

内　容　此词写作者对心仪的女子咫尺天涯、乖隔难会的无聊赖之情。
特　色　虚实相间,工拙并用。
注　释　断红:晚霞断续点缀的样子。阵影:雁阵的影子。助:加深。斜照:斜阳中。青翼:青鸟或大雁,它们都可代传信息。凤帏:凤鸟纹饰的帷幕,这里指有情人被隔阻开。乖隔:分手、分离。恣与、欢适:二词同意,都是指尽情欢娱。度曲:制曲,作曲。《汉书·元帝纪赞》:"鼓琴瑟,吹洞箫,自度曲,被歌声。"颜师古注引应劭曰:"自隐度作新曲,因持新曲以为歌诗声也。"传觞(shāng):古人饮酒的方法之一,列坐曲水旁,浮觞曲流,渐次持饮。并辔(jiān)飞辔(pèi):并排骑马。怎生向:犹怎向。宋柳永《法曲第二》词:"怎生向人间好事到头少。"

赏析

《挥麈录》云:"美成为溧水令,主簿之姬有色而慧,每出侑酒,美成为风流子以寄意。"此说是否有据,不得考知。本词所写咫尺天涯、乖隔难会的情事与《风流子》相似,表现了作者思念某一女子的深沉而诚挚的感情。

词以景起,首叠描绘秋日晚空辽远而阔大的景象。时值晚暮,秋空残霞一抹,落日余晖染红了片片浮云；一行排成字儿的新雁，从天之尽头飞来，点点雁影，出没于断云之间，点缀在澄碧如洗的秋日晚空，令人倍感秋意正浓。周词《庆宫春》"惊风驱雁"写雁阵顺风展翼，《氐州第一》"惊风破雁"写雁阵逆风而飞，此词则以"云迷阵影"，描摹雁阵的时隐时现、隐约朦胧，所写之雁，情状各异，足见周邦彦观察之精细，状景之真切。首叠不仅造境富于远神，而且意蕴亦丰。尺素在鱼肠，寸心凭雁足，向以传信为任的鸿雁掠过秋空，径自远去，暗伏与意中人的情愫难通。

然后转换情景，由户外眺望万里长空秋雁，写到户内坐盼意中人前来欢会。"门掩西风，桥横斜照"，居处惨淡索漠的氛围，映衬出作者幽居独处的寂寞之感。至"青翼未来"以下，方将全词所咏情事点破。自己与意中人近在咫尺，却杳如天涯，"浓尘自起"，寓两情阻隔，相思而相见无望。

次叠首句"叹乖隔"三字，下得沉重，直吐与意中人人事乖骞的苦恼，以质直重拙之笔，突出了全篇的情感内容。然后以"知"字领贯五句，从推想虚拟的角度，呈示思之不得而产生的无限盼想：何时才能与意中人携手欢娱，度曲传觞于席间，并马双双出游于郊野，在"绮陌画堂"欢娱竟夕？"度曲"三句，写尽设想中与意中人的浓情密意。"楼头"句以下，词境由虚到实，归入现实中的一片凄苦。思而不见，盼而不至，孤宿独眠，辗转反侧，时至三更，仍然难以入睡。"尽堪泪滴"四字，尤见其盼望之殷切、等待之良苦、愁绪之深长。"怎生向、总无聊"，总括户外眺望长空，室内翘盼佳人，帐底情思缥缈，总觉百无聊赖的情感心绪。歇拍处，作者那不绝如缕的相思，凝聚成发自心灵的企望："但只听消息。"至此，作者怀着绝望中的一线希冀与渴慕，以执著而热诚的期待，结束了他那相思怀人的歌唱。

此词写景抒情，从远到近，由表及里，由虚到实，首叠写景，为下叠宣泄人事乖隔的相思苦况设下伏线。以下随时间和场景的推移，层层生发，或以实笔描画，或以虚笔拟想，均痴迷沉湎。语言则典丽与朴拙并用。首叠用字遣词，锤炼精工，心细若发，于勾勒处见浑厚；次叠语多朴拙，感情也渐趋坦率径露。

（顾伟列）

江神子

原 文

相思　北宋·谢逸

一江秋水碧湾湾。绕青山，玉连环，帘幕低垂，人在画图间。闲抱琵琶寻旧曲，弹未了，意阑珊。飞鸿数点拂云端。　　倚阑看，楚天寒。拟倩东风，吹梦到长安。恰似梨花春带雨，愁满眼，泪阑干。

内　容 此词写女子无计排遣的相思之情。
特　色 清丽疏宕，缘情写景。
注　释 玉连环：套连在一起的玉环。《战国策·齐策六》："秦始皇尝使使者，遗君王后玉连环，曰：'齐多知，而解此环不？'"鲍彪注："两环相贯。"阑珊：衰减，消沉，唐白居易《咏怀》："白发满头归得也，诗情酒兴渐阑珊。"倩：请，恳求。汉王褒《僮约》："蜀郡王子渊以事到煎上寡妇杨惠舍，有一奴名便了，倩行酤酒。"吹梦到长安：袭用《西洲曲》："南风知我意，吹梦到西洲。"恰似梨花春带雨：袭用白居易《长恨歌》"梨花一支春带雨"句。阑干：纵横散乱貌；交错杂乱貌。

赏析　谢逸字无逸，黄山谷赞其曰："恨未识面耳。"谢无逸之词，远窥"花间"，在宋人中别具一格。就此词而言，风格更近韦庄，兼有南唐的神韵。它与温庭筠的浓艳密丽不同，主要以清丽疏宕之词，写离别相思之情，且多借助景物的烘染衬托，故缘情写景，意境优美。阑干：纵横散乱貌；交错杂乱貌。汉赵晔《吴越春秋·勾践入臣外传》："王与夫人叹曰：'吾已绝望，永辞万民，岂料再还，重复乡国。'言竟掩面，涕泣阑干。"

此词先从大处落笔，画出一幅碧水湾湾、缭绕青山的秋色图。然后视点由远而近，从外至内，最终落到帘幕后的女主人公身上。如画的景色更映衬出她的美丽姿容。画面由鸟瞰而近景，最后转为特写。弹奏琵琶着一"闲"字，透露出她的百无聊赖，而"寻旧曲"则暗示她的旧梦难忘。但往事如烟，旧梦难圆，故一曲未了，即意兴都尽。过片则宕开一笔，视点由人移到高飞的鸿雁。"倚阑看"一句用逆挽句法作补充交代，原来以上景象是女主人公望中所见。如果说"意阑珊"是点明其心绪，此处的写景则是渲染其相思之情。通过这一处理，上下之间笔断意连，面对楚天寥廓，女主人公只能托东风寄情，这一无望之望更深地表现了她深挚而痛苦的恋情，最后以"恰似梨花春带雨"的形象倾诉出

满腔哀怨。通篇不假藻饰，纯用白描，笔意疏宕，而景美情深。值得一提的是，作者运用点染，配合恰到好处。上阕开头的造境为染，创造出情意悠长的环境气氛，中间人物出场为点，然后再渲染人物的举止以抒其情。下阕同一机杼，先渲染景物，再点明相思之情，最后描绘梨花的形象而将哀情写足。每阕通过两重渲染，感情色彩更为浓烈。景为情生，情由景出，

达到情景相生的妙境。

　　从此词的语言与意象中,不难看出李白、杜牧、白居易乃至李后主等人给予的影响。如李白的"雁引愁心去"(《与夏十二登岳阳楼》)、"人行明镜中,鸟度屏风里"(《清溪行》)、"客从长安来,还归长安去。狂风吹我心,西挂咸阳树"(《金乡送韦八之西京》)等,都与此词相通,经谢无逸化用,转为蕴藉。上述诗人的风格或飘逸潇洒,或流美俊赏,或清新自然,都融入了此词的总体风格。尤其是晚唐那种山远水长、天高云渺的凄迷意境,对谢词的影响更大。

(黄宝华)

菩萨蛮

原文

苦恋　北宋·祖可

　　谁能画取沙边雨,和烟澹扫蒹葭渚。别岸却斜晖,采莲人未归。　　鸳鸯如解语,对浴红衣去。去了更回头,教侬特地愁。

内　容　此词写男子对采莲女的痴情苦恋。
特　色　对比反衬,意折笔曲。
注　释　和烟:伴随着烟雾。扫:打,洒在。渚:水中的小块陆地。别岸:对面的岸。斜晖:斜阳。侬:我。特地:猛然间。

赏析　这首小词融乐府入词,写得清新自然,画面生动,饶有六朝恋歌风味。作者原名苏序,苏坚之子,为僧,住庐山,因有疾,人称癞可。祖可是脱俗的诗僧,却能悟透男女恋人的微妙心态,刻画细腻传神。

　　全词上下阕采用"女子"的无情与"鸳鸯"的多情作对比,以反衬男子的痴情。起首二句便写出了一个痴情男子苦等采莲女子的暗淡背景:沙边斜雨和着云烟扫过长满芦荻的水洲,烟渚茫茫,一片迷蒙。"别岸却斜晖","别岸"即对岸,男子痴等那采莲女子,可是已经斜晖脉脉,而采莲女子仍不见归来,真可谓痴心男子薄情女。词人未正面写采莲女,而女之无情与男之痴情均含蓄不露地道出,自然入妙。

　　下阕转从"鸳鸯"落笔。男子失望之余,看着水上嬉戏的鸳鸯,更生一种惆怅失意的痴恨。鸳鸯成双作对,历来被视为爱情的象征。如今连鸳鸯都好像理解喁喁情话,双双沐浴着鲜美的羽衣戏波而去;去远了还回过头来对痴情男子多情一望,采莲女又何其无情。"侬"字,系古代吴语中的"我"。"特地",此当"突地、忽地"解,杨万里《过百家渡四绝句》诗:"柳子祠前春已残,新晴特地却春寒。"因这鸳鸯的回头一望,痴情男子心头骤然又袭上一重无名的愁情,心态描摹可谓臻于化境。

全篇语言清新、质朴,不事雕绘,意折笔曲,虽写男女恋情,却写"心"而不写"貌",不似花间派词人写情必用艳语,往往写貌遗神。

（潘裕民）

玉楼春·至盱眙作

原文 旅愁 北宋·毛滂

长安回首空云雾,春梦觉来无觅处。冷烟寒雨又黄昏,数尽一堤杨柳树。
楚山照眼青无数,淮口潮生催晓渡。西风吹面立苍茫,欲寄此情无雁去。

内容 此词写离开京城的失落感和羁旅之愁。
特色 曲意渲染,情景交炼。
注释 盱眙（xūyí）:地名,今在江苏。回首:回头望。照眼:映入眼帘。渡:渡口。

赏析 毛滂词善于写旅况,巧于写闲情。

毛滂在宋徽宗崇宁年间曾在京城作删定官,后来离开京城。这里"长安"实指北宋京城汴梁。大约他是不得意而补调出来做官的。

词是离开汴梁后从淮河进入盱眙（今江苏盱眙）时作,到盱眙,是到了淮河之口,已是楚地。旅途风光虽美,但长安好梦已去,词人独立苍茫,羁愁顿生。上阕首二句"长安回首空云雾,好梦觉来无觅处",便是说离开了长安,回首已不见京城,但见云雾。他的做京官的好梦,终

佳 句
- 长安回首空云雾,春梦觉来无觅处。
- 楚山照眼青无数。

成一空,梦已醒来,好境也无从寻觅。点明了行程和心境。次二句"冷烟寒雨又黄昏,数尽一堤杨柳树",巧妙地反映了词人在百无聊赖中驱遣闲愁的心境。他离开长安又迢递走了几站地,伴舟行的是寒冷的暮烟和几点稀疏的雨,又是黄昏时候了。时光难挨,无人可语,只好数点一段长堤上的杨柳树到底有多少棵。巧妙的一语,便写尽了无所寄托空虚之极的离愁旅况。

下阕写到了淮口、到了楚乡之后的心情。首二句"楚山照眼青无数,淮口潮生催晓渡",满眼楚地青山,风光信美,毕竟是异乡苦地,而淮口上潮,又是催行人趁早潮渡江的时候。独在异乡为异客,涌起莫名的失落感,所以下二句写:"西风吹面立苍茫,欲寄此情无雁去。"正是秋天光景,西风吹面起了寒意,自己独立在苍茫的晨光中,正像杜甫《乐游园歌》所云

"独立苍茫自咏诗",那么寂寞,可是想把这种失落感写给家人或亲友,却又缺少寄书的鸿雁!结尾给人留下了回味的余地。全词表现百无聊赖羁旅中寂寞无托的愁苦,曲意渲染,情景交融,虽意境较浅,毕竟是一篇行旅佳作。

(王达津)

逸 闻

元祐年间,苏轼任钱塘知府,毛滂为法曹掾。三年任满之后,毛滂辞官离开了钱塘,并作《惜分飞》词一首赠与歌姬琼芳。一日,苏轼在宴席之上,听到了歌姬演唱这首词,非常欣赏,向歌姬打听词的作者,得知正是已经辞官的毛滂,苏轼大为懊恼,责怪自己身边有这样一位有才华的词人居然不知道。第二天,苏轼派人将毛滂追回。从此,苏轼与毛滂交往甚密,并赞赏毛词为"闲暇自得,清美可口"。毛滂因此也声名鹊起。(徐玲)

转调满庭芳

原文　　　　　　　　　　　　　　　　　　　　　　离恨　北宋·刘焘

风急霜浓,天低云淡,过来孤雁声切。雁儿且住,略听自家说:你是离群到此,我共那人才相别。松江岸,黄芦影里,天更待飞雪。　　声声肠欲断。和我也、泪珠点点成血。一江流水,流也呜咽。告你高飞远举,前程事、永没磨折。须知道、飘零聚散,终有见时节。

内　容　此词以人雁对话的方式写离别的哀怨与宽解之语。
特　色　人雁对话,语痴情真。
注　释　共:与。黄芦:一种近水而生的草本植物。和:伴随。告:祈愿。永没:永远没有。磨折:磨难,曲折、挫折。

赏析　此词的特点是词人寻找一个与自己有命运及情感共鸣的物象,以对话交流的方式表达内心的哀怨与信念,所以作者融化民谣恋歌手法,采用了人雁对话的奇妙构思。上阕着眼于词人主观心境与孤雁客观处境的暗相拍合。拍合的表层,是秋深霜重、风急天暗、词人与孤雁面临共同的时空条件;而孤雁的离群单飞、声声凄切和词人告别"那人"而行之离魂翩翩,在遭际上又颇相类。拍合的深层,是离思惨淡的词人把内心的忧伤对象化到茕独惊飞的孤雁身上,通过代雁设想前程中的芦丛飞雪,曲折地显现了词人关于前景愈艰的隐忧。

下阕推进一层说,不仅"我"与孤雁形影相吊,孤雁的鸣叫,更感染加重着"我"的心理负担,使"我"魂销肠断,珠泪涟涟,泪尽泣血。这时词人的艺术思维伸出了多重触角,除孤雁的意象外，由泪水流淌的形态串联到"一江流水"，由哭泣哀怨的声音串联到流水好似呜咽；艺术表现的意象变得丰富，各种艺术感觉走向通融化了。最后，词中的"我"，一方面以冷峻的现实态度，劝告孤雁：只有远飞高举，前程才没有磨折危难；另一方面又乐观地勉励孤雁：无论怎样飘零散离，但总有相见之时。其实这里的"劝"何尝不是词人的自劝自诫？这里的"勉"，又何尝不是词人的自勉自慰，何尝不是传统民族心理中"物不可以终难"（《周易·序卦》）的理想主义精神的闪烁？全词以口语娓娓写出，尤具曲味，值得注意。（王　政）

黄金缕

原文　　　　　　　　　　　　梦恋　北宋·司马槱

家在钱塘江上住，花落花开，不管年华度。燕子又将春色去，纱窗一阵黄昏雨。　　斜插犀梳云半吐，檀板清歌，唱彻黄金缕。望断行云无去处，梦回明月生春浦。

内　容　此词写梦中的歌女形象和梦醒后的怅惘心绪。
特　色　似直似曲，若隐若现。
注　释　度：逝去。将：带走。犀梳：用犀角制作的梳子。云半吐：女子的发式。檀板：檀木板，用于演唱时击节。梦回：梦醒。

赏析　这首词伴随着一个有趣的故事而流传，据《春渚纪闻》等书所载，司马槱曾梦见一美女唱曲，所歌即词上阕，词人醒后又续写下阕，完成了此词。其实这是借梦境说实境，以梦说悲，寄寓了词人对现实的深沉感慨。这首词写心情似直似曲，写形象若显若隐，梦境与现实融为一体，以缠绵婉曲的情调和惝恍迷离的色彩，写出了一个美丽女子如梦的人生。

上阕以女子的口吻自诉，前三句显得爽直洒脱，家住风光旖旎的钱塘江边，花开花落年华暗逝，却并没有一般女子的伤春感时，似乎只是单纯欢快地尽享青春之乐。但是随之两句的景色描写，却又留下一缕怅惘，燕子带春而去，说明时光流逝还是在女子心中产生了反响，而一阵黄昏雨，更透露出强颜欢笑的悲凉意绪。

下阕从词人的视觉角度来写女子。只见她头上斜插犀角梳、乌发如云半吐，敲着檀木响板，婉转唱着《黄金缕》曲。几笔勾勒出一个年轻可爱、楚楚动人的形象。但一曲唱罢，美丽女子却如行云转眼消逝，不知去处，词人梦醒，唯见明月春浦，一片清冷孤寂而已。下阕转笔婉曲，使原先表露的明朗心情蒙上了一层凄愁，使原来塑造的美好形象成为虚无而不可寻。这种前后不一致的表现方法为作品增添了婉曲神秘的美感。

由梦境到梦醒，这一表现方式包含着深刻的人生意蕴。在封建社会，许多可爱的少女，尤其是歌妓们，固然因青春貌美而走红于一时，但因衰老而被冷落遗弃，却是她们无法逃脱的最后命运。这一意识转化为梦境，终于形成这首美丽的词。

（陈晓芬）

西江月

原文 怀春 北宋·惠洪

　　十指嫩抽春笋，纤纤玉软红柔。人前欲展强娇羞，微露云衣霓袖。　　最好洞天春晚，黄庭卷罢清幽。凡心无计奈闲愁，试捻花枝频嗅。

内　容　此词可能写一个妙龄女道士美丽的外表和微妙的内心世界。
特　色　状貌见心，神态宛然。
注　释　洞天：这里指道观。捻（niǎn）：拈，用手轻拿。

赏析　词中写人，多用赋体，温庭筠、李后主、柳永诸人的艳词可证。惠洪此首《西江月》中的女主人公，似是一个女道士。首两句描写她的双手细嫩柔美，纤纤素手，如春笋初抽。如果作者只是为了写女子的外貌之美，这样的开头不过平平。作者的高明之处在于：他要写出主人公的艳思幽情，将她那不可见的内心活动化为具体可感的形象。这位女道士虽系出家人，但绝非心如枯井，毫无波澜，她正当青春妙龄，未能忘情绝爱。青春少女追求美、向往幸福的天性，使她欲在人前展露其美貌，于是便有了"微露云衣霓袖"的动作。读词至此，开头两句对纤纤素手的特写，便有了丰富的心理内涵了。

　　一盏青灯，数卷《黄庭》，这是出家人的日常生活。但春天的到来打破了这女道士生活和心理的平静。她已不耐"洞天"中清幽寂寞的生活，"凡心"顿生，"闲愁"难耐，不免心猿意马起来。然后作者将女主人公这片时的微妙复杂心态，一下子定格、凝聚在一个细节动作上——"试捻花枝频嗅"。花枝寄托了对春天的向往，表现了女主人公青春意识的觉醒。而一切尽在不言之中。李清照"倚门回首，却把青梅嗅"，表现了一个少女见客矫饰的神情，这句中的一"捻"一"嗅"，却活生生写出了一个青春女子（尽管她已遁入空门）那天真无邪、难以抑制的生命力量。

　　惠洪诗词多艳语，时人称为"浪子和尚"。许颛《彦周诗话》云："上人善作小词，情思婉约似少游。"由这首《西江月》可见一斑。

（方智范）

> **逸闻**
>
> 惠洪在海南时,一日朋友刘蒙叟在张守之家做客,三更半夜,酒至酣处,突然兴起,派随从快马来向惠洪索词。惠洪问以何为题,随从又返回张府求题,随从进门时,刘蒙叟见眼前一蛾正飞扑向烛火,就对随从说:"就以这个为题吧。"随从又快马加鞭地赶到惠洪处,告之题目。惠洪不慌不忙,口述《鹧鸪天》一首,词曰:"蜜烛花光清夜阑,粉衣香翅绕团团。人犹认假为真实,蛾岂将灯作火看。方叹息,为遮拦。也知爱处实难拼。忽然性命随烟焰,始觉从前被眼瞒。"刘蒙叟看到此词,带着醉意哈哈大笑。　　(徐玲)

点绛唇·县斋愁坐作

羁愁　北宋·葛胜仲

原 文

秋晚寒斋,藜床香篆横轻雾。闲愁几许?梦逐芭蕉雨。　　云外哀鸿,似替幽人语。归不去,乱山无数,斜日荒城鼓。

内　容　此词写秋日客居荒城的哀愁。
特　色　移情于景,意象迷离。
注　释　藜床:藜做的坐榻。藜:称灰藿、灰菜,一年生草本植物,嫩叶可食,老茎可为杖。香篆:香名,形似篆文。宋洪刍《香谱》卷下:"香篆镂木以为之,以范香尘,为篆文,燃于饮席或佛像前,往往有至二三尺径者。"幽人:作者自指。

赏析

这是一篇客里赋愁之作。玩其词意,作词时似在贬中,故情思衰飒哀怨。

因远贬荒城,时当秋晚,百无聊赖,闲愁顿起。写闲愁,前人精思巧笔,颇多传世之语,著名者如北宋贺铸《青玉案》,其中"试问闲愁都几许?一川烟草,满城风絮,梅子黄时雨",即善于喻愁者。闲愁乃是一种不可名状的微妙心理状态,如何写得动人?贺铸是借物境将心绪外化。葛胜仲词上阕"闲愁几许?梦逐芭蕉雨"一句恐是受了贺词启发,点化而成,我以为可享出蓝之誉。贺词虽朦胧迷离而譬喻直接,从视觉上但写其愁之大之广,葛词则将若梦若醒的神思与雨打芭蕉的外景融成一片,下了一个"逐"字,写出梦随雨声而起,又化入雨声之中,并非用譬喻赋愁,而移情入景,从听觉上写出愁之绵绵不断而生,飘忽难抑,意境更朦胧迷离,诗情更含蓄浓郁。

佳　句

· 闲愁几许?梦逐芭蕉雨。

下阕由近景写到远景,景中出情。"云外哀鸿"与斋中"幽人",是相互对应的意象,这里"哀鸿"可主观化为"幽人","幽人"也可客观化为"哀鸿"。然而秋雁南飞,尚有可归之地,"幽人"则羁留客地,欲归无日。"归不去",正是全篇结穴处,点醒此"闲愁"乃是羁旅之愁。末句以景结情,乱山、斜日、荒城、鼓声,视觉意象与听觉意象组合为一片衰飒之景,有限的时空表现了无限的情思,如江上青峰,如秋波临去,其景其情,均令人低回不已。

(方智范)

卜算子

原文　　　　　　　　　　　　　　　　　　相思　北宋·徐俯

天生百种愁,挂在斜阳树。绿叶阴阴占得春,草满莺啼处。　不见生尘步,空忆如簧语。柳外重重叠叠山,遮不断,愁来路。

内　容　此词写见不到所恋之人的愁思。
特　色　化虚为实,旧意翻新。
注　释　生尘步:语见曹植《洛神赋》:"凌波微步,罗袜生尘。"簧语:语见《诗经·小雅·巧言》:"巧言如簧。"

赏析　离愁别绪可说是词中的一个永恒主题,历久不衰。一个常用的手法是化虚为实,即用各种不同的意象来表现这种难以触摸言传的情绪。但更重要的是,必须在意象的构造上翻新出奇,才能使之获得长久的生命力。

首句即点明心中愁绪百种,极言其深广,起总摄全篇的作用。这种发端开门见山,直陈胸臆,揭明言"愁"的主旨,造成情绪浓重的势头,词家称为"造势"。第二句接得奇特,不仅将愁具

- 天生百种愁,挂在斜阳树。
- 柳外重重叠叠山,遮不断,愁来路。

体化,而且化为愁挂树端的新奇意象。当然这一意象也有所承袭,李白《金乡送韦八之西京》诗云"客从长安来,还归长安去,狂风吹我心,西挂咸阳树",即为此词所本。而"咸阳"改为"斜阳"则有助于渲染日暮途远的氛围,并暗示所思之人远在西方。后二句描写叶茂草盛的春景,它只会更缭乱人的愁绪,故形成强烈的反衬。此二句虽纯为写景,但"占得"二字透出怨春之意,原本两情欢会的时光今已被绿荫占尽。何况还有青草萋萋、莺啼声声,这两种意象都和离愁有不解之缘,马上令人想起"又送王孙去,萋萋满别情"、"打起黄莺儿,莫

教枝上啼"之类的诗句。

　　过片紧承以上写景,感叹绿荫路上已不见她的芳踪,莺啼声处,只能在记忆中搜寻她的娇语。"生尘步"用曹植《洛神赋》"凌波微步,罗袜生尘","如簧语"出《诗·小雅·巧言》"巧言如簧",最后以重叠的远山再次渲染愁绪,与开头的"百种愁"相呼应。结尾三句表现出词人的妙想独得。前人写愁,总怨恨山水阻隔,而希望景物能将愁情寄往远方,如欧阳修《踏莎行》"离愁渐远渐无穷,迢迢不断如春水","平芜尽处是春山,行人更在春山外"。而此词却一反常格,所恨并非山水阻隔,而是层峦叠嶂也阻不断愁来之路。如此妙想确比前人翻进了一层。

(黄宝华)

望明河 · 赠路侍郎使高丽

原文　　**送使**　北宋·刘一止

　　华旌耀日,报天上使星,初辞金阙。许国精忠,试此日傅岩,济川舟楫。向来鸡林外,况传咏、篇章雄绝。问人地、真是唐朝第一,未论勋业。　　鲸波霁云千叠。望仙驭缥缈,神山明灭。万里勤劳,也等是壮年,绣衣持节。丈夫功名事,未肯向、尊前轻伤别。看飞棹、归侍宸游,宴赏太平风月。

内　容　此词写作者送别使节,以国事相期。
特　色　不事纤刻,奇正变化。
注　释　华旌:华美的旗帜。天上使星:古时认为天节八星主使臣事,因称帝王的使者为星使。唐刘长卿《贾侍郎自会稽使回》:"江上逢星使,南来自会稽。"金阙:金殿,这里指朝廷。傅岩:即傅说,殷代的贤相。鸡林:指高丽国。唐朝:以唐代宋。鲸波:巨大的波浪。霁云:雨后的云彩。宋张先《芳草渡》:"山明日远霁云披,溪上月,堂下水,并春晖。"仙驭:仙驾,指仙人骑的鹤。唐薛能《答贾支使寄鹤》:"瑞羽奇姿跟跄形,称为仙驭过青冥。"绣衣持节:汉代使节的装束。宸:指皇帝。

赏析　中国古典美学对自然美的追求,在宋词中表现为一种不事纤刻的议论,从这一点看刘一止这首词,尤值得注意。前人评刘一止"为文不事纤刻",吕本中、陈与义都赞叹他的诗"语不自人间来也"(《宋史·本传》)。这首词不事纤刻的特色,正表现在它以平实流畅的议论入词,不同于苏东坡以豪放逸纵的议论入词,从另一方面影响了后来的辛弃疾、刘克庄、刘过一路豪放词风的形成。

高丽即今朝鲜,据《宋史·外国三·高丽》载:"宣和四年(1122),俣卒。初,高丽俗兄终弟及,至是诸弟争立,其相李资深立俣子楷。来告哀,诏给事中路允迪、中书舍人傅墨卿奠慰。"这首词便是为送路允迪而作,时在宣和四年九月。北宋与高丽一直保持着较友好的关系,但后来高丽被迫臣服契丹。北宋末年朝廷因欲暗结女真用兵伐辽,与高丽频频通使,鼓动高丽反辽,辽、金也各怀目的加紧控制高丽,高丽则周旋于宋、辽、金三国之间。所以路允迪出使高丽怀有重大的政治与军事使命,刘一止也正是以此作词称颂他的"许国精忠"。

这首词具有健豪乐观的基调。全词以议论领贯,一气直下,忽擒忽张,将叙事与议论融为一体。起拍三句以叙事开头,把辞别金阙(帝都,指汴京)出使高丽的路允迪比为"天上使星",只"华旌耀日"一句,便写出了国使北行声势之壮。接着三句歌颂路允迪的治才,慨然报效国家,万里征行,把他比为傅说。据说傅说版筑于傅岩,武丁访贤,举他为相,使殷中兴。"济川舟楫"是反用孟浩然《望洞庭湖赠张丞相》"欲济无舟楫,端居耻圣明"句,称颂路允迪在"太平圣明"之世不甘闲居,如今报国有路,得展其生平抱负,正如济川之有舟楫,既切合傅说举相兴殷的典故,又实指他这次出使高丽是走海道驾舟北行。再接三句转而歌颂路允迪的文才,"鸡林"即新罗鸡林,朝鲜古国名,这里即指高丽,是说路允迪诗文雄健,早已飞传入高丽。过拍三句以议论总收一笔,赞扬路允迪人杰地灵,已堪称宋朝第一(唐朝借指宋朝),更不要说他屡建的功绩勋业了。下阕起三句又转到叙事上,笔势纵开,词人把路允迪的越海出使高丽比之为驾长鲸赴蓬莱仙岛。宋时大臣奉使高丽,由登州或四明下海,"弥漫汪洋,洲屿险阻,遇黑风,舟触礁辄败,出急水门至群山岛,始谓平达,非数十日不至也。舟南北行,遇顺风则历险如夷,至不数日"(《宋史·外国三·高丽》)。词人巧妙借东海神仙缥缈传说,描出了一幅风云交织的国使折冲于万里海外的历史画卷。于是接着三句又自然引到议论上,颂扬他年高犹壮心不已,以绣衣持节的国使万里赴命(汉武帝时有"直指使者",身穿绣衣,持斧仗节镇压起事者)。以下三句又收回到眼前的别宴上来,更进一层称赞他为国建功的丈夫气概,不为别离轻弹英雄之泪。歇拍再放开一笔,发议论于想象,祝愿路允迪顺利完成使命飞归报喜,陪侍帝侧(宸,指皇帝,路允迪为侍

郎,是侍从大臣,故云"侍宸游"),从此可以欣赏享受那大宋太平风月的美好日子,为路允迪悲凉的出使凭空添了一个虚幻乐观的花环。其实北宋亡国大势已定,宋朝廷自食了联结金人共同出兵灭辽的恶果,紧接在路允迪出使以后的,并不是歌舞升平的太平风月,而是金兵铁骑长驱南下的惊天鼙鼓了。

全词每三句为一层,共八层,极为齐整;而又议论与叙事交错迭出,忽纵忽收,夭矫自如,可谓奇正变化,刚柔相济。豪放词派好以议论入词,善于以议带叙,以叙出议,中间贯串以用事寓典、赋陈铺衍、写景抒情,形成一种纵逸恣肆的风格。得其精者如苏轼、辛弃疾,则发为雄豪;得其粗者如刘克庄、刘过,则流于粗豪。刘一止这首议论放纵流畅的词,显示出了由苏轼式议论向辛弃疾式议论的过渡,在辛弃疾那里可以找到大量与之神貌皆似的作品,而到克庄、龙洲,已仄入粗豪一路,可见其间影响流变之迹。

(景 南)

鹧鸪天·西都作

原文　归逸　北宋·朱敦儒

　　我是清都山水郎,天教分付与疏狂。曾批给雨支风券,累上留云借月章。诗万首,酒千觞,几曾着眼看侯王?玉楼金阙慵归去,且插梅花醉洛阳。

内　容　此词抒写懒慢狂放的自我形象和鄙弃王侯的气节。
特　色　歌行化运,奇语写狂。
注　释　清都:道家传说是紫微天帝所居之处。储光羲诗:"清都访道书。"山水郎:管理山水的郎官。券、章:都是公文。觞:酒具。慵:懒。

　宋室南渡之前,朱敦儒过着狂放高蹈的生活,被人呼之为"少室山人"。这首词黄升《中兴以来绝妙词选》题作"自述",它正是以直抒胸臆的自述方式,塑造了一个纵情山水、睥睨侯王、懒慢疏狂的自我形象。朱敦儒是洛阳人,宋时洛阳称西京(西都),人们一般据《宋史》本传说朱敦儒"靖康中召至京师,将处以学官。敦儒辞曰:'麋鹿之性,自乐闲旷,爵禄非所愿也。'固辞还山"。以为这首词就是他这次由京师返洛阳后所作。但是词中称"慵归去",似在京师并非一时,从他一再自称"当年五陵下,结客占春游"(《水调歌头》),"当年弹铗五陵间,行处万人看"(《朝中措》),似是他早年有过一段来汴京都下裘马轻狂的生活,这首词就可能是他早年游京师倦归之作。

朱敦儒词风近太白、东坡、稼轩一路,在南宋初词坛上独放异彩,周必大称他诗词"独步一世"(《二老堂诗话》)。最足以显示他旷逸俊迈词风的,还是他的小令。苏东坡以诗作词,

朱敦儒这首小令却是运歌行入词,尤得太白神貌。《鹧鸪天》词牌大致七字一句,本具有七言歌行的特点,朱敦儒正好利用了它的七言歌行的音乐美,全词如歌行一气贯注,不以顿挫跌宕见长,而以圆美清畅擅胜,词情若涌泉喷发,一泻无余,具有行云流水般明快流畅的节奏,把词人闲散旷达的归逸情怀表现得形神兼备。在这种歌行的奔放宣泄中,词人机杼独运,以奇语写狂态。劈头自称"清都山水郎","清都"本是仙家所谓天帝的宫阙,他自封为掌管天都山水的郎官,一句奇语便把懒慢疏狂之态淋漓画出。黄升说他"天资旷远,有神仙风致"(《花庵词选》),此语尤切合于其词。朱敦儒对神仙长生深为耽迷,两首《聒龙谣》的游仙词可见其学仙之诚,

所以他的词也多好用神仙风致的奇语。这首小令就是用"清都山水郎"的神仙口吻写成的。三、四两句更是突兀惊俗的奇句对,券,是天帝给予的凭证,章,是臣下的奏章,他负责批发着天帝支给风与雨的诏命,奏请着借取云与月的上章,狂言大语奇绝、痴绝,而"清都山水郎"的狂态更呼之欲出。懒慢疏狂本来是有其爱、有其憎的,所以上阕写其生爱山林烟霞、风月云露,下阕则写其无意功名富贵、粪土侯王。下阕首三句,写出词人但愿吟诗万首、饮酒千觞、睥视侯王公卿的狂放神态,流露出了对客游京华的厌倦。"玉楼金阙"可以是泛指朝中的功名富贵、都下的醉生梦死生活,不必仅指到朝廷做官。在经历了一番京华裘马轻狂的冶游后,词人又返归到他"清都山水郎"的麋鹿天性,决意慵倦

佳　句
·诗万首,酒千觞,几曾着眼看侯王?

而归,重回洛阳过插花醉卧、"栖茅茹藿,白首岩谷"(本传)的布衣隐逸生活了。全词犹如一幅传神毕肖的自我小照,笔笔落在一"狂"上,清都山水郎是狂,批奏风露云月是狂,傲睨侯王也是狂,插花醉卧也是狂,以奇写狂,又因狂生奇,使小令充满一种流动飘逸的神韵。

　　　　　　　　　　　　　　　　(景　南)

卜算子

原文 避乱 北宋·朱敦儒

　　山晓鹧鸪啼，云暗泷州路。榕叶阴浓荔枝青，百尺桄榔树。　　尽日不逢人，猛地风吹雨。惨黯蛮溪鬼峒寒，隐隐闻铜鼓。

内　容｜此词写泷州风情。
特　色｜情景反衬，婉曲递进。
注　释｜桄榔（guāngláng）：木名，俗称砂糖椰子、糖树，常绿乔木，羽状复叶，小叶狭而长，肉穗花序的汁可制糖，茎中的髓可制淀粉，叶柄基部的棕毛可编绳或制刷子。惨黯：阴暗。蛮溪：蛮人居住的山谷。鬼峒（dòng）：峒，山洞；这里指蛮族聚居地。

赏析　靖康乱起，金兵铁骑南侵，中原烽火连天，词人从此结束了啸傲洛浦、醉卧伊川的轻狂生活，凄惶南逃。敌骑长驱进逼，词人由赣避入两广，经南雄州、康州辗转泷州、梧州、滕州，直与蛮荒峒民相居。这首词便是建炎年间流落在泷州（今广东罗定）时所作。国破家亡的颠沛流离把这个"清都山水郎"抛出了吟弄风月的小天地，词人因此写出了不少感事哀世的忧愤之作。

　　这首词写家国之痛，但通篇运情于景，借个人身世之悲写故国沦亡之恨，婉曲层进，意蕴深沉。上阕分两层。开头以鹧鸪啼鸣起兴，字字饱含血泪。北国南奔的词人沦落到荒僻的泷州山中，在一个凄云笼罩的晓晨，只听到鹧鸪在声声苦啼。古人以为鹧鸪啼叫的谐音是"但南不北"，杨孚《异物志》云："鹧鸪其志怀南，不思北，其鸣呼飞，但南不北。"故张咏《闻鹧鸪》诗云："画中曾见曲中闻，不是伤情即断魂。北客南来心未稳，数声相对在前村。"但前人多以鹧鸪写迁客游子之情，朱敦儒却是借鹧鸪写故土沦陷之悲，尤使他声声入耳之伤心至极，鹧鸪其志怀南，飞必向南，不肯北往，而词人偏偏其志怀北，却命中注定南逃，北归无望。这种"景"与"情"的强烈反衬对比，益发写出了词人孤凄勃郁的国愁乡愁。因此身处此境，虽然弥眼一片鲜艳浓丽的南国风光：榕树撑开硕大的绿叶，荔枝泛出青色，桄榔树参天百尺，然而这对身在南国异乡的词人却是目极魂断，只能撩起更大的愁肠悲苦了。一句、二句与三句、四句在写南国之"景"的色彩上的强烈对比，又进一层烘托出了北客拳拳故国之"情"，有情景相生之妙。

　　下阕也分两层，承上阕仍运情于景，把家国之悲层层推向了峰巅。身在南荒穷山，耳闻鹧鸪，触目一片异乡风物，已够凄苦难耐；偏偏又天涯飘零终日不遇一人，好端端的春晨，竟忽然猛烈地刮风下雨，词人的孤独愁苦再也不堪忍受了。然而就在这时，从苗瑶居住的溪峒又透出彻骨的寒气，远远隐约传来一阵阵的铜鼓声。西南少数民族多依住山谷林木、溪峒穴处，"椎髻跣足，走险如履平地。言语侏离，衣服褊斓"。铜鼓是一族权力的象征，"其族铸铜为大鼓，初成，悬庭中，置酒以召同类，争以金银为大钗叩鼓，去则以钗遗主人。相攻击，鸣鼓以集众，号有鼓者为'都老'，众椎服之"（《宋史》四百九十五）。身在异乡异族，听到这南荒铜鼓声，一个北国飘零人又更增添多少乡愁！无限家国之悲尽在不言之中。全词以鹧鸪声起兴，又以铜鼓声作结，情在声外，余音缭绕，情韵无限。　　　　（景　南）

相见欢

原文　　伤今　北宋·朱敦儒

　　金陵城上西楼，倚清秋。万里夕阳垂地、大江流。　　中原乱，簪缨散，几时收？试倩悲风吹泪、过扬州。

内　容　此词写秋日登高所见，抒发中原沦落之痛。
特　色　以淡写悲，尺幅千里。
注　释　清秋：萧瑟的清秋。簪缨：贵人的冠饰，这里指王朝的达官贵人。倩：请，托也。
　　　　　扬州：建炎三年，金兵曾在此纵火屠城。

赏析　金陵（今江苏南京）虎踞龙盘，六朝繁华，自古称"江南佳丽地，金陵帝王州"，向来成为墨客骚人登高吊古哀今、悲慨兴亡盛衰的地方。然而他们的词作多好发思古之幽情，或感喟王朝的代谢，或悲悼繁华的消歇，这就决定他们在形式上好隐括古人句子，撷拾典故，为文造情，从王安石（《桂枝香》）、周邦彦（《西河》）乃至后来萨都剌（《满江红》），概莫能外。独朱敦儒这首小令一洗陈陈相因的旧套，当其正历国破家亡之痛，凭高发家国之悲，摒弃一切古句典故的袭用，一任真情直吐，更具一股撼人心魄的力量。词人在汴京陷落、二帝被掳北上后，仓皇渡江南逃，这首词就是他途经金陵时登楼而作，凝聚了他对中原沦落的全部炽热的忧焚与凄苦。

　　这首小令的最大特点，就是以淡写悲，全词笼罩着一层悲壮的淡美。悲到极时一字无，情到淡处更见真，故词人抛开了以长篇慢词绵密铺陈故实、曲传

· 万里夕阳垂地、大江流。

心声的手法，而以三十六字小令的淡描写无限悲痛，勾出了一幅萧条空淡的江山破碎图。起头二句，悲苦顿生，后人解"倚清秋"是指"倚楼玩赏清秋景色"，完全说错了。国破家亡的词人已无心玩赏清秋，"倚清秋"是说逃难的词人步上金陵西城古楼，倚靠着一片萧瑟的清秋，极目远眺。这古楼寒秋正暗示着词人自己心境的悲凉孤凄，也暗示着宋朝山河的残破荒冷，他倚秋而立（不说倚天、倚楼），他的心也罩上了一层秋色，如同这秋一样荒老了。他看到了什么？眼空无物，江山万里，只有黯淡的夕阳垂落大地，滚滚长江无言东流。境界阔大，然而却是那样空茫、荒凉，淡淡几笔，写出多少故国之悲！词人所见虽大，其实落在一"空"上，中原烽烟笼罩，金人鼙鼓沸天，江南也垂垂难保，在北国词人眼里，破碎山河已经空无一物了，后来萨都剌《百字令·登石头城》"望天低吴楚，眼空无物"，正从此意翻出。

下阕正是从江山空空上由景出情。簪缨本为贵人的帽饰，借指贵族官僚。中原扰乱，官僚逃散一空，词人禁不住呼天而问：几时才能收复中原？然而天地无情，空谷无声，回答他的只有呜咽的悲风。词人哀心不死，唯有请托（倩，托）悲凉的秋风，把自己一腔热泪向北吹洒到戎马倥偬的抗金前线扬州了。古人情到痴绝处，常突发唤黄莺、托行云、寄明月一类的浪漫奇想。写不可能之事，理之所无，却是情之所有，倩悲风吹泪到扬州，是痴绝奇绝的伤心语，登楼怀国的千愁万恨，尽在这一语中了。

全词纯作淡描，不敷浓笔重彩，却字字千钧，境界沉郁。朱敦儒是小令大师，他在慢词铺陈之外，另开拓了小令淡描的境界，所以这首小令虽小，却能以小见大，淡中见醇，有尺幅收视千里、方寸吐纳风云之妙。

（景　南）

喜迁莺·真宗幸澶渊

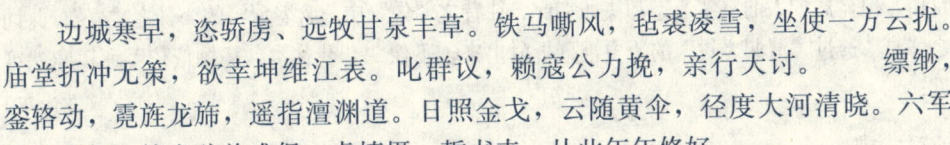

咏史　北宋·李纲

原文

边城寒早，恣骄虏、远牧甘泉丰草。铁马嘶风，毡裘凌雪，坐使一方云扰。庙堂折冲无策，欲幸坤维江表。叱群议，赖寇公力挽，亲行天讨。　　缥缈，銮辂动，霓旌龙旆，遥指澶渊道。日照金戈，云随黄伞，径度大河清晓。六军万姓呼舞，箭发狄酋难保。虏情慑，誓书来，从此年年修好。

内　容　此词铺写宋真宗亲征澶渊，借古讽今。
特　色　铺叙纵恣，隐含讽意。
注　释　恣骄虏：娇纵的辽军肆意妄为。毡裘：辽军的帐幕和寒衣。云扰：如云般纷乱。庙堂：朝廷。折冲：击退敌人。幸：皇帝亲临。坤维江表：指南方重镇成都和金陵。叱：呵斥。寇公：寇准。銮辂：皇帝的车驾。霓旌龙旆：有霓虹和龙饰纹的旗子，指皇帝出征的仪仗。慑：骇怕。

赏析 李纲为两宋交替之际的抗金名将,他所作七首咏史词,气势沉雄劲健,笔酣墨饱,形象鲜明生动,虎虎有生气。此首咏北宋初与辽作战,真宗幸澶渊故事,含有借昔刺今意。

全词采用赋体铺叙,一起写北方边塞风云突变,"骄虏"号称二十万大军南下,侵占了宋朝甘美的泉水、丰茂的草原。这些"嘶风""凌雪"而来的敌人,使得原本平静的地区,纷扰如云。这时宋朝君臣大惊失措,拿不出退敌之策。庙堂指朝廷,"折冲",击退敌人之意。一时有主张"请幸金陵"的,有主张"请幸成都"的。"坤维",按照《周易》中文王八卦的方位,坤在西南,这里的"坤维"便借指西南重镇成都。"江表",即江东,借指金陵。在一片逃跑主义的喧嚣中,独有宰相寇准排击众议,力挽狂澜,称"若大驾亲征,贼自当遁去"。真宗不得已,才亲往前线。

下阕写真宗"亲行天讨"的赫赫声威,气雄势壮,形象生动:在一片缥缈浩大的气氛中,皇帝的车驾启行,以饰有羽毛的旗子和绘有龙的大旗为前导,"遥指澶渊道"。"霓旌",皇帝仪仗的一种,《汉书》颜师古注引张揖曰:"析羽毛,染以五采,缀以缕为旌,有似虹霓之气也。"在光华耀眼的金戈和黄伞的映衬下,"径渡大河(澶渊河)清晓"。由"遥指"而"径度",写车驾的进程,伴以出行的种种物象,以见其声威。"御驾亲征"鼓舞了士气,"六军万姓呼舞",终于在澶州城下,宋军射死辽军主帅萧挞览,"箭发狄酋难保"(古称北方少数民族为"北狄"。酋,头领)。辽兵十分震慑,士气大受挫折,辽统治者提出议和,"誓书来,从此年年修好"。

历史的事实是:北宋的确打了一次胜仗,寇准坚决反对议和,主张乘胜收复失地。但宋真宗却以战乞和,在澶州(今河南濮阳)签订了屈辱的"澶渊之盟",规定:宋帝称辽寸太后为叔母,并每年向契丹(辽)交纳银十万两、绢二十万匹,称之为"岁币"。作者并非不了解这种历史情况,他是借彼喻此,隐含讽谏:现在朝廷上下投降势力猖獗,像寇准那样力排群议、英勇抗敌的人没有了!他要用当年的胜利来振起今人抗金的勇气,希望当今的高宗皇帝也能像当年的真宗那样有所作为,坚决主战。

这首词的艺术美表现在:铺叙纵恣,意态横肆,写"真宗幸澶渊",笔力沉雄劲健,乐观自信,但显然词人的真实心态却决非如此,往昔之"乐"中蕴含着深沉的今日之"哀"。此词之"哀"透过"澶渊之役"的历史帷幕折射出来,不像"昔我往矣,杨柳依依"那样昭然可见。

(艾治平)

渔家傲

原文 　　　　　　　　　　　　　　　记梦　南宋·李清照

天接云涛连晓雾,星河欲转千帆舞。仿佛梦魂归帝所,闻天语,殷勤问我归何处。　　我报路长嗟日暮,学诗漫有惊人句。九万里风鹏正举,风休住,蓬舟吹取三山去。

内　容　此词写梦境,反映被压抑的愤懑,抒写其壮思。
特　色　境界恢奇,词情俊爽。
注　释　帝所:天帝的居所。报:回答。嗟:嗟叹。漫:徒然无益。三山:传说中东海中有三座仙山。

赏析　本词一题"记梦",作于李清照南渡以后。词中描写的虽是恢奇的梦境,却以作者的生活经历为依据。宋高宗建炎四年(1130)春,南奔途中的李清照因明州(今浙江宁波)沦陷,又"弃衣被走黄岩,雇舟入海,奔行朝","从御舟海道之温,又之越"(《金石录后序》)。国破家亡的现实,唤起作者炽烈的爱国热情;空阔无垠的大海,拓展了她的心胸。本词即以这段难忘的海上生涯为背景,借梦境反映被压抑的愤懑和对自由光明的执著求索。

词的起笔就展现出一幅奇丽壮阔的海上风光:夜色将尽,曙光熹微,薄纱似的晨雾从海上升起。海天相接处,云雾浩渺,犹如波涛翻卷;黎明拂晓时,渔舟往来,白帆片片,随风翩舞。这令人目眩神迷的瑰丽壮观,既以海上颠簸、眺望海天时的真实感受为基础,又富于浪漫的想象,以此表现作者于梦中扬起心灵的白帆,神游天穹,追求自由光明的理想境界。两句把生活的实感和梦境的虚幻融合在一起,给全词涂抹了亦真亦幻、瑰丽豪迈的底色。

接着,在以海天为背景的梦中,出现了作者梦魂与天帝相会的场面。"仿佛"二字,点出似幻若真的梦游之感。作者于迷离惝恍中,梦魂飘然飞升,进入天国,天帝殷殷垂问:苍天茫茫无涯,你要去向何方?就构思和命意言,上阕后三句与屈原的《离骚》同一机杼。屈原因自己不见容于君,不获知于世而上天叩阍,寻求实现理想的途径:"朝发轫于苍梧兮,夕余至乎县圃。"本词所构想的"梦魂归帝所",同样寄寓着对美好理想的执著求索;天帝的"殷勤"关切,则反衬了现实的黑暗冷漠,隐含对压抑人才的社会现况的不满。

过片两句紧承上阕意脉,以"我报"领起,回答天帝的询问。"路长""日暮"语本《离骚》,"路长"谓人生之路漫长,"日暮"喻人至暮年。四字概括了道路辽远、岁月无情、立志有为、求索未得的深沉忧患。李清照本是

佳句
・我报路长嗟日暮,学诗漫有惊人句。
・九万里风鹏正举,风休住,蓬舟吹取三山去。

位文才超群、识见卓越、抱负远大的杰出女性,王灼《碧鸡漫志》卷二称其"自少年即有诗名,才力华瞻,逼近前辈"。然而在"女子无才便是德"的封建社会,纵有惊人诗才,却难以充分舒展,虽有报国热忱,却难觅知音。句中"漫"字意为徒然,"学诗漫有惊人句",既贯注着作者自我肯定的豪迈气概,又唱出了对横遭压抑的不平之声。

带着心灵创伤的词人并未自甘消沉,"九万里风鹏正举"陡然振起全篇精神。此句化用

《庄子·逍遥游》中的著名寓言："鹏之背，不知其几千里也。怒而飞，其翼若垂天之云……鹏之徙于南冥也，水击三千里，抟扶摇而上者九万里。"乘风展翅、志在万里的大鹏形象，有力地显示了作者高飞远举的壮志豪情，而风起涛涌、鹏程万里的恢宏气象，又与开篇所描绘的海天奇观相绾合，堪称富于奇情壮采的神来之笔。词末"风休住，蓬舟吹取三山去"紧承上句，以冲决尘俗的气概，一气鼓荡，幻想驾一叶小舟，借万里长风，直抵纯洁光明的海外仙山。结末表明自己的理想归宿，正面回答了天帝的询问。作者所追求的海外仙山，固然缥缈虚无，但轶尘绝俗的外衣下，灌注的正是她对自由光明的热烈求索精神。

李清照的词向以婉约为主，南渡后更多愁苦凄切之音，这首《渔家傲》却写得极为豪放。全词参合庄骚，交织虚实，而又用游仙诗的笔法驰骋想象，创造阔大而恢奇的境界，激越俊爽的词情有如风飞云卷，豪迈奔放。黄蓼园说此词"无一毫钗粉气"（《蓼园词选》），梁启超说"此绝似苏辛派，不类《漱玉集》中语"（《艺蘅馆词选》乙卷），无不表明此词在《漱玉集》中以其阳刚之美而新人耳目。

（顾伟列）

逸 闻

王灼《碧鸡漫志》称："若本朝妇女，（李清照）当推第一。"李清照的文采在当时已负盛名，她的丈夫赵明诚对于妻子的名声颇不服气，闭门谢客，废寝忘食，呕心沥血写出五十首《醉花阴》词。他将李清照所做的一首《醉花阴·重阳》夹在他的作品中，拿给朋友品评。他的朋友反复吟咏，笑吟吟地说："只有三句最佳，'莫道不销魂，帘卷西风，人比黄花瘦'。"这正是李清照的词句，赵明诚不得不心悦诚服。

（徐玲）

如梦令

原文　　　　　　　　　　　　　　**暮春**　南宋·李清照

　　昨夜雨疏风骤，浓睡不消残酒。试问卷帘人，却道海棠依旧。知否？知否？应是绿肥红瘦。

内　容｜此词写暮春景象。
特　色｜问答体式，语新意隽。
注　释｜雨疏风骤：雨缓风疾。浓睡：沉睡。消：消解。卷帘人：侍女。绿肥红瘦：绿，叶；红，花；花少叶盛之貌。

赏析　此词所写，为暮春景观。因有"绿肥红瘦"四字，历来为人激赏，亦历来被解作伤春之词。然观历来伤春之语，如"落红成阵"，如"风飘万点"，如"红消香断"，皆着眼于花之零落。至若"红瘦"，则虽可怜，然亦风致楚楚。再者，伤春所强调的，是花的萎谢，渲染的是凄清景象。易安"绿肥红瘦"之句，与此显然异趣。不但"绿肥"饶有蓬蓬勃勃的气象，而且在那茂密的绿叶中间，点缀着不多的红花，较之繁花满枝，不是别具一种婉媚的风情吗？易安此词的好处，主要就在于发现并且成功地写出了暮春景致的可爱之处。这在古代诗词中，实属罕见。

词的首句"昨夜雨疏风骤"，是说今晨醒来，忆及昨夜风雨。次句"浓睡不消残酒"，说明昨夜曾经酣饮沉睡，故今晨酒意尚存。这两句叙事，虽风雨之夜景及沉睡之情态宛然，语气却甚为平静。伤春者能在风雨摧花之夜香梦沉酣吗？

三句、四句顿起波澜："试问卷帘人，却道海棠依旧。"由侍女的答语，可知词人是问：经过一夜风雨，海棠怎样了？当"浓睡不消残酒"之时，即发此问，关切之情甚笃。然则，词人是为春去花残担心吗？

> **佳　句**
>
> ·知否？知否？应是绿肥红瘦。

五句、六句："知否？知否？应是绿肥红瘦。"这是紧承第四句，纠正侍女的错误。"海棠依旧"，语气平淡，与词人的关切形成对照。唯其不甚关切，故观察不细。词人虽尚未观察，却以敏感的心、细腻的情，宛然如见"绿肥红瘦"之在眼前。"应是"二字，是明确肯定的推断语。

由五句、六句返观第三句，词人之问，非忧春之将尽，而是欲知风雨过后暮春清晓的海棠景观。这是红渐稀少而绿正加浓的景观，是有别于阳春天气繁红满树的另一种动人的景观，是表现出春渐去而夏渐来的物候转换的景观，是显示了花虽少而叶加多的生命运行的景观。不是凄清，而是茂盛；不是萎谢，而是蓬勃；不是凋亡，而是成长；不是美的消逝，而是美的变化与美的多姿。这种"绿肥红瘦"的景观，虽是年年皆有，并且人人皆见，却只有李清照写出了它的特别的美丽，传达了它所包蕴的生命运动的哲理。这是因为她有锐敏而深细的慧心，有活泼而天真的性情，又处在早年婚姻幸福的生活之中，这才能惜春却不伤春，才能于"红瘦"与"绿肥"的配合中，发现其美妙，并由此悟到造化生生不已的奥秘。

此词的又一好处，是篇幅甚短，而曲折甚多。全词六句三十三字，每两句为一层次，生一转折。第三句于一句、二句，接得突兀，然细味语意，似断而实续，盖因风雨催春故发此问也。五句、六句于第四句，转得自然，而丰美之新境全出。统观全词，风雨之来，不是制造出一片凄凉景，而是催生出一派茂盛景。故此风雨，非一般伤春诗词中之无情风雨，而是助成生命运动之造化信息。"绿肥红瘦"，这是李清照情兴飞扬时慧心独得的绝妙好语。

这是一首充盈着秀气与灵气的小词。

（古　谭）

凤凰台上忆吹箫

原文　　别愁　南宋·李清照

　　香冷金猊，被翻红浪，起来慵自梳头。任宝奁尘满，日上帘钩。生怕离怀别苦，多少事，欲说还休。新来瘦，非干病酒，不是悲秋。　　休休！这回去也，千万遍阳关，也则难留。念武陵人远，烟锁秦楼。惟有楼前流水，应念我、终日凝眸。凝眸处，从今又添，一段新愁。

内容　此词抒发与丈夫离别后的相思。
特色　细腻沉郁，曲折深婉。
注释　金猊（ní）：狮形的铜香炉。《潜确类书》："金猊宝鼎，焚香器也。"慵：懒。宝奁（lián）：华贵的梳妆镜匣。奁，古代盛梳妆用品的器具。生怕：最怕。非干：不关。阳关：唐王维《阳关曲》。武陵人：武陵，地名，在湖南。事见陶渊明《桃花源记》。秦楼：即凤女台，相传秦穆公女弄玉与其丈夫萧史在此吹箫随风升仙。凝眸（móu）：注视，呆望。

赏析　李清照这首词，以细腻、含蓄、曲折、深婉的艺术笔触表现了她与丈夫赵明诚的"离怀别苦"。全词以女子真情直吐的口吻写出，朴实感人。

　　起五句撷取日常生活细节，写朝起之"慵"：香烟熄灭，狮形熏炉冷却，锦被不整，宝奁尘满，日照帘钩犹未梳头。极写心绪之坏。接下去写"慵"之因，原来丈夫即将外出。词人直接道出自己内心的苦楚：本来有许许多多的心思，该说给临别的丈夫，但又怕引起丈夫的愁苦，所以，只好"欲说还休"。吞吐之中包含多少酸情苦意。这里通过细腻的心理刻画把分别时的心态表现得真切、动人。为何人消瘦憔悴？词人不作正面回答，而是否定："非干病酒，不是悲秋。"这就更反衬出离苦之深。连用两个否定，是承上"欲说还休"，以反说正。换头用叠字"休"，口语入词，如见其人，倍觉沉痛，使人仿佛听到愁苦之叹息。"这回去也"以下三句再次道出无法挽留丈夫的失望与无奈之情。行人留不住，自然想到别后。接着，用了两个典故，借人天台遇仙的武陵人刘晨、阮肇指所怀远人。借与仙人萧史飞升而去的弄玉所居之秦楼指自己的住所。人去楼空，只有迷雾笼罩楼台，犹如驱不散的别恨离愁。下面，不言自己思

佳　句

· 多少事，欲说还休。
· 新来瘦，非干病酒，不是悲秋。

夫、丈夫思己,而宕开笔锋,言从此只有楼前流水关心记念着我终日在空楼凝目痴望丈夫归来,尤见其人去后的凄凉孤独。结尾情犹未已,再进一层,写从此每一次凝眸远望,心中都要生一段新愁,把绵绵别愁推到了极致。

词作开头写"慵",已见细微。接着道出分别前女性所特有的细致而复杂的感情世界。用笔吞吞吐吐,曲曲折折,到结尾以万般无奈设想别后情景,不直言思念,而托物及人,委婉沉郁之至。

(陈正荣　汪志虹)

一剪梅

相思　南宋·李清照

原文

红藕香残玉簟秋。轻解罗裳,独上兰舟。云中谁寄锦书来?雁字回时,月满西楼。　花自飘零水自流。一种相思,两处闲愁。此情无计可消除,才下眉头,却上心头。

内　容　此词写与丈夫分别后的相思与闲愁。
特　色　虚情实写,写照入微。
注　释　玉簟(diàn):玉质的凉席。兰舟:木兰舟,亦用为小舟的美称。锦书:书信的美称。雁字:大雁迁徙的时候往往排成行阵。此情无计可消除,才下眉头,却上心头:此句袭范仲淹《御街行》:"都来此事,眉间心上,无计相回避。"

　本词在黄升《花庵词选》中题作"别愁"。词中抒写的,是李清照的丈夫赵明诚出外求学后作者的相思和别情。

刻骨的相思何时最甚?孤独的闲愁何由产生?起句"红藕香残玉簟秋",点出时届荷花凋残、竹席初凉的清秋,作者流目瞩望,只见万物萧疏,触处生愁,不由相思盈怀,闲愁无限。花开花落,暑退秋来,节序更替中,又暗含青春易逝、红颜易老之意。起句设色清丽,氛围凄清,"残"、"秋"二字,将主体感受自然融入客体环境,所以清人陈廷焯称赞七字有"精秀独绝"(《白雨斋词话》)之妙。

秋情寞寞,相思绵绵,作者于百无聊赖之际,"轻解罗裳,独上兰舟"。"轻"字传达解裙换装时幽怨缱绻、怅然无绪的神情,"独"字托出登舟无侣、形单影只的孤独之状,用语极为传神。接着三句,时间由白昼过渡到夜晚。白天泛舟遣愁,闲愁难消;夜晚登楼翘盼,目瞻神驰:不是说天上月圆,象征着人间的团圆吗?不是说鸿雁传书,能给人捎来亲人的音讯吗?然而,"月儿弯弯照九州,几家欢乐几家愁",圆月朗照西楼,人却孤独无侣;雁儿径自飞去,不见锦字回文；于是发出"谁寄"的慨叹。句中"谁"字，暗指赵明诚，微露对丈夫远游不归的怨怼。三句构成思妇长倚闺楼，望眼欲穿、相思难禁的动人画面。

换头"花自飘零水自流"一句，承上启下，意脉不断。"花自飘零"遥接"红藕香残"；"水自流"映带"独上兰舟"。花的飘零，暗喻人的坐愁红颜老；水的长流，比况丈夫远去，悠悠难返。花落引发迟暮之感，流水牵惹绵绵离恨，借景物的暗示性和象征性，表达主人公的复杂心理，有意在言外之效。清人沈祥龙《论词随笔》云："词换头处谓之过变，须辞意断而仍续，合而仍分；前虚则后实，前实则后虚，过变乃虚实转捩处。"下接五句，即由虚到实，纯为独白，一吐内心的愁苦。

与君一别，一个天南，一个地北，一种相思，带出两地闲愁。此刻，丈夫正在万里之外，体验着"独在异乡为异客"的心灵痛苦，而自己正凝眸远眺，盼望夫归。如此两地着笔，表明尽管关山迢递，锦书难托，但彼此心心相印，感情深笃。词末以愁眉可舒、心愁难解作结，更突出了离情相思的绵邈深长。王士禛《花草蒙拾》云："然易安亦从范希文御街行词结语'都来此事，眉间心上，无计相回避'语脱胎，李特工耳。"三句点化范仲淹成句，却青出于蓝，别开生面。其佳妙在于由表及里，形神相生，写照入微，"眉头"与"心上"相表里，"才下"与"却上"成开合，语极质朴，却自成绝唱。

这首词巧借一系列物象和情景，把作者的相思与别情衬托得倍加深沉。词中，悲秋与离愁浑然划一，风景与人事交融有机，形貌与心曲相得益彰，吐属自然，绝无矫饰。语言则清新活泼，爽朗跳脱，体现了李清照词语浅情深的特色。

· 此情无计可消除，才下眉头，却上心头。

（顾伟列）

怨王孙

秋暮 南宋·李清照

原文

湖上风来波浩渺，秋已暮、红稀香少。水光山色与人亲，说不尽、无穷好。莲子已成荷叶老，清露洗、蘋花汀草。眠沙鸥鹭不回头，似也恨、人归早。

内　容 此词写秋暮时节水光山色的美好娱人。

特　色 情以物迁，扫处即生。

注　释 浩渺：旷远渺茫。红稀：花稀少。蘋：白蘋。眠沙：睡在沙洲上。

赏析 古代作家因秋而兴起的美感体验，大多以怨、愁、悲为主调。李清照此词写郊外深秋晨景，一反悲秋常调，而以其特有的体味方式，细腻而温婉地表现了秋色的美好娱人，可亲可近。

　　秋日天高气爽，湖面则猎猎多风，发端即从秋风初起，湖面水波浩渺的景色写起，渲染出秋风起处，江天寥廓，一片肃爽的气氛。次句"秋已暮"承上点明时令已属深秋，三字语虽平易，却传达了作者对时序、物候即景会心的敏感。接着由湖面转写到岸边：红艳的繁花枯萎凋落，只剩下点点余红；扑鼻的花香随花的飘零而消散，但余香犹存。自然界色彩和气味的变化，无不触动作者的情怀。倘若就此渲染秋天的衰败萧疏，难免落入悲秋的窠臼。三、四两句，作者以扫处即生的笔法，陡然振起词情，转而讴歌秋天的富于生气，秋光的可亲可近。山水经秋的洗礼，更觉水色明净，山色淡雅，水光与山色相映成趣，不以艳丽取悦，而以清明澄澈见长。秋天那清白的本色，恰与作者清白高洁的情操有相通之处，于是情以物迁，心物交融，不由称颂"水光山色与人亲"。这里不说人们如何喜爱山水，而说山水与人亲近，这种"移情"手法，是先把审美主体的感情移入客体，然后借赋予了主体感情色彩的客体形象来揭示主体的内在情感。辛弃疾名句"我见青山多妩媚，料青山见我应如是"（《贺新郎》），与此同一机杼。正由于景与人亲，所以上阕结末直抒由衷的赞叹："说不尽、无穷好。"

　　下阕继写深秋景色，但视线由上阕的远眺变为近观，取景亦由总揽到具体。湖面莲叶枯败，莲子已结秋实，湖畔蘋花、汀草满缀着晶莹的秋露，令人倍感秋意正浓。而栖息沙滩的鸥鹭等水鸟，对于早早归去的人们，毫不理会，连头也不回，似乎以此表示它们的不满：秋光大好，何不继续徜徉湖畔，看山看水，怡性怡情，而要匆匆归去呢？这里，作者同样用了移情于物的拟人手法，借鸥鹭的愿人久留，反衬秋色的宜人，同时又通过郊外秋晨的不可久留，进一步暗示深秋的到来。情景相生，结得意趣盎然，余味不尽。

全词紧扣深秋的季节特征,把通过多种感官汲取而来的物象错综有致地配置于画面之中,既有山容水态的全景描绘,又有巨幅画卷中的精彩细部,它们从不同侧面显示了秋色的清新爽朗,讴歌了大自然的光景常新。而写景中又融入了词人的气质、性格、意趣和情怀,于词中见画意,于如画般的图景中传达诗情,得情景交融之妙。语言也不尽力织绣,而以平易晓畅、自然清新见长。

(顾伟列)

醉花阴

原文　　离思　南宋·李清照

薄雾浓云愁永昼,瑞脑消金兽。佳节又重阳,玉枕纱厨,半夜凉初透。

东篱把酒黄昏后,有暗香盈袖。莫道不消魂,帘卷西风,人比黄花瘦。

内　容 | 此词写重阳佳节独处闺中的寂寞和对丈夫的思念之情。
特　色 | 出喻新奇,情语蕴藉。
注　释 | 永昼:长昼。瑞脑:又称龙瑞脑,一种香料。金兽:兽形香炉。纱厨:纱帐,形如小屋用以避蚊蝇。东篱:陶潜《饮酒》:"采菊东篱下,悠然见南山。"暗香盈袖:古诗:"馨香盈怀袖,路远末致之。"

赏析　此是李清照的丈夫赵明诚出外游宦,她在家中的思念之词。

上阕写李清照逢佳节而独处闺中,百无聊赖。愁来苦昼长,天上浓云薄雾,兽炉中香烟氤氲,室外室内,都为云雾所笼罩,真乃难于度过。何况又逢重阳佳节,一个"又"字,意味深长,对过去夫妇团聚的重阳来说,是欢乐的回忆;对今日两地相思的重阳来说,是痛苦的对照,白昼难过,长夜如何?想到此际深秋,孤衾独枕,夜半凉生,其凄凉为何如?

下阕换头抓住黄昏持杯对菊时的一个细节,突出佳节中的愁怀。重阳佳节,本可双双对饮,现在阒然一人,倍感孤独。这时词人在帘内,黄花在帘

佳　句

· 莫道不消魂,帘卷西风,人比黄花瘦。

外。孤独的词人和秋晚消瘦的黄花本不相关。不意凄冷的西风却在无意中捉弄人,一阵风起,不禁寒意入侵,令人毛骨悚然,而卷起的帘子使得独处的词人和憔悴的黄花正好打个照面,于是人惜花,花怜人,同病相怜,心心相印,塑象造境,凄清独绝。有的评析家,用康伯可"人瘦也,比梅花,瘦几分"(见王学初《李清照集》)比说,其实,人比梅花瘦和"人比黄花瘦"相比,意象固然有些类似,但从整个形象来看,"莫道不消魂,帘卷西风,人比黄花瘦"

较之"比梅花瘦几分"更为工妙,因为这三句先用"莫道不消魂"唤起(《词的》:"但知传诵结语,不知妙处全在'莫道不消魂'。")。丈夫出门,两地相思,黯然销魂,人在暗中憔悴了,但自己不大觉得。可能那天重阳节晚妆照镜时,已见到自己的消瘦,但仍未十分深切地感觉到。及至帘卷西风,凄然和消瘦的黄花相对,陡然觉得由于刻骨相思,积日累月,连比黄花都还要瘦了。"断送一生憔悴,只消几个黄昏"(赵令畤《清平乐》)。"薄雾浓云愁永昼",白日难过,黄昏更是难过,因为过此就是孤衾独枕的夜里了。此其一。秋晚的西风,不免送来一阵寒意,凄神彻骨,又使得她和黄花相对,同病相怜,更觉伤心。此其二。黄花本象征高人隐士,菊,花之隐逸者也。陶潜那"采菊东篱下,悠然见南山"的超然出世的情怀,为人们所熟悉。但这首词中用菊花则是比喻一个"千里念行客"的思妇,这在诗词中是崭新的形象。此其三。这三句要完整地体会,并且要设身处地去领略其难以言传的情意,才能得其"工妙"之所在。

(万云骏)

忆秦娥

悲秋 南宋·李清照

原文

　　临高阁,乱山平野烟光薄。烟光薄,栖鸦归后,暮天闻角。 断香残酒情怀恶,西风催衬梧桐落。梧桐落,又还秋色,又还寂寞。

内　容 此词写作者登高所见,抒写凄苦寥落的情怀。
特　色 层层渲染,蕴藉真切。
注　释 临:登临。栖鸦:归巢的鸦。角:军乐器。情怀恶:心境不好。催衬:催促。衬,帮衬。

赏析 从这首词的内容与格调看,可能是作者南渡之后,颠沛流离中所作。词人通过对悲秋的层层渲染,抒发了家国之恨。

　　同人登高凭吊,起句交代词人吊秋之所:登临高阁。以下是词人的所见所闻。所见:乱山平野,烟光稀薄,暮鸦归来。所闻:哀角声起。这些构成了一片悲凉萧条气氛。"乱山平野烟光薄"之"乱"字,不仅是登高所见群山纵横景象,也是国破家亡的女词人纷乱难遣的心境之表白,她以"剪不断,理还乱"的心绪观看客观的山野,山野也着上"乱"的色彩。此种悲秋情怀,蕴含了李清照历经战乱、饱受沧桑的人生感喟。所以下阕直言悲怀。"断香残酒情怀恶",闺屋中沉香熄灭了也懒得再点燃,杯中残剩着冷酒也无心再喝。词人已失落生活情趣,甚至不想再以残酒浇自己心中之块垒,心绪之坏已达于极点。接着词人更进一层再以秋景渲染秋悲："西风催衬梧桐落。"催衬，催促。阵阵秋风，无情地吹得梧桐叶子纷纷落地。北地女词人流落江南异乡，不知度过了多少个这样的悲秋，国悲家恨绵绵无尽，词人禁不住从心底发出凄然的感叹："又还秋色，又还寂寞。"结句用两个"又"字，凝聚了她长期积郁无法排遣的国破家亡之痛。

女词人因经历了铭心刻骨的家国之痛，她的词多渗透着一种凄婉的悲剧美，女词人也因之成为最善于描摹女性悲愁心态的大师，即使是字少的小令，也能容纳巨大的悲剧内容。像这首小令便运用层层渲染的方法，烘托出孤独悲凉的气氛与凄苦哀怨的情怀，悲的心态刻画得尤为细腻委婉，蕴藉真切。

（陈正荣　汪志虹）

永遇乐

原文
悲时　南宋·李清照

落日熔金，暮云合璧，人在何处？染柳烟浓，吹梅笛怨，春意知几许？元宵佳节，融和天气，次第岂无风雨。来相召、香车宝马，谢他酒朋诗侣。

中州盛日，闺门多暇，记得偏重三五。铺翠冠儿，捻金雪柳，簇带争济楚，如今憔悴，风鬟雾鬓，怕见夜间出去。不如向帘儿底下，听人笑语。

内容 此词通过今昔元宵佳节的对比，寄寓身世之悲。
特色 对比渲染，心理细描。
注释 熔金：形容日光灿烂如黄金融化的颜色，廖世美《好事近》词："落日水熔金。"合璧：暮云合在一起如白玉相合。王安石有"浮云堆白玉"之句。吹梅笛怨：笛谱中有《梅花落》曲，这里指幽怨的笛子《梅花落》曲。融和：晴朗暖和的天气。次第：转眼。香车宝马：华美的马车。中州：指汴京。铺翠冠儿：装饰着翡翠的帽子。吴自牧《梦粱录·元宵》："官港日，苏家巷二十四家傀儡，衣装鲜丽，细旦戴花朵肩，珠翠冠儿，腰肢纤袅宛若妇人。"捻金雪柳：以捻金为饰的雪柳，宋元宵时妇女插戴的一种装饰品。簇带：插戴着很多的饰物。周密《武林旧事》："妇人簇带多至七插。"济楚：整齐好看。风鬟雾鬓：形容女子鬓发蓬松散乱。苏轼诗："雾鬓风鬟木叶衣。"

赏析 南宋末年的刘辰翁写了一首《永遇乐》，其小序云："余自乙亥上元，诵李易安《永遇乐》，为之涕下。今三年矣，每闻此词，辄不自堪。遂依其声，又托之易安自喻。虽情辞不及，而悲苦过之。"按：刘辰翁和李清照时代不同，李清照在北宋末年至南宋初期，辰翁则在南宋末期，写此词时，已是南宋濒临灭亡的前夕。然而二词内容，却有相似者，一是都写元夕，二是情辞悲苦。然而二词也有不同之处：李清照词写在北宋灭亡，南宋小朝廷刚才建立之初，虽立足未稳，总算还剩半壁江山，而刘辰翁词写在宋末代皇帝恭帝德祐元年（1275），临安已被乱军占领不久，南宋实际上已为蒙古所灭。故李清照所写尚属盛衰之感，而刘辰翁所写则是亡国之痛了。所谓悲苦过之，就在这里。此词上阕写词人在元宵节的矛盾心情，下阕则将北宋时元宵节和今日作对比，李清照时移居临安，适逢元宵佳节，写作此词，反映了今昔之感、身世之悲。

"落日熔金，暮云合璧"是傍晚时的情况，将要下沉的太阳，红彤彤地好像熔化了的黄金，天上的云彩四面合拢来，好像一块耀眼的璧玉。然而词人心

佳 句

· 落日熔金，暮云合璧。

情却是矛盾的，首先汴京沦陷，词人和丈夫转徙千里，最后避难金华，才获得一立足之地。在此之前，丈夫赵明诚死于南京。所以第三句"人在何处"的"人"字，含义有二：一是可以理解为自己，孑然一人，而今我在哪儿呢？二是可以理解为指赵明诚，因李清照夫妻情好颇笃，患难与共，而今他在哪儿呢？此句表现了孤独与绝望的情怀。接下去"染柳烟浓，吹梅笛怨，春意知几许"，浓烟染柳，却闻落梅之曲，春意渐深，不免令人感身世之凋零，而生怀念旧京之想。"春意知几许？"这是不定之词。"几许"是多少。上句"染柳烟浓"是说"春意多"。下句"吹梅笛怨"，则是敏锐地感到"春意少"。这就是反映了词人的矛盾心情，这矛盾，也反映在有些女伴邀请她出外游赏上，既然"融和天气"，今宵就不应下雨；但天有不测风云，乍暖还寒，"次第岂无风雨"，下雨的可能性还是存在的。因此有些"酒朋诗侣"，乘着"香车宝马"来邀我同游，我就婉言谢绝了。下阕追想汴京盛时和"酒朋诗侣"元夕出外游赏的情事。那是太平盛世，官宦人家闲居无事，对于元宵佳节是十分重视的。三五，即十五，指元宵节。一逢佳节都要出游，出游一定是要打扮得漂漂亮亮的，头戴以翡翠羽毛装饰着的冠儿，并还带着用金线捻成并用绢和纸花所制的状如雪柳的装饰品。这样的打扮，这样的心情，如今犹历历在目。而现在呢？人已老了，心已憔悴，无心打扮，发髻任其散乱不整，显得老丑，哪有心情在这个大家兴高采烈的元宵佳节游玩呢？结处二句，更见词人心情的凄苦，权且躲在自己的帘儿底下，窥听外面街上行人的笑语声，也算我度过了元宵节吧！ （万云骏）

武陵春

原文　　　　　　　　　　　　　　　　　　　春愁　南宋·李清照

风住尘香花已尽，日晚倦梳头。物是人非事事休，欲语泪先流。　闻说

双溪春尚好,也拟泛轻舟。只恐双溪舴艋舟,载不动,许多愁。

内　容｜本词写作者经历了物是人非后的深愁。
特　色｜化虚为实,奇喻生新。
注　释｜尘香:花落到地面上使尘土都染香气。拟:打算。舴艋(zéměng):小船。

赏析　李清照晚年,避兵金华,丈夫既死,珍藏的文物也散失殆尽,她孤子一人,漂泊流寓,饱尝战乱之苦。当此暮春之际,身世之感交织着国破家亡之痛,难排难遣,遂作此词。

首句写风吹花落,春去无踪,但不从正面写风之狂暴、花之飘零,而是着笔于风停后的情景,以"花已尽"三字来点明。花落成泥,"只有香如故",又兼寓个人去国怀乡之痛和对美好事物横遭摧残的惋惜之情,运意与着笔,有含蓄蕴藉之妙。由于花落春去,情景不堪,故下句说日色已高,懒于梳理。日晚,是说太阳已出来好久了。清照前期"起来慵自梳头"(《凤凰台上忆吹箫》)、"髻子伤春懒更梳"(《浣溪沙》)诸句,与本词"日晚倦梳头"语意相近,但前者描状伤春、怀人的娇慵无绪,后者表达屡经丧乱后的意绪索寞,深浅自有不同。三、四两句,直白地表明内心的无限悲苦,是由于风物依然,时势人事却有了巨大变化。这种家国之痛、悼亡之思,与伤春、悲秋、伤别的短暂之愁迥然不同,而是凝聚于心的永恒之愁、深悲剧痛。"事事休"三字,正透露了饱经国难家愁,一切都不堪言的特殊心理,同时也暗示作者的生命之火已趋黯淡。"欲语泪先流"由内心及于容态,语尚未出口,却先已有泪如倾,足见悲痛之深,一触即发,一发而不可收。

换头"闻说"二句笔墨宕开,承上阕花尽春归而从远处说起。"双溪"在金华城南,为风景佳处。表面看来,作者因春去而起寻春之兴,实则意在借游览以排遣悲苦。倘要寻春,可作双溪之游,因此有"也拟泛轻舟"的念头。但转念又觉得愁重舟轻,不禁又生"只恐双溪舴艋舟,载不动,许多愁"的忧虑。结果只能寂寞家居,独自承受这无尽的深愁。

总体来说,本词特色有三。含蓄与直率结合是其一。上阕以感节令、悲时序发端,含情微婉,隐约不露。接着由物及心,由心及貌,变委婉含蓄为直书

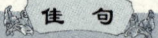

・只恐双溪舴艋舟,载不动,许多愁。

径言,一隐一显,恰似九曲黄河,百转千回,一旦决堤,则水势激荡,澎湃而下。结构开合转折是其二。本词下阕前两句宕开,写泛舟出游的意兴;后两句收合,重又跌入沉哀入骨的忧愁,在结构上便造成回峰陡转的格局。特别是"闻说"、"也拟"、"只恐"三个虚词,既传达抑扬升沉的心曲,又饶转折顿挫之致,读来尤觉思曲情苦。比喻新颖妥帖是其三。词史上将抽象的愁化为具体可感的形象,不乏名句,如:"问君能有几多愁,恰似一江春水向东流。"(李煜《虞美人》)是说愁之不尽,如水之长流;"驿寄梅花,鱼传尺素,砌成此恨无重数"(秦观《踏莎行》),是说愁如砖石,可堆可砌。李清照此词将愁喻为可装可载的物质,而且愁重舟小,难以负载,既与泛舟双溪关合,又强调了愁的深重,可谓奇喻生新,妥帖自然。元

人王实甫《西厢记》中的"遍人间烦恼填胸臆,量这些大小车儿如何载得起",即由此化出,都是挺秀词苑、长绿不凋的名句。

(顾伟列)

声声慢

原文　　愁怀　南宋·李清照

　　寻寻觅觅,冷冷清清,凄凄惨惨戚戚。乍暖还寒时候,最难将息。三杯两盏淡酒,怎敌他、晚来风急。雁过也,正伤心,却是旧时相识。　满地黄花堆积,憔悴损,如今有谁堪摘。守着窗儿,独自怎生得黑!梧桐更兼细雨,到黄昏、点点滴滴。这次第,怎一个愁字了得!

内　容　这首名作以秋景铺写词人晚年孤苦无依、无以慰藉的愁苦心境。
特　色　叠字顿入,啮齿切语。
注　释　戚戚:忧愁苦恼。将息:调养、休息。雁过也,正伤心,却是旧时相识:正伤心时有雁飞过,这只雁原来是替她带过书信的"旧时相识"。怎生:怎样。这次第:这光景。

　此词一题"秋情",为词人南渡后所作。发端落笔见奇,连出十四叠字,写其觅无所见、寻无所得,益感冷清,倍觉凄惨,展示出词人在国破家亡夫死之后的心神不宁、若有所思、孤苦无依、无以慰藉的愁惨心境。此十四字,机杼自出,贯如联珠,运用之妙,无人可及,深受词家称誉。张端义《贵耳集》云:"此乃公孙大娘舞剑手,本朝非无能词之士,未曾有一下十四叠字者。"梁绍壬《两般秋雨庵随笔》则谓之"出奇制胜,真匪夷所思矣。"全词诉说不尽的愁情愁怀均由此绅绎而出。"乍暖"四句,写秋天忽冷忽热,最难适应,加上情绪不好,身体虚弱,喝几杯淡酒,也抵不住晚来凄紧秋风的侵袭。骨寒心冷,愁苦难熬之状已了然在目。"雁过"三句,触景伤情,诉说对已故丈夫的思念。昔日赵明诚知莱州时,词人望雁抒怀,曾作《蝶恋花》云"好把音书凭过雁,东莱不似蓬莱远",虽也有"征鸿过尽,万千心事难寄"(《念奴娇》)之叹,却不过是"一种相思,两处闲愁"(《一剪梅》)。如今又是"雁过也",且为"旧时相识",然而人却死生两隔,纵有音书,已是"人间天上,没个人堪寄"(《孤雁儿》),故雁过心伤,黯然凄凉。

　　换头写望断归鸿之后,转而俯视地面,只见菊花枯萎憔悴,堆积满地,无人再去摘取。词人晚年漂泊,无人关爱,与菊花"憔悴损"、"谁堪摘"的命运极为相似,比兴之中倾注着自伤自怜、沉痛难诉的情感,触景伤怀,又深一层。"守着"两句,直抒愁怀,悲诉自丈夫死

后,只身飘零,形孤影单,苦愁万状,度日如年之情,写来凄哀幽怨,如泣如诉,故彭孙遹《金粟词话》谓其"用浅俗之语,发清新之思,辞意并工,闺情绝调"。句中的"黑"字为险韵,最犯忌讳,词家罕用,而词人用之如信手拈来,深稳自然,足见其履险如夷的深厚功力,是以张端义称此韵乃"不许第二人押"之"奇字"。"梧桐"两句,写其于秋雨梧桐时难以忍受的烦恼。秋风入梧桐,已是凄声烦耳,加上雨滴梧桐的单调沉闷,无尽无休,直到黄昏的渐沥之声,更惹人心烦意乱。点点滴滴,仿佛尽皆滴落于词人心头,愈滴愈深,愈滴愈愁,以至不堪忍受,终于在她那根凄哀欲绝的心弦上迸发出"这次第,怎一个愁字了得"的哀号!如此一结,千种忧愁,万般苦楚,全从笔端喷涌出来。"愁"字用笔极重,感情极重。国破家亡夫死之痛,孤身流落异乡之苦,远非一个愁字所能写尽,但又完全凝聚在这个愁字上,可谓画龙点睛,力透纸背。

此词写秋天苦愁情怀,先以叠字顿入,"创意出奇",统摄全篇,然后依次写秋天冷暖无常,风寒酒薄,难敌寒凉,雁过伤心,菊损伤情,日长难黑,雨滴梧桐等种种情状,顿挫凄绝,笔笔皆愁。最后以愁字为结,包举全篇,一意贯穿。故陈廷焯《白雨斋词话》谓其

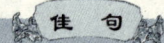
佳 句

· 寻寻觅觅,冷冷清清,凄凄惨惨戚戚。
· 梧桐更兼细雨,到黄昏、点点滴滴。
· 这次第,怎一个愁字了得!

"一片神行,愈唱愈妙"。全篇九十七字,而舌、齿音竟达五十七字,交相更迭,有意造成啮齿切语、痛苦不堪的情调。语浅意深,率真自然,全自肺腑流中,格外凄哀感人。尤其起调、结尾数句,造语惊人,雄冠千古,乃成绝唱。

李清照尝著《词论》一文,以为"词别是一家",需重音律。此词改向所习用之平韵为仄韵格,用入声以写愁怀,险奇而严整,正与其论词之说相符合。

(臧维熙)

庆清朝慢

赏花 南宋·李清照

原文

　　禁幄低张，彤阑巧护，就中独占残春。容华淡伫，绰约俱见天真。待得群花过后，一番风露晓妆新。妖娆艳态，妒风笑月，长殢东君。　　东城边，南陌上，正日烘池馆，竞走香轮。绮筵散日，谁人可继芳尘？更好明光宝殿，几枝先近日边匀。金尊倒，拚了尽烛，不管黄昏。

内　容　此词铺叙都城汴京观赏牡丹风俗的盛况。
特　色　敷衍铺陈，貌丽神清。
注　释　禁幄：护理牡丹花的幕帐。彤阑：红色的护栏。伫（zhù）：积聚。天真：天然。妖娆（rǎo）：妩媚多姿。妒、笑：这里为使动用法。殢（tì）：留。东君：太阳神的名字。烘：照耀。香轮：指代香车。绮筵：丰盛的筵席。明光宝殿：明光殿本为汉宫，这里以汉代宋。日边：皇帝身边。匀：开得艳。

赏析

　　李清照的词大多为抒写离愁别绪的闺怨词与抒发家国变迁之悲、世事兴亡之恨的伤时词，哀情苦调，风格凄婉。这首《庆清朝慢》却别调别趣，写得清丽明快，欢情洋溢，大约是她南渡以前的作品。宋代有"三月十五日两街看牡丹，奔走车马"（钱易《南部新书》）的风俗。这首词描绘了都城汴京观赏牡丹的盛况，展现了一幅旖旎动人的风俗画。

　　全词采用赋笔铺叙，进行浓墨重彩的渲染。上阕先写花容，为赏花作铺垫。牡丹被认为是花中之王，但却被罩上富贵气。女词人独以拟人手法，写出了牡丹的丰神秀骨，丽姿清态。起拍"禁幄低张，彤阑巧护，就中独占残春"，先从人们爱花护花上烘托牡丹的娇贵，在三月暮春牡丹盛开之时，人们为它低低张起宫中的帐幕，建造朱红的栏栅巧妙地围护它，让它独自占尽了春色。接着词人把它比为靓妆清丽的美女，展开工笔细描：它容姿淡雅娴静，亭亭玉立，绰约柔美，出于天然，真情不俗，一无矫饰。它在众芳开过后才开，沐浴一番熏风清露，着上晨妆，显得更加妩媚鲜美。那千种妖娆，万般娇艳，简直使风儿也心生妒羡，月亮不禁开颜欢笑，连东君（太阳神）也迷恋得久久停留不去了。词人写牡丹，既摹其貌，又传其神，以禁幄彤阑喻其高贵、以淡伫天真喻其高洁、以众芳谢后独开喻其超逸、以风妒月笑东君长殢喻其美艳，层层细描，面面烘染，勾出了牡丹光彩照人的美丽形象。

　　下阕写赏花，词人用笔更加纵恣奔放，变工笔细描为大笔横抹，铺叙出了倾城观赏牡丹的壮观：在东城边上，在南陌道中，当升起的太阳照耀着澄碧的池塘和高耸的楼阁时，人们到处争先恐后奔驰着去看牡丹的香车。帝后妃嫔在赏花,名媛贵妇在赏花,小民百姓也在赏花。他们摆起丰盛豪华的宴席,饮酒赏花,直到日落,还有人络绎不绝地踏着渗透落花香气的泥土来观花。到了夜晚,人们赏花兴致更浓,于是在蜡烛高烧的皇宫里(明光殿为汉宫,此借指宋皇宫),几株牡丹在皇帝身边开得更艳红了(日边,皇帝身边。匀,艳丽的颜色),人们痴痴地围赏着,倾倒金尊美酒对着牡丹痛饮,预备烧尽了蜡烛一夜观花赏花,哪管它黄昏白天呢!女词人的画笔直是上下飞舞,流光溢彩,四处横扫,写得绘声绘色,历历如在眼前。

　　李清照堪称是一位高超的风俗画大师,在这里她一反写闺怨家恨常用的冷色调,而用缤纷的五彩来写盛大的游观场景,工笔、泼墨齐下,写得神骏飞越,跌宕淋漓。沈曾植说:"易安跌宕昭彰,气调极类少游,刻挚且兼山谷……自明以来,随情者醉其芬馨,飞想者赏其神骏。"(《菌阁琐谈》)李调元也以为:"易安……其炼处可夺梦窗之席,其丽处直参片玉之班。"(《雨村词话》)最足当此"丽"评的,还是这首风俗词,倒不是那些写闺怨的小令。

　　　　　　　　　　　　　　　　　　　　　　　　　　　　　　　　　　　　(景　南)

采桑子

原文　　　　　　　　　　　　　　　情痴　南宋·吕本中

　　恨君不似江楼月,南北东西,南北东西,只有相随无别离。恨君却似江楼月,暂满还亏,暂满还亏,待得团圆是几时。

内　容｜本词以月为喻,表达两情相好,永远相随不分的愿望。
特　色｜一喻两用,语含机锋。
注　释｜亏:缺损,指弦月的状态。

　吕本中是江西诗派中的著名词人,又是著名的理学家,人称东莱先生。但这首词融民歌情味入词,却没有迂腐气味。

　　作者灵感骤来,捕捉到一个巧妙而又富于美感的比喻,即从似月不似月两个方面来表现女子的爱和怨。白居易原有一首《江楼月》诗云"明月虽同人别离,一宵光景潜相忆",吕本中词则从两方面作比,确是做到了夺胎换骨、青出于蓝。这正是江西诗派的家法特长。

　　词的上阕写人不似月:"恨君不似江楼月,南北东西,南北东西,只有相随无别离。"首句总管下文,"南北东西"作复沓叠句,正类似小儿女埋怨口吻,强调无处不相随。言下之意是望人如月亮,两情相好,永远相随不分开!

　　下阕却又用似月来责怪,机锋一转,写得玲珑灵妙。词说:"恨君却似江楼月,暂满还亏，暂满还亏，待得团圆是几时。"这是说，月亮相随不离的长处，你没有；月亮团圆时少，不圆时多的短处你却有，爱之深而责之重，这就把小儿女的情态和神韵都传出来了。

借月以喻离愁别恨的诗词尤多，然而这首词却匠心独运，构想奇妙。比喻要有机锋，似与不似，于理似二律背反，于情却奇正相生。小女子对恋人有痴绝的一面，也有怨绝的一面，但怨从痴来，皆本一情。这首词正借词调句子的重叠与比喻的机锋，刻画出了小女子怨绝而又痴绝的神韵，以月的既似又不似的统一，写出人的怨与痴、恨与爱的交加。一曲真性情，很富人情味。

(王达津)

鹧鸪天·建康上元作

哀时　南宋·赵鼎

原文

客路那知岁序移，忽惊春到小桃枝。天涯海角悲凉地，记得当年全盛时。花弄影，月流辉，水精宫殿五云飞。分明一觉华胥梦，回首东风泪满衣。

内　容　本词写搬迁之中对当年全盛时的回忆，表达了对国势倾危的伤痛之情。
特　色　曲笔起伏，深婉凄绝。
注　释　客路：流离途中。岁序：时序，节序的更替。惊：惊异，心惊。天涯海角：荒远的南方。弄：舞弄。水精：即水晶。五云：五彩云朵。华胥梦：见《列子·黄帝》："黄帝昼寝而梦，游于华胥氏之国。其国无帅长，一切崇尚自然，没有利害冲突。"

赏析　赵鼎是主战爱国的政治家。绍兴七年（1137），赵鼎任尚书左仆射同中书门下平章事（宰相），从平江迁都建康（今江苏南京）。这首词在绍兴八年正月十五写于建康（只有这一年的正月他在建康）。全词由今思昔，由昔痛今，写得曲笔起伏，深婉凄绝。

词所咏，类似东晋南渡时，王导等在新亭聚饮，悲叹风景不殊，举目有山河之异，因而洒泪怀想恢复祖国山河。但赵鼎反思过去朝廷宴安享乐，恍如一梦，有无限感慨！言外之意，指斥当年宴安是鸩毒，忘战必危，大好山河，必须恢复。绍兴七年高宗自平江迁建康，八年正月十五，赵鼎是在建康过的，由于是处于搬迁状态中，所以词的第一句说"客路那知岁序移"。流亡搬迁路上，哪里注意到旧岁已除节序转移呢？上元节是唐宋都很重视的大节日，也是盛况空前的灯节，乱离中居然不知道到了新年的上元，这该是什么样的一种滋味呢?！下一句"忽惊春到小桃枝"，是说忽然见到景物的变化，才知道到了上元节！南方多小桃花树，红色照眼，宋王禹偁诗"小桃花树满商山"，也是以桃花写春光的。但赵词着一"惊"字，则有物是人非之恨，词人因春而惊者不仅是时序的代谢，更是国破家亡的颠沛流离。故而下面两句云:"天涯海角悲凉地,记得当年全盛时。"美好的记忆和此时此景的伤感交织在一起。不久前金兵已赶到浙江台州、越州,在那种已经是天涯海角令人悲伤凄凉的地方,也念念不忘北宋全盛时汴京的太平景象。上句写尽了逃亡的悲伤,下句写尽了对旧日盛况的怀念。这反思中有经验教训,也有对恢复故土的憧憬。

下阕前三句:"花弄影,月流辉,水精宫殿五云飞。"生动地概括了当年北宋都城汴京的升平气象。宫殿以水晶(水精即水晶)砌就,五色彩云笼罩宫殿上空,气象是何等的宏伟侈丽。然而宋徽宗搞花石纲,建艮岳,把国力民力消耗尽了,终于招致靖康亡国耻辱。所以结句更深一层说:"分明一觉华胥梦,回首东风泪满衣。"北宋的全盛光景,也一如黄帝梦入华胥之国(见《列子》)一样,无非是一虚幻梦境,转眼化为乌有,这就不能不使词人回首追忆过去盛况而泪满衣裳!写到这里,爱国词人哀伤亡国的感情溢于言表。

(王达津)

一落索

原文

咏云　南宋·向子諲

春风吹断前山雨,行云归去。暂来须信本无心,回首了无寻处。　　欲问个中玄路,阿谁能语?澄江霁月却深知,把此意、都分付。

内　容 | 此词借"云"说禅,表达一种超脱尘外的人生情趣。
特　色 | 融趣于境,寄理于象。
注　释 | 个中:其中。玄路:玄理。澄江霁月:澄澈的江水,雨后的明月。

赏析　这是一首禅悟词。向子諲晚年啸傲江湖之上,逃禅自慰,前人称他"老境渐归平淡"(《四库全书提要》),朱熹更认为他"一觞一咏,悠然若无意于工拙,而其清夷闲旷之姿,魁奇跌宕之气,虽世之刻意于诗者,不能有以过也"(《向芗林文集后序》)。然而前人但以为他步趋苏东坡,"能哜其胾者"(胡致堂《酒边词序》),不知向子諲出入佛禅,深得禅家三昧,故善于以禅作词。这固然使他写出了好直引佛language禅说的理障败作,但也造成了他善以口语入词、化雅为俗的词风,隐隐显露出雅词向俗曲过渡的印迹;更使他的不少词作渗透着空灵的理趣禅意。他的词清夷闲旷、瑰奇跌宕的特点,正来自他的以禅入词。故宋代词家中之有向子諲,正犹诗家中之有邵雍。这一点向来被人所忽视。

这首词便是借"云"说禅,表达一种超脱尘外的人生情趣。写云之"无心",前有陶渊明《归去来兮辞》的"云无心以出岫兮",后有柳宗元《渔翁》的"岩上无心云相逐",或庄或禅,向氏词由此化出;而后来姜白石《点绛唇》"燕雁无心,太湖西畔随云去",又隐约可见脱胎于向词的痕迹。但是陶、柳、姜只是借云之"无心"造其清空旷逸的意境,向氏却是借云之"无心"发其禅家玄虚的理趣。词表面上是描写春日山间的一种奇境:山前云来,春雨飘下,忽然一阵山风吹断春雨,云又悠悠远去,了无踪迹,唯有一轮霁月映照澄江。宇宙万象都仿佛是"无心"的:云无心而来,又无心而去,春雨无心而下,山风无心而吹,霁月与行云无心相知……其实这空灵幽奇的客景是山林高士超尘脱俗心境的外化,无不着上主观自我的色彩。词人以我观物,捕捉到万象"无心"的禅趣,化物象为意象,寄至味于淡泊,这种高远清空的意境,得自于词人对禅家玄理的一种体悟。他的本意原是要融禅趣于客境、寄玄理于意象,借自然山水以畅"无心"的玄旨。所谓"无心"说正是禅宗的顿悟法门,慧能提出了"无念"、"无相"、"无住"三大观念,认为"无相者,于相而离相;无念者,于念而离念;无住者,人之本性"(《坛经》)。向子𬤊在这首词中,也是以云的无心来去寓"无念",以云的来去"了无寻处"寓"无相",以云的倏来倏去寓"无住",这就是他问而未答的"个中玄路"。而行云这条来去的"玄路"其实是无来无去,如来便是如去。《金刚经》认为心无住处,《顿悟入道要门论》上有一段论"无住"的对话说:"问:'心住何处即住?'答:'住无住处即住。'问云:'何是无住处?'答:'不住一切处,即是住无住处。'云:'何是不住一切处?'答:'不住一切处者,不住善恶有无内外中间,不住空,亦不住不空,不住定,亦不住不定,即是不住一切处。'"一无所住的心才是佛心,所以行脚僧自称"云水",取行云流水之意。这首词便也借行云的变动不居、来去无定形象道出"心无住"的禅理,这"行云"也就成了像向子𬤊这样的山林高逸们逍遥绝尘之心的化身。词的下阕更发奇想,用拟人手法写行

云与霁月的心心相印,仿佛它们能在无心相知中共同领悟这条"玄路",行云在刹那间以心传心地将已"意"全部"分付"给了霁月,这是对"心无住"玄禅更深一层的渲染。因为月的阴晴圆缺升落,正同于云的来去聚散显隐,也是无心无相无住的。词的这一巧妙反衬,不是烘云托月,而是烘月托云,分明云去了无寻处,却又宕开一笔,写月与云之间的无心会意,使人感到行云虽归犹在,无住犹住,把"心无住"的行云的形象(作者自我)写活了。

这首词同一般写山人高士生活情趣之作不同的地方,就在于它不着痕迹地融入了禅理,生发出一种空灵清奇的韵味与神趣,这使它能遗形写神,突破了对隐逸高士外在形貌生活的琐碎细描,而深入到对他们内在心境、情态的入神揭示,把这一

类人刻画得更飘逸超忽、丰神秀韵。虽然词中仍不免有一些理障败笔，但它对自然山水的审美感悟毕竟压倒了对玄理禅说的抽象说教，使我们完全可以撇开这些枯燥乏味的禅理玄说，去直接欣赏它描摹自然山水与刻画山林隐逸情趣的神妙。 （景 南）

贺新郎·寄李伯纪丞相

原文  抒愤 南宋·张元幹

　　曳杖危楼去。斗垂天、沧波万顷，月流烟渚。扫尽浮云风不定，未放扁舟夜渡。宿雁落、寒芦深处。怅望关河空吊影，正人间、鼻息鸣鼍鼓。谁伴我，醉中舞。　　十年一梦扬州路。倚高寒、愁生故国，气吞骄虏。要斩楼兰三尺剑，遗恨琵琶夜语。谩暗涩、铜华尘土。唤取谪仙平章看，过苕溪、尚许垂纶否？风浩荡，欲飞举。

内　容	本词写登高远眺的所见，抒发了自己的报国壮志及孤独感。
特　色	悲壮沉郁，腾挪跌宕。
注　释	李伯纪丞相：故相李纲。曳杖：拖着拐杖。危楼：高楼。斗：北斗星。空吊影：用李白《月下独酌》"我歌月徘徊，我舞影零乱"诗意。鼻息：鼾声。鼍（tuó）：扬子鳄，也称鼍龙、猪婆龙，爬行动物。十年一梦扬州路：用杜牧《遣怀》"十年一觉扬州梦"诗意。要斩楼兰三尺剑：事见《汉书·傅介子传》：傅介子出使楼兰，诱杀楼兰王。遗恨琵琶夜语：杜甫《咏怀古迹》："千载琵琶作胡语，分明怨恨曲中论。"暗涩：宝剑上布满铜锈。铜华：铜锈。谪仙：李白，这里指李纲。苕（tiáo）溪：水名，有二源，出浙江天目山之南者为东苕，出天目山之北者为西苕，两溪合流，由小梅、大浅两湖口注入太湖，夹岸多苕，秋后花飘落水上如飞雪，故名。

赏析　南宋高宗绍兴八年（1138）冬，高宗与奸相秦桧决策与金议和。消息传开，群情激奋。闲居于福州的张元幹亦义愤填膺，作此词寄给落职的原宰相李纲，表达对时局的忧愤，激励李纲东山再起，重整乾坤。

　　张元幹个性气质刚正豪迈，"早师前辈，许奋孤忠"，"嫉邪愤世，徒有刚肠；忧国爱君，宁无雅志"（《本命日醮词》），故发而为词，风格悲壮沉郁。本词起笔峭拔，用"曳杖危楼去"笼罩全篇。登高望远，可产生俯视苍茫大地、指点江山之慨。下文之垂天北斗、万顷沧波、烟渚月色、不定狂风、人间关河等意象即由"危楼"远望而来。这些壮阔的意象构成空旷广袤的时空境界，以反衬举世熟寐而我独醒的忧国之士的孤独悲凉。词人感到投降派当权，昏

睡如死(鼍鼓,形容猪婆龙鼾声如雷),自己独醒孤零,禁不住发出了"谁伴我,醉中舞"的呼问。杜甫《登岳阳楼》之"吴楚东南坼,乾坤日夜浮。亲朋无一字,老病有孤舟",也是以大衬小,以无限之"乾坤"反衬主体之孤独渺小。张元幹平生"尤好韩集、杜诗,手之不释,故文词雅健"(蔡戡《芦川居士词序》,《定斋集》卷十三)。于本词可见其深得老杜之神髓及其风格渊源。

过片接以健笔。"倚高寒"三句,远接"危楼",一气贯注。然而在抒发"愁生故国、气吞骄虏"之前,插入"十年"前的悲伤往事(建炎元年抗战派李纲被罢相,金兵乘机直入江南,宋高宗被迫逃离扬州,自此南宋仅存江南一隅),文笔顿挫。"要斩楼兰三尺剑",用西汉傅介子出使西域斩楼兰国王事,"楼兰"借指金统治者。词人"吞骄虏"的壮志本可"踏破贺兰山缺",一洗靖康国耻,然而权奸当道,宝剑生尘,壮士请缨无路,文情又是一顿。权奸卖国求和(遗恨琵琶,用昭君和亲事),民族处在存亡之际,志士再不能"垂纶"坐视不顾。"垂纶",垂钓,喻避世隐逸。"谪仙平章"指落职宰相李纲,他归隐于浙江苕溪。词人呼唤他能驾浩荡之风飞举,奋起抗争。结句在抒怨愤之情后即用健笔振起,给人以奋发向上的力量。词人悲壮豪迈之气,驱使着沉郁顿挫之笔,左右盘旋,腾挪跌宕,写得气势豪迈,意境高远,"拔地倚天,句句欲活"。

· 斗垂天、沧波万顷,月流烟渚。

(唐圭璋 王兆鹏)

贺新郎 · 送胡邦衡待制

原 文　　赠行　南宋·张元幹

梦绕神州路。怅秋风、连营画角,故宫离黍。底事昆仑倾砥柱,九地黄流乱注?聚万落、千村狐兔。天意从来高难问,况人情、老易悲如许。更南浦,送君去。　　凉生柳岸催残暑。耿斜河、疏星淡月,断云微度。万里江山知何处,回首对床夜语。雁不到、书成谁与?目尽青天怀今古,肯儿曹、恩怨相尔汝?举大白,听金缕。

内 容　本词抒写对中原沦陷的痛愤及别友之情。
特 色　递进入深,立意高远。
注 释　胡邦衡:胡铨。待制:皇帝的顾问官。神州:战国时,驺衍称中国为赤县神州。这里指北方金占区。故宫离黍:《诗经·王风·离黍》篇,写周朝的士人看到故宫里尽是禾黍,念国亡而不忍去,而作此诗。底事:何事。昆仑倾砥柱:相传昆仑有铜柱,其高入天,称为天柱。古代共工与颛顼争帝,共工怒触不周山,天柱折。禹治水，破山通河，河水包山而过，山在水中如柱，见《神异经》《水经注》《淮南子》等书。九地：遍地。黄流：比喻金兵侵扰，如黄河泛滥。聚：盘踞。狐兔：指金兵。天意从来高难问，况人情、老易悲如许：用杜甫"天意高难问，人情老易悲"诗意。耿：光明，照耀。《楚辞·离骚》："跪敷衽以陈辞兮，耿吾既得此中正。"王逸注："耿，明也。"肯儿曹、恩怨相尔汝：用韩愈《听颖师弹琴》"昵昵儿女语，恩怨相尔汝"诗意。大白：大酒杯。汉刘向《说苑·善说》："魏文侯与大夫饮酒，使公乘不仁为觞政，曰：'饮不釂者，浮以大白。'"金缕：即《金缕曲》。

赏析 自古文人的赠行送别之作，多是抒发个人之间的情谊，格调偏重于感伤低沉。而出自于"笑谈曾击贼"的"英雄人"张元幹笔下的这首赠行词，却是将对国事的痛愤与个人离别的悲恨融为一体，立意即高人一筹。

绍兴八年（1138），胡铨因上书反对议和并请斩秦桧而得罪，绍兴十二年（1142）秋，又从福州谪所贬逐到新州（今广东新兴），张元幹作此词赠之，以激励其斗志，抚慰其忧愁。当时亲友因胡铨上书多遭株连，"平生亲党避嫌畏祸，唯恐去之不速"（蔡戡《芦川居士词序》），而张元幹却毅然作词壮其行，体现了他刚正豪迈、不畏权暴的人格。此词用笔层层深入。词从神州陆沉写起。词人梦中也魂牵中原沦陷地区，北宋汴都早被金人占据，军营响着凄厉的号角，故宫荒败，长满了禾黍。国家崩溃如砥柱山骤然倾倒，遍地黄水泛滥滚流，千村万落变为荒野，狐兔成群。"底事"，何事，词人愤慨一问，虽以"天意从来高难问"一笔顿住，实暗示山河沦陷、故宫离黍的祸因是朝廷议和与投降——其《建炎感事》诗曾直言"乾坤忽振荡，土宇遂分裂"，"议和其祸胎，割地亦覆辙"（《芦川归来集》卷一），表明胡铨昔日上书反对议和本是爱国正义之举。故土未复，已令人悲愤；而朝廷一再贬谪迫害爱国志士，亦使人痛恨；自古多情伤离别，更何况是在九地黄流乱注时送别远谪天涯的壮士！"南浦"，指分别之地。"更"字，将痛愤彻骨之情又推深一层。

下阕写与胡铨志同道合的情谊。初秋岸柳生凉，驱散残暑，词人的心境也变得悲凉起来，天上银河明亮，星稀月暗，一片一片的云在浮动。在这秋夜沉

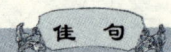

· 天意从来高难问。
· 耿斜河、疏星淡月，断云微度。

寂中词人怀念起了友人，可是江山万里远隔，挚友又在何处？此日别后，往昔"对床夜话"、纵论古今的赏心乐事已不可再得，回想起来令人生悲；而挚友谪赴鸿雁飞不到的岭外，音问难通，"书成"亦难寄达，又是悲上加悲。想到此，词人心境又由悲到壮，变得旷达起来，还是放宽眼光看天地，胸怀古往今来吧，怎肯像孩子们似的专说些恩恩怨怨的私情呢？举起酒杯（大白）来喝吧，听我唱一曲《金缕曲》吧！全曲写得慷慨悲凉，充盈一股抑塞磊落之气，纵横转折，炼字琢句尤得江西诗派章法句法之传。如"雁不到"七字，糅合鸿雁传书与北雁

不过衡阳（新州在衡阳以南，故"雁不到"）两种传说而出以新意，此乃江西诗派"点铁成金"手段。张元幹"之为文也，盖得江西诗友之传"（曾噩《芦川归来集序》），于本词可见一斑。

（唐圭璋　王兆鹏）

浣溪沙

原文　夜湖　南宋·张元幹

　　山绕平湖波撼城，湖光倒影浸山青。水晶楼下欲三更。　　雾柳暗时云度月，露荷翻处水流萤。萧萧散发到天明。

内　容　此词写湖光山色及月中景物，表现一种闲适潇洒之情。
特　色　意象流动，清幽疏朗。
注　释　波撼城：波涛摇荡城墙。用孟浩然《临洞庭赠张丞相》"气蒸云梦泽，波撼岳阳城"诗意。水晶楼下欲三更：波光荡漾，照到楼上有如水晶清莹。杜牧《悲吴王城》："水精波动碎楼台。"雾柳暗时云度月：天上流云避月，使得雾柳越发阴暗。露荷翻处水流萤：带露的荷叶翻动时，水光闪烁，如流萤一般。

　此词写夏夜湖景，颇得王、孟山水诗的风神，境界尤近于孟浩然的《夏日南亭怀辛大》。此词最妙处在于描绘出景物的动态变化。上阕大笔勾勒交相辉映的湖光山色，风起处湖波撼城的壮阔，风静后碧山倒影的静谧，一动一静，一壮一柔，境界颇富于立体感。下阕用工笔描摹湖中岸上景物的动态。"雾柳"句犹如摇动的电影镜头，捕捉住景物有层次的运动变化：月照烟柳，雾白柳青，忽而烟柳昏暗无光，举头一望，原是流云遮月。七字之中，从天上云月到地上烟柳，浑融一体，且云月烟柳的光、色、态，毕现眼前，真堪与张三影的"云破月来花弄影"媲美。"露荷"句景物的层次变化，与"雾柳"句相同，笔法则得之于王维《山居秋暝》的"莲动下渔舟"。全词动静相兼，置动于静，境界流动疏朗。

　　在结构上本词将"三更"、"天明"这两个表时间的词安排在上、下阕的结歇处，暗示时间的推移，"云度月"、"水流萤"，写出时间的无声流驰，表明乘凉观景的"散发"者终夜沉浸在这良辰美景之中，其闲适潇洒之情自在言外。词的意象虽然较密，又不用虚字转折，但由于多用动词传神，意象流动，故整个艺术境界仍显得清幽疏朗。

（唐圭璋　王兆鹏）

菩萨蛮

原文 　　　　　老怀　南宋·张元幹

　　　　　　　三月晦，送春有集，坐中偶书

　春来春去催人老，老夫争肯输年少。醉后少年狂，白发殊未妨。　　插花还起舞，管领风光处。把酒共留春，莫教花笑人。

内　容 此词借留春题材，表达作者乐观、自信的人生态度。
特　色 轻快空灵，洒脱自如。
注　释 争肯：怎肯。少年狂：少年特有的狂放。未妨：未碍。管领：领受，唐白居易《题小桥前新竹招客》："管领好风烟，轻欺凡草木。"

赏析　人到老年，不免身心疲惫。瞻望未来，时光所剩无多；回首往事，聊以自慰者亦少，于是空虚感、失落感、疲惫感油然而生。而中国古代知识分子，平生十有八九是败意常多如意少，其暮年心态更多是感伤与沉重，消极与颓唐。"无可奈何花落去，似曾相识燕归来。夕阳西下几时回"（晏殊《浣溪沙》），正典型地反映出中国古代文人复杂的暮年心态。不过，性格刚强乐观者常能从感伤的心境中超脱出来，张元幹便是这样。

　　"送春"集会上，惜春伤春者不少。而张元幹却道：春去春来，时光荏苒，昔日少年今成老夫，但老夫不必为青春年华的消逝而感伤，只要精神上乐观自信，保持青春的活力，照样可以痛饮狂欢！兴来即戴花遨游，乐至便酣歌起舞，尽情畅意地享受人生，领略大自然的风光。人应该把握自我的生命，永葆青春活力（"留春"），别让年年岁岁都相似的花嘲笑人的懦弱渺小、委顺屈从。

　　与词人洒脱超然的人生态度相适应，本词艺术表现亦轻快空灵，既不用典实以

增其凝重，亦不托借代使之曲折回环，而是直抒胸臆，连结构上过片文意也不按常规转折另起，而是一意贯注，奔腾直下，读来洒脱自如。上阕顶针格的妙用，又使文情紧凑，"老""少"相承，对比强烈、更是别具匠心。

（唐圭璋　王兆鹏）

渔家傲·作浮图语送深上人游庐山

游山　南宋·吕渭老

原文

落月杜鹃啼未了，粥鱼忽报千山晓。笠子盖头衣钵少。穿林表，回头高刹空中小。　　官路旧多林木绕，露浓花蕊皆颠倒。渡水登山排草草。庐山好，香炉峰下湖波渺。

内　容　此词悬想友人游览庐山之所见，寓禅意。
特　色　清幽空旷，禅机野趣。
注　释　粥鱼：木鱼。笠子：斗笠。林表：林梢，林外。刹：寺院。颠倒：倒垂。排草草：排，挨着，逐一。草草，辛勤劳苦的样子。本《诗经·小雅·巷伯》"劳人草草"句。

赏析　这是作者送一位和尚游览庐山时写的词，作者以"作浮图语"定下了这首词的基调是表现一位僧侣的山林之趣。有意思的是：作者虽然不去游庐山，但却在词中用毕肖的浮图口吻描绘了这位僧侣游庐山的情形。在宋词中，这是一首用明快的禅家俗语写境的代表作。

开头两句写清晨山中景色。"落月"点明了天刚明亮的时间，空山杜鹃鸟的啼叫声还未歇，忽又传出一片寺院木鱼的敲击声，仿佛报告千山清晓的到来，大有"空山不见人，但闻人语响"（王维《鹿柴》）的禅家意境。就在这样清静空灵的晓晨中，一位头戴斗笠、身着简装的僧侣，也怀着清静空灵的心境，在穿越山林。他登上高处回首下瞰，心空万物，高大庄严的寺庙也变得很小，如此的景象，反衬出高远旷达的心境。整个上阕的描写，画面感很强，而且是俯瞰式的全景山水画，把读者带入了宁静自然而又充满禅机哲理的境界之中。

上阕写僧侣出游，下阕则写他的游程。结构和上阕一样，首两句实写，是近景：路旁高大的林木，露水重压，花朵低垂，表现了清晨山道上幽静怡人的风光。次句虚写僧侣渡水登山。最后两句在"庐山好"的赞叹声中，展示了"香炉峰下湖波渺"的开阔景色。如果说全词的景色描绘给人清空幽深的感觉，至此则豁然开朗，在词的最后形成超诣高旷的气势，这最后的境界既是一位渡水登山的游人得到的享受，也是参禅悟道者达到的心境。这大概是作者把这首写景之词当作"浮图语"的用意之所在吧。

（郭维森　徐　淳）

饮马歌

边愁 南宋·曹勋

原文

此腔自虏中传至边,饮牛马即横笛吹之,不鼓不拍,声甚凄断。闻兀每遇对阵之际,吹此则鏖战无还期也。

边头春未到,雪满交河道。暮沙明残照,塞烽云间小。　　断鸿悲,陇月低,泪湿征衣悄。岁华老。

内　容　此词写边地的空旷寒冷和征人的凄苦。
特　色　层层推移,情从景出。
注　释　交河:河名,在今新疆。塞烽:塞上的烽火台。断鸿:失群的鸿鸟。陇月:关陇之月。悄:无声地。

赏析

古代中国连年的边患给我们留下了多少悲伤凄凉的作品。这首词的作者曾于靖康年间随宋徽宗被金人俘虏北上,后逃归。绍兴十一年(1141)他又出使金国,迎接韦太后归国。这种经历,使他对边塞的士兵生活有深切的感受,他用少数民族的曲调饮马歌填写了这首词。

全词采用了由远及近、层层推移的手法,由景出情,由境出人。李白《塞下曲》中写道:"五月天山雪,无花只有寒。"此词开头两句也极写边塞的寒冷,交河冰封,大雪满地,没有春天、没有温暖和生机,这是对边地全景式的勾勒。紧接着镜头集中,写边塞黄昏的景色:残阳照在沙漠上发出反光,烽火在旷野高天之间更显得非常微小,进一层写出边地的空旷荒凉。再紧接着焦点汇聚,镜头落到了征夫上:残阳落尽,失群孤鸿在悲鸣,陇上的月儿也黯然低垂,照着城头望乡的征人。月亮勾起征人对家庭、亲友的思念,而孤鸿的悲鸣又更增戍边的愁苦与凄凉。征人的泪水悄悄地浸湿了征衣。如此孤独凄苦的生活使他们失去了多少人间的幸福,消磨了他们多少青春的岁月,征人不禁发出了"岁华老"的哀叹。尤其可悲的是,每当有人横笛吹起这凄哀的饮马歌时,征夫们竟必须"鏖战"而无还期,词与序相呼应,尤使人不忍卒读。

在词的序中,作者指出这种曲调"声甚凄断"。这首词在写景时注入了强烈的主观色彩,"暮沙"、"残照"、"断鸿"、"低"、"悲"、"小"、"悄",渲染出大漠的荒冷,也烘托出征夫的凄哀,使得读者产生情感共鸣。

(郭维森　徐　淳)

> **选 闻**
>
> 曹勋题《村学图》诗云："此老方扪虱，众雏争附火。想当训诲间，都都平丈我。"这"都都平丈我"是当时杭州的一句民谚，讲的是一个私塾先生教学童读《论语》，却将"郁郁乎文哉"，误读为"都都平丈我"，学童只知道跟着先生读，也不动脑筋，都读作"都都平丈我"。一日，一位老先生到学堂为他们改正过来，学生们都认为他讲错了，一哄而散。当时人就此事作打油诗曰："都都平丈我，学生坐满堂。郁郁乎文哉，学生都不来。"
>
> （徐玲）

满江红

原文 壮怀 南宋·岳飞

怒发冲冠，凭阑处、潇潇雨歇。抬望眼，仰天长啸，壮怀激烈。三十功名尘与土，八千里路云和月。莫等闲、白了少年头，空悲切。　　靖康耻，犹未雪；臣子恨，何时灭？驾长车、踏破贺兰山缺。壮志饥餐胡虏肉，笑谈渴饮匈奴血。待从头、收拾旧山河，朝天阙。

内　容　这首名作倾诉词人意欲精忠报国、收复山河的壮阔情怀。
特　色　慷慨激越，大气磅礴。
注　释　怒发冲冠：人发怒的时候头发竖起，好像要冲掉帽子似的。《史记·廉颇蔺相如列传》："相如因持璧却立倚柱，怒发上冲冠。"凭阑：倚在阑干上。歇：停歇。尘与土：形容功业的细小。靖康耻：宋钦宗靖康元年，金人攻陷汴京，次年掳去徽钦二帝。长车：长毂，古代的战车。贺兰山：也称阿拉善山。姚嗣宗诗："踏破贺兰石，扫清西海尘。"天阙：宫门。

岳飞《满江红》词充满浩然正气，慷慨悲歌，千载之下吟诵，犹觉掷地有金石声，令读者想见其英雄风采，为其悲剧的一生而感慨万端，扼腕不已。

首句一开始就用了双重典故：一是《史记》中蔺相如斥责秦王而"怒发上冲冠"，二是荆轲刺秦王，万人白衣冠送于易水之上，荆轲悲歌"风萧萧兮易水寒，壮士一去兮不复还"，以至"士皆瞋目，发尽上指冠"。不但点明了词人与侵略者不共戴天的深仇大恨，为以下的抒情作导引，而且为全词奠定了悲凉激越、慷慨壮烈的基调。"凭阑处、潇潇雨歇"，稍作停顿，更显示出元戎穆穆的雍容气度。下承"抬望眼，仰天长啸，壮怀激烈"，正面描叙，蓄足气势。"三十功名尘与土,八千里路云和月"一联承转,既是对以往战斗岁月的回顾与总结,又是对未来激战疆场的期待与展望:年届而立,功名已著,而视若尘土;驰驱中原,里程八千,与云月同在。英雄之胸襟见识,自是不凡。过拍结以"莫等闲、白了少年头,空悲切"句,既是英雄的自我激励,又是千古之至理名言,哲人壮怀,尤为感人。

换头以短促的三字排句,倾诉词人的忠君爱国情感。靖康二年(1127),金兵南下攻陷北宋首都汴京,掳徽钦二帝北去,北宋灭亡,其耻至今未雪;身为宋王朝臣子的词人,对侵略者之深仇

- 三十功名尘与土,八千里路云和月。
- 莫等闲、白了少年头,空悲切。

大恨,何时方能泯灭?以下豪情壮语,直接抒怀,形象作答。"驾长车、踏破贺兰山缺"是战斗的誓言,表示自己将挥师北伐,驾着战车,踏破敌人的巢穴。(贺兰山在今宁夏西北部,宋时乃西夏属地,此处借指金国故土)。"饥餐"、"渴饮"一联,以愤激之语抒写对侵略者的极端仇恨,"壮志"、"笑谈"显示了英雄的昂扬斗志与必胜信念。结拍"待从头、收拾旧山河,朝天阙",以收复河山、统一阻国为己任,满腔忠愤,喷薄直出,结束全篇,最为有力。

全词写得大气磅礴,展示出一个爱国大将光明磊落的坦荡胸怀,为国效命、义无反顾的豪情壮志,沙场驰驱、勇往直前的勃勃雄姿,可列为宋代豪放词之冠。全词以写景出情,以抒情出议,一气贯注,雄风豪气滚涌而来,令人不能仰视,爱国之心昭如日月。词中爱国的抗声呐喊中还潜响着忠君之声。后来执行卖国投降政策的宋高宗、秦桧之流,终于暗中定计杀害了这位民族英雄。英雄的忠君思想,不免成了他自蹈陷阱的内在动力,造成了一代英雄的精神悲剧,读此词更令人叹息悲悼。

(朱淡文)

满庭芳

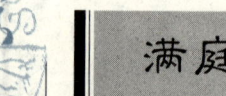

称颂　南宋·邵缉

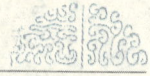

落日旌旗,清霜剑戟,塞角声唤严更。论兵慷慨,齿颊带风生。坐拥貔貅十万,衔枚勇、云槊交横。笑谈顷,匈奴授首,千里静搀枪。　　荆襄,人按堵,提壶劝酒,布谷催耕。芝夫荛子,歌舞威名。好是轻裘缓带,驱营阵、绝漠横行。功谁纪,风神宛转,麟阁画丹青。

| 内 容 | 本词颂扬赞美建立边功的将军。
| 特 色 | 前后烘托,层层映发。
| 注 释 | 清霜:形容剑戟的锋光。貔貅(píxiū):传说中的一种猛兽,也用来形容勇猛的军队。衔枚:行军时横衔枚于口中,以防喧哗或叫喊。枚,形如筷子,两端有带,可系于颈上。《周礼·夏官·大司马》:"群司马振铎,车徒皆作,遂鼓行,徒衔枚而进。"云槊:即长矛、长枪。荆裹:同楚襄,泛指楚地,今在长江中游一带。按堵:安居;安定。《汉书·高帝纪上》:"吏民皆按堵如故。"麟阁:即麒麟阁,汉代武帝时修建,在未央宫内。宣帝时,画十一功臣于阁内。

赏析 据明人陈霆《渚山堂词话》卷一记载,这首词是献给中兴名将岳飞的一首颂词:"岳武穆驻师鄂州,纪律严明。路不拾遗,秋毫无犯,军民胥乐,古名将莫能加也。有邵公序者,薄游江湘,道其管内,因作《满庭芳》赠之。"

首三句描写词人于黄昏时分遥见岳家军阵容,落日映照旌旗,剑戟寒光耀目,军角声声高亢,颇有杜甫"落日照大旗,马鸣风萧萧"的阔大景象。既点明了时间、季候,又为刻画军中大将作了一层铺垫。"论兵"四句落笔到将军:其人议论慷慨生风,精通兵家韬略,部伍众多,"衔枚勇"喻士卒勇健,"云槊交横"喻装备精良。十万大军屯守重镇鄂城,可谓得天时地利人和。"燕可伐与?曰:可!"(刘过《西江月》)"笑谈顷"三句正是基于此种自信的悬想和展望。"搀枪",即彗星,以喻金兵,岳飞曾经高歌"壮志饥餐胡虏肉,笑谈渴饮匈奴血"(《满江红》),"笑谈"二字正是岳飞英雄本色的生动描写。下阕前六句写其管内的荆襄百姓箪食壶浆远近拥戴的场面:人群围住将军劝酒,布谷鸟也高兴得

欢唱催耕,连"芝夫"(隐士)、"荛子"(砍柴人)也都来歌颂他的威名。"好是"二句重复申述上阕歇拍三句之意,"笑谈"与"轻裘缓带"俱是形容其从容潇洒的儒将风采,祝愿他指挥百万雄兵横绝大漠,直捣金都,恢复中原。末三句点出颂扬功德之意,想象对方北伐奏凯,江山统一,记功图像于麒麟阁上,永世流芳。

《渚山堂词话》引《鄂王遗事》云"此词句句缘实,非寻常谀词也",洵非虚语。全词于颂扬赞美之中,暗伏激励对方抓紧时机北伐的意思,流露出词人一腔不可遏止的热血激情。

词以塑造将军形象为中心，除正面写其文韬武略和举止神姿外，上阕以部伍士卒为烘托，下阕再以百姓拥戴为烘托，层层交相映发，读来颇感丰满生动。　　　　　　　　（唐圭璋　肖　鹏）

霜天晓角·题采石蛾眉亭

原文　　　　　　　　　　　　　　　　　　凭吊　南宋·韩元吉

　　倚天绝壁，直下江千尺。天际两蛾凝黛，愁与恨、几时极？　　暮潮风正急，酒阑闻塞笛。试问谪仙何处，青山外，寒烟碧。

内　容　此词写站在蛾眉亭上所见苍茫悲凉的境界，抒发对国事的忧愁。
特　色　衬跌抑扬，意象组接。
注　释　采石：采石矶，在安徽当涂，宋虞允文曾于此大败金军，其上建有蛾眉亭。倚天：极言其高。两蛾凝黛：把两岸对峙的山比作美女的双黛。极：尽。酒阑：饮酒将尽。谪仙：唐代李白。

赏析　这是首曾被吴师道誉为"未有能继之者"（《吴礼部词话》）的著名小令。乾道二年（1166）秋，韩元吉为江南东路转运判官。当时朝廷下令修和州城、开千秋涧等三河，引起朝野纷议。韩元吉奉命参与淮西水利，往和州实地考察，先后上二道反对开千秋涧的札子（《南涧甲乙稿》卷十），其中一条理由便是若开千秋涧三河，则夺采石之险，札中说："窃以初冬……比者被命与抚谕同司淮西水利……某数日走和州境内，究观淮西地利……（三河开成）舟行可以不由采石山下，此前日太平守纷纷谓其恐夺采石之说者也。"由建康往返和州，采石乃必经的考察之地。朝廷下命修和州城在乾道三年（《宋会要辑稿》方域门九），四年春间韩元吉已改知建宁，韩元吉往返采石、千秋涧必在乾道三年（1167）的秋末冬初，这首词就作于其时，实是有感而发。自隆兴议和以来，苟安东南半壁之势已成，南宋小朝廷醉生梦死，志士报国无路，就连在六年前获得采石大捷、使金兵闻风丧胆的地方，词人也再无兴致歌颂昔日战功，而只能悲吟着山河破碎的哀愁了。

　　全词都是写站在采石蛾眉亭上所见，采用象征手法，组接四组意象，织出一片苍茫悲凉的意境与凄黯愁恨的意绪。首二句用衬跌法，先极写采石的奇险。采石矶矗立在马鞍山长江东岸，由牛渚山凌空突出江面而成，自古是险要的江防重镇。蛾眉亭就翼然建于采石矶巅。词人独立倚天绝壁，脚下千尺峭崖直插江中。然而他感到的却是山河沦陷，空有奇险，如今朝廷乞和，有采石之险不用，反征集几十万民夫、耗资巨万去开凿千秋涧，所以三句、四句陡然由扬到抑："天际两蛾凝黛，愁与恨、几时极？"天际东西二座梁山横亘，夹江对峙，如美人两弯黛眉,充满无限愁恨。对淮甸江上凄然一问,绝望之极,而又含不尽意于言外:相对凝愁含恨的梁山,不正是山河分裂、江淮难保的象征吗?韩元吉同辛弃疾一样,认为阻江为险,须借两淮。但是怕死畏敌的朝廷却采取弃淮守江的战略,但恃长江天险,两淮只满足于修几个城池固守,以少数散兵游勇驻防,像建康都统司竟只有四万多人马,分戍关隘,每处仅有三千兵。韩元吉主张把修城开涧的军费用来招募强兵,防守淮甸,凭淮保江,东南才能保,然而昏聩的朝廷竟不能用,这就不能不使他空怀愁恨于千尺绝壁之上了。

下阕自然转到江淮对峙上,又是一衬一跌,由悲到愤,两组意象更为空茫苍凉。"暮潮风正急"隐喻江淮岌岌难保的危势,暮色残照中,词人在亭上借酒浇愁,谁知酒尽未醉,却传来江上悲哀的羌笛,使人意识到江淮已成戎马倥偬的边塞之地,"中流以北即天涯"(杨万里《初入淮河》),愁、恨之外,更生一重心惊!然而抗金保国的志士又何在?结尾又由扬转抑,从巨大的悲愤中跌落下来:"试问谪仙何处,青山外,寒烟碧。"采石流传着李白捉月、骑鲸的故事,附近一座青山有太白祠墓,陆游《入蜀记》记载:"青山李太白祠堂……祠在青山之西北,距山尚十五里,墓在祠后,有小冈阜起伏,盖亦青山之别支也。"然而在词人这一熔古铸今的象征意象中,"谪仙"不仅是实指壮志未酬、忠骨埋青山的李太白,更是借指那些被排斥、罢归与赍志以殁的抗金主战派,特别是与韩元吉关系甚密的陆游、辛弃疾、范成大、朱熹以及像张浚这样的主战派领袖等。其中尤其是陆游,本以任侠求仙、诗风豪宕而有"小太白"之称,韩元吉在乾道元年的一首词中就赞美他有"谪仙风韵",并化用太白词句咏叹"平林真有恨,寒烟如织"(《次陆务观见贻念奴娇韵》),直把陆游看成当今太白。乾道二年陆游被以"力说张浚用兵"之罪罢逐,韩元吉在一首怀念他的词中再一次把他比为太白:"算平林有恨寄伤心,烟如织。"(《南涧甲乙稿》卷七)故"谪仙何处"一问首先寄托了对陆游被逐的悲愤。然而回答他的却是"青山外,寒烟碧",江山虽在,英雄已去,唯见寒烟空碧而已,曲终真有"国破山河在,城春草木深"的血泪交迸之哀。全词四组意象用国破之悲一气贯穿,组接得天衣无缝。

> **佳 句**
>
> · 倚天绝壁,直下江千尺。

(景 南)

蝶恋花·送春

原文　　伤春　南宋·朱淑真

　　楼外垂杨千万缕。欲系青春,少住春还去。犹自风前飘柳絮,随春且看归何处。　　绿满山川闻杜宇。便做无情,莫也愁人苦。把酒送春春不语,黄昏却下潇潇雨。

内　容　以拟人手法表现惜春、送春、伤春的孤寂、怅惘情怀。
特　色　拟人说痴，回环曲致。
注　释　少住：稍停。杜宇：杜鹃，相传为蜀帝所化。青春：一语双关，既指季节，又指年龄。

朱淑真一生非常不幸，所嫁非人，诗词中"多有忧愁怨恨之语，每临风对月，触目伤怀，皆寓于诗……悒悒抱恨而终"（宋魏仲恭《朱淑真诗集序》）。明代以前即有人辑其词行世，名之曰《断肠词》，也可概见其词的伤感悲哀基调了。

　　此词表现惜春、送春、伤春的孤寂怅惘情怀，极其委婉多姿，细腻动人。楼外细柳千丝万缕，风中飘飘，似乎要系住春天，不让归去。古人折柳送别，本也取留人之意。然而春留不住，"少住春还去"，于是多情的杨柳便又飞絮轻飏，盈盈送春，似乎仍不放心春的归去，要随春看它归到何处。"随春且看归何处"一句，从黄庭坚词"若有人知春去处，唤取归来同住"化出。而更有婉转委曲之情趣和深微细致之韵味。本词借助于柳的拟人化，将惜春送春之情写活了。然而这送春的柳其实就是词人自我，于是下阕由柳到人，由景出情，由送春到伤春。杜宇啼鸣，声声呼唤春去，更撩人愁绪，增人凄苦，词人禁不住对杜鹃直呼："便做无情，莫也愁人苦。"然而杜鹃无情，依旧声声啼苦。惜春人到此，唯有把酒饯行，然而鹃声未歇，黄昏断肠时却又下起潇潇寒雨，更引起了送春者的无尽感伤。全词情调凄婉，写出痴情至极，具有一种回环往复、一唱三叹的风韵。

（吴　颖　张惠民）

少年游·早行

原文

　　霁霞散晓月犹明。疏木挂残星。山径人稀，翠萝深处，啼鸟两三声。
　　霜华重迫驼裘冷，心共马蹄轻。十里青山，一溪流水，都做许多情。

内　容　此词写山径早行所见、所闻，表达了愉悦的心情。
特　色　动静相映，情景交炼。
注　释　霁霞：雨后的朝霞。疏木：稀疏的树枝。翠萝：绿荫。霜华：即霜花。驼裘：驼绒大衣。共：与。

赏析　这首词写一个秋天的早晨，作者行进在山路中看到的景色和当时的心情，有动静相映、情景交炼之妙。

词的上阕写清空的山景，雨停了，天际的朝霞已透射出晓色，而明月残星犹在，路上行人稀少，山径两边的翠萝深处，传来两三声鸟的啼叫，古诗中"蝉噪林愈静，鸟鸣山更幽"之以动衬静，境界正与此同。

下阕写情，但不是直接抒发，而是着眼于情景的交融，更显出一种流动美。"霜华"一句，写人对晚秋早晨气温的感受，如果说上阕写的是眼见耳闻的秋晨山径的景色，是外在的，而此时则开始写肌肤的主观感受。次句直写心情，尽管秋天落霜的早晨使人感到寒冷，然而在如此清幽宁静的山径上行旅，却让人心旷神怡，轻松愉快，"心共马蹄轻"其实是因心情的愉快才觉得马儿走得轻快。下一句便很自然地把这种心情推及到整个旅程，"十里青山，一溪流水"是全景概括，仿佛一路上的山山水水都显得十分多情。

整个词中，不用一个典故，词语明白清新，表达的情感自然流畅，整个画面是一种快速的动态展现，有韵味地表现了一次愉悦的旅行。

（郭维森　徐　淳）

钗头凤

旧情　南宋·陆游

原文

红酥手，黄縢酒，满城春色宫墙柳。东风恶，欢情薄，一怀愁绪，几年离索。错、错、错！　春如旧，人空瘦，泪痕红浥鲛绡透。桃花落，闲池阁。山盟虽在，锦书难托。莫、莫、莫！

内　容　本词抒写对爱情不遂的悔恨。
特　色　真情喷泻，凄婉哀怨。
注　释　红酥手：红润而柔嫩的手。黄縢酒：縢，封；宋代官酒上有黄丝绢封口，称黄封酒，又作黄縢酒。离索：《礼记·檀弓》："吾离群而索居，亦已久矣。"浥（yì）：湿。鲛绡：丝绸织的手帕。相传南海有鲛人，水居如鱼，不废机织。见《述异记》。

赏析　陈鹄《耆旧续闻》曰："放翁先室内琴瑟甚和，然不当母夫人意，因出之。夫妇之情，实不忍离。后适南班士名某，家有园馆之胜。务观一日至园中，去妇闻之，遣黄封酒果馔，通殷勤。公感其情，为赋此词。"谓陆游此词为去妇（唐婉）所作，后来刘克庄《后村诗话续集》、周密《齐东野语》等对此词本事多有附会。陈鹄是陆游的同时代人，姑以陈说为准。

《礼记·月令》孟春之月曰："东风解冻，蛰虫始振。"东风，本指和煦的春风，可陆游为什么偏偏用"恶"字来形容呢？春日游园踏青，本是一件赏心乐事，若有酒馔佐兴，则尤可人意。但此时此地，满城的春色、美好的酒馔却勾起了陆游痛苦的回忆。以我观物，故物皆着我之颜色。"东风恶"实际是陆游此时情怀之恶的折射。想当年迫于母命，无奈出妻。但几年痛苦的离索并未泯灭夫妇的深情，两个人仍然深深地相爱着。"错、错、错"三字饱含了陆游痛悔的血泪，具有强大的震撼力。

过片"春如旧"三句，作者用对面着笔的手法写唐婉对自己的思念之情，以此衬托出作者内心深处的悔恨和愧疚。池阁桃花是当年海誓山盟的见证，可如今已物是人非，满腹的相思又向谁诉说？"莫、莫、莫"三字把陆游刻骨相思而又悔恨交加无可奈何的复杂心情刻画得淋漓尽致。但一怀愁绪是欲罢不能的，这就使得结尾余味无穷。

这首词语言精练隽永，叠字的运用犹如鼓乐悲鸣，相当大地增强了作品的感染力量，如怨如慕，如泣如诉。抒情哀怨委婉，凄恻细腻。用"莫"字结尾，既能收束全篇，又含不尽之意见于言外，留给读者以广阔的想象余地。

（郭维森　张亚权）

逸闻

《钗头凤》因背后隐含的作者的爱情悲剧而闻名。陆游初娶表妹唐婉为妻，二人情趣相投，琴瑟相和，感情甚好。然而唐婉一直不得陆母喜爱，最终被逐，后陆游奉母命娶王氏，而唐婉改嫁赵士程。几年后，陆游游览沈园，恰好唐婉夫妇也在园中。唐婉遣人给陆游送来美酒佳肴。这次的偶遇，令陆游心神怅然，写下《钗头凤》，并题于沈园壁上。唐婉见此词后和了一首，但不久之后就郁郁而终。

（徐玲）

卜算子·咏梅

原文

咏梅　南宋·陆游

驿外断桥边，寂寞开无主。已是黄昏独自愁，更著风和雨。无意苦争春，一任群芳妒。零落成泥碾作尘，只有香如故。

内　容　本词以咏梅为喻，抒写失意士人的困顿及其对人格的坚持。

特　色　神韵凄清，兴寄高远。

注　释　驿：古代递送官文书的驿站。碾：压碎。

赏析

梅花，是历代骚人墨客争相吟咏的对象。陆游《卜算子·咏梅》便是众多咏梅作品中一首脍炙人口的传世名作。

上阕的"独"字和下阕的"香"字是陆游这首词的核心所在,作者紧紧扣住梅花孤独的个性和芳香的品质予以礼赞。这里,梅花实际上就是陆游理想人格的一种化身。

在"万木冻欲折"的风雨黄昏,在凄清萧瑟的驿外断桥边,一枝寒梅在悄悄地绽放。她不求世人的青睐,在如此凄冷的环境里默默地孤独地挺立着,这

> **佳 句**
>
> ·零落成泥碾作尘,只有香如故。

是一种"横而不流"的寂寞,这是一种傲骨奇干的伟大孤独。正是这种孤独的个性赋予梅花以宽广的胸怀。"无意苦争春,一任群芳妒"表明了她不愿与"群芳"同流合污的高贵品质,叶梦得《临江仙》"不与群芳争绝艳,化工自许寒梅"、辛弃疾《临江仙·探梅》"更无花态度,全有雪精神"云云,都是对梅花这种品质的高度赞扬。梅花这种素朴芳香的品质,这种洁如白雪的精神品格是永恒的,即使是"零落成泥碾作尘",她的芳香也不会泯灭,她的精神将永存人世。卓人月《词统》评此词曰"末句想见劲节",可谓深得其中三昧。

这首词以物托情,意境幽深。细细涵咏,竟不知何者为物,何者为我,物我交融,天衣无缝,堪称咏物词中的上乘之作。

(郭维森　张亚权)

汉宫春·初自南郑来成都作

原文

抒怀　南宋·陆游

羽箭雕弓,忆呼鹰古垒,截虎平川。吹笳暮归野帐,雪压青毡。淋漓醉墨,看龙蛇、飞落蛮笺。人误许,诗情将略,一时才气超然。　　何事又作南来?看重阳药市,元夕灯山。花时万人乐处,欹帽垂鞭。闻歌感旧,尚时时、流涕樽前。君记取:封侯事在,功名不信由天!

内　容	此词写作者对汉中戎马生涯的追忆,并表达了建功立业的信心。
特　色	开阖对比,回环跌宕。
注　释	古垒:废弃的军垒。截虎:陆游在汉中曾有刺虎之举。平川:平原。龙蛇:形容所写的草书。蛮笺:蜀地所产的笺纸。许:期许。药市:四川以产药材著称。欹(qī)帽垂鞭:闲散的样子。欹,歪斜;倾斜。

赏析　这首词是陆游自南郑被派到成都任安抚司参议官时所作。南郑,即今天陕西汉中一带,陆游曾在那儿度过了一段令人难忘的军幕生活。

词上阕忆昔,是对汉中戎马生涯的追思。作者身在成都,但往日的羽箭雕弓却使他心驰

神往。汉中生活的一幕幕壮景又在他眼前展现出来。陆游《忆昔》诗曰"挺剑刺乳虎",想当年古垒围猎,平川截虎,是何等的英雄气概!当夜色渐渐降临,天空又纷纷扬扬地下起了大雪,词人暮色苍茫中踏雪归来,兴犹未尽。渴望报效国家、建功立业的壮烈情怀使他久久不能平静,于是又挥笔酣墨,用龙蛇飞动之笔写下了一篇又一篇战斗的诗章。"人误许"是陆游的自谦之辞。实则他胸中充满自信。"诗情将略,一时才气超然",是时人评论,也是作者豪气横溢的自负。

下阕写今。过片用"何事又作南来?"一问,而又不答,这正是作者的高明之处。成都的重阳药市、元夕灯山,并不能使作者忘怀现实。在四月十

佳 句

· 吹笳暮归野帐,雪压青毡。

九日的成都浣花之日,万人倾城欢乐宴游,词人也斜帽垂鞭而出,然而他闻歌而忆往昔,哀从中来,不时对着酒杯流泪。南宋小朝廷的反战主和,成都表面上的歌舞升平,都让他感到深深的忧虑。在这遥远的后方,抗金复国的热望成为虚幻的泡影,令人痛心疾首。但作者并没有停留在这无力的伤感中,"君记取"三句,格调遂复振起。他所说的"封侯事"实际是指抗金复国,建功立勋。词人相信,恢复中原、统一山河的"功名"可由人力来完成,万事不由天定,充分表现了对前途的坚毅信念。结拍由悲转壮,有千钧之力。

这首词结构上大开大阖,气势回环跌宕。作者运用对比的手法,表达了自己报国无门的苦闷、愤慨以及对未来充满希望的复杂情感。过片的问句既呼应上阕的回忆,又引发了结句的感慨,构思精巧,含蓄蕴藉。

(郭维森 张亚权)

念奴娇

原文  览湖　南宋·范成大

　　吴波浮动,看中流翻月,半江金碧。醉舞空明三万顷,不管姮娥愁寂。指点琼楼,凭虚有路,鲸背横东极。水云飘荡,阑干千丈无力。　　家世回首沧洲,烟波渔钓,有鸱夷仙迹。一笑闲身游物外,来访扁舟消息。天上今宵,人间此地,我是风前客。涛生残夜,鱼龙惊听横笛。

内　容　此词写太湖月夜的壮阔,表现了词人旷逸的心胸。
特　色　开阔飞动,超逸旷达。
注　释　吴波:指太湖之水。翻月:波光中月影翻动。姮(héng)娥:嫦娥。琼楼:仙境中的宫阙。凭虚:凌虚,飞往天界。沧洲:泛指隐者所居水边。鸱夷:鸱夷子皮,人名,即范蠡,曾隐居于太湖。扁舟:小舟。

赏析 本篇是范成大描写太湖夜月壮阔境界的名作,表现了他自己超逸旷达的胸怀。词中情景,范氏在其诗作中多有表现,如"吴岫涌云穿望眼,楚江浮月冷征衣"(《南徐道中》)、"赤日吴波动,苍烟楚树昏"(《赏心亭再题》),可与此词互相印证。起首"吴波浮动"三句,色泽耀目,境界开阔,气象不凡。"醉舞"二句,出语更奇:明月在中流翻滚浮动,犹如醉后狂舞于三万顷波涛之上,哪管天上嫦娥的忧愁寂寞。比喻新颖生动,却又极其贴切。"指点琼楼"数句,咏月生情,奇想妙思由东坡咏月之名篇《水调歌头》而来:"我欲乘风归去,又恐琼楼玉宇,高处不胜寒。"东坡之指点琼楼有高标出世之思,但明月高高在上,凭虚无路;而范成大所见太湖,明月在吴波中浮动,令人恍觉,直可以由此通达仙界,顿生挟飞仙而升、骑鲸背而往之念。唐元稹《侠客行》"海鲸露背横沧溟,海波分作两处生",范氏正用此意。结尾再出奇语,湖中水云飘荡,令人眩晕,波浪撼摇船身,千尺栏杆也仿佛无力欲折,湖浪之大于此可见,湖夜之奇美境界全出。

下阕由景出情,写自己归隐太湖之乐。"沧洲"指隐逸之地,作者自然回想起了自己的先世范蠡。宋代士大夫从政,多有惧祸之心,普遍滋生着一种超然物外、优游林下的出世之念。范蠡助越破吴复国、功业成就之后,乃乘舟远逝,隐姓埋名,自号"鸱夷子皮",优游于太湖烟波之中。范成大对此极为向往,所以他也"来访扁舟消息",做"风前客",享受此时此刻、今宵此地的良辰美景了。这个"风前客"痴迷地观赏着这太湖夜月,一个"残夜"的"残"字,写出参横斗转、湖上观月之久,词人跳出宦海险波、官场浊浪,胸中涌出无限的喜悦,他对着湖月久久地吹起了横笛,连湖底的鱼龙也为之惊动而侧耳倾听。曲终奇响,尤为清空超逸。

佳句

· 涛生残夜,鱼龙惊听横笛。

(吴 颖 张惠民)

笛家弄·水际闲行

原文 感秋 南宋·王质

凌乱败荷,既似沙莞,又如泥水,颠倒旌旗都靡。馀花歆谢,又似乌江,骓兮不逝,虞兮奈尔。凋柳萧骚,又如轵道,故老何颜对。因缘断,时节转,自然如彼,自然如此。　　水边沙际,芦花摇曳,唤住行人,蓼花妩媚,引翻游子。又似江都酣夜延秋,建业望仙结绮,月下心飞,风前骨醉,共蘋花得意。今看昔、后看今未?一回头,已百弹指。

内　容　此词将历史败亡之事与眼前景结合起来抒写，表达了警世之义与一种历史哲理。
特　色　奇想妙思，横空取譬。
注　释　欹（qī）：歪斜；倾斜。骓：乌骓马。逝：飞奔。虞：即虞姬。萧骚：萧瑟。轵道：地名，子婴曾在此投降。摇曳：摇摆。后看今未：也如后人看待今天一样吗？未，用在句末，表示询问。《史记·魏其武安侯列传》："上乃曰：'君除吏已尽未？吾亦欲除吏。'"

　　这首咏秋词以联翩奇特的比喻一气直下，议论风发，这在整个宋词中都是独一无二的。上阕咏残荷、败柳，色彩悲壮；下阕咏芦、蓼、蘋三花，色彩妩媚，而均寄托了一种人生哲理。诗词之咏物，历来有两种艺术取向，一是多以客观之笔、以物象之美作为艺术表现的中心，这一般可达到王国维所说的"不隔"的效果。另一种是借物起兴，不以物象之形神为表现中心，而是抒发作者由物象所感发的思想感情。和周邦彦、姜夔等的咏荷词相比，像王质这样以生命狼藉的意象如大战之披靡旌旗、兵败国亡、美人自刎之哀艳形象等来写荷花之零落凋谢，堪称奇绝。沙莞（苑）和淝水都是历史上著名的战地，《元和郡县图志·关内道·同州》载："后魏文帝大统三年，周太祖为相国，与高欢战于沙苑，大破之。其时太祖兵少，隐伏于沙草之中，以奇胜之。"淝水之战也是南方的汉族政权与北方少数民族政权交战的著名战役。王质由败荷之凌乱，忽作奇思，把荷花之生命陨灭与大战中的旌旗披靡两种不同的意象，通过相似相近的情感属性联结在一起，作了大胆而奇特的比喻。其内在的情感心理沉积当然在于词人有感于南宋之时局：金人的铁蹄和狼烟，南北分裂，民生凋敝。乌江兵败的项羽，更是悲壮的失败者，用比那些挣扎凋萎的"馀花"尤为传神。而凋柳萧骚，使作者又联想起秦子婴亡国投降的轵道，并发出了"故老何颜对"的感叹，其中隐寄着作者对中原沦陷的现实悲哀。作者实际借花对历代的兴亡成败作了回顾，似乎感到在历史的背后，有一种强大的不可抗衡的自然力量，就像荷之败与柳之凋一样，不以人们的主观努力为转移，故上阕结末终于发出了"自然如彼，自然如此"的感喟。

　　下阕写芦花、蓼花和蘋花，也只传其神不写其形，而以摇曳、妩媚等语来写，用笔色彩陡变，与上阕形成强烈对比，主观意向是极明显的。把这些芦花、蓼花比作隋炀帝幸江都、建迷楼之醉生梦死，比作陈后主建临春、结绮、望仙三阁，与张贵妃过着骄奢淫逸的生活：风前月下，骨醉心飞，不知国之将亡。与上阕相联系来看，下阕的批判意味是极强烈的。这当然是借古讽今和借古鉴今，南宋小朝廷偏安于东南一隅，不思恢复进取，真是"暖风薰得游人醉，直把杭州作汴州"（林升《题临安邸》）。"今看昔"二句，正是恨前朝之亡国，痛今日之执迷，警世意义尤为明显。然而作者却又从这里更把这种兴亡之感升华为一种"一回头，已百弹指"的哲理。佛家用一弹指比喻极短的一刹那，《观无量寿经》说："如弹指顷，即生彼国。"一回头之间已百弹指，该有多少国家兴亡、朝代更替！作者从花的开落领悟到了历史长河的永恒奔腾向前，一国一朝的盛衰又何足道呢！

　　　　　　　　　　　　　　　　　　　　　　　　（吴　颖　张惠民）

昭君怨·咏荷上雨

荷雨 南宋·杨万里

原文

　　午梦扁舟花底,香满西湖烟水。急雨打篷声,梦初惊。　　却是池荷跳雨,散了真珠还聚。聚作水银窝,泻清波。

内　容　此词写词人湖中听雨及观荷上雨珠的闲适情趣。
特　色　笔致透脱,新奇曲折。
注　释　扁舟:小舟。花底:花下。水银窝:这里用水银作比,写水在荷叶上聚集的状况。

赏析

　　此为诚斋晚年退隐之作。此时作《昭君怨》两首,一赋沙上鸥,一咏荷上雨。"沙上鸥"词曰"我已乞归休,报沙鸥",语多感慨。"荷上雨"借雨之晶莹、活泼,寄托对美好事物的向往之情。

　　评诚斋诗者皆曰"活法",即新奇、活脱、曲折,其词如诗。此词突出特色是笔致活脱,新奇曲折。咏荷上雨,先写梦中泛舟西湖的美景:碧波荡漾,粉荷玉立,远望烟波浩渺,近闻阵阵幽香,这美景令人陶醉,佳境中寄托着对美好事物的向往之情,设想新奇。倏尔,午梦初惊,美景即逝,急雨骤来,敲打船篷,行笔转折,情感上经历一番跌宕、失落、惆怅。下阕写梦醒后所见:急雨打池荷,犹如真珠滚动,散了又聚,又如水银泻聚荷上,清波流泻。自由、活泼,晶莹别透,像生命的精灵。行笔又一转,感情又一升跃,失落转惊喜,惆怅变昂扬。这新奇曲折,正如《陈石遗先生谈艺录》所说:"他人诗,只一折,不过一曲折而已;诚斋则至少两曲折。他人一折向左,再折又向左;诚斋则一折向左,再折向左,三折总而向右矣。"(转引《中国历代著名文学家评传》卷三 448 页)此词真可谓一笔一转,一转一境,如重峦迭起,纹浪环生。

诚斋此词笔致透脱,不仅表现在形式的化"定法"变"规矩"上,更表现在他的浪漫主义——梦境与现实交叉出现的理想意念、美丽境界上。他论诗词如品茶,说"人病其苦也,然苦未既,而不胜其甘"(《颐庵诗稿序》),诚斋实践了自己的涵咏玩味的主张。(赵慧文　徐育民)

> **逸　闻**
>
> 　　江西有一个士人求见杨万里,此人自认为学识渊博,颇为自负。杨万里知其秉性,决定杀一杀他的傲气。过了几天,杨万里写了封信给这个士人,信中写道:"听说先生不远万里从江西而来,江西名产甚多,我只想求一样东西:配盐幽菽。不知先生可否赠予少许?"那位士人看了信,茫然不知其意。他立刻前往杨府认错:"我实在不知道这'配盐幽菽'究竟是什么东西,还请赐教。"杨万里露出一丝笑容,翻出《礼部韵略》,里面"豉"字下注着:豉,配盐幽菽也。那位不可一世的士人顿时羞愧不已。
> 　　　　　　　　　　　　　　　　　　　　　　　　　　　　　　　　(徐玲)

六州歌头

原文　　　　　　　　　　　　　　　　　　　国恨　南宋·张孝祥

　　长淮望断,关塞莽然平。征尘暗,霜风劲,悄边声。黯销凝。追想当年事,殆天数,非人力;洙泗上,弦歌地,亦膻腥。隔水毡乡,落日牛羊下,区脱纵横。看名王宵猎,骑火一川明,笳鼓悲鸣,遣人惊。　　念腰间箭,匣中剑,空埃蠹,竟何成!时易失,心徒壮,岁将零。渺神京,干羽方怀远,静烽燧,且休兵。冠盖使,纷驰骛,若为情?闻道中原遗老,常南望、翠葆霓旌。使行人到此,忠愤气填膺。有泪如倾。

内　容　本词抒写北宋失国的痛史及自己报国壮志未酬的悲愤。
特　色　笔酣墨饱,淋漓痛快。
注　释　关塞:边界上守卫的地方。莽然:草木茂盛的样子。悄:寂静。边声:边塞上的风、马、角鼓声等。销凝:无语出神的样子。当年事:指1127年金人侵占中原的事件。殆:大概,表示揣度。洙泗:山东的两条河名,流经曲阜故地。弦歌地:孔子讲学的地方。膻腥:本指羊肉的腥味,这里指金兵。隔水毡乡:淮水北岸都是金人的帐篷。区脱(dù):金人在边界上守望的土堡。宵猎:夜猎。匣:剑鞘。埃蠹(dù):布满尘土,生了蛀虫。岁将零:岁月即将飘零。神京:指汴京。干羽方怀远:用礼乐感化远方不驯服的民族;干羽,供乐舞用的礼器。静烽燧:平静无战事。冠盖使:指与金求和的使臣。骛(wù):奔忙。翠葆(bǎo)霓旌:翠羽装饰的车盖,像霓虹似的彩旗,这里指中原父老渴望光复。填膺(yīng):满胸。

赏析 这首词作于孝宗绍兴三十二年（1162），张浚以新兼建康留守名义宴众宾，张孝祥在张浚的帅幕作客，因得预宴并作词。其时宋金采石之役战败，大江以北，已沦入金人铁骑之下，"隔水毡乡"，"区脱纵横"，"笳鼓悲鸣"，触目惊心，国恨难抑，尽入词中。

上阕极写强敌压境，当前形势严峻，国事岌岌可危。一起就指出国防前线已被突破。长淮千里，关塞已经荡然无存。"悄边声"者，采石战役前完颜亮已入侵到大江北岸，淮河流域早成为敌人后方，当然悄无边声也。以"黯销凝"语为关键，更翻出北宋失国的痛史。他不举汉唐故都，也不说中州胜地，却指出一个代表崇高文化的圣地孔子故乡，也为野蛮的敌人所占领，就更能引起在座士大夫们的痛心。"殆天数，非人力"是真的说无可挽回吗？不！是尖刻地讽刺人为不臧。紧接着指出敌人已冲到我们门前来耀武扬威了。一江之隔，遍地挖了掩蔽体（区脱，即土室），日暮牛羊归来历历可见，尤其演习夜战，猎火照江，笳鼓乱耳，怎不惊心动魄？

换头一开始就痛陈有心报国而无用武之地。"渺神京"以下借干羽怀远故事讽刺懦弱的统治者忍辱求和，使者络绎于途。词人愤慨地斥责似此苟安误国，何以为情！以下进一步举出沦陷区人民心系朝廷、殷切希望恢复的事实，揭露偷安乞和是多么违反人民意愿。结尾大声疾呼，振聋发聩。清陈廷焯《白雨斋词话》说："淋漓痛快，笔酣墨饱，读之令人鼓舞。"但陈氏论词主沉郁，故对结句有微词。认为或欲耸当途之听，出于不得已。他猜对了，此处如以沉郁之句作结，便软弱无力。可能张浚便不会为之感动罢席了。

最后，有两个小问题略说一下。"隔水"句一般都标点为："隔水毡乡，落日牛羊下，区脱纵横。"独《唐宋词选释》主张在"隔水毡乡落日"断句。按词句与乐句相配合，长的词句可从文理随意逗。十三家作"4、5、4"、"6、3、4"……句式均可。该书引同调他词强求一致，说不可从。"若为情"句，《唐五代两宋词简析》说，"犹言煞似有情"。按"若为"一词在诗词中常见，一般解作"何以为情"，"怎么好意思"为宜。

（宛敏灏）

念奴娇·过洞庭

原文　　夜泛　南宋·张孝祥

　　洞庭青草，近中秋、更无一点风色。玉鉴琼田三万顷，着我扁舟一叶。素月分辉，明河共影。表里俱澄澈。悠然心会，妙处难与君说。　　应念岭表经年，孤光自照，肝肺皆冰雪。短发萧骚襟袖冷，稳泛沧浪空阔。尽吸西江，细斟北斗，万象为宾客。扣舷独啸，不知今夕何夕！

内　容	本词写洞庭湖的壮阔澄澈，表现自己坦白豪迈的情怀。
特　色	景情映衬，境界空阔。
注　释	**青草**：湖名，在洞庭湖南，古代两湖相连，所谓重湖。杜甫《宿青草湖》："洞庭犹在目，青草续为名。"**玉鉴琼田**：以玉的晶莹来写月光下的洞庭水。**素月分辉**：月亮将月色分给湖水。**明河共影**：空中天河与水中的倒映没有分别。**悠然**：形容领会深透。**岭表**：一作岭海，指五岭以南。**经年**：多年。**尽吸西江**：见《传灯录》："祖（马祖）曰：'待汝一口吸尽西江水，即象汝道。'"这里是指拿西江水作酒饮。**细斟北斗**：以北斗杓当作酒具。**舷**（xián）：船边。**今夕何夕**：语见《诗经·唐风·绸缪》："今夕何夕，见此良人。"

赏析

乾道元年（1165）六月，张孝祥复集英殿修撰，知静江府，广南西路经略安抚使。按隆兴二年（1164）张孝祥受主战派张浚落职影响，被罢建康留守。由于主和派汤思退旋亦安置永州居住，途中忧悸而死，故张孝祥得复官。是年七月至桂林就职，史传称其"治有声绩"。但乾道二年（1166）六月，"复以言者罢"。于是泛湘江北归，以中秋日到达洞庭，亭午系舟屈原庙下。是夜"天无纤云，月明如昼"，尽却随从，独登金沙堆。今集中犹存当时所作记、赋、祭文及古体诗多篇，其《念奴娇·过洞庭》一词，尤为后世所传诵。

宋周密选《绝妙好词》首录此篇，可见他对张孝祥及此词的评价。宋魏了翁说："张于湖有英姿奇气，着之湖湘间，未为不遇。洞庭所赋，在集中最为杰特。方其汲江酌斗，宾客万象时，讵知世间有紫微青琐哉！"清王闿运谓此词"飘飘有凌云之气，觉东坡水调犹有尘心"。清宋翔凤则以为张孝祥所陈先立自治之策，可谓知恢复之本计。"悠然心会，妙处难与君说"为惜朝廷难与畅陈此理。

以上评论，多择词中片言只语就个人所感发挥，或谓其忘情物外、或谓其旷达过于东坡，或谓其念念不忘君国，皆非全词的本来面目。我们以为，必须了解词人创作时所处环境和思想感情，

佳　句

- 玉鉴琼田三万顷，着我扁舟一叶。
- 尽吸西江，细斟北斗，万象为宾客。

才能真正领会词人通过这首词抒情言志所达到的艺术效果。首先应该肯定张孝祥是力求用世而无出世之想的人。"紫微青琐"可以不计较，但忧国忧民则未尝去怀。当爱国词人以一叶扁舟凌此万顷茫然时，一面惊喜祖国河山的壮丽，一面痛惜当前的内忧外患，其思想感情必然有所激动。于是他在这首词里，上阕写月夜洞庭的景色和个人感受，下阕抒发其坦白豪迈的情怀。词以"玉鉴琼田三万顷"来极写湖面的壮阔，以"表里俱澄澈"来形容水月交辉。而置身此间的作者则既具冰雪晶莹的肝肺，更有吸江斟斗的豪气。通篇写景着重境界的空阔澄澈，写人着重胸襟的磊落光明，互相衬托，极情景交融之妙。然其中"孤光自照"、"短发萧骚"、"扣舷独啸"诸语，也都是有感而发的。

（宛敏灏）

西江月

清游　南宋·张孝祥

原文

十里轻红自笑，两山浓翠相呼。意行着脚到精庐，借我绳床小住。　　解饮不妨文字，无心更狎鸥鱼。一声长啸暮烟孤，袖手西湖归去。

内　容　此词写西湖之游，表现越世超尘的淡泊情趣。
特　色　百琲明珠，禅趣贯穿。
注　释　轻红：红花。浓翠：浓绿。意行着脚：随意地行走。着脚，指落脚；涉足。精庐：寺院。绳床：一种坐具，源自胡地。妨：妨碍。文字：指作诗、填词之类。狎（xiá）：亲近。

赏析　宛敏灏《张孝祥年谱》引王明清《玉照新志》："绍兴己卯，张安国为右史，明清与仲信兄、左鄯举善、郭世模从范、李大正正之、李泳子永，多馆于安国家。春日诸友同游西湖，至普安寺。"本词可能即记此日西湖之游，表现出越世超尘的淡泊情趣。

词开头就写出一个充满活泼生机的境界：词人行走在通往西湖的山路，十里红花怡然自笑，两山翠绿也在声声呼唤。二句对偶自然工妙，意象尤奇，情趣顿生。景语融情，不仅写出景色的赏心悦目，而且写出词人的恬然自得。词人怀着庄禅之心出游，这次游景观物也就成了对庄禅的一次印证。故下面便点出要小歇的地方是"精庐"——佛寺，要借用的卧具是绳床。"绳床"，以其式样来自西域故又称胡床或交椅。《晋书·佛图澄传》："坐绳床，烧安息香。"这里正有此意。词人借游赏而访禅院，在那里谈禅说法，均在不言之中。下阕词意相沿而下。酒与文字本是双生姊妹，"解饮不妨文字"，是说领略酒的乐趣醉饮，并不妨碍吟诗唱酬。"无心更狎鸥鱼"，实即"鸥鹭忘机"意。传说古时海上有好鸥者，每日从鸥鸟游，鸥鸟至者以百数。其父曰："吾闻鸥鸟皆从汝游，汝取来吾玩之。"次日至海上，鸥鸟知悉人有奸诈之意，舞而不下（见《列子·黄帝》）。旧谓无机心，则异类亦与之相亲。苏轼《和子由送春》"芍药樱桃俱扫地，鬓丝禅榻两忘机"，亦表示一种恬然宁静的情趣。这就是词人在这次出游中领略到的庄趣禅机。最后，词人更从"一声长啸暮烟孤"中得到一种证悟。"孤"字可谓句眼，其句法同于柳宗元的"欸乃一声山水绿"，而境界之萧散空茫则过之。词人从中悟得的是"无心"的禅悦，所以最后又恬然"袖手西湖归去"了。"袖手"，缩手于袖，表示不预其事。苏轼《沁园春·赴密州早行马上寄子由》："用舍由时，行藏在我，袖手何妨闲处看。"禅家的"无心"要求心不染客境，西湖之境虽美，词人却能以一种"无心"的态度袖手旁观，不为外境所缚,可谓无心而来,又无心而去。

刘熙载云:"词以炼章法为隐,炼字句为秀。秀而不隐,是犹百琲明珠而无一线穿也。"(《艺概·词曲概》)"隐"即含蓄,意在言外,内蕴丰富。"秀"即警策,超脱流俗,妙手天成。本词开头用"自笑"、"相呼"暗含怡然淡泊的情趣。接用"精庐"、"绳床"、"鸥鱼"、"袖手"等写词的主旨,章法"隐",句法"秀",而且如百琲明珠,以隐含的禅趣一线贯穿,从而表现出"秀而隐"的艺术美。

(艾治平)

眼儿媚

原文 离愁  南宋·张孝祥

晚来江上荻花秋,做弄个离愁。半竿残日,两行珠泪,一叶扁舟。　须知此去应难遇,直待醉方休。如今眼底,明朝心上,后日眉头。

内　容 | 此词写秋日傍晚江边送别,离愁满怀。
特　色 | 滴滴归源,丝丝入扣。
注　释 | 荻(dí)花:芦花。做弄:酝酿。眼底:眼中。

赏析　以恢复被金人占领的国土为己任的张孝祥,其词描绘山水风物,羁旅情怀,也多胸襟开阔、豪迈奔放之作。而这首词却是情意浓挚,委婉细腻的。

秋风飒飒,芦荻萧萧,道出离别时节。首句已景中含情,次句径写离愁。"做弄",犹酝酿,渐渐作成。谢懋《石州引》词:"飞云特地凝愁,做弄晚来微雨。""离愁"二字一出,以下各句均寓愁,或写愁景,如"半竿残日";或径直抒愁,如"两行珠泪";或见物生愁,如"一叶扁舟"。一连三句,造境生情,均着眼在一"愁"字,不用比喻,比之贺铸连用"一川烟草,满城风絮,梅子黄时雨"(《青玉案》)三件事物作象征,手法更直接劲峭,意境更深。

下阕仍用直叙,层层进逼。既"去"而又"难遇",离愁之深可见。接言"直待醉方休",愁之难遣又进一层。再接着把写愁推到极处,"眼底"、"心上"、"眉头",此愁绵绵,永远也不能摆脱了。比较李清照写离愁"才下眉头,又上心头",又多一层意思。

这首写"离愁"词的艺术美表现在两个方面:一是它虽句句不离"离愁",而不觉堆垛板滞。"着色原资妙选材,也须结构匠心裁。"(赵翼《论诗》)本词"选材"、"结构"的匠心,突出表现在使用文字的灵活:"半竿"、"两行"、"一叶",连用数字,倍具情趣;"如今"、"明朝"、"后日",连缀在一起,形成了一条无穷无尽的时间长河。再是如清人许奉恩论文之所云:"滴滴归源,丝丝入扣。"(《文品·细密》)在这里,源者,离愁之主旨也。词写"离愁",

细密集中,不枝不蔓,而且一反常用的象征、比喻等手法。王骥德对作曲提出多种要求,其中有"勿落套"、"勿太蔓"(见《曲律》),此词正避免了这种毛病。　　　　　　(艾治平)

念奴娇

恋情 南宋·张孝祥

原文

　　风帆更起,望一天秋色,离愁无数。明日重阳尊酒里,谁与黄花为主?别岸风烟,孤舟灯火,今夕知何处?不如江月,照伊清夜同去。　　船过采石江边,望夫山下,酹水应怀古。德耀归来,虽富贵、忍弃平生荆布!默想音容,遥怜儿女,独立衡皋暮。桐乡君子,念予憔悴如许!

内　容　此词写词人与妻子离别的情景及自己愧疚的心理。
特　色　摹景融情,波澜迭起。
注　释　采石:采石矶,在安徽。望夫山:山名,在安徽。德耀:扬德耀名。荆布:指妻子李氏。桐乡:指代当时的桐乡县。

赏析　宋滕仲固跋郭应样《笑笑词》说:"昔闻张于湖一传而得吴敬斋,再传而得郭遁斋,源远流长。故其词或如惊涛出壑,或如绉縠纹江,或如静练赴海,可谓冰生于水而寒于水矣。"吴镒《敬斋词》已佚,就《笑笑词》看,滕跋未免溢美。不过所举"惊涛"诸喻,读《于湖词》确有此三种不同感受。大抵激于爱国热情,抒发忠义者,则如惊涛出壑,《六州歌头》(长淮望断)、《水调歌头·闻采石战胜》之类是也;直抒胸臆,表达豪迈坦率之怀者,则如静练赴海,《念奴娇·过洞庭》、《西江月·丹阳湖》之类是也;至于融情,别有清隽自然之趣和缠绵悱恻之思者,则如绉縠纹扛,小令《浣溪沙·洞庭》、长调《多丽》(景萧疏)以及一系列怀念李氏的词,都属于这一类。

　　在张孝祥一生中,与李氏爱情是个悲剧,传词有关这方面的多为至情之作。可惜湮没了数百年,自南宋《花庵词选》已视为一般悲欢离合之词。

　　"风帆更起"这首《念奴娇》,在今传两种宋本《于湖词》中,只见于乾道本《于湖先生长短句拾遗》。看来作者当日不轻以示人,故流传不广。金兵南侵,使祖居桐城的李家和历阳张家都渡江避乱,年轻的李氏和张孝祥便有机会相识、相爱以至同居,并于绍兴十七年(1147)生下长子同之。张孝祥自称"予年十八(1149)时居建康(今江苏南京),从乡先生蔡君清宇为学",小家庭当即安排在此。绍兴二十四年(1154)廷试擢进士第一。"唱第后,曹泳揖孝祥于殿廷,以请婚为言,孝祥不答。"又因考官预定秦埙第一,为张孝祥所夺,触怒秦桧，于是他们诬张孝祥父祁有反谋，下大理狱。后因秦桧死方得释。这时张家尚有余悸，亟待处理的婚姻问题必须谨慎，已隐瞒的事自不敢公开。可能商得李氏同意，以入山学道为名归隐，让张孝祥娶其仲舅之女时氏为正室。所以在绍兴二十六年（1156）重九节前发生《念奴娇》所写的一幅惨别情景。建康江边，一只上水船儿扬帆待发，将载着李氏和子同之远去。张孝祥特从临安（今浙江杭州）前来送别。此别既是暂离，也是永诀，是爱情被迫变为悲剧的转折点。作者在抒写这一严酷的场面时采用了通篇描述思想活动的手法。粗看秋水纹波，一江平静；细读则波澜迭起，无限悲伤。上阕在以一天秋色、满眼离愁点明环境后，就突然提到彼此关系的骤变。多年情侣，明天便"谁与黄花为主"了。紧接着又想到"今夕知何处"，就是今夜吧，谁知道这孤舟灯火停泊何处？那又为什么不护送一程？"不如江月，照伊清夜同去"，张孝祥处理此事是讳莫如深的，此时不禁自恨人不如月。

满载离愁的孤舟终于离岸出发，作者亦形留神往。于是换头改从设想李氏这时的情怀写起。沿江西去，要从采石（今属安徽马鞍山）经过，附近有座望夫山。李氏感怀及此，情何以堪？于是他以负疚的心情，说出"德耀归来，虽富贵、忍弃平生荆布"的痛心话。把李氏比作古代著名贤妇孟光（字德耀，一作曜），而自己竟忍心抛弃糟糠之妻。有人误将"德耀归来，虽富贵"连作一句并曲解为"德耀昔，谓德业光耀也"，非是。张孝祥另有"伯鸾、德耀贤夫妇"词句可证（伯鸾，梁鸿字）。不忍弃还是弃了，独立衡皋，默念贤妻稚子，不觉已是暮色苍茫。最后以希冀桐乡君子鉴谅作结，愈见其无可奈何的悔恨心情。桐乡系借古地名指代当时的桐城县，县境浮山（今属安徽枞阳）林壑幽美，有张公岩供真武神像。志书附会谓岩因同之弃官学道于此得名。按：北宋早有此称，且同之卒于官。盖同之幼年随母隐居，入仕以后尝来省亲亦意中事。浮山是这次远行的目的地，也是一场爱情的归宿了。全词运用思想活动虚写，而"执手相看泪眼，更无语凝噎"以至"孤帆远影碧空尽，惟见长江天际流"种种情景，读者自可于字里行间见之。

（宛敏灏）

木兰花慢

恋情　南宋·张孝祥

原文

　　送归云去雁，淡寒彩满溪楼。正佩解湘腰，钗孤楚鬓，鸾鉴分收。凝情望行处路，但疏烟远树织离忧。只有楼前流水，伴人清泪长流。　　霜华夜永逼衾裯，唤谁护衣篝？念粉馆重来，芳尘未归，争忍嬉游？情知闷来殢酒，奈回肠不醉只添愁。脉脉无言竟日，断魂双鹜南州。

内　容　此词抒写词人与妻子分手后的痛楚。
特　色　虚实映衬，层层翻迭。
注　释　佩解：解佩。钗孤：指钗被分开，这里暗用了白居易《长生殿》李杨的典故。裯（chóu）：单被，亦泛指被；一说为床帐。篝（gōu）：指熏笼。粉馆：昔日旧居。芳尘：指妻子李氏。争忍：从陶本。争，怎。殢（tì）酒：病酒。南州：泛指南方的州郡。

赏析　宋词人多享大年，张孝祥却早熟早逝。1973年《文物》发表1971年出土的其子张同之墓志，始载明张孝祥前妻、同之生母为李氏。大约在张孝祥十六岁时与李氏同居，次年生同之。美满幸福的爱情生活不过十年，尚未及公开正名便发生巨变。绍兴二十六年（1156），李氏不得不以故入山学道，与张孝祥惨别。张孝祥送别归来，室迩人遐，益深感念。因而写下这首《木兰花慢》。

　　上阕抒写眼前景物所引起的离愁别恨；下阕诉说设想今后两地相思的痛苦。虚实映衬，凄恻动人。一起就点出送别归来之后，嫩寒天气，秋色满楼而人已分散，云飞雁渺了。接着以三短句来重写这一别离的难堪情景。解佩分钗指互赠信物，化用"遗予佩兮澧浦"及"钗留一股"等句意而造语更工。"鸾鉴分收"用陈末徐德言与乐昌公主临别时，破其镜各执一半的故事。这只有用指夫妇被迫分离才恰切，更清楚地暗示事情的悲剧性。此时凝情遥望去路，但见"疏烟远树"、一片"离忧"。愁绪万端，尽从这一"织"字显出。"悲莫悲兮生别离"，从此唯有楼前流水，伴人清泪长流，水不断而泪亦无尽。

　　下阕用想象造境，换头后接连五句是自我感想；"情知"以下是设想李氏的情怀。首先他想到自己今后的凄凉光景，秋深夜永，霜寒侵被，有谁为护理衣篝？薰衣暖被，事必躬亲，具见李氏平素的温柔体贴。而在想念中数及此生活琐事，亦见追怀往昔，事无巨细莫不在萦怀相忆之中。以"念"作领字的以下三句又另换一境。当重到同住的旧馆，芳踪如在而人已杳，能不悲从中来？哪里还有娱乐的心情？这一描写，也反映出昔日的欢娱生活。本是预想未来的孤寂痛苦，却层层翻出过去的美满幸福，就更衬出此时的难堪。词情至此，如再铺叙下去便流于呆板。故以"情知"领起新意，把词笔改从对方来进一步描写。由于相知之深，他可以肯定李氏在苦闷的时候会借酒浇愁。怎奈"酒入愁肠，化作相思泪"，非但不醉，更是愁上加愁。以此肠一日而九回，倍增心灵负荷的痛苦。这样的生离，实更严酷于死别。结尾回承上阕溪楼凝望，相信李氏也和自己一样，"倚阑干处，正恁凝眸"，但深知不可能是"误几回、天际识归舟"，因而作一种神仙传说的希冀：痴望他能如仙人王乔每朔望从叶县到洛阳，化舄为凫从东南飞来。因须仄声字，故改凫为鹜。南州泛指南方的州郡，浮山在江北，建康、临安皆在江南，故称为南州。这和上阕用破镜重圆典故遥相呼应，乐昌公主也是由南而北。揣度李氏不忘旧好，还寄希望于南州。"断魂双鹜"实际是怀人。"脉脉无言竟日"也是作者自白。这样以神仙传说作结，不但与李氏学道的身份符合，更能将彼此无可奈何的心情融为一体表达出来，韵味隽永。

（宛敏灏）

木兰花慢

原文  南宋·张孝祥

　　紫箫吹散后。恨燕子只空楼。念璧月长亏，玉簪中断，覆水难收。青鸾送碧云句，道霞肩雾锁不堪忧。情与文梭共织，怨随宫叶同流。　　人间天上两悠悠，暗泪洒灯篝。忆谷口园林，当时驿舍，梦里曾游。银屏低闻笑语，但梦时冉冉醒时愁。拟把菱花一半，试寻高价皇州。

内　容 本词写送别妻子后对往日情爱的回忆及希望重新团圆的心理。
特　色 悲剧韵致，温馨流美。
注　释 璧月：像璧一样皎洁的月亮。青鸾：青鸟，相传为西王母的信使。碧云句：这里指李氏的来信。肩（jiōng）：即锁。宫叶：用红叶题诗的典故。灯篝：灯烛。皇州：京都。

赏析　前首词在《花庵词选》里题作"离思"，这首作"别情"。两首词同韵，次首的写作时间似稍后。绍兴二十六年（116），张孝祥迁校书郎兼国史实录院校勘。送别前妻（未正名）李氏事毕当即遄遄返临安。旋得知李氏已到达浮山道观信息，相去日远，益难为怀，于是再用原韵写了这首词。上阕着重写李氏之不忘旧好，下阕由追忆进而表达自己的痴望。一起就活用两个故事，沉痛地说明失去了李氏。弄玉吹箫引凤仙去，人间就再也看不见弄玉了；关

盼盼为张尚书守节十余年不嫁,最后还是"燕子楼空,佳人何在?空锁楼中燕"(苏轼《永遇乐》)。前者以"仙"指"道",后者亦事出张家。使人一读就想到建康张宅今日也陷于人去楼空的悲境。花好月圆,自古视为美满的象征。"石上磨玉簪,玉簪欲成中央折"(白居易《井底引银瓶》)、"雨落不上天,覆水难再收"(李白《妾命薄》),这些诗皆言弃妇事。如今已是璧月长亏,重圆无望;玉簪中断,何可再续;覆水入地,岂能再收!重叠这三种象征,意在肯定事情已无可挽回了。试比较两首词此处所用的领句字:前首用"正",只是描摹别离之状;这里用"念",则带有咀嚼永诀之情的意味了。以下接写新近从李氏来信中了解到她的愁苦心情。殷勤的青鸟捎来诗信,知她对于"日暮碧云合,佳人殊未来"(江淹《拟休上人怨别诗》)的道观幽闲生活很不习惯,霞扃雾锁,不堪其忧。辞情悱恻,有如苏蕙织的回文锦字,又如唐代宫女的红叶题诗,饱含多少幽怨。然而现实却如仙凡永隔了。

换头"人间天上"二句承上启下,甚妙。从悠悠绝望进到泪洒灯篝原属自然,但出人意料在这灯前回忆的竟是初恋时的赏心乐事。他们初见是在谷口园林的驿舍,银屏掩映,低声笑语。而今回想起来,仿佛是场美好的梦。情景冉冉如昨,醒来却是一片新愁。词情至此已尽,但作者突然又把自己从痛苦的深渊中拔出,借前人故事提出内心的希望。他说:"我要把分得的半镜,试索高价出售,以期彼此获得重圆。"这仍是用前首"鸾鉴分收"的故事,不过,前者是说"破镜"之事,这里却表明"重圆"之望。一典反复再现,正标志着这一悲剧的心路历程。"皇州"指京都,故事里卖镜的地方。李氏与乐昌公主遭遇不同,但用事往往只取其相似一点,不必拘泥。

这两首《木兰花慢》,明杨慎称道其前首说:"清丽之句如'佩解湘腰,钗孤楚鬓',不可胜载。"(《词品》)清贺裳却推重后一首:"升庵极称张孝祥词而佳者不载,如'醒时冉冉梦时愁。拟把菱花一半,试寻高价皇州',此则压卷者也。"(《词筌》按此论仅从词的表面赏其清词丽句而未能揭示其内在深蕴;推为压卷却没有指出好在哪里,实不足以服人。现在我们揭开了词的本事秘密,才有条件分析其艺术。两词的意境富于悲剧性的美和韵致。爱情的美好与其毁坏,命运的绝望与执著的希冀,形成尖锐的对立与冲突,从而构成词境的悲剧性,这正是两词具有深沉的感动力量与其不同于一般悲欢离合之作的根本原因。在当时被迫情况下,词人为了表达自己的难言之痛,不得不采用隐约其辞的艺术手段。他精心、灵活地运用了祖国文学传统中一系列优美的、悲剧性的典故与成语，赋予一定的新意，贯注了真挚的感情，使其在表现上更含蓄，更便于把现境、设想、回忆等时空不同的情景交织起来，温馨流美，跌宕生姿，历来受到词选家和词评家的注目和喜爱。

虞美人·无为作

原文　　　　　　　　　　　　　　　　　恋情　南宋·张孝祥

雪消烟涨清江浦，碧草春无数。江南几树夕阳红，点点归帆吹尽、晚来风。楼头自撅昭华管，我已无肠断。断行双雁向人飞，织锦回文空在、寄它谁？

内　容　此词写早春景，抒伤心怀。
特　色　融情于景，隽逸有味。
注　释　撅（yè）：以指按捺。昭华管：这里指笛子。断行：离群的。织锦回文：用五色丝织成的回文诗，事见《晋书·窦滔妻传》：窦滔被徙流沙，妻苏蕙织回文诗于锦，赠之。

赏析　这首词乾道本失题，又多明显误字，今从嘉泰文集本并据词题定为绍兴三十一年（1160）作。

绍兴二十六年（1156），张孝祥至建康送情侣李氏前往浮山隐居学道，即于是年在临安娶了仲舅之女时氏为正室。越年除起居舍人，旋权中书舍人。绍兴二十九年（1159）八月，被汪彻劾罢，提举江州太平兴国宫。其时父祁任淮南转运判官，妻时氏已殁于临安。于是张孝祥回到今芜湖市对江的无为寓居。自称"既至濡须（无为的古地名），静扫一室，终日危坐，以省昔愆。他无可言者"（见《与杨抑之尺牍》）。这是忧谗畏讥之言。汪彻劾词多不实，张孝祥竟以此罢官，情绪当然不好。宦海升沉尚可付之达观；家庭又屡遭变故，总觉难以忘怀。我们从这首词可以略窥他当时的心境。

词的上阕完全写景，大江南北，一片明媚的早春风光。"雪消烟涨"句写得非常逼真，当江边积雪消融的时候，水汽蒸发升腾有如烟涨，无数春草也露出青青的嫩芽。遥望江南则斜阳在树，晚风吹得群舟都落帆归港。后一句的结构与口语不合，作为词的语言却更觉隽逸有味。雪、草、夕阳、归帆等都是些寻常事物，一经词人远近观察渲染，便觉景物鲜明，互相联系，静中有动，动中有静，交织成为一幅春意盎然的江天晚眺

·雪消烟涨清江浦，碧草春无数。

图。在这样的描述中,作者的思想感情以至人格自见,虽然他没有明说"此心到处悠然"。

不过触景生情,追怀往事,不禁悲从中来。于是下阕转入抒情。念今日撩笛楼头,孤凄寂寞,他大声疾呼"我已无肠断"了!"昭华管"一称玉管,古乐器名。这里借指笛。撩笛,谓吹笛按捻其孔。张孝祥娶时氏未及三年遽殁,他在一系列简短祭告里,词句都很沉痛,说明他们间的感情是很深的。可是死者不可复生了。从无为西去百余里便可到达浮山,少年情侣,两地相思,又复可望而不可即。尤其难堪的是归雁向人北来,虽离群犹得双飞。"双"字甚妙,衬出人尚不如断雁也。设想李氏也应睹物伤感,有寄锦无由之痛。比"情与文梭共织"时的伤感又深了一层。

(宛敏灏)

雨中花慢

原文　　恋情　南宋·张孝祥

一叶凌波,十里驭风,烟鬟雾鬓萧萧。认得兰皋琼佩,水馆冰绡。秋霁明霞乍吐,曙凉宿霭初消。恨微颦不语,少进还收,伫立超遥。　　神交冉冉,愁思盈盈,断魂欲遣谁招?犹自待、青鸾传信,乌鹊成桥。怅望胎仙琴叠,忍看翡翠兰苕!梦回人远,红云一片,天际笙箫。

内　容　此词明写游仙,暗写昔日恋情。
特　色　游仙造境,迷离恍惚。
注　释　驭(yù):驾。烟鬟雾鬓:被烟雾萦绕着,如仙人一般。兰皋:长满兰花的高地。琼佩:玉佩。水馆:临水的馆舍或驿站。南朝梁江淹《池上酬刘记室》诗:"水馆次文羽,山叶下暝露。"冰绡(xiāo):薄而洁白的丝绸。霁(jì):雨后初晴。宿霭(ǎi):隔夜的雾气。微颦:眉头稍皱。伫立:久立。超遥:心神不宁貌。《楚辞·七谏·谬谏》:"心悇憛而烦冤兮,蹇超摇而无冀。"王逸注:"超摇,不安也。"青鸾:即青鸟,借指传送信息的使者。翡翠兰苕:翡翠,指翠羽。用以装饰车服,编织帘帷。兰苕,即兰花。郭璞《游仙诗》:"翡翠戏兰苕,容色更相鲜。"李善注:"兰苕,兰秀也。"

宋孝宗乾道三年(1167),张孝祥起知潭州,权荆湖南路提点刑狱公事。六月到长沙。前此短短七年之间,一度入朝除中书舍人,直学士院;四次出知州府,领建康留守。关于婚姻情况则不甚明了。不过在长沙有"同犬子,祝龟龄……明年今日称觞处,更有孙枝满谢庭"及"我女才三岁"诸句,可见继室及子女亦在治所。其对李氏的怀念则越十年而不衰,

《雨中花慢》可为明证。

在《百家词》本里调名下注"长沙"二字。又文集里有《送仲子弟用同之韵》五律,从"惜别湘江夜,归程楚甸秋"诸句推知长子同之可能奉母命随同叔父张孝仲(字仲子,张祁次子)前往长沙探亲。同之这年已二十一岁了,旧情犹在,怎得不勾起孝祥伤怀呢?于是他用游仙诗的手法借梦境以抒发其迷离恍惚的情思。想象李氏是一位高洁的水神,烟鬟雾鬓凌波驭风而来。"认得"两句写彼此原是旧识,"秋霁"一联既点明时间,同时也是借大自然之美来暗喻这位女神的美态。"兰皋琼珮"用典确切,江妃当日解珮以赠郑交甫,颇似李氏之接受孝祥相爱;其后情好不终,彼此又复相似。琼珮信物犹识,而旧欢已难重寻。"恨"字领起的三句是刻画女神的举止若即若离;"微颦不语"写幽怨,"少进还收"写矜持。超遥犹迢遥。遗世独立,何姗姗其来迟,终于可望而不可即。

下阕主要写自己的心理活动。他以自责的心情感叹"断魂欲遣谁招"。也就是说谁来给我收拾这个残局呢?"断魂"在这里可以理解为受到损害因而失

- 秋霁明霞乍吐,曙凉宿霭初消。

去的爱情。与苏轼所谓"帝遣巫阳招我魂"之取义《楚辞·招魂》有别。大错已经铸成,还在那里痴望"传信"、"成桥",纵使矢志不渝也是渺茫的。自从李氏归山学道,彼此之间又多一层阻隔,只能"神交冉冉"了。"胎仙琴叠"用道家"琴心三叠舞胎仙"语,胎仙,指胎灵大神。"翡翠兰苕"见郭璞《游仙诗》。"怅望"述说对李氏的怀想,"忍看"是表明对当前情事之难堪。幽梦乍醒,惊鸿倏逝。这时正是秋霁曙凉,雾消霞吐,仙人驾着红云远去,天际隐约听得笙箫。词情至此,笔与神驰。也把读者带到情思缥缈的境界。回顾曩年张孝祥犹作"试寻高价皇州"的想法,今则"梦回人远",似乎已知一切都虚幻,无可挽回了。

明杨慎盛称于湖词,曾引"秋霁"一联为"写景之妙"例句。我们今日得知本事,因而理解全词更深。前面已经指出,这两句不仅写时,也借景暗喻神的美态。说得更具体些吧,试想他们乍见互认的瞬间能不喜形于色,有如"明霞乍吐","宿霭初消"也可以说暗指暂解久积愁云。这时喜悦的心情必与自然景物融而为一。如此体味,则见此两句与上文联系起来,更有情景相生之妙。

(宛敏灏)

转调二郎神

原文 恋情 南宋·张孝祥

闷来无那,暗数尽、残更不寐。念楚馆香车,吴溪兰棹,多少愁云恨水。阵阵回风吹雪霰,更旅雁、一声沙际。想静拥孤衾,频挑寒炧,数行珠泪。

凝睇。傍人笑我,终朝如醉。便锦织回鸾,素传双鲤,难写衷肠密意。绿鬓点霜,玉肌消雪,两处十分憔悴。争忍见,旧时娟娟素月,照人千里。

内　容　此词写词人自己的孤独和对前妻的相思。
特　色　曲尽心态,章法灵妙。
注　释　无那:无奈。雪霰(xiàn):小雪珠。旅雁:迁徙的雁。灺(xiè):将熄灭的蜡烛。凝睇:凝望。锦织回鸾:事见《晋书·窦滔妻传》:窦滔被徙流沙,妻苏惠织回文诗于锦,赠之。素传双鲤:语见《古诗》:"客从远方来,遗我双鲤鱼。呼儿烹鲤鱼,中有尺素书。"绿鬓:黑鬓。消雪:消瘦。争:怎。

赏析　在《于湖居士文集》里,这首词次于《雨中花慢》《二郎神》之后,前两首都作于长沙。细玩此词内容,应是仲子和同之既去,转眼到了冬季,张孝祥触景伤情,怀念李氏而作。时在乾道三年(1167)。

一起直抒胸臆,以一个"闷"字点明心境。"无那"犹说无可奈何。数尽残更,不能成寐,极写冬来生活的无聊。"念"字领起的三句是追忆曩年偕游之乐。"楚馆"、"吴溪"指沿江吴头楚尾一带;昔日"香车"、"兰棹",多少赏心乐事,而今都成为愁云恨水了。"阵阵回风"两句写当前自己处境的凄凉。寒夜萧条,但闻朔风吹霰,呼啸回旋。尤其怕闻旅雁霄惊,哀鸣沙际。张孝祥起知潭州,曾以道远不便迎养,奏请"于江淮间易一小郡"。此时他似自比如南来的北雁,从"旅"字可略窥其心情。值此风雪之夜,由追忆曩日欢娱更进而遥念李氏这时的孤寂痛苦。想象她也应拥衾流泪,孤灯挑尽未成眠吧。推想怜惜,具见其互爱之深。

换头以"凝睇"二字承上启下。既写出自己忖度李氏频剔灯花,时弹珠泪时是如何出神;也紧密联系旁人取笑他如痴如醉,整天发呆。彼此一样,"故人千里,竟日空凝睇"(柳永《诉衷情近》)。上阕的写法是自叙多而设想少,下阕却改为双管齐下。"便"字领起的三句即写李氏。"锦织"仍用回文诗故事,易"文"为"鸾"取其与"鲤"对仗更工,兼含有"鸾凤"、"青鸾"等言外意味。"便",即使也。为避人口实,别后谅少通信。如今即使能通信,也写不尽衷肠,这毕竟是长期累积的感情上的欠债了。接着又合写双方:一个是"绿鬓点霜",一个是"玉肌消雪"。彼此都才三十几岁,年未老而人已衰,这正是久遭折磨的必然结果。人分两处,憔悴则一,"十分"两字尤为沉痛。最后以"争忍见"作结,情韵悠长。乍看突然提及月色,似与情景相背。倘理解作者此时激情驰骋,不受时空局限,则又觉得在情理之中。风雪寒宵令人闷损,倘在月明之夜又当如何呢?"美人迈兮音尘绝,隔千里兮共明月"(谢庄《月赋》),见月如见人,写月亦即写人。"娟娟素月"是李氏少年风采的形象化。今日旧情犹在而人事已非,又怎忍见此"旧时"月色千里相照呢?

于湖此词笔触甚细,悬想对方不同环境下的心态,都能曲尽其妙。在上下阕章法的具体安排上:或单写,或并列,能把情与景、人与事、往日与当前、追忆与设想等,组织融合起来。转折较大处就运用"念"、"想"、"便"及"争忍见"等领头字句,让层次分明,更增词情灵活之美。

最后，还想指出一点，即作者在怀念李氏的其他几首词中，多作重圆、再见之希望。唯此首连"犹自待"一类语言也不再提及，可见词人已经认识到那些都是不切实际的想法。"天涯地角有穷时，只有相思无尽处"（晏殊《玉楼春》），张孝祥隔年便卒（1169 夏秋间），此词可能是这场爱情悲剧的最后留痕了。

（宛敏灏）

垂丝钓

悲怀 南宋·丘崈

原文

戊戌迓客，自入淮南，多所感怆作。

夕烽戍鼓，悲凉江岸淮浦。雾隐孤城，水荒沙聚。人共语，尽向来胜处，谩怀古。　　问柳津花渡，露桥夜月，吹箫人在何许？缭墙禁籞，粉黛成黄土，惟有江东注。都无虏，似旧时得否？

内　容　此词通过扬州昔盛今衰的对比，抒发沉痛的黍离之悲。
特　色　虚实相映，蕴藉深沉。
注　释　崈（chóng）：即"崇"。迓（yà）客：迎接客人。夕烽：斜阳映照的烽火台。戍鼓：即军中的角鼓声。向来：原来。谩：通"漫"，徒然。柳津花渡：长满柳树的渡口，开满鲜花的码头。籞（yù）：禁苑。粉黛：美人。注：流。都无虏：虏，古时对北方外族或南人对北方人的蔑称。此句意为没有了金兵。

赏析　怀古诗不同于咏史诗。咏史是"读史见古人之成败感而作之"，怀古是"经古人之成败而咏之"。（《文镜秘府·论文意》）咏史以历史人事为对象，怀古以历史古迹为感发点；咏史侧重以史为鉴的历史忧患，怀古侧重在借古伤今的现实忧虑。

怀古诗意在宣泄情绪，一般写古写今，多从虚处着笔，并不直接写现实，而以山川自然来象征现实。或是写自然的衰飒，象征现实的败亡，从而"一望凄然感废兴"（刘沧《咸阳怀古》）；或是写自然的永恒，反衬历史的沧桑，从而"一望青山便惆怅"（刘沧《邺都怀古》）。重要的不是具体人事，前因后果，而是借古远的时空以思接千载，心游万仞，借具有"原型"意义的历史象征物象如咸阳吴宫等来感发情绪。

然而，丘崈的这首词却不尽如此。它从实处写现实，从虚处写既往，通过扬州昔盛今衰的对比，点染以烽烟戍鼓，使之具有鲜明的时代特征和沉痛的黍离悲哀。

淮南扬州，自古繁华。然而南宋建炎三年（1129）、绍兴三十一年（1161）和隆兴二年

(1164)，金兵三度大犯淮南，扬州处于连年烽火之中。淳熙五年戊戌（1178），词人来到这里，看到战后十四年的扬州城，仍为烽火笼罩，一片废墟，怆然有感而作此词。

词的上阕写实，写战后扬州的荒废景象。"夕峰"三句，描绘夹于江淮之间的扬州城烽烟夕照，戍楼鼓响，一片悲凉。"雾隐"二句，具体写破败荒凉，孤城隐于暮霭之中，孤凄黯淡，城池聚起沙土，尽为废墟，可以想见扬州兵祸之深重！接着三句过渡，由现实引向对昔日扬州胜地的缅怀。

下阕对昔日扬州的繁盛，仅以扬州的几处名胜虚笔带出，以遗迹犹在反衬出人事沧桑。过片借杜牧诗句"二十四桥明月夜，玉人何处教吹箫"翻出，玉人吹箫的古桥明月仍在，却没有了吹箫玉人；回曲缭绕的禁苑（篽，禁苑）宫墙依旧，却没有了粉黛美人；物在人空，唯江水照常东流。自然的永恒衬出历史的多变；昔日的繁华映出今日的苍凉。结尾二句说没有金兵了，扬州还会恢复昔日的模样吗？希望盛世再来又担心实现不了，一片空茫悲凉的意绪。

此词既有对眼前之景的实写，又借古迹与历史以作虚笔，虚实相生，蕴藉深沉，大有《诗经·王风·黍离》伤时悯世的遗风。

（王远彦）

谒金门·暮春

原文 伤春 南宋·赵长卿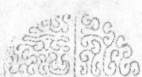

风又雨，满地残红无数。花不能言莺解语，晓来啼更苦。　　把酒东皋日暮，抵死留春春去。拟倩杨花寻去处，杨花无定据。

内　容　此词写留春不住。
特　色　纯用白描，用笔婉曲。
注　释　解语：懂得语言。皋：高地。倩：凭借。无定据：飘摇不定。

赏析　清胡薇元《岁寒居词话》说："长卿淡于仕进，觞咏自娱，多淡远萧疏之意。"观其全部词作，多人生无常、富贵有命之叹，《水调歌头·遣怀》云"须知天定，只见高冢与新碑，我已从头识破"，《水龙吟·自遣》道"尤物虚名，于身何补，一齐休问"，《蓦山溪·遣怀》言"无非无是，好个闲居士"。虽如此，但词中仍多伤怀之语，所写春词计一百零四首，以暮春、春深、春残为题者三十八首，占三分之一。《谒金门·暮春》就是一首伤春之作。

此词艺术上主要特色是纯用白描，融情入景。词人用忧郁的目光筛选暮春时特有的景物：风雨、残红、莺啼、杨花，使景物染上了明显的主观色彩。"风又雨，满地残红无数"，先勾出一个风僝雨僽的环境，再描出红粉飘零的形象，而且"红"冠以"残"字，突出了落红意象，又以量词"满地"、"无数"加以限定，强调红粉被摧残之剧，词人的伤春之情亦蕴含其中。"花不能言"，写残红的孤苦无告；偏偏黄莺"解语"，声声"啼更苦"，进一步烘托春去之哀。这里纯用白描，不假故实，明白如话，写物工致，融情入景，寄慨尤深，正如《鹧鸪天·春残》"追往事，惜花残"、《更漏子·暮春》"春暮也，子规啼，伤春三月时"、《浣溪沙·春深》"落红深处鹧鸪声，东风疏雨唤悲生"、《小重山·残春》"群花飘尽也，不胜悲"等句的情思一样，既有"人已远，红叶莫题诗"（《小重山·残春》）的伤别，又有"恼乱愁肠成万缕，满眼兴亡知几许"（《青玉案·残春》）的家国之叹。

下阕用笔更见婉曲。"把酒"二句，以直抒胸臆之语道出留春、伤春之切。日暮中词人于江边高地借酒浇春愁，然而"抵死留春"，春还是无情去了。最后词人忽发痴想，要请杨花去寻春，然而杨花也飘荡不定，"撩乱满江城"（《小重山·杨花》），无影无踪，又如何请它去寻春呢！结语满含惆怅、伤悲，风流蕴藉，余韵无穷。

（赵慧文　徐育民）

摸鱼儿

春恨　南宋·辛弃疾

原文

淳熙己亥，自湖北漕移湖南，同官王正之置酒小山亭，为赋。

　　更能消、几番风雨，匆匆春又归去。惜春长怕花开早，何况落红无数。春且住，见说道、天涯芳草无归路。怨春不语，算只有殷勤，画檐蛛网，尽日惹飞絮。　　长门事，准拟佳期又误。蛾眉曾有人妒。千金纵买相如赋，脉脉此情谁诉？君莫舞，君不见、玉环飞燕皆尘土！闲愁最苦，休去倚危栏，斜阳正在，烟柳断肠处。

内　容　此词借伤春以抒写家国兴亡之恨、英雄失路之悲。
特　色　意象比兴，外柔内刚。
注　释　淳熙己亥：宋孝宗淳熙六年（1179）。漕：转运使的省称。小山亭：地名，在鄂州。见说：听说。算只有殷勤，画檐蛛网：算来只有蛛网网住飞絮，像是要把春光留住似的。长门事：见司马相如《长门赋序》："孝武皇帝陈皇后时得幸，颇妒，别在长门宫，愁闷悲思。闻蜀郡成都司马相如天下工为文，奉黄金百斤，为相如、文君取酒，因于解悲愁之辞。而相如为文以悟主上，陈皇后复得亲幸。"准拟：料想。蛾眉：美人的眉毛。语见屈原《离骚》："众女嫉余之蛾眉兮，谣诼谓余以善淫。"玉环、飞燕：杨玉环、赵飞燕，分别是唐玄宗、汉成帝的妃后，二人都恃宠而善妒。

赏析　辛弃疾这首《摸鱼儿》同他的《贺新郎·别茂嘉十二弟》有异曲同工之妙：同样写

离别,都是采用象征意象的比兴手法,借"春归"写家国兴亡之恨,英雄失路之悲;不同的是,《贺新郎》是叠合排比同一离别意象反复铺陈,一气直下,淋漓沉郁;而《摸鱼儿》却是摄取熔铸不同历史意象深情吟诉,千回百折,委婉深曲。词人在淳熙六年(1179)由湖北转运副使改调湖南转运副使,时距隆兴北伐惨败和隆兴和议告成已经十五年,从那以来半壁山河的南宋小朝廷又经历了多少风风雨雨,词人自己为抗金复国奔走呼号又经历了多少风风雨雨,正像他自己说的,"孤危一身","年来不为众人所容,恐言未脱口而祸不旋踵"(《论盗贼札子》)。此词开头二句"更能消、几番风雨,匆匆春又归去",凄暗的比兴意象,画出了半壁山河风雨飘摇的惨淡景象,也写出了包括词人在内的爱国主战志士被贬退罢废、斥逐不用的可悲命运。"春"的意象正是收复中原、南北江山一统的象征,那是在隆兴和议以后便永远失却了的词人的政治理想、词人心中的"春天"。词人把春拟人化,对春如对恋人,上阕以回环往复的细腻笔触展示了词人痴情惜春、爱春、唤春、怨春的一重重心理波澜。"惜春长怕花开早,何况落红无数。"因惜春日长而怕花早开早落,又因怕花早开而惊心于落红满地。"惜春长"是一层,"怕花开早"又一层,"落红无数"再一层,一惜一怕一惊,层层推进,婉转道出了惜春爱春的苦恋之情。词人因爱生痴,绝望迷惘之中,竟又发出了唤春留春的痴情呼喊:春天呵,你快停步回来吧,难道没有听说天边的芳草会迷失你的归路吗!说天涯芳草会迷住春天的脚步,其情之痴、意之切,出语之新,想象之奇,堪称神绝。然而众芳凋落,春天毕竟唤不回来,词人又因痴生恨,一下子从唤春的痴情高峰跌落到怨春的低谷:怨恨春天匆匆而去,毫不理睬,芳菲消歇,百卉尽殚,只有那画檐下的蛛网还在整天起劲地沾惹着满天飞舞的柳絮。冷落萧条的暮春景象、蛛网沾败絮的春归意象,活画出了屈辱苟安的南宋小朝廷主和派当道、奸邪小人弄权、江河日下的危象。

如果说上阕是借春归写家国兴亡之恨,那么下阕就是借个人遭际写英雄失路之悲。词由自然意象的比兴转向了历史意象的寄寓。"长门事,准拟佳期又误",是用汉陈皇后失宠被贬长门宫的故事,写自己的因主战被贬不用,但也隐含了对孝宗皇帝忽战忽和、反复无常的批评,后来孝宗读到这首词,"颇不悦"(《鹤林玉器》),正是首先不满于这一显暴君过的讽谏。"蛾眉曾有人妒",蛾眉指美貌,是用屈原《离骚》"众女嫉余之蛾眉兮",写自己受小人的嫉害。"千金纵买相如赋,脉脉此情谁诉?"失宠后的陈皇后,曾用千金请司马相如作《长门赋》,以冀打动汉武帝,再度得幸。

这里暗指孝宗皇帝的终不感悟,自己不能见信于君王,其中隐然包含了他作《美芹十论》《九议》等进献恢复大计而终不被用的往事。词人悲愤难抑,禁不住直指那班窃国弄权、妒贤嫉能、醉生梦死的奸佞小人痛斥道:你们不要太得意忘形吧,唐玄宗宠爱的杨贵妃、汉成帝宠爱的赵飞燕,不都化为尘土了吗!在这种纵横古今的历史意象的指陈诉说中,词人表现的已不仅是一己忠君见弃、爱国受谤的不幸遭际,而且反映了整个抗金爱国志士的共同命运。他有才不用,有志难展,自觉如一赋闲的散人,满怀"闲愁",其实词人这最难排遣的"闲愁"正是最苦的家国之悲、英雄之恨,于是词终又回到了"春归"上:莫要去登楼倚栏远眺暮春景色,在那灰蒙蒙烟雾笼罩的一片伤心残柳之上,暗淡的夕阳正在冉冉沉没,令人断肠。落日败柳,残照夕晖,又正是苟安沉沦、国势倾颓、摇摇欲倒的南宋小朝廷的写照,伤春之愁、身世之悲、英雄之恨,连同一片悲悼故国的历史意绪都融化在铭心刻骨的忧国之情中。

稼轩这首词,采用楚骚美人香草的比兴手法,又融化伤春宫怨之词的表现形式,在写家国兴亡之恨,故奇矫顿挫的骨力之中,又具委婉旖旎、绵密清丽之态。词以春归起,又以春归结,中间写惜、写怨、写愁、写苦,一波三折,九曲回肠,似伤春而实伤国,似宫怨而实国恨,英雄磊砢不平之鸣,随处而发,着意以英雄情作儿女语,反更具悲壮动人的力量。外柔而内刚,外温婉而内壮越。周济称"稼轩词敛雄心,抗高调,变温婉,成悲凉"(《宋四家词选序论》),此词最足当之。

> **佳 句**
>
> ·闲愁最苦,休去倚危栏,斜阳正在,烟柳断肠处。

(潘鸣凤)

祝英台近·晚春

原文 闺怨 南宋·辛弃疾

宝钗分,桃叶渡,烟柳暗南浦。怕上层楼,十日九风雨。断肠片片飞红,都无人管,更谁劝、啼莺声住? 鬓边觑,试把花卜归期,才簪又重数。罗帐灯昏,哽咽梦中语:"是他春带愁来,春归何处?却不解、带将愁去。"

内　容 此词抒发闺妇惜春怀人的缠绵悱恻之情。
特　色 痴语写情,曲折绵密。
注　释 宝钗分:古代常有分钗赠别,留作纪念,见白居易《长恨歌》。桃叶渡:晋代王献之《桃叶歌》:"桃叶复桃叶,渡郎不用楫。"王献之妾名桃叶。觑(qù):看,注视。把:拿着。卜:占卜。簪:插。

赏析 辛词既有豪放悲壮、铁马金戈的一面，也有婉约浓丽、儿女情长的一面，这首词就是后者的代表作。

这首词借晚春写闺怨，以抒被抑之志，极为曲折绵密，将闺妇怀人的思念委婉道出。虽不明言思念二字，但通过描写闺妇在精神心理上的痛苦和行为、语言上的反常，入木三分地传达了闺妇的刻骨思念。

词的上阕主要扣住晚春景物的特点，细致刻画了思妇因离别怕见风雨花残的心理状态。起句以"宝钗"、"桃叶"、"南浦"点明分离，逗出一个"怕"字，然后便扣住思妇的心理作层层刻画。"烟柳"之"暗"即是心情黯淡，此为一层；"十日九风雨"，言心情抑郁旷日持久，此再一层；风雨无情摧残落花，触目伤心，此又一层；落花偏偏是"片片"纷撒而至，使人伤心断肠，此更进一层；落红片片，偏又"都无人管"，伤心凄苦已达到极致。而思妇怕见飞红啼莺，风雨送春，竟更发奇想，期望有谁劝"啼莺声住"。此处化用唐人金昌绪《春怨》"打起黄莺儿，莫教枝上啼，啼时惊妾梦，不得到辽西"。"劝住"比起"打起"更强烈表现出了思妇的无计可施与绝望。凄黯的暮春景色与闺妇冷落孤寂的痛苦心境相映照，写得曲曲折折，绵密情深。

下阕进一步通过典型的失常举止，把闺妇的怀念苦情推到极致。她斜视鬓边，自我打量。无奈之中，从头上取下花，试图以此来占卜行人的归期，却取下又戴上，戴上又取下，一片惘然失神、情痴意迷之态。思妇绝望至极，入夜罗帐昏灯之中，竟发出呜呜咽咽的痛苦梦呓：春天呀，你把愁带来，如今你又归去，却为什么不把愁带去啊！极无理之语，却是极有情之语，思妇之痴已无以复加。

此词从景色、心理、神态、行为和梦语等多个方面渲染闺怨，用笔绵密曲折，感情悱恻动人，含蓄不尽，委婉浓丽，诚如清代沈谦所说："稼轩词以激扬奋厉为工，至'宝钗分，桃叶渡'一曲，昵狎温柔，魂销意尽。才人伎俩，真不可测。"（《填词杂说》）　　　　（王远彦）

青玉案·元夕

原文　　　　　　　　　　　　　　　　元宵　南宋·辛弃疾

东风夜放花千树，更吹落、星如雨。宝马雕车香满路，凤箫声动，玉壶光转，一夜鱼龙舞。　　蛾儿雪柳黄金缕，笑语盈盈暗香去。众里寻他千百度，蓦然回首，那人却在、灯火阑珊处。

内　容	此词以元夕的繁华热闹反衬内心的落寞。
特　色	极力渲染，分离反衬。
注　释	元夕：农历正月十五日叫上元节，是夜为元夕、元宵或元夜。花千树：形容元夕灯火之多。玉壶：指月亮。唐朱华《海上升明月》："影开金镜慢，轮抱玉壶清。"或说指灯，周密《武林旧事》："灯之品极多……其后福州所进则纯用白玉，晃耀夺目，如清冰玉壶，爽彻心目。"鱼龙舞：一种杂耍，见《汉书·西域传赞》："漫衍鱼龙角抵之戏。"蛾儿：古代妇女于元宵节前后插戴在头上的剪彩而成的应时饰物。雪柳：宋代妇女在立春日和元宵节时插戴的一种绢或纸制成的头花。《宣和遗事·前集》："少刻，京师民有似雪浪，尽头上戴着玉梅、雪柳、闹蛾儿。"黄金缕：缕，线，指用金线点缀的女子饰物。蓦（mò）然：忽然。那人：指所爱之人。阑珊：黯淡。

这是有口皆碑的名作，分析者颇众，综览诸家要义，大都认为独立于"灯火阑珊处"的"那人"是一个不慕繁华、自甘寂寞的女性形象。然细揣词意，也可以说"那人"又有向往美好、不甘寂寞的另一面。梁启超评此词云："自怜幽独，伤心人别有怀抱。"（《艺蘅馆词选》）这个"那人"是一个具有丰富意蕴的审美意象。

全词十三句，旨在以乐景写哀，借景抒情。前九句明写繁华灯会之景，暗写繁华灯火外之人。前三句极力渲染元宵灯火，如千树花开，又如明星闪烁，璀璨缤纷，这是全景式的描写，此处"人"在灯火之外。接着四句写灯火之下的车、马、箫、舞，极为豪华高贵；那如星雨如花树的龙灯鱼灯，在满路车马游人之中，此起彼伏地舞动，和着风箫声声彻夜不止，这是远景式的描写，此处"人"仍在灯火之外，且是通宵在灯火之外。过片两句写观看灯火的人群，她们头戴"蛾儿"、"雪柳"等华贵的装饰，一路撒满青春的芬芳，结伴成群地朝灯火中心走去——一个"去"字，又暗写了那"人"还是在灯火之外。结尾四句才直接写灯火外之"人"：在热闹的人群里寻找他，即令千百次寻找，也不会找到他；可是蓦然回首，却发现那人竟在灯火冷落的地方。这个"那人"是通宵旁观元宵盛会的人，酷似李清照笔下于元宵盛日"向帘儿底下，听人笑语"（《永遇乐》）的那位自怜的幽独者。

独处"灯火阑珊处"的"那人"，是一个审美内涵丰富、意蕴无穷的艺术形象，给读者留下了极为广阔的想象天地。这"灯火阑珊处"既非俗人趋鹜之地，亦非超人避世之处。进，可以入繁华热闹之境，而"那人"不进；退，可以入幽居隔世之界，而"那人"不退，"那人"就处于这一象征性的境界，通宵达旦不去，似乎交织着进退两难的人生彷徨与痛苦，莫非是退而又不甘寂寞，怀念盛时；进而又身不由己，英雄失路？这样的推测并不是毫无根据的。现代艺术心理学说明"视觉是高度选择性的"，"我们总是在想要获取某件事物时才真正地去观看这件事物。"（〔美〕鲁道夫·阿恩海姆《艺术与视知觉》）作者的视觉所触，选择的是千树灯火的缤纷色彩，是宝马雕车的华贵装饰，是鱼龙群舞的活跃生命，是笑语盈盈的快乐青春。这一切正是词人所要想获得的，但是却心向往而身远离，被冷落在这灯火阑珊的幽独之处,这是作者自己向往抗金复国却被排斥罢逐的现实境遇的象征写照。夏承焘先生据此词收在淳熙十五年(1188)编成的《稼轩词》里断定"这词必作于淳熙十五年之前。淳熙十五年,作者四十九岁,他被迫退休于江西上饶,已经六七年了;这词里所谓'灯火阑珊处',可能也就是作者那时在政治上被排斥的境地的写照。"这一说法,可谓得其实。

从手法上看,作者采用了艺术分离的手法,有意把"那人"与灯火加以分离。首先以四分之三篇幅极状繁华,灯如千树万花竞开,星雨纷下,以凤箫,以玉沛月,又以"雪"、"金"等耀眼夺目的字眼来形容首饰,整个画面明艳无比,然后突然向后推移,使之成为背景,以其明艳衬托出"那人"的黯淡,获得分离出"那人"的并给予其以中心位置的艺术效果。镜头的变换,突然以灯火阑珊来衔接千树灯火,也形成了类似电影蒙太奇的效果,产生出明艳繁华顿失的感觉。很显然,分离最强烈的艺术效果,在于以灯火之盛反衬出独立于"灯火阑珊处""那人"的幽独、寂寞与失落。乐景从幽独人眼中看来,就不是纯粹的景语,而是"自怜幽独"的情语了。景物越明艳繁华,"那人"越是寂寞自伤。比差愈大,反衬效果愈好。此即以乐景写哀则倍增其哀也。

> **佳 句**
>
> · 蓦然回首,那人却在、灯火阑珊处。

(王远彦)

南歌子

原文   别离 南宋·辛弃疾

万万千千恨,前前后后山。傍人道我轿儿宽。不道被他遮得,望伊难。
今夜江头树,船儿系哪边?知他热后甚时眠?万万不成眠后,有谁扇?

内　容　此词写对恋人的想念与关心。
特　色　蓄势发情,口语入词。
注　释　傍人:即旁人。望伊难:难以看到你。甚时:何时。扇:这里当动词用。

赏析　这是一首具有浓厚民歌风味的别离之作。用小女子口吻写恋情,浑圆似璞,自然清新,全是口语俗语,无一点文人词的典雅雍容,这在丰富多彩的辛词中代表了妩媚婉约的一面。

诗词创作,平易最难,所谓"看似容易实艰辛"是也。此词一词一句,颇费匠心,以极少的词句,创造出立体的空间效果,并借空间的层次和心理的堤坝反复蓄势发情,把一种真情传达给了读者。

词的上阕，一开始就渲染了充塞天地的离愁别恨，道是"万万千千恨，前前后后山"。这"山"以"前前后后"画出，既是"万万千千恨"的形象化写照，也创造出了人物活动的立体空间。"创造空间的最好的方法，就是通过互相重叠着的事物组成连续性系列来取得。"（〔美〕鲁道夫·阿恩海姆《艺术与视知觉》）送别情郎的女子，触目即山，为下文写望人不见却见山的离恨蓄势；但下句却又不直说"被他遮得，望伊难"，而是又设置了一道积蓄离恨的心理堤坝，那就是"傍人道我轿儿宽"，旁人不知离恨，偏说"轿儿宽"之类的闲话，此写虽有离恨而不得理解与同情。从情感体验的经验来看，感情上的认同实际上是情绪宣泄的一种方式，得到同情往往使情绪趋于平缓。现在得不到同情，这"傍人"闲语则进一步为离恨蓄势；由于情绪的多方积蓄，憋在心中的"万万千千恨"才冲破堤坝，奔腾而出："不道被他遮得，望伊难。"从而活写出女子的情意痴绝！

下阕作者移步换景，另辟天地，一连虚拟三问，重新蓄势，心理描写更细腻入微。过片两句，通过离别空间的延伸，将离恨移向思愁。这愁也不直接写出，而借思念以蓄势，先以江畔夜树系舟写出对方的飘零幽独。下面"知他热后"两句，进一层写出对方孤栖难眠之苦（"热后"、"眠后"中的"后"字，为语助词，与"啊"同）。被思念的人幽独如此，思人之人因思念而难眠更为可知。正当离愁蓄势到此达于顶峰，全词戛然而止，一个爱心深广的多情温柔的恋人形象，由此跃然纸上。

（王远彦）

清平乐·独宿博山王氏庵

原文　书感　南宋·辛弃疾

绕床饥鼠，蝙蝠翻灯舞。屋上松风吹急雨，破纸窗间自语。　平生塞北江南，归来华发苍颜。布被秋宵梦觉，眼前万里江山。

内　容　此词写独宿荒屋的冷落，抒壮志难酬的悲慨。
特　色　章法曲折，悲凉激越。
注　释　自语：窗纸被风吹动发出的声响。华发：白发。秋宵：秋夜。梦觉：梦醒。

赏析　宋孝宗淳熙八年（1181）末，辛弃疾被劾免职，回到江西上饶带湖闲居。为抚慰心灵的创伤，他常去鹅湖、博山（今江西广丰西南）一带游览。一个清冷的秋日，词人独自登上博山，远眺空疏萧索的山林秋色，盘桓于夕阳残照之中。天晚了，他来到山中王氏草庵投宿。这里环境凋敝荒芜。一个横戈跃马的壮士，竟成潦倒野处的逐臣，触景生情，不由百感丛生。于是因感而思，有思而作，填就此词。

上阕写草庵内外的荒寂冷落。首二句写屋内。夜深了，室内一灯如豆，独宿的词人辗转反侧，胸中郁愤无人倾诉。空寂的小屋已令人平添几分落寞之感，偏又有成群的老鼠绕床追逐，寻觅食物，几只蝙蝠飞进破窗，围着昏暗的灯光上下飞舞。鼠前加一"饥"字，点明这里少烟火，蝙蝠敢于入室翻飞，扑弄孤灯，突出了环境的荒凉。后二句转写屋外，由目击之景写到耳闻之声。室内寂无人声，屋外则风卷松涛，秋雨急骤。寒风夹着雨点，吹打着破败的茅屋，破碎的窗纸在斜风急雨中呜呜作响，仿佛自言自语一般。"破窗自语"是词人的听觉联想，进一步渲染了凄冷的氛围。统观上阕，选取饥鼠、蝙蝠、秋风、急雨、破窗等物象，组成一幕凄凉图景，而长夜不寐之人的一片孤寂怅恨之情，也被织入这一画面之中。

下阕抒写独宿荒屋而引起的政治感慨。换头两句由景及人，抚今追昔。辛弃疾作此词时已年近五十，他早年怀着誓清中原、统一南北的热情，聚众抗金，驰骋疆场；突入金营，擒拿叛徒；南归后又上《美芹十论》《九议》等奏疏，擘画恢复大计。但胸怀壮志而志不得伸，身有奇才而不获其用，屡遭疑忌打击，不为众人所容，转徙频繁，以至退居林下，废置不用。"平生塞北江南"一句，即对前半生的战斗经历作了高度概括。"归来华发苍颜"跌入眼前处境：年光抛人，人渐老暮，苍颜白发，壮志难酬。两句感慨良深，回荡着爱国志士岁月蹉跎、报国无门的不平之气。然而，词人并不因此消沉自弃，当他秋宵梦醒之际，眼前蓦然浮现祖国的万里江山，结句在空间的大幅度跳跃中，变抚然之叹为对南北一统的热切期待，充分体现了词人虽投闲置散，但魂牵梦萦的，仍是收复失土、统一祖国的神圣事业。全词以富于象征性的豪壮语作结，结得奇伟警拔，使悲凉的词境一变而为沉雄激越。张砥中《古今词论》云："凡前后两结，最为紧要。前结如奔马收缰，须勒得住，尚存后面地步，有住而不住之势；后结如众流归海，要收得尽，回环通首源流，有尽而不尽之意。"这首词正见结法之妙。

本词具有"以文为词"的特点。其一是语言平易流畅，如"绕床饥鼠"诸句，质朴通俗已近口语，但语虽平易，却极富表现力。其二是善于收纵转折。

佳　句

·平生塞北江南，归来华发苍颜。

上阕通过所见、所闻、所感，层层渲染环境的荒凉，以此衬托英雄失意的孤寂悲愤。下阕转为抒情,"平生"句纵开写昔日经历,"归来"句收回写目前境遇,"眼前"二句以突兀的转笔一展博大宽阔的胸襟,通篇章法曲折而严谨。

（顾伟列）

西江月·夜行黄沙道中

原文

南宋·辛弃疾

　　明月别枝惊鹊,清风半夜鸣蝉,稻花香里说丰年,听取蛙声一片。　　七八个星天外,两三点雨山前。旧时茅店社林边,路转溪桥忽见。

内　容 | 此词写夏夜景色,表愉悦的心情。
特　色 | 清幽奇丽,轻灵明快。
注　释 | 社林:祭祀土地神的地方,往往广植树木,称社林。转:曲折。

赏析　此词写于作者贬居江西上饶之时。作者通过夜行黄沙岭的所见所感,为我们描绘了一幅南方农村所特有的清幽奇丽的夏夜美景,表现了词人置身此境的明快愉悦之情。

　　上阕写夏夜晴景:半夜行走在黄沙道上,月白风清、枝头"惊鹊"飞起、蝉鸣不已,随风远播,为这宁静的夏夜增添了迷人的活趣;迎风又吹来一阵稻花的清香,而夹杂在稻香之中的则是一片喧闹的蛙声,仿佛在向这夜行人预报丰收的喜讯。

　　下阕写夏夜雨景:只见风云骤变,天外还见稀星隐隐,而山前已是疏雨飒飒;夜行之人正欲避雨急行,转过溪桥,旧时记忆中的社林旁边的茅店忽然出现在眼前。这南方所特有的疏星骤雨,为这幅夏夜美景更抹上了一笔奇丽的色彩。

佳句
· 明月别枝惊鹊,清风半夜鸣蝉。
· 七八个星天外,两三点雨山前。

　　全词不仅写景细腻真实,清幽奇丽,而且语言平易流畅,笔调轻灵明快。词人以夜行为线索,既脉络清晰,又灵活多变。上阕写晴夜,词人一边走,一边欣赏,显得自在闲适,故以写景为主,略写感受;下阕写雨夜,词人不免心急步忙,难以细心观赏,故略写景而以刻画心理为主,虽减少了那份闲适宁静,却增添了一份轻灵明快。全词语言清新平易,极富表现力,随着写景写情的变化而呈现不同的色彩,有疏密相间、虚实交映之妙。如"明月别枝惊鹊,清风半夜鸣蝉"是密,是实;"七八个星天外,两三点雨山前"是疏,是虚。尤其是上阕结尾与下阕结尾,都使用了倒装句,既娴熟又生动,更增强了词跌宕多姿的风采。

（刘尊明）

贺新郎·别茂嘉十二弟

别离　南宋·辛弃疾

原文

绿树听鹈鴂，更那堪、鹧鸪声住，杜鹃声切。啼到春归无啼处，苦恨芳菲都歇。算未抵、人间离别：马上琵琶关塞黑，更长门、翠辇辞金阙。看燕燕、送归妾。　　将军百战声名裂，向河梁、回头万里，故人长绝。易水萧萧西风冷，满座衣冠似雪。正壮士、悲歌未彻。啼鸟还知如许恨，料不啼清泪长啼血。谁共我，醉明月？

内　容　本词以人间离别映衬英雄失路之悲。
特　色　意象造境，反衬递进。
注　释　鹈鴂（tíjué）：鹈鹕。芳菲：指鲜花。抵：比得上。黑：昏暗。长门：长门宫，汉代宫殿名。翠辇：翠羽装饰的辇。金阙：金殿，皇帝的居所。

赏析

稼轩词体，向被誉为"如张乐洞庭之野，无首无尾，不主故常；又如春云浮空，卷舒起灭，随所变态，无非可观"（范开《稼轩词序》）。这首《贺新郎》写别离，手法奇特，联翩运用典故，融古今别恨离衷而造境，不可以方，正是一首典型的"不主故常"、"随所变态"的代表作。前人多以为这种写法渊源于唐诗中的"赋得体"，实际在咏物诗中也有类似的写法，并非赋得体所独有；而辛弃疾这首词的写法也不完全同于赋得体，应该说是他以诗为词，词体独创，境界别开的成功名篇。

这首词大约作于嘉泰年间，那时词人被劾罢废家居已经有八九年，英雄暮年，孤独寂寞，壮心不死，更充满了报国无路、抗金无望的悲愤。辛茂嘉是他的族弟，这时调官桂林，也是一个有志抗金复国的忠义气节之士，所以两人分别时心头涌起的不是一般亲友的离愁别恨，而是一种个人身世之悲与家国兴亡之恨交织的忧国志士之情。词表面似是胪列典故虚写，至结尾才实写到离别，实际上是笔笔虚写，却又笔笔不离离别之实，借别离之悲写亡国之恨。全词采用了象征意象的对比、反衬和烘染手法，整个词的表层结构，是春归意象和离别意象二重比兴意象的衬托、层递；而深层结构则是三重鸟啼自然意象与五重离别历史意象的重叠、组接。在这里，历史典故已转化为象征意象，如长河大浪般一幕幕展现词人内心滚涌的现实感受和心理流驰的波澜。词开首便层层递进地写出三种鸟的悲鸣，表层是从离别上落笔，点出了两人离别的时间，深层却透射着词人英雄失路、志士忧国的无限悲苦与忧愤：鹈鴂悲鸣、众芳凋落，是春归的象征，"恐鹈鴂之先鸣兮，使夫百草为之不芳"（《离骚》）。鹧鸪的叫声谐音"但南不北","鹧鸪其志怀南,不思北,其鸣呼飞,但南不北"(《异物志》)。而杜鹃的叫声又谐音"不如归去",志在北向,"夜啼达旦,血渍草木,凡鸣皆北向也"(《禽经》)。辛弃疾正是南来的中州豪士,一个矢志恢复中原的"北人",鹧鸪的其志怀南,象征了他对南归抗金爱国的执著;杜鹃的志在北向,又象征了他对北向收复中原的渴望。显然,三鸟悲鸣的"春归",也就不是指那个自然节令的春天了。词人并不是写闺妇羁客的春归别愁,在"春归"这个象征意象中其实寄寓着深沉复杂的多重内蕴:大好山河的沦陷,北宋王朝的倾覆,议和苟安局面的形成和收复中原大好时机的丧失,抗金复国的无望,直至自己韶华逝去、英雄迟暮、壮志难酬、终老林下的命运,都熔铸在"春归"这一意象中。"啼到春归无啼处,苦恨芳菲都歇。"正道出了隆兴和议以来抗金复国呼声消歇、苟安氛围笼罩东南半壁的局势,也道出了爱国志士凋零、主战派被摈逐的萧条情景。然而"春归"虽苦,却还比不上人间"离别"之苦(未抵,比不上):江山虽失,苟安已成,抗金无望,然而更可悲的却是英雄失路,报国无门,遭谗受谤,摈弃不用,"离别"的意象正隐喻了主战派这种或逐或贬、或罢或摈的命运。词人一连叠用了五重"离别"的历史意象来刻画渲染现实中爱国志士的英雄失路之悲:"马上琵琶关塞黑",用汉王昭君和亲事,她别汉宫出塞,无限怨苦,手抱琵琶,骑马行走在一片昏暗的边关要塞上;"更长门、翠辇辞金阙",用汉陈皇后失宠事,汉武帝废陈皇后,她乘车辇凄然告别了金碧辉煌的宫殿,幽居到长门冷宫,寂寞以终;"看燕燕、送归妾",用庄姜送归妾事,卫庄公之妻庄姜无子,便以庄公妾戴妫之子完为子,完即位不久便在一次政变中被杀,戴妫被遣返,庄姜远送于野,作《燕燕》诗相别;"将军百战身名裂,向河梁、回头万里,故人长绝",用汉李陵别苏武事,李陵为抗击匈奴的名将,以五千之众对抗十万敌军,却因受人掣肘暗害,兵尽粮绝而北降匈奴,苏武归汉时,两人饯别于河梁(桥),李陵作诗同他永别;"易水萧萧西风冷,满座衣冠似雪。正壮士、悲歌未彻",用荆轲刺秦王事,燕太子丹派勇士荆轲入秦刺杀秦王,众宾客都穿白衣素服,在易水之上送别,高渐离击筑,荆轲慷慨悲歌"风萧萧兮易水寒,壮士一去兮不复还",至今声犹在耳(未彻,尚未唱完)。这五重意象,或者是写统治者的屈辱求和(第一),或者是写爱国志士的慷慨赴难(第五),或者是写英雄美人的被贬、被逐、被害(第二、第三、第四),这已超越了个人的离别之悲,而升华为铭心刻骨的家国之悲、英雄之恨。所以词到此又陡进一层:

悲鸣的啼鸟如果还知道这种家国之悲、英雄之恨,那么将不仅啼出清泪,而且要啼出血来了!词由离别又回到啼鸟上,也就由历史回到现实,春归意象与离别意象叠合,恨到极处,从心底爆出了一声最沉痛悲愤的呼喊:如今又有谁和我一起共醉于明月之下呢?词人感到的是一种英雄斥逐、志士凋零的孤独,一种英雄沉沦下僚、终老林下的寂寞,一种有志难酬、无路可走的悲愤,他唯有借酒浇愁,借酒遣恨;然而志士沦落,四方飘零,天地之大,是主和投降派的天下,竟无一知己可相处共语。词结尾落到眼前的离别上来,愤郁至极,韵味无穷。

　　这首词通篇采用象征意象的表现手法,表层写个人离别与深层写家国之恨水乳交融,象征喻体与象征寓意浑凝一体,以淋漓的意象造境,有意生象外之奇。在联翩直下的密集的"意象流"中,词人又采用了层层反衬递进的手法:全篇是由春归递进到离别再递进到春归与离别的叠合;起首写鸟啼,是三种鸟悲鸣的递进;上阕是由鸟啼到春归再到离别的递进;上下阕之间又打破了过片换意的传统写法,一气贯注而下,是五重离别意象的递进;曲终又是由啼泪到啼血再到醉月的递进。婉曲层进之中,激昂排宕,撼人心魄。刘克庄以为稼轩词"大声镗鞳,小声铿鍧,横绝六合,扫空万古;其秾丽绵密处,亦不在小晏、秦郎之下"(《后村诗话》)。此词则兼具雄健豪放与秾丽绵密之胜。

(潘鸣凤)

粉蝶儿·和晋臣赋落花

原文

春愁　南宋·辛弃疾

　　昨日春如十三女儿学绣,一枝枝、不教花瘦。甚无情,便下得、雨僝风僽。向园林、铺作地衣红绉。　　而今春似轻薄浪子难久。记前时、送春归后,把春波都酿作、一江春酎。约清愁、杨柳岸边相候。

内　容　此词以新奇的比喻表达惜春之情。
特　色　多重比喻,缘情造境。
注　释　雨僝(zhuàn)风僽(zhòu):僝、僽,原意指恶言詈骂,这里指对雨的埋怨。绉(zhòu):织出皱纹的丝织品。酎(zhòu):重酿的醇酒。

赏析

　　此篇为和敷文阁学士赵晋臣《落梅词》而作。词中表达了惜春之情。上阕写"昨日春",下阕写"今春",然词意不断,以愁字贯连。

　　全词运用多重比喻的手法,化自然意象为人事意象,将春之今昔作了形象勾勒。上阕将"昨日春"以少女学绣作比拟,突出了春光的明媚、灿烂、和煦。下阕开头将"而今春"比拟为"轻薄浪子难久",涉笔奇妙。轻薄浪子,无情无义,漂浮不定,尤形象地道出了今春的短暂、无情。惜春之情自然流露。两个比喻从不同角度描绘"春",意象新颖、奇特、贴切,两相对照,给人以强烈感受。两种意象中包含无限寓意,发人深思。

上阕"甚无情"几句,是缘情造境,并点出词题"落花"。极写风雨无情,落红遍地,此非眼中实景,而是作者的"春愁"之情,使"物皆著我之色彩"(王国维《人间词话》)。此缘情造境之法创造了一个风凄凄、雨霖霖、红粉飘零的残春境界,以突出题旨。

下阕后半运用曲喻手法,将春波比喻成醇酒,以酒消愁人所共知,酒又转酿为愁,一江春波酿酒,极言愁多。愁情具体化了。结句运用拟人手法,将"清愁"比拟为挚友,约其杨柳岸边相候,共饮"一江春酎",一块儿消愁。其实"春酎"亦"清愁",此处化一为二,"杨柳岸边"由柳永名句"杨柳岸晓风残月"化出。因此,春在辛词中已不是单纯的自然景象,它所寄托的春愁,表达了爱国词人忧国伤时、英雄闲置的深深慨叹。 (赵慧文 徐育民)

太常引·建康中秋夜为吕叔潜赋

原文

中秋 南宋·辛弃疾

一轮秋影转金波,飞镜又重磨。把酒问姮娥:被白发、欺人奈何! 乘风好去,长空万里,直下看山河。斫去桂婆娑,人道是、清光更多。

内 容 本词以使"清光更多"的想象,寓收复中原的理想。
特 色 奇思丽想,寄慨遥深。
注 释 吕叔潜:名大虬,作者的朋友。金波:月光淡明。《汉书·礼乐志》:"月穆穆以金波。"飞镜又重磨:飞镜指月亮,此处指月色更亮。姮(héng)娥:嫦娥。被(pī):同披。斫(zhuó):砍。

这首咏中秋明月的小词,是为友人吕叔潜而作。作者曾于乾道四年(1168)、淳熙元年(1174)两次居官建康(今江苏南京),这首词确切作年难考,或以为作于淳熙元年。词人南归以后,一直以收复失地为己任,然而无用武之地,一腔难抑的忠愤之气也隐然宣泄于这首中秋咏月词中。

全词以咏月自吐悲愤,自抒豪情。开头两句气势磅礴,描绘出了中秋夜碧空浩渺、飞镜晶莹、金辉尽洒的意境。但不是纯然写景,而是要借景出情,所以词人忽发奇思丽想,引出了与嫦娥的对话:"被白发、欺人奈何?"王逸说屈原写《天问》是"以渫愤懑,舒泻愁思"(《天问·序》),稼轩对月发问,也同样表现了对现实的愤懑、愁思。然而白发虽生、豪情未泯,所以下阕笔锋陡转,词人展开想象的翅膀,驾长风,飞万里,入月宫,斫桂树,俯视祖国山河。作者借用了嫦娥奔月、吴刚伐桂的神话传说，使词染上了飘逸瑰丽的色彩。"斫去桂婆娑，人道是、清光更多"，化用杜甫《一月五日夜对月》"斫却月中桂，清光应更多"诗句，杜诗原句是抒发思家之情，辛词用以抒爱国情思，意境更为开阔。周济评"桂婆娑"，以为"所指甚多，不止秦桧一人而已"（《宋四家词选》）。指出"桂婆娑"的象征意义，所言颇有见地。当然"桂婆娑"不仅象征南宋投降势力，应该说也包括金贵族统治集团。词人盼望"直下看山河"，所以要"斫去桂婆娑"，使清辉照耀在南北江山之上。这一追求光明的艺术意象，正寄寓了词人收复中原、统一山河的现实理想。

词人运用浪漫主义的奇思丽想，突破了人间与仙界的界限，翱翔于虚幻境界，纵横于万里江山。情动于衷，激扬于外，才会有这种无所羁縻、卷舒风云

・斫去桂婆娑，人道是、清光更多。

的浮想联翩，"思接千载"，"视通万里"，才创造出了如此瑰丽、宏阔、雄壮、磅礴的艺术境界。

（赵慧文　徐育民）

破阵子·为陈同甫赋壮词以寄之

原文　　　　　　　　　　咏怀　南宋·辛弃疾

醉里挑灯看剑，梦回吹角连营。八百里分麾下炙，五十弦翻塞外声。沙场秋点兵。　　马作的卢飞快，弓如霹雳弦惊。了却君王天下事，赢得生前身后名。可怜白发生！

内　容　本词写所梦豪壮的兵戎生活，抒报国壮志，并表报国无门的悲凉。
特　色　一气呵成，回环相生。
注　释　陈同甫：陈亮。八百里分麾下炙：炙，烤肉；麾下，部下；八百里炙，是说牛肉。《世说新语》："王君夫有牛，名八百里驳，常莹其蹄角。王武子语君夫：我射不如卿，今指赌卿牛，以千万对之，即恃手快，且谓骏物无有杀理，便相然可。令武子先射，武子一起便破的，却据胡床，斥左右速探牛心来，须臾指至，一脔便去。"五十弦：指瑟，语见李商隐《锦瑟》"锦瑟无端五十弦，一弦一柱思华年"。沙场：战场。的卢：骏马的名字。《相马经》："马白额入口至齿者，名曰榆雁，一名的卢。"霹雳弦惊：《南史·曹景宗传》："景宗谓所亲曰：我昔在乡里，骑快马如龙，与年少辈数十骑，拓弓弦作霹雳声，箭如饿鸱叫。"身后名：死以后的名声。《世说新语》记张翰语："使我有身后名，不如即时一杯酒。"

赏析 陈同甫，即南宋抗金爱国志士陈亮，是辛弃疾在政治、思想、学术诸方面志同道合的好友，特别是他们有共同的抗金宏愿，屡遭打击、挫折，故而二人常相与唱和，互吐心声。据《历代诗馀》卷一一八引《古今词话》说此词为"陈亮过稼轩，纵谈天下事"，别后所作。梁启超认定是辛弃疾五十岁时之作，可从。此词向友人倾诉了自己难以实现的北伐抗金壮志，表现为一曲落魄英雄的悲歌。

首句"醉里挑灯看剑"，突兀而起，先声夺人，活画出落魄英雄激奋而悲凉的复杂心态。"醉"，是词人借酒解愁、企图麻醉自己；但是，"此身忘世浑容易，使世相忘却自难"(《鹧鸪天》)，酒醉反而更激起词人难以平静的报国雄心。"剑"，是奋勇杀敌、报效疆场的标志，词人情不自禁地端起灯，挑亮了灯花，端详着利剑放出的阵阵寒光。此情此景，正苏东坡所谓"酒酣胸胆尚开张"(《江城子》)也。

"梦回吹角连营。八百里分麾下炙，五十弦翻塞外声。沙场秋点兵。"酒醉入梦，正延续了他"醉里挑灯看剑"的请战心绪；而在词人梦醒之后，似乎耳边仍在响着梦中那声声的连营号角，这就使他频频回忆着梦中那威武雄壮的战斗场面。"八百里"，是健牛的名字，《世说新语·汰侈》篇记载：晋朝王恺有牛名"八百里驳（花牛）"。这里的用典语意双关：其一是说军营中的士兵们都分享到了烤炙的牛肉，士气为之大振；其二也说明军队防守的范围是十分广大的。"五十弦"，泛指军中各种乐器。这三句是说：军营中正欢快地啖食着烤牛肉、演奏着各种塞外战歌；在秋高气爽时节检阅军队，整装待发。真是"慷慨纵横，有不可一世之概"(《四库全书总目提要》)。

下阕紧接上阕，在画面上立刻呈现出义军奋勇杀敌的鏖战场面："马作的卢飞快，弓如霹雳弦惊。""的卢"，指三国时刘备所乘的烈性快马，它曾"一跃三丈"跳过檀溪，使在荆州遇危的刘备安然脱险。"霹雳"，雷声，这里比喻射箭的弓弦声。这两句节奏明快，形象鲜明，如见飞快战马的雄姿，如闻射箭的弓弦轰鸣声，可谓声情俱茂，扣人心弦。接着，作者又以豪气贯注之笔直抒胸臆："了却君王天下事，赢得生前身后名。"即是说，待到完成收复中原、为国家民族建立功勋的大事，自己也就可永垂史册。但是，可悲的是，"了却"这一"功成名遂"的夙愿，竟然是在梦中，这就在豪迈"壮词"中震响起悲愤的音调。于是，结句一声浩叹："可怜白发生!"词调立即一落千丈，形成一大转折，整个词境也就陡然化雄豪为悲壮、化英迈为沉郁，令人悲从中起，不可抑制。

这首词在艺术结构上有着两大相互联系的显著特点。其一，是作者一腔爱国热诚在词中任情倾泻，一气呵成，一以贯之，从而打破了词格的"上阕提出词意，过片另起"的既往成规。在此之前，仅有苏轼的《江城子·密州出猎》有此先例，正如范开《稼轩词序》所说："世言稼轩居士辛公之词似东坡，非有意于学坡也，自其发于所蓄者言之，则不能不坡若也。"其二，全词

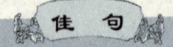

· 八百里分麾下炙，五十弦翻塞外声。
· 马作的卢飞快，弓如霹雳弦惊。

共十句,但首尾两句,遥相呼应:"醉里挑灯看剑……可怜白发生!"形成"现实"一格,是为全词之"实"的基调;而中间八句,一气连贯,则另形成"梦境"一格,是全词之"虚"境。于是虚实结合、虚实相生,全词由现实引出"梦境",由"梦境"反转现实,峰回路转,起伏跌宕,形成忽悲忽喜、忽喜忽悲的回环相生的奇特布局。

(朱靖华)

千年调

原文 游仙 南宋·辛弃疾

开山径得石壁,事出望外,意天之所赐邪,喜而赋之。

左手把青霓,右手挟明月。吾使丰隆前导,叫开阊阖。周游上下,径入寥天一。览玄圃,万斛泉,千丈石。 钧天广乐,燕我瑶之席。帝饮予觞甚乐,赐汝苍壁。嶙峋突兀,正在一丘壑。余马怀,仆夫悲,下恍惚。

内容 此词写游仙,末尾表示不忘人间。

特色 熔铸古语,别造新境。

注释 丰隆:云神。阊阖(hé):天门。寥天一:与天地同一的境界。语出《庄子·大宗师》。玄圃:昆仑上的神山。钧天广乐:天帝之乐。燕:宴请。嶙峋:形容山峰、岩石、建筑物等突兀高耸。突兀:高耸貌。仆夫:仆人。恍惚:迷离,难以捉摸。

赏析 这是辛弃疾晚岁隐居瓢泉时所作的游仙词。读这首词,很容易进入屈原《离骚》的境界。此词造语出自《离骚》者甚众,其"吾使丰隆前导",出自"吾令丰隆乘云";其"叫开阊阖",出自"吾令帝阍开关",其"周游上下",出自"吾将上下而求索"、"周流乎天余乃下"和"周流观乎上下"等句;其"览玄圃",出自"夕余至乎玄圃";其"燕我瑶之席",出自"望瑶台之偃蹇兮,见有娀之佚女";其"余马怀,仆夫悲",出自"仆夫悲余马怀兮,蜷局顾而不行"。此词所化用的屈原《离骚》这一段,展现了屈原驱遣云神(丰隆),由玄圃(昆仑上的神山)入天门(阊阖)上下求索,追求佚女(国与君的象征)的爱国热情与人生忧患。辛弃疾因主张抗金而遭罢废家居,正与屈子精神相通,辛词择取这些人们熟稔的传统意象,利用人们联想的审美心理,赋予了这首词以词外之旨,表现了他对爱国理想的执著追求,令"读者郁伊怆怏,于言外有所感触"(沈祥龙《论词随笔》)。

但是另一方面,辛弃疾又择取老庄意象融入,从而别造了境界。这首词是抒发得到"天之所赐"苍壁的喜悦之情,似乎词人得天之助,所以能手握云月、驱使云神为前导,叫开天门,飘然乎遍游天地,径直进入空虚寥一的天际,在昆仑的玄圃神山上,饱览万斛泉水、千丈山崖的壮丽景色，并能享受天庭乐曲和帝赐美酒与苍壁。这一境界，纯然不同于屈骚"令帝阍开关"而无由得入，"望瑶台"佚女而无由得通的情形。他直接引入了老庄之语，"寥天一"即出于《庄子·大宗师》："安排而去化，乃入于寥天一"。"寥天一"指寥廓无涯与天道同一的境界。相形之下，辛词又融入了老庄超脱虚空的色彩，把游仙变为了对道我合一境界的追求，表现了他要超脱黑暗污浊现世的一面。

然而辛弃疾忘怀不了山河的分裂，人民的苦难，所以他不能安于独自逍遥于"寥天一"。当他在钧天广乐的瑶席上同天帝举觞共饮，受赐"苍壁"时，却又与屈原一样禁不住"临睨旧乡"仆悲马怀之。对故国的忠诚苦恋还是战胜了对天上逍遥仙境的虚幻追求，他在恍惚中又回到了人间。全词铸古语造新境，寄慨深沉。

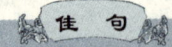

- 左手把青霓，右手挟明月。
- 吾使丰隆前导，叫开阊阖。

（王远彦）

鹧鸪天

原文　　抒怀　南宋·辛弃疾

有客慨然谈功名，因追念少年时事，戏作。

壮岁旌旗拥万夫，锦襜突骑渡江初。燕兵夜娖银胡䩮，汉箭朝飞金仆姑。
追往事，叹今吾，春风不染白髭须。却将万字平戎策，换得东家种树书。

内容　此词写昔日的豪壮与今日的无奈。
特色　寓庄于谐，跌宕起伏。
注释　壮岁：青年时期。拥：指挥。锦襜（chān）：锦衣。突骑：精锐的骑兵。燕兵：金军。娖（chuò）：谨慎貌。胡䩮（lù）：藏矢的器具。仆姑：良箭名。平戎策：指作者讨论对金战事的奏策。

这首词大约作于庆元六年（1200），时值作者罢居瓢泉期间。"功名"，对于辛弃疾来说，总是"忧多乐少"，诚如他在《雨中花慢》中所描述的："功名之道，无之不乐；哪知有更堪忧！"因而当友人向他谈及"功名"之事时，他便忧从中起，以戏谑的口吻写下了这首豪壮沉郁的著名词篇。

词的上阕，借追忆青年时代的抗金战斗生活，表达了他晚年仍有的出兵北伐收复中原的热望。"壮岁旌旗拥万夫，锦襜突骑渡江初。"此两句极写词人当年在北地故乡聚众起义，率

领万余身着锦衣的突袭骑兵浩荡渡江的豪壮旧事。时当宋高宗绍兴三十二年(1162),作者刚二十三岁,故云"壮岁"。他先率领着两千人马投奔到农民起义领袖耿京的旗帜之下;随后他又"劝京决策南向",并代表耿京到建康去见宋高宗。不料在返回途中,忽闻耿京为投金叛将张安国所谋杀,他义愤填膺,即率五十骑夜中突袭金营,时"安国方与金将酣饮,即众中缚之以归。金将追之不及。献俘行在,斩安国于市"(《宋史·本传》)。词中所写"少年时事",当即指此。"燕兵夜娖银胡䩮,汉(借指宋朝)箭朝飞金仆姑。"这具体描绘了辛弃疾夜闯金营、活捉叛将张安国的战斗场面:上句描述金兵戒备森严,下句则抒写义军奔袭突围的勇猛气势。时人洪迈曾评说此事道:"壮声英慨,懦士为之兴起。"(《稼轩记》)这一段英雄往事,写得可谓简洁醒目、气势飞动,并涵盖了丰富而壮丽的历史事件。

下阕立即转至眼前现实,在"今非昔比"的巨大反差中迸发出了作者沉积内心已久的愤慨和不平:"追往事,叹今吾,春风不染白髭须。"现在自己头发已经斑白,胡须也已雪白了,春风即使可染绿花草,也不能染黑我的白发银须了!他唯有慨叹:"却将万字平戎策,换得东家种树书。"这两句暗用韩愈《送石洪》"长把种树书,人云避世士"诗意,意指自己已被迫退隐,只能栽花种树。"平戎策",指平定金人入侵者的策略。词人在南渡之后,屡屡向朝廷陈述其收复中原的策略大计。孝宗隆兴年间,词人即曾把自己收复失地、统一中原的万言策论《美芹十论》和《九议》等献给朝廷,但在"谈战色变"的主和派当权者的统治下,他的策论不仅未被采纳,反而迭遭排挤打击,在长达十八年的闲置岁月中,词人只得退居荒山,和东邻农家一起养花种树。这两句写得幽默诙谐,可谓"寓庄于谐",辛弃疾从来就是一位善于用诙谐情趣表达其内心抑郁不平之气的大师。往昔和现今的大跨度的反差对比,形成了词情的戏剧性,一个"却"字,即在嬉笑谐戏之中,突现了作者无可奈何的激愤和犀利的嘲讽,"戏作"非戏,诚如李渔《闲情偶记》所说:"于嬉笑诙谐之处,包含绝大文章。"

全词气势磅礴、炽热激昂。词调时而高亢时而低沉,情感时而酣畅时而抑郁,这种跌宕

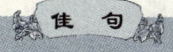

- 却将万字平戎策,换得东家种树书。

起伏，实表现了词人不平静的内心轨迹，既动人心魄又极富感染力。　　　　　(朱靖华)

玉楼春·戏赋云山

原文  南宋·辛弃疾

无心云自来还去，元共青山相尔汝。霎时迎雨障崔嵬，雨过却寻归路处。侵天翠竹何曾度，遥见屹然星砥柱，今朝不管乱云深，来伴仙翁山下住。

内　容 此词写云雨中的山，略有寓寄。
特　色 深曲含蕴，意脉不露。
注　释 元：本来。相尔汝：彼此融洽共处。障：遮挡；遮蔽。崔嵬：高峻的山。侵天：冲天的，言其高。度：推测；估计。星砥柱：天柱星。仙翁：作者自指。

 此篇是词人于宋光宗绍熙五年（1194）再次贬居瓢泉之后的作品。再度归隐，使他寄情山水、恬退自适的情绪变浓，写了不少闲适词；然而他并未忘情于世，虽然鼓动北伐抗金的文字减少了，但词人的爱国情怀更加忧愤深广。这首《玉楼春》就是看似闲适实则忧愤之作。

《玉楼春》是一组词，题为"戏赋云山"。第一首云："何人半夜推山去？四面浮云猜是汝。当时相对两三峰，走遍溪头无觅处。西风瞥起云横度，忽见东南天一柱。老僧拍手笑相夸，且喜青山依旧住。""无心云自来还去"一词为第三首。它的突出特点是深曲含蕴，意脉不露。严羽论诗说："语忌直，意忌浅，脉忌露。"（《沧浪诗话》）他反对内涵俱现，一览无余。本词采用象征比拟等手法，使意脉含蕴。开头两句扣题，点出"云山"。云，是"自来还去"的浮云；山，是崔嵬的"青山"。"元共青山相尔汝"写云与青山之间原先似乎还是亲近、友好的，但当"四面浮云"在"半夜推山"之时，崔嵬之山则成了屏障，使云化为雨，雨过后，"走遍溪头"无处寻找云的归处。这浮云意象象征着黑暗势力，青山则比拟着光明。

下阕写浮云横渡，"侵天翠竹何曾度"，一个反问句，勾出翠竹的挺拔劲节勃勃生机的形象，它插天而立，无所畏惧。下句更豪迈地指出"遥见屹然星砥柱"，这"星"是第一首中的"忽见东南天一柱"的天柱星，这是反用"昔者共工与颛顼争为帝。怒而触不周之山，天柱折，地维绝"（《淮南子》）的神话传说，又将天柱星与天柱山化为一个意象，说天柱山像中流砥柱那样屹然耸立，浮云横渡奈何它不得。在这"侵天翠竹"和"屹然星砥柱"的形象中回荡着词人慷慨豪迈的爱国情怀。歇拍再次表现对"乱云"（恶势力象征）的轻蔑、对"青山"的眷恋。

(赵慧文　徐育民)

贺新郎

壮怀 南宋·陈亮

原文

酬辛幼安,再用韵见寄

离乱从头说,爱吾民、金缯不爱,蔓藤累葛。壮气尽消人脆好,冠盖阴山观雪。亏杀我、一星星发。涕出女吴成倒转,问鲁为齐弱何年月?丘也幸,由之瑟。　　斩新换出旗麾别,把当时、一桩大义,拆开收合。据地一呼吾往矣,万里摇肢动骨。这话霸、只成痴绝!天地洪炉谁扇鞴?算于中、安得长坚铁!泚水破,关东裂!

内　容 讽刺朝廷的懦弱,渴望重振旗鼓抗金复国。
特　色 沉雄悲慨,豪气干云。
注　释 人脆好:脆好,犹柔弱,人显得柔弱。一星星发:星星,头发花白貌。晋左思《白发赋》:"星星白发,生于鬓垂。"本处指头发花白。由之瑟:《论语·先进》:"子曰:'由之瑟奚为于丘之门?'"由(子路)英武,类武夫,鼓瑟不合雅调,这里作者以子路自比,谓主战论调不合时俗。鞴(bài):风箱。长坚铁:指人才。

赏析 辛弃疾与陈亮的鹅湖之会及其《贺新郎》词的唱酬,是一段气壮山河的文坛佳话。但是由于历来人们错误考定鹅湖之会在淳熙十五年(1188)冬间,影响了对两人《贺新郎》词的理解。鹅湖之会在淳熙十四年冬间,也就是说,在淳熙十五年五月陈亮入都诣阙向孝宗皇帝上书之前。弄清这一史实,《贺新郎》中的不可解处便都迎刃而解。

淳熙十四年岁末,陈亮从浙江东阳迢迢到江西上饶访问在带湖的辛弃疾,同游鹅湖,再往紫溪欲与朱熹相会,而朱熹失约不至。陈亮踏雪飘然东归。别后辛陈两人怀念不已,不断作《贺新郎》词往返唱和寄情,直到第二年夏间。陈亮这首《贺新郎》是他的第二首唱和词,时间已在淳熙十五年的春间,正当他要出发往金陵实地考察形势,然后再入临安上书的前夕,因此辛陈两人的《贺新郎》唱和实际成了为陈亮慷慨入都上书壮行的前奏曲,证明陈亮这次上书壮举实际是事先在鹅湖之会中与辛弃疾经过了面商的。这首词主要就是表示了自己入都上书的决心。全词上阕批评南宋小朝廷的苟安乞和,下阕吐露自己诣阙上书、抗金复国的心迹。起拍三句"离乱从头说,爱吾民、金缯不爱,蔓藤累葛",大笔横扫,揭出了一部宋廷的乞和投降史。词人从头数说这一场离乱的祸因,从宋真宗时澶渊之盟结和起,每年数以十万计的银两(即"金")与绢匹(即"缯")输入敌廷,以后不断加金增缯,媚好敌仇,有如藤葛纠缠牵引，越来越多，嘴上说"爱民"，骨子里不惜金缯，求和于敌，以图苟安。词人进一层愤然直斥："壮气尽消人脆好，冠盖阴山观雪。"在这种乞和苟安的氛围下，人们的壮气豪情都被消磨尽，变得萎靡柔弱，软骨温顺，宋朝派往金国的堂堂冠盖使臣，也不过无耻恭陪金酋往阴山观赏雪景而已。如此文恬武嬉，岁月蹉跎，使如词人这样的爱国志士白发空老，词人不禁对天直呼："涕出女吴成倒转，问鲁为齐弱何年月？"涕出，哭泣而出，女吴，女于吴，指齐侯将女嫁给吴太子，《孟子》上记载说吴为蛮夷强国，齐景公十分畏惧而将女嫁给吴太子以结好；但又觉得出嫁给蛮夷之国十分可耻，所以"泣涕而与为婚"。这里是痛斥宋朝统治者与金国结亲求和。《左传》上记载鲁哀公说"鲁为齐弱久矣"，孔子却一再请求伐齐。陈亮用此典，是慨叹宋被金所弱，到何年何月才能扭转这种敌强我弱的局势，奋然北伐呢？上阕歇拍，词人表示了自己矢志不渝的抗金态度："丘也幸，由之瑟。"上句典出《论语·述而》："子曰：'丘也幸，苟有过，人必知之。'"词人自比为孔子（丘）。下句典出《论语·先进》："子曰：'由之瑟奚为于丘之门？'"词人自比为子路（由）。陈亮力倡用兵北伐，收复中原，人多以为"狂怪"，而他却始终如坚持用兵伐齐的孔子，不变初衷，能被乞和派指责为"过"，他却感到荣幸。子路有赳赳武夫之气，弹瑟发音不合雅、颂，陈亮自以为是堂堂正正的豪杰之士，与悃悃世儒不合，北伐抗金之论，在那些乞和派听来，自然如子路弹瑟不合儒门规矩了。

　　下阕承上意脉，雄风振起。上阕议论正为词人决意入都上书作铺垫，故下阕劈头发高亢悲慨之音："斩新换出旗麾别，把当时、一桩大义，拆开收合。"斩新即崭新，是期望朝廷能改弦更张，重换旗麾，北伐用兵。陈亮所以想到再次入都上书陈恢复之议，本是因为听到太上皇赵构去世，以为从此有北伐志向的孝宗赵眘可以不再受乞和的太上皇赵构的掣肘而自行其志，故异常兴奋，以为有希望说动赵眘用兵，他与辛弃疾的鹅湖之会就是在这样的时政背景下发生的。"把当时、一桩大义，拆开收合"，就是指两人在鹅湖之会中议论了北伐用兵大计，"拆开收合"即指反复剖析时势，研讨恢复方略，其中包括陈亮的入都劝说赵眘营建金陵、太子监军、北伐用兵之举，所以接着词人慷慨直呼的"据地一呼吾往矣，万里摇肢动骨"，便是指他决意迢迢入临安上书，写出了他的无畏直前的英雄气概。然而陈亮也清楚他以前的几次上书都失败了，也许新的失败又在等待他，留人笑柄。"这话霸、只成痴绝！"话霸即话柄，他入都上书的一番抗金用兵、恢复中原的痴情，又要变为乞和派嘲笑的话柄了吧，然而他却知其不可为而为之，发出了最强的心声："天地洪炉谁扇鞴？算于中、安得长坚铁！"鞴是冶炼金属时鼓风的风箱，扇鞴就是为炼炉鼓风。词人把宇宙天地比喻为一个造化万物的大洪炉，是谁来为它鼓风呢？是我们人！人为可以胜天，在天地的大洪炉中，没有一块熔不化的永坚不摧的铁。言下之意，说动赵眘北伐用兵，事在人为，山河的统一可以靠人力实现，这同他后来在上皇帝书中一再说的"倘以大义为当正"，便当经理建业"以振动天下"，"用其喜怒哀乐之权，鼓动天下"，完全相合。结拍"泚水破，关东裂"，再以谢玄大破苻坚于泚水与秦用张仪计摧破关东六国合纵的故事，证明事在人为，无坚不摧，这就是支撑词人入都高唱北伐用兵的巨大精神力量。

全词以议论入词,横放杰出,豪气干云,比之苏东坡的议论入词,又更气势壮阔,不可羁缚,在豪放派词人中,这种以散化议论入词的手法,可谓独标一格。　　（景　南）

沁园春·张路分秋阅

原文　　　　　　　　　　　　　　　　　　　阅兵　南宋·刘过

万马不嘶,一声寒角,令行柳营。见秋原如掌,枪刀突出,星驰铁骑,阵势纵横。人在油幢,戎韬总制,羽扇从容裘带轻。君知否,是山西将种,曾系诗盟。　　龙蛇纸上飞腾,看落笔四筵风雨惊。便尘沙出塞,封侯万里,印金如斗,未慊平生。拂拭腰间,吹毛剑在,不斩楼兰心不平！归来晚,听随军鼓吹,已带边声。

内　容　此词描绘了一位文武双全、志在报国的将军形象。
特　色　烘云托月,形象鲜明。
注　释　路分:路分督监,为宋代路一级的军事长官。秋阅:古代军队常于秋天演习,由长官检阅,称为秋阅。柳营:西汉周亚夫治军严明,曾营于细柳（今陕西咸阳西南）,后人因称军营为柳营。油幢（chuáng）:油布军帐。戎韬总制:韬,韬略;按兵法总领军队。山西将种:古人认为华山以西是出将才之处。《汉书·赵充国辛庆忌传赞》:"秦汉以来,山东出相,山西出将。"落笔四筵风雨惊:见杜甫《寄李十二白二十韵》:"笔落惊风雨,诗成泣鬼神。"又《饮中八仙歌》:"高谈雄辩惊四筵。"慊:抚慰。吹毛剑:锋利的宝剑。楼兰:汉时西域城国,在今新疆罗布泊西,昭帝时,楼兰王勾结匈奴,屡杀汉使,元凤四年（前77）,傅介子出使楼兰,计杀其王,此指金国贵族统治者。

赏析　此词写给一位张姓的路分都监。写阅兵只是铺垫和烘托,重点在塑造文武双全的将军形象。开头写出了秋阅的雄壮声势。起三句写耳听,次四句写目见,场面由静而动,极尽变化。作者将张路分比为细柳营中的周亚夫,"人在油幢"以下转而落笔写将军。张路分身在军帐之中,羽扇纶巾,态度闲雅,一派古代儒将风度。"君知否"一问,更点出他为将门之后,又曾参与文人诗社吟咏活动,文武双全,更显其不同凡响。过片紧衔"曾系诗盟"之意,赞美其人笔走龙蛇,文思敏妙。"便尘沙"以下七句作一气读,写其志尚所在。作者赞美张路分像汉时设计刺杀勾结匈奴的楼兰国王的傅介子,不忘恢复中原。阅兵固然意在准备北伐,但北伐之最终目的却不在个人的封侯悬印,而在杀敌报国。这种胸襟又较上文所称颂的儒雅风采、文武兼具之才更高尚可敬。末三句收回到秋阅,点出阅兵时间之久,"听随军箫鼓,已带边声",结穴尤为奇笔,经过一番秋阅,随军箫鼓声中也仿佛轰响着边塞的厮杀战斗声,写出了词人自己观看阅兵之后热血奔涌,耳边幻作一片边塞兵马之声的主观感受。

这是一幅"沙场秋点兵"的壮丽画卷。全词采取了烘云托月的手法,尽力渲染阅兵场面的气氛,鲜明烘托了张路分的儒将形象。在秋阅的雄壮宏大背景

佳 句

· 龙蛇纸上飞腾,看落笔四筵风雨惊。

下,又着力从举止、服饰、门第、才华直至平生志向等多种角度描写张路分,塑造出了一个生动丰满的立体形象。虽然词人在歌颂张路分秋阅的同时,掺杂了江湖词人以词干谒的动机,但他主要是希望通过上词得到赏识,从而投身军旅实现北伐宏图。这一点是我们读词的时候应当注意的。

(唐圭璋 肖 鹏)

贺新郎

原文 遣怀 南宋·刘过

弹铗西来路。记匆匆、经行十日,几番风雨。梦里寻秋秋不见,秋在平芜远树。雁信落、家山何处?万里西风吹客鬓,把菱花、自笑人如许!留不住,少年去。　　男儿事业无凭据。记当年、悲歌击楫,酒酣箕踞。腰下光芒三尺剑,时解挑灯夜语。谁更识、此时情绪。唤起杜陵风月手,写江东渭北相思句。歌此恨,慰羁旅。

内　容 此词抒发词人年华老去、事业无成的感恨。
特　色 熔铸故事,悲歌慷慨。
注　释 弹铗:取冯谖客孟尝君弹铗而歌的典故。平芜:草木丛生的平旷原野。南朝梁江淹《去故乡赋》:"穷阴匝海,平芜带天。"雁信:系于雁足的书信。语出《汉书·苏武传》:"汉求武等,匈奴诡言武死。后汉使复至匈奴,常惠请其守者与俱,得夜见汉使,具自陈道。教使者谓单于,言天子射上林中,得雁,足有系帛书,言武等在某泽中。使者大喜,如惠语以让单于。单于视左右而惊,谢汉使曰:'武等实在。'"菱花:代指镜子。凭据:着落。慰:宽慰。

赏析 南宋孝宗、光宗和宁宗时代,紧随着中兴词人群崛起词坛的,是一大群散发披襟放浪不羁的江湖词人。他们多数出身寒微,四海漂泊,以诗文干谒或依附公卿门下谋取衣食。

没有帕首腰刀的丈夫、大声鞺鞳的伟人,他们只是一群草野文人、流浪行吟词客、纵横游说之士,一群处于才与不才、仕与不仕、隐与非隐之间的江湖名流。刘过就是这样一位词人,曾以诗词干谒周必大、辛弃疾、韩侂胄、郭倪等公卿将帅,冀有所用,也写下了许多慷慨激昂的北伐伟唱。这首《贺新郎》词,较典型地反映了江湖词人干谒无成、怀才不遇的悲凉心绪。

  词约写于由金陵西上襄阳游说诸路帅臣未见拔识之后。首句写自己像战国时代食客冯谖弹剑而歌,西行跋涉,风风雨雨,未遇知音。"记"字下笔极重,似失败之后恍然惊觉,一片不堪回首之

- 悲歌击楫,酒酣箕踞。
- 腰下光芒三尺剑,时解挑灯夜语。

往事出现在记忆之中。梦里寻秋,表现的是一种若有所失、怅惘孤寂的心境。"秋"在此象征了远处可以看见而走近不可得到的某种被追求的东西。在此种心境之下,词人消沉地想起家人故里。自己"十年著脚走四方"(《襄阳歌》)的结果,仅仅是镜("菱花"指镜)中的一片白发。下阕写不为时用的不平。史称刘过任侠能辩,惯于挥喝,出语豪纵,自谓晋宋间人物。这里词人悲歌、狂饮、拊剑,自喻悲歌击楫渡江的祖逖,箕踞(两膝稍曲而坐,形状如箕)而傲侮世俗的阮籍,可惜无人赏识,环视区宇,孤影孑然,男儿事业至今没有着落。万般无奈,他只有希望能召唤来像杜甫那样的诗圣,写一些"渭北春天树,江东日暮云"(《寄李十二白二十韵》)一类慰藉知己好友的诗句,共吐满腔悲愤,以宽慰他漫长孤寂的旅程。

  此词歌笑悲哭一泄无余,极饶勃郁不平之气,有较强的艺术感染力。熔铸古语故事,不露痕迹,悲语、壮语、恨语交错迭出,既写出了江湖词人的独特形象,又生动地展示了因常年流落不遇而形成的独特心境。

(唐圭璋　肖　鹏)

江梅引

原文　　　　　　　　　　　　　怀人　南宋·姜夔

丙辰之冬,予留梁溪,将诣淮而不得,因梦思以述志。

  人间离别易多时,见梅枝,忽相思。几度小窗,幽梦手同携。今夜梦中无觅处,漫徘徊。寒侵被、尚未知。　　湿红恨墨浅封题,宝筝空,无雁飞。俊游巷陌,算空有、古木斜晖。旧约扁舟,心事已成非。歌罢淮南春草赋,又萋萋。漂零客、泪满衣。

内　容	此词写见梅思人的凄楚，透露出飘零的身世。
特　色	层层翻跌，清雅凄苦。
注　释	诣淮：到淮南去。湿红恨墨浅封题：用晏小山词意："泪弹不尽临窗滴，就砚旋研磨。渐写到别来，此情深处，红笺为无色。"浅，用为动词。封题，本指在书札的封口上签押，引申为书札的代称，此处是说泪水打湿了信札。

赏析

丙辰为庆元二年（1196），时词人寄食于无锡梁溪的诗友张鉴的家园。五年前他曾"诣淮"访合肥恋人，现至此张氏家园，梅花盛开，又勾起词人这段旧情，写下了这首恋词。

上阕，起三句见梅思及远人，发为慨叹，奇崛突兀。"几度"二句，写屡屡梦及伊人，总难忘情，美好之往事在梦境中重现，这在词人《暗香》中就有回忆："旧时月色，算几番照我，梅边吹笛。唤起玉人，不管清寒与攀折。"玉笛、美人、明月、梅花……刻骨铭心，难怪要"见梅枝，忽相思"了。然而却空有相思，"今夜"四句陡转，分明常常梦见伊人，今夜相思之极，却于梦中不见其人，仅有的一点安慰也无从寻求，只有孑然孤影徘徊于花月之下，寒气侵透布被，尚不知觉。词人"将诣淮而不得"，转求诸梦境，谁知梦中也有见不到的时候！一层层翻跌，突出了强烈难按的思恋。

下阕写相思依旧层层递进。"湿红"二句写词人窗下睹物怀人，情书虽在，人却不见，宝筝依旧，却已绝响。筝上玉柱斜列如飞雁，此兼指无传书之雁也。"俊游"二句，再追想昔日携手同游的赤栏桥西杨柳巷陌，如今也只有黯淡斜晖照着萧萧古木。慨叹古木斜阳隐含了对红颜易老的担心。到此词又进一层。追忆当年曾"旧约扁舟"，然而携美人隐居的夙愿如今终成一空。"淮南春草赋"指淮南小山"王孙游兮不归，春草生兮萋萋"之赋，此写别后相思之苦如萋萋春草生不尽，又暗切词人淮南（合肥）之情事。词人长年游食江湖，心为形役，飘零于天地之间，唯有一点相思难忘，生亦难会，梦亦难见，处于无法摆脱的痛苦之中，只有"泪满衣"而已。全词一波三折，层层推进，极幽怨低回之致，充分体现了姜夔恋情词清雅中兼含凄苦的特点。

（唐圭璋　肖　鹏）

选闻

范成大归老姑苏石湖，姜夔去拜访他。一日，姜夔新作了《暗香》《疏影》两支曲子，由范府的歌女小红演唱，小红色艺双绝，姜夔被她深深吸引了。范成大看出了姜夔的心思，便将小红送给了姜夔。姜夔带着小红返乡。舟行至垂虹桥附近时，正是傍晚时分，天色渐沉，大雪纷飞。他们索性停下船来赏雪，耳旁是小红幽转的箫声，眼前是银装素裹的美景，姜夔吟出了千古名篇："自作新词韵最娇，小红低唱我吹箫。曲终过尽松陵路，回首烟波十四桥。"

（徐玲）

点绛唇·丁未冬，过吴松作

伤怀 南宋·姜夔

原文

燕雁无心，太湖西畔随云去。数峰清苦，商略黄昏雨。第四桥边，拟共天随住。今何许？凭栏怀古，残柳参差舞。

内 容 此词写词人凭栏怀古所见，表现凄苦的心境。

特 色 造境结奇，清空入化。

注 释 燕雁：即燕鸿，燕地的雁，泛指北雁。清苦：形容寒山的凄清冷落。商略：准备。宋卢祖皋《摸鱼儿·九日登姑苏台》："吟未就，但衰草荒烟，商略愁时候。"第四桥：即甘泉桥，在吴县城外，因泉品居第四而得名。天随：唐朝诗人陆龟蒙，号天随子，居松江甫里，带笔墨、茶灶泛游于江湖。

赏析

这首小令是代表姜夔清空词风的名作。吴松即吴淞江，俗称苏州河，太湖支流，经吴江、苏州合流于黄浦江。淳熙十四年丁未（1184）冬间姜夔由湖州往苏州访石湖范成大，途经吴淞时写下此词，抒发感时伤事、吊古哀今之怀，反映了这个自比"天随子"的姜白石内心的深刻矛盾。词造境新奇，清空入化。在审美表现上，词人采用移情于景、运意于境的手法，造成清空虚灵、惝恍迷离的意象，整个客观物象都随同词人的感情意绪有生命地活了起来：燕雁可以"无心"，山峰会感到"清苦"，"商略"（商量）着下黄昏雨，残柳也参差（cēncī，不齐貌）地跳起了舞。整个物景中都搏动着词人的主观自我。起首"燕雁无心，太湖西畔随云去"，这里的"云"实际也是隐指词人自己，他从太湖西岸的湖州往姑苏，那燕雁一直"无心"地伴随他东来，而这"无心"恰好表明了燕雁的多情。这两句已不露痕迹地融入了一种清空的禅趣："无心"本是佛禅的基本思想，要人不于境上起心。慧能提出无住、无念、无相，禅师便以云的来去无迹比喻无心。柳宗元唱出了"岩上无心云相逐"（《渔翁》），行脚僧自称为"云水"（行云流水），禅徒便以"浮云无心"说禅法。姜夔本是浮云不定的山人高士，他于淳熙十三年游南岳，返汉阳，过武昌；十四年下金陵，游杭州，居湖州，可以说是一片无心来去、无住无相的"行云"。所以他自比为天随子陆龟蒙："三生定是陆天随，又向吴淞作客归。"（《除夜自石湖归苕溪》）"天随"意为听任自然，典出《庄子·在宥》"神动而天随"，注云"神顺物而动，天随理而行"，"天随"和"无心"是庄禅贯通的。词中正以燕雁的无心反衬它们伴随的"云"也是无心的，然而又不直说云"无心"，那是因为这个无心的天随子却并不能真正做到不于境上起心，诗下面直到结尾都展现了他内心这一无法排遣的凄苦矛盾:"数峰清苦,商略黄昏雨。"冬天的群峰显得分外的寥落荒冷,它们被一片黄昏的浮云所遮,仿佛在犹疑不定地商量着是否下雨。表面是写吴淞之景,实际投射出了词人清苦、迷惘的心境。下阕便把内心的矛盾和盘托出:"第四桥边,拟共天随住。"第四桥即吴江城外的甘泉桥。词人伫立第四桥上,怀想陆天随放扁舟,挂篷席,安置束书、茶灶、笔床、钓具,啸傲于江湖之上的一生,"沉思只羡天随子,蓑笠寒江过一生"(《三高祠》),准备想要仿效陆天随。然而他却并不能真的做到"天随"、"无心",下面笔锋陡然急转:"今何许?凭栏怀古,残柳参差舞。"彼一时,此一时,如今国事危殆,山河分裂,英雄废退,贤人不用,江湖难安,何况词人怀才不遇,十年凄凉,他唯有手扶桥栏怀古伤今,望着那残柳枯枝在瑟瑟寒风中上下乱舞,撩起心中无穷的伤时慨事的意绪而已。

陈廷焯《白雨斋词话》评此词:"通首只写眼前景物,至结处……伤感时事,只用'今何许'三字提唱。'凭栏怀古'以下,仅以'残柳'五字咏叹

· 数峰清苦,商略黄昏雨。

了之。无穷哀感,都在虚处。"此为分析家所好引,实非至当确论。全词都是写词人伫桥凭栏怀古所见,情在景中,我随景现,并非通首只写眼前景物,亦非以怀古五字咏叹了之,更非"凭栏怀古"以下才以虚情出之。全词实中有虚,虚中有实。词人的独特之处在于运用意象的迷离虚灵与大跨度的跳跃,来描绘出清空的意境,巨笔横扫,包举古今,故其言虽小,而所含极大,其咏至虚,而所举甚真。

(景　南)

踏莎行

原文

感梦　南宋·姜夔

自沔东来,丁未元日至金陵,江上感梦而作。

燕燕轻盈,莺莺娇软。分明又向华胥见。夜长争得薄情知?春初早被相思染。别后书辞,别时针线。离魂暗逐郎行远。淮南皓月冷千山,冥冥归去无人管。

内　容　此词写早年所恋女子对自己凄苦的思念。
特　色　运笔空灵,朦胧清冷。
注　释　丁未元日:淳熙十四年(1187)正月初一。燕燕、莺莺:借喻爱人,语见苏轼《张子野年八十五尚闻买妾述古今作诗》:"诗人老去莺莺在,公子归来燕燕忙。"轻盈:指体态。娇软:指语言。华胥:见《列子·黄帝》:"黄帝昼寝而梦游于华胥氏之国。"这里以华胥代指梦。争得:怎得。郎行:情郎那边,或说行是衬字。

赏析 词人早年曾恋一合肥女，后因故分手，终娶诗人萧德藻之兄女。淳熙十三年（1186）冬，他随萧德藻由沔州（今湖北武汉）沿江而下前往湖州定居，道过金陵，夜来梦见合肥伊人，遂感梦吟成此词。

上阕一起即切入梦境。《列子》载黄帝梦中游于华胥氏之国，"华胥"便为梦之代称。"燕燕"、"莺莺"，语出苏轼调侃张先买妾诗，代指美姬，本词用以形容所梦之人体态轻盈、音声娇软，如燕如莺。此处二者实指一人。轻盈娇软乃词人多年来萦绕于心的最深刻之印象，故首先拈出。"夜长"二句承上而下：既得梦而喜，惊醒之后再难成眠，因此特别觉得夜长。但梦醒成空，又不禁怨合肥女子薄情，不知自己相思之苦。"染"字颇奇特，可以是微微沾染，也可以是深深浸染，在此当然是后者。初春正是相思易生之时，一个"早"字正写出"染"之深。有人认为此二句系就对方落笔，"薄情"指词人自己，非是。

下阕承夜长不眠、早染相思之意脉，落笔悬想伊人。别时她的细针密缝之情，别后她的殷勤传书之意，都一一出现在词人眼前。"书辞"、"针线"，与

佳句

・淮南皓月冷千山，冥冥归去无人管。

她痴情的相思活动有关。相思已极，乃有情女离魂逐郎而行之事。郎行（háng），意为郎那边。"淮南"二句想象她在淮南冰冷的千山夜月下独自逡巡凄然而归的情景，一片深情尽在不言之中。

姜夔善于以空灵之笔写柔情，此词就是一例。白石所有怜香惜玉之作都"染"有了一层凄苦色彩、寂寞感觉和冷峻的格调，其境界清空，与北宋艳词迥然不同。此词笼罩在如梦如幻、似实似虚的艺术氛围之中。尤其末二句，既是词人夜半所见实景，又似是梦幻中、想象中所构虚景，造成一种朦胧的效果。此外，词人用笔极含蓄。如过片写女方之相思，结尾写自己对伊人之一往深情，皆不正面写出。这也形成了朦胧意象。所以王国维说姜词是"雾里看花，终隔一层"（《人间词话》）。确实，姜夔词的风格不是"晴川历历汉阳树"（崔颢《黄鹤楼》），而是"如蓝田日暖，良玉生烟，可望而不可置于眉睫之前也"（司空图《与极浦书》）。所谓"隔一层"正是一种朦胧美。

（唐圭璋　肖　鹏）

淡黄柳

原文　访旧　南宋·姜夔

客居合肥南城赤阑桥之西，巷陌凄凉，与江左异。唯柳色夹道，依依可怜。因度此阕，以纾客怀。

空城晓角，吹入垂杨陌。马上单衣寒恻恻。看尽鹅黄嫩绿，都是江南旧相

识。　　正岑寂，明朝又寒食。强携酒、小桥宅，怕梨花落尽成秋色。燕燕飞来，问春何在？唯有池塘自碧。

内　容　本词写合肥寒春景色，写词人自己欲访旧恋而意怯的心态。
特　色　因情设境，虚实相生。
注　释　赤阑桥：作者有《送范仲讷往合肥》："我家曾住赤阑桥，邻里相过不寂寥。君若到时秋已半，西风门巷柳萧萧。"江左：即江东。纾：抒写，抒发。晓角：清晨时的号角声。寒恻恻：轻寒貌。韩偓《寒食夜》："恻恻轻寒剪剪风。"鹅黄：柳初出芽的颜色。小桥宅：指合肥所欢住处；另一说，桥是姓，大桥、小桥见《三国志·吴书·周瑜传》，后来多省作乔。梨花落尽成秋色：用李贺《十二月词》"梨花落尽成秋苑"之意。燕燕：语出《诗经》："燕燕于飞，参差其羽。"指双燕。

赏析　此词作于光宗绍熙元年（1190）词人重客合肥之际。赤阑桥为其故里，萧萧多柳。词即借咏柳写其访旧情怀，兼及怀人、自伤和哀家山诸事。

　　上阕起二句逆入，写马上所闻所见，交代所在时间、地点，第三句始补出景中之人及其主观感受。自宋、金划淮水为界以来，合肥已成边城，凄哀的号角声在垂杨陌上缭绕不散，人烟稀少，处处荒败，与扬州相似，故称"空城"（《扬州慢》："清角吹寒，都在空城。"）。"寒恻恻"的感觉，既来自寒食时节、清晨风骤和衣着单薄诸因素，同时也与乍见故里、寒角鸣咽以及空城无人造成的特殊气氛有关。"看尽"二句咏走马观柳。江南，这里指词人家室所寓的湖州。"昔我往矣，杨柳依依，今我来思，雨雪霏霏。"（《诗经·小雅·采薇》）看柳实隐含怀旧之情。所以在他眼里，合肥一派鹅黄嫩绿的垂柳，都与江南湖州的一般，似曾相识。从更深一层体味，词人唯看新柳而不见街坊屋宇，其"巷陌凄凉"，无复旧时面貌已尽在不言之中。下阕化实为虚，悬想明日寻访当年之恋人，担心几度寒食玉人已经憔悴，花落成秋。"又"、"强"、"怕"三字，淋漓尽致地表现了词人心惊意怯、想见伊人又怕见伊人的复杂心理。"燕燕"三句写景收束，以淡笔结浓情，极绵邈含蓄。似是眼前实景，又似是以己喻燕，为寻梦而来又失落于此，茫然无所得而归。词人以拟人手法，托燕设问春在何处，而答以"唯有池塘自碧"，尤为妙想奇笔，一片清空之境，无限悲凉哀感生于象外，回味不尽。

　　词移情于景，写出了一个空阔寂寥的清寒世界。寒食空城、冷酒单衣，甚至冷色调的绿柳碧水，都有力地渲染了凄苦清空的意境。行笔之间有虚有实，"明朝"是虚，"秋色"是虚中之虚。上、下阕歇拍处是实景实写，但又极空灵，别蕴深衷。章法结构与命意造境皆得虚实相生之妙。

佳　句

· 看尽鹅黄嫩绿，都是江南旧相识。

（唐圭璋　肖鹏）

扬州慢

吊古 南宋·姜夔

原文

  淳熙丙申至日，予过维扬。夜雪初霁，荠麦弥望。入其城，则四顾萧条，寒水自碧。暮色渐起，戍角悲吟。予怀怆然，感慨今昔，因度此曲。千岩老人以为有黍离之悲也。

  淮左名都，竹西佳处，解鞍少驻初程。过春风十里，尽荠麦青青。自胡马窥江去后，废池乔木，犹厌言兵。渐黄昏、清角吹寒，都在空城。　　杜郎俊赏，算而今、重到须惊。纵豆蔻词工，青楼梦好，难赋深情。二十四桥仍在，波心荡、冷月无声。念桥边红药，年年知为谁生？

内　容　本词写名城扬州遭兵火后的荒凉，间夹有对其当日繁荣的忆念。
特　色　意象浑茫，清空沉郁。
注　释　扬州慢：此调为作者自度曲，原注"中吕宫"调。淳熙丙申：宋孝宗淳熙三年（1176）。至日：农历冬至日。维扬：扬州。语见《尚书·禹贡》"淮海维扬州"。弥望：满眼。千岩老人：萧德藻的别号，作者是其佷女婿。黍离：《诗经·王风》篇名。周平王东迁后，周大夫经过故都见宗庙宫室长满禾黍，遂作此篇。淮左：宋置淮南东路与淮南西路，东路称淮左，扬州属东路。竹西：亭名。唐杜牧《题扬州禅智寺》诗："谁知竹西路，歌吹是扬州。"后人因于其处筑竹西亭，又名歌吹亭，在扬州府甘泉县（今江苏扬州）北。荠（jì）：荠菜。窥江：侵犯长江，金曾于建炎三年（1129）、绍兴三十一年（1161）两度南犯，扬州均遭破坏。杜郎俊赏：杜牧曾游赏扬州。豆蔻词：豆蔻，又名草果，多年生草本植物，高丈许，秋季结实，产岭南。诗文中常用以比喻少女。杜牧写的《赠别》一诗有"娉娉袅袅十三余，豆蔻梢头二月初"之句。冷月无声：与苏轼《阳关曲》"银汉无声转玉盘"同为咏月妙句。桥边红药：相传开明桥（二十四桥之一）左右，春天芍药花市甚盛，见《一统志》。

赏析

  姜夔这首《扬州慢》把吊古伤今的感受化为浑茫沉郁的意象，写出了对乱后荒冷残破的芜城的伤悼之情，具有"清气盘空，高远峭拔"（戈载《七家词选》）的特色。

  词人在淳熙三年（1176）大雪初晴的冬至日来到扬州，经过建炎三年（1129）、绍兴三十一年（1161）金兵的南侵掳掠，繁华的扬州变成了一座萧条冷落的空城，词人顿生哀时伤乱的怆怀，他把自己的家国破碎之恨、古今兴亡之悲的感受熔铸在以心感物而成的六组意象中。首三句"淮左名都，竹西佳处，解鞍少驻初程"，是总叙交代，然而无限山河沦陷之悲已隐在其中。淮左即淮南东路,扬州是长江与大运河交汇的枢纽,商业发达的重镇,所以称淮左名都。在扬州城东禅智寺侧有竹西亭,那里本是歌吹喧天的繁胜去处,如今早已烟消云散,词人初来扬州就在这里驻马暂留,是更有一层深意的,阮阅说:"蜀冈者,维扬之地也。蜀冈之南,有竹西亭,修竹疏翠……自蜀冈以南,景气顿异,北风至此遂绝。"(《诗话总龟》)本来北风到竹西以南遂绝,可是如今却是"南风"不竞,"北风"猛烈,横扫江淮,正有山河变色、风景殊异的迁逝之感,词人的家国之恨、兴亡之悲也就从这里开始生发滚涌了。"过春风十里,尽荠麦青青",是第一组意象。当年杜牧《赠别》有"春风十里扬州路,卷上珠帘总不如"诗句,写出扬州十里温柔富贵之乡处处风流的歌舞升平景象,如今何在?词人只看到那楼阁高耸、丝竹盈耳之地长满了一片

青青的荠菜和麦子。词人大匠运斤,一昔一今对比,起笔得势,词人的家国之恨一开始便已达于不可控勒之境。"自胡马窥江去后,废池乔木,犹厌言兵",是第二组意象。词人宕开一笔,由今溯昔,胡马窥江(长江)是指金兵三次铁骑南侵,骚扰江淮,抢掠一空,扬州夷为废墟,只留下一泓废池和几株古树,时到如今,连它们都还怕谈起那几回可怕的兵事。说废池乔木厌兵,正写出战乱对名都破坏之巨、创伤之深,回答了何以"荠麦青青"的原因。其实废池乔木之厌兵是词人厌兵情感的外射,词人移情拟人,借物表达了自己的一种深沉的历史感受,这种意象化的托物寓意的手法在词中反复出现,正是古典诗词感受、体验审美方式的典型表现,也是姜夔用以制造清空意境的看家本领。"渐黄昏,清角吹寒,都在空城",是第三组意象,由往昔回到眼前,一个"渐"字写出时间的流逝,词人久久留连伤悼,暮色苍茫中,偌大一座扬州空城,只有戍楼上的号角在呜呜悲鸣,吹出一阵阵的寒气,更衬托出空城的死寂,点出边警未除,江淮仍旧势危,把悲凉、惊惧、凄哀的意绪推到了极致。

下阕也由三组意象组合,层层深化着意境与词人的感受。"杜郎俊赏,算而今、重到须惊。纵豆蔻词工,青楼梦好,难赋深情",是第四组意象,词人再以今昔对比做侧面烘托。唐诗人杜牧有非凡的赏鉴力,曾尽情享受过扬州的繁华风流,写下了"娉娉袅袅十三余,豆蔻梢头二月初"(《赠别》)与"十年一觉扬州梦,赢得青楼薄幸名"(《遣怀》)的名句,然而他要是今天重来扬州,看到这荒凉破落的芜城,也一定要心惊,哪怕他有写豆蔻名词、做青楼梦好诗的才能,也难把此时此地面对荒城的悲怆深情表达出来。这一笔反衬,凌空而起,跨越古今,进一层写出哀愤交织的历史兴亡盛衰之感。"二十四桥仍在,波心荡、冷月无声",

是第五组意象,暗示时已向夜,词人仍在流连伤悼不去,但意绪渐由愤转哀,无可奈何地低沉跌落。二十四桥在扬州西郊,杜牧《寄扬州韩绰判官》有云:"二十四桥明月夜,玉人何处教吹箫?"当年的风月繁华是何等旖旎迷人,然而如今二十四桥虽然仍在,却吹箫玉人已去,无限繁华均成梦幻泡影,唯有那桥下波底还无声无息地荡漾着一轮空幻的冷月,在哀悼那昔日的几多风流繁华!这一冷色调的意象仍然涵盖今昔的对比,沉痛郁勃,又深一层写出了荒城之"冷"与词人心境之"冷"。到结拍"念桥边红药,年年知为谁生"是第六组意象,词人近于绝望的凄哀意绪彻底地跌落下去,"冷"到了最低点。二十四桥一名红药桥,桥边盛植红芍药,词人即物兴悲,自然天成。但芍药本以扬州最盛,苏东坡便说"扬州芍药为天下冠",故芍药又名扬花。宋蔡繁卿任扬州太守,每年都要举办芍药花会。竹西亭畔的禅智寺就有很大的芍药园,还设有芍药厅。所以词人的指桥边芍药发问也是针对整个扬州:如今繁华早已消歇,荒城空在,那年年开花的芍药不知又为谁红呢?曲终弥漫着一片近于空冷虚无的世事沧桑变幻之感,然而在这"冷"的绝望底下,仍旧依稀潜滚着中原沦丧、山河破碎的家国之悲的热流。

全词六组意象的组接,有如长江大波,一浪紧跟一浪,迭起滚涌,忽高忽低,清空中见沉郁,浑茫中见峭拔,一石千浪,一波三折,而终归于浪声消歇,余波不尽。无怪名诗人千岩老人萧德藻称叹此词有《黍离》之悲。《诗经》中的《黍离》篇写周朝大夫经过旧都,目睹故宫里长满一片离黍,荒凉满目,悼念国家倾覆,彷徨不忍去。姜夔以他独特的意象审美感受,把这一故国之悲的主题表现得更加铭心刻骨。　　　　(景南)

· 二十四桥仍在,波心荡、冷月无声。

暗　香

原文

咏梅　南宋·姜夔

辛亥之冬,予载雪诣石湖。止既月,授简索句,且征新声。作此两曲,石湖把玩不已,使工妓隶习之,音节谐婉,乃名之曰暗香、疏影。

旧时月色,算几番照我,梅边吹笛?唤起玉人,不管清寒与攀摘。何逊而今渐老,都忘却、春风词笔。但怪得、竹外疏花,香冷入瑶席。　　江国,正寂寂。叹寄与路遥,夜雪初积。翠樽易泣,红萼无言耿相忆。长记曾携手处,千树压、西湖寒碧。又片片、吹尽也,几时见得?

内　容	此词写词人见梅而回忆与恋人同赏的情景，抒发时下孤独衰飒的情怀。
特　色	化典喻人，联翩比兴。
注　释	石湖：在苏州西南。诗人范成大晚年居此，自号石湖居士，人称范石湖。旧时月色：温庭筠诗："唯有旧山留月色。"周紫芝词《清平乐》："月到旧时明处，共谁同倚栏杆。"玉人：美人。贺铸《浣溪沙》："玉人和月摘梅花。"何逊：梁代诗人，在扬州曾作《咏早梅》诗一首。后来杜甫有诗："东阁馆梅动诗性，还如何逊在扬州。"瑶席：席的美称。叹寄与路遥：感叹路远不能把梅花寄给所想念的情人。此处暗用陆凯寄范晔"折梅逢驿使，寄予陇头人"诗意。翠樽：翠绿色的酒杯，也指酒。红萼：红花。耿：耿耿，形容心中不安，有所悬念。

 这首与《疏影》两篇咏梅名作，都是结合作者自己的所见所感来写的。《暗香》通过作者（我）和梅花的关系，抒发了身世盛衰之感。上阕从"旧时月色"至"不管清寒与攀摘"，是写过去，是写"盛时如此"（周济评语），那时作者有玉人（美人）同在，生活、心情都比较好，常常在月下梅边吹笛共赏，有时还兴致勃勃，冒着清寒去攀摘梅花。从"何逊而今渐老"至"红萼无言耿相忆"，是写"衰时如此"（周济评语）。而今玉人远去，自己也年华渐逝，早失去了当时为梅花吟诗作赋的豪情逸兴了。作者此时已无心赏玩梅花，而梅花却依然开放，显得和词人目前心境很不调和，所以用"怪得"两字。下阕紧连上阕后段，那时身处江乡，倍感寂寞，想折梅花寄给情人，可叹道途遥远，又正夜雪初积之时。而独对酒樽，无人做伴，抚今追昔，不禁流下泪来。此时窗外梅花，也与我无言相对，好像怀着无限忧思似的。从"耿相忆"生出后面数句，直至结束，是"想其盛时，感其衰时"。令人永不能忘的是：那时孤山的千树梅花怒放，繁花似锦，幽香袭人，压倒了湖上的一切，而我们俩也在梅下携手缓步，赏此佳景。此情此景，永生难忘。可惜现在人去花飞，不知何时才能重见啊。此词句句写梅花，又句句写人的活动，人的命运和梅花是怎样相关的。

(万云骏)

疏　影

 咏梅　南宋·姜夔

　　苔枝缀玉，有翠禽小小，枝上同宿。客里相逢，篱角黄昏，无言自倚修竹。昭君不惯胡沙远，但暗忆、江南江北。想珮环、月夜归来，化作此花幽独。

　　犹记深宫旧事，那人正睡里，飞近蛾绿。莫似春风，不管盈盈，早与安排金屋。还教一片随波去，又却怨、玉龙哀曲。等恁时、重觅幽香，已入小窗横幅。

内　容　此词以幽冷的笔调咏梅花，渗入世事之忧。
特　色　花人绾合，词气清空。
注　释　苔枝缀玉：苔梅枝上点缀着如玉的美丽花朵。《武林旧事》载："苔梅有二种，一种宜兴张公洞者，苔藓极厚，花极香。一种出越上，苔如柳丝，长尺余。"无言自倚修竹：这里把梅花比作美女。杜甫《佳人》"天寒翠袖薄，日暮倚修竹"。想珮环、月夜归来，化作此花幽独：梅花大概是昭君的灵魂在月夜归来所化。杜甫《咏怀古迹》有"环珮空归月夜魂"之句。飞近蛾绿：飞上眉毛。蛾绿，古代妇女画眉用的青黑颜料，借指女子的眉毛。唐颜师古《大业拾遗记》："绛仙（吴绛仙）善画长蛾眉……由是殿脚女争效为长蛾眉。司宫吏日给螺子黛五斛，号为蛾绿。"玉龙哀曲：玉龙，笛子名称。林逋《露天晓月》词："甚处玉龙三弄。"哀曲，古代笛曲有《梅花落》，唐李白《与史郎中钦德黄鹤楼上吹笛》："黄鹤楼中吹玉笛，江城五月落梅花。"其中的"落梅花"即为《梅花落》曲。恁时：这时。横幅：指画幅。

赏析　《疏影》是《暗香》的姐妹篇，二者是组词，而又各具特色。如果说《暗香》基本上是现实主义的，那么《疏影》基本上就是浪漫主义的了。这词开头六句，是写现实：篱间竹外有梅花开着，枝上有翠禽同宿，人在客里，时值黄昏，词人于是对此展开了浪漫主义的想象。这梅花，莫不是出塞的王昭君的化身？她不习惯荒远的沙漠生活，因而灵魂在月下归来，化成这幽独的梅花。只要联系一下当时现实，就可以看出这里的昭君显然是指北宋末年汴京沦陷时被金人俘去的宋室后妃。而身处异乡、心怀故国不是也代表了她们的共同心愿吗？下阕继续展开想象：北宋灭亡，是前车之覆；南宋重建，后车可鉴。金人亡宋之心不死，如不励精图治，京都沦落，帝子后妃被掳北去之事，可能重现。换头"犹记深宫旧事，那人正睡里，飞近蛾绿"，用宋武帝女儿寿阳公主梅花飘落眉心因成梅花妆的典故。"莫似"以下扣紧现实，忧心如焚。不要像春风不管花落那样，而应把幽居深宫的年少婵娟，早与安排金屋，使其不致流离失所！否则，一旦落花流水，只能供横笛吹怨，或写入小窗横幅而已。此词句句写梅，又句句写人，梅花与人，绾合为一，花的命运，即是人的命运，此词也是咏物词中的佳作。

清刘熙载云："词深于兴，则觉事异而情同，事浅而情深。"俞平伯《唐宋词选释》说："词多比兴，虽字面上说梅花，却处处关到自己，关到家国，引用

佳句

· 想珮环、月夜归来，化作此花幽独。

古句甚多，自是用心之作，虽稍有沉晦处，参看注文，大意可通。"有人说姜夔二首咏梅词"作者过分地雕琢字句，用典隐晦，致使词意难明"，但细玩全词，这一批评是不确切的。（**万云骏**）

沁园春

观画　南宋·汪莘

原文

挂黄山图十二轴，恰满一室，觉此身真在黄山中也，赋此词寄天都峰下王道者。

家在柳塘，榜挂方壶，图挂黄山。觉仙峰六六，满堂峭峻；仙溪六六，绕屋潺湲。行到水穷，坐看云起，只在吾庐寻丈间。非人世，但鹤飞深谷，猿啸高岩。　　如今老疾蹒跚，向画里嬉游卧里看。甚花开花落，悄无人见，山南山北，谁似余闲？住个庵儿，了些活计，月白风清人倚阑。山中友，类先秦气貌，后晋衣冠。

内　容　本词将观画与隐居生活合一来写。
特　色　时空叠合，想象超逸。
注　释　方壶：腹圆口方的壶。古代礼器的一种。《仪礼·燕礼》："司宫尊于东楹之西，两方壶。"郑玄注："尊方壶，为卿大夫士也。"又一说为神山名，即方丈。《列子·汤问》："渤海之东，不知几亿万里，有大壑焉……其中有五山焉：一曰岱舆，二曰员峤，三曰方壶，四曰瀛洲，五曰蓬莱。"汉班固《西都赋》："滥瀛洲与方壶，蓬莱起乎中央。"作者退居柳塘后，围以方渠，自号"方壶居士"。潺湲：水流动貌。寻丈：泛指八尺到一丈之间的长度。《管子·明法》："有寻丈之数者，不可差以长短。"蹒跚：行步摇晃跌撞貌。

赏析　汪莘为隐逸之士，词多抒写山水情怀。这首《沁园春》词借观玩《黄山图》卷，展示其淡泊闲雅的心境。嘉定元年（1208）前后，词人游黄山归来，作《黄山图》十二幅悬于四壁。

上阕咏观画。词人曾以布衣上封事不用，退而筑室于柳塘，围以方渠，自号方壶居士。首三句即咏此，似平平而起，却有反跌之妙。"觉"字以下皆以虚为实，以观玩者之主观想象及心灵感受，取代对画面的叙述和对作画技巧的赞美：满堂皆山，绕屋皆水，自己恍然如在黄山三十六峰、三十六溪之中。唐人王维："行到水穷处，坐看云起时。"（《终南别业》）一种特定环境下才有的空寂无忧的心境，如今只在家中神游即可捕捉和体验到了。"只在吾庐寻丈间"，与首三句呼应，虽在吾庐，却仿佛看见黄山深谷鹤飞，听到高岩猿啸。歇拍三句进一层突出了这种似真似幻的感觉。词人采用了心理时空错位重叠的手法，把画境与山境、吾庐与黄山融为一体，描出了一个迷离惝恍、清旷飘逸的隐居境界。下阕从观画荡开，写自己的山中隐居情趣。词人早年曾屏居黄山，作此词时已五十余岁，故自云"老疾蹒跚"。词人虽有恨于不能亲临黄山好山水，前往远游隐居，但是却可在堂上观自己的画，人在画中，仿佛自己终日已隐居在黄山中。以下词人展开浪漫的想象，设想自己过着真实的隐居生活：谁说黄山中花开花落悄无人住，我不就在山南山北过着最悠闲的日子吗？我住在草庵中，每天了却一些小活计，便倚栏在月白风清中啸傲自乐。词人把现实的家室同画上的黄山合而为一了，虽不在黄山却是黄山隐士。歇拍便用桃花源的故事，把自己比作桃花源中的古逸民，认为自己同天都峰下的王道者一样都是黄山之友，有先秦隐士的气貌与东晋高士的风度。

全词平易流畅，用典不多，以心理时空的驰骋写出了超脱的山水隐逸之趣。词人巧妙地把观画和隐居生活统一起来，突出主观感受和独特的心境，实为言志抒怀的佳构。　　（唐圭璋　肖　鹏）

水调歌头 · 题剑阁

原文　　　　　　　　　帅边　南宋·崔与之

万里云间戍，立马剑门关。乱山极目无际，直北是长安。人苦百年涂炭，鬼哭三边锋镝，天道久应还！手写留屯奏，炯炯寸心丹。　　对青灯，搔白发，漏声残。老来勋业未就，妨却一身闲。梅岭绿阴青子，蒲涧清泉白石，怪我旧盟寒。烽火平安夜，归梦到家山。

内容特色　此词写词人帅蜀时对恢复故土的向往，表达了对勋业未就的感叹及对家乡的思念。对比映衬，正反相生。

注释　戍：戍守。乱山极目无际，直北是长安：语本杜甫《小寒食舟中作》："白云山青万余里，愁看直北是长安。"直北，正北。《史记·封禅书》："汉文帝出长安门若见五人于道北，遂因其直北立五帝坛，祠以五牢具。"这里以长安代汴京。涂炭：比喻艰苦的境遇。锋镝：镝，箭头。这里代指战争。天道久应还：天道早就该回转了。留屯：即屯兵留驻。勋业：功业。梅岭：大庾岭，在江西广东交界处。以岭上多梅，故称梅岭。青子：未熟的梅子。蒲涧：在广东白云山上，涧间有九节菖蒲草生长，其水清甜。崔与之曾隐居于此。怪我旧盟寒：责怪我没有践旧日盟约。

　这是词人镇守西蜀时所作的一首抒情词。赵闻礼《阳春白雪》卷八题此词为"帅蜀作"。崔与之帅蜀，在嘉定十四年（1221）至嘉定十六年（1223）之间。此时开禧北伐失败已成为十余年前往事，宋、金双方皆无力发兵开边，处于彼此相持状态。在此种形势下，本词仍然抒发了强烈的恢复故土愿望，不作消沉语，十分可贵。

上阕写家国之恨，下阕写身世之感，一壮一悲，正反相生。起二句豪气万丈，词人原籍广东，远离西蜀，故云"万里"，又"蜀道之难难于上青天"，故称"云间戍"。立马于剑门关，写出"一夫当关，万夫莫开"的英雄气概。次二句为关上所见，心系中原，自然而然要北望寻找和猜测故都"长安"（指汴京）位于何处。顺着这种猜测，词人又想象中原父老生灵涂炭，连年陷于兵祸。物极必反，词人禁不住发出"天道久应还"的呼声。最终激情如火，挥笔给朝廷上书，请求屯兵留驻以备北伐之变。上阕四层，依逻辑关系逐层引出下文，非常自然清晰。

下阕笔锋陡转，由壮到悲，由扬到抑。词人虽有炯炯丹心和报国豪情，然而如今却头发已白，只能空对荧荧青灯，在凄哀的漏声中虚度光阴，勋业未就，平生隐居山野林泉的梦想难以实现。家乡那梅岭绿荫深处的青梅子，那蒲溪清清水波中的白石，也要责怪我失了前约，不早日归故里。词人唯有以边塞平安告慰亲友，在没有烽火告警的宁静夜晚，魂梦飞归日夜思念的故乡。这种心态与猛将形象表面上如此矛盾：白天骁勇无比，夜晚却怅叹青灯白发；白天手写留屯奏，夜晚却梦归故乡；白天系念中原苍生，夜晚却念念不忘个人的隐逸闲情。但是，这些矛盾对比恰恰从反面烘托了将军以家国为重、个人为轻的献身精神，壮与悲统一在一个有抗敌爱国热情的将帅身上，正是那个时代

- 万里云间戍，立马剑门关。
- 乱山极目无际，直北是长安。

历史悲剧的心理折射。词人写出这壮与悲交织的忧患意识，人们反觉得这个形象更真实，更丰满，更值得敬佩和同情。宋初词人范仲淹《渔家傲》写屯守西北的战地生活，以"人不寐，将军白发征夫泪"作结，也是同一表现方法。

（唐圭璋　肖　鹏）

风入松

原文　　　　　　　　　　游湖　南宋·俞国宝

一春长费买花钱，日日醉花边。玉骢惯识西湖路，骄嘶过、沽酒垆前。红杏香中箫鼓，绿杨影里秋千。　　暖风十里丽人天，花压鬓云偏。画船载取春归去，馀情寄、湖水湖烟。明日重扶残醉，来寻陌上花钿。

内　容　此词描绘西湖绮丽、香软的春游场面。
特　色　重彩渲染，流美精雅。
注　释　骢（cōng）：青白相杂的马。沽：买。垆（lú）：古时酒店里安放酒瓮的炉形土台子，借指酒店。鬟云：形容妇女发髻美如乌云。馀：剩余、多余。钿：钗钿，女子的头饰物品。

赏析　据周密《武林旧事》卷三载，此词系淳熙间太学生俞国宝醉笔，题写于西湖断桥酒肆之素屏上。太上皇宋高宗游湖见此词，"驻目称赏久之"，说："此词甚好，但末句未免儒酸。"于是将原词"明日重携残酒"改为"明日重扶残醉"，俞国宝即日得以解褐授官。

"西湖天下景，朝昏晴雨，四序总宜。杭人亦无时而不游，而春游特盛焉。"（《武林旧事》卷三）此词即以浓墨重彩描绘了一幅令人心醉的西湖春游图。凡分三大层次。首四句写来游，镜头只集中在一位雅人诗客身上，"长费"、"日日"、"惯识"强调这位骚人一春无日不醉游。费钱买花和醉卧花丛，侧面写出了春日西湖之美，而马识旧路欢嘶过酒垆，也是对游客"日日醉花边"的陪衬描写。中四句为第二层，变景中之游人为游人眼中之景，将镜头由对准一位醉客推向满湖士女。"红杏"、"绿杨"、"暖风"、"丽人"渲染出十里西湖绮丽香软的特殊春游氛围；鼻嗅杏香、耳闻箫鼓、目赏丽人。枝头杏花和妇女头上的插花，与第一层中人买花、醉卧花丛前后呼应，令人想见一片花的世界。末四句为第三层，写游湖归去，兴犹未尽，人去情留，尽付与西湖云烟，拟明日抱着不醒的残醉再来，拾取陌上士女遗落的花钿。既重申篇首"日日醉花边"的意思，又再进一层侧写出春游热闹拥挤的盛况。"明日"句高宗所改与原句差异不大，不过是身份不同，着眼点各异而已。所表达的都是美景醉人、美酒醉人，日复一日长醉不醒。"西湖歌舞几时休"，这恰是当时朝廷上下满足于偏安的社会心态的生动写照。

佳　句

· 红杏香中箫鼓，绿杨影里秋千。

此词以秾丽的笔墨渲染游湖场面和西湖风景，是一首不可多得的风景词和西湖风俗词。其语言既流转畅朗，又烹炼精雅，自立新意，不使典事。结构采用循环往复式，首尾相连。截此一日、一人之片断，以概括一春之事和满湖之人，构思巧妙。　　　　　（唐圭璋　肖　鹏）

逸　闻

宋孝宗一日游西湖，御舟经过断桥。一家小酒店的屏风上，题着一首《风入松》词。孝宗在屏风前驻目称赏良久，得知这是太学生俞国宝酒醉之后兴笔题写，孝宗笑着说："此词甚好，只是末句有些儒酸了，不如将'明日再携残酒'改为'明日重扶残醉'。"这就大不同了。俞国宝也得到了解褐授官的恩待。　　　　　（徐玲）

满庭芳

原文　　　　　　　　　　　　　　　吊古　南宋·戴复古

　　赤壁矶头，临皋亭下，扁舟两度经过。江山如画，风月奈愁何。三国英雄安在，而今但、一目烟波。风流处，竹楼无恙，相对有东坡。　　登临，还自笑，狂游四海，一向忘家。算天寒路远，早早归呵。明日片帆东下，沧洲上、千里芦花。真堪爱，买鱼沽酒，到处听吴歌。

内　容　本词写赤壁怀古，寓寄一种英雄俱往、报国无门的苦闷，词末以归隐江东自宽。
特　色　欲吐不吐，沉郁含蓄。
注　释　赤壁矶、临皋亭：都是黄州赤壁的景观。片帆：小船。沧洲：滨水的地方。古时常用以称隐士的居处。三国魏阮籍《为郑冲劝晋王笺》："然后临沧洲而谢支伯，登箕山以揖许由。"

赏析　戴复古是著名江湖词人，长年流落江湖，足迹遍及南中国。吴子良《石屏诗集序》中称其"所游历登览，东吴、浙西、襄汉、北淮、南越，凡乔岳巨浸灵洞珍苑空迥绝特之观，荒怪古僻之踪，可以拓诗之景、助诗之奇者，周遭何啻数千万里"。词人也曾坦诚地说自己"费十年灯火，读书读史，四方奔走，求利求名"（《沁园春》）。"四海九州双脚底，千愁万恨两眉头"（《望江南》），皆可与此词"狂游四海，一向忘家"参看。

　　词是戴复古再度经过黄州赤壁所作。上阕追仰三国英雄周瑜和风流文人苏轼，下阕自伤身世遭际。起三句写来游，苏轼《东坡志林》卷四："临皋亭下八十数步，便是大江。"赤壁矶、临皋亭皆词人由舟中所见。"江山如画"借用苏轼《念奴娇》赤壁词中语。词人凭吊赤壁，总的印象是江山虽然如画，无奈风月笼愁，又非当年东坡气象。如今南北江山分裂，江淮已成边塞，词人满怀国破之悲呼唤着英雄。"三国"二句吊周瑜，"风流"三句吊苏轼。词人内心深处世无英雄之恨与国破之痛，同对周郎功名和东坡才华的企羡，以及对自己无所成就的伤感交织在一起。当年三国英雄在这里演出了一幕惊心动魄的历史剧，而今只留下满目荒凉的烟波，又有谁想到北伐中原呢？一切风流都已逝去，那竹楼依然如故，但词人却只能在神游中与东坡相对了。词人胸中涌动的是一种因英雄俱往、报国无望而产生的归隐故里之念。于是下阕转入抒情，面对大江发出了"早早归呵"的呼喊，准备从此乘舟东归"沧洲"（指隐居之地），在芦花千里的江渚中，过着买鱼沽酒、醉听吴歌的悠闲自在生活。词人只有如此，想象隐居生活的自由快意，以慰藉赤壁怀古所引起的忧焚与苦闷。其实他的"一片忧国丹心"（《大江西上曲》）并未泯灭，试比较一下他后来归隐的词："蹭蹬归来，闭门独坐，赢得穷吟诗句清"（《沁园春》），词人登临赤壁的情怀，便更清晰明了。

戴复古词风近陆游，豪放有类苏东坡。这首赤壁怀古词，颇具"豪情壮采"（《四库全书提要》），写得沉郁含蓄，欲吐不吐，故作轻快，而倍觉沉痛。

佳 句

· 真堪爱，买鱼沽酒，到处听吴歌。

（肖 鹏）

逸 闻

戴复古早年流落江西武宁，当地一位富人因赏识他的才华，将自己的女儿许配给了他。这位女子也是爱好风雅之人，婚后二人时常吟诗作赋，琴瑟相和，十分恩爱。几年后，心有愧疚的戴复古不得不告诉妻子：他在家乡早已娶妻，现在他不得不离开这里回乡了。这位女子虽然心如刀割，但还是不得不接受了一纸休书，甚至还为戴复古回乡筹集了银两。在送别戴复古的路上，一对互相深爱却又不得不分开的情侣愁肠百结，难分难舍。这位女子以一首《满庭芳》赠夫君，在戴复古回乡后，这位善良的女子投河自尽。

（徐玲）

玉楼春·赋梨花

咏花　南宋·史达祖

原文

玉容寂寞谁为主，寒食心情愁几许！前身清淡似梅妆，遥夜依微留月住。香迷蝴蝶飞时路，雪在秋千来往处。黄昏着了素衣裳，深闭重门听夜雨。

内　容　此词咏梨花之形貌、品格。
特　色　借宾衬主，背面敷粉。
注　释　玉容：美丽的面庞，这里是以人写梅。梅妆：《太平御览》引《杂五行事》："宋武帝女寿阳公主人日卧于含章殿檐下，梅花落公主额上，成五出花，拂之不去。皇后留之看得几时，经三日，洗之乃落。宫女奇其异，竞效之，今梅花妆是也。"依微：仿佛。雪：飘落的梨花如雪。

赏析　这是一阕咏物小令。清邹祗谟云："咏物固不可太似，尤忌刻意太似。取形不如取神，用事不如用意。宋词至白石、梅溪，始得个中妙谛。"（《远志斋词衷》）此词专咏梨花，就妙在不求外在形象的逼真，而专重神韵品度的动人。它超越了外物的观感价值，而显示出其情感价值，故堪称咏物词上乘。

词人通过审美移情，将自然界的梨花人格化为一位深闭闺房的绝色佳丽，并采用遗貌写神的手法，脱略其外在形象，塑造出一个富有情感的艺术形象。开篇用逆挽法起笔，"寂寞"二字笼盖全篇，次句方补足起愁之因——"寒食心情愁几许"。寒食时往往有凄风苦雨，桃杏未开，游人稀少，梨花独放，不免孤凄生愁，于是有"玉容寂寞谁为主"之设想。三、四两句借宾以衬主，以梅花的清淡风姿、月亮的皎皎素辉与梨花相映，益见其高洁幽雅的神韵。五句写梨花之香，六句写梨花之色，却不从梨花本身着手，借动态的"蝴蝶飞时"、"秋千来往"以见之，其妙在于虚处落笔，背面敷粉。此四句都不实写梨花，而是调动读者的审美积淀，让你在联想中去体验梨花之美。末二句收笔，凸现一树梨花犹如着了素裳的娉婷美女形象，"深闭重门听夜雨"一句，写其黄昏掩闺门，寂寞自知，仍呼应首句之"寂寞"，使梨花的形象更因其哀怨心思而显得楚楚动人。

全篇善融化前人诗词成句，"玉容"句化用白居易《长恨歌》"玉容寂寞泪阑干，梨花一枝春带雨"，秦观《调笑令》"玉容寂寞花无主"，"寒食"句化

- 深闭重门听夜雨。

用温庭筠《鄠杜郊居》"寂寞游人寒食后，夜来风雨送梨花"，"黄昏"二句将周邦彦《水龙吟·咏梨花》"雪浪翻空，粉裳缟夜，不成春意"，戴叔伦《春怨》"梨花春雨闭重门"，李甲《忆王孙》"欲黄昏，雨打梨花深闭门"等句之意糅为一体，重铸新句，不留痕迹。"深闭重门听夜雨"一句，清李调元《雨村词话》选入《史梅溪摘句图》，以"炼句清新，得未曾有"极赏之。

（方智范）

绮罗香·咏春雨

原文　　咏雨　南宋·史达祖

做冷欺花，将烟困柳，千里偷催春暮。尽日冥迷，愁里欲飞还住。惊粉重、蝶宿西园，喜泥润、燕归南浦。最妨它、佳约风流，钿车不到杜陵路。　　沉沉江上望极，还被春潮晚急，难寻官渡。隐约遥峰，和泪谢娘眉妩。临断岸、新绿生时，是落红、带愁流处。记当日、门掩梨花，剪灯深夜语。

内　容｜此词咏春雨中的各种景象。
特　色｜用意取神，托物寄情。
注　释｜千里偷催春暮：语见孟郊《喜雨》诗："朝见一片云，暮成千里雨。"冥迷：朦胧貌。欲飞还住：雨丝似有似无。惊粉重：蝴蝶身上有粉，被雨沾湿，便觉重了。蝶宿西园：张泌诗："欲化西园蝶未成。"泥润：泥因春雨而软润。妨：妨碍。钿车：华丽的车。杜陵路：汉代贵族聚居处，这里指繁华处。春潮晚急：袭用韦应物《滁州西涧》"春潮带雨晚来急，野渡无人舟自横"之意。官渡：官设的渡口。唐韩愈《木芙蓉》诗："採江官渡晚，搴木古祠空。"眉妩：眉黛。门掩梨花：语见谢方平《春怨》："寂寞空亭春欲晚，梨花满院不开门。"

赏析　这首题为"咏春雨"的咏物词，全篇由始至终未见一个"雨"字。本是春雨增寒，妨碍了花儿开放；本是春雨迷蒙，如烟似雾，笼罩着杨柳。开头两句，一片雨意袭人，却巧妙地躲过了一个"雨"字。绵绵春雨就这样在暗中催春到老。西园里的蝴蝶，因雨湿而难飞起；南浦的燕子，却因泥土湿润纷纷衔泥筑巢。正是"稍稍落蝶粉，斑斑融燕泥"（李商隐《细雨成咏献尚书河东公》）。咏蝶燕，不仅又巧妙地躲过一个"雨"字，而且写雨中蝶燕的一惊一喜，很是传神。接着转而写人。钿车，指华贵的车子。杜陵即乐游原，在长安东南，多住富贵人家，这里借指繁华游乐之处。是说道路泥泞，车子也不能驶到杜陵去春游了。词人站在江边极目远望，江上烟云茫茫，水天迷濛，潮流更急，连公家的渡船也寻不到了。"还被"二句，从"春潮带雨晚来急，野渡无人舟自横"（韦应物《滁州西涧》）中化出。薄暮中，远山隐约，好像美人含泪的双眉，凄楚动人（"谢娘"是唐代歌妓名，这里泛指歌女）。水边江畔一派新绿刚生，而落红片片已带着愁随水流去。此刻，词人不由得回忆起从前一段往事：在一个梨花院落重门深掩的雨夜，词人曾与心上人剪烛西窗，相对共话。前用刘方平《春怨》"寂寞空庭春欲晚，梨花满地不开门"，后用李商隐《夜雨寄北》"何当共剪西窗烛，却话巴山夜雨时"诗意。结尾仍回到"雨"上，逗出怀念心上人的情思。到此字面上始终不见一个"雨"字，而"字字刻画，字字天然"（彭孙遹《金粟词话》），从而达到"全章精粹，所咏了然在目，且不留滞于物"（张炎《词源》）。

咏物作品对美可以有多种表现手法。如"取形不如取神，用事不若用意"（邹祗谟《远志斋词衷》），"以神韵胜"，"以姿致胜"（吴衡照《莲子居词话》），是着重从意韵精神方面来写。"借物以寓性情"（沈祥龙《论词随笔》），"不以虚为虚，而以实为虚，化景物为情思"（范晞文《对床夜语》），是着重从托物寄情、从虚实相成的方面来写。而此词"咏春雨"却二者得兼，能够"不著一字，尽得风流"（司空图《二十四诗品》）。

> **佳　句**
> ·惊粉重、蝶宿西园，喜泥润、燕归南浦。

（艾治平）

双双燕·咏燕

咏燕 南宋·史达祖

原文

　　过春社了，度帘幕中间，去年尘冷。差池欲住，试入旧巢相并。还相雕梁藻井，又软语、商量不定。飘然快拂花梢，翠尾分开红影。　　芳径，芹泥雨润。爱贴地争飞，竞夸轻俊。红楼归晚，看足柳昏花暝。应自栖香正稳，便忘了、天涯芳信。愁损翠黛双蛾，日日画阑独凭。

内　容 ｜ 本词咏春燕的各种动作与情态。
特　色 ｜ 形神兼备，事意浑融。
注　释 ｜ 春社：古代在春分前后祭祀土地神的节日，相传燕子在这个时候从南方飞来。相：察看。芹泥：带有芹草的泥。杜甫有"芹泥随燕嘴"之句。暝：昏暗。芳信：情人的来信。唐代长安女子绍兰，丈夫任宗经商于湘中，绍兰托双燕寄书，吟诗一首，事见王仁裕《开元天宝遗事》。翠黛双蛾：指美女的眉毛。

赏析　　词破题即写过了春分后祭祀社神的日子，燕子双双飞来，穿帘度幕，又来寻觅去年已布满灰尘的旧巢。"差池"，指燕子飞时双翼舒展不齐的样子，语出《诗经·邶风·燕燕》："燕燕于飞，差池其羽。""差池欲住"，写出燕子张翅翘尾在旧巢前徘徊、观望、欲住不住那种犹疑不定的样子，逼真而形象。到后来，终于"试入旧巢相并"，亲密地并排相偎相依在"旧巢"住了下来。说"试入"，似仍心存犹豫，故"还相雕梁藻井，又软语、商量不定"。这里几个虚字使用得好，沈际飞赞曰："'欲'字、'试'字、'还'字、'又'字入妙。"(《草堂诗余正集》)"藻井"，绘有文采状如井字形状的天花板，有荷菱等图案形。着一"相"字刻画出燕子认真细看的神态，应上面的"去年尘冷"。"软语商量"，造语尤奇，不仅写出双燕的亲昵和睦，而且写出了它们心神不定的神情。接写它们飞往室外。"飘然"，形容双飞时轻盈的体态；"快拂"，显示出轻飞的速度；"花梢"，点明飞越的处所。"翠尾分开红影"，是说燕尾分开花影，飘飞而过，写出了燕子的美姿和神采。

　　转入下阕，意脉不断，极写双燕在花草芬芳的小径衔泥衔草的奔忙景象。"芹泥"，水畔芹草的泥地。"贴地争飞"，是为营巢而"工作"。"竞夸轻俊"，争比着轻盈俊俏，写尽燕子活泼的情状。到此词人却笔锋陡转，寄托更进一层。燕子"看足柳昏花暝"，游赏而后飞回红楼巢中已晚，只顾自己甜睡，"栖香正稳"，却忘了给闺中思妇传达远方带来的消息，这就巧妙自然地把咏燕引到人事上来，引出闺中人的无限幽怨："愁损翠黛双蛾，日日画阑独凭。"前句写她形容憔悴，后句写她孤单寂寞。作者不孤立地写双燕，而把它摆在凄清的红楼这一特定的环境中，愈是着重写燕的自由幸福，愈映衬出闺中人的寂寞情怀。卓人月说："不写形而写神，不取事而取意。"（《词统》）其实，准确地说：是既写形而又写神，既写事而又取意的，只不过是达到了形神事意浑融无迹的艺术境界。

> **佳　句**
>
> · 红楼归晚，看足柳昏花暝。

（艾治平）

满江红·九月二十一日出京怀古

怀古　南宋·史达祖

原文

缓辔西风，叹三宿、迟迟行客。桑梓外、锄耰渐入，柳坊花陌。双阙远腾龙凤影，九门空锁鸳鸯翼。更无人、擪笛傍宫墙，苔花碧。　　天相汉，民怀国；天厌房，臣离德。趁建瓴一举，并收鳌极。老子岂无经世术，诗人不预平戎策。办一襟、风月看升平，吟春色。

内　容　吊古慨今，将个人际遇得失融入对国家前途的乐观企盼之中。
特　色　委婉激越，刚柔相兼。
注　释　缓辔：指慢行。桑梓：郊野的林木。锄耰：农具。九门：泛指皇宫。鸳鸯：本为西汉后宫诸殿之一。汉张衡《西京赋》："后宫则昭阳、飞翔、增成、合欢、兰林、披香、凤皇、鸳鸯。"擪（yè）：按压，这里指吹。苔花：苔藓、地衣之类。天相：天助，语出《左传·昭公四年》："晋、楚唯天所相。"天厌：上天厌弃，语出《左传·隐公十一年》："天而既厌周德矣。"建瓴：《史记·高祖本纪》："秦，形胜之国……地势便利，其以下兵于诸侯，譬犹居高屋之上建瓴水也。"瓴，盛水的瓶；建，倾倒，喻居高临下不可遏止之势。鳌极：语见《淮南子·览冥训》："女娲炼五色石以补苍天，断鳌足以立四极。"这里指沦陷的国土。预：参与。办：准备。

赏析

南宋宁宗开禧元年（1205）闰八月，时以韩侂胄为平章军国事，准备北伐，遣吏部尚书李壁入金贺天寿节（金章宗生日），史达祖陪节"随行舰国"（刺探敌方军情民心）。往返途中，作词多首。这一首《满江红》，是回程中途经北宋旧都汴梁（今河南开封）有感而作。史达祖此行距北宋灭亡已七十余年，故题为"怀古"。

上阕吊古慨今，内心哀痛以委婉笔调出之。首三句即推出抒情主人公——一个满腹心事的北行使者的形象。"西风"写时,已蕴苍凉之意,"缓辔"写外在动作,"三宿"用孟子典(《孟子·公孙丑下》:"予三宿而后出昼,于予心犹以为速。"),皆表欲离而不忍离的情绪,透射出词人出京时踟蹰彷徨的复杂心态。"行客"表身份,值得咀嚼的是"迟迟"一词,含义丰盈。《孟子·万章下》:"孔子……去鲁,曰:'迟迟吾行也,去父母国之道也。'"史达祖为汴人,以"迟迟"传达留恋故乡之情,十分切合;但更重要的一层含义,乃是出京时涌起的"黍离麦秀"之感。《诗经·王风·黍离》云:"行迈靡靡,中心摇摇。"朱熹《集传》:"靡靡,犹迟迟也。"此诗写周大夫行役经过旧京,故宗庙宫室已尽为离离禾黍,悯周室之颠覆,彷徨而不忍去。此情此景,与史达祖何其相似!用"迟迟"一词,引出下文实写出京所见,使现实场景与历史画面交相叠印,使上阕的情境具有了历史的纵深感:"桑梓外、锄耰渐入,柳坊花陌。"当年"万花争出粉墙,细柳斜笼绮陌"(孟元老《东京梦华录》)的城郊,而今已尽成农耕之地;远望所见的双阙、九门,尽管仍巍峨气派,但已成为覆灭王朝的遗物——那段惨痛历史的见证了。"远"字、"空"字,皆景中含情,而"更无人、擫笛傍宫墙,苔花碧"二句,又将目击心伤之感推进一层。前句出元稹《连昌宫词》("李謩擫笛傍宫墙"),后句出李贺《金铜仙人辞汉歌》("三十六宫土花碧"),两诗都是感慨今古的名篇,被词人糅为一体,写尽了旧京繁华消歇、破败冷落的惨相。

下阕陡然振起,变凄怆委婉为激越慷慨。"天相汉"以下六句,写人心不死,复国有望,纵笔直书,忠愤见于辞色,掷地有金石之声。其中"天相"出《左传》,"天厌"出《论语》,"建瓴"出《史记》,"鳌极"出《淮南子》,自由运遣经史子书于笔下,而如从己出。"老子岂无经世术,诗人不预平戎策",从辛词"却将万字平戎策,换得东家种树书"(《鹧鸪天》)翻出,自负甚而自嘲,时代的感奋与人生的慨叹相交织、相渗透,成为吐纳时代又含茹人生的名句。末又以豁达自慰之语,将个人遭际得失融入对国家前途的乐观企盼之中,"看升平"、"吟春色"云云,表现了开禧初朝野上下对北伐复国的自信,浸染着特定的时代气氛。

纵观全词,柔婉与刚健相兼,豪竹共哀丝并奏,柔婉处一波三折,刚健处气象干云,在梅溪词中,可称风标独具。

(方智范)

乳燕飞·次岳总干韵

原文　　　　　　　　　　　　惜春　南宋·黄机

击碎珊瑚树,为留春、怕春欲去,驶如风雨。春不留兮君休问,付与流莺自语。但莫赋、绿波南浦。世上功名花梢露,政何如、一笑翻金缕。系白日,莫教暮。　　苍头引马城西路。趁池亭、荻芽尚短,梅心未苦。小雨欲晴晴不定,漠漠云飞轻絮。算行乐、春来几度。鞭影不摇鞍小据,过横塘、试把前山

数。双白鹭，忽飞去。

内　容　此词写不必留春，只需赏春。
特　色　议论畅达，写景清雅。
注　释　驶：指春天离去如疾驶。花梢露：花上的露水。政：政治；政事。翻金缕：翻唱《金缕曲》。苍头：白头的仆人。引马：牵马。梅心未苦：梅子尚小。行乐：消遣娱乐；游戏取乐。汉杨恽《报孙会宗书》："人生行乐耳，须富贵何时？"小据：小憩。

赏析　岳总干即岳珂，岳飞之孙，词人与他唱和往来甚多。这首春词，一反上阕写景、下阕出情的格局，颠倒熔铸，上阕虚写留春，下阕实写赏春，虚实之间流露出词人对春天和生命的无比眷恋和赞美。上阕首句用《世说新语》中石崇、王恺斗富的典故，以敲碎珊瑚树，喻蔑视身外之物，以春为贵，只为留春。然而春天毕竟不可久留，去如风雨之速，留也无益，问也无益。只好一任流莺声声啼得春归去。中间插入一楚声句，尤见惜春之凄苦。"绿波南浦"指赋别，江淹《别赋》："春草碧色，春水绿波，送君南浦，伤如之何！"词人意谓：春既将去，本是自然规律使然，亦不必强留追问，洒泪赋别。"世上功名"四句远承首句之意，富贵可弃，功名也属虚幻，如同花梢露水须臾而干，二者皆可抛。不如珍惜青春，长绳系日，及时行乐，谈笑翻唱《金缕曲》，坦然处之。下阕换笔换意，写自己由苍头老仆牵马西出城外独赏春景。实是变化了角度接续上阕歌拍之意脉，申述自己如何"系白日，莫教暮"而及时行乐的。"算行乐"句即是点睛之笔。水边荻芽欲吐，道旁梅子尚小，为近处所见，马下之景；欲晴又雨，飞云如絮，又是远处所见。作者不摇马鞭，小据马鞍，算是行乐。

> **佳　句**
> · 世上功名花梢露，政何如、一笑翻金缕。
> · 小雨欲晴晴不定，漠漠云飞轻絮。

词结尾写数点着横塘前山，忽见白鹭双双飞去，是颇为意味深长的一笔，展示了一种安恬悠然的田园心境，又隐隐流露了一些对自由自在生活的渴望。词人在马上悠然数点山峰同白鹭的双飞而去相映成趣，正落在一个"乐"字上。

此词议论畅达，下阕写景尤清雅可人，色彩及浓淡层次都恰到好处。有远山，有近水，有白云，有细雨，有游人，有白鹭……勾勒出一幅生动的春山微雨行乐图卷，为上阕的抒情作了铺垫。

（唐圭璋　肖　鹏）

六州歌头·次岳总干韵

原文　　登临　南宋·黄机

　　将军何日，去筑受降城？三万骑，貔貅虎，戮鲵鲸，洗沧溟。试上金山望，中原路，平于掌，百年事，心未语，泪先倾。若若累累印绶，偏安久、大义谁明？倚危栏欲遍，江水亦吞声。目断蘋汀，海门青。　　停杯与问，焉用此，手虽子，积如京。波神怒，风浩浩，勃然兴，卷龙腥。似把渠忠愤，伸恳请，翠华巡。呼壮士，挽河汉，荡搀枪。长算直须先定，如细故、休苦营营。正清愁满抱，鸥鹭却多情，飞过邮亭。

内　容　此词对小朝廷的偏安表示怨恨，抒写自己主张恢复故土的忠愤，流露了壮志难酬不如隐居的意念。
特　色　层层发疑，逆入妙结。
注　释　貔貅（píxiū）：传说中的一种猛兽，这里指军队。鲵鲸：指金兵。洗沧溟：扫清天下。印绶：官印与绶带，这里指官员。大义：复国之大义。龙腥：巨浪。渠：他。翠华：皇帝出巡的仪仗，这里指皇帝。巡：巡视。搀枪：彗星，代指金军。长算：长远的谋划。营营：苦心经营、思虑。

赏析　此词作于岳珂任淮东总领兼制置使驻守镇江之时，岳珂原词今已不传，其《祝英台近·北固亭》词有云："漫登览，极目万里沙场，事业频看剑。古往今来，南北限天堑。"渴望挥师北伐，与黄机此词正相吻合。

　　上阕用逆入法。一起不言登临，而先直接向对方发问。贞观二十年，唐太宗曾亲临灵州接受突厥一部的投降，"受降城"之名即源于此。这里问何时筑受降城，意谓何时挥戈北上横扫大漠。"三万骑，貔貅虎"喻宋军，"戮鲵鲸，洗沧溟"，指消灭金兵。至"试上"六句，始交代登金山望中原与诗友唱和之事。壮语、悲语交替而至。词人极目所见，中原平旷如掌，可是一百年来沦陷，使人愤然泪下。"若若累累"二句问天，是全词的第二问，表达了对满朝文武大臣苟安东南半壁的强烈不满。"若若累累"语出《汉书》，若若，喻绶带长貌；累累，喻垂印甚多。"倚危栏"四句写自己倚栏遍眺，江水似也呜咽吞声，词人目光被一片蘋汀遮断，茫茫海口唯见青碧。胸底涌起的，既有杜甫"鸡虫得失无了时，注目寒江倚山阁"（《缚鸡行》）的无奈，也有辛弃疾那种"把吴钩看了，栏干拍遍，无人会，登临意"（《水龙吟》）的激愤。过片第三次发问，前次问将军、问天，这里则仿佛自问。"手虽子"三字，疑当是

"毛锥子"三字,指笔。"京"为十兆,喻数量极多。四句是说当此家国危难之际,我等众多之书生又有何用!言外之意,是想慨然投笔从戎。"波神怒"以下,借眼前滔滔长江,发为热血沸腾之狂想:似乎长江波神也愤极而怒,勃然掀起卷天风浪,要一洗中原的腥风血雨,把自己一腔忠愤呈献给宋帝,恳请宋帝出都坐镇,亲自指挥北伐。挽天上银河,荡尽金兵。"搀枪"是彗星的别称,古人心目中视为灾星,这里指金军。"长算"二句,由狂想回至冷静的议论,希望朝廷能作长远谋算,不要鼠目寸光地经营琐事。然而词人毕竟忧愁难遣,末三句笔锋一转,又回到登临上,结得尤妙,意味深长。鸥鹭为隐居生涯的伴侣,它们又在多情地召唤他,飞过邮亭(驿馆)。这暗示了词人内心深刻的矛盾:一方面,他不忘抗金,志在济世报国,另一方面,他又感到复国无望,抱负难展,萌生了隐居山林、与鸥鹭为友之念。

　　这是一首优秀的抒情词。全词以平实的议论与神奇的想象为主,登临的景物描写很少,都只在上、下阕歇拍处稍稍带过。三度发问,似信非信,又似疑非疑,层层生发,逆入妙结,令人掩卷深思。

(唐圭璋　肖　鹏)

酹江月 · 武昌怀古

原文

怀古　南宋·葛长庚

汉江北泻,下长淮,洗尽胸中今古。楼橹横波征雁远,谁见鱼龙夜舞?鹦鹉洲云,凤凰池月,付与沙头鹭。功名何处,惟见年年春絮。　　非不豪似周瑜,壮如黄祖,亦逐秋风度。野草闲花无限数,渺在西山南浦。黄鹤楼人,赤乌年事,江汉亭前路。浮萍无据,水天几度朝暮。

内　容　此词怀古,表达功名无据的历史观。
特　色　沉郁豪迈,蕴藉不露。
注　释　汉江北泻:汉江自北方迅猛地流下。征雁:迁徙的大雁。谁见鱼龙夜舞:语见辛弃疾《青玉案》"凤箫声动,玉壶光转,一夜鱼龙舞"。凤凰池:禁苑中池沼,魏晋南北朝时设中书省于禁苑,掌管机要,接近皇帝,故亦称中书省为"凤凰池"。《晋书·荀勖传》:"勖久在中书,专管机事。及失之,甚罔怅怅。或有贺之者,勖曰:'夺我凤凰池,诸君贺我邪!'"南浦:泛指水边。黄鹤楼人:黄鹤楼,故址在今湖北省武汉市蛇山的黄鹤矶头,相传始建于三国吴黄武二年(公元223年),古今文人题咏者甚众,以唐崔颢、李白之作最著名,此处指昔日登临过此楼的文人、显要。赤乌:东吴孙权的年号。无据:无法掌控。

赏析　《酹江月》又名《念奴娇》。作者葛长庚是道教内丹理论家,金丹派南宋五祖之一,他的清静无为、修道遁世的人生观在这首怀古词中表现得十分鲜明。

开篇三句写登高望远,放眼从上游一直到下游:浩浩汉江从北面奔腾而下,直泻扬子,气势磅礴,海阔天空,似乎把胸中一切历史陈迹冲刷得一干二净,为下面的怀古埋下伏笔。接着两句写兴亡变迁:大江两岸当年楼橹(楼橹,军中用作瞭望敌军的无顶盖的高台)的废墟依然矗立,而征雁早已远走高飞,英雄俱往矣,江声消歇,连那江底的鱼龙也都不再在夜中起舞。然后,词人进而描绘六朝的盛衰,从眼前的鹦鹉洲(在汉阳西南江中),一直到金陵的凤凰台,那些不可一世的风云人物角逐纷争的峥嵘岁月,也都一去不复返,只有那沙头鹭鸟还留念着洲头池边的云烟风月。功名事业而今又在何处?眼前能够看到的只有年复一年漫天飞舞的暮春柳絮,不可捉摸。

换头,进入抒情。说历史上豪似周瑜、壮如黄祖的英雄豪杰们,到如今也都像秋风般一扫而过,不留踪影。在浩渺的西山南浦之间,看到的只有无数荒冷的野草闲花,使人感到精神上的空虚。当年黄鹤楼上的诗人墨客们如李白、如崔颢,还有那赫赫有名的吴主孙权,都已成了江汉长亭边的过客,一去不复返了。所以词人不禁发出惊心的叹息:"浮萍无据,水天几度朝暮。"深感人生如水上浮萍,无法掌握自己的命运,流露出道家消极的出世思想。全篇沉郁豪迈,而又含蓄深婉,蕴藉不露。通过自然景物与人物的今昔反复对比,给读者留下了"江山依旧,人世沧桑"的深刻印象。

(黄润苏)

沁园春·梦孚若

原文　　梦友 南宋·刘克庄

何处相逢?登宝钗楼,访铜雀台。唤厨人斫就,东溟鲸脍,圉人呈罢,西极龙媒。天下英雄,使君与操,余子谁堪共酒杯。车千乘,载燕南赵北,剑客奇才。　　饮酣鼻息如雷,谁信被晨鸡轻唤回?叹年光过尽,功名未立;书生老去,机会方来。使李将军,遇高皇帝,万户侯何足道哉!披衣起,但凄凉感

旧,慷慨生哀。

内　容　此词抒英雄壮志,发怀才不遇、报国无门的愤懑之慨。
特　色　虚实浑化,纵横奇绝。
注　释　宝钗楼:汉武帝时所建。陆游《对酒》有"但恨宝钗楼,胡沙隔咸阳"之句。铜雀台:汉末曹操所建。斫:切。东溟:东海。脍(kuài):细切肉。圉(yǔ)人:养马人。西极龙媒:极远的西方出骏马。《汉乐府郊祀歌》:"天马来,从西极","天马来,龙之媒"。堪:能,值得。

赏析

刘克庄,南宋后半期辛派词人中卓有成就者。南宋偏安一隅,恢复中原大业终成泡影,南迁名士,因之常效新亭对泣,发而为词,大声鞺鞳,具麦秀黍离之哀,令人读之辄不自已。后村《沁园春·梦孚若》就属这类作品。

孚若即方信孺。他曾三次使金,以不屈著名;镇守边防,也方寸有度。此词为悼念亡友孚若而作。上阕开篇以一问句,点出梦境的恍惚迷离,写出梦见孚若的惊喜。下句写相逢后,倏忽之间,登咸阳宝钗楼,访安阳铜雀台。这是梦境的写实,俊游豪兴也不言自明。宝钗楼是宋时有名的酒楼,铜雀台是群贤雅集之所在。场所与下文情境相合。两楼均在中原,二人皆未亲历,这是托梦寄慨,表明收复中原是亡友的夙愿、自己的渴望。场景描写展现了丰富的内心世界,刻画了神采飞动的形象,作者用笔如云中鳞爪,于此可见。"唤厨人斫就,东溟鲸脍,圉人呈罢,西极龙媒。"庖厨把东海长鲸拿来切成细丝供宾主佐酒,圉人(养马人)也把西极骏马牵来供宾主驰骋。传说天马到来是龙至的先兆,因称"龙媒"。这句用夸大之词抒现实中倍受压抑的愤懑,并于虚处实之,刻画了孚若神隽似龙鳞,行地飞空不可驯的风采。"使君与操"借指孚若与自己。看似写酒边称霸,暗合白居易《哭刘梦得》诗中"杯酒英雄君与操"一句的悼念之意。实际上,此句出自《三国志·蜀书·先主传》"曹公从容谓先主曰:今天下英雄,唯使君与操耳,本初之徒,不足数也"。稍加点改,成句入词,感叹南土人才寥落,仍以夸张之词写孚若与自己文才武略堪负重任的自豪自信。"车千乘,载燕南赵北,剑客奇才",既和第二句地理上呼应,又和上句意思相通,细针密线,不着痕迹。此句实处虚之。孚若好士,所至从者如云是实,车载北方豪杰是虚。实处表现了孚若的生活侧面,虚处叹食客如云,而无慷慨悲歌之士,以助恢复大业。上阕虚实浑化,多角度地展现了孚若的疏豁豪爽、雄才大略;又多夸张之词,隐含了理想与慨叹。

下阕首句写酒酣浓睡之时,晨鸡一声,霍然而觉,用祖逖闻鸡起舞的熟典。"谁信"孚若已去,无人能领会自己的志向,一"轻"字,反衬出词人不甘伏枥,时刻准备击楫中流,收复中原,于不言中寄托了深沉的哀痛。"叹年光过尽,功名未立;书生老去,机会方来。"孚若三

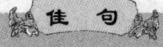

· 叹年光过尽,功名未立;书生老去,机会方来。

十出使金国，因失事体，被夺三秩；趋扬州督师，房又拔寨，降三秩免归。这句促管繁弦，一股拗怒不平之气，叹乎若亦复自叹。下句语出《史记·李将军传》："文帝曰：惜乎子不遇时！如令子当高帝时，万户侯岂足道哉！""不遇时"才有了英雄的悲剧。宋朝无天时、地利、人和之便，抗金之举，局促辕下，难以成功。用经史原名，无突兀直致之嫌，有摇曳生姿之妙。李广是龙城飞将，胡人为之胆寒，然而他却郁郁不得志，竟至自刎身亡，他身上集中了悲剧英雄的崇高与孤独。词以文帝之言移而论乎若，一句之悲歌中有千年之血泪，因此这首词有尺幅千里之势。最后一句直写感慨。环视宇内，举世皆睡，词人披衣而起，求同路而不可得；慷慨生悲，凄凉孤独无处可说，写出了词人荷戟独彷徨的内心苦闷。

或曰后村词直致近俗，效稼轩不及。观此篇，纵横奇绝而不失尺寸，飞扬跋扈却不狂呼叫嚣。究其实，中有一片深情，往复不置，贯于词体。以横空盘硬语抒人间至情，可谓学步稼轩，庶几神似。

（薛瑞生 孙 虹）

逸 闻

杨栋以枢掾出守蒲阳，刘克庄与其弟希仁都在此地任史官之职。王迈戏之曰："大编修、小编修，同赴编修之会。"刘克庄说："我欲对之，但你不可以生气。"王迈让他但说无妨。乃云："前通判、后通判，但问通判之名。"说的是王迈做来做去，始终只是当个副职。王迈不甘示弱，说："十兄二十年前何其壮，二十年后何其不壮。"刘克庄立刻回敬道："三画二十年前何其遇，二十年后何其不遇。"

（徐玲）

贺新郎·送陈真州子华

原 文

送友　南宋·刘克庄

北望神州路。试平章，这场公事、怎生分付？记得太行山百万，曾入宗爷驾驭。今把作、握蛇骑虎。君去京东豪杰喜，想投戈、下拜真吾父。谈笑里，定齐鲁。　　两河萧瑟惟狐兔，问当年、祖生去后，有人来否？多少新亭挥泪客，谁梦中原块土？算事业、须由人做。应笑书生心胆怯，向车中、闭置如新妇。空目送，塞鸿去。

内　容　本词对南宋小朝廷群臣无志恢复的胆怯行径予以谴责，希望陈子华收集义军，做出一番事业。

特　色　设问造势，梗概多气。

注　释　陈真州子华：陈韡，字子华，曾知真州。平章：评论。这场公事：指抗金的事。太行山百万：北宋覆灭后，集结在太行山附近的抗金义军。宗爷：指名将宗泽，金人很怕他，称为"宗爷爷"。今把作、握蛇骑虎：当权者把依靠义军抗金看成是冒险。《魏书·彭城王勰传》："握蛇骑虎，不觉艰难。"想投戈、下拜真吾父：是说陈子华将受到众豪杰的爱戴，南宋初，张用在江西作乱，岳飞以书晓喻利害，张得书说："真吾父也。"投戈，放下武器。狐兔：金军。祖生：曾北伐的祖逖。新亭挥泪客：语见《世说新语》："过江诸人，每至美日，辄相邀新亭，借卉饮宴。周侯中坐而叹曰：'风景不殊，正自有山河之异！'皆相视流泪。唯王丞相愀然变色曰：'当共勠力王室，克复神州，何至作楚囚相对！'"本处指当时士大夫只知道感慨哀伤，实无收复中原的壮志。

赏析　在南宋末年的辛派词人中，刘克庄算是成就卓然的一位。论者有将他与陆游、辛弃疾并提的，冯煦曰："后村词与放翁、稼轩犹鼎三足，其生丁南渡，拳拳君国似放翁，志在有为，不欲以词人自域似稼轩。"（《宋六十一家词选例言》）读后村词，尤其是那些指陈时事、抒写志意之作，令人有雄豪梗概、荡气回肠之感。

这首词是作者送陈子华出任真州之作。它在艺术风格上充分体现了后村词作的辛词风味，不独扫尽"词祖"们传统的剪红刻翠之笔，甚至亦摈绝了离别的悱恻萧然之情，直写得慷慨感奋，排奡顿宕，吐尽国危世厄之际志士豪俊寄望同志的深挚之情，体现了"志深而笔长，梗概而多气"（刘勰《文心雕龙·时序》）的艺术特征。

上阕起以问句，从"北望神州路"落笔，一开始就把读者卷入异族侵逼、江山颓败、社稷倾危之际南宋朝野两等人士、两种主张的矛盾之中：一方面是爱国志士引颈翘盼尽早收复中原沦陷之土，一方面却是偏安朝廷高位重臣的一味主和，这种国势与国策的相悖直令作者忧心如焚，由"这场公事、怎生分付"这一问句，抖落出一片忧虑、急切而又无奈之情。起首以设问造势，既直露了作者愿望与现实冲撞下的不平心境，又造成行文上的引弓待发之势。作者没有紧接上句设问作答，而是让思维的流程回溯到宋初的一段史实，以对比来抒怀——当年老将宗泽率领宋军大败金人、驾驭太行的伟绩，令人感奋；今日朝廷既外困于异族，又内惧于义军的"握蛇骑虎"的窘境，更令人慨叹。这种历史与现实并合、交错的写法，使词的时空范围得以拓展，作者的忧时爱国之怀，正是在这种对历史的钦慕与对现实的感喟中见于纸笔。接着几句，写作者勉慰鼓舞朋友，表现出坚持联合北方义军共同抗侮、收复失地的希望与信念。笔墨之间，豪情横溢。

下阕进一层写"悲愤"。起首联系江山残破、半壁苟安的惨痛现实，继而连设二问，连用二典，一面热切鼓励陈子华以晋"闻鸡起舞"、"击楫中流"的祖逖为楷模，为中原统一建功立业；一面沉痛指责那些南渡后但得一隅安身的统治者早已不复怀思中原失地。"问当年、祖生去后，有人来否？多少新亭挥泪客，谁梦中原块土？"这两句明以发问，实则为他勉、为自况，一以叙事，一以状怀，前句以问代答，实为盼今陈子华荷重任前往真州能如祖逖当年渡江北伐，有不尽勉励寄望之意。"算事业、须由人做"，是志士对同道的希冀与勉励；"应笑书生心胆怯，向车中、闭置如新妇"，是对书生胆怯的嘲笑，要人奋厉有为，为国效命，不能像新妇那样躲在车中胆小怕事，这也是胸怀报国之志、身为一介书生的作者的自勉。词人终究痛感自己书生无用，报国无路，词末终于发出了"空目送，塞鸿去"的悲愤叹息。"塞鸿"指陈子华，是说自己只能徒然目送陈子华北行。

这首词用事带典很多，尤其是下阕，几乎句句用事，然不显堆垛，不觉饾饤，用得圆熟，用得贴切，这正是辛派词人一路的风格。作者化典用事，加深了词的悲愤苍凉的气氛，在语意、文气上一脉相承，使全词充满了一股梗概之气。

- 算事业、须由人做。

（薛瑞生　赵岩）

贺新郎·杜子昕凯歌

原文

　南宋·刘克庄

尽说番和汉。这琵琶依稀似曲，蓦然弦断，作么一年来一度，欺得南人技短。叹几处、城危如卵。元凯后身居玉帐，报胡儿、休作寻常看。布严令，运奇算。　　开门决斗雌雄判。笑中宵、奚车毡屋，兽惊禽散。个个巍冠横尘柄，谁了君王此段。也莫靠、长江能限。不论周郎并幼度，便仲尼、复起嗟微管。驰露布，筑京观。

内　容　颂扬杜子昕功业，兼论国事、斥邪说。
特　色　熔古铸今，气势纵横。
注　释　琵琶：用昭君和亲的典故。蓦（mò）然：不经心地；猛然。作么：即作什么之省文，犹怎么。南人：宋朝人。技短：没有能力。元凯后身居玉帐：元凯，晋杜预，字元凯。玉帐，主帅所居的帐幕，取如玉之坚的意思，此句是说由杜预的后人（杜子昕）主持军务。报：告知。奚车：北方胡人的军车。毡屋：即毡帐。《南史·

夷貊传下·滑国》:"(滑国)无城郭,毡屋为居,东向开户。"兽惊禽散:敌军四散逃遁。峨冠:高高的官帽,指清谈的达官贵人。横尘柄:说闲话,清议。周郎并幼度:周瑜和谢玄。微管:微,无,没有,《论语》中孔子曾叹息:要是没有管子,我们恐怕都要披发左衽了。语见《论语·宪问》:"微管仲,吾其被发左衽矣。"露布:不缄封的文书。亦谓公布文书。《东观汉记·李云传》:"白马令李云素刚,忧国,乃露布上书。"京观:古代战争中,胜者为了炫耀武功,收集敌人尸首,封土而成的高冢。《左传·宣公十二年》:"君盍筑武军,而收晋尸以为京观。"杜预注:"积尸封土其上,谓之京观。"

赏析 此词歌颂杜杲(gǎo)抗击蒙古侵略的胆识和战功,约作于宋理宗嘉熙二年(1238)庐州(今安徽合肥)大捷之后。

上阕,写南宋主和派投机取巧,一再受蒙军诈和的欺骗,以致多少边防重镇"城危如卵"之时,杜杲却以火眼金睛识破敌人的欺骗伎俩,竭力主战,并以惊人的胆识和高超的谋略运筹帷幄,严阵以待,结果取得了三战皆捷的胜利,为保卫国土立下了赫赫战功。

换头具体描绘战斗的激烈场面。"开门决斗雌雄判"三句把人们带到了淮西战场,而决斗结果是以"敌军宵遁"而告终。在此,作者还用了两个反衬手法:一是批判清谈误国的达官贵人们无所作为,二是说胜利并非靠长江天险而侥幸取得,这就突出了杜杲的英雄形象:才华不下于周(瑜)、谢(玄),功业媲美于管仲。最后以"驰露布,筑京观"来极写凯旋的壮观场面。

刘克庄以"史学尤精"见称。信手拈来,即可"以史入词",雄辩地阐明自己的观点,这是词人风格的特点。

(黄润苏)

最高楼·题周登乐府

原文 题赠 南宋·刘克庄

周郎后,直数到清真。君莫是前身?八音相应偕韶乐,一声未了落梁尘。笑而今,轻郢客,重巴人。　　只少个绿珠横玉笛,更少个雪儿弹锦瑟,欺贺晏,压黄秦。可怜樵唱并菱曲,不逢御手与龙巾。且醉眠,篷底月,瓮间春。

内　容	此词盛赞周登的音乐才能,并深惜友人生不逢时、怀才不遇。
特　色	巧喻古今,疏快洒落。
注　释	周郎:周瑜,善弹琴,有"欲得周郎顾,时时误抚琴"之说。清真:周邦彦,精通音律。偕:符合。韶乐:虞舜时乐名。《书·益稷》:"箫韶九成,凤凰来仪。"孔传

"《韶》，舜乐名。"《论语·述而》："子在齐闻《韶》，三月不知肉味。"落梁尘：语见《西京杂记》卷四："东方生善啸，每曼声长啸，辄尘落帽。"后以"落梁尘"形容歌声美妙。郢客：指歌手、诗人。唐姚合《咏雪》："飞随郢客歌声远，散逐宫娥舞袖回。"借指格调高雅的乐曲或诗文。巴人：即下里巴人，古代楚国流行的民间歌曲，用以称流俗的音乐，巴，古国名，在今四川东部一带，古为楚地；下里，乡里。欺贺晏，压黄秦：压倒贺铸、晏几道、秦观、黄庭坚。樵唱、菱曲：代指通俗的曲子，只能在民间流行，而无法产生更大的影响。篷：船帆，代指船。瓮：盛酒浆的坛，借指酒，唐杜牧《郡斋独酌》诗："叔舅欲饮我，社瓮尔来尝。"

赏析 周登号月窗，擅长音律，作者为其乐府题词，巧用历史上同姓的乐律专家周瑜（周郎）与周邦彦（清真）与之相比。八音，指金、石、丝、竹、匏、土、革、木，八类乐器，《韶》为舜乐，孔子听到《韶》乐，以为尽善尽美，三月不知肉味。落梁尘，据刘向《别录》："鲁人虞公，发声清哀，盖动梁尘。"词人以"借韶乐"、"落梁尘"等词来极赏周登的妙擅音律。然而接下去笔锋一转："笑而今，轻郢客，重巴人。"是用宋玉《对楚王问》中的典故，说格调高雅的阳春白雪如今反而不如俚俗的下里巴人来得吃香，流露出不平之鸣，并充分表白了作者深惜友人生不逢时、怀才不遇的真挚感情。

换头继续以大量历史故事反复咏叹，深化题旨。绿珠，晋石崇爱妾，善于吹笛。雪儿，李密歌妓，善歌，王子韶《鸡跖集》云："雪儿，李密歌妓也。每宾僚文章奇丽者，即付使歌之。"御手与龙巾，用李白事，《古今合璧事类备要》载："李白游华阴，县令开门方决事，白乘醉跨驴过门。宰怒，引至庭下：汝何人，辄敢无礼？白乞供状曰：无姓名，曾用龙巾拭吐，御手调羹，力士脱靴，贵妃捧砚，天子殿前尚容走马，华阴县里不得走驴。"从"只少个绿珠横玉笛"到"不逢御手与龙巾"一段，是说周登虽有压倒贺铸、晏几道、秦观、黄庭坚这些大师之才，但却无缘登大雅之堂，他所谱写的精美词曲，就缺少绿珠和雪儿那样的名歌手为之弹唱，而只能在一些樵夫和采菱人中间流行，更别说像李白那样在宫廷中获得"龙巾拭吐，御手调羹"的殊荣了。倾吐怜惜之情何等深婉！在无可奈何之中，作者只能以屈服于命运的低沉格调来奉劝周登知足常乐，不妨在"且醉眠，篷底月，瓮间春"的逍遥生活中去打

发岁月吧。同情确系发自内心深处。

比起作者其他雄浑激昂的词篇,本词体现了一种疏快洒落的情致,显示了作者多姿多彩的词风。
（黄润苏）

摸鱼儿·九日登平山和赵子固帅机

原文　　　　　　　　　　　　　　　　登高　南宋·张榘

望神京、目断烟草,青天长剑频倚。香街十里朱帘月,空想当年华丽。堪叹处,渺沙霭蒹葭,咿呀雁声起。平山谩记,怅杨柳春风,晴空栏槛,陈迹总非是。　　重阳好,红叶黄花满地。良辰美景如此。青油幕府传芳斝,苒苒露琼花气。还更喜,看玉阃规恢,笑骋伊吾志。尘清北冀,便向关洛联镳,巍巍冠佩,麟阁画图里。

内　容　本词写登平山堂所见,寄恢复之志。
特　色　虚实对照,曲笔跌宕。
注　释　神京:汴京。断:遮断。霭:烟气。栏槛:即栏杆。幕府:指将帅在外的营帐。斝(jiǎ):古代青铜制贮酒器,有鋬(把手)、两柱、三足、圆口,上有纹饰,供盛酒与温酒用,盛行于殷代和西周初期,后借指酒杯、茶杯。玉阃(kǔn):阃,本指国门,这里指带兵的将军。规恢:宏大的计划。尘清:廓清,扫清。联镳(biāo):马衔相连,即联合并进。镳,马嚼子。麟阁:麒麟阁,汉代功臣的画像陈列于此。

赏析　重阳佳节,词人与赵子固登上扬州平山堂聚饮,极目四望,神思驰骋,满怀激情地写下了这首和词。

登高必有所见,因见自有所思,这首词即以所见之实景和意念中的虚景错迭映现,在画面的变换中表述了怀古秋愁与亡国之痛交织的复杂感情。

首先是扬州的虚实景象构成一组对照。作者北望故都汴京(今河南开封),却被连天烟草遮断,"香街十里朱帘月"的繁华已成旧梦,如今只见烟霭凄迷的沙岸长满芦荻,秋雁凄厉地叫着飞起。虽还有昔日杨柳栏杆的陈迹,终究物物皆非了。当年繁华无比的都市,已成为南宋"青天长剑频倚"的边塞之地,逝去的华美和现实的悲凉在作品中交相迭映,两幅画面反差极大,而词人的沉重叹息正寓含其中。

其次是平山堂的良辰美景与收复北土的想象场面构成一组对照。前者是实,后者是虚;前者是悲,后者是喜。词人以满山的红叶黄花,为清秋抹上了一层浓艳的色彩,花沾露珠,香气四溢，青色油布的幕府中，词人与大帅传杯痛饮。然而这不过是"良辰美景奈何天"，此时此景都透着一股"悲"意，词人不得不用"还更喜"作虚的转笔，想象北伐大胜的场景。大帅已在规划大计，笑谈自己的复国大志（伊吾，伊尹与夷吾，均古时功高的大贤人），仿佛指日便可直捣北冀（河套以东、黄河以北一带），然后并马进兵河洛、关中，大帅成了复国的功臣为人敬仰。虚实相衬的手法把悲喜交织的复杂感情表达了出来。

再次，上阕登高所见的远景与下阕近景描写构成了第三组对照。扬州城的悲凉是实写，平山堂的美景是虚笔（似喜实悲），同存一词，似乎是一种不和谐，但这展示了词人多层次的心态，对现状的沉重感乃自然萌发对未来的希冀，对扬州城的描写越凄凉，眼前这一片美景越可珍贵，它所包含的对南宋将帅的期待也越深切。

全词虽然很少使用直接抒情的词语，但曲笔跌宕，通过不同画面的组合，读者可清晰看到词人感情的多重构成因素。

（陈晓芬）

贺新凉 · 送刘澄斋制干归京口

原文

别恨　南宋·张榘

匹马钟山路。怅年来只解，邮亭送人归去。季子貂裘尘渐满，犹是区区羁旅。谩空有、剑锋如故。髀肉未消仪舌在，向樽前、莫洒英雄泪。鞭未动，酒频举。　　西风乱叶长安树。叹离离、荒宫废苑，几番禾黍。云栈萦纡今平步，休说襄淮乐土。但衮衮江涛东注。世上岂无高卧者，奈草庐、烟锁无人顾。笺此恨，付金缕。

内　容 本词对友人的不遇表示深切的同情。
特　色 开合顿宕，转换自如。
注　释 怅：怅惘，感伤貌。季子：战国时的苏秦，事见《史记·苏秦列传》："见季子位高金多也。"苏秦入秦求仕，资用耗尽而归。《战国策·秦策一》："（苏秦）说秦王书十上而说不行。黑貂之裘弊，黄金百斤尽，资用乏绝，去秦而归。"这里指友人。谩：通"漫"，徒然。髀（bì）肉未消：这里反用刘备"髀肉复生"的典故。仪舌：张仪的舌辩才干。叹离离、荒宫废苑，几番禾黍：这里以长安的破败、荒芜寄托"黍离"之悲。云栈：高高的栈道。萦纡：曲折貌。衮衮：后多作"滚滚"。大水奔流貌。唐杜甫《登高》诗："无边落木萧萧下，不尽长江滚滚来。"奈草庐、烟锁无人顾：这里反用诸葛亮隐居南阳草庐的典故，寄托国事危急，无暇顾及隐逸之志。笺：写下。

赏析 词人在金陵送好友刘澄斋归京口（今江苏镇江），那里是词人的家乡，但作者却借别愁乡思抒故国之悲，从而表现了更丰富深刻的内容。全词以开合顿换之笔，不断宕开词意，展现了南宋爱国文人的精神风貌。

词从送别入笔。写近年来词人在钟山邮亭（驿馆）常"匹马"送友离去的孤单，用一"怅"字，吐尽了词人无限的寂寞心情。然而，他没有继续抒写缠绵的离绪，就笔锋顿转，用苏秦说秦不成、貂裘敝坏而归的典故，指出他的寂寞孤独与惆怅是因政治上的不得志。词人又进一步以"剑锋如故"、"髀肉未消"、张仪舌辩犹在，说明自己雄心尚存、壮志未泯。髀指大腿，刘备寄居刘表处，见自己髀肉复生，流泪说："吾常身不离鞍，髀肉皆消。今不复骑，髀里肉生。日月若驰，老将至矣，而功业不建。"（《三国志·蜀书·先主传》）词人用其意，是说英雄虽抱负不能实现，但髀肉未消，犹可一番作为，不必尊前洒英雄泪。词情由悲转壮，惆怅中又包含了一股不平之气。写至此，词意再转，作者收住驰骋的思绪，再返回到饯别的现实环境中来，马鞭不忍举，更频频举酒对饮，表达出愁闷无奈而又奋厉振作的精神。

下阕复宕开一笔，词人化用贾岛"秋风生渭水，落叶满长安"（《忆江上吴处士》）句，以长安暗喻宋留都金陵，流露出沉重的黍离之悲。这一笔看似突兀，其实是深化了上阕的内容。词人感叹由于金人占据中原，回曲的云栈险道也可平步直上，江襄淮上不能自保，不再是乐土。作者的惆怅并不在个人的升降荣辱，而是国家安危，他不能忘怀而担忧的是北方尚未收复的故土和统治者的偏安一隅。正因为如此，词结尾处用三顾孔明茅庐事，感慨无人赏识自己，唯有写《金缕曲》（即此《贺新凉》词）寄恨，就有了不同寻常的深刻意义。作者用笔转换自如，在不长的篇幅中，充分表达了自己激荡翻腾的思情。

- 匹马钟山路。
- 季子貂裘尘渐满，犹是区区羁旅。

（陈晓芬）

满江红·送李御带珙

原文 恨别 南宋·吴潜

红玉阶前，问何事、翩然引去？湖海上、一汀鸥鹭，半帆烟雨。报国无门空自怨，济时有策从谁吐？过垂虹、亭下系扁舟，鲈堪煮。　拚一醉，留居住。歌一曲，送君路。遍江南江北，欲归何处？世事悠悠浑未了，年光冉冉今如许。试举头、一笑问青天，天无语。

内　容 ｜ 此词写送别友人，抒发报国无门的怨愤。
特　色 ｜ 四问四答，曲直隐显。
注　释 ｜ 翩然引去：飘然离去。济时：挽救时局。从：向。垂虹：指桥。扁舟：小舟，代指隐者所居。鲈：鲈鱼。堪：能。

赏析　这是一首送别词。作者与被送者抱负相同，志趣相投，送别之际抒发真情，言人及己，推己及人。词中采用四问四答的形式，在张弛有序中推进和深化情绪节奏，在直言中求顿挫，以表作者对国事的忧虑，对怀才不遇的愤慨。

词之起句即写送行之事，而出以第一问：在红玉阶（丹墀，代宫殿）前，问李珙（御带为官职）为何归去？继而词句故作盘旋，答以一汀鸥鹭、半帆烟雨，似好山林逸趣，实有难言之隐，引人遐思。故接着用一对偶句作第二问，道出了归隐的真由："报国无门"、"济时有策"，既言李珙，亦言自己。正因为不能用世，就只能避世。垂虹亭在今江苏吴江县垂虹桥上，"煮鲈"用晋人张翰思莼羹鲈脍弃官归乡事，是词人对友人无可奈何的安慰，虽写归隐之乐，而尤见不能用世之悲。换头四句亦成对偶，作者唯有狂醉悲歌一吐胸中忧愤，表其对友人的深情。然而天地局蹐，又能归隐何处。"遍江南江北，欲归何处"的第三问，既是问友，又是自问，寓劝于问，实有毋忘中原的激励、相勉之意。对"欲归何处"的反问，又承以一对偶句，"世事悠悠浑未了"，系反用《晋书·傅咸传》"官事未易了"意，"年光冉冉今如许"，出《离骚》："老冉冉其将至兮，恐年岁之不吾与。"这两句显见对李珙离朝的痛惜，遥应上阕的"济时有策"、"报国无门"，愤懑与感慨可知，词意愈形深人。无可奈何之中，只能"试举头、一笑问青天"，人事不可知，天意欲如何？第四问分明是向青天绝望一问，而却用一"笑"字，笑中实寓无限哭意。"天无语"三字，如骅骝驻坡，悲愤之情有千钧之重。

此词慷慨激烈，情深意厚，述事直中有曲，明理显中有隐，雄心高调成温婉悲凉，实有沉郁顿挫风致。

（邓乔彬）

佳句
- 湖海上、一汀鸥鹭，半帆烟雨。
- 过垂虹、亭下系扁舟，鲈堪煮。

满江红 · 送陈方伯上襄州幕府

原文　　　　　　　　　　　　　　　　　　　　　送友　南宋·吴潜

露驿星程，又还控、西风征辔。原自有、孔璋书檄，元龙豪气。蜀道尚惊鼙鼓后，神州正在干戈里。佐元戎、一柱稳擎天，襄之水。　　　　　　功名事，山林

计。人易老,时难值。看新丝一发,甚吾衰矣。转首从游十五载,关心契阔三千里。便秋空、边雁落江南,书来未?

内　容　本词对将去"佐元戎"的友人予以鼓励,并盼多有书信来往。
特　色　论议纵横,气势贯注。
注　释　露驿星程:日夜兼程。驿,驿站。控:握。鼙鼓:胡人的战鼓,这里指蒙古军侵扰,暗用安史之乱玄宗入蜀的典故。干戈:战火。佐元戎:辅佐孟珙。转首:转头,喻时间短促。契阔:久别。《后汉书·独行传·范冉》:"奂曰:'行路仓卒,非陈契阔之所,可共到前亭宿息,以叙分隔。'"

赏析　襄州在西魏时置,北宋宣和时升襄阳府,自绍兴四年(1134)被岳飞收复后,成为抗金的重要基地,此后百年间未经战祸,积贮雄富。宋理宗端平二年(1235)春,蒙古兵久围襄阳不下,但由于宋军驻襄的南北军冲突,使蒙古兵一度得势。三年之后,孟珙为京湖制置使,次年收复襄阳、樊城、信阳、光化军。吴潜此词送陈方伯上襄州幕府,大概与此时为近。

全词以议论入词,极有气势。首、次句,谓陈方伯兼程入襄,"西风"当指秋日。三、四句,称其才情、豪气,陈琳(字孔璋)擅公事文书,陈登(字元龙)被许汜称"湖海之士,豪气不除"。"蜀道"二句指蒙古军南侵,1236年,四川有54个州郡相继陷落,淮南东西两路和荆襄亦遭进攻。上阕结语谓陈方伯此去是辅佐擎天之柱的孟珙。过片"功名事,山林计"表自己胸怀,也与朋友共勉:进退、穷达都应坦然。但是,岁月不居,盛时难再,看到自己初生白发,甚怅其衰,以建功及早相劝。"转首"句叙交谊之久,"关心"句示企盼之殷,一写时间之长,一写空间之广,正足以包涵。歇拍以盼秋雁传书表别后之思,以景寓情,颇饶余韵。

吴潜作为一个政治家,深知襄、蜀的重要战略地位,《宋史》(卷四一八本传)称其"上疏论保蜀之方,护襄之策",词中言襄论蜀,可谓自有根源。后来蒙古军队就是在连克滇、蜀,再下襄、樊之后,才攻占临安、颠覆南宋的。因而对此词不应以一般送别词而等闲视之。

吴潜词风近于稼轩,叙时事、论功业、言情谊,亦与稼轩此类作品相近。词中以古人(陈琳、陈登)相许,得体而贴切,字句锤炼颇见功夫,如"露"、"星"、"西风"作修饰语尤不同凡响,"蜀道"二对句与"转首"二对句,工整而富气势,贯如联珠,不可多见。

(邓乔彬)

减字木兰花

原文　　　　　　　　　　　　　　　　　　　　　被掳　南宋·淮上女

　　淮山隐隐,千里云峰千里恨。淮水悠悠,万顷烟波万顷愁。　　山长水远,遮断行人东望眼。恨旧愁新,有泪无言对晚春。

内　容　此词写被掳北上女子的愁与恨。
特　色　景情同构,物我交融。
注　释　隐隐:邈远。行人:被掳掠之人。

**赏析**　南宋嘉定末,金四都尉南侵,军队掳掠大量淮上民家女子北归,其中一位女子在旅舍壁上题写了这首词。

　　背井离乡,等待着这些女子的是惨遭蹂躏的命运,在北去的一路上,真是望不断的山和水,诉不尽的愁和恨,词人很自然地把两者联结在一起,凭借山水倾吐了满腔悲愤。

　　借景言情,必然要使景的特征和所咏之情形成同构联系,如滚滚大江急剧的动态和浩大的气势,令人心情激荡豪放;而细流涓涓,则容易产生宁逸和婉的感受。在这首词中,写山水一是浩阔,山是"千里",水则"万顷";二是迷茫,"隐隐"和"烟波"二词,使山山水水都呈现出朦胧的形态;三是节奏缓慢,以"悠悠"描状淮水,既是写水的长远,也让人感到水势的平缓。当词人把愁和恨直接移入山水时,它们也转化为感情的特质,表现出愁和恨的深广,表现出被掳女子内心的凄楚迷惘,甚至让人感受到她们步履沉重艰难、缓慢前行的情景。淮山千里,恨也千里;淮水万顷,愁也万顷;前程山长水远绵绵无尽,旧恨新愁也绵绵不断,刻骨的愁恨渗透在这种景情同构、物我交融中。家国愁和恨,通过对山和水的描绘而产生了可感的形象性,正如王国维《人间词话》中所论,这是"以我观物,故物皆著我之色彩"。用了这一表现手法,作品虽然没有大量言情之语,却时时处处令人感受到作者无比沉痛悲愤的心情。全词一无藻饰,纯任真情倾吐,质朴感人。

(陈晓芬)

沁园春·丙午登多景楼和吴履斋韵

登览　南宋·李曾伯

原文

　　天下奇观，江浮两山，地雄一州。对晴烟抹翠，怒涛翻雪，离离塞草，拍拍风舟。春去春来，潮生潮落，几度斜阳人倚楼。堪怜处，怅英雄白发，空敝貂裘。　　淮头虏尚虔刘。谁为把中原一战收？问只今人物，岂无安石？且容老子，还访浮丘。鸥鹭眠沙，渔樵唱晚，不管人间半点愁。危栏外，渺沧波无极，去去归休。

内　容｜本词写镇江的江山奇观，叹息中原未收，流露归隐之意。
特　色｜层进铺排，整中求变。
注　释｜虔刘：杀戮，劫掠。安石：谢安字。沙：岸边沙地。渔樵：渔夫、樵夫。

赏析

　　多景楼在镇江北固山甘露寺内。吴潜曾任镇江知府，作有《沁园春·多景楼》。淳祐六年丙午（1246），李曾伯兼任两淮制置使，和吴潜（号履斋）韵写成此词。歌咏江山，俯仰今古，追怀英雄，表其愤世忧时的情怀。

　　词以"天下奇观"开局，极铺写之能事，因此词中多四字句，多作骈对。先概写"江浮两山（金山、焦山），地雄一州"，再展衍大江雄姿，"抹翠"、"翻雪"，动词甚得烹炼之功，色彩尤见鲜明，"离离"、"拍拍"，叠字颇传神韵，"春去春来，潮生潮落"，句型又变，概括时空，简练有力，这六句在整齐中谋变化，功力不凡。"几度斜阳"句，古今人物与抒情主人公尽出，英雄白发堪怜，包含着深沉的悲慨，"空敝貂裘"用苏秦游说不遇，黄金尽、貂裘敝事，以写壮志付与东流。

　　换头从咏形胜、悲英雄进到慨今世，以"虏尚虔刘"警世，"淮头"指淮西，"虔刘"为劫掠意。当年祖逖、刘裕都从镇江北伐，今日谁充收复中原之任呢？岂无谢安（字安石）之才？实非谢安之时！"岂无"二字透出冷峻。"且容老子，还访浮丘"，浮丘是浮丘道人得道之地，这是说既无补于世，就去

佳句

· 天下奇观，江浮两山，地雄一州。
· 对晴烟抹翠，怒涛翻雪，离离塞草，拍拍风舟。
· 春去春来，潮生潮落，几度斜阳人倚楼。

避世访道吧。"鸥鹭"三句,既是眼前所见,又是心之所向。远眺危栏外沧波无极,无情东流,世无英雄,有英雄亦不被用,壮志难酬,唯有引退,"去去",越离越远,示决绝,"归休",引退。《宋史》本传载李曾伯本年春就有"放归田里"之愿,词成不久,果被免官。

据本传载,李曾伯有"边饷贵于广积,将材贵于素储,赏与不可以不精,战士不可以不恤"的深刻见解,又条上"淮面舟师之所当戒,湖面险阻之所当治"。然而未为安石,却访浮丘,英雄白发之叹堪令人扼腕!

(邓乔彬)

水调歌头·平山堂用东坡韵

原文

登高　南宋·方岳

秋雨一何碧,山色倚晴空。江南江北愁思,分付酒螺红。芦叶蓬舟千重,菰菜莼羹一梦,无语寄归鸿。醉眼渺河洛,遗恨夕阳中。　蘋洲外,山欲暝,敛眉峰。人间俯仰陈迹,叹息两仙翁。不见当时杨柳,只是从前烟雨,磨灭几英雄。天地一孤啸,匹马又西风。

内　容　本词写平山堂远眺,抒发英雄磨灭之恨,并表羁愁。
特　色　纵横交错,悲壮沉郁。
注　释　一何:多么,表程度的副词。倚:伴,映衬。酒螺:螺杯。菰(gū)菜:即茭白。莼(chún)羹:莼菜做的羹。莼,多年生水草,叶片椭圆形,深绿色,浮在水面,茎上和叶背有黏液,花暗红色,嫩叶可以做汤菜。暝:昏暗。敛眉峰:黑暗降临,遮掩了山峰。两仙翁:欧阳修与苏轼。磨灭:消解,损消。

赏析　平山堂在今江苏扬州市西北之蜀冈上,欧阳修守扬州时所建。方岳来此,时值雨过天晴,青山如洗,更觉其"碧"。本为"乐景",引出的却是哀思。南北江山分裂,词人涌起的是对江南江北的绵绵愁恨,唯有借螺杯红酒浇愁。江南游子羁旅江北,此刻是"芦叶蓬舟千重,菰菜莼羹一梦,无语寄归鸿"。这是说晋人张翰闻秋风起,思故乡"菰菜莼羹"之美,遂赋归去,而自己却不可能;鸿归南方,也无语可寄。词人更思念沦陷的北方,可是也只有"醉眼渺河洛,遗恨夕阳中"。河洛膻腥,中原未复,醉中北望,徒增故国之痛。上阕写登平山堂而引起的"江南江北愁思",把亡国之痛与乡思之愁融凝到了一起。

下阕进一层抒古今兴亡之恨。词人遥望江中长满白蘋的小洲,远处的山峰逐渐隐去,暮霭越来越浓了。"人间俯仰陈迹,叹息两仙翁"。岁月如流,往事成尘,词人不禁想起于堂前手植杨柳的欧阳修和与平山堂结下深情的苏东坡。世事蹉跎,一切已经风流云散,当年手种的杨柳早已不在，然而昔日的烟雨依旧不断，该消磨了多少英雄豪杰。自己如今又匹马孤啸于西风之中，历史兴亡的大潮又将淘洗几多英雄，怎会没有吊古伤今的兴亡之悲！

在方岳所"步韵"的苏轼《水调歌头·黄州快哉亭赠张偓佺》词中，有"长记平山堂上，欹枕江南烟雨，渺渺没孤鸿。认得醉翁语，山色有无中。"这是说想起了扬州平山堂，怀念欧阳修和他所作的词（《朝中措·送刘仲原甫出守维扬》）。方岳词"从前烟雨"、"寄归鸿"等，都从苏词中感发而出，显出一种时空跨度极大的历史感。从艺术手法说，本词上阕横向写所见景色与家国之悲；换头略点景色，呼应词的开头，再纵向驰骋，写兴亡之恨，"叹息两仙翁"，英雄俱往。横向的慨今与纵向的吊古交错，织出一片悲壮的美的境界，沉郁感人。（艾治平）

佳 句

- 醉眼渺河洛，遗恨夕阳中。
- 天地一孤啸，匹马又西风。

三部乐 · 赋姜石帚渔隐

隐逸　南宋·吴文英

原 文

江鸥初飞，荡万里素云，际空如沐。咏情吟思，不在秦筝金屋。夜潮上，明月芦花，傍钓蓑梦远，句清敲玉。翠罂汲晓，欸乃一声秋曲。　　越装片篷障雨，瘦半竿渭水，鹭汀幽宿。那知暖袍挟锦，低帘笼烛。鼓春波，载花万斛。帆鬣转，银河可掬。风定浪息，苍茫外，天浸寒绿。

内　容　此词通过意象的选择和画面的构建，展示友人云水生涯之变洁。
特　色　对照烘托，直觉写景。
注　释　江鸥（yì）：江鸟，这里指隐归的友人。秦筝：秦地产的筝。金屋：豪华的住宅。钓蓑：披蓑垂钓者。敲玉：敲击玉器的声音。罂：盛水的容器。欸（ǎi）乃：象声词，泛指橹声悠扬。片篷：有篷的船。帆鬣（liè）：船帆。

赏析

此词咏友人隐居生活之乐。题中"姜石帚"，作者友人。据作者《惜红衣》词序云："余从姜石帚游苕、霅间三十五年。"可知二人交谊甚深。昔人以为石帚即姜夔。夏承焘先生《吴梦窗系年》考证二人时不相及；加之白石诗词中均无涉及梦窗之作，故石帚断非姜白石。"渔隐"，石帚钓舟之名。据周煇《清波杂志》卷十二"船舫立名"条，南宋时西湖上好事者所置船舫，皆立嘉名，如"云篷"、"烟艇"等，"渔隐"即此类也。

吴文英生平常曳裾于权贵之门，然他对权贵虽有酬酢而罕于求，故而潦倒终生。可知吴氏在污浊环境中仍能努力保持高洁狷介之品性。此篇对石帚之渔隐生活倾注由衷羡慕向往之情,足见词人实有云水襟怀、鸾鹤志趣。此词状景奇幻空灵,写人潇洒传神,意境苍茫高远。其主要艺术特色有如下三点。

其一,写隐居生活,以富贵豪奢生活相对照。如上阕"咏情"二句,插入"不在秦筝金屋";下阕"鹭汀幽宿"后,接以"那知暖袍挟锦,低帘笼烛"。在鲜明的对照、反衬中,加倍显示出隐逸生活的恬适清高和富贵生活的繁闹庸俗。

其二,写隐士的高逸品格志趣,以多样的自然景物画面烘托。本篇展现了数量众多的自然景物意象,并将这些与渔隐生活密切相关的意象,组合成一幅幅情调、色彩和境界各异的画面,多角度多侧面地衬托出姜石帚的高雅情趣和飘逸风度,如:夜潮初上,月照芦花,画面空明,使人感到石帚心境澄澈。翠罂汲晓,櫓声欸乃,画面清奇,显出石帚渔隐生活的自然情趣。雨打船篷,篙点秋水,夜宿鹭汀,石帚的情趣何其孤高、清寂!鼓荡春波,载花万斛,石帚渔舟中又有极绚丽可乐之情事。而帆鬣飘飘,舟如漾空而行,石帚笑掬银河,其人已宛若羽化而升仙矣!这些景中有人的画面,同石帚在舟行中咏情吟思,句清敲玉,或傍钓竿蓑衣、悠然入梦等其他生活细节描写交织穿插,使一位具有高洁品格、清逸情趣的隐士形象栩栩如生,跃然纸上。而词的起首和结尾相互呼应,描绘渔舟如水鸟初飞,摇荡云水,直到消失于苍茫天际,其境界尤为高远空阔,不仅烘托石帚,也含蓄地表现出词人心驰神往的情态。

其三,描景状物,表现出词人新鲜、微妙、灵敏、丰富的直觉感受。例如,以"如沐"形容舟行云水之适意,以"敲玉"描状石帚诗句之清朗,以"瘦半竿"形容浅落的秋水,以"翠罂汲晓"点化柳宗元"晓汲清湘"诗意,再如"银河可掬"、"天浸寒绿"等句,都体现出词人的视觉、听觉、触觉、幻觉、错觉等直觉感受极为机敏、灵动、新奇。故其笔下意象,不以逼肖物象擅

佳 句

· 夜潮上,明月芦花,傍钓蓑梦远,句清敲玉。

· 翠罂汲晓,欸乃一声秋曲。

· 越装片篷障雨,瘦半竿渭水,鹭汀幽宿。

· 鼓春波,载花万斛。

· 帆鬣转,银河可掬。

· 风定浪息,苍茫外,天浸寒绿。

优,而以透露词人心境取胜,能产生异乎寻常的美的魅力。清人戈载评梦窗词:"运意深远,用笔幽邃,炼字炼句,迥不犹人。貌观之雕缋满眼,而实有灵气行乎其间。"(《宋七家词选》)这种艺术特色,实源于梦窗对景物锐敏之观察与深微之直觉感受。 (陶文鹏)

逸 闻

吴文英在杭州的时候,与一女子相恋,此时正值春暖花开,莺歌燕舞的时节,不幸的是,这个女子后来病逝,吴文英终究没能终了这段姻缘。后来在苏州,吴文英又有了心心相印的对象,两人度过了一段甜蜜的时光,但是这段姻缘似乎不为礼教所允许,这位姑娘最终被遣返,这次恋情又戛然而止。两位爱姬,一死一遣,爱情的不美满成为吴文英心中永远的痛,在他的大量情词中,能深深体会到这种爱情残缺的悲痛和遗憾。 (徐玲)

齐天乐·与冯深居登禹陵

原文

怀古 南宋·吴文英

三千年事残鸦外,无言倦凭秋树。逝水移川,高陵变谷,那识当时神禹?幽云怪雨,翠萍湿空梁,夜深飞去。雁起青天,数行书似旧藏处。　　寂寥西窗久坐,故人悭会遇,同剪灯语。积藓残碑,零圭断璧,重拂人间尘土。霜红罢舞,漫山色青青,雾朝烟暮。岸锁春船,画旗喧赛鼓。

内　容　本词将游禹陵时的所见、所思绾合起来,悲叹夏禹功业无人发扬。
特　色　心理时空,重铸意象。
注　释　三千年事:大禹以来的世事变迁。逝水移川,高陵变谷:河变道,陵为谷;指历史的沧桑巨变。幽云怪雨,翠萍湿空梁,夜深飞去:据《会稽志·禹庙》载:"梁时修庙,唯欠一梁,俄风雨大至,湖中得一木,取以为梁,即梅梁也。夜或大雷雨,梁辄失去,比复归,水草被其上,人以为神,縻以大铁绳,然犹时一失也。"数行书似旧藏处:据《大明一统志·绍兴府志》载:"石匮山,在府城东南一十五里,山形如匮。相传禹治水后,藏书于此。"悭(qiān):缺少。积藓:长满苔藓。零圭断璧:破损的圭璧。画旗喧赛鼓:设想春天祭祀大禹的热闹场面。

赏析

此为登临怀古之作。题中冯深居,名去非,都昌(今属江西)人,淳祐元年(1241)进士,作者多年知友。禹陵,夏禹陵墓,在今浙江绍兴东南会稽山禹庙之侧。

古人怀古之作,多寓伤今之意。此篇即在感怀夏禹功业之中,寄托了词人对南宋国势发的深沉悲慨。为自然而深刻地表达感慨古今之意，作者大胆地按照心理时空组织意象，将昼与夜、秋与春、古与今、时间与空间错综抒写。上阕，写同友人在禹陵游览至日暮，目送残鸦没入澹澹长空，沉入遐思之境。起句即将悠久的时间意象与眼前的空间意象直接衔接，给人以非常辽阔、苍茫之感。下句说登陵，从倦倚秋树、沉默无言的神情意态中显出怀古情思。"秋树"点明登临时节，烘染萧瑟、悲凉气氛。"逝水"三句，触景生情，因情叙事，含有数层意蕴：既指夏禹疏江河、平高山的治水神功，亦指三千年中人事沧桑、历代兴亡的巨变，更暗示北宋灭亡、中原沦陷之浩劫。"那识"一问，无限沉痛！当朝权臣苟且偷安，竟无人识得夏禹顶天立地、力挽狂澜之豪气！然大禹虽无人识，其英灵历三千年而犹存。于是下文写禹庙中至今仍显示出的幽奇神迹。据《四明图经》及《会稽志》所载，禹庙之神梁可化为龙，每风雨之夜飞入镜湖与龙斗，归而又复为梁，犹带湖中沾湿之萍藻。"幽云"三句，所写乃"夜深"之意象，恍惚幽怪，如幻似真，令人生无穷之想象，其炼字之工，意象之奇，令人佩服。"雁起"二句，却又突然转为白日之景。词人纵目云天，见数行雁起，犹如在长空中书写出大禹当年藏于石匮山中之治水文字。以上二景，足证大禹千古英灵尚在。作者打破时空顺序重新组合意象，将崇仰神禹、悲慨国势、讽刺朝廷淫昏等复杂情怀，婉曲而深沉地抒出。

下阕，换头处直写词人与冯深居在西窗下剪烛共语，暗用李商隐"何当共剪西窗烛"诗意，却烘染出一片人世寂寥、今昔离合的悲凉氛围。而其下却陡然承以"积藓"三句，乃又转为日间在

· 三千年事残鸦外，无言倦凭秋树。
· 幽云怪雨，翠萍湿空梁，夜深飞去。

禹陵之登览情事：二人摩挲残碑，碑上所刻夏禹功业之文字已为积藓侵蚀，不复能识；又捡起零圭碎璧，拂拭尘埃，痛惜夏禹当年会合诸侯所用圭璧之残缺不全。此三句之意象，具深层象征、暗示意蕴，令人悲叹夏禹功业无人发扬，致使国土分裂，山河破碎！"霜红"句又缘情布景，四字极浓缩，意谓已是残秋，红叶早凋，不复起舞。景色哀艳凄迷，隐隐与开篇次句之"秋树"相呼应。而紧接之"漫山色"二句，却又由实景变为虚拟之景：词人想象"霜红罢舞"之后，唯有山色枉自青青，亘古不变；而雾晨烟夕，时光流逝，人世沧桑，不断变易。这里借自然景象写出历史人生的悲慨。至此，情调已臻于极度消沉。不料，词人心境一变，笔下突接以盛春繁闹、热烈之景：推想来年三月五日禹之生辰，黎民百姓皆乘画舫倾城而出，并移舟于湖岸，同观赛会。山下湖上，画旗招展，箫鼓喧阗。这绘声绘色的一笔，与上文"秋树"、"霜红"时令不合，看似悖谬，却将全篇之颓伤情调转化为乐观，饱含了词人的理想愿望：他是多么期盼人民大众永远缅怀神禹之英灵，能像他那样奋发有为，消灭灾难，挽救祖国的危亡呵！

历来有一些词论家讥诋吴文英词晦涩难解，大都征引张炎所谓吴梦窗词"如七宝楼台，眩人眼目。碎拆下来，不成片段"(《词源》)之论。其实，这是不懂得吴文英按照心理时空组织意象之妙。此篇采用了这一手法，强化词的强力与密度，使之产生了审美的多层次与多空间，从

而抒发出吊古伤今的浩茫深远情思，获得一种使人灵魂震颤的心理真实与心理深度。（陶文鹏）

风入松

原文

怀人　南宋·吴文英

听风听雨过清明，愁草瘗花铭。楼前绿暗分携路，一丝柳、一寸柔情。料峭春寒中酒，交加晓梦啼莺。　　西园日日扫林亭，依旧赏新晴。黄蜂频扑秋千索，有当时纤手香凝。惆怅双鸳不到，幽阶一夜苔生。

内　容　此词写清明之际，词人追忆昔日之别的惆怅之情。
特　色　意象密集，借幻说痴。
注　释　草：起草。瘗花铭：庾信有《瘗花铭》，瘗（yì），埋葬。铭，一种文体。分携：分手。料峭：微寒。中（zhòng）酒：醉酒。索：绳。双鸳：指女子的绣花鞋，这里兼指女子本人。

赏析

此词抒写暮春西园怀人之情。西园在杭州西湖，是词人与其情侣一度寓居之处。全篇抒情细腻委婉，纯真深挚，毫不雕琢堆砌。作者调动了联想、想象、烘托、夸张、幻觉等多种艺术手段写景抒情，开拓意境；而贯串全词的，则是将情与景、时间与空间水乳交融、高度凝缩在一起的写法。词中描绘暮春时节的风雨、落花、绿荫、柳丝、春寒、啼莺，还有西园里的小路、林亭、秋千、黄蜂、苔藓等自然景物，意象相当密集，这些景物意象，都涂染上浓郁的主观感情色彩，无一不是词人用以抒发暮春怀人的愁思、追忆、感伤、痴想、惆怅的对应物，故而笔笔牵动读者的心弦。词人刻画意象的字句，又极度凝练曲折，包含着深厚意蕴和无穷韵味。

首句不仅点明时令，渲染出一片凄凉感伤气氛，更妙在于写风雨不言"见"而叠用两个"听"字，从而曲曲传出对风雨摧花不忍见、难入眠的惜花伤春之情。次句仅五字，概括了词人扫花、葬花、悼花数层情事。"一丝柳、一寸柔情"句，将柳丝当作柔情的象征物，联想贴切，又以少见多，须知千丝柳则有千尺柔情矣。无知柳丝尚且有无限柔情，则人之相思之缠绵深长便不言而喻。"料峭"二句，十二个字写出春寒料峭、借酒驱寒销愁、醉后入梦、莺啼惊梦、醒后倍感春愁缭乱等行为和内心活

- 听风听雨过清明，愁草瘗花铭。
- 料峭春寒中酒，交加晓梦啼莺。
- 惆怅双鸳不到，幽阶一夜苔生。

动过程。"料峭"与"交加"又形成叠韵与双声相对，可谓意密情浓，声情并佳。下阕换头二句之"日日"、"依旧"，将词人那种欲重温旧梦而寻求情人遗迹的自欺、自醉、自慰之痴情刻画尽致。"黄蜂"二句，由痴情凝望而生幻象：因园中秋千，而幻见情人倩影纤手，忽见黄蜂频扑秋千，而幻思纤手凝香，竟至浑忘时过境迁，今昔不同。前人云："纯是痴望神理"（陈洵《海绡说词》），"是痴语，是深语"（谭献《复堂词话》），确是幻中见真、情真景真的千古奇句！结尾写不见情人踪迹而觉"幽阶一夜苔生"，融无限怅惘之情于幽阶青苔之中，语极夸张，亦有余恨绵绵、余音袅袅之妙。吴氏词心之灵妙、用笔用思之奇幻，皆于此篇显出。（陶文鹏）

高阳台·过种山

原文 怀古 南宋·吴文英

　　帆落回潮，人归故国，山椒感慨重游。弓折霜寒，机心已堕沙鸥。灯前宝剑清风断，正五湖、雨笠扁舟。最无情，岩上闲花，腥染春愁。　　当时白石苍松路，解勒回玉辔，雾掩山羞。木客歌阑，青春一梦荒丘。年年古苑西风到，雁怨啼、绿水蓣秋。莫登临，几树残烟，西北高楼。

内　容 本词感慨越国文种被害的命运，讽喻朝廷屠戮功臣，并寄托国家兴亡的感慨。
特　色 联翩用典，通感移情。
注　释 种山：越国大臣文种墓。帆落：帆船落帆靠岸。回潮：传说文种死后化为潮水。人归故国：即文种回到越国故地。山椒（jiāo）：山陵，语见《汉书·孝武李夫人传》所载武帝《悼李夫人赋》："释余马于山椒兮，奋修夜之不阳。"蓣（hóng）：蓼花。

赏析 　　这首词题下有作者自注："即越文种墓。"种山在今浙江杭县南五里，一名卧龙山。传说春秋时越国大夫文种埋葬于此。全篇写的是路过种山的感慨。作者伤悼文种辅佐越王勾践灭吴功成后，竟被勾践杀害。联系当时南宋小朝廷在异族侵略者大兵压境的情势下，却自毁长城，杀害、贬斥了许多英勇抗敌的爱国将领，此词的怀古实则是伤今，抒写出词人对于朝廷屠戮功臣的讽喻和国家兴亡的感慨。
　　此词在艺术上具有笔曲情深、凄怆感人的特点。这一艺术特点主要缘于作者用典之多而妙。起首三句，字面上是写景叙事，却暗用了《水经注·浙水》中所引《吴录》关于文种的典故。传说文种死后，被伍子胥背负而走，二人分别化作潮水之前波后浪，成了水神。作者用此典故，明叙自己游踪，暗写文种对故国的眷恋，又含蓄地谴责勾践的残忍。可谓一石三鸟。这是暗用，用得浑然无迹，如盐融于水，不见盐而有盐味。"弓折"二句，写文种被害之由，又用了两个典故。上句典出《史记·越王勾践世家》中范蠡临去前遗书文种言"鸟尽弓藏"、"兔死狗烹"事。词人却不直用，而将"弓藏"易为"弓折"，并以象征杀伐之意的"霜寒"渲染，这就造成一种严酷肃杀气氛。此乃曲折并加渲染的用典之法。下句典出《列子·黄帝篇》，故事是说，海鸥知悉人有智巧奸诈之心便舞而不下，以避其害。这里却是反用，说善用"机心"者竟可将鸥鸟骗得坠落，暗示勾践是用尽心机谋害文种的。"灯前"以下三句，写文种和范蠡两种不同的命运。叙文种之死，用了《吴越春秋》所载勾践赐文种"属卢"之剑，种遂"伏剑而死"事。作者有意回避血淋淋的正面描写，而对典故加以诗的想象与联想。"灯前"二字虚构文种死在夜间，隐喻勾践残害忠良是见不得人的勾当。不言"头颅断"而用"清风断"，颂扬文种的高风亮节。写范蠡之隐，用了史书所载他辞官遨游五湖的典故，又加上"雨笠扁舟"的形象细节，描绘范蠡在斜风细雨中乘舟遨游情景。这两个典故、两幅画面组接在一起，便形成了鲜明对照，引人深思不尽。这是典故的

对比式运用。下阕"解勒回玉辇，雾掩山羞"二句，一句一典。运用的手法，是以浓缩的语言概括典故的复杂内容。前句中的"解"，其意为懂得、晓得；"勒回"，转回；"玉辇"，指勾践所乘的车子。这一句仅五字，却隐括了文种出谋划策使得吴王允许勾践返越的曲折情事。后句用南朝孔稚圭《北山移文》典故，原意是钟山山灵为假隐士周颙蒙羞含耻，声罪致讨。这里却是反用，惋惜文种未能及时归隐，以致被害。"木客歌阑"用《吴越春秋·勾践阴谋外传》和《越绝书》的典故。文种向勾践献策，让他使木工三千余人入山伐木，为吴王夫差建造宫室，挑起木工的怨愤。"木客"，即伐木者。这句说，当伐木者诅咒吴王的怨愤歌声刚刚停息，吴国也就快要灭亡了。作者运用这三个典故，既生动形象，又高度概括，惜墨如金，收到言简意赅、诱人想象的艺术效果。可见，本篇用典虽多，却用得灵活巧妙，手法多样。固然不免带来晦涩难懂之弊，却大大地提高了词的精练性和含蓄性。

本篇在写景抒情上，还成功地运用了移情入物、通感以及具象与抽象转化等艺术手法。"最无情，岩上闲花，腥染春愁"三句，视花为有情之物，而以"无情"责之；又以"腥"字形容花，把属于视觉的"猩红"与属于嗅觉的"血腥"这两种感

· 岩上闲花，腥染春愁。

觉打通；甚至奇妙地想象"腥"可以浸染"春愁"，使具体事物和抽象的情感产生了认同，从而强烈地表达出对忠良被害的深悲剧痛。结尾三句，展现出象征沦陷故国的"西北高楼"与"几树残烟"互相掩映的惨淡画面，蕴含着词人对国势的忧虑和感伤，更是融情入景，余音袅袅，令人体味无穷。

（陶文鹏）

八声甘州·陪庾幕诸公游灵岩

原文 记游 南宋·吴文英

渺空烟四远，是何年、青天坠长星。幻苍崖云树，名娃金屋，残霸宫城。箭径酸风射眼，腻水染花腥。时靸双鸳响，廊叶秋声。　　宫里吴王沈醉，倩五湖倦客，独钓醒醒。问苍波无语，华发奈山青。水涵空、阑干高处，送乱鸦、斜日落渔汀：连呼酒、上琴台去，秋与云平。

内　容　本词咏灵岩山上夫差与西施的遗迹，抒发兴亡的感慨。
特　色　章法绵密，笔势奇纵。
注　释　庾幕：庾，露天的谷堆，泛指粮库，《文选·左思〈魏都赋〉》："囷圌寂寥，京庾流衍。"李周翰注："庾，仓也。"幕，幕僚，吴文英曾经在苏州为仓台幕僚。灵岩：在苏州西南，有吴王馆娃宫遗址。青天坠长星：灵岩山疑是天空落下的大星。幻：想象之意。名娃：指西施。金屋：指武帝金屋藏娇之事。残霸：过去的霸业，指吴王夫差。箭径：灵岩山上有采香径，是吴王宫女采集香花的地方，径直如箭，故名。酸风射眼：语见李贺《金铜仙人辞汉歌》："东关酸风射眸子。"腻水：带有脂粉的水。语见杜牧《阿房宫赋》："渭流涨腻，弃脂水也。"双鸳：女子的鞋子。廊叶秋声：相传灵岩山有响屧廊，西施步屧绕廊，发出响声，故名。倩：请人代做。五湖倦客：指范蠡，事见《吴越春秋》。涵：沉浸，包容。秋与云平：秋色与云气一望无际。

赏析　前人论吴文英词，谓其"深得清真（周邦彦）之妙"（沈义甫），又谓其"如七宝楼台，眩人眼目"（张炎），此词可谓代表作。无怪乎宋末遗民周密辑《绝妙好词》时，在近三百首梦窗词中选其十六首，而以此词冠其首。此后历代选家，皆万选而不没，宜乎为梦窗词中之绝唱。

词为陪提举常平仓司的幕僚游灵岩山的酬唱之作。灵岩山在江苏吴县西30里，天平山之南，上有吴王夫差专为美女西施游憩而修建的馆娃宫、响屧（xiè，木屐）廊、琴台和采香径即箭径（范成大《吴郡志》卷八："采香径在香山之傍，小溪也，吴王种香于香山，使美人泛舟于溪以采者。今自灵岩望之，一水直如矢，故俗名箭泾。"）等古迹，故为历代骚人墨客所咏唱，并借以抒兴亡之感慨。

诗家欲笔底澜生，固难在化生为熟，亦固难在以故为新。吴王因宠西施而失国，此调已为前贤所唱滥。然此词却起势不凡，着一"渺"字，即将远望之景尽收眼底，接以"坠长星"喻灵岩，即给人以奇峰自天际飞来之感。长星者，彗星也。彗星的出现与陨落，在古人眼中本是兴亡的象征，上又缀"是何年"三字，就将幻景嵌入了遥深的历史喟叹，逼出下文。接着以"幻"字领下三句，皆系幻现之景。想当年，曾经称雄诸侯而终未完成霸业的夫差，将名娃（吴楚呼美女之称，此处即指西施）藏于"苍崖云树"深处的"金屋"之中，嬉戏无度，同归冥漠。"箭径"句本是眼中所见之景，然"酸风射眼"，景何以堪？于是又由实化虚，引出"腻水"句，借杜牧《阿房宫赋》中"渭流涨腻，弃脂水也"之典，将当年美人之骄奢写尽。然词人尚嫌不足，又拈出响屧廊之故实，说是西施时拖美人鸳鸯鞋（靸，音sǎ，即拖鞋，此处作动词用），走在以榔梓硬木铺的地板上，发出了铿锵的响声，却也只是牵动游人愁绪的"秋声"而已。

上阕已借灵岩之陈迹将怀古之意写尽，下阕咏吴宫往事，拈"醉"、"醒"二字为词眼，又以夫差与范蠡对举，既斥责了吴王因沉溺声色而杀身误国，又赞许了范蠡在亡吴后携西施泛游五湖而功成身退。有趣的是作者在此着一"倩"字，似乎是吴王将自己的未竟之业委托给了范蠡去做，至于这个事业当然不会是复国之业，而西施复归范蠡，也未尝明说，其讽刺之辛辣与含蓄，是不言自明的。"问苍波"以下，将吊古及身世之感均融入景中，使馆娃宫、采香径、响屧廊尽化为青山绿水与乱鸦斜日，其苍凉之慨自然萦系于笔端。

词至于此，怀古之意与身世之感，景中情与情中景大致已经写足。可是细心的读者也许会发现，词人怎么将灵岩山的琴台忘了。且慢，这正是留有余地法，你看他又转出一境曰："连呼酒、上琴台去。"似乎豪情满怀，逸兴不减，使充盈于篇章中的沉郁之气为之一振。但词人所处的时代已距南宋将亡不远，风雨飘摇，国势岌岌，即是一豪之振，也不过如西风残蝉。故至琴台远望所见，也只是"秋与云平"而已。正如霜天晓角，愈转愈急，终归雄沉，难见豪壮。至如"空烟四远"与"秋与云平"、"是何年"与"问苍波"之遥相呼应，正于平易中见章法之绵密，自是大家手眼。

> **佳 句**
>
> · 是何年、青天坠长星。
> · 幻苍崖云树，名娃金屋，残霸宫城。
> · 箭径酸风射眼，腻水染花腥。
> · 时靸双鸳响，廊叶秋声。

（薛瑞生）

西江月

原文 旅思 南宋·吴文英

江上桃花流水,天涯芳草青山。楼台春锁碧云湾,都入行人望眼。一镜波平鸥去,千林日落鸦还。天风袅袅送轻帆,蓦过星槎银汉。

内 容 本词写杭州美丽迷人的自然景物,表达渴望与迷幻杂糅的情思。
特 色 意象呈示,清新飘逸。
注 释 镜:水平如镜。袅袅(niǎo):摇曳貌;飘动貌。蓦:忽然。槎(chá):小船。银汉:银河。

赏析 这是一首抒写行旅者情怀的词。这位"行人"不是感叹旅况艰辛,也并非思念家园,而是渴望早日见到久别的情人。词中并没有点明题旨,但从行人望眼中幻现出的"楼台春锁碧云湾"来看,他在长途跋涉中梦魂牵萦的,是一位住在绿荫掩映的湖湾小楼上的女子。据夏承焘《吴梦窗系年》考证,吴文英早年客居杭州时,在一个春日系马于西湖的柳堤,曾碰到了一次"刘晨、阮肇入天台遇仙女"式的艳遇。此后,他便与这位女子幽会密约。但佳期十分短暂,他俩很快就分别了。这首词,大概就是写他在返杭途中急盼与女子重逢的喜悦、焦急等复杂心情。词中化用了一些前人有关恋情的诗词名句。如"天涯芳草青山"这六字句中,就使我们自然地联想到牛希济的"记得绿罗裙,处处怜芳草"(《生查子》)、欧阳修的"平芜尽处是青山,行人更在青山外"(《踏莎行》)、苏轼的"天涯何处无芳草"(《蝶恋花》)等等。而"楼台春锁"句,更是直接源于晏几道的"梦后楼台高锁"(《临江仙》)词意。

但这首词给人印象最深的,不是具体的恋爱情事,事实上全篇除了"行人"二字点出抒情主人公外,词中根本没有写任何事,也没有一句直接抒情。全篇展现的,是一幅幅美丽迷人的自然景物画面:有桃花流水、青山芳草、碧云湖湾,有

- 江上桃花流水,天涯芳草青山。
- 一镜波平鸥去,千林日落鸦还。
- 天风袅袅轻帆,蓦过星槎银汉。

"一镜波平鸥去,千林日落鸦还",还有风送轻帆、舟如星槎驶入银汉的神奇幻景。然而,我们从这些不断变换的景物意象和画面之中,已深深地感受到这位行人思慕、怀想、甜蜜、温馨、喜悦、焦急、畅快、迷幻等杂糅的情思,感受到一种情意绵绵的心理氛围,也感受到一种流动的旋律美,从而产生心灵的共振。作者不愿意吐露出他的内心隐秘,而是

用一颗敏感的心灵去捕捉能寄托自己情感的审美意象，并用暗示、象征、幻想等艺术手法使之组成一幅幅画面。这种意象客观呈示的表现方法，给此词带来一个迷人的、轻快的、流动的、清丽悠远的意境，韵味含蓄不尽，其妙处确实难以名状。

吴文英词多数写得浓艳密丽、凝重质实。这一首，文字清新明快可读，意象密丽而不浓艳，节奏飘逸流动，而其总体意境却仍是含蓄的、朦胧的、模糊的。在梦窗词中可谓别具一格。

（陶文鹏）

唐多令

原文 离愁 南宋·吴文英

　　何处合成愁，离人心上秋。纵芭蕉、不雨也飕飕。都道晚凉天气好，有明月，怕登楼。　　年事梦中休，花空烟水流。燕辞归、客尚淹留。垂柳不萦裙带住，漫长是，系行舟。

内　容　此词以秋意写离愁。
特　色　拆字衬跌，曲体肇端。
注　释　心上秋：把"愁"字拆为"心"与"秋"二字，而秋之训愁，也有所本。《礼记·乡饮酒义》："秋之为言愁也。"飕飕（sōu）：象声词。形容风声雨声。年事：年岁。淹留：久留。垂柳不萦裙带住：垂柳不留住情人的裙带，却想系住我的行舟。

赏析　此词写悲秋伤离。作者客居异乡，感触秋景，而追怀一位离去的女子。据夏承焘《吴梦窗系年》及《梦窗词集后笺》考证，吴氏词集中的怀人之作，凡时在秋季，如七夕、中秋、悲秋词，地点涉及苏州者，大概皆为怀念苏州爱妾所作。词的上阕主要写秋，而最后以"怕登楼"三字透露愁意；下阕直写与女子的惜别愁情。全篇语言通俗浅近，意象节奏疏快而不质实，似是作者信手拈来；然细加品味，却仍保持着作者运思缜密、结构严谨的作风，而且运用了多种艺术技法，意境层深蕴藉，留有余味。

首二句一问一答，妙趣横生。答句意含双关，既表明作者之愁实由心中离思与眼前秋景会合而成，而又妙用拆字法或离合法，"心"上加"秋"又正好合成了一个"愁"字，从而借字以传情，小巧有趣。三句即由次句末的"秋"字逗出萧瑟秋景。虽未下雨，芭蕉也被秋风吹得飕飕作响。词人妙用象声词，状景具体真切，传达出愁人的锐敏感受。"都道"以下三句，用衬跌手法，更深一层地明写秋景暗喻愁情。先纵一笔，说秋日天气凉爽，再纵一笔，说夜晚有明月当头，如此良辰美景最宜登楼；不料却陡然转折，说自己最怕登楼。如此二衬一跌,二纵一擒,离人心上忧愁沉重,怕对景伤怀,怕抚今思昔,怕空自远望而不见情人等复杂感情活动,就都衬托出来了。下阕换头"年事"两句,感叹往年与女子欢聚情事恍若一梦,也恰似花落烟消水流般一去不返。连用二喻,加倍渲染;而"烟"与"花"二字,又意含双关,不单指自然景象,还兼指烟花女子。"燕辞归、客尚淹留"句,化用曹丕《燕歌行》"群燕辞归雁南翔,念君客游思断肠。慊慊思归恋故乡,何为淹留寄他方"诗意。"燕辞归"又含有表里双重意蕴:一是写燕子春来秋去,从物候变换暗示作客之久;二是借燕隐喻女子已辞别归去。七个字兼写二人境况,句内既有层次又有对比反衬:"她"是不愿辞归而归,"我"是欲归而不得归。离人如春云缭乱般的愁情已弥漫纸上。但词人又忽发奇思,在结尾添上精警的一笔。他用拟人手法,将无情的垂柳写成有情,又责怪它不系住女子的裙带,反而系住客人的行舟。这种责怪看似无理,却新奇绝妙,正是被离愁浓密地裹缠着的行客的情痴之语。全篇上阕与下阕、句与句、字与字之间紧相勾连,前后绾合,细针密线,层层推进,就产生了情感的深度、浓度与厚度,构成一个向纵深延伸的富于立体感的情感世界。

清人王士禛《花草蒙拾》评此词有"滑稽之隽",是江南民歌《子夜吴歌》的变体。此说甚中肯。本篇除语言浅易明快外,衬字较多,开端二句用拆字离合之法,分明可见受到俗曲的影响。叶嘉莹认为此词已显示出南宋后期词逐渐向"曲"转化的端倪(见《灵谿词说》),实是烛见深微之论。

佳 句

- 何处合成愁,离人心上秋。
- 年事梦中休,花空烟水流。
- 垂柳不萦裙带住,漫长是,系行舟。

(陶文鹏)

西江月

原 文　　　　　　　　　　　　　　　　　闺情　南宋·翁元龙

　　山色低衔小苑,春云暗宿空庭,秋千无月冷双绳。闲却画栏人静。
　　一夜海棠如梦,半窗银烛多情。好花留不到清明,日日阴晴无定。

内 容　此词写春夜女子之寂寞及其对青春逝去的怨嗟。
特 色　意象传情,凄迷沉痛。
注 释　衔:笼盖,笼罩。宿:停留。

赏析　此词上阕写景,是暗夜空寂之景。夜之暗、云之低、小苑之静、秋千之冷、画栏之闲,皆个中人所感,为其寂寞之闲情移入外境所得。故景出而闲情出,而寂寞者亦出。"秋千"二字,点出寂寞者是一位女子。

下阕起句"一夜海棠如梦",既以"一夜"承上阕夜景,又以"海棠"承"小苑"。"如梦"二字,暗示她已入睡。以花喻人,本不足奇。此处则海棠即她,她即海棠,花与人合一。自花而言,海棠如梦,是花如人而花亦有情。自人而言,花容如梦,是寂寞之芳心欲有好梦,而梦态可见出她的动人的风韵。"如"字极妙,正画出了如花的她的痴情。"半窗银烛多情",说明她先是在烛光下怅惘许久,才渐渐入梦。银烛与上阕暗夜无月相映,这是无边冷暗中的一点暖色和光明,是带给她以慰藉和好梦的唯一客观物象,故曰"多情"。然而茫茫人间,竟然只有银烛多情,则她置身于无情世界可知。故银烛之多情,正表明她的寂寞无由摆脱。那么,"海棠"梦醒即女子梦醒之后,情何以堪呢? 何况"好花留不到清明",青春是如此的短暂,又何况"日日阴晴无定",世界又是如此的无情。

结拍二句是惜花。春尽花谢,已是无可奈何的伤心事,加上阴晴无定,风雨相摧,岂不要在春末以前就飘零吗? 这就与上阕暗夜云垂相呼应,而风雨已隐然在目了。花之青春苦短,风雨中花

> **佳 句**
>
> · 一夜海棠如梦,半窗银烛多情。
> · 好花留不到清明,日日阴晴无定。

之青春更短,是她为花惋惜。而好女亦如好花,青春也是极短暂的。风雨中的花,即是寂寞中的她。花因无情风雨而飘零,正预示她将因无情世事而憔悴。《红楼梦》林黛玉《葬花诗》云:"一年三百六十日,风刀霜剑严相逼。明媚鲜妍能几时? 一朝飘泊难寻觅。"这是多少年来无数女子的悲剧。所苦的,除自然原因以外,更有人间的摧残啊!

此词以意象传情,不着一字,而境中之人与情俱出。亦花亦人,惜花即是自惜。而韵致流转,画外余音萦旋,袅袅不绝。

末二句,是哽咽梦中语,还是梦后感伤语,模糊莫辨,亦不必辨。唯此方可见出朦胧之态、凄恻之意,亦唯此方才渲染出迷惘中无限低回的幽闺情态。 (古 潭)

摸鱼儿·题甘露寺多景楼

原 文　　　　　　　　　　登楼　南宋·孙吴会

八窗空、展宽秋影,长江流入尊俎。天围绀碧低群岫,斜日去鸿堪数。沈别浦。但目断、烟芜莽苍连平楚。晨钟暮鼓。算触景多愁,关人底事,倚栏听鸣橹。　　英雄恨,赢得名存北府。寄奴今寄何所? 西风依旧潮来去,山海颔颐吞吐。霜月古,直耐冷、相随燕我瑶芝圃。掀髯起舞。看猲伏苍苔,龙吟翠

葆，天籁奏韶舞。

内　容	本词写镇江多景楼前的壮阔江景，并想象敌酋降服、天下一统的欢庆场面。
特　色	层层递进，浪漫驰骋。
注　释	宽：用为动词。群岫：群山。鸣橹：摇橹的声音。北府：指谢玄的"北府兵"。寄奴：刘裕的小名。颉颃（xiéháng）：本指鸟上下翻飞，这里指随着潮水的涨落，吞吐山海。瑶芝圃：传说中神仙居住的地方，瑶、芝都是香草的名称。羱（yuán）：羱羊，产于我国西部和北部的一种野生羊。韶：古乐曲名。

赏析　孙吴会词罕见，此首出自《至顺镇江志》第二十卷。甘露寺址在江苏镇江北固山上，三国吴始建，唐宋时增辟迁建，又屡毁屡建，寺北有多景楼。此词为登楼感怀之作。

上阕写登楼眺望，下阕抒发感怀，通篇层层递进，沉浑豪迈。

登楼眺望，先是直视前看，八面楼窗洞开，秋景壮阔，长江尽入眼底。尊俎，盛酒食的器具，借指堂上宴席，刘向《新序》："不出于尊俎之间，而知千里之外。"这里正指千里长江皆横陈于多景楼前。次是环视天围，斜日余晖笼罩低低的山峦（绀碧，黑里透红之色，指天空暮色），无数飞鸿消逝在水滨。再次是极目远眺，目断处烟雾迷茫。此时耳闻钟鼓之声，收回目光，谛听鸣橹。写眺望层递有序，由近及远，犹如电影的短长镜头，徐徐展示登高眺望的画面，进而由目视转耳闻，画、音陪衬，有景有声，令人身临其境。眼前长江远接低低的群峦，斜日下的飞鸿消逝于水滨，天地物色浑然一体，暮鼓鸣橹更增添沉郁的气氛，虽不关人何事，却触动登楼人无限愁怀。

抒发感怀，依然写得递进有序。上阕以目视耳听为次，下阕则以心潮思绪为线。先是缅怀历史人物。"北府"句用东晋谢玄事，谢玄募骁勇为"北府兵"，百战百胜，取得淝水大捷。然而这一切已成过去，空留"名存北府"的

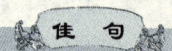

- 八窗空、展宽秋影，长江流入尊俎。
- 天围绀碧低群岫，斜日去鸿堪数。
- 西风依旧潮来去，山海颉颃吞吐。

遗恨。"寄奴"句用宋武帝刘裕北伐事，刘裕小字寄奴，曾居京口，由此两度北伐，有气吞万里之势。如今像他这样的英雄，不知又在何处？此句反用辛弃疾《永遇乐·京口北固亭怀古》"斜阳草树，寻常巷陌，人道寄奴曾住"。接着是借景抒感，那西风如今依旧，长江潮水来去，起伏浮沉，吞吐山海，暗寓南宋末期面临的危势。最后是神思升发，借游仙以寄理想，幻入月宫，豪饮起舞，俯视人间仿佛已经看到下界羱伏苍苔（羱，北山羊，暗喻敌酋降伏），江山一统，人们欢庆着大宋王师大捷，迎接太平盛世，一片天籁，万物奏起了《韶》乐，人们翩翩欢舞。"翠葆"本是帝王用的以翠羽装饰的车盖，借指宋王师。"龙吟"，龙鸣之声，古人以为龙吟则有祥云出现，兆示着天下太平。孔颖达《疏》注《易·乾·文言》云"龙吟则景云出"，景云即庆云、祥云。这里指欢迎王师，庆祝太平。下阕感怀也是层层递进，由远及

近，由实入虚，由缅怀转入神思，由登楼而仙游，浪漫驰骋，沉浑豪迈，神思壮飞。

孙吴会生活在南宋末期，国势岌岌可危，爱国之士多有忧患意识，此词正是这种历史忧患意识的反映。南宋词坛多悲歌凄怆之音，而孙吴会此词则写浑灏壮阔之景，发忧国畅想之思，抒豪迈壮飞之情，可谓难得的佳作。

(彭黎明)

贺新凉·多景楼落成

原文 感世 南宋·李演

笛叫东风起。弄尊前、杨花小扇，燕毛初紫。万点淮峰孤角外，惊下斜阳似绮。又婉娩、一番春意。歌舞相缪愁自猛，卷长波、一洗空人世。闲热我，醉时耳。　绿芜冷叶瓜州市。最怜予、洞箫声尽，阑干独倚。落落东南墙一角，谁护山河万里。问人在、玉关归未？老矣青山灯火客，抚佳期、漫洒新亭泪。歌哽咽，事如水。

内　容　此词写多景楼上远望所见、所思，抒悲怆之情。
特　色　声情顿宕，凄婉悲怆。
注　释　弄：摆弄。杨花小扇：画有杨花的扇子。杨花，指柳絮。北周庾信《春赋》："新年鸟声千种啭，二月杨花满路飞。"燕毛初紫：小燕子的羽毛刚刚变成紫色。此处指歌女的年少。角：角声。绮：彩色丝织品。婉娩(miǎn)：天气温和。欧阳修《渔家傲》："三月清明天婉娩。"相缪(liáo)：相伴。缪，缠绕不休。东南墙一角：喻意南宋偏安东南一隅。新亭泪：语见《世说新语》，指流亡臣子的泪水。

赏析　现存李演词七首，多为巧丽之辞，此首却具悲怆之声。

据《浩然雅斋谈》称，此词作于南宋淳祐年间。当时宋金虽已议和，但蒙军南侵，战火危及宋廷，而君主昏庸，权臣误国，怎不使爱国之士肝胆如焚。值重修多景楼落成，于北固山举行宴贺，李演即席应征填词，抒发胸中积郁。

此词通篇声情顿宕，凄婉悲怆。上阕起头，一顿一荡，交代宴贺时节，有风雨欲来之势。接着"万点淮峰"两句突起，奇峰孤角，斜阳惊坠，战事悲凉气氛顿时笼罩了筵席，而后"又婉娩"两句，把唤起的激情融入眼前的春景。这一顿一回荡，既在衬比中出奇警，又为下文蓄势。下句忽然笔锋一转，"猛"醒愁情，激发义愤，竟要卷起浩浩江水，清洗人世间的污浊，声情达到高潮。此处一顿"闲热我"两结句又荡开，引发下阕，把激情转入感世悲慨。

下阕"绿芜"、"冷叶"、"声尽"、"独倚",凄婉之中饱含内心的悲怆:即使有满腔热血,也难于报国;君昏臣奸,沉醉"东南墙一角","谁护山河万里"!声情高潮再起。此处一顿,随后又荡开,问"玉关归未",也是惘然,不过是空寄感慨;自己既无能为力,只有漫洒新亭之泪了。悲歌当泣,世事如水,这凄婉悲怆凝铸的结句,郁积了多少深沉的感慨呢!

· 万点淮峰孤角外,惊下斜阳似绮。

此词声情,类似辛弃疾《永遇乐·京口北固亭怀古》,选用去上声部韵,刚柔相济,百转千回,顿荡中出峥嵘,凄怆中发奇气,可谓荡气回肠、劲厉激壮之至矣。

(彭黎明)

如梦令·西湖道中

原文　　山行　南宋·陈著

家在明山南住,身在明山西路。回首碧云端,自笑不如飞鹭。飞去,飞去,归入明山深处。

内　容　此词以轻灵之笔记述西湖道中所见,含蓄地表达了对仕途官场的厌倦,对隐逸山林的向往。

特　色　赋陈明雅,空灵蕴藉。

注　释　明山:指西湖一带明丽的山色。

赏析　词人宝祐四年(1256)中进士后,官著作郎、嘉兴知府,后因忤专权的外戚贾似道,改临安通判,仕途坎坷,积胸中块垒,以诗词发之,《如梦令》一词当写于此后。

赋陈明雅、空灵蕴藉是此词特色。全词以轻灵的赋陈之笔记述西湖道中所见。开头两句交代了住处与自身行止,以"明山"为轴心,家在南,身在西。"明山"并非西湖山峦的专指,而是以炼字后以一"明"字点出山色的清新洁净,同时表达了词人对西湖山水的真实感受。着一"明"字,词人鲜明、纯雅的感情,充盈于字里行间,起笔已得赋陈明雅之趣。

"回首"两句,是途中所见、所想。回首碧云深处,白鹭翱翔,自由自在。蓝白相间,色调明快。"自笑不如",特以轻松之笔,表达词人对自由的向往。

结句,词面写愿如白鹭乘风飞去,飞入明山深处。实则含蓄地表达了对仕途官场的厌倦,对隐逸山林的向往,并特以"飞去"的迭词强调之。词人曾在一首《沁园春》词中明白地表达了追慕隐逸的情趣,以对比法突出西湖之美,但用笔极尽铺陈渲染之能事。而此《如梦令》

一词却只作淡笔勾勒,含蓄蕴藉,尤见神韵清奇脱俗,真可谓"不着一字,尽得风流"(司空图《词品》)。

(赵慧文　徐育民)

长相思·题甘楼

原　文　　　　　　　　　　　登楼　南宋·胡翼龙

南山钟,北山钟。一听钟声百念空,古今昏晓中。　　望秋风,数秋风。等得秋来等过鸿,灯前书一封。

内　容　此词写虽日听佛寺钟声,却难消对远人的思念之情。
特　色　语浅意深,衬跌有力。
注　释　古今:古往今来的人事。昏晓:天色黯淡,这里也指人事的浑浊。

赏析　此首一变词人温婉闲雅的词风而为语浅意深,全词明白如话,从人生之"空"写到离别之"苦"。上阕以南山、北山、古今、昏晓、寺钟,勾出"南朝四百八十寺"(杜牧《江南春绝句》)的氛围,逗出"一听钟声百念空"的人生感喟。以"一"与"百"相比,强调词人万念俱空,从而创造了一个"华严境界"(康有为语,转引自《饮冰室评词》),即空寂之境。古人写钟声,有的给人以警觉,"欲觉闻晨钟,令人发深省"(杜甫《游龙门奉先寺》);有的表伤别,"羁旅长堪醉,相留畏晓钟"(戴叔伦《江乡故人偶集客舍》)。此篇的钟声却使人"百念空",这是故作旷达之语,其实蕴含着词人无限愁情。愁情是词人现存十三首词中的主旋律,有"征衫薄,短篷犹逗寒浅"(《宴清都》)的羁旅之愁、有"相思辽阔,一响愁绝"(《霓裳中序第一》)的相思苦、有"愁何极,楚天老月,偏是到窗前"(《满庭芳》)的思乡之悲、有"老来何逊……银河曲曲,玉签点点,都是凄凉"(《夜飞鹊》)的无以用世之叹。这诸多愁悲,就是词中以钟声来摆脱的

"百念"。

"百念"是否"一听钟声"就"空"了呢？词中运用衬跌之法，作了否定的回答。"望秋风，数秋风。等得秋来等过鸿，灯前书一封"，思念远人之愁是全词主旨，然而在主旨未说之前，先说"百念空"，故作放达之语，避免了行文捷直，一泻无余，用"百念空"衬跌一下，再说出正意，使正意更加鲜明有力，衬跌法犹如水闸之使水位提高后再跌落，则其势更猛。"秋风"无影无踪，词人却以"望"、"数"等动词冠之，表达了长空秋日之中，盼鸿雁捎书的急切心情，"灯前书一封"结句点题，行文自然洗练，"如矿出金"（司空图《词品》）。

（赵慧文　徐育民）

贺新郎·游西湖有感

原文　忧国　南宋·文及翁

一勺西湖水。渡江来、百年歌舞，百年酣醉。回首洛阳花世界，烟渺黍离之地。更不复、新亭堕泪。簇乐红妆摇画舫，问中流、击楫谁人是？千古恨，几时洗？　余生自负澄清志。更有谁、磻溪未遇，傅岩未起。国事如今谁倚仗，衣带一江而已！便都道、江神堪恃。借问孤山林处士，但掉头、笑指梅花蕊。天下事，可知矣！

内　容　本词痛斥小朝廷的醉生梦死，抒发对国事危殆的深忧，表达澄清天下的壮志。
特　色　讥议横生，层层递进。
注　释　黍离之地：语出《诗经·王风·黍离》"彼黍离离"。诗序认为此诗是东周大夫途经西周都城镐京，感慨宫室荒凉而作。后人即以此表示故国之悲。新亭堕泪：语出《世说新语》："周侯中坐而叹曰：'风景不殊，正自有山河之异！'皆相视流泪。"画舫：画船。中流、击楫：语出《晋书·祖逖传》：东晋初，祖逖曾率军北伐，渡江至中流，击楫发誓曰："祖逖不能清中原而赋济者，有如江水。"澄清志：澄清天下的志愿。磻（pán）溪：水名，在今宝鸡县，相传姜太公未遇周文王之前，曾在此垂钓。傅岩：地名，在今山西平陆县，相传殷朝大臣傅说曾在此当筑墙的奴隶。堪恃：值得依赖。

赏析　文及翁为蜀绵州（今四川绵阳）人，生于南宋末期。据《古杭杂记》载，文及第后与同年游集西湖，有人问："西蜀有此景乎？"引起他的感触，当即赋此词作答。他以酣畅恣肆之笔、壮怀激越之情，讥评时政世风，抒发了对国势的殷忧。

此词讥议横生,手法多变。上阕开篇,劈头"一勺西湖水",隐喻南宋偏安一隅,深含讥讽之意,是为讽议。接下"渡江来"三句,揭露南宋统治者百年荒淫;又"回首"故土沦落,哀叹河山丧失,连一洒忧国忧时之泪的人也没有了,此可谓纵议。下转两句,意谓只知一味"簇乐红妆摇画舫",还有谁能击楫中流,誓图恢复疆土呢?"千古恨,几时洗?"故用诘问,以泄悲愤、激越之情。

佳 句

- 一勺西湖水。
- 渡江来、百年歌舞,百年酣醉。
- 问中流、击楫谁人是?

下阕换头三句,写自己与有才志之人不被重用,与上阕写官僚歌舞酣醉、不顾兴亡相对照,又与"问中流、击楫谁人是"相呼应,此可称为上下阕之对比和呼应议论,益发增添悲愤激越之情。"磻溪"句用姜子牙磻溪隐居事。傅岩句用傅说在傅岩筑墙,文王用为大臣事。"国事"两句,自问自答,讥讽当政之倚仗"衣带江水",又将诘议推进一层;"更都道、江神堪恃"两句冷嘲热讽,讥议达到高潮。"借问"句一转,将名流高士与爱国有志者又一对比,于嘲讽之中,回添讥刺。通过这一系列发问比照,纵横议论,看透了得势之人歌舞升平,有才志者不被重用,一般人只信天险,社会名流自命清高的社会现实,所以"天下事,可知矣"。南宋灭亡的前途是注定了。这结篇六字浩叹,凝铸了千钧忧国之心!

词中夹议,北宋有之,南宋罕见。在充满凄切悲凉的南宋词坛上,有文及翁一词,以议论为主,讥讽时政时尚,抒发壮怀激越之情,堪称添一端亮色。

(彭黎明)

谒金门

原文　　　　　刺政　南宋·李好古

花过雨,又是一番红素。燕子归来愁不语,旧巢无觅处。　　谁在玉关劳苦?谁在玉楼歌舞?若使胡尘吹得去,东风侯万户。

内 容　本词对国难深重之际南宋君臣依然歌舞玉楼的现象,予以谴责、调侃。
特 色　移情拟人,诘问对比。
注 释　玉关:玉门关,代指边塞。胡尘:胡兵。东风侯万户:封东风为万户侯。

赏析　清人周济说过:"感慨所寄,不过盛衰:或绸缪未雨,或太息厝薪,或己饥己溺,或独清独醒……诗有史,词亦有史,庶乎自树一帜矣。"(《介存斋论词杂著》)李好古这首《谒金门》便正是这种"词亦有史"的寄慨之作。

蒙古军队在灭金和西夏后，挥兵南下，四川、大理先后被克，忽必烈称帝之后，襄阳、樊城失陷。蒙古丞相伯颜统兵沿江东下，水陆并进，逼近临安。贾似道一手遮天，君臣依然歌舞升平。对此南宋政权岌岌可危之势，作者以小词议大政，抒其国事堪虞的情怀。

起二句，写春雨催花，"又是"二字，虽含"年年岁岁花相似"之意，却已露风景不殊，正自有山河之异的悲痛。三句、四句承"又是"而一转：燕子归来，愁闷不语，房屋成墟，旧巢无觅，人之愁绪移之于燕，"燕"之无巢正寓"人"之国亡。家园残破之因何在呢？作者突兀发问："谁在玉关劳苦？谁在玉楼歌舞？"玉关与玉楼、劳苦与歌舞对举，爱憎、褒贬分明，质问更胜于直斥。统治者的荒政使宋朝已具必亡之势，人力难恃，极度绝望悲愤之中，转而问天：若东风能吹尽胡尘，就封它作万户侯！这一抑为盛狂之笔，沉痛之极。

此词并非锻字炼句的工丽典雅之作，然朴实、凝练，小中见大，拟人、诘问、对比等修辞手法，尤增大了悲愤的力度。

（邓乔彬）

一剪梅·和人催雪

原文　　　　　　　　　　　　　　咏怀　南宋·刘辰翁

　　万事如花不可期。花不堪持，酒不堪持。江天雪意使人迷。剪一枝枝，歌一枝枝。歌者不来今几时？姜影无词，张影无词。不歌不醉不成诗，歌也迟迟，雪也迟迟。

内　容　此词写词人欲歌不能、欲醉不得、痛不成诗的惆怅与无奈。
特　色　排比重叠，吞吐纡郁。
注　释　期：期待。堪：能够。姜影：姜夔曾写《疏影》以咏梅花。张影：张先以擅长写影，号为"张三影"。迟迟：渐渐地；慢慢地。

赏析　词人在一个雪天和友人一起饮酒赏梅花的时候，把自己从亡国失家中所体验的历史、人生和宇宙的悲剧情怀，以一种无可奈何的方式倾吐了个痛快，这就是此词所写的内容。读来催人泪下。

整首词并未写如何赏花，如何饮酒，而是直抒情怀。"万事如花不可期"，表现的是渗透了宇宙人生变幻的悲伤，花不可期，酒也不忍心饮，作者用迷茫的眼光看着，无可奈何地和人们一起，剪着梅花，唱着梅花。

下阕进一步写绝望，想去"剪一枝枝"，想去"歌一枝枝"。然而却歌咏不出。那些善于歌咏的人，如写出《疏影》的姜夔、写出"云破月来花弄影"（《天仙子》）的张先，不仅远离了我们,而且在现在的情形之下,他们也绝写不出那样的好词来,同样只有绝望与悲哀。欲歌不能,痛不成诗。词人写痛苦,形成了一种笼罩回荡的气氛,词中的语句多排比和重叠,在语气与音节上给人沉着深切、吞吐纡郁、绝望无奈的感受。

(郭维森 徐 淳)

青玉案·暮春旅怀

原文　　　　　　　　　　　　　　羁愁　南宋·刘辰翁

　　无肠可断听花雨,沈沈已是三更许。如此残红那得住,一春情绪,半生羁旅,寂寞空山语。　　霖铃不是相思阻,四十平分犹过五。渐远不知何杜宇,不如归去,不如归去,人在江南路。

内　容 此词写半生羁旅漂泊的感伤情怀及返乡之愿。
特　色 写景融典,抑郁惝恍。
注　释 沈沈:即沉沉,形容心事沉重。羁旅:羁绊于旅途。四十平分犹过五:即四十五岁。杜宇:杜鹃鸟。

赏析　　这首词写羁旅漂泊生活中的感伤情怀。上阕首句就一下子把这种凄绝的感伤和盘托出。雨打在花上的声音,听起来令人肠断。因为这声音预示着春的消亡、年华的逝去。而作者此时已是听够了这种凄惨的声音,断尽了柔肠,故谓"无肠可断",更何况又是在半夜三更这个孤独寂静、令人触动旧事、思绪万千的时候。如此春暮花残的凄凉之地,勾起无限感伤,不堪久留长住。这一对春的感伤情绪伴和着半生漂泊不定的经历,形成对整个人生的悲伤。可这些悲伤又无处排遣,这些衷肠又无处可诉,寂寞的人只得把这份寂寞的心情寄托给寂寞的空山。词人由夜中闻雨,想到花落残红,想到岁华消逝,想到孤寂漂泊,一层层地将首句标出的感伤情绪推向了高峰。

　　下阕中"霖铃"、"杜宇"又是指两种伤心的声音。《杨太真外传》中谈唐玄宗出逃四川途中,被迫在马嵬坡赐死杨贵妃,"至斜谷口,值霖雨弥旬,于栈道中闻铃声,隔山相应。上(指玄宗)既悼念贵妃,因采用其声为《雨霖铃》曲,以寄恨焉"。可见"霖铃"原是指蜀道上听到的雨中铃声,寄托有相思之恨,但刘辰翁不是用以诉说相思,故云"霖铃不是相思阻",阻,阻隔。刘辰翁是由此感发年华之逝去,这是对典故的翻用。他感慨已度过了四十五年的生涯,如果用四十岁来平分人生的话,他过了一半了。"杜宇"是传说中古代蜀国君主的名字,他身死之后化为杜鹃鸟,每至暮春则苦啼流血,其声哀怨凄凉。作者把一腔愁情,都倾泄在"不如归去,不如归去"两句中,这是杜鹃泣血的苦啼,也是词人心里发出的呼喊,他要沿着江南的路回到故土,结束这种忧伤的生涯。

这首词由物及心,语气沉重抑郁,意境惝恍,读来令人荡气回肠。 (郭维森 徐 淳)

瑶花慢

原文 寄恨 南宋·周密

"后土之花,天下无二本。方其初开,帅臣以金瓶飞骑,进之天上,间亦分致贵邸。"余客辇下,有以一枝(按:后按他本,有"琼花"二字)。

朱钿宝玦。天上飞琼,比人间春别。江南江北曾未见,谩拟梨云梅雪。淮山春晚,问谁识、芳心高洁?消几番、花落花开,老了玉关豪杰! 金壶翦送琼枝,看一骑红尘,香度瑶阙。韶华正好,应自喜、初识长安蜂蝶。杜郎老矣,想旧事、花须能说。记少年,一梦扬州,二十四桥明月。

内 容 咏琼花以讥讽醉生梦死的统治者,暗喻亡国之悲。
特 色 咏花叹花,笔底藏锋。
注 释 钿:用金翠珠玉制成花朵形首饰。玦:古人佩戴的玉饰。谩:通"漫",胡乱;随便。瑶阙:皇帝的宫殿。韶华:年华。

赏析 此词咏琼花,讥讽醉生梦死的统治者,暗喻亡国之悲。这是词人在都城亲眼所见,有感而发,不是一般吟风弄月的咏物词。据词中"杜郎老矣,想旧事、花须能说",应是词人宋亡入元后忆旧事所作。上阕扣定花的珍奇,世不能识。因珍奇,比之如朱钿宝玦,天上飞琼(许飞琼,天上仙女)。其花开花落意味着春天的告别,更足见其珍奇。凡夫俗子,爱赏此花,视之如梨花梅蕾,固然识见浅俗;而赳赳武夫、贵邸公卿、深宫天子纷纷附庸风雅,又岂能真正理会仙葩之高韵?词人为之慨叹:琼花仙姿玉质,置身淮山之间,可有几人能知解她的"芳心高洁"?如今已是花将衰萎的暮春,花开花落,徒供武夫庸臣昏君摩挲于金瓶之中,岂不象征着镇守边关的英杰们血洒疆场,白发空老而却无人置理的命运么?这一笔带得相当轻松、灵巧,却将真意带出,倍觉沉痛,既借花之高洁超凡,象征了词人的人格与心迹;又笔下藏锋,表示了对南宋统治者纸迷金醉、不务边防、错把杭州当汴州的不满。

下阕笔调一转写"献花",勾勒一幅犹似"一骑红尘妃子笑"的琼花进贡图:理应统兵血战、收复沦陷河山的帅臣,却以迎合统治者淫靡之趣为务,以金瓶贮花,进献朝阙。它以喜剧性讽刺,正面触及上层集团的奢侈享乐,荒淫无度。接着再用拟人手法,正话反说,从"花"对"赏花者"的感受的角度,把皇亲贵戚喻为"蜂蝶",讥诮京师昏聩的统治者上下竞赏名花的如痴如狂。着一"喜"字,尤见讽刺之犀利,反话直刺,沉痛又更进一层。对他们苟安淫逸的痛斥均在不言之中。结笔,词人追想当年亲见金瓶铁骑进花事,慨叹老之已至,好梦难再,其实是对宋室亡国作沉痛的反思,用杜牧"二十四桥明月夜"成句,寄托了无限的亡国之恨与边事幻灭之痛。当年铁骑进贡琼花的盛事早成春梦,如今除了二十四桥明月犹照,花尚能诉说当年的盛况,还有什么呢?再借花说恨,更见悲凉凄冷。

（王　政）

四字令·访友不遇

原文　　　　　　　　　　　　　　　**访友**　南宋·周密

　　残月半篱,残雪半枝。孤吟自款柴扉,听猿啼鸟啼。　　人归未归,无诗有诗。水边伫立多时,问梅花便知。

内　容　此词写访友不遇,却勾画出一幅诗意的生活图景。
特　色　虚实相生,结句空灵。
注　释　款:叩、敲。扉:门扇。伫立:久立。

赏析　全词以一种残破不全、不圆满的审美感受为中心,写访友不遇的缺憾、怅惘与幽思,写意性特强。起笔便抹出凄清之色。月是残缺的,忧怨似的斜挂着,只给半片疏篱投去不太明亮的光照。雪是残存的,只留存了半枝。词人客中访友,悠然孤吟而来,自叩柴扉。谁想朋友竟又不在,失望之间,夜空传来鸟啼猿哀,成了词人伤感郁闷心绪的象征。这是情感与物境的拍合交融,是内心情蕴借自然因素（鸟啼猿啼）得以显现的对象化,物境中弥漫着词人主观自我的失落感。

　　下阕由客中访友不遇的空虚惆怅,转写欲归未归的感受,却以虚写实。词人欲归而又不忍归,伫立水边,与梅为伴,他感到由于诗友不在身边,已无来时作诗孤吟的雅兴,但胸臆中却充

溢着有类于"诗"的丰富情思,一时竟绅绎不出个头绪。唯有那雪里寒梅成为了他真正要访的知己,自己心中所思大概也只有梅花知晓吧。这一结尾十分空灵,给读者留下了想象的余地。

(王 政)

献仙音·吊雪香亭梅

原 文　　吊梅　南宋·周密

　　松雪飘寒,岭云吹冻,红破数椒春浅。衬舞台荒,浣妆池冷,凄凉市朝轻换。叹花与人凋谢,依依岁华晚。　　共凄暗。问东风、几番吹梦?应惯识当年,翠屏金辇。一片古今愁,但废绿、平烟空远。无语消魂;对斜阳衰草泪满。又西泠残笛,低送数声春怨。

内　容｜本词写冬日荒凉凋敝的景象,吊挽故国。
特　色｜意象对比,层递渲染。
注　释｜衬舞:伴舞。浣妆:洗妆。市朝:环境,背景。岁华:岁月。依依:依恋不舍的样子。《玉台新咏·古诗〈为焦仲卿妻作〉》:"举手长劳劳,二情同依依。"翠屏金辇:翠羽装饰的屏风,黄金装饰的车。这里指昔日的繁华。西泠(líng):西泠桥。

赏析　　雪香亭在西湖葛岭。亭前有瘦骨老松临风,瑰秀古梅报春。南宋盛日玉辇临游,彩袖歌舞;南宋灭后,朱栏损断,画檐尘冷。亭松亭梅也算阅尽繁华兴亡之梦。故词人以"吊"字入题,寄兴浓重的挽歌情绪,层层递进。上阕以艺术意象的对比写凭吊亭梅的所思所感。深寒与浅春相对,红破的梅芽(椒 jiāo,梅含苞时状如椒)与云冻雪积相对,台荒池冷与市朝改换相对,花之凋谢与人之岁暮相对。在这多重化的意象对比中,除了荒寒凋敝而外,绝无令人心情振起的生意,连梅信捎来的春机也显得浅淡不足、凄恻幽冷。如果说亭梅在上阕还是静态地被词人赋予某种哀伤的内容,那么到下阕,梅就转变为有知觉有情感之物,和词人共具依恋前朝的意识和凄暗销魂的情感了。词人询问东风,曾几番把翠屏金辇的繁华春梦吹在梅边?而今只有地上残绿与空濛寒烟,引起人们无限愁思。词人带着一种空无所有的失落感回首眼下,他感到心头盘旋着历史兴废的愁云,外在是逗惹梦幻感的空阔烟霭和触人伤郁的幽碧苔藓,亭梅似乎无语神伤,斜晖里陪伴着自己泪洒衰草。然而就在这时,远处又飘来幽怨的残笛,大概是吹的《梅花落》吧,声韵如泣如诉,把词人凄迷浑茫的悲伤心理推到难以承受的境地。

(王 政)

庆宫春·送赵元父过吴

送友　南宋·周密

原文

重叠云衣,微茫雁影,短篷稳载吴雪。霜叶敲寒,风灯摇晕,棹歌人语呜咽。拥衾呼酒,正百里、冰河乍合。千山换色,一镜无尘,玉龙吹裂。　　夜深醉踏长虹,表里空明,古今清绝。高台在否?登临休赋,忍见旧时明月。翠消香冷,怕空负、年芳轻别。孤山春早,一树梅花,待君同折。

内　容　本词上阕写冬日送行之景,下阕劝友过吴休登高台,末尾期望友人及早返回杭州。
特　色　动态展现,活笔渲染。
注　释　云衣:云朵。短篷:小船。晕:光色昏暗。棹歌:船歌。乍合:封冻。长虹:被积雪覆盖的路。

赏析　词写送友,画出一幅动态的雪中行舟图,笔笔轻灵活脱。上阕写同舟冒雪宵行。一启程即暮色降临,云气苍苍,空际微茫。"光"感的不鲜亮,首先就令人心境不爽。冻云层层叠叠,又增添了一丝滞闷与压抑。天幕上时有绰约鸿雁,翻飞出没,那种惊惶急飞的姿影与水上的孤艇上下映带,都在诱发舟中人别情旅意的心灵震颤;不仅风摇灯火,给视觉带来一片昏黄暗淡的色调,而且听觉中驾舟人的棹歌也像是凄凄呜咽的人语;枯叶飘坠在舟篷上的沙沙声,亦在敲击着寒冷的声音。舟中人拥衾把酒,饮酒后的情怀感受如何呢?词人不肯下此死笔,而是把笔触转向了篷窗之外的虽壮丽但却凄冷的雪景:冰河凝冻,水面似镜,玉龙飞雪,寒风狂扫,千山素裹。舟艇内把酒听霜叶敲韵的雅人,与舟窗外银妆无尘的清绝境界,协调融合为一体。

下阕动感加强。舟中人乘酒兴观雪,脚下弯弯的白水与天地一色。情感状态在上下空明、表里澄澈的自然境界中产生升华,一种超越生活、超越时空的清静绝俗的审美心理萌生,成为一种瞬间的存在。"高台"以下,又回到现实的氛围中来。词人代赵元父着想:若经姑苏台,还是不登临为好,因明月只会触引幽情。词末从期待意义上写送别,有香消翠减之催促,又有友人同游之期待。前者劝其莫轻掷芳年,后者嘱其务记孤山春早,同折梅花,盼其早归之心溢于辞表。

(王　政)

满江红·代王夫人作

原文 言志 南宋·文天祥

　　试问琵琶，胡尘外、怎生风色？最苦是、姚黄一朵，移根仙阙。王母欢阑琼宴罢，仙人泪满金盘侧。听行宫、半夜雨淋铃，声声歇。　　彩云散，香尘灭。铜驼恨，那堪说。想男儿慷慨，嚼穿龈血。回首昭阳离落日，伤心铜雀迎秋月。算妾身、不愿似天家，金瓯缺。

内　容　本词写王清惠被掳北上的悲苦，表达"宁为玉碎"的决心。
特　色　用典精当，寓主于客。
注　释　琵琶：代指宫女王昭君。汉元帝时曾嫁呼韩邪单于，令琵琶马上作乐，慰其远行。姚黄：牡丹的名贵品种，喻王夫人。仙阙：天宫，代指宋宫城。阑：将尽；将完。听行宫、半夜雨淋铃：安禄山叛乱后，玄宗入蜀，于马嵬坡被迫缢死杨玉环，此后每闻雨声、檐铃声，即思贵妃，采其声以为《雨霖铃》曲。彩云散，香尘灭：喻美好生活的毁灭。铜驼恨：铜驼，铜铸的骆驼，多置于宫门寝殿之前。宋陆游《谢池春》词之三："似天山凄凉病骥，铜驼荆棘，洒临风清泪。"此处指国家覆亡之恨。昭阳、铜雀：即昭阳殿、铜雀台。借指南宋宫阙。天家：赵宋皇家。金瓯(ōu)：金的盆、盂之属。亦用以指国土。《南史·朱异传》："（武帝）尝夙兴至武德阁口，独言：'我国家犹若金瓯，无一伤缺。'"此句喻国土残缺。

赏析　本词一题作"王夫人至燕题驿中云，中原传诵，惜末句欠商量，代王夫人作"（见《永乐大典》）。王夫人即王清惠，南宋末选入宫中为女官，宋亡，被俘往燕京，途中填《满江红》一阕于驿馆，一时传诵南北。文天祥兵败被俘，囚送至金陵，读到此词，有感于王清惠被掳北上的不幸，又惜其原作末句"问嫦娥、于我肯从容，同圆缺"欠斟酌，遂步王作原韵，翻作一阕。词虽题为"代作"，却可视为文天祥的自我写照。

　　开篇巧借王昭君远嫁匈奴的典故，想象王清惠被驱北地，目睹黄沙茫茫、别无风色的景观，不由抚琵琶以自问。风物变异中，已兴亡国之恨、沦落之悲。继而以花喻人，借"姚黄"从仙宫移植他处，喻指王清惠的被掳北上。如果说昭君远嫁是为了和亲，那么王清惠北去则是由于南宋沦亡，所以说"最苦"。"王母"句用西王母设宴瑶池的传说，"阑"、"罢"二字，透露出欢尽悲来的感慨。"仙人"句借金铜仙人因迁离建章殿而潸然泪下的故事，暗喻南宋后妃宫女别宫去国的不幸遭遇。"听行宫"三句也是借典言情。相传唐玄宗避乱入蜀，沿途阴雨绵绵,于栈道闻雨中铃声,隔山相应,玄宗既悼杨玉环之死,又伤及乱离,遂采其声为《雨霖铃》曲,以寄其恨。作者援用此典以表达被掳北上的痛苦心情,词意哀痛深沉,与"最苦"二字扣合。

换头四句,承上阕继写亡国之痛。"彩云"、"香尘"喻昔日南宋的繁华、生活的美好。"散"、"灭"二字点明家国破亡,盛景不存。"铜驼恨"用晋代索靖"铜驼荆棘"之语,借指南宋的覆亡。国土沦丧之痛,令人憾恨无穷,不堪回首。"想男儿"二句,引张巡苦守睢阳,抵抗安禄山叛军,以致"眦裂血面,嚼齿皆碎"的史实,借以插述文天祥等爱国志士于宋室危亡之际转战抗元的经历,笔调慷慨悲壮。而用"想"字领起,则是仿王夫人口气,以扣题面"代作"。"回首"二句,词情又步入凄苦处。"昭阳"、"铜雀"是古代宫殿及台名,这里借指南宋宫殿。残阳如血,秋月凄清,正是江山易主、人物两非的写照。"回首"、"伤心"拟王夫人口气,直吐亡国悲情。结末以"算"字领起,忠言劝告王清惠等被掳北去的宫女:不要像宋室皇家那样金瓯尚缺,山河破碎,却忍辱偷生,而应坚持操守,宁为玉碎,不作瓦全。既对宋皇微致指责,又一反王清惠表露于原作的忍辱以活之意。较之于王作末句,文词则英气干云,凛然不屈的气节,出之磊落高亢之笔。

这首词用原唱的语气,但立意尚高,境界别开。作者明写王清惠别国去土的不幸,实则一吐自己对宋室沦亡的憾恨,词末忠告,也是借此自明心志,这种寓主于客的写法洵属匠心别具。在表达上,通篇使事用典,凝练深稳,博而精当。所用典实,或与南宋覆亡的现实相关,或与作者抗元不屈的精神相合,都能做到切情切境,具有语约意丰的显著特色。　　(顾伟列)

选闻

1278年冬,文天祥在率部向海丰撤退的途中遭到元将张弘范的攻击,服毒自杀未遂,兵败被俘。张让他写信招降张世杰,文天祥说:"我不能保护父母,难道还能教别人背叛父母吗?"张一再强迫文天祥,文天祥于是将自己的《过零丁洋》一诗抄录给张弘范。张弘范读到"人生自古谁无死,留取丹心照汗青"两句时,不禁也受到感动。　　(赵雷)

酹江月·驿中言别

原文　　　　　　　　　　　　　　　　　　赠别　南宋·邓剡

水天空阔,恨东风不惜世间英物。蜀鸟吴花残照里,忍见荒城颓壁。铜雀春情,金人秋泪,此恨凭谁雪?堂堂剑气,斗牛空认奇杰。　　那信江海余生,南行万里,属扁舟齐发。正为鸥盟留醉眼,细看涛生云灭。睨柱吞嬴,回旗走懿,千古冲冠发。伴人无寐,秦淮应是孤月。

内　容	本词抒发抗元失败的悲愤，表示对文天祥英雄事迹的钦敬。
特　色	借景言情，托古寄怀。
注　释	**英物**：英雄。**蜀鸟**：杜鹃鸟。**铜雀**：铜雀台，汉末曹操所建。**金人**：金铜仙人，汉武帝建。**斗牛**：天上的两个星宿的名字。**鸥盟**：与鸥鸟为友。**留醉眼**：苟活。**涛生云灭**：喻时局发生变化。**嬴**：秦国为嬴姓。

赏析　公元1278年，文天祥兵败被俘，次年，南宋政权的最后据点崖山失守，邓剡投海未死也被俘。邓剡是文天祥同乡好友，两人曾同力抗元，被俘后又同囚一处，被一起押往元都燕京。行至金陵，邓剡因病留寓天庆观就医，文天祥将继续北上。临别之际，彼此百感交集，亡国之恨、战友深情交织着离别之感充盈于胸，邓剡遂作此词以赠别，文天祥也以同调、同韵作答，两人的赠答之作，骏发踔厉，慷慨悲壮。闪烁出宋词的最后光辉。

发端破空而起，就金陵的山川形势抒写慨叹：长江水天空阔，素以天险著称，然而世间又有多少英雄饮恨江畔，当年曹操水师鼓棹东下，在此惨遭失败；今日文天祥等爱国志士转战东南，也未能抵御元军南侵。历史悲剧一再重演。恐是天数所致，非人力所为吧！作者目极千里，俯仰古今，对英雄事业的覆灭，深表无限的悲痛和惋惜。接着通过对金陵风物的具体描写，倾诉亡国之痛。"蜀鸟"即杜鹃，相传为古蜀王杜宇的亡灵所化；"吴花"指曾经生长在吴国宫中的花。夕阳残照之中，耳闻杜鹃悲啼，眼见吴花自开，令人顿起兴亡之感，更有毁于战火的残垣断壁，明白地告示国已覆亡。"蜀鸟"二句融情入景，"铜雀"二句则借典抒怀。杜牧曾写有"东风不与周郎便，铜雀春深锁二乔"的诗句，本是以假设之辞，出奇立异，如今南宋的太后、宫女被掳燕京，历史的假设竟成现实。"金人秋泪"指魏明帝时拆迁汉武帝所建金铜仙人一事，借以痛伤大宋臣民、国宝珍物随着江山易主，俱沦于元人之手。重整乾坤，须仗"奇杰"，而抗元事业，已归失败，作者不由仰天长叹：亡国之恨，凭谁洗雪？"堂堂剑气"两句，即用"太阿"、"龙泉"二剑沉埋地下，剑气上冲斗牛二星的传说，喻指文天祥兵败被俘。两句对战友拘囚敌营，浩气虽然长存，雄图却难施展表示无比痛惜。

下阕反振而起，于兵败国亡的悲痛中，转写到对文天祥的钦仰、期望和惜别之情。"那信江海余生"两句，概述文天祥数年前出使元营，被拘北行，镇江脱险，从海上至福建重举义旗的抗元经历。三句用"那信"领起，流露对文天祥胆略和勇气的由衷赞慕。"正为"二句，意在表明自己前次跳海自杀未死，此次留下就医，所以忍死以待，正是期望抗元盟友文天祥能重振旗鼓，扭转乾坤。"睨柱吞嬴"三句，一用赵国蔺相如奉璧使秦，持璧睨柱，欲以击柱的典故；一用蜀国丞相诸葛亮死后还能吓退司马懿的典故。古代英雄气贯长虹的壮举，既是文天祥被拘不屈的凛然正气的写照，也是对文天祥北上燕京后能以英雄的威严和胆魄，与元人斗争到底的期望。歇拍"伴人无寐，秦淮应是孤月"转抒别情。作为志同道合、生死与共的挚友，文天祥即将拘送燕京，自己则因病困于江南就医，从此一个地之北，一个天之南，今后只有那秦淮河上的一轮孤月，伴我度过一个个不眠之夜了。词以孤月照人独眠作结，结得情辞悲苦，家国之痛、离别之情尽含其中。

本词特色在于借景言情,托古寄怀。词中"水天空阔"的万里长江,为作者的历史沉思与现实感喟安排了广阔的背景;蜀鸟、吴花、残照、荒城、颓壁,萧索而衰败的金陵风物,渲染了亡国的氛围,这种氛围与作者的内在情感和谐一致,起了映衬、烘托的作用。词中又多用历史典故以言情抒怀,如铜雀金人寓亡国之恨,宝剑沉埋喻英雄被囚,蔺相如气吞秦王政、诸葛亮威震司马懿则比况文天祥的正气凛然。历史典故驱遣自如,并不堆垛,托意深远,博而精当。作为一篇赠别唱和之作,邓剡此词一反缠绵哀怨、黯愁欲绝的常调,成为一首志士的绝唱,英雄的悲歌,所以陈子龙称赞此词"气冲斗牛,无一毫委靡之色"(《词林纪事》卷十四)。

(顾伟列)

> **佳 句**
> ·蜀鸟吴花残照里,忍见荒城颓壁。
> ·铜雀春情,金人秋泪,此恨凭谁雪?

传言玉女·钱塘元夕

原文　　元宵　南宋·汪元量

　　一片风流,今夕与谁同乐。月台花馆,慨尘埃漠漠。豪华荡尽,只有青山如洛。钱塘依旧,潮生潮落。　　万点灯光,羞照舞钿歌箔。玉梅消瘦,恨东皇命薄。昭君泪流,手捻琵琶弦索。离愁聊寄,画楼哀角。

内容　本词写临安岌岌可危之际的元宵之夕,以及词人对于时局的深忧。
特色　直抒胸臆,称心而发。
注释　慨:慨叹。舞钿歌箔:钿、箔,女子的饰物,这里指代歌舞的女子。玉梅:喻后妃。东皇:指春神。《尚书纬》说:"春为东皇,又为青帝。"昭君:喻宫女。捻(niǎn):琵琶弹奏指法之一。

　汪元量(1241—1317?)是宋末元初一位异军突起的词人。因为他的词与当时词坛很少联系,所以后世论宋词者往往忽视了他,历代词话中很少提到他。

　　据孙凡礼编订的汪元量的《增订湖山类稿·编年》说:"词中慨叹'尘埃漠漠',当为元兵入杭前夕。题所称'元夕',当为德祐二年之元夕。"按孙说可信。宋度宗咸淳十年(1274),元兵大举南下侵宋。次年,恭帝德祐元年(1275),元兵攻取黄、蕲以下沿江诸州,击败贾似道兵十余万于池州,进陷建康(今江苏南京)、平江(今江苏苏州),势如破竹,临安岌岌可危。所以在德祐二年(1276)元夕之时,汪元量作此词以抒忧愤。

词的开头二句说，当此"一片风流"的元夕之时，"与谁同乐"呢？言外之意是，国家已经危在旦夕了。"月台花馆"也是"尘埃漠漠"，澹暗无光。下边将笔宕开说："豪华荡尽，只有青山如洛。"化用唐代许浑《金陵怀古》诗"英雄一去豪华尽，惟有青山似洛中"句意，隐喻宋室将亡，京都临安亦将如六朝故都金陵，豪华荡尽，惟馀青山，供人凭吊耳。人事变迁，山川依旧，钱塘江水将仍是年年潮生潮落而已。寄慨极为沉痛。虽是元夕佳节，并无欢乐心情，所以下阕写"万点灯光，羞照舞钿歌箔"。灯光本是无知之物，都意兴萧索了，这是加倍写法。所以玉梅也消瘦了，弹琵琶的也流泪了（"昭君"借指弹琵琶之女子，也暗示将有北行出塞之灾难），一片凄凉气氛，只好"离愁聊寄，画楼哀角"而已。这首词写得的确是非常哀怨悲凉。正月十五元夕，本来是传统的赏灯佳节，但是在经过沧桑世变的人看来，却最容易触发抚今思昔的悲怆之情。李清照《永遇乐》（落日熔金）词，咏元夕，作于赵宋南渡之初；刘辰翁《永遇乐》（璧月初晴）词，咏元夕，作于南宋灭亡之后；而汪元量这首词则作于南宋将亡之际。这三首元夕词，都可以说是"不无危苦之词，惟以悲哀为主"（庾信《哀江南赋·序》语），很能感动人的。

　　汪元量本是以善鼓琴侍奉南宋宫廷。元兵陷临安，俘虏宋帝、后北去，汪元量随行。他"侍三宫于燕邸，从幼主于龙荒"（王国维《观堂集林》卷二十一《书宋旧宫人诗词湖山类稿水云集后》），始终尽忠于故主。至元二十五年（1288），他上书元世祖，得以黄冠南归。他并非专业词人，因为饱经亡国的沧桑之变，才创作诗词以抒发悲愤。南宋末的词风为姜（白石）、吴（梦窗）所影响，当时著名词人中，张炎是推尊姜白石的，周密是师法吴梦窗的，王沂孙是兼承姜、吴的，但是汪元量则是超出风气之外，他的词不受姜、吴两家的影响，他与张、周、王诸词人也没有往还。他的词直抒胸臆，称心而发，不假追琢，有掉臂游行之乐，是值得重视的。

（缪 钺）

花犯·苔梅

原文 咏物 南宋·王沂孙

　　古婵娟，苍鬟素靥，盈盈瞰流水。断魂十里。叹绀缕飘零，难系离思。故山岁晚谁堪寄，琅玕聊自倚。谩记我、绿蓑冲雪，孤舟寒浪里。　　三花两蕊破蒙茸，依依似有恨，明珠轻委。云卧稳，蓝衣正、护春憔悴。罗浮梦、半蟾挂晓，幺凤冷、山中人乍起。又唤取、玉奴归去，余香空翠被。

| 内 容 | 本词咏苔梅,抒故山岁晚的怅惘之情。
| 特 色 | 气清笔超,吐韵妍和。
| 注 释 | 苔梅:枝干附着有苔藓的梅树,宋范成大《梅谱》:"古梅会稽最多,四明、吴兴亦间有之。其枝樛曲万状,苍藓鳞皴,封满花身。又有苔须,垂于枝间,或长数寸,风至绿丝飘飘可玩。初谓古木久历风日致然,详考会稽所产,虽小株亦有苔痕,盖别是一种,非必古木。"婵娟:本指女子姿态美好,这里用来写梅树的身姿。靥:酒窝。瞰:低头看。绀缕:深青色的丝缕,这里指梅树上的苔藓垂下的丝缕状物。故山:故乡的山。岁晚:暮年。琅玕:本指玉石,这里指代竹子。谩:通"漫"。胡乱;随便。蒙茸:苔丝蓬松之貌。云卧:高卧。蓝衣:旧衣。罗浮梦:梅花梦。半蟾:缺月。幺凤:鸟名,又称桐花凤,羽毛五色,体型比燕子小,借喻少女,这里指苔梅。

赏析

此词咏物托意,充满了宋亡后的身世之感。

起三句以拟人法写苔梅之美。"古"言其老,"婵娟"言其秀。"苍鬟"扣"古"字,谓苔丝如苍色的发鬟,"素靥"扣"婵娟",谓梅花如女子白皙的面颊。"盈盈"状仪态之美,"疏影横斜水清浅",俯瞰临流,梅水相映,更见清幽。"断魂十里"言水畔苔梅清香十里,令人销魂,结住前意。然后由梅花引发,入以离情,"叹"字总领以下数句。"绀缕"指深青色的梅树苔丝,此有形之丝难系无形的离思。怅想故乡,自己已届暮年,无人可以寄语,只能聊倚绿竹(琅玕)。此时回忆起当年乘孤舟、披绿蓑、冲雪破浪、寻梅访胜之举,而"漫记"二字,表出回首往事时的悲伤怅惘之情。

换头从回忆返归目前。"三花两蕊"状梅之稀疏,"蒙茸"为苔丝形貌,一"破"字深得吐蕾时神韵。"依依"二句意为:隐约似含恨意,是因为攀折者将明珠似的小梅轻易弃之。"云卧"三句继写古梅:卧云而绝尘俗,"稳"而难以移易,"蓝衣"指梅之苔衣,稳扎的深根和蒙茸的苔衣护着梅花,也护着憔悴的残春。不难看出,这正是词人的自拟。"罗浮梦"即梅花梦,事出《龙城录》,传隋开皇中赵师雄游罗浮,与素服美人共饮酒家,醉卧而醒,乃在梅花下。此数句意为:罗浮梦中,与梅花仙子相遇,且得绿毛幺凤为伴,但梦醒后只见半个月亮悬挂晓空,只余凄寂、清冷。结尾二句承"罗浮梦"继写词人心理活动:当山中人梦醒乍起后,又呼唤玉奴归去,只留下空散余香的翠被。玉奴指梅花,苏轼《次韵杨公济奉议梅花》之四云:"月地云阶漫一樽,玉奴终不负东昏。"以玉奴写梅,次句谓南齐东昏侯潘妃(小字玉儿)不负夫君,齐亡,义不受辱,缢死而容颜如生。"罗浮梦"直至结句,凄恻、幽美、怅惘之情委婉而出,真实地表现了作者在宋亡后的情怀。

戈载《七家词选》曾称道碧山:"其词运意高远,吐韵妍和,其气清,故无怗滞之音,其笔超,故有宕往之趣。"此词与此评最合,确是运意高远、吐韵妍和,气清而笔超,且工于体物,长于隶事,托物寄意而臻浑化境。

(邓乔彬)

眉妩·新月

原文　咏月　南宋·王沂孙

　　渐新痕悬柳，淡彩穿花，依约破初暝。便有团圆意，深深拜，相逢谁在香径？画眉未稳，料素娥、犹带离恨。最堪爱、一曲银钩小，宝帘挂秋冷。
　　千古盈亏休问。叹慢磨玉斧，难补金镜。太液池犹在，凄凉处、何人重赋清景。故山夜永，试待他、窥户端正。看云外山河，还老尽、桂花影。

内　容　本词咏新月，叹复国无方的悲凉。
特　色　托物寓情，腾挪顿挫。
注　释　新痕：指新月。依约：仿佛，隐约。暝：夜色。画眉未稳：月亮好像是尚未画好的美人蛾眉。素娥：月亮。银钩：喻新月。慢：同"漫"，徒劳之意。金镜：月亮。夜永：夜长。桂花影：传说月亮中有桂花树，这里指投射在大地上的月光。

赏析　唐人李端有《新月》诗："开帘见新月，即便下阶拜。细语人不闻，北风吹裙带。"宋承唐俗，也有拜新月之举。陈师道《后山诗话》载："太祖夜幸后池，对新月置酒，问：'当直学士为谁？'曰：'卢多逊。'召使赋诗。请韵，曰：'些子儿。'其诗云：'太液池边看月时，好风吹动万年枝。谁家玉匣开新镜？露出清光些子儿。'太祖大喜，尽以坐间饮食器赐之。"王沂孙生当宋季，承平久矣，国破家亡，对此新月初升，引发兴亡之感，咏物托意，沉痛无比。
　　首三句以"渐"字带出新月缓升之状：如淡淡眉痕，悬柳穿花，分开暮色。次三句写对团圆之意由殷切期待转为失望，渐逗出主题。"画眉未稳"四字，上承"新痕"，下接"素娥"、"离恨"，以拟人之笔传作者委婉之情。"最堪爱"三句又回到新月，银钩宝帘的形象，使人在纤纤新月与漫漫天穹间，味出无尽的幽渺、怅惘之情。
　　换头以"千古盈亏"总托月亮以至人世的变化规律，继之以"休问"，将对人事、国运的诸多感慨咽住。"叹慢磨玉斧"句，是反用玉斧修月事。据唐人段成式《酉阳杂俎》卷一《天咫门》载："太和中有郑仁本表弟与王秀才游嵩山，见一人，问所自来。其人笑曰：'君知月乃七宝合成乎？月势如丸，其影，日烁其凸处也。常有八万二千户修之，予即一数。'因开袱，有斤凿数事。"玉斧之难补金镜，正见复国无方。"太液池"三句，就《后山诗话》所载君臣赏月、咏月之事，表昔盛今衰、物是人非之感。"故山夜永"，以月暗夜长兼写故国之悲凉、遗民之痛楚。结尾数句遥应上阕"团圆"一语，设想月圆之时，清光万里之下，故国的山河如人之衰老，永无恢复青春的可能了。

此词题为新月,却从新月而满月,由天象而人事,使人从月亮的盈亏想到人间的兴败,借新月而寓亡国之痛,言此而意彼,形象完整,思路清晰,故谭献有"蹊径显然"(《复堂词话》)之评。在结构上,此词由今而视昔,就新月的形态变化织进事典,以为感情的依托,纵横变化,反复缠绵,下阕由"休问"而"叹",由叹而感慨,结构的腾挪顿挫与感情的掩抑低回可谓相得益彰。

(邓乔彬)

齐天乐 · 蝉

原文

咏蝉　南宋 · 王沂孙

　　一襟余恨宫魂断,年年翠阴庭树。乍咽凉柯,还移暗叶,重把离愁深诉。西窗过雨。怪瑶珮流空,玉筝调柱。镜暗妆残,为谁娇鬓尚如许。　　铜仙铅泪似洗,叹携盘去远,难贮零露。病翼惊秋,枯形阅世,消得斜阳几度?余音更苦。甚独抱清高,顿成凄楚?谩想熏风,柳丝千万缕。

内　容　本词咏蝉声凄楚,寓亡国之痛、身世之衰。
特　色　曲直离合,浑化无痕。
注　释　一襟:一腔。咽:呜咽,指蝉的叫声。凉柯:寒枝。瑶珮:玉佩,这里指蝉的叫声。玉筝调柱:玉筝的弹奏声。铜仙:即金铜仙人,语见李贺《金铜仙人辞汉歌》。贮:贮存。余音:生命完结前的声音。谩想:虚想,妄想。熏风:夏天的暖风。

赏析

　　此词既见于王沂孙本人的词集《花外集》,又收入《乐府补题》。据考,《乐府补题》之作与会稽的南宋帝后陵墓被发掘有关。元初,江南释教总管杨琏真伽盗发会稽六陵,将宋理宗尸倒挂三日夜,以至失首。一村翁于孟后陵得一髻,发长六尺余,髻根尚有短金钗。王沂孙极感悲愤,以词寄托这深切的亡国之痛。

　　起首五句从有关蝉的典故写起。据马缟《中华古今注》:"昔齐后忿而死,尸变为蝉,登庭树嘒唳而鸣。王悔恨。故世名蝉为齐女焉。"齐后死而化为蝉,虽为异物仍怨憾难已,故此宫魂虽断而一襟余恨犹存,年年在庭树的翠阴中歇息。忽而在寒冷的枝柯上呜咽,忽又藏身浓暗的叶下,将离愁深深倾诉。"离愁"与"余恨"相承,"重把"与"年年"呼应,可见愁、恨之深长,忽人忽蝉、亦人亦蝉的形象更有感人之力。"西窗"以下,写蝉的生活变故。秋雨使蝉从树上惊起,振翅声如佩玉相摩,鸣声如玉筝弹奏。崔豹《古今注》云:魏文帝宫人莫琼树"制蝉鬓,缥缈如蝉","娇鬓"出典于此。妆镜生尘,无意于修饰,然而鬓发仍然那样美丽。咏蝉与写人浑然难分。

换头三句从"金铜仙人"事写起。汉武帝于建章宫置金铜仙人,手捧承露盘。魏明帝诏令拆迁洛阳,仙人下泪。相传蝉最高洁,以露水为食,如今"携盘去远",无露可承,蝉亦无以为食。此处暗指宋室沦亡,朝廷宝物被劫掠北运,既为蝉而发,又是遗民之痛。"病翼"三句言蝉之时日无多,实为自况之语。"余音更苦",以生命终结前的"余音"与"深诉"离愁相较,更为痛苦。"甚独抱清高,顿成凄楚",谓居高食洁的清高的蝉,竟极快沦入凄楚之境。结二句以大转折的逆笔,追怀南风吹拂万缕柳丝的时日,这正是蝉的生命中最美好的时刻!这一转折之笔上承上直叙更显沉痛。

此词上阕的齐后化蝉、宫女蝉鬓都关合后妃之事,下阕铜仙之迁进而痛慨宋亡,下阕咏蝉不无自况。看似托意,并非一以贯之,实与元初文网极切相关,若隐若现之中不得不乱以他辞。虽如此,使事用典与所咏之物已是浑化无痕。在结构上,正与逆、曲与直、离与合相结合,极顿挫之致。风格哀怨凄恻,正所谓"亡国之音哀以思"。

- 铜仙铅泪似洗,叹携盘去远,难贮零露。

(邓乔彬)

高阳台 · 和周草窗寄越中诸友韵

原文 友情 南宋·王沂孙

残雪庭阴,轻寒帘影,霏霏玉管春葭。小帖金泥,不知春在谁家。相思一夜窗前梦,奈个人、水隔天遮。但凄然,满树幽香,满地横斜。　　江南自是离愁苦,况游骢古道,归雁平沙。怎得银笺,殷勤与说年华。如今处处生芳草,纵凭高、不见天涯。更消他,几度东风,几度飞花。

内 容 此词抒写春日离情,寓寄感伤之情。
特 色 使事用典,浑化圆融。
注 释 葭:芦灰。横斜:指周密所在的西泠孤山之畔梅花的影子。游骢(cōng):游荡的马匹。笺:信。

 周密年辈较王沂孙为长,但过从甚密,相知甚深。周密有《三姝媚》送王沂孙还越,王有和作答之,周又有《高阳台》寄越中诸友,王作此词以答。周密原作中,如"燕归何处人家",就深寓亡国之慨,王沂孙此词所抒发的离情别意,也不应以无病呻吟目之。

此词起三句谓时交立春,虽庭院背阴处残雪犹存,轻寒恻恻,帘影微动,但春天已来。

《后汉书》卷十一详载"候气"之法：在密室木案上置玉律十二，外高内低，将葭芦的灰塞住律管内端，案历相候，气至灰动。"霏霏"句指此，借古典之"春葭"写立春已到。"小帖"二句，以春非我有寓亡国之感。据梁人宗懔《荆楚岁时记》："立春之日，悉剪彩为燕戴之，帖'宜春'二字。"宋俗更在立春日命大臣写宜春帖子词，以金泥写就，"小帖金泥"指此。"相思"二句，言想念之深入于梦中，醒来后无奈个人（指周密）还远隔天涯，这是对周词中"梦魂欲渡苍茫去，怕梦轻，还被愁遮"的回答。"但凄然"三句，将卢仝诗《有所思》："相思一夜梅花发，忽到窗前疑是君"加以变化，以梦中所见写周密所在的西湖孤山，并在思念之中更赞周密之高洁。

换头三句表达对周密的理解：由"自是"而"况"，递进之中更见周对越友、故地的离情。"怎得"二句，谓极想以银白的信笺对周密等越中诸友殷勤诉说。"如今"三句，承原作"萋萋望极王孙草"之意，表其凭高望远、难见挚友之情。结尾以"更消他"领"几度"，春归人老，不言思念而思念尤深。

此词被张惠言《词选》解为"伤君臣宴安，不思国耻，天下将亡"，未免过于指实。但唱叹之中确有深沉的亡国感慨，足当"一片热肠，无穷哀感"（陈廷焯《白雨斋词话》卷二）之评。词中意象极为清幽、雅洁：残雪、帘影、玉管春葭、小帖金泥、满树幽香、满地横斜，而感叹"春在谁家"，难消"几度东风，几度飞花"，则充满春色无主、年光速逝的感伤，使幽美与沉痛达到高度统一。作者善于使事用典，化用前人诗旨、意境，浑化圆融，表现出很高的技巧。

（邓乔彬）

更漏子

离情 南宋·王沂孙

原文

日衔山，山带雪，笛弄晚风残月。湘梦断，楚魂迷，金河秋雁飞。　　别离心，思忆泪，锦带已伤憔悴。蛩韵急，杵声寒，征衣不用宽。

内　容 此词写秋日的别离、思忆之情。
特　色 时空交织，情景相生。
注　释 日衔山：日薄西山。金河：银河。蛩（qióng）韵：蟋蟀的叫声。杵（chǔ）声：即捣衣声。

赏析

《更漏子》本为"夜曲"，古以铜壶滴漏计时，故称"更漏"，"子"即"曲子"。唐五代时，词人多咏本题，此词虽未为夜曲所限，主题却仍在离情。

上阕展现了跨越南北的广阔空间。日衔晚山，苍山负雪，当是北方景色，一、二句顶针相连，颇具民歌风味。"笛弄晚风残月"，看似韵致悠扬，尤其一"弄"字，不紧不迫，然而不论是王之涣的"羌笛何须怨杨柳"(《凉州词》)，抑或李益的"横笛偏吹《行路难》"(《从军北征》)，都不是显示轻松的心情。果然，"湘梦断，楚魂迷"，所思者远，所念者深，"断"、"迷"二字下得极切、极好。金河秋雁南飞，更兴起思归之情。

下阕写离情。别离心催出思忆泪，锦带渐松，人伤憔悴。听蛩吟声急，似催织之紧，听杵声更觉秋深。天上秋雁南翔，离人也应加紧南归，不宽征衣，兼程而往。

此词与王沂孙的基本风格不同，不是深隐幽微，而是明白晓畅。《花间集》中的《更漏子》，多写小庭、深院、梧桐、红蜡，此词却以苍山、白雪、晚风、残月、金河、秋雁、蛩韵、杵声，织就开阔的画面，意象苍凉中不乏雄浑。上阕从斜日、晚风、残月，到入夜后的湘梦、楚魂，时间推移不着痕迹，而湘、楚、金河，更见空间的超越，时空交织，纳千里于尺幅。下阕以"别离心，思忆泪"写情，上应"晚风残月"，下接蛩韵、杵声，一见一闻，情景相生相发且有变化，不事摹绘却神韵独出。

（邓乔彬）

贺新郎

原文 怀国 南宋·蒋捷

梦冷黄金屋。叹秦筝、斜鸿阵里，素弦尘扑。化作娇莺飞归去，犹认纱窗旧绿。正过雨、荆桃如菽。此恨难平君知否，似琼台、涌起弹棋局。消瘦影，嫌明烛。　鸳楼碎泻东西玉。问芳踪、何时再展，翠钗难卜。待把宫眉横云样，描上生绡画幅。怕不是、新来妆束。彩扇红牙今都在，恨无人、解听开元曲。空掩袖，倚寒竹。

内　容　此词以追思美人感怀故国，抒发固守节操的情怀。
特　色　比兴寄托，曲折吞吐。
注　释　黄金屋：见《汉武故事》，汉武帝年少时，长公主欲以女阿娇配帝，帝谓："若得阿娇作妇，当作金屋贮之。"这里指女子居所。斜鸿阵里：弦柱斜列如飞雁成行。素弦：即丝弦。尘扑：蒙上灰尘。荆桃：即樱桃。菽：豆。琼台：一般指玉台或华美的楼阁，但此处则指玉石所作的弹棋枰。弹棋局：其形状"隆中夷外"（见丁廙《弹棋赋》)，此处用李商隐《无题》"莫近弹棋局，中心最不平"，表示"不平"之意。东西玉：酒器名，见杨万里诗："呼酒东西玉，探梅南北枝。"芳踪：佳人的踪迹。横云：指眉毛。红牙：红牙板，歌时打节拍所用。开元曲：唐开元盛时的曲调，这里指宋盛时的乐曲。

赏析 此词继承了屈原以来的美人芳草传统，感怀故国，抒写深重的幻灭之感和幽独而绵缈的情愫。

发端"梦冷黄金屋"一句，用陈阿娇事而自喻美人，"梦冷"二字展现出入梦、梦回、梦后的时间推移过程，"冷"字更是全词的情感基调。昔日美人素手弹筝，今日却是弦柱（其斜列如雁阵）间丝弦尘封。"化作"二句承筝声展开奇想，由声化形，谓美人魂梦化作娇莺飞回，犹认纱窗旧绿，其旧情之难断可知。然而一阵雨过，只见荆桃如豆，又跌落到现实中来。对此金屋冷落、春光已矣，作者转作"此恨难平"的直抒，并以"君知否"的诘问出之。所恨何在？"莫近弹棋局，中心最不平"（李商隐《无题》），世变如弹棋局（博戏），心中不平亦如弹棋局的中高周低的不平。因此恨难平而形影消瘦，故嫌明烛相照，以逆笔写其凄苦心理。

如果说上阕借美人自况以抒发国变之恨，那么下阕则以美人喻理想，以对美人的追寻表达故国之思。"鸳楼碎泻东西玉"，以鸳鸯楼上杯碎酒泻写同美人分别，实是与故国诀别。"东西玉"指酒器。"问芳踪、何时再展"，这是一问，表其愿望，"翠钗难卜"，无法卜出踪迹，这是一答，表其失望。"待把"二句，谓见之不得，只得描之于画。一转一深，故国之思极其强烈。"怕不是、新来装束"，言画而难以逼肖。"彩扇"两句言故国承平之曲已无知音解听，这实是遣责屈节仕元者的曲笔。结句"空掩袖，倚寒竹"，语出杜甫诗《佳人》："天寒翠袖薄，日暮倚修竹。"既表自己的迟暮之感，又表其自甘寂寞、固守节操的情怀。

元初文网森严，作者难以直写故国之思，上阕之自拟美人、化莺飞归，是为了便于写出重临旧宫（黄金屋），以表对故国的凭吊；下阕以诀别美人及苦思苦恋，表其思念故国；篇末掩袖倚竹的美人则是固贫守节的自我形象。词中一以贯之的美人形象有多重意义，其比兴、象征有深刻的政治寄托，辅以"梦"回旧地，更有虚实、吞吐之妙。

（邓乔彬）

贺新郎·兵后寓吴

原文 飘零 南宋·蒋捷

深阁帘垂绣，记家人、软语灯边，笑涡红透。万叠城头哀怨角，吹落霜花满袖。影厮伴、东奔西走。望断乡关知何处？羡寒鸦、到著黄昏后，一点点，归杨柳。　　相看只有山如旧。叹浮云、本是无心，也成苍狗。明日枯荷包冷饭，又过前头小阜。趁未发、且尝村酒。醉探枵囊毛锥在，问邻翁，要写牛经否？翁不应，但摇手。

内　容　此词述说飘零生活的潦倒和穷愁。
特　色　对比反衬，直赋层进。
注　释　软语：温柔的话语。笑涡：即酒窝。万叠城：很高的城。叠，量词，计算乐曲重奏或文辞反复遍数的单位。哀怨角：角声哀怨。小阜：小的土山。枵（xiāo）囊：空囊。毛锥：毛笔。

赏析　公元1275年冬十月，元兵从建康发兵三路进攻江南，伯颜将中军陷常州。次年春，临安城破。自此，蒋捷漂泊东南，此词大约写于是年秋流寓苏州之时。全词围绕着"兵后寓吴"四字，将战争造成的流浪生活作了形象描绘，从中可见守贫守节的知识分子处境之艰难。全词采用对比和直赋手法，真实地记录了自己的亲身遭遇，抒发了愤懑无奈的思想感情。

上阕先回忆和平时期温馨宁静的家庭生活：深院闺阁，小帘垂绣，家人相伴，软语灯边，笑窝红透。但战争从天而降，城头角声阵阵，吹走了欢乐，带来了哀怨，春的明媚变成秋之萧条，飘零在外，霜花满袖。"万叠城头"二句凝缩了时代的大动乱，成为全词的悲壮背景，且过渡到现状。现状是孤身流浪，形影相随，不见乡关，以至羡慕寒鸦在黄昏后尚有杨柳可栖。这样，"影厮伴、东奔西走"就上与昔日家庭生活相较，下与眼前的杨柳寒鸦相较，虽未言哀，而其哀自见。过片二句系变化前人诗句而成。刘禹锡《初至长安》："不改南山色，其余事事新。"陶渊明《归去来兮辞》："云无心以出岫。"杜甫《可叹》："天上浮云如白衣，斯须改变如苍狗。"以山的不变与浮云的多变作比较，以喻世事无常，漂泊之苦与亡国之痛交织。宋词善用比兴，南宋更入于深细隐微，此词却以直赋写流浪生活，层层递进："枯荷包冷饭"的潦倒、"且尝村酒"的失意、"醉探枵囊"仅余毛笔的窘况，直至写《牛经》的一问与"但摇手"的代答，表明农业的凋敝，把一腔愤懑悲痛推向高潮，直赋其事，却情余言外，最后一问，犹如奇峰突起，力重千钧，足以压住全篇。

（邓乔彬）

女冠子·元夕

原文　　　　　　　　　感怀　南宋·蒋捷

蕙花香也，雪晴池馆如画。春风飞到，宝钗楼上，一片笙箫，琉璃光射。而今灯漫挂，不是暗尘明月，那时元夜。况年来、心懒意怯，羞与蛾儿争耍。

江城人悄初更打，问繁华谁解，再向天公借？剔残红炧。但梦里隐隐，钿车罗帕，吴笺银粉砑。待把旧家风景，写成闲话。笑绿鬟邻女，倚窗犹唱，夕阳西下。

内 容	此词写今昔元夕景况的对比，表现了对故国的深切缅怀及一种悲凉的情绪。
特 色	情思转折，深婉多变。
注 释	蕙：兰蕙。宝钗楼：本为咸阳酒楼，此处泛指歌楼酒肆。琉璃：琉璃灯。据周密《武林旧事》载："禁中尝令做琉璃灯，其高五丈。"蛾儿：古代妇女于元宵节前后插戴在头上的剪彩而成的应时饰物，本词指佩戴该饰物的人。江城：旧都临安，因位于钱塘江北岸，故称。灺（xiè）：灯烛的灰烬，元稹《通州丁溪馆夜别李景信诗》之二："离床别脸睡还开，灯灺暗飘珠簌簌。"钿车罗帕：钿，以金、银、玉、贝等镶嵌器物；用金宝嵌饰的车子，佩戴香罗手帕的士女，语见周邦彦《解语花·上元》词句。吴笺银粉砑（yà）：碾压上银粉的吴地产的纸笺。

赏析

元宵是宋人最重视的节日。李清照南渡之后，有感赋元宵的名篇《永遇乐》，蒋捷此词作于宋亡之后，较之李清照的离乡、丧夫，更有无力回天的深广忧愤，艺术上也自出机杼。

起六句，极写元宵盛况：兰蕙花香，雪晴天开，池馆如画，春风先上酒楼，笙箫齐奏，琉璃彩灯光华四射。正当渐入佳境之时，词笔陡转，云飞水逝，"而今灯漫挂"五字，方使人知这是昔日，而"灯漫挂"的元宵今夕何等萧条冷落！"暗尘明月"语出唐人苏味道《上元》："暗尘随马去，明月逐人来。"在今昔对照中，失落感油然而生。"况年来"二句在抒情上又进一层。一"漫"字已可窥见心理，经"况"字递进，由"羞"字更透出心灵深处的沉痛，不应轻轻放过。

佳 句

· 待把旧家风景，写成闲话。
· 笑绿鬟邻女，倚窗犹唱，夕阳西下。

换头"江城人悄初更打"，与当年的通宵狂欢实有天壤之别。"问繁华"二句，期待将来，更是对复国无望的悲愤呐喊。万般无奈之中，只得剔残烛灰入睡，谁知梦中偏又隐见钿车罗帕的盛景。故国之思总无法摆脱，作者又要用涂上银粉的"吴笺"（砑，用石碾磨光），将"旧家风景"的故宋盛况写成"闲话"，以供后人缅怀追忆。然而当"待把"欲写未写之时，却传来绿鬟邻女倚窗而唱"夕阳西下"，结尾三句以"笑"字领，既有人欢己悲的对照，亦有"不知亡国恨"之慨。"夕阳西下"是康与之《宝鼎现》元夕词首句，搬用前人成句，恰又是一篇之警策。

全词以今昔对比来铺叙成篇，刻画精细，琢句工稳，善写心理，夹叙夹议，情思多变又转折自然，用虚词、领字之功更见不凡。

（邓乔彬）

梅花引·荆溪阻雪

愁怀 南宋·蒋捷

原文

　　白鸥问我泊孤舟,是身留,是心留?心若留时,何事锁眉头?风拍小帘灯晕舞,对闲影,冷清清,忆旧游。　　旧游旧游今在不,花外楼,柳下舟。梦也梦也,梦不到,寒水空流。漠漠黄云,湿透木棉裘。都道无人愁似我,今夜雪,有梅花,似我愁。

内　容　此词表现冷寂孤独的愁怀。
特　色　语淡意奇,复沓顶针。
注　释　泊:船只停靠。晕舞:灯光昏暗的样子。木棉裘:即棉衣。

赏析

　　蒋捷是宜兴人,荆溪就在宜兴,作者行舟荆溪而被雪阻,荒野清寂,抚今追昔,写下此词。在追缅旧欢之中,表现出宋亡后沉重的情怀。

　　长调多借景引情,此词却直入本题,将"身留"与"心留"推置面前。就近者言,指阻雪之事,"身留"出于无奈,"心留"才有看穿忧患、随缘任运精神。就远者言,作为隐逸之士的作者,究竟是身在山林呢,还是心在山林?论世知人,不妨兼及远近。白鸥一问之后,又接一问:"心若留时,何事锁眉头?"乃洞见内里之辞。起五句用鸥问人答的形式,设想极为新奇,达意显豁精辟。"风拍"句写船上景色,独对闲影,倍觉冷清,自然由今追昔,回忆旧游。

　　旧游何在?今已不来!念及当年的花外楼台、柳下轻舟,都成前尘昨梦,甚至连梦中也难以见到,好梦不来光顾这寒水空流。只有黄云漠漠、雪意沉沉,使棉裘为之湿透。与今——昔——今相应,是愁——欢——愁的情绪,冶游之乐与漂泊之苦形成鲜明对照。继白鸥设问之后,又出一奇笔曰"都道无人愁似我",以虚拟之句来借客写主,显得更为极情尽致。而

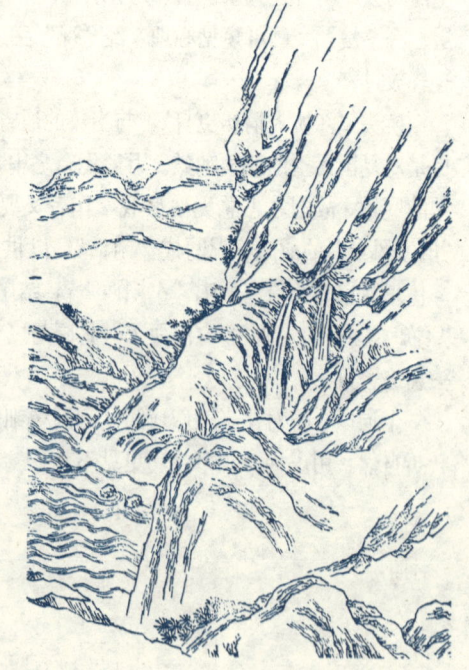

夜雪、梅花,清愁似我,其高洁清寒,我应似之。物我之间的相互映发,既移情于物,又借物抒怀。回视"身留"、"心留"之问,"锁眉头"之愁,不言之中,精神已见升华。

此词语言通俗浅显,明畅自然,由于词牌的格律要求,回环复沓、顶针勾连,造成特有的婉转、跌宕。直人直问的手法、忽长忽短的句式,形成一种迅捷明快与张弛有度的节奏。文浅意深,语淡情浓,在宋末元初词风入于深隐晦涩之时,确实别饶风致。

(邓乔彬)

虞美人·听雨

原文

听雨 南宋·蒋捷

少年听雨歌楼上,红烛昏罗帐。壮年听雨客舟中,江阔云低、断雁叫西风。而今听雨僧庐下,鬓已星星也。悲欢离合总无情。一任阶前、点滴到天明。

内 容 以人生不同阶段"听雨"的感受,写一生大略的遭际与心情。
特 色 时空跨越,淘洗意象。
注 释 昏:使动用法。断雁:离群的大雁。僧庐:僧人的草庐。星星:头发斑白状。一任:任凭。

赏析

蒋捷由宋入元,一生饱经忧患,在词中多有表现。他可以就一事、一时展开全景式的今昔对照(如《贺新郎·兵后寓吴》和《女冠子·元夕》),亦能就同一事情经历、跨越时空地表现自己的一生遭际,这首《虞美人·听雨》就属后者。

刘勰曾提出"以少总多,情貌无遗"(《文心雕龙·物色》)的原则,清人许邱芳更详言为"运以精心,出以果力","吐糟粕而吸菁华,略形貌而取神骨",倡"淘洗之功"(《〈与李生论诗书〉跋》,《诗法萃编》卷六)。此词极见"以少总多"的"淘洗之功"。青年、壮年、老年是人生的三阶段,同是听雨,分别在歌楼、客舟、僧庐,从浪漫的欢情,到羁旅的孤寂,再到无家的悲凉。从个人的境遇可以折射出时代从安定到离乱的总貌,这三个经淘洗而得的场景,极具典型意义,兼有象征色彩。

显然,此词在构思上可能受到辛弃疾《丑奴儿》(少年不识愁滋味)的启发,但辛词是围绕"愁"而作今昔感受的对照,此词却是以听雨为经,以三个场景为纬,完成了时空大跨越,较辛词有更深的人生感受。歌楼、红烛、罗帐,意象呈暖色的美,着一"昏"字,立现情意缠绵;

· 壮年听雨客舟中,江阔云低、断雁叫西风。

客舟、江阔、云低、断雁、西风,意象呈冷色的美,由清疏透出苍凉;僧庐、华发、石阶、雨滴,意象更为衰飒,较"雨中黄叶树,灯下白头人"(司空曙《喜外弟卢纶见宿》)愈形凄苦。景语即情语,读来可味出其中的深厚意蕴。"悲欢离合总无情"七字总括一生,这是词人难以抑止的感情的涌现,全词以"一任阶前、点滴到天明"作结,时间绵绵,其恨悠悠,留下了不尽的余韵。尤其"一任"二字,看似漠然、解脱,其实却是似淡犹浓,情深郁勃。

(邓乔彬)

壶中天

原文　　　　　　　　　　　　　　行旅　南宋·张炎

夜渡古黄河,与沈尧道、曾子敬同赋

扬舲万里,笑当年底事,中分南北。须信平生无梦到,却向而今游历。老柳官河,斜阳古道,风定波犹直。野人惊问:泛槎何处狂客?　　迎面落叶萧萧,水流沙共远,都无行迹。衰草凄迷秋更绿,惟有闲鸥独立。浪挟天浮,山邀云去,银浦横空碧。扣舷歌断,海蟾飞上孤白。

内　容　此词写北上途中渡黄河的苍凉情境。
特　色　骨韵奇高,动感写景。
注　释　沈尧道:名钦,作者北游时之友人。曾子敬:未详,或疑即曾遇,字心传,华亭人。扬舲(líng):犹言放舟。舲,有窗的船。中分南北:黄河曾经是宋金对峙的防线,后来又是宋元对峙的防线。须信:须知。官河:运河。唐刘商《醉后》诗:"醒来还爱浮萍草,漂寄官河不属人。"风定:风停。野人:村民、农夫。泛槎:即泛舟;槎(chá),用竹木编成的筏子。银浦:银河。扣舷:敲击船舷。海蟾:海上月亮。

赏析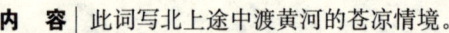这首行旅词豪气横溢,陈廷焯以为"通篇骨韵皆高,压遍今古"(《云韶集》),俞陛云亦云"可与放翁、稼轩争席"(《玉田词选释》),在张炎集中洵称别调。全篇以渡河所见为描写主体,而词人的情绪则隐现于字里行间,显得景物苍凉而词情衰飒。

上阕写渡河之前。发端"扬舲万里"一句,即豪气扑面,大有"乘长风破万里浪"之气概。这是乍来北国、初渡黄河的南人应有的壮浪之情。但一个"笑"字却将此豪情全部化解,使渡河的壮举与时代的悲剧二者之间构成强烈反差。南宋建炎初年,宋、金在黄河沿岸激战,抗金名将宗泽曾三呼"渡河",赍志而亡。这段悲壮历史,当会给张炎留下深刻印象。而今,元至元二十七年(1290)秋,张炎偕友人沈尧道(钦)、曾子敬(心传)北行,同赴大都为元政府书写金字《藏经》，得有机会初渡黄河，于是当年"中分南北"、神州板荡的历史惨变自然涌现脑际，在黄河的景观上，必然叠印上了词人的兴亡之慨。以下便展现了黄河的苍凉景观："老柳官河，斜阳古道，风定波犹直。"官河上老柳夹岸，古道上落日斜照，一个"直"字，描出黄河浊浪触天，尤有气势，真可谓一字传神。一结由野人眼中见出渡河诸人的形象。此古渡口可能人迹罕到，渡河者又已鞍马劳顿，但风尘仆仆中仍有书生的狂放潇洒，犹如天外来客一般，意欲于浊浪触天之际渡河，故有"惊问"之词，并由"泛槎"递入下阕。

下阕叙渡河时景况。换头"迎面"云云，表明人已在舟中，以下均舟中所见。无边落木萧萧而下，不尽黄河滚滚远去，境界极为壮阔雄浑。此种地方，看似平易而有句法，即张炎所云"于好发挥笔力处，极要用工，不可轻易放过。读之使人击节可也"（《词源》）。"水流沙共远"写黄河水挟带泥沙，转眼即逝，刻画细致；"都无行迹"，似乎又染上了词人面对流水吟叹"逝者如斯夫"的主观意念。"衰草"两句转写岸边景物，"闲鸥独立"一景，别有整以暇的意趣。"浪挟"三句仍写黄河壮阔气象，一"挟"一"邀"，移情于景，一"浮"一"去"，极有动感；最妙的是"银浦横空碧"一句。银浦即天河，此句自李白"黄河之水天上来"和李贺"银浦流云学水声"诗句化合而成，将水天相接的浩渺浑融景象熔铸成极美丽的意境。末结更令人神思飞越："扣舷歌断，海蟾飞上孤白。"当年李白出川远游，初过荆门，有句云"月下飞天镜"（《渡荆门送别》），张炎此句与李诗出同一机杼，而联想的思路则相反，月亮不是从天上"飞下"，而是从水面"飞上"，将"镜"换成"蟾"，则颇有灵动之趣。如此动荡迷离的结尾，有意余不尽的远韵，不唯可见张炎烹炼词句的功夫，更可见其善于造境的审美创造力。

（方智范）

佳 句

· 浪挟天浮，山邀云去，银浦横空碧。
· 扣舷歌断，海蟾飞上孤白。

甘 州

原文　　伤怀　南宋·张炎

　　辛卯岁，沈尧道同余北归，各处杭、越。逾岁，尧道来问寂寞，语笑数日，又复别去。赋此曲并寄赵学舟。

　　记玉关、踏雪事清游，寒气脆貂裘。傍枯林古道，长河饮马，此意悠悠。短梦依然江表，老泪洒西州。一字无题处，落叶都愁。　　载取白云归去，问谁留楚佩，弄影中洲？折芦花赠远，零落一身秋。向寻常野桥流水，待招来、不是旧沙鸥。空怀感，有斜阳处，却怕登楼。

内　容	此词感身世不遇，抒离别之愁。
特　色	清空疏宕，古雅峭拔。
注　释	辛卯岁：元世祖至元二十八年（1291）。北归：从北方回到南方。赵学舟：赵与仁，号学舟，宋宗室，张炎词友。玉关：玉门关，在甘肃。江表：指江南。白云：隐居的标志。旧沙鸥：古人以与沙鸥结盟相守喻隐居，此处借喻同此志向的旧友。

赏析　此词如序所云，乃张炎于越州送别沈尧道兼寄赵学舟所作，时在张炎北游大都归来后次年（1292）秋。张炎大都之行，系为元朝缮写金字《藏经》，曾有仕进之意，竟不遇，"慨然袱被而归"。故国既亡，仕元亦难，而友朋星散，身世飘零，故词中充满家国之痛、落寞之苦。

起调以"记"字直领五句，追述北游大都情景。"玉关"，泛指北地。"寒气脆貂裘"脱胎于岑参《北庭贻宗学士道别》"衣裘脆边风"。北地凛寒，貂裘脆裂，而犹踏雪游，足见游赏一时清狂。"傍枯林古道，长河饮马"，笔势峭健而意象苍凉。"此意悠悠"一句煞住记游，透出忧思绵绵，悠悠难绝之意，隐见黍离之悲、身世之叹，词情已是凄凉。继以"短梦依然江表"一句点醒，折回眼前江南，言梦幻已灭，悲从中来，因以羊昙、题红二事写之。"西州"，古城名，在今南京西。羊昙深受谢安爱重，安扶病还都，入自西州门，谢安死，羊昙辍乐弥年，行不由西州路，尝酒醉，不觉至西州门，痛哭而返。此借以言北游南归，如短梦醒来，触景伤情，不觉泪洒故土。"一字"两句，就唐人红叶题诗翻出新意，化顽艳为悲凉，抒写出秋叶尽落，题诗无处，内心郁结，一字也吐不得的哀伤。且落叶有情，与人同愁，造语精警，用笔极重，将感时伤怀又打进一层。

换头"载取白云归去"，用陶弘景"山中何所有？岭上多白云"（《诏问山中何所有赋诗以答》）诗意，言尧道乍来又别，将载取白云与之归去，长隐山林。送别之际，依依不舍，故化用屈原《湘君》"捐余玦兮江中，遗余佩兮醴浦"、"君不行兮夷犹，蹇谁留兮中洲"诗意，深情吐出"问谁"两句，以表惜别心曲。虽此犹感不足道尽朋友情谊和别后寂寞，因以折梅赠远故事点化出"折芦花"两句，借物兴思，兼以写人，极尽凄凉之意。"向寻常"两句，以鸥喻友，新交既不如故友，离情伤怀，尤难自已。末尾三句，暗用王粲登楼故事和辛弃疾《摸鱼儿》"休去倚危阑，斜阳正在、烟柳断肠处"词意，言尽意不尽，格外凄怆。

张炎论词，倡清空之说，"白云"、"折芦"、"野桥"等句即为清空之美。"枯林"、"长河"等句则在空灵疏宕中见古雅峭拔之美。"短梦"等句向为词苑称道，陈亦峰《云韶集》谓之"一片凄感，似唐人悲歌之音，结尾情深以往"。

佳　句

- 傍枯林古道，长河饮马。
- 短梦依然江表，老泪洒西州。
- 折芦花赠远，零落一身秋。

（臧维熙）

渡江云

原文　　怀旧　南宋·张炎

　　山阴久客，一再逢春，回忆西杭，渺然愁思。

　　山空天入海，倚楼望极，风急暮潮初。一帘鸠外雨，几处闲田，隔水动春锄。新烟禁柳，想如今、绿到西湖。犹记得、当年深隐，门掩两三株。　　愁余。荒洲古溆，断梗疏萍，更漂流何处。空自觉、围羞带减，影怯灯孤。常疑即见桃花面，甚近来、翻笑无书？书纵远，如何梦也都无？

内　容　此词写山阴西湖春色，抒发孤怯心理。
特　色　曲折如意，翻笔取胜。
注　释　西杭：杭州。因山阴在杭州的西偏北，故名。渺然：微远貌。鸠外雨：民间俗传斑鸠鸟于雨将至时鸣叫，俗称"鸠雨"。陆游诗有"正厌鸠呼雨，俄闻鹊噪晴"之句。禁柳：宫中或禁苑中的柳树。五代李存勖《歌头》词："灵和殿，禁柳千行，斜金丝络。"溆（xù）：水边。断梗疏萍：自己像是折断的枝梗、离群的浮萍。围羞带减：腰围难堪地随衣带消减下去。影怯灯孤：与孤灯相对时，影子是那样怯弱单寒。桃花面：喻所爱女子，语出唐崔护诗《题都城南庄》："去年今日此门中，人面桃花相映红。"

赏析　此为张炎在宋亡后于辛卯（1291）南归客居山阴时思乡之作。小序一作"久客山阴，王菊存问予近作，书以寄之"。杭州有张炎故居，又是南宋都城，故这首忆杭词也隐寄了宋亡后，他深深的故国之思。

　　许昂霄评此词云"曲折如意"（《词综偶评》）。曲折有致，是古代作家一贯提倡的美学风格。陆机主张"因宜适变，曲有微情"（《文赋》），姜夔反对"拙而无委曲"（《白石道人诗说》），袁枚强调"凡作人贵直，而作诗文贵曲"（《随园诗话》卷五）。此词即运笔曲折，空中荡漾。

　　词人意在忆念杭州，却从山阴曲笔写起。发端三句笔力遒劲，极力渲染山、海的动势观感，词人倚楼极望，陆上峻岭起伏，似竞奔入海，而海上长风迅急，暮潮开始翻卷涌来，这派动荡不定、声势骇人的气象，是词人精心构织的抒情氛围，也许还暗示对亡国颓局的心灵痛感。继而转用轻柔之笔，深情描绘帘外的鸠雨春耕图，既表现出对春天的满腔喜悦，又触景生情，自然而然地导引出对西湖的怀念。绿柳，是春天的象征，也最能撩人春愁，引动旧情,追怀往昔,所以由柳绿自然联想到西湖的旖旎风光,一往情深地回忆起故居门前的两三翠柳,虽仅淡墨点染数笔,而"风景旧曾谙"的淡淡哀愁与伤感,已凄然暗生。

过片声情陡落,"愁余"二字揭示心态,思绪由温馨的思乡跌回现实困境,以下用笔更显隐曲。词人不直言飘零生涯,巧以"断梗疏萍"隐喻,怨怅"更漂流何处"?词人不明言困顿苦况,却一再用侧笔暗写:"围羞带减"人益消瘦,可见词人生活潦倒,身心憔悴;"影怯灯孤"——怕对孤灯,形影相吊,可见词人孤苦伶仃,精神备受折磨;结末四句另拓转境,怀念远在故乡的情人。桃花面,此处指所钟情的女子。词人连用二问,细腻写出了怀旧的痴情,先问:我本来常以为可以见到你桃花面,怎么近来反而收不到你的书信?接着再问纵使书信不到是因为路途遥远,如何连梦中也见不到你了?一层更进一层,二问可谓问得痴绝,凄绝。深情委婉。这"桃花面"是杭州美的化身,也是南宋故国的化身,词人国亡家破之痛交织在了对"桃花面"的思念中。

此词曲折如意,非惟词情抑扬,吞吐有致,而且擅长运用翻笔、侧笔、曲笔谋篇造句,这正是张炎词的特色之一。楼敬思云:"南宋词人,姜白石外,唯张玉田能以翻笔、侧笔取胜,其章法、句法俱超,清虚骚雅,可谓脱尽蹊径,自成一家。"(《词林纪事》卷十六) (章尚正)

解连环·孤雁

原文 咏雁 南宋·张炎

楚江空晚。怅离群万里,恍然惊散。自顾影、欲下寒塘,正沙净草枯,水平天远。写不成书,只寄得、相思一点。料因循误了,残毡拥雪,故人心眼。

谁怜旅愁荏苒?谩长门夜悄,锦筝弹怨。想伴侣、犹宿芦花,也曾念春前,去程应转。暮雨相呼,怕蓦地、玉关重见。未羞他、双燕归来,画帘半卷。

内　容　此词极写雁之孤零，表现一种孤苦无依的心态。
特　色　义附喻指，不粘不脱。
注　释　写不成书：大雁列队飞行，其行如字，孤雁无从列队，故云。相思一点：孤雁本属于雁阵中的一点，故云。因循：本指沿旧习不改，引申为塞责、不振作。残毡拥雪：用苏武故事，事见《汉书·苏武传》："幽武置大窖中，绝不饮食，天雨雪，武卧啮雪与毡毛并咽之，数日不死。"荏苒：辗转、不断。谩：同"漫"，徒然。长门：长门宫，汉武帝时陈皇后曾弃置于此。暮雨相呼：崔涂《孤雁》："暮雨相呼失，寒塘欲下迟。"此用其意。

赏析　南宋咏物词极盛，而对咏物词创作提出审美规范的是张炎。"诗难于咏物，词为尤难。体认稍真，则拘而不畅；模写差远，则晦而不明。要须收纵联密，用事合题，一段意思，全在结句，斯为绝妙。"(《词源》)其意大旨在主体与客体保持恰当的审美距离，做到不粘不脱，在若即若离之间。这首《解连环·孤雁》可以说是与其主张相契的咏物绝唱。

此词虽属咏物题材，但其意并不专在物本身，而偏于写雁之"孤"。词人从"孤"这一主观意念出发，来组织意象，贯串典实，镕铸意境，从而曲折地传写出身当南宋末世的词人对时局变乱的特殊感受。

首句"楚江空晚"，以空阔寂寥之境来衬托秋雁之"孤"。后面"正沙净草枯，水平天远"，是暮秋典型之景，承首句"空"字而铺叙之，渲染之。"怅离群万里，恍然惊散"，正面着题，点明"孤"字，"自顾影、欲下寒塘"，用唐崔涂《孤雁》诗句而融化不涩，加倍写雁之"孤"。曰"怅"，曰"恍然"，仍着墨于雁之形象，而词人的离群索居情怀，已借孤雁隐隐传出。

"写不成书"以下五句，以雁行成字、雁足传书二事相缔结，来传雁之"孤"。雁能传书以寄人之相思，然因其孤而竟"写不成书"，致使在胡地牧羊的孤寂苏武空有一腔恋国怀归之情。词至此暗递消息，孤雁形象所蕴蓄的人的社会政治内涵已呼之欲出。

下阕由雁之"孤"转入人之"孤"。换头说"谁怜"，即无人怜，因"旅愁荏苒"而生怨意。这里词人用了两个与人事相关、又切合"雁"的典故。汉武帝时陈皇后失宠孤栖长门宫，杜牧有诗云"长门灯暗数声来"(《咏雁》)；人的愁闷怨思，往往借锦筝诉出，故钱起《归雁》诗又云"二十五弦弹夜月，不胜清怨却飞来"。如果说"谩长门夜悄，锦筝弹怨"是由雁及人，以下则是人雁合写。转念昔日之伴侣在思念自己，又设想来日重逢时，相见情更怯，这些出于想象之辞，无非反复地抒写了现今之"孤"。是说雁抑或说人，读者当可见仁见智。

末结以双燕归来反结一个"孤"字。鸿雁虽处境孤寂，但誓不失高洁贞操，而羞苟且之双燕，这就将词人以雁自喻的情怀和盘托出了。

词人咏唱的孤雁，显然并非纯自然性审美对象，它是一个有着丰富政治内涵的社会性形象。作者有意为寄托，"义可相附，喻可专指"，艺术形象的象征指向性十分明确，那就是以孤雁自喻，并进而表现南宋末年一般士人孤苦无依的心态。全篇刻画精警，构思缜密，但意余于境，似乎沉厚不足。其中"写不成书"两句为前人所激赏，然未免流于纤巧，与全篇意境不甚和谐，谭献谓"若橪李之有指痕"（《复堂词话》），所论甚是。

（方智范）

月下笛

原文 赋情 南宋·张炎

孤游万竹山中，闲门落叶，愁思黯然，因动黍离之感。时寓甬东积翠山舍。

万里孤云，清游渐远，故人何处？寒窗梦里，犹记经行旧时路。连昌约略无多柳，第一是、难听夜雨。谩惊回凄悄，相看烛影，拥衾谁语！　　张绪，归何暮。半零落，依依断桥鸥鹭。天涯倦旅，此时心事良苦。只愁重洒西州泪，问杜曲、人家在否？恐翠袖、正天寒，犹倚梅花那树。

内　容　本词怀念昔日杭州清游，伤今之凋零与己之倦旅，并写黍离之悲。
特　色　以事贯串，融化不涩。
注　释　清游：清雅游赏。晋潘岳《萤火赋》："翔太阴之玄昧，抱夜光以清游。"连昌：唐代的行宫名，宫中多植柳树。元稹有《连昌宫词》写战后的残破。这里指南宋故宫。张绪：《艺文类聚·木部》："齐刘俊之为益州刺史，献蜀柳数株，条甚长，状若丝缕……（武帝）常玩嗟之曰：'杨柳风流可爱，似张绪当年。'"这里用以自比。恐翠袖、正天寒：见杜甫《佳人》："天寒翠袖薄，日暮倚修竹。"翠袖，佳人，指代隐居不仕的南宋遗民。

**析**　张炎一生，经历了由贵介公子到江湖野人的沧桑巨变，至晚年而忧愤益深。诚如《四库总目提要》所云："炎生于淳戊申，当宋邦沦覆，年已三十有三，犹及见临安全盛之日。故所作往往苍凉激楚，即景抒情，备写其身世盛衰之感，非徒以剪红刻翠为工。"这《月下笛》词，其吊古伤今之心事，长歌当哭之情怀，尤令人恻然动心。

张炎吊古伤今之作，多即景抒情、随物写意，此首却写身居甬东万竹山（在今浙江天台）而心眷古杭，小序中点明"孤游"，则全词情景，皆因一身之孤而出于悬想；又明言"动黍离之感"，则以家国之思为全词意脉，亦显然可知。

首三句讲明题中"孤游"之意。"万里孤云"句似为写景，实乃有特定内蕴的意象，语出陶渊明《咏贫士》"万族各有托，孤云独无依"句。在此正好隐喻张炎羁旅异乡、孤独无依的隐士身份。言"万里"，言"渐远"，言"何处"，皆从题中一个"游"字生发。"寒窗梦里"以下四句，由一个"梦"字翻出另一种境界，词人的情思由甬东而至古杭。"犹记经行旧时路"一句,寓人事沧桑之感、华屋山丘之悲。"连昌"宫借指南宋临安故宫,当年宫中垂柳飘拂,何等繁盛,而今却是衰象毕现,垂柳也"约略无多"了,加之夜雨连绵,更令人凄然,故云"难听夜雨"。词人虽客居甬东,但杭州是他魂牵梦萦之处,归杭之心长存。元大德二年(1298)他归杭之时曾有《声声慢·别四明诸友归杭》词,云"休嗟鬓丝断雪,喜闲身、重渡西泠",难掩其结束漂泊生涯,返回故里之喜。"谩惊回"三句写梦醒后之"凄悄"景况,仍扣一"孤"字。梦中忧,梦醒亦忧,故其归思益急矣。

换头以张绪自况,"归何暮"是自责之辞,表明归思之急。张绪为南齐人,与张炎一样是少年风流之辈。南齐武帝曾将蜀柳之风流可爱比拟张绪风度,而今柳树"约略无多",而张绪(张炎)已老,胡不归?"半零落,依依"以下设想归杭后的所见所感。当年张炎"仰扳姜尧章、史邦卿、卢蒲江、吴梦窗诸名胜,互相鼓吹春声于繁华世界,飘飘征情,节节弄拍,嘲明月以谑乐,卖落花而陪笑,能令后三十年西湖锦绣山水,犹生清响"(郑思肖《玉田词题辞》)。而今却是故交零落,当年结社吟咏的断桥处,只剩不知人事的鸥鹭尚在徜徉栖息了。杭州山水,杭州故友,皆非复旧观,则归又何益,怎能一慰词人的孤凄情怀呢?一面是"天涯倦旅"而思归,一面是归而仍陷于孤凄,进亦忧,退亦忧,这便是词人的良苦心事,真是内心矛盾重重,苦况难以尽述!当年晋羊昙过西州(故址在今江苏南京西)门,想到已亡的谢安,诵曹植诗曰"生存华屋处,零落归山丘",恸哭而去。"只愁重洒西州泪",遥应上阕"故人何处"的呼唤,尽情倾诉了悼念故友、感旧兴悲之情。"杜曲"为唐代大族聚居之处,此代张氏世居之地。据载张炎祖父张濡在杭州有别墅名"松窗",豪华不减禁中,后张濡在元兵陷临安时被杀,全家籍没,张炎也失家远游。"问杜曲、人家在否?"铜驼荆棘之悲,尽在此一句明知故问中。词写至此,国破与家亡、孤游与丧友,各种感情若槎枒交错,塞于胸际,剩下的,只有对未亡人(也包括词人自己)的真诚祝愿:"恐翠袖、正天寒,犹倚梅花那树"。化用杜甫《佳人》诗意,用以慰人,亦以自慰,表明了词人虽孤处浊世而高标独立的人格取向。

因词中情景出于虚拟悬揣,故多以典故为意象,所谓"事贯串"者。张炎对词中用事的要求是"要体认着题,融化不涩","用事不为事所使"(《词源》),即既要切合题目,又能浑然无迹。全篇写黍离之感,所用事典都能切合亡国失家之痛,用陶诗、杜诗入词亦惬当流便,一如己出,使此词有圆转流丽之妙,而略无支离扞格之弊。

(方智范)

清平乐·赠处梅

原文 赠友 南宋·张炎

暗香千树,结屋中间住。明月一方流水护,梦入梨云深处。　　清冰隔断尘埃,无人踏碎苍苔。一似逋仙归后,吟诗不下山来。

内　容	本词写朋友住处的雅洁清幽，写其隐士风神。
特　色	烘云托月，运虚于实。
注　释	暗香：指梅花。梨云：梨花一样的云朵。苍苔：深褐色的苔藓。逋仙：指林逋。

赏析　这首词寄赠的对象是一位姓处的人，此人爱梅成癖，因以"梅"为号。《山中白云词》中有《摸鱼子·别处梅》《南乡子·为处梅作》《清平乐·题处梅家藏所南翁画兰》《如梦令·处梅列芍药于几上酌余》诸作，可见二人往还甚密。张炎在宋亡后多与逃名遁世之士交往，这个"处梅"必是元初不屑屈志新朝的隐逸高士。

　　赠的对象是人，寄赠的目的当然是对对方的颂扬，但全词无一句正面写人，却致力于表现人所居住的环境。上阕句句写景，而景中宛然有个人在。"暗香千树"，暗香指梅，出于北宋诗人林逋咏梅名句"暗香浮动月黄昏"（《山园小梅》）。此句写梅之多，而此人则在梅林中诛茅结屋而居，其高雅狷介之风已可想见。而此梅林又有明月、流水作为陪衬。明月皎洁，似独钟情于此一方；流水清幽，又似有意在护人。隐者高卧，偶或有梦，而魂牵梦萦者亦在梅："梦入梨云深处。""梨云"，梨花云。唐王建有《梦梨花》诗："落落漠漠路不分，梦中唤作梨花云。"这是以梨花云喻梅，因二者均既白且洁。

　　这样一个冰清玉洁环境，与世隔绝，杳无人迹。其中所居者，必是骚姿雅骨，独具风神了。这位隐士的品格，只有林逋可与之相当，当年林处士结庐孤山，以梅妻鹤子为伴，甘居寂寞而不赴市朝，吟出了"疏影横斜水清浅，暗香浮动月黄昏"这样的名诗，以致苏东坡大加赞颂："先生可是绝伦人，神清骨冷无尘俗。"（《书林逋诗后》）所以末二句是对处梅的人格的极高颂扬。全词韵味清逸，洗净铅华，将梅的冰清玉洁之姿质与人的淡泊高逸之品格相映，这种烘云托月、运虚于实的构思，有含蓄不尽的艺术效果。　　　　　　　（方智范）

清平乐

伤春　南宋·张炎

原文

　　采芳人杳，顿觉游情少。客里看春多草草，总被诗愁分了。　　去年燕子天涯，今年燕子谁家？三月休听夜雨，如今不是催花。

内　容	本词写暮春心情，寓身世家国之悲。
特　色	吞吐掩抑，蛇灰蚓线。
注　释	杳：不见踪影。草草：草率。

赏析 这首小令，迭现"采芳"、"看春"、"燕子"、"三月"、"夜雨"、"催花"等字面，所作为暮春之时无疑，其题材自亦应归入"伤春"一类。然而，读者断不能将其视为一般的伤春惜春之作。

宋词中伤春之作，多从节令时序变迁写起，借以抒发人事感伤。此阕则侧重写词人无心看春的心绪，句句情语，而字里行间弥漫的愁绪之深重，似有更为深层的缘由。上阕"采芳人杳"一句陡起。时当暮春，绿肥红瘦，词人游兴顿减，伤心人的敏感神经被外物触动，此为一层。"客里看春"，百无聊赖，故说"草草"，泄漏出词人因客居异乡、漂泊不定而生的愁绪之底蕴，此又一层。并非无春可看，而是情有他寄，无心冶游，"总被诗愁分了"，所谓伤心人别有怀抱，此再一层。玩索上阕词意，词人之愁并不在于自然界节候变化引起的一般人事感伤，而涵蕴着更为深层的社会内容。然而上阕四句只能说是"犹抱琵琶半遮面"，"诗愁"者何，伤心者何，仍将吐又吞，欲说还休。

下阕突接，词意更深一层。在情感表现上并不直抒胸臆，而如"幽咽泉流水下滩"，以求帷灯匣剑之效果。春燕呢喃，春雨淅沥，在常人皆是暮春可赏之景，在词中则成了词人倾吐愁绪的触媒，或曰深层情感的依托物。燕子是萍踪漂泊的词人自喻。"去年燕子天涯，今年燕子谁家？"陵谷之迁，身世之悲，读之令人凄然欲泣。夜雨本是催花之物，但在怀有国破家亡剧哀的词人看来，何其姗姗来迟，不合时宜，因滞留异地、未有归期，那点点滴滴的夜雨，恰似敲打在词人那脆弱不堪的心弦上，故曰"休听"。俞陛云曰："羁泊之怀，托诸燕子，易代之悲，托诸夜雨，深人无浅语也。"（《玉田词选释》）言近旨远，语浅情深，确是这首小令的一大特点。

全词情感分为几层，而吞吐掩抑，耐人寻味，反映在章法上则似断实续，上下阕之间语断而意脉不断，以"客里看春"为一篇眼目，前后照映。末结以"催花"回抱首句"采芳"，首尾相应，有蛇灰蚓线之妙，虽是小令，却可见搏兔用全力的功夫。

佳 句

- 客里看春多草草，总被诗愁分了。
- 三月休听夜雨，如今不是催花。

（方智范）

朝中措·浮远堂

登眺 南宋·闾丘次杲

原 文

　　横江一抹是平沙，沙上几千家。到得人家尽处，依然水接天涯。　　危栏送目，翩翩去鹢，点点归鸦。渔唱不知何处，多应只在芦花。

内　容　此词写浮远堂上所见之景。
特　色　远近上下，动静相衬。
注　释　浮远堂：在今江苏省江阴县，以苏轼诗句"江远欲浮天"而取名。危栏：高楼的栏杆。送目：远眺状。鹢（yì）：鸟名。

赏析　此词题为"浮远堂"，当是堂上临眺之作。词写江上胜景，笔法多变，妙得物情。通篇将近与远、上与下、动与静作巧妙结合，给人以诗情画意的美感享受。

　　一是远近变化之美。起笔"横江一抹是平沙"，写大江横无际涯，沿岸那平整的沙滩一直伸向远方。句中"一抹"，承"横"字而来，是登临纵目、一览无遗的特有感受。起句为全词安排了阔大的背景，也从横向的空间上给人以辽远无比的开阔感。"沙上几千家"是近景和中景。"几千"二字，极言江岸人家参差，毗连密集。"到得人家尽处，依然水接天涯"，则是水天浩渺的远景。如此由近及远地铺展开去，使笔下景物富有层次感和纵深感，也把读者的视线渐次引向水天相连的浑茫一片中。

　　二是上下交织之美。此词由两组镜头剪辑而成，一是江畔平沙之上，人家毗连；一是江中波浪之间，鹢鸟翩翩远去，点点暮鸦飞回。作者借视角的俯仰变化，使上下交织成趣，江畔沙滩与江面上空互相补衬，构成一幅上下浑成的秋江全景图。

　　三是动静结合之美。词中平沙一抹、沙上人家是静景；翩翩去鹢、点点归鸦是动景。前者犹如泼墨山水，大笔濡染，水墨淋漓；后者却似工笔小帧，稍加点染，画面皆活。特别是结拍"渔唱不知何处，多应只在芦花"，转写暮江上的渔歌，可谓境界别开，使画面显得有声有色，奇趣盎然。这两句又妙在耳闻渔歌声起而不见舟在何处，并借助听觉联想，即景会心地巧加揣度：江岸芦苇丛生，芦花茫茫一片，渔舟荡入其间，自然唯闻渔舟唱晚，却不见渔舟踪影了。二句用"不知"转开，用"多应"绾合，行云流水中又有转换灵动之妙，曲折隽永，颇见巧思。

（顾伟列）

佳句索引

唐　词

平林漠漠烟如织，寒山一带伤心碧。	菩萨蛮（平林漠漠烟如织）
暝色入高楼，有人楼上愁。	菩萨蛮（平林漠漠烟如织）
西风残照，汉家陵阙。	忆秦娥（箫声咽）
翠钿红袖水中央，青荷莲子杂衣香。	采莲曲（采莲去）
西塞山前白鹭飞，桃花流水鳜鱼肥。	渔父（西塞山前白鹭飞）
山南山北雪晴，千里万里月明。	调笑令（边草）
明月，明月，胡笳一声愁绝。	调笑令（边草）
迷路，迷路，边草无穷日暮。	调笑令（胡马）
弱柳从风疑举袂，丛兰裛露似沾巾。	忆江南（春去也）
日出江花红胜火，春来江水绿如蓝。	忆江南（江南好）
山寺月中寻桂子，郡亭枕上看潮头。	忆江南（江南忆）
吴山点点愁。	长相思（汴水流）
闲梦江南梅熟日，夜船吹笛雨潇潇，人语驿边桥。	梦江南（兰烬落）
桃花柳絮满江城，双髻坐吹笙。	梦江南（楼上寝）
小山重叠金明灭，鬓云欲度香腮雪。	菩萨蛮（小山重叠金明灭）
照花前后镜，花面交相映。	菩萨蛮（小山重叠金明灭）
过尽千帆皆不是，斜晖脉脉水悠悠。	梦江南（梳洗罢）
肠断白蘋洲。	梦江南（梳洗罢）
楚女欲归南浦，朝雨，湿愁红。	荷叶杯（楚女欲归南浦）

五 代 词

如梦，如梦，残月落花烟重。	忆仙姿（曾宴桃源深洞）
洞口春红飞簌簌，仙子含愁眉黛绿。	天仙子（洞口春红飞簌簌）

397

谁道闲情抛掷久,每到春来,惆怅还依旧。········ 鹊踏枝(谁道闲情抛掷久)
可惜旧欢携手地,思量一夕成憔悴。·········· 鹊踏枝(萧索清秋珠泪坠)
庭院深深深几许,杨柳堆烟,帘幕无重数。······· 鹊踏枝(庭院深深深几许)
泪眼问花花不语,乱红飞过秋千去。··········· 鹊踏枝(庭院深深深几许)
风乍起,吹皱一池春水。················· 谒金门(风乍起)
春艳艳,江上晚山三四点,柳丝如剪花如染。····· 归自谣(春艳艳)
细雨湿流光,芳草年年与恨长。············· 南乡子(细雨湿流光)
魂梦任悠扬,睡起杨花满绣床。············· 南乡子(细雨湿流光)
青鸟不传云外信,丁香空结雨中愁。··········· 浣溪沙(手卷真珠上玉钩)
菡萏香销翠叶残,西风愁起绿波间。··········· 浣溪沙(菡萏香销翠叶残)
细雨梦回鸡塞远,小楼吹彻玉笙寒。··········· 浣溪沙(菡萏香销翠叶残)
小楼昨夜又东风,故国不堪回首月明中。········ 虞美人(春花秋月何时了)
问君能有几多愁,恰似一江春水向东流。········ 虞美人(春花秋月何时了)
剪不断,理还乱,是离愁,别是一般滋味在心头。··· 乌夜啼(无言独上西楼)
一曲清歌,暂引樱桃破。················· 一斛珠(晚妆初过)
深院静,小庭空,断续寒砧断续风。··········· 捣练子令(深院静)
金锁已沉埋,壮气蒿莱。················· 浪淘沙(往事只堪哀)
帘外雨潺潺,春意阑珊。················· 浪淘沙(帘外雨潺潺)
梦里不知身是客,一晌贪欢。··············· 浪淘沙(帘外雨潺潺)
流水落花春去也,天上人间。··············· 浪淘沙(帘外雨潺潺)
最是仓皇辞庙日,教坊犹奏别离歌,垂泪对宫娥。··· 破阵子(四十年来家国)
琵琶金翠羽,弦上黄莺语。··············· 菩萨蛮(红楼别夜堪惆怅)
春水碧于天,画船听雨眠。··············· 菩萨蛮(人人尽说江南好)
垆边人似月,皓腕凝霜雪。··············· 菩萨蛮(人人尽说江南好)
惆怅晓莺残月,相别,从此隔音尘。··········· 荷叶杯(记得那年花下)
春日游,杏花吹满头。··················· 思帝乡(春日游)
忍泪佯低面,含羞半敛眉。················· 女冠子(四月十七)
马嘶残雨春芜湿。····················· 望江怨(东风急)
越王宫殿,萍叶藕花中。················· 江城子(鵁鶄飞起郡城东)

露浓香泛小庭花。……………………………………… 浣溪沙（独立寒阶望玉华）
烟收湘渚秋江静，蕉花露泣愁红。………………… 临江仙（烟收湘渚秋江静）
记得绿罗裙，处处怜芳草。…………………………… 生查子（春山烟欲收）
孤村遥指云遮处。……………………………………… 渔歌子（柳垂丝）
惊起一行沙鹭。………………………………………… 渔歌子（柳垂丝）
游女带香偎伴笑，争窈窕，竞折团荷遮晚照。…… 南乡子（乘彩舫）
换我心，为你心，始知相忆深。……………………… 诉衷情（永夜抛人何处去）
藕花相向野塘中。……………………………………… 临江仙（金锁重门荒苑静）
暗伤亡国，清露泣香红。……………………………… 临江仙（金锁重门荒苑静）
六代繁华，暗逐逝波声。……………………………… 江城子（晚日金陵岸草平）
月映长江秋水，分明冷浸星河。……………………… 西江月（月映长江秋水）
片帆烟际闪孤光。……………………………………… 浣溪沙（蓼岸风多橘柚香）
一庭疏雨湿春愁。……………………………………… 浣溪沙（揽镜无言泪欲流）

宋　词

水村渔市，一缕孤烟细。……………………………… 点绛唇（雨恨云愁）
城上风光莺语乱，城下烟波春拍岸。………………… 木兰花（城上风光莺语乱）
千嶂里，长烟落日孤城闭。…………………………… 渔家傲·秋思
浊酒一杯家万里，燕然未勒归无计。………………… 渔家傲·秋思
人不寐，将军白发征夫泪。…………………………… 渔家傲·秋思
芳草无情，更在斜阳外。……………………………… 苏幕遮·怀旧
酒入愁肠，化作相思泪。……………………………… 苏幕遮·怀旧
年年今夜，月华如练，长是人千里。………………… 御街行·秋日怀旧
今宵酒醒何处？杨柳岸、晓风残月。………………… 雨霖铃（寒蝉凄切）
衣带渐宽终不悔，为伊消得人憔悴。………………… 凤栖梧（伫倚危楼风细细）
夫差旧国，香径没，徒有荒丘。……………………… 双声子（晚天萧索）
市列珠玑，户盈罗绮。………………………………… 望海潮（东南形胜）
有三秋桂子，十里荷花。……………………………… 望海潮（东南形胜）
羌管弄晴，菱歌泛夜。………………………………… 望海潮（东南形胜）

399

关河冷落，残照当楼。·················八声甘州（对潇潇暮雨洒江天）
不如桃杏，犹解嫁东风。···············一丛花令（伤高怀远几时穷）
云破月来花弄影。·····················天仙子（水调数声持酒听）
草树争春红影乱。·····················木兰花（人意共怜花月满）
隔墙送过秋千影。·····················青门引（乍暖还轻冷）
燕子来时新社，梨花落后清明。··········破阵子（燕子来时新社）
池上碧苔三四点，叶底黄鹂一两声，日长飞絮轻。··破阵子（燕子来时新社）
无可奈何花落去，似曾相识燕归来。······浣溪沙（一曲新词酒一杯）
旋开杨柳绿蛾眉，暗拆海棠红粉面。······木兰花（东风昨夜回梁苑）
无情一去云中雁，有意归来梁上燕。······木兰花（东风昨夜回梁苑）
昨夜西风凋碧树，独上高楼，望尽天涯路。···蝶恋花（槛菊愁烟兰泣露）
楼头残梦五更钟，花底离情三月雨。······玉楼春（绿杨芳草长亭路）
多少六朝兴废事，尽入渔樵闲话。········离亭宴（一带江山如画）
绿杨烟外晓寒轻，红杏枝头春意闹。······玉楼春（东城渐觉风光好）
离愁渐远渐无穷，迢迢不断如春水。······踏莎行（候馆梅残）
平芜尽处是春山，行人更在春山外。······踏莎行（候馆梅残）
月上柳梢头，人约黄昏后。·······················生查子·元夕
撩乱春愁如柳絮，依依梦里无寻处。······蝶恋花（几日行云何处去）
洛阳正值芳菲节，秾艳清香相间发。······玉楼春（洛阳正值芳菲节）
千里澄江似练，翠峰如簇。··············桂枝香·金陵怀古
彩舟云淡，星河鹭起，画图难足。········桂枝香·金陵怀古
六朝旧事随流水，但寒烟、衰草凝绿。····桂枝香·金陵怀古
梦后楼台高锁，酒醒帘幕低垂。··········临江仙（梦后楼台高锁）
落花人独立，微雨燕双飞。··············临江仙（梦后楼台高锁）
舞低杨柳楼心月，歌尽桃花扇底风。······鹧鸪天（彩袖殷勤捧玉钟）
水是眼波横，山是眉峰聚。··············卜算子·送鲍浩然之浙东
不是渭城西去客，休唱阳关。············卖花声·题岳阳楼
人有悲欢离合，月有阴晴圆缺，此事古难全。···水调歌头（明月几时有）
但愿人长久，千里共婵娟。··············水调歌头（明月几时有）

400

灵均去后楚山空，澧阳兰芷无颜色。……………… 归朝欢·和苏伯固
乱石穿空，惊涛拍岸，卷起千堆雪。……………… 念奴娇·赤壁怀古
江山如画，一时多少豪杰！…………………………… 念奴娇·赤壁怀古
羽扇纶巾，谈笑间、樯橹灰飞烟灭。……………… 念奴娇·赤壁怀古
待浮花、浪蕊都尽，伴君幽独。……………………… 贺新郎（乳燕飞华屋）
老夫聊发少年狂。……………………………………… 江城子·密州出猎
十年生死两茫茫，不思量，自难忘。……………… 江城子·乙卯正月二十日记梦
天涯何处无芳草！…………………………………… 蝶恋花（花褪残红青杏小）
多情却被无情恼。…………………………………… 蝶恋花（花褪残红青杏小）
春衫犹是，小蛮针线，曾湿西湖雨。……………… 青玉案·和贺方回韵，送伯固归吴中
日日思君不见君，共饮长江水。…………………… 卜算子（我住长江头）
我欲穿花寻路，直入白云深处，浩气展虹霓。… 水调歌头（瑶草一何碧）
梅英疏淡，冰澌溶泄，东风暗换年华。…………… 望海潮（梅英疏淡）
恨如芳草，萋萋刬尽还生。…………………………… 八六子（倚危亭）
夜月一帘幽梦，春风十里柔情。……………………… 八六子（倚危亭）
山抹微云，天粘衰草。………………………………… 满庭芳（山抹微云）
斜阳外，寒鸦数点，流水绕孤村。…………………… 满庭芳（山抹微云）
伤情处，高城望断，灯火已黄昏。…………………… 满庭芳（山抹微云）
金风玉露一相逢，便胜却、人间无数。…………… 鹊桥仙（纤云弄巧）
两情若是久长时，又岂在、朝朝暮暮。…………… 鹊桥仙（纤云弄巧）
黛蛾长敛，任是春风吹不展。………………………… 减字木兰花（天涯旧恨）
可堪孤馆闭春寒，杜鹃声里斜阳暮。……………… 踏莎行·郴州旅舍
郴江幸自绕郴山，为谁流下潇湘去？……………… 踏莎行·郴州旅舍
一春鱼鸟无消息，千里关山劳梦魂。……………… 鹧鸪天（枝上流莺和泪闻）
雨打梨花深闭门。…………………………………… 鹧鸪天（枝上流莺和泪闻）
小春天气恼人浓。……………………………………… 浣溪沙·野眺
一川烟草，满城风絮。………………………………… 青玉案（凌波不过横塘路）
梅子黄时雨。…………………………………………… 青玉案（凌波不过横塘路）
远山相对一眉愁。……………………………………… 浪淘沙（雨过碧云秋）

芭蕉不展丁香结。	石州引（薄雨初寒）
事与孤鸿去。	瑞龙吟（章台路）
断肠院落，一帘风絮。	瑞龙吟（章台路）
风老莺雏，雨肥梅子，午阴嘉树清圆。	满庭芳·夏日溧水无想山作
酒趁哀弦，灯照离席。	兰陵王·柳
渐别浦萦回，津堠岑寂，斜阳冉冉春无极。	兰陵王·柳
烟中列岫青无数，雁背夕阳红欲暮。	玉楼春（桃溪不作从容住）
人如风后入江云，情似雨余粘地絮。	玉楼春（桃溪不作从容住）
天寒山色有无中。	虞美人（疏篱曲径田家小）
长安回首空云雾，春梦觉来无觅处。	玉楼春·至盱眙作
楚山照眼青无数。	玉楼春·至盱眙作
闲愁几许？梦逐芭蕉雨。	点绛唇·县斋愁坐作
天生百种愁，挂在斜阳树。	卜算子（天生百种愁）
柳外重重叠叠山，遮不断，愁来路。	卜算子（天生百种愁）
诗万首，酒千觞，几曾着眼看侯王？	鹧鸪天·西都作
万里夕阳垂地、大江流。	相见欢（金陵城上西楼）
我报路长嗟日暮，学诗漫有惊人句。	渔家傲（天接云涛连晓雾）
九万里风鹏正举，风休住，蓬舟吹取三山去。	渔家傲（天接云涛连晓雾）
知否？知否？应是绿肥红瘦。	如梦令（昨夜雨疏风骤）
多少事，欲说还休。	凤凰台上忆吹箫（香冷金猊）
新来瘦，非干病酒，不是悲秋。	凤凰台上忆吹箫（香冷金猊）
此情无计可消除，才下眉头，却上心头。	一剪梅（红藕香残玉簟秋）
莫道不消魂，帘卷西风，人比黄花瘦。	醉花阴（薄雾浓云愁永昼）
落日熔金，暮云合璧。	永遇乐（落日熔金）
只恐双溪舴艋舟，载不动，许多愁。	武陵春（风住尘香花已尽）
寻寻觅觅，冷冷清清，凄凄惨惨戚戚。	声声慢（寻寻觅觅）
梧桐更兼细雨，到黄昏、点点滴滴。	声声慢（寻寻觅觅）
这次第，怎一个愁字了得！	声声慢（寻寻觅觅）
斗垂天、沧波万顷，月流烟渚。	贺新郎·寄李伯纪丞相

天意从来高难问。·················贺新郎·送胡邦衡待制
耿斜河、疏星淡月，断云微度。·········贺新郎·送胡邦衡待制
三十功名尘与土，八千里路云和月。·······满江红（怒发冲冠）
莫等闲、白了少年头，空悲切。·········满江红（怒发冲冠）
倚天绝壁，直下江千尺。············霜天晓角·题采石蛾眉亭
零落成泥碾作尘，只有香如故。·········卜算子·咏梅
吹笳暮归野帐，雪压青毡。···········汉宫春·初自南郑来成都作
涛生残夜，鱼龙惊听横笛。···········念奴娇（吴波浮动）
玉鉴琼田三万顷，着我扁舟一叶。········念奴娇·过洞庭
尽吸西江，细斟北斗，万象为宾客。······念奴娇·过洞庭
雪消烟涨清江浦，碧草春无数。·········虞美人（无为作）
秋霁明霞乍吐，曙凉宿霭初消。·········雨中花慢（一叶凌波）
闲愁最苦，休去倚危栏，斜阳正在，烟柳断肠处。··摸鱼儿（更能消）
蓦然回首，那人却在、灯火阑珊处。·······青玉案·元夕
平生塞北江南，归来华发苍颜。·········清平乐·独宿博山王氏庵
明月别枝惊鹊，清风半夜鸣蝉。·········西江月·夜行黄沙道中
七八个星天外，两三点雨山前。·········西江月·夜行黄沙道中
斫去桂婆娑，人道是、清光更多。········太常引·建康中秋夜为吕叔潜赋
八百里分麾下炙，五十弦翻塞外声。······破阵子·为陈同甫赋壮词以寄之
马作的卢飞快，弓如霹雳弦惊。·········破阵子·为陈同甫赋壮词以寄之
左手把青霓，右手挟明月。···········千年调（左手把青霓）
吾使丰隆前导，叫开阊阖。···········千年调（左手把青霓）
却将万字平戎策，换得东家种树书。······鹧鸪天（壮岁旌旗拥万夫）
龙蛇纸上飞腾，看落笔四筵风雨惊。······沁园春·张路分秋阅
悲歌击楫，酒酣箕踞。·············贺新郎（弹铗西来路）
腰下光芒三尺剑，时解挑灯夜语。········贺新郎（弹铗西来路）
数峰清苦，商略黄昏雨。············点绛唇·丁未冬，过吴松作
淮南皓月冷千山，冥冥归去无人管。······踏莎行（燕燕轻盈）
看尽鹅黄嫩绿，都是江南旧相识。········淡黄柳（空城晓角）

403

二十四桥仍在，波心荡、冷月无声。……………… 扬州慢（淮左名都）
想珮环、月夜归来，化作此花幽独。……………… 疏影（苔枝缀玉）
万里云间戍，立马剑门关。………………………… 水调歌头·题剑阁
乱山极目无际，直北是长安。……………………… 水调歌头·题剑阁
红杏香中箫鼓，绿杨影里秋千。…………………… 风入松（一春长费买花钱）
真堪爱，买鱼沽酒，到处听吴歌。………………… 满庭芳（赤壁矶头）
深闭重门听夜雨。…………………………………… 玉楼春·赋梨花
惊粉重、蝶宿西园，喜泥润、燕归南浦。………… 绮罗香·咏春雨
红楼归晚，看足柳昏花暝。………………………… 双双燕·咏燕
世上功名花梢露，政何如、一笑翻金缕。………… 乳燕飞·次岳总干韵
小雨欲晴晴不定，漠漠云飞轻絮。………………… 乳燕飞·次岳总干韵
叹年光过尽，功名未立；书生老去，机会方来。… 沁园春·梦孚若
算事业、须由人做。………………………………… 贺新郎·送陈真州子华
匹马钟山路。………………………………………… 贺新凉·送刘澄斋制干归京口
季子貂裘尘渐满，犹是区区羁旅。………………… 贺新凉·送刘澄斋制干归京口
湖海上、一汀鸥鹭，半帆烟雨。…………………… 满江红·送李御带珙
过垂虹、亭下系扁舟，鲈堪煮。…………………… 满江红·送李御带珙
天下奇观，江浮两山，地雄一州。………………… 沁园春·丙午登多景楼和吴履斋韵
对晴烟抹翠，怒涛翻雪，离离塞草，拍拍风舟。
……………………………………… 沁园春·丙午登多景楼和吴履斋韵
春去春来，潮生潮落，几度斜阳人倚楼。
……………………………………… 沁园春·丙午登多景楼和吴履斋韵
醉眼渺河洛，遗恨夕阳中。………………………… 水调歌头·平山堂用东坡韵
天地一孤啸，匹马又西风。………………………… 水调歌头·平山堂用东坡韵
夜潮上，明月芦花，傍钓蓑梦远，句清敲玉。…… 三部乐·赋姜石帚渔隐
翠罃汲晓，欸乃一声秋曲。………………………… 三部乐·赋姜石帚渔隐
越装片篷障雨，瘦半竿渭水，鹭汀幽宿。………… 三部乐·赋姜石帚渔隐
鼓春波，载花万斛。………………………………… 三部乐·赋姜石帚渔隐
帆飏转，银河可掬。………………………………… 三部乐·赋姜石帚渔隐

404

风定浪息，苍茫外，天浸寒绿。……………………三部乐·赋姜石帚渔隐
三千年事残鸦外，无言倦凭秋树。………………齐天乐·与冯深居登禹陵
幽云怪雨，翠萍湿空梁，夜深飞去。………………齐天乐·与冯深居登禹陵
听风听雨过清明，愁草瘗花铭。……………………风入松（听风听雨过清明）
料峭春寒中酒，交加晓梦啼莺。……………………风入松（听风听雨过清明）
惆怅双鸳不到，幽阶一夜苔生。……………………风入松（听风听雨过清明）
岩上闲花，腥染春愁。………………………………高阳台·过种山
是何年、青天坠长星。………………………………八声甘州·陪庾幕诸公游灵岩
幻苍崖云树，名娃金屋，残霸宫城。………………八声甘州·陪庾幕诸公游灵岩
箭径酸风射眼，腻水染花腥。………………………八声甘州·陪庾幕诸公游灵岩
时靸双鸳响，廊叶秋声。……………………………八声甘州·陪庾幕诸公游灵岩
江上桃花流水，天涯芳草青山。……………………西江月（江上桃花流水）
一镜波平鸥去，千林日落鸦还。……………………西江月（江上桃花流水）
天风袅袅轻帆，蓦过星槎银汉。……………………西江月（江上桃花流水）
何处合成愁，离人心上秋。…………………………唐多令（何处合成愁）
年事梦中休，花空烟水流。…………………………唐多令（何处合成愁）
垂柳不萦裙带住，漫长是，系行舟。………………唐多令（何处合成愁）
一夜海棠如梦，半窗银烛多情。……………………西江月（山色低衔小苑）
好花留不到清明，日日阴晴无定。…………………西江月（山色低衔小苑）
八窗空、展宽秋影，长江流入尊俎。………………摸鱼儿·题甘露寺多景楼
天围绀碧低群岫，斜日去鸿堪数。…………………摸鱼儿·题甘露寺多景楼
西风依旧潮来去，山海颉颃吞吐。…………………摸鱼儿·题甘露寺多景楼
万点淮峰孤角外，惊下斜阳似绮。…………………贺新凉·多景楼落成
一勺西湖水。…………………………………………贺新郎·游西湖有感
渡江来、百年歌舞，百年酣醉。……………………贺新郎·游西湖有感
问中流、击楫谁人是？………………………………贺新郎·游西湖有感
蜀鸟吴花残照里，忍见荒城颓壁。…………………酹江月·驿中言别
铜雀春情，金人秋泪，此恨凭谁雪？………………酹江月·驿中言别
铜仙铅泪似洗，叹携盘去远，难贮零露。…………齐天乐·蝉

待把旧家风景,写成闲话。……………………………女冠子·元夕
笑绿鬟邻女,倚窗犹唱,夕阳西下。………………女冠子·元夕
壮年听雨客舟中,江阔云低、断雁叫西风。………虞美人·听雨
浪挟天浮,山邀云去,银浦横空碧。………………壶中天(扬舲万里)
扣舷歌断,海蟾飞上孤白。…………………………壶中天(扬舲万里)
傍枯林古道,长河饮马。……………………………甘州(记玉关)
短梦依然江表,老泪洒西州。………………………甘州(记玉关)
折芦花赠远,零落一身秋。…………………………甘州(记玉关)
客里看春多草草,总被诗愁分了。…………………清平乐(采芳人杳)
三月休听夜雨,如今不是催花。……………………清平乐(采芳人杳)

事类索引

（一）天候节情

1. 日 月

眉妩·新月 ………………………………………… 王沂孙/376

2. 云 雨

一落索（春风吹断前山雨）……………………… 向子諲/244
昭君怨·咏荷上雨 ………………………………… 杨万里/265
绮罗香·咏春雨 …………………………………… 史达祖/322
虞美人·听雨 ……………………………………… 蒋　捷/385

3. 春 景

破阵子（燕子来时新社）………………………… 晏　殊/107
玉楼春（东城渐觉风光好）……………………… 宋　祁/115
清平乐（留春不住）……………………………… 王安国/127
如梦令（昨夜雨疏风骤）………………………… 李清照/228

4. 春 情

鹊踏枝（谁道闲情抛掷久）…………………… 南唐·冯延巳/24
归自谣（春艳艳）……………………………… 南唐·冯延巳/29
木兰花（城上风光莺语乱）……………………… 钱惟演/85
青门引（乍暖还轻冷）…………………………… 张　先/106
西江月（十指嫩抽春笋）………………………… 惠　洪/216
乳燕飞·次岳总干韵 ……………………………… 黄　机/326

5. 伤 春

忆江南（春去也）………………………………… 刘禹锡/8
南乡子（细雨湿流光）………………………… 南唐·冯延巳/30

浣溪沙（手卷真珠上玉钩）	……	南唐·中主李　璟／31
浣溪沙（揽镜无言泪欲流）	……	荆南·孙光宪／72
天仙子（水调数声持酒听）	……	张　先／102
玉楼春（绿杨芳草长亭路）	……	晏　殊／113
玉楼春（东风本是开花信）	……	欧阳修／123
玉楼春（东风又作无情计）	……	晏几道／134
定风波（不是无心惜落花）	……	魏夫人／139
蝶恋花（花退残红青杏小）	……	苏　轼／155
青玉案（凌波不过横塘路）	……	贺　铸／184
武陵春（风住尘香花已尽）	……	李清照／237
蝶恋花·送春	……	朱淑真／257
谒金门·暮春	……	赵长卿／281
粉蝶儿·和晋臣赋落花	……	辛弃疾／293
摸鱼儿（几番风雨）	……	辛弃疾／282
清平乐（采芳人杳）	……	张　炎／394

6. 夏　日
洞仙歌（冰肌玉骨）……………………………………苏　轼／150

7. 秋　景
西江月（月映长江秋水）………………………………后蜀·欧阳炯／70
怨王孙（湖上风来波浩渺）……………………………李清照／233

8. 秋　情
更漏子（玉炉香）………………………………………温庭筠／17
浣溪沙（菡萏香销翠叶残）……………………………南唐·中主李　璟／33
长相思（一重山）………………………………………南唐·后主李　煜／39
忆秦娥（临高阁）………………………………………李清照／235
笛家弄·水际闲行………………………………………王　质／263

9. 节　序

木兰花（东风昨夜回梁苑） ……………………………… 晏　殊/111
生查子·元夕 …………………………………………… 欧阳修/118
水调歌头（明月几时有） ………………………………… 苏　轼/140
鹊桥仙（纤云弄巧） ……………………………………… 秦　观/173
鹧鸪天·建康上元作 ……………………………………… 赵　鼎/243
青玉案·元夕 ……………………………………………… 辛弃疾/285
太常引·建康中秋夜为吕叔潜赋 ………………………… 辛弃疾/294
传言玉女·钱塘元夕 ……………………………………… 汪元量/373
女冠子·元夕 ……………………………………………… 蒋　捷/382

（二）山川游览

10. 名　山

渔家傲·作浮图语送深上人游庐山 ……………………… 吕渭老/251
八声甘州·陪庾幕诸公游灵岩 …………………………… 吴文英/352

11. 湖　泊

浣溪沙（山绕平湖波撼城） ……………………………… 张元幹/249
念奴娇（吴波浮动） ……………………………………… 范成大/262
念奴娇·过洞庭 …………………………………………… 张孝祥/267
风入松（一春长费买花钱） ……………………………… 俞国宝/318

12. 山　行

玉楼春·戏赋云山 ………………………………………… 辛弃疾/300
如梦令·西湖道中 ………………………………………… 陈　著/360

13. 舟　行

浣溪沙（五两竿头风欲平） ……………………………… 敦煌曲子词/75

14. 美　景

忆江南（江南好） ………………………………………… 白居易/9

409

菩萨蛮（人人尽说江南好）⋯⋯⋯⋯⋯⋯⋯⋯⋯⋯⋯前蜀·韦　庄 / 48
江城子（鵁鶄飞起郡城东）⋯⋯⋯⋯⋯⋯⋯⋯⋯⋯前蜀·牛　峤 / 56

15. 夜　景
西江月·夜行黄沙道中⋯⋯⋯⋯⋯⋯⋯⋯⋯⋯⋯⋯⋯⋯⋯辛弃疾 / 290

16. 纪　行
浣溪沙·野眺⋯⋯⋯⋯⋯⋯⋯⋯⋯⋯⋯⋯⋯⋯⋯⋯⋯⋯⋯⋯米　芾 / 179

17. 游　赏
南歌子（山与歌眉敛）⋯⋯⋯⋯⋯⋯⋯⋯⋯⋯⋯⋯⋯⋯⋯⋯苏　轼 / 147
西江月（十里轻红自笑）⋯⋯⋯⋯⋯⋯⋯⋯⋯⋯⋯⋯⋯⋯张孝祥 / 269

18. 登　览
离亭宴（一带江山如画）⋯⋯⋯⋯⋯⋯⋯⋯⋯⋯⋯⋯⋯⋯张　升 / 114
六州歌头·次岳总干韵⋯⋯⋯⋯⋯⋯⋯⋯⋯⋯⋯⋯⋯⋯⋯⋯黄　机 / 328
摸鱼儿·九日登平山和赵子固帅机⋯⋯⋯⋯⋯⋯⋯⋯⋯⋯张　榘 / 337
水调歌头·平山堂用东坡韵⋯⋯⋯⋯⋯⋯⋯⋯⋯⋯⋯⋯⋯方　岳 / 344
朝中措·浮远堂⋯⋯⋯⋯⋯⋯⋯⋯⋯⋯⋯⋯⋯⋯⋯⋯⋯⋯同丘次杲 / 396

19. 楼　阁
沁园春·丙午登多景楼和吴履斋韵⋯⋯⋯⋯⋯⋯⋯⋯⋯⋯李曾伯 / 343
摸鱼儿·题甘露寺多景楼⋯⋯⋯⋯⋯⋯⋯⋯⋯⋯⋯⋯⋯⋯孙吴会 / 357
长相思·题甘楼⋯⋯⋯⋯⋯⋯⋯⋯⋯⋯⋯⋯⋯⋯⋯⋯⋯⋯胡翼龙 / 361

（三）社会时事

20. 纪　实
减字木兰花（淮山隐隐）⋯⋯⋯⋯⋯⋯⋯⋯⋯⋯⋯⋯⋯⋯淮上女 / 342

21. 忧　患
贺新郎·寄李伯纪丞相⋯⋯⋯⋯⋯⋯⋯⋯⋯⋯⋯⋯⋯⋯⋯张元幹 / 246
贺新郎·游西湖有感⋯⋯⋯⋯⋯⋯⋯⋯⋯⋯⋯⋯⋯⋯⋯⋯文及翁 / 362

22. 愤 世
六州歌头（长淮望断） …………………… 张孝祥／266
垂丝钓（夕烽戍鼓） …………………… 丘 崈／280
贺新凉·多景楼落成 …………………… 李 演／359
甘州（记玉关） …………………… 张 炎／387

23. 讽 世
将进酒（城下路） …………………… 贺 铸／182

24. 行 旅
安公子（长川波潋滟） …………………… 柳 永／96
点绛唇·县斋愁坐作 …………………… 葛胜仲／217

25. 军 戎
何满子（城傍猎骑各翩翩） …………… 敦煌曲子词／78
沁园春·张路分秋阅 …………………… 刘 过／303

26. 边 塞
调笑令（边草） …………………… 戴叔伦／6
调笑令（胡马） …………………… 韦应物／7
渔家傲·秋思 …………………… 范仲淹／86
饮马歌（边头春未到） …………………… 曹 勋／252
水调歌头·题剑阁 …………………… 崔与之／317

27. 伤 时
点降唇·丁未冬，过吴松作 …………… 姜 夔／307
扬州慢（淮左名都） …………………… 姜 夔／311

28. 乱 离
鹧鸪天（彩袖殷勤捧玉钟） …………… 晏几道／131
声声慢（寻寻觅觅） …………………… 李清照／239
贺新郎·兵后寓吴 …………………… 蒋 捷／381

411

29. 亡 国

虞美人（春花秋月何时了） ……………………… 南唐·后主李　煜／35

浪淘沙（往事只堪哀） ………………………… 南唐·后主李　煜／41

浪淘沙（帘外雨潺潺） ………………………… 南唐·后主李　煜／42

破阵子（四十年来家国） ……………………… 南唐·后主李　煜／43

永遇乐（落日熔金） ……………………………………… 李清照／236

贺新郎（梦冷黄金屋） …………………………………… 蒋　捷／380

（四）人物心态

30. 忠 烈

满江红（怒发冲冠） ……………………………………… 岳　飞／253

31. 仕 宦

卖花声·题岳阳楼 ………………………………………… 张舜民／138

32. 隐 逸

渔父（西塞山前白鹭飞） ………………………………… 张志和／5

渔歌子（柳垂丝） ………………………………………… 前蜀·李　珣／62

鹧鸪天·西都作 …………………………………………… 朱敦儒／221

三部乐·赋姜石帚渔隐 …………………………………… 吴文英／345

33. 妇 女

望江南（天上月） ………………………………………… 敦煌曲子词／76

暮山溪（自来相识） ……………………………………… 晁补之／195

34. 歌 姬

天仙子（燕语莺啼三月半） ……………………………… 敦煌曲子词／73

望江南（莫攀我） ………………………………………… 敦煌曲子词／76

更漏子（出墙花） ………………………………………… 晏几道／136

35. 游 仙

点绛唇（醉漾轻舟） ……………………………………… 苏　轼／156

水调歌头(瑶草一何碧) ················· 黄庭坚/160
千年调(左手把青霓) ················· 辛弃疾/297

36. 咏 史

巫山一段云(古庙依青嶂) ············· 前蜀·李 珣/63
喜迁莺·真宗幸澶渊 ····················· 李 纲/225

37. 怀 古

河传(何处) ························· 前蜀·韦 庄/51
临江仙(烟收湘渚秋江静) ············· 前蜀·张 泌/58
后庭花(莺啼燕语芳菲节) ············· 后蜀·毛熙震/68
江城子(晚日金陵岸草平) ············· 后蜀·欧阳炯/69
双声子(晚天萧索) ····················· 柳 永/94
离亭宴(一带江山如画) ················· 张 升/114
桂枝香·金陵怀古 ······················· 王安石/124
念奴娇·赤壁怀古 ······················· 苏 轼/144
霜天晓角·题采石蛾眉亭 ················· 韩元吉/256
满庭芳(赤壁矶头) ····················· 戴复古/320
满江红·九月二十一日出京怀古 ··········· 史达祖/325
齐天乐·与冯深居登禹陵 ················· 吴文英/347
高阳台·过种山 ························· 吴文英/350

38. 言 志

满江红·代王夫人作 ····················· 文天祥/370

39. 感 遇

鹊踏枝(庭院深深深几许) ············· 南唐·冯延巳/26
浣溪沙(蓼岸风多橘柚香) ············· 荆南·孙光宪/71
点绛唇(雨恨云愁) ····················· 王禹偁/82
清平乐(春花秋草) ····················· 晏 殊/110
贺新郎(乳燕飞华屋) ··················· 苏 轼/149

413

40. 咏 怀

六州歌头（少年侠气） ································ 贺　铸/187
满庭芳·夏日溧水无想山作 ················· 周邦彦/199
汉宫春·初自南郑来成都作 ··················· 陆　游/261
清平乐·独宿博山王氏庵 ·························· 辛弃疾/288
破阵子·为陈同甫赋壮词以寄之 ············· 辛弃疾/295
贺新郎（离乱从头说） ······························· 陈　亮/301
一剪梅·和人催雪 ·· 刘辰翁/364

41. 闲 适

渔家傲（本是潇湘一钓客） ··················· 圆禅师/83

42. 杂 感

定风波（把酒花前欲问溪） ····················· 黄庭坚/162
满庭芳（落日旌旗） ···································· 邵　缉/254
鹧鸪天（壮岁旌旗拥万夫） ····················· 辛弃疾/298
贺新郎（弹铗西来路） ······························· 刘　过/304
谒金门（花过雨） ·· 李好古/363
瑶花慢（朱钿宝珑） ···································· 周　密/366
月下笛（万里孤云） ···································· 张　炎/392

（五）恋爱婚姻

43. 恋 情

采莲曲（采莲去） ·· 李康成/4
荷叶杯（记得那年花下） ··························· 前蜀·韦　庄/50
菩萨蛮（陇云暗合秋天白） ····················· 前蜀·尹　鹗/61
采桑子（恨君不似江楼月） ····················· 吕本中/242
转调二郎神（闷来无那） ··························· 张孝祥/278

44. 相　思

梦江南（楼上寝）	皇甫松／14
浣溪沙（独立寒阶望玉华）	前蜀·张　泌／57
生查子（新月曲如眉）	前蜀·牛希济／59
相思令（吴山青）	林　逋／84
渔家傲（红粉墙头花几树）	欧阳修／121
南乡子（花落未须悲）	晏几道／132
木兰花（秋千院落重帘幕）	晏几道／133
归田乐（试把花期数）	晏几道／135
卜算子（我住长江头）	李之仪／159
忆秦娥（晓朦胧）	贺　铸／186
拜星月慢（夜色催更）	周邦彦／205
双头莲（一抹残霞）	周邦彦／209
江神子（一江秋水碧湾湾）	谢　逸／210
菩萨蛮（谁能画取沙边雨）	祖　可／212
卜算子（天生百种愁）	徐　俯／218
一剪梅（红藕香残玉簟秋）	李清照／231
念奴娇（风帆更起）	张孝祥／271
木兰花慢（送归云去雁）	张孝祥／273
木兰花慢（紫箫吹散后）	张孝祥／274
虞美人·无为作	张孝祥／276
雨中花慢（一叶凌波）	张孝祥／277

45. 闺　情

菩萨蛮（小山重叠金明灭）	温庭筠／15
天仙子（洞口春红飞簌簌）	后晋·和　凝／23
一斛珠（晓妆初过）	南唐·后主李　煜／38
浣溪沙（宿醉离愁慢髻鬟）	闽·韩　偓／44

415

思帝乡（春日游）	前蜀·韦 庄 / 52
女冠子（四月十七）	前蜀·韦 庄 / 53
望江怨（东风急）	前蜀·牛 峤 / 54
生查子（烟雨晚晴天）	前蜀·魏承班 / 65
蝶恋花（几日行云何处去）	欧阳修 / 120
西江月（山色低衔小苑）	翁元龙 / 356

46. 闺 怨

长相思（汴水流）	白居易 / 12
梦江南（梳洗罢）	温庭筠 / 19
鹊踏枝（叵耐灵鹊多谩语）	敦煌曲子词 / 77
醉公子（门外猧儿吠）	敦煌曲子词 / 79
菩萨蛮（玉人又是匆匆去）	张 先 / 104
蝶恋花（面旋落花风荡漾）	欧阳修 / 119
鹧鸪天（枝上流莺和泪闻）	秦 观 / 178
祝英台近·晚春	辛弃疾 / 284

47. 情 爱

诉衷情（永夜抛人何处去）	后蜀·顾 夐 / 66
菩萨蛮（枕前发尽千般愿）	敦煌曲子词 / 74
沁园春（把我身心）	黄庭坚 / 163

48. 离 思

菩萨蛮（平林漠漠烟如织）	李 白 / 2
酒泉子（楚女不归）	温庭筠 / 18
浣溪沙（惆怅梦余山月斜）	前蜀·韦 庄 / 45
菩萨蛮（红楼别夜堪惆怅）	前蜀·韦 庄 / 47
醉花阴（薄雾浓云愁永昼）	李清照 / 234
钗头凤（红酥手）	陆 游 / 259

49. 悼 亡

| 江城子·乙卯正月二十日记梦 | 苏 轼 / 153 |

鹧鸪天（重过阊门万事非） ………………………… 贺　铸 / 181

（六）师友之际

50. 交　友
最高楼·题周登乐府 ………………………… 刘克庄 / 335
高阳台·和周草窗寄越中诸友韵 ……………… 王沂孙 / 378

51. 寻　访
淡黄柳（空城晓角） ………………………… 姜　夔 / 309
四字令·访友不遇 …………………………… 周　密 / 367

52. 送　别
清平乐（留人不住） ………………………… 晏几道 / 132
卜算子·送鲍浩然之浙东 …………………… 王　观 / 137
青玉案·和贺方回韵，送伯固归吴中 ………… 苏　轼 / 158
蝶恋花·送彭舍人罢徐 ……………………… 陈师道 / 192
兰陵王·柳 …………………………………… 周邦彦 / 202
望明河·赠路侍郎使高丽 …………………… 刘一止 / 219
贺新郎·送胡邦衡待制 ……………………… 张元幹 / 247
贺新郎·别茂嘉十二弟 ……………………… 辛弃疾 / 291
满江红·送李御带珙 ………………………… 吴　潜 / 339
满江红·送陈方伯上襄州幕府 ……………… 吴　潜 / 340
庆宫春·送赵元父过吴 ……………………… 周　密 / 369
酹江月·驿中言别 …………………………… 邓　剡 / 371

53. 怀　人
谒金门（风乍起） ………………………… 南唐·冯延巳 / 28
御街行·秋日怀旧 …………………………… 范仲淹 / 89
木兰花（人意共怜花月满） ………………… 张　先 / 105
临江仙（梦后楼台高锁） …………………… 晏几道 / 128
青门饮·寄宠人 ……………………………… 时　彦 / 165

417

氐州第一（波落寒汀）	周邦彦	/200
江梅引（人间离别易多时）	姜　夔	/305
风入松（听风听雨过清明）	吴文英	/349

54. 离　愁

忆秦娥（箫声咽）	李　白	/3
乌夜啼（无言独上西楼）	南唐·后主李煜	/37
捣练子令（深院静）	南唐·后主李煜	/40
生查子（春山烟欲收）	前蜀·牛希济	/60
雨霖铃（寒蝉凄切）	柳　永	/91
凤栖梧（伫倚危楼风细细）	柳　永	/93
望江月（明月明月明月）	柳　永	/98
一丛花令（伤高怀远几时穷）	张　先	/100
蝶恋花（槛菊愁烟兰泣露）	晏　殊	/112
玉楼春（洛阳正值芳菲节）	欧阳修	/122
归朝欢·和苏伯固	苏　轼	/143
八六子（倚危亭）	秦　观	/169
满庭芳（山抹微云）	秦　观	/170
减字木兰花（天涯旧恨）	秦　观	/175
石州引（薄雨初寒）	贺　铸	/190
转调满庭芳（风急霜浓）	刘　焘	/214
凤凰台上忆吹箫（香冷金猊）	李清照	/230
眼儿媚（晚来江上荻花秋）	张孝祥	/270
南歌子（万万千千恨）	辛弃疾	/287
贺新凉·送刘澄斋制干归京口	张　榘	/338
唐多令（何处合成愁）	吴文英	/355
更漏子（日衔山）	王沂孙	/379

55. 寄 赠

贺新郎·送陈真州子华 ………………………………………… 刘克庄 / 332
贺新郎·杜子昕凯歌 …………………………………………… 刘克庄 / 334
清平乐·赠处梅 ………………………………………………… 张 炎 / 393

56. 怀 旧

忆江南（江南忆）………………………………………………… 白居易 / 11
梦江南（兰烬落）………………………………………………… 皇甫松 / 13
忆仙姿（曾宴桃源深洞）……………………………… 后唐·庄宗李存勖 / 22
鹊踏枝（萧索清秋珠泪坠）……………………………… 南唐·冯延巳 / 25
庆佳节（莫风流）………………………………………………… 张 先 / 101
浣溪沙（一曲新词酒一杯）……………………………………… 晏 殊 / 108
茶瓶儿（去年相逢深院宇）……………………………………… 李元膺 / 164
望海潮（梅英疏淡）……………………………………………… 秦 观 / 166
浪淘沙（雨过碧云秋）…………………………………………… 贺 铸 / 189
瑞龙吟（章台路）………………………………………………… 周邦彦 / 196
玉楼春（桃溪不作从容住）……………………………………… 周邦彦 / 207

57. 伤 吊

临江仙（金锁重门荒苑静）……………………………… 后蜀·鹿虔扆 / 67
相见欢（金陵城上西楼）………………………………………… 朱敦儒 / 224

（七）生活习俗

58. 都 市

望海潮（东南形胜）……………………………………………… 柳 永 / 97
西河·金陵 ……………………………………………………… 周邦彦 / 203
酹江月·武昌怀古 ……………………………………………… 葛长庚 / 329

59. 农 村

浣溪沙（百亩中庭半见苔）……………………………………… 王安石 / 126

419

卜算子（山晓鹧鸪啼） ………………………………… 朱敦儒 / 223
60. 纪 梦
黄金缕（家在钱塘江上住） …………………………… 司马槱 / 215
渔家傲（天接云涛连晓雾） …………………………… 李清照 / 226
踏莎行（燕燕轻盈） …………………………………… 姜　夔 / 308
沁园春·梦孚若 ………………………………………… 刘克庄 / 330
61. 迁 逝
菩萨蛮（春来春去催人老） …………………………… 张元幹 / 250
62. 田 猎
江城子·密州出猎 ……………………………………… 苏　轼 / 152
63. 风 俗
南乡子（乘彩舫） …………………………… 前蜀·李　珣 / 64
64. 行 旅
归朝欢（别岸扁舟三两只） …………………………… 柳　永 / 92
踏莎行（候馆梅残） …………………………………… 欧阳修 / 117
虞美人（疏篱曲径田家小） …………………………… 周邦彦 / 208
少年游·早行 …………………………………………… 林　仰 / 258
壶中天（扬舲万里） …………………………………… 张　炎 / 386
65. 旅 怀
苏幕遮·怀旧 …………………………………………… 范仲淹 / 88
八声甘州（对潇潇暮雨洒江天） ……………………… 柳　永 / 99
踏莎行·郴州旅舍 ……………………………………… 秦　观 / 176
浣溪沙（楼上晴天碧四垂） …………………………… 周邦彦 / 198
玉楼春·至盱眙作 ……………………………………… 毛　滂 / 213
点绛唇·县斋愁坐作 …………………………………… 葛胜中 / 217
西江月（江上桃花流水） ……………………………… 吴文英 / 354
青玉案·暮春旅怀 ……………………………………… 刘辰翁 / 365
梅花引·荆溪阻雪 ……………………………………… 蒋　捷 / 384

66. 归思
荷叶杯（楚女欲归南浦）　　　　　　　　　　温庭筠 / 20
渡江云（山空天入海）　　　　　　　　　　　张　炎 / 389

（八）生物器用

67. 动　物
卜算子·黄州定慧院寓居作　　　　　　　　　苏　轼 / 148
双双燕·咏燕　　　　　　　　　　　　　　　史达祖 / 324
齐天乐·蝉　　　　　　　　　　　　　　　　王沂孙 / 377
解连环·孤雁　　　　　　　　　　　　　　　张　炎 / 390

68. 花　卉
蝶恋花（笑艳秋莲生绿浦）　　　　　　　　　晏几道 / 130
望海潮（人间花老）　　　　　　　　　　　　晁补之 / 193
庆清朝慢（禁幄低张）　　　　　　　　　　　李清照 / 241
卜算子·咏梅　　　　　　　　　　　　　　　陆　游 / 260
暗香（旧时月色）　　　　　　　　　　　　　姜　夔 / 313
疏影（苔枝缀玉）　　　　　　　　　　　　　姜　夔 / 314
玉楼春·赋梨花　　　　　　　　　　　　　　史达祖 / 321
献仙音·吊雪香亭梅　　　　　　　　　　　　周　密 / 368
花犯·苔梅　　　　　　　　　　　　　　　　王沂孙 / 374

69. 食　物
浣溪沙（菊暗荷枯一夜霜）　　　　　　　　　苏　轼 / 157

（九）艺术百戏

70. 音　乐
西溪子（捍拨双盘金凤）　　　　　　　　前蜀·牛　峤 / 55

71. 画　艺
沁园春（家在柳塘）　　　　　　　　　　　　汪　莘 / 316

 # 跋

  本书的内容提要及字词解释,是由我所指导的博士研究生赵雷同学承担的。逸闻则是由我所指导的硕士研究生徐玲同学搜集整理的。
  特此说明。

王鍾陵